DAVID BALDACCI

Né en 1960, David Baldacci a grandi et fait ses études de droit à Richmond en Virginie. Il commence sa carrière d'avocat à Washington tout en ébauchant des scénarios.

Après le succès phénoménal de son premier roman, *Les pleins pouvoirs*, vendu à trois millions d'exemplaires aux États-Unis et porté à l'écran par Clint Eastwood, il renonce à la pratique du droit pour se consacrer à l'écriture. Il a signé depuis plusieurs titres, dont *Une femme sous contrôle*, son deuxième roman et nouveau best-seller, et *Une triche si parfaite*. Il s'affirme aujourd'hui comme l'un des maîtres du thriller.

D0562463

UNE TRICHE
SI PARFAITE

DAVID G. BALDACCI

UNE TRICHE SI PARFAITE

FLAMMARION

Titre original de l'ouvrage:
THE WINNER

Traduit de l'anglais (américain) par
Philippe Rouard

Éditeur original :
© The Warner Company, 1997

pour la traduction française : Columbus Rose, 1997
© Flammarion, 1998
ISBN : 978-2-266-09009-4

À Colin, mon copain,
mon garçon, mon fils

REMERCIEMENTS

À Michelle, pour avoir pris soin de tout, pendant que j'étais dans mon monde de rêve.

À Jennifer Steinberg, pour son travail de recherche, remarquable comme toujours.

Au docteur Catherine Brome, pour avoir pris soin de m'éclairer sur les poisons en dépit de son emploi du temps chargé.

À Steve Jennings, pour son éternelle « vista » éditoriale.

À Carl Patton, mon expert-comptable préféré, et Tom DePont, de la NationsBank, pour ses précieuses lumières dans le domaine fiscal.

À Larry Kirsbaum, Maureen Egen et le reste de l'équipe de la Warner, pour leur soutien et leur gentillesse.

À Aaron Priest, pour être mon sage, mon mentor et, surtout, mon ami.

À Frances Jallet-Miller, pour avoir, une fois de plus, grandement amélioré le récit.

Au reste de ma famille et de mes amis, pour la constance de leur amour et de leur aide.

PREMIÈRE PARTIE

1

De taille moyenne, quelque peu serré dans son costume gris à rayures, Jackson surveillait la galerie marchande fréquentée à cette heure par des ménagères fatiguées poussant leurs caddies et par quelques spécimens du troisième âge venus là bavarder et se dégourdir les jambes. Il orienta son regard vers l'entrée nord, devant laquelle s'arrêtait le bus. C'était par là qu'elle arriverait. Il savait qu'elle n'avait pas d'autre moyen de locomotion. Le pick-up de son compagnon était à la fourrière pour la quatrième fois en quelques mois. Elle devait commencer à la trouver saumâtre, se dit-il. Le bus s'arrêtait sur la grand-route, à plus d'un kilomètre à pied de la caravane dans laquelle elle avait élu domicile, mais elle était bonne marcheuse. Elle viendrait avec son enfant. Elle ne le confierait jamais à son ami, pas même pour quelques heures, Jackson en était certain.

Le mois prochain, il continuerait de mener toutes ses entreprises sous la même identité, mais ne ressemblerait plus au quinquagénaire qu'il incarnait aujourd'hui. Il modifierait ses traits, perdrait ou prendrait du poids, porterait les cheveux plus longs ou plus courts. Homme ou femme ? Âgé ou jeune ? Il lui arrivait de s'inspirer de gens qu'il connaissait ou de composer un ensemble de traits empruntés à l'un ou à l'autre. Au collège, sa matière préférée avait été la biologie. Les spécimens appartenant à l'espèce la plus rare — les hermaphrodites — n'avaient jamais cessé de le fasciner. Il eut un sourire en songeant à la plus extraordinaire des duplicités physiques.

Jackson avait reçu une excellente éducation dans une prestigieuse université de l'Est, où il avait suivi de front des études d'art dramatique et de sciences physiques. Doué pour les planches, passionné par la chimie, il avait excellé dans les deux disciplines. Penché le matin sur de complexes équations, il occupait ses après-midi à monter avec ferveur une pièce de Tennessee Williams ou d'Arthur Miller.

Ces deux domaines d'études servaient à merveille ses desseins. Si ses camarades de fac le voyaient aujourd'hui, déguisé en quinquagénaire souffrant d'un embonpoint dû à une vie trop sédentaire ! La goutte de sueur qui roula soudain sur son front lui arracha un sourire. Cette réaction physique lui plaisait immensément, car elle n'était pas seulement due au rembourrage qui lui donnait les proportions requises et dissimulait son corps qu'il avait élancé et athlétique. Il n'était pas peu fier que son déguisement soit réussi au point de s'accompagner de réactions physico-chimiques venant parfaire l'incarnation.

Les galeries marchandes n'étaient pas son territoire de prédilection ; il avait des goûts personnels infiniment plus sélects. Mais sa clientèle, cependant, était familière de ce genre d'environnement, et il devait en tenir compte. Les gens réagissaient parfois de manière inattendue à ce qu'il leur proposait. Il lui avait souvent fallu improviser. Ces souvenirs amenèrent un nouveau sourire sur ses lèvres. Comment pouvait-on refuser la fortune ? Il avait tous les atouts en main. Toutefois, comme au saut d'obstacles, il suffisait d'accrocher une barre pour gâcher un parcours sans fautes. Son sourire s'effaça. Tuer son semblable n'avait rien de plaisant. C'était rarement justifié mais, quand la situation l'exigeait, il fallait passer à l'acte sans états d'âme et poursuivre son chemin. Aussi espérait-il pour plusieurs raisons que son entretien de ce jour ne le contraindrait pas à cette extrémité.

Il se tamponna soigneusement le front de sa pochette, ajusta ses manchettes et lissa les fibres synthétiques de son impeccable perruque qui dissimulait ses cheveux aplatis sous une calotte en latex.

Il poussa la porte du local commercial qu'il avait loué dans la galerie. Le lieu était propre et bien rangé — trop bien rangé, pensa-t-il en examinant la pièce, pour ressembler à un véritable bureau.

L'hôtesse assise derrière une table en métal galvanisé leva les yeux vers lui. Respectant les instructions qu'il lui avait données, elle garda le silence. Elle ignorait qui il était et pourquoi elle était là. Elle avait reçu l'ordre de s'en aller dès que la personne attendue par Jackson arriverait. Elle quitterait la ville en autocar, le portefeuille bien garni pour un minimum de travail. Jackson ne lui accorda même pas un regard ; elle n'était qu'un élément du décor qu'il avait planté.

Le téléphone à côté d'elle demeurait silencieux, et la machine à écrire inutilisée. Oui, tout cela était bien trop figé, se dit-il avec un froncement de sourcils. Il avisa la liasse de papiers sur la table et, d'un geste brusque de la main, l'éparpilla ; puis il déplaça le téléphone sur le côté et inséra une feuille de papier dans le rouleau de la machine. Reculant d'un pas, il apprécia d'un regard le changement et soupira. On ne pouvait pas penser à tout en même temps.

Traversant la réception, il ouvrit la porte du minuscule bureau intérieur et alla s'asseoir derrière une simple table en bois au vernis écaillé. Dans le coin de la pièce, un petit téléviseur le regardait de son œil opaque. Il tira une cigarette de sa poche, l'alluma et se renversa contre le dossier de son fauteuil, s'efforçant de se détendre en dépit de l'adrénaline qui emballait son pouls. Il caressa sa fine moustache noire. Elle aussi était fausse, faite d'une fibre montée sur un tissu aéré qu'une colle hydrofuge maintenait fermement sur la peau. Un mastic à base de résine épaississait et courbait son nez naturellement fin et droit. Quant au petit grain de beauté situé près de l'arête nasale, lui aussi contrefait, il était le fruit d'une préparation à base de gélatine et de graines de luzerne. Ses dents parfaites étaient recouvertes de gaines en fibre acrylique qui leur donnaient un aspect irrégulier et malsain. Le moins doué des observateurs se souviendrait de semblables détails qui composaient un masque sans défaut. Ces particularités effacées, il serait un autre homme. Un inconnu. Et que souhaiter de plus que l'incognito, quand on avait fait de l'illégalité son mode de vie ?

Bientôt, si tout se passait comme prévu, il répéterait l'opération. Bien sûr, la situation serait légèrement différente, mais tout le plaisir résidait justement dans le facteur inconnu. Il pensait avoir un entretien extrêmement productif avec celle qu'il attendait ; en vérité, un entretien mutuellement bénéfique.

Il n'aurait qu'une seule question à poser à LuAnn Tyler, une question toute simple qui n'en contenait pas moins de très complexes répercussions. Il croyait savoir, par expérience, quelle serait la réponse, mais une incertitude demeurait. Aussi espérait-il, pour son bien à elle, qu'elle répondrait de façon positive. Car il n'y avait qu'une seule bonne réponse. Si elle disait non ? Alors le bébé ne connaîtrait jamais sa maman, car le bébé serait orphelin. Il frappa le bord de la table du plat de la main. Elle dirait oui. Comme tous les autres avant elle. Il saurait la convaincre de l'intérêt absolu de se joindre à lui. Comment pourrait-elle dire non à l'homme qui avait le pouvoir de transformer sa vie à un point qu'elle ne pouvait même pas imaginer ? Nul ne pouvait refuser une offre pareille.

Encore fallait-il qu'elle vienne. Jackson se frotta la joue du revers de la main, tira lentement sur sa cigarette en fixant le mur d'un regard absent. Allons, elle viendrait.

ban aux les remorquants hu la deuil. Qu'on un peu aux de douze soir près une froide roche tut s'en carrefour à tout le tout d'un sol montait shook. le mains et au répares les boyaux les élus parfaite sesse provenant de genau et nous savignon de tout Permission antrepotellé delfours, ni minuons. Au matrez deux que, ainsi nous ne rassemblez de mauvaise Indus dégéneuse de con res soit hui tous que nous ne sortais riche et par frais frais primier. L'avait continue. Qu'ayant remens son de joint à roule rue permet avait tout de l'argent. Un mours et con hui, s'attre à roule. Et selles d'autrement tou Winoter la mais

2

Un vent frais soufflait sur l'étroite route en terre qui montait en pente douce, flanquée de chaque côté de bois denses. Quelques arbres se mouraient, torturés par le vent, mais la plupart s'élevaient solides et droits, leurs branches feuillues. À gauche, en montant, s'étendait une clairière en demi-cercle dont le sol boueux était parsemé de touffes d'herbe printanière. Çà et là, des pièces d'automobiles rouillaient lentement en compagnie de monceaux de boîtes de bière et d'un amas de meubles et d'objets de rebut qui abritaient serpents et autres bestioles quand le thermomètre chutait.

Au milieu de cette île en demi-lune, une caravane délabrée reposait sur un soubassement de parpaings. Seul contact avec le reste du monde, deux lignes — l'une électrique, l'autre téléphonique — la raccordaient aux poteaux plantés le long de la route. La remorque n'était qu'une méchante caisse de tôle au milieu de nulle part, une description que n'auraient pas reniée ses occupants, car le « milieu de nulle part » les qualifiait eux-mêmes parfaitement.

À l'intérieur, LuAnn Tyler se regardait dans le petit miroir posé sur la commode branlante. Elle devait incliner de côté son visage car non seulement le meuble, auquel il manquait un pied, était bancal mais aussi parce que le miroir était brisé. Des lignes zébraient la surface du verre telles les branches d'un jeune arbre, et si LuAnn s'était mirée de face, elle aurait eu non pas un mais trois reflets d'elle-même.

Elle s'examinait sans l'ombre d'un sourire ; elle n'avait pas le souvenir d'avoir souri une seule fois à son image. Sa beauté était sa seule richesse — c'était là une chose qu'on lui avait entrée dans la tête depuis toujours — même si sa denture laissait à désirer pour avoir toujours bu de l'eau de puits sans fluor et n'avoir jamais mis les pieds chez un dentiste.

Pas de jugeote, bien sûr, lui avait dit et redit son père. Pas de cervelle ou manque d'occasions d'en faire preuve ? Elle n'avait jamais abordé le sujet avec Benny Tyler, mort cinq ans plus tôt. Joy, sa mère, elle aussi décédée voilà presque trois ans, n'avait jamais été plus heureuse qu'après la mort de son mari. Cela aurait dû libérer LuAnn des opinions paternelles sur ses capacités mentales, mais les petites filles croient hélas tout ce que leur raconte leur papa.

Elle jeta un coup d'œil à la pendule accrochée à la cloison. Le seul objet qu'elle avait hérité de sa mère ; un bien qui s'était transmis de génération en génération, car Joy Tyler l'avait reçu de sa propre mère, le jour où elle avait épousé Benny. C'était une pendule sans valeur, de celles qu'on pouvait acheter pour dix sacs dans le premier mont-de-piété. Mais LuAnn la chérissait. Fillette, elle en avait écouté le lent tic-tac obstiné jusque tard dans la nuit, sachant qu'au milieu de l'obscurité la plus dense, il serait toujours là pour l'accompagner dans le sommeil et l'accueillir au réveil. En grandissant, elle en avait fait l'un de ses rares souvenirs affectifs, car l'objet lui rappelait sa grand-mère, que LuAnn avait adorée. Avec le temps, le mécanisme s'était usé, devenant très bruyant. Il avait bercé LuAnn dans les moments difficiles et, imitant sa mère, elle léguerait plus tard la pendule à sa fille.

Elle ramena en arrière ses épais cheveux auburn, essaya d'abord un chignon, puis une natte. Peu satisfaite de l'effet, elle releva la masse de boucles sur son crâne et entreprit de les fixer avec une légion d'épingles à cheveux, tout en penchant la tête de côté pour juger du résultat, tandis que son mètre quatre-vingts l'obligeait à se courber.

Elle jetait de fréquents coups d'œil au bébé sur la chaise près d'elle. Et souriait à la vue des yeux ronds, de la bouche en cœur, des joues d'écureuil et des petits poings potelés. Huit mois déjà, elle grandissait. Sa fille commençait déjà à ramper avec ce drôle de mouvement d'avant en arrière des tout-petits. Bientôt, ce seraient les premiers pas. LuAnn cessa de sourire en regardant autour d'elle. Il ne faudrait pas longtemps à Lisa pour arpenter les limites de son territoire. L'intérieur de la caravane, en dépit de ses efforts pour le maintenir propre, ressemblait à l'extérieur à cause des éclats imprévisibles de l'homme étendu sur le lit.

Duane Harvey n'avait pas remué plus de deux fois depuis qu'il était rentré en titubant à quatre heures du matin, pour se coucher à moitié habillé. Elle se rappelait qu'un soir, au début de leur relation, Duane n'était pas revenu soûl : il en avait résulté Lisa. Elle ravala les larmes menaçant d'embuer ses yeux noisette. À vingt ans, elle estimait avoir assez pleuré pour le restant de ses jours.

Elle revint au miroir. Tenant d'une main le petit poing de Lisa, elle retira de l'autre toutes les pinces et, secouant vigoureusement la tête, laissa ses boucles retomber naturellement sur son haut front. C'était ainsi qu'elle portait ses cheveux quand elle était à l'école. Comme beaucoup d'autres filles de la campagne, elle s'était mise en quête d'un travail, sitôt pourvue de son brevet. Ils pensaient tous à cette époque qu'une fiche de paye valait cent fois mieux que d'user sa culotte sur un banc d'école. En vérité, LuAnn n'avait pas eu le choix. La moitié de ce qu'elle gagnait filait dans la poche de son père au chômage chronique. Le reste lui servait à s'acheter ce que ses parents ne pouvaient pas lui procurer : la nourriture et les vêtements.

Elle épia Duane en enlevant sa robe de chambre

rapiécée sous laquelle elle était nue. Comme il ne manifestait aucun signe de vie, elle enfila rapidement son collant. Sa silhouette, en grandissant, avait allumé le regard de tous les garçons du pays, semant en eux le désir d'atteindre une virilité encore à venir.

LuAnn Tyler, la future « star-de-cinéma-superman-nequin ». Ils avaient été nombreux dans le comté de Rikersville, Géorgie, à conférer ce titre à LuAnn et à lui prédire une destinée hors du commun. Elle n'était pas faite pour cette vie-là, cela sautait aux yeux, pro-clamaient les matrones aux visages ridés tenant salon sous leurs porches délabrés, et personne n'aurait songé à les contredire. La beauté naturelle de LuAnn lui pro-mettait la gloire. Elle incarnait l'espoir de tous les natifs du coin. Hollywood lui ouvrirait ses portes, ce n'était qu'une question de temps. Hélas, elle était tou-jours là, dans ce comté où elle avait toujours vécu. Elle avait ainsi déçu, alors qu'elle avait tout juste vingt ans et n'avait jamais eu l'occasion de réaliser aucune des ambitions que la petite communauté lui avait prê-tées. Et les gens auraient été surpris d'apprendre qu'elle n'avait jamais rêvé de paraître au bras du der-nier bellâtre en vogue à Hollywood ni d'onduler des hanches dans un défilé de haute couture, même si elle songeait parfois, en agrafant son soutien-gorge, que jouer les portemanteaux pour dix mille dollars par jour ne pouvait en aucun cas constituer une mauvaise affaire.

Son visage. Et son corps. Son père était intarissable sur ce sujet. Voluptueux, sculptural... comme s'il était une entité distincte d'elle-même. La tête vide, mais le corps plein. Dieu merci, il n'avait jamais dépassé le stade du verbe. La nuit, parfois, elle se demandait ce qui l'avait le plus protégée de son père, le manque d'audace ou d'opportunité. Cette façon qu'il avait de la regarder, des fois. En de rares occasions, elle s'était aventurée dans les zones obscures de son subconscient et avait tressailli comme sous la piqûre d'une aiguille à l'idée de ce qui serait arrivé, si le père avait... Alors, elle frissonnait et se disait que c'était mal de penser de telles choses du mort.

Elle étudia le contenu de la petite armoire. Elle ne possédait qu'une seule robe appropriée à son rendez-vous : la bleu marine à manches courtes avec une garniture blanche au col et à l'ourlet. Elle se souvenait du jour où elle l'avait achetée. Toute sa paye y était passée : soixante-cinq dollars. C'était il y a deux ans, et elle n'avait jamais répété pareille extravagance ; en vérité, c'était la dernière robe qu'elle s'était offerte. Le vêtement était un peu fatigué à présent, mais elle savait manier l'aiguille et avait fait les retouches nécessaires. Un rang de petites perles — fausses, bien sûr, offertes par un ancien admirateur — encerclait son cou robuste. Elle avait veillé tard la nuit passée pour masquer au cirage chaque craquelure de son unique paire de chaussures à hauts talons. Elles étaient marron et mal assorties à sa robe, mais elle devrait faire avec, car elle n'avait pour autre choix que des tongs ou des tennis. Elle les mettrait pour marcher jusqu'à l'arrêt du bus à deux kilomètres de là. Aujourd'hui pourrait bien être un tournant dans sa vie. Qui sait, peut-être cette journée l'emmènerait-elle ailleurs, avec Lisa, loin du monde de Duane.

LuAnn ouvrit la fermeture Éclair de son porte-monnaie et déplia le bout de papier sur lequel elle avait noté l'adresse et pris quelques notes, à la suite de cet appel téléphonique d'un certain M. Jackson. Un appel auquel elle avait failli ne pas répondre, car elle était alors de service de nuit, de minuit à sept heures, au routier le Number One Truck Stop, où elle était employée comme serveuse.

Quand le téléphone avait sonné, LuAnn donnait la tétée à Lisa. Les dents de la petite commençaient à sortir, et LuAnn avait l'impression d'avoir les mamelons en feu, mais le lait maternisé était bien trop cher pour sa bourse. L'établissement situé en bordure de l'autoroute était très fréquenté, et elle n'avait pas une minute à elle, pendant que Lisa somnolait dans son moïse sous le comptoir. Le directeur appréciait suffisamment LuAnn pour accepter la présence de l'enfant. Elle recevait très peu de coups de fil sur son lieu de travail, hormis ceux des copains qui cherchaient Duane, pour aller boire ou dépouiller quelques voitures tombées en panne sur la route. Leur fric à bière et à minettes, ils appelaient ça, sans se gêner pour le dire devant elle. Non, à sept heures du matin, ce ne pouvait pas être l'un d'eux. À cette heure, ceux de leur espèce dormaient du sommeil des ivrognes.

Ce moment de la tétée était sacré, et cela lui coûtait de répondre. Mais à la cinquième sonnerie elle avait décroché sans bien savoir pourquoi. L'homme avait une voix sèche, professionnelle. Il lui avait donné l'impression de débiter un boniment, et elle avait pensé qu'il essayait de lui vendre quelque chose. C'était une plaisanterie ! Elle n'avait ni carte de crédit ni chéquier, rien que quelques billets dans une poche en plastique cachée dans la corbeille où elle mettait les couches sales de Lisa, car c'était le seul endroit où Duane n'aurait pas l'idée de fouiller. *Allez-y, m'sieur, vendez-moi votre came. Attendez que je sorte ma carte bancaire. Visa ? Mastercard ? American Express ? Je les ai toutes ; du moins dans mes rêves.* Mais l'homme avait demandé à lui parler, à elle, LuAnn Tyler, et à personne d'autre. Et puis il lui avait offert un travail. Il n'avait rien à vendre. Comment avez-vous eu mon numéro ? lui avait-elle demandé. L'information était facilement accessible, avait-il répondu avec une telle autorité qu'elle l'avait cru sur-le-champ. Comme elle lui disait qu'elle avait déjà un travail, il lui avait demandé combien elle gagnait. Elle avait d'abord refusé de lui répondre puis, baissant les yeux sur sa fille qui tétait goulûment, elle le lui avait dit. Sans savoir pourquoi. Plus tard, elle mettrait cela sur le compte de la prémonition.

Il lui avait alors annoncé combien il la paierait.

Cent dollars par jour ouvrable pour une période garantie de deux semaines. Elle avait rapidement fait le calcul. Un total de mille dollars avec une possibilité de travailler plus longtemps au même salaire. Et encore était-ce à mi-temps. L'homme avait dit quatre heures par jour. Cela n'affecterait pas son emploi de serveuse. Quoi, elle se ferait vingt-cinq dollars de l'heure ! Personne dans son entourage n'avait jamais touché un salaire pareil. Ça allait chercher dans les cinquante mille dollars par an ! Seuls les docteurs, les avocats et les stars de cinéma gagnaient autant, certainement pas une mère célibataire vivant dans la misère en compagnie d'un dénommé Duane.

Comme s'il répondait aux pensées de LuAnn, Duane se tourna sur la couche et ouvrit des yeux injectés de sang.

« Où est-ce que tu vas comme ça ? »

La voix charriait un épais accent du Sud. LuAnn avait le sentiment qu'elle avait toujours entendu ces mêmes mots, ce même ton, de la bouche de toute une kyrielle d'hommes. En réponse, elle ramassa une canette vide qui traînait sur la commode.

« Une autre bière, chéri ? » demanda-t-elle avec un sourire espiègle.

Elle obtint l'effet désiré. Duane émit un grognement de dégoût à la vue de sa faiblesse maltée et retomba sous l'emprise de sa gueule de bois. En dépit de ses fréquentes beuveries, il ne tenait pas l'alcool. Une minute plus tard, il s'était rendormi.

LuAnn reporta son attention sur son bout de papier. Le travail, lui avait dit l'homme, consistait à essayer de nouveaux produits, à écouter attentivement les publicités, et à donner son opinion sur lesdits produits. Il appelait ça « analyse démographique ». Une pratique courante selon lui, utile pour l'évaluation des prix et l'orientation de la publicité. Cent dollars par jour rien que pour donner son avis, voilà une chose qu'elle faisait pour rien presque à chaque minute de sa vie.

Trop beau pour être vrai, vraiment, s'était-elle dit plus d'une fois depuis ce coup de fil. Elle n'était pas aussi gourde que son père aimait à le répéter. À vrai dire, il se cachait derrière sa belle gueule une cervelle infiniment plus performante que feu Benny Tyler n'aurait pu l'imaginer, et cette intelligence allait de pair avec une sagacité qui lui avait permis de survivre sans l'aide de personne pendant toutes ces années. Le regard des gens sur elle ne dépassait jamais son tour de poitrine ou de hanches. Elle rêvait souvent d'une existence où ses seins et ses fesses viendraient en dernier dans l'appréciation qu'on pourrait avoir d'elle.

Elle regarda Lisa. La petite fille était réveillée maintenant, et ses yeux balayaient l'espace autour d'elle. Ils s'arrêtèrent avec une espèce de jubilation sur sa mère. LuAnn sourit à son bébé. Après tout, que pouvait-il y avoir de pire que ce quotidien sordide pour elle et Lisa ? Elle ne dégottait jamais que des emplois temporaires, qui n'excédaient guère quelques mois. Après quoi, c'était le chômedu, avec promesse de la reprendre quand on sortirait de la crise, ce qui ne risquait pas d'arriver. Sans diplôme, elle passait pour une idiote. Une étiquette qu'elle ne rejetait pas elle-même depuis qu'elle partageait sa vie avec Duane. Il n'en était pas moins le père de Lisa, même s'il n'avait nullement l'intention d'épouser la mère qui, de toute façon, ne le lui avait pas demandé, peu désireuse qu'elle était de prendre le nom de ce bon à rien. Toutefois, pour avoir grandi dans un foyer qui n'avait pas péché par un excès d'amour, elle était convaincue qu'une famille unie était vitale pour le bien-être d'un enfant. Elle avait lu des magazines et n'avait pas raté une émission de télé traitant du sujet. À Rikersville, LuAnn devrait toujours compter sur l'aide sociale ; il y avait toujours une vingtaine de postulants pour une seule offre d'emploi. Lisa pourrait et devrait faire mieux que sa mère, et LuAnn était bien déterminée à ce qu'il en soit ainsi. Avec mille dollars, elle arriverait peut-être à s'en sortir. Un billet d'autocar pour un ailleurs. Un peu d'argent pour tenir le coup en attendant de se dénicher une place ; le petit pécule qu'elle cherchait désespérément depuis si longtemps sans avoir jamais pu le trouver.

Rikersville se mourait. La caravane ne serait jamais pour Duane que l'antichambre de sa propre mort. Il n'irait jamais plus loin et n'avait d'autre avenir qu'une déchéance plus grande. Mais cela pourrait aussi être la sienne, de tombe, se dit-elle, si elle n'y prenait pas garde. Si elle n'allait pas à ce rendez-vous. Elle replia le bout de papier et le remit dans son sac. Tirant une petite boîte d'un tiroir de la commode, elle trouva assez de monnaie pour payer le bus. Elle finit de se coiffer, boutonna sa robe et, Lisa dans les bras, quitta sans bruit la caravane et son dormeur.

3

Il y eut un coup sec frappé à la porte. L'homme se leva vivement derrière son bureau, ajusta sa cravate et ouvrit une chemise posée devant lui. Dans le cendrier, il y avait les restes de trois cigarettes.

« Entrez », dit-il d'une voix claire.

La porte s'ouvrit. LuAnn fit un pas dans la pièce et regarda autour d'elle. Serrant d'une main les anses du moïse d'où Lisa semblait contempler le monde avec curiosité, elle portait un grand sac à l'épaule. L'homme observa la veine qui courait le long du biceps bien dessiné pour se ramifier sur l'avant-bras sec et musclé. La femme était manifestement forte, physiquement. L'était-elle aussi de caractère ?

« Monsieur Jackson ? »

Elle lui posa la question en le regardant bien en face, s'attendant à le voir se livrer à l'inévitable inventaire de son visage, de sa poitrine, puis de ses hanches et du reste. Peu importait leur origine sociale, ils étaient tous les mêmes à cet égard. Aussi fut-elle surprise qu'il se contente de la fixer dans les yeux et de lui tendre une main qu'elle serra fermement.

« Lui-même. Je vous en prie, asseyez-vous, mademoiselle Tyler. Je vous remercie d'être venue. Votre petite fille est bien jolie. Voulez-vous la mettre là ? demanda-t-il en désignant un coin de la pièce.

— Elle vient juste de se réveiller. La marche et le

26

bus l'endorment à chaque fois. Je préfère la garder à côté de moi, si ça ne vous dérange pas. »

Lisa parut approuver de son babil. L'homme acquiesça d'un signe de tête, se rassit et feuilleta le dossier ouvert devant lui.

LuAnn installa Lisa à côté d'elle, posa son sac par terre et, sortant un trousseau de clés en plastique, le donna à la petite pour qu'elle joue avec. Elle se redressa et observa M. Jackson avec un intérêt croissant. Son costume sortait de chez un bon faiseur. De petites gouttes de sueur perlaient à son front, et il semblait quelque peu nerveux. D'ordinaire, elle aurait mis cela sur le compte de sa propre apparence. La plupart des hommes qu'elle rencontrait avaient tendance à en faire des tonnes dans l'espoir de l'impressionner ou bien se mettaient en retrait comme des animaux blessés. Quelque chose lui disait qu'il n'en était rien chez Jackson.

« Je n'ai pas vu de plaque sur votre porte, dit-elle. Les gens ne savent peut-être même pas que vous êtes ici. »

Jackson eut un mince sourire.

« Nous ne comptons pas, dans notre commerce, sur le passage. Peu importe que les clients de la galerie sachent ou non que nous sommes là. Nous travaillons uniquement sur rendez-vous ou par téléphone.

— Je dois être la seule à avoir rendez-vous en ce moment, parce que votre salle d'attente est vide. »

Jackson s'accouda à la table, les mains jointes sous son menton.

« Nous établissons nos entretiens de façon à éviter aux gens d'attendre. Je suis le seul représentant de la société à Rikersville.

— Vous êtes donc installés dans d'autres endroits ? »

Il hocha la tête d'un air absent.

« Voudriez-vous remplir ce formulaire, je vous prie ? Prenez votre temps. »

Il fit glisser devant elle une feuille de papier et un

stylo. LuAnn s'exécuta d'une écriture saccadée sous le regard de Jackson. Quand elle eut fini, il se borna à parcourir du regard ce qu'elle avait écrit. Il savait déjà tout d'elle.

LuAnn regarda de nouveau autour d'elle. Elle avait toujours été observatrice. Et comme elle plaisait aux hommes, elle avait pris l'habitude d'examiner la configuration de tous les lieux dans lesquels elle entrait, ne serait-ce que pour repérer l'issue de secours.

Comme il relevait la tête, Jackson nota le pli perplexe qui barrait le front de LuAnn.

« Quelque chose ne va pas ? demanda-t-il.

— Non, ça va, mais vous avez un drôle de bureau.

— Comment cela, "drôle" ?

— Ma foi, je ne vois pas de pendule, ni de corbeille à papier ni de calendrier, et pas de téléphone non plus. D'accord, je n'ai pas souvent travaillé dans des endroits où les hommes portent la cravate, mais même Red, le patron du routier où je sers, est plus souvent au téléphone qu'à son tour. Et la dame que j'ai vue en entrant a plutôt l'air de se tourner les pouces. Notez, avec les ongles qu'elle a, ça m'étonnerait qu'elle puisse taper à la machine. »

LuAnn rencontra le regard étonné de Jackson et se mordit la lèvre. Son franc-parler lui avait déjà valu des ennuis, et c'était un entretien qu'elle n'avait pas le droit de louper.

« Ce n'était pas pour critiquer ni rien, s'empressa-t-elle d'ajouter. Juste histoire de parler. Faut dire que je suis un peu nerveuse. »

Jackson la regarda.

« Vous êtes très observatrice.

— J'ai deux yeux, comme tout le monde », répondit LuAnn avec un beau sourire.

Jackson jeta un coup d'œil aux papiers sur la table.

« Vous vous souvenez des conditions d'embauche que je vous ai communiquées au téléphone ?

— Cent dollars par jour ouvrable pendant deux semaines, et peut-être plus longtemps au même tarif.

En ce moment, je travaille de minuit à sept heures du matin. Si vous êtes d'accord, je pourrais venir ici en début d'après-midi. Vers deux heures ? Et est-ce que je pourrais amener mon bébé avec moi ? C'est l'après-midi qu'elle fait son gros dodo, alors elle n'ennuiera personne, je vous le garantis. »

Elle se pencha machinalement pour ramasser les clés et les rendre à la petite qui les avait laissé tomber par terre. Lisa remercia sa mère d'un grognement sonore.

Jackson se leva et enfonça ses mains dans ses poches.

« Parfait, dit-il. Vous êtes fille unique et vos parents sont décédés. Exact ? »

LuAnn tressaillit à l'abrupt changement de ton et de sujet. Elle hésita avant de répondre d'un hochement de tête, les yeux étrécis.

« Et vous vivez depuis deux ans environ avec un certain Duane Harvey, ouvrier sans qualification, le plus souvent sans emploi, dans une caravane stationnée à la périphérie de Rikersville. »

Il la regardait tout en parlant, mais ne semblait pas attendre une quelconque confirmation. LuAnn en était consciente et se contentait de lui rendre son regard.

« Duane Harvey est le père de votre fille, Lisa, âgée de huit mois. Vous avez quitté l'école après la troisième, munie d'un brevet de fin d'études. Vous avez depuis fait nombre de petits boulots sous-payés et, disons-le, sans avenir. Cependant vous êtes remarquablement intelligente et possédez un sens aigu de la survie. Rien n'est plus important pour vous que le bien-être de votre fille. Vous désirez ardemment changer de vie et laisser M. Harvey loin derrière vous. En ce moment même, vous vous demandez comment vous pourriez y parvenir, alors que vous n'avez pas les moyens matériels de le faire et que vous ne les aurez vraisemblablement jamais. Vous vous sentez prise au piège et, prise au piège, vous l'êtes assurément, mademoiselle Tyler. »

Il se tut et la regarda. Le visage de LuAnn était rouge de colère.

« Qu'est-ce que vous racontez là ? s'écria-t-elle en se levant. De quel droit me dites-vous...

— Vous êtes venue ici parce que je vous offrais plus d'argent que vous n'en avez jamais gagné, pas vrai ?

— Comment savez-vous toutes ces choses à mon sujet ? »

Les bras croisés sur la poitrine, il l'étudiait avec une vive curiosité.

« Il est dans mon intérêt de connaître le mieux possible la personne avec laquelle j'envisage de travailler.

— Qu'est-ce que ma situation de famille a à voir avec ce que je pense des produits dont on fait la réclame à la télé ?

— C'est très simple, en vérité, mademoiselle Tyler. Pour évaluer votre opinion sur les choses, j'ai besoin de connaître certains détails vous concernant. Qui vous êtes, ce que vous désirez, ce que vous savez. Et ne savez pas. Ce que vous aimez, ce que vous détestez, vos préjugés, vos forces, vos faiblesses. Nous en avons tous, à des degrés variés. En bref, si je ne sais rien de vous, je n'ai pas fait mon travail. »

Il se déplaça pour s'asseoir de côté sur le bord de la table.

« Veuillez m'excuser, si je vous ai offensée, ajouta-t-il. Il m'arrive d'être un peu trop carré ; toutefois, je ne voulais pas vous faire perdre votre temps. »

Finalement, la colère se dissipa dans le regard de LuAnn.

« D'accord, présenté de cette façon...

— Il n'y en a pas d'autre, mademoiselle Tyler. Puis-je vous appeler LuAnn ?

— C'est mon nom, dit-elle en se rasseyant. Et comme je ne veux pas non plus vous faire perdre votre temps, nous pourrions parler des horaires de travail. Est-ce que l'après-midi vous convient ? »

Jackson retourna s'asseoir et, abaissant son regard

sur la table, passa lentement la paume de sa main sur le plateau éraflé. Quand il leva de nouveau les yeux vers elle, ce fut avec le plus grand sérieux qu'il lui demanda : « Avez-vous jamais rêvé d'être riche, LuAnn ? Riche au-delà de vos rêves les plus fous. Si riche en vérité que vous et votre petite fille auriez littéralement le pouvoir de réaliser toutes vos envies, y compris les plus extravagantes. Avez-vous jamais fait ce rêve ? »

LuAnn commença par rire jusqu'à ce qu'elle surprenne l'expression de Jackson. Il n'y avait ni humour, ni provocation, ni sympathie dans ces yeux qui la fixaient, simplement un désir impatient d'entendre sa réponse.

« Diable, oui. Qui n'a jamais rêvé de ça ?

— Ma foi, ceux qui sont déjà riches s'en dispensent, je vous le garantis. Mais, c'est vrai, presque tout le monde en a rêvé à un moment ou à un autre. Cependant, personne n'a jamais transformé ce rêve en réalité. Et pour une simple raison : c'est impossible.

— Mais cent dollars par jour, c'est déjà pas si mal », fit observer LuAnn avec un sourire désarmant.

Jackson se frotta le menton pendant quelques secondes puis toussa pour s'éclaircir la gorge.

« Avez-vous jamais joué à la Loterie, LuAnn ?

— De temps en temps, répondit-elle, étonnée par la question. Comme tout le monde, ici. Mais ça coûte. Duane joue toutes les semaines et, des fois, il y laisse la moitié de sa paye, enfin quand il a une paye, ce qui n'arrive pas souvent. Il croit dur comme fer qu'il va gagner. Il joue toujours les mêmes numéros. Il dit qu'il les a vus en rêve. Mon avis, c'est qu'il est plus bête que ses pieds.

— Et au Loto national, vous y jouez ?

— Vous parlez du Loto mensuel, celui pour tout le pays ? »

Jackson hocha la tête.

« Oui, c'est de ce Loto que je parle.

— Oh, j'y joue rarement. Les combinaisons sont si

nombreuses que j'aurais une meilleure chance en pariant pour une balade sur la Lune que de toucher le gros lot.

— Vous avez absolument raison. Les chances d'empocher la cagnotte sont, ce mois-ci, de une sur trente millions.

— C'est bien ce que je veux dire. Autant jeter l'argent par les fenêtres. »

Jackson planta ses coudes sur la table et inclina le buste en avant.

« Et si je vous disais que je pourrais multiplier considérablement vos chances de gagner à ce Loto ? »

Il gardait les yeux résolument fixés sur elle. LuAnn balaya la pièce du regard comme si elle s'attendait à y découvrir une caméra de surveillance.

« Qu'est-ce que ça vient faire avec l'emploi que vous m'avez proposé ? Je ne suis pas venue ici pour m'amuser, monsieur.

— Si je vous garantissais de gagner, joueriez-vous ? poursuivit Jackson, ignorant la remarque.

— C'est quoi, une plaisanterie ? répliqua LuAnn avec colère. Vous feriez mieux de me dire ce qui se passe avant que je me mette vraiment en pétard.

— Ce n'est pas une plaisanterie, LuAnn. »

Elle se leva de sa chaise.

« Vous avez sûrement une idée en tête mais je ne veux absolument pas en entendre parler. C'est cent dollars par jour ou rien », dit-elle avec un dégoût mâtiné de déception, à la perspective de voir sombrer ses projets d'évasion. Elle prit Lisa, ramassa son sac et se tourna vers la porte.

Derrière elle, Jackson reprit d'un ton serein :

« Je vous garantis que vous gagnerez le Loto, LuAnn. Je vous garantis que vous gagnerez au minimum cinquante millions de dollars. »

Elle s'immobilisa. Malgré son violent désir de prendre la porte à toutes jambes, elle se retourna lentement vers lui.

Il n'avait pas bougé. Il était toujours assis derrière la table, les mains croisées devant lui.

« Finis les Duane, finies les nuits à servir au routier, finie l'angoisse de manquer d'argent pour nourrir et vêtir votre petite fille, poursuivit-il de cette même voix tranquille. Vous pourrez avoir tout ce que vous désirerez, aller où il vous plaira, devenir qui vous voudrez.

— Oui ? Et comment vous feriez ça, vous pouvez me le dire ? »

Cinquante millions, avait-il dit ? Dieu tout-puissant ! Elle s'appuya de la main au battant de la porte.

« J'attends la réponse à ma question.

— Quelle question ? »

Il écarta les mains.

« Désirez-vous être riche ?

— Vous êtes fou ou quoi ? J'ai beaucoup de force, vous savez, et si jamais vous tentez quoi que ce soit, je vous ferai repartir à coups de pied dans le cul là d'où vous venez.

— Dois-je considérer que votre réponse est non ? »

LuAnn chassa de côté la masse de ses cheveux et changea de main pour porter Lisa. La petite ouvrait de grands yeux et son regard allait de l'un à l'autre, comme si elle suivait l'échange passionné.

« Écoutez, personne au monde ne peut garantir une chose pareille. Alors, je vais vous laisser et, en sortant d'ici, je passerai un coup de fil à l'asile de fous pour qu'on vienne vous chercher. »

Pour toute réponse, Jackson consulta sa montre-bracelet et alluma le poste de télé.

« Dans une minute aura lieu le tirage hebdomadaire de la Loterie nationale, dit-il. Le gros lot n'est que d'un million de dollars ; mais il me servira à illustrer mon propos. Comprenez que je n'en tire aucun profit. Je veux seulement vous convaincre que votre scepticisme n'est pas de mise, même s'il est compréhensible. »

LuAnn se tourna vers l'écran et regarda le tirage qui commençait et les boules danser dans la machine.

« Les chiffres gagnants seront le 8, le 4, le 7, le 11, le 9 et le 6, dans cet ordre », annonça Jackson.

Il inscrivit le résultat sur un bout de papier, qu'il tendit à LuAnn. Elle gloussa mais son rire cessa aussitôt à la vue du chiffre 8 qui venait de sortir le premier. Suivirent le 4, le 7, le 11, le 9 et le 6. Le visage pâle, LuAnn regardait tour à tour le papier et l'écran, sur lequel s'affichait la combinaison gagnante.

Jackson éteignit le poste.

« J'espère qu'à présent vous ne doutez plus de mes capacités, dit-il, et que nous pouvons revenir à mon offre. »

LuAnn s'adossa au mur. Elle avait l'impression que sa peau bourdonnait d'un million d'abeilles. Elle reporta son regard sur la télé et n'y vit rien qui puisse révéler un quelconque artifice. Pas de magnétoscope, rien qu'une prise d'antenne dans le mur. Elle déglutit avec peine et regarda Jackson.

« Comment diable avez-vous fait ? demanda-t-elle d'une voix étouffée, où perçait une crainte sourde.

— Vous n'avez nul besoin de le savoir. Répondez seulement à ma question, je vous prie. »

Il avait élevé légèrement la voix, et elle respira profondément, s'efforçant de calmer ses nerfs.

« Vous me demandez si je veux faire quelque chose de mal. Alors ma réponse est non. Je ne possède pas grand-chose, mais je ne suis pas une criminelle.

— Qui vous dit que c'est mal ?

— Excusez-moi, mais ne me dites pas que gagner à tous les coups à la Loterie est une chose normale. Il y a une méchante combine là-dessous. Je n'ai peut-être pas fait d'études supérieures et je ne suis qu'une petite serveuse, mais ça ne fait pas de moi une imbécile pour autant.

— J'ai au contraire une haute opinion de votre intelligence. C'est même pour cela que vous êtes ici.

Il n'empêche, quelqu'un doit gagner cet argent. Alors pourquoi pas vous, LuAnn ?

— Parce que c'est mal, voilà pourquoi.

— Ce n'est pas un vol, que je sache. L'important, c'est que personne ne découvre la "méchante combine", comme vous dites.

— Moi, je le saurais.

— Vous préférez passer le restant de vos jours aux côtés de Duane ?

— Il n'a pas que des défauts.

— Vraiment ? Iriez-vous jusqu'à dire qu'il a des qualités ? Lesquelles, je vous prie ?

— Allez vous faire voir ! Je crois bien que je vais m'arrêter chez le shérif en sortant d'ici. J'ai un copain qui est flic. Je suis sûre que ça l'intéressera beaucoup, cette histoire. »

LuAnn se retourna et tendit la main vers la poignée de la porte. C'était le moment que Jackson attendait. Sa voix s'éleva un peu plus fort, cette fois.

« Donc Lisa grandit dans une caravane sordide au milieu des bois. Votre petite fille promet d'être très belle si elle tient de sa mère. Elle atteint un certain âge, les garçons commencent à lui tourner autour, elle abandonne l'école, un bébé arrive peut-être, la même histoire se répète. Comme votre mère ? Comme vous ? » ajouta-t-il en baissant le ton.

LuAnn se retourna lentement vers lui, les yeux brillant d'une rage contenue.

Jackson la regardait avec sympathie.

« C'est inévitable, LuAnn. Je dis la vérité, et vous le savez. Quel avenir pouvez-vous bien avoir avec lui, Lisa et vous ? Et si ce n'est pas lui, ce sera un autre Duane, ce sera toujours un Duane. Vous vivrez et mourrez dans la misère, et votre enfant connaîtra le même destin. Vous ne pouvez pas changer ça. Ce n'est pas juste, bien sûr, mais il en sera ainsi. Oh, les gens qui n'ont jamais été dans votre situation vous conseilleront de faire votre valise, de prendre Lisa et de vous en aller. Mais ils ne vous diront jamais comment trouver l'argent pour le car, le motel, la garde du bébé pendant que vous irez chercher un emploi, et après, quand vous en aurez dégotté un, si jamais vous avez cette chance. »

Jackson secoua la tête d'un air navré tout en considérant LuAnn.

« Bien sûr, vous pouvez aller à la police, si vous voulez. Mais le temps que les flics arrivent ici, je serai loin. Et pensez-vous vraiment qu'ils vous croiront ? demanda-t-il avec une fugitive expression de condescendance. Alors, vous n'aurez jamais fait que ruiner la chance d'une vie, votre unique occasion de vous en sortir. »

Il secoua encore la tête, comme pour lui dire : « Je vous en prie, ne soyez pas à ce point idiote. »

LuAnn raffermit sa prise sur les anses du moïse. Puis, comme Lisa s'agitait et cherchait à sortir, elle se mit à bercer l'enfant.

« Vous parlez de rêves, monsieur Jackson, et j'en fais, des rêves. Des grands. Les miens. »

Sa voix tremblait. LuAnn Tyler était une jeune femme endurcie par des années de lutte pour survivre sans jamais arriver quelque part, mais les paroles de Jackson l'avaient blessée, ou plutôt la vérité contenue dans ces mots.

« Je le sais, répondit-il. Je sais aussi que vous êtes intelligente et que cet entretien n'a fait que renforcer cette opinion. Vous méritez mieux que votre sort actuel. Toutefois, il est rare dans ce monde que les gens soient récompensés selon leurs mérites. Je vous offre le moyen de réaliser vos rêves. Comme ça. »

Et de claquer dans ses doigts.

Elle prit soudain un air méfiant.

« Qu'est-ce qui me dit que vous n'êtes pas de la police et que vous ne cherchez pas à me piéger ? Je n'ai pas l'intention d'aller en prison pour une histoire d'argent.

— Ce serait un cas flagrant d'incitation à délit, et pas un seul juge ne pourrait retenir de charge contre vous. Et puis quelle raison aurait la police de monter un pareil stratagème pour vous coincer ? »

LuAnn s'était adossée à la porte. Sous sa robe, elle sentait son cœur battre par à-coups.

« Vous ne me connaissez pas, dit Jackson en se levant, mais sachez que je prends mon travail très au sérieux. Je n'entreprends jamais rien sans une bonne raison. Aussi je ne serais certainement pas ici à vous faire perdre votre temps, et le mien, avec une plaisanterie oiseuse. »

Il y avait une force contenue dans la voix de Jackson, et ses yeux fixaient LuAnn avec une intensité qu'elle ne pouvait ignorer.

« Pourquoi moi ? De tous les gens qui peuplent ce foutu monde, pourquoi être venu frapper à ma porte ? demanda-t-elle d'un ton presque suppliant.

— Bonne question, à laquelle vous me permettrez de ne pas répondre.

— Comment pouvez-vous savoir que je gagnerai ?

— À moins que vous ne me preniez pour un homme très chanceux, dit-il avec un signe de tête vers le téléviseur, vous ne devriez pas douter du résultat.

— Pour l'instant, je doute de tout ce que j'entends. Mais admettons que je joue et que... je perde ?

— Qu'aurez-vous perdu ?

— Les deux dollars que coûte un billet, pardi ! C'est peut-être rien pour vous mais, pour moi, c'est ce que me coûte le bus chaque semaine ! »

Jackson tira quatre coupures d'un dollar de sa poche et les lui donna.

« Considérez ce risque éliminé, avec cent pour cent de bénéfice. »

Elle froissa les billets entre ses doigts.

« J'aimerais bien savoir ce que vous y gagnez. Je suis trop grande pour croire aux contes de fées et aux vœux qu'on fait en voyant passer une étoile filante.

— Encore une bonne question, mais je n'y répondrai qu'une fois que vous aurez accepté de participer. Toutefois, vous avez raison : je ne fais pas ça par bonté d'âme. (Il eut un mince sourire.) Nous faisons affaire, vous et moi. Et, comme dans toutes les transactions, les deux parties tirent des bénéfices. Mais je crois pouvoir dire que vous serez agréablement surprise par la générosité des conditions. »

LuAnn glissa l'argent dans son sac.

« Si je dois donner ma réponse tout de suite, je vous préviens que ce sera non.

— Je comprends très bien que mon offre nécessite réflexion, aussi je vous laisse quelque temps — mais pas trop — pour l'examiner à tête reposée. » Il nota un numéro de téléphone sur un morceau de papier. « Tenez, vous pourrez toujours me joindre à ce numéro. Le tirage du Loto national a lieu dans quatre jours. Vous avez jusqu'à après-demain matin dix heures pour me communiquer votre réponse.

— Et si ma réponse était non ?

— Alors quelqu'un d'autre empochera la cagnotte, LuAnn. Quelqu'un qui sera riche d'au moins cinquante millions de dollars, et qui ne perdra pas de temps à culpabiliser sur sa bonne fortune, je vous assure. » Il eut un sourire amusé. « Croyez-moi donc quand je vous dis que bien des gens aimeraient être à votre place. » Il lui mit le papier dans la main et lui referma les doigts dessus. « N'oubliez pas, passé dix heures et une minute, l'offre ne tiendra plus. Pour toujours. »

Ce que Jackson se garda de dire, c'est qu'en cas de réponse négative LuAnn serait immédiatement abattue. Il avait durci le ton et il sourit de nouveau en lui ouvrant la porte. Il abaissa son regard sur Lisa. L'enfant cessa aussitôt de s'agiter pour le contempler avec de grands yeux.

« Elle vous ressemble. J'espère qu'elle aura aussi votre caractère. Merci d'être venue, LuAnn, et bonne journée, ajouta-t-il en s'effaçant pour la laisser passer.

— Pourquoi ai-je l'impression que votre nom n'est pas Jackson ? dit-elle en le dévisageant.

— J'espère avoir bientôt de vos nouvelles, LuAnn. J'aime que les gens qui le méritent soient heureux. Pas vous ? »

Sur ce, il ferma sans bruit la porte derrière elle.

4

Sur le chemin du retour, LuAnn tenait Lisa dans ses bras avec la même détermination qu'elle serrait dans sa main le papier portant le numéro de téléphone. Elle avait le sentiment désagréable que tout le monde dans le bus savait parfaitement ce qui venait de lui arriver et la jugeait sévèrement. Une vieille femme affublée d'un manteau mité et de bas de laine troués qui gondolaient sur ses chevilles lui jeta un regard fielleux en étreignant son sac à provisions. *C'est à croire qu'elle est au courant de la proposition de ce Jackson,* se dit LuAnn, *mais c'est sûrement ma jeunesse et ma belle petite fille qui lui restent en travers de la gorge.*

Elle se cala confortablement sur son siège et essaya d'imaginer ce qui se passerait selon qu'elle dirait oui ou non à Jackson. Si décliner l'offre revenait à poursuivre une existence misérable en compagnie d'un Duane Harvey, accepter n'était pas sans conséquences. Si vraiment elle gagnait au Loto et devenait immensément riche, l'homme lui avait dit qu'elle pourrait avoir et faire tout ce qu'elle voudrait. Tout ! Bon Dieu, la pensée que ce coup de fil reçu quatre jours plus tôt puisse déboucher pour elle sur une liberté effrénée lui donnait envie de bondir de son siège et de courir en hurlant de joie dans l'allée du bus. Elle avait déjà écarté de son esprit la possibilité qu'il s'agisse d'un canular ou de quelque escroquerie. Jackson ne lui avait

pas demandé d'argent ni manifesté de desseins char-
nels, même s'il ne lui avait pas dévoilé les conditions
exactes du marché. Toutefois, l'homme ne lui paraissait pas intéressé par le sexe. Il n'avait pas esquissé
le moindre geste envers elle ni fait de commentaire
sur sa beauté, sinon de manière indirecte, et avait fait
preuve de sérieux et de franchise. Peut-être était-il bon
à enfermer mais, dans ce cas, il avait su feindre avec
brio la santé mentale. Par ailleurs, cela avait dû lui
coûter cher de louer un espace dans la galerie, de le
meubler et d'embaucher une hôtesse. Mais surtout, il
avait annoncé le numéro gagnant de la Loterie nationale, avant même que le tirage ait lieu. Elle l'avait vu
de ses propres yeux et ne pouvait le nier. Aussi, s'il
disait la vérité, c'est qu'il avait trouvé le moyen de
frauder. Qui disait fraude disait poursuites. Et se faire
pincer à rafler des millions de dollars, ça coûtait combien ? Elle risquait fort de passer la plus grande partie de sa vie en prison. Que deviendrait Lisa ? Un
sentiment de désespoir l'envahit soudain. Comme la
plupart des gens, elle avait rêvé de ramasser le jack-
pot. C'était une chimère à laquelle elle s'était adon-
née bien des fois, quand la misère venait à peser plus
lourdement que de coutume. Mais jamais l'image de
la fortune n'avait traîné aux pieds un boulet de for-
çat. « Merde », dit-elle tout bas. Elle avait le choix
entre le ciel et l'enfer. Et quelles seraient les conditions de Jackson ? Elle était certaine que l'homme exi-
gerait un prix très élevé pour métamorphoser une
bohémienne en princesse.

Alors, si elle acceptait et gagnait, que ferait-elle ?
Le potentiel d'une telle liberté était facile à évaluer,
goûter, sentir. Le vivre, le réaliser serait une autre paire
de manches. Voyager à travers le monde ? Elle n'avait
jamais quitté Rikersville, qui était surtout connue pour
sa foire annuelle et ses abattoirs puants. Elle pouvait
compter les fois où elle était montée dans un ascenseur. Elle n'avait jamais possédé ni maison, ni voiture, ni rien. Nul compte bancaire n'avait porté son

nom. Elle était capable de lire, d'écrire et de parler un anglais passable, mais se voyait mal dans le *Bottin mondain*. Jackson disait qu'elle pourrait non seulement tout avoir mais encore devenir qui elle voudrait. Était-ce possible ? Pouvait-on sortir un crapaud de sa boue dans quelque trou perdu pour le transporter dans un château en France et croire que la bestiole allait se transformer en grande dame ? Avait-elle besoin d'une telle transformation ? Ambitionnait-elle un destin féerique à la Cendrillon ? Elle frissonna malgré elle. Elle touchait là un point sensible.

Elle écarta ses cheveux de son visage et, se penchant vers Lisa, lui caressa le front qu'ornaient de petites boucles blondes. LuAnn respira profondément, emplissant ses poumons de l'air doux printanier qui soufflait par la fenêtre ouverte du bus. En vérité, elle désirait désespérément être quelqu'un d'autre. Plus d'une fois dans sa vie elle avait espéré et cru qu'elle y parviendrait. Mais au fil du temps, cet espoir s'était révélé vain et trompeur, une illusion de plus qui s'effacerait avec l'âge, quand elle ne serait plus qu'une vieille femme voûtée et ridée, dont la mémoire ne porterait même plus la trace des rêves de jeunesse. Son triste avenir lui devenait de plus en plus clair, comme une image télévisée enfin nette de parasites.

Mais voilà que sa vie semblait prendre un tournant décisif. Elle abaissa son regard sur le bout de papier plié dans sa main, tandis que le bus la ramenait à l'intersection avec le chemin de terre au bout duquel il y avait une caravane délabrée. Duane devait l'attendre, et elle savait qu'il serait de mauvaise humeur. Il voudrait de l'argent pour sa bière. Elle se souvint soudain des deux dollars de plus que lui avait donnés Jackson. Elle pourrait se débarrasser de Duane et réfléchir plus tranquillement. Ce soir, c'était la « Nuit de la pinte » au Squat & Gobble, l'antre favori de Duane. Avec deux sacs, il en aurait pour dix pintes, de quoi boire jusqu'à plus soif. Elle jeta un regard à la terre qui se réveillait du long hiver. Le printemps était de retour. Elle avait un peu moins de deux jours devant elle. Avant dix heures après-demain, avait-il dit. Elle échangea avec sa fille un long regard, qui s'acheva en un sourire commun. Elle se pencha en avant pour poser sa joue contre la poitrine de son enfant, ne sachant pas si elle avait envie de pleurer ou de rire.

5

LuAnn, portant Lisa, poussa du pied la porte grilla-
gée. Il faisait sombre et frais à l'intérieur de la caravane. Il n'y avait pas un bruit. Duane devait encore
roupiller. Elle n'en resta pas moins sur ses gardes en
traversant l'étroit couloir. Elle n'avait pas peur de lui,
mais elle le savait sournois. Dans une bagarre à la
loyale, elle faisait plus que le poids. Elle l'avait cor-
rigé plus d'une fois, quand il était particulièrement
soûl. À jeun, il était rare qu'il se montre agressif.
C'était là une relation bien étrange avec un homme
censé être son compagnon. Mais elle aurait pu nom-
mer une dizaine d'autres femmes de sa connaissance
qui avaient fait de semblables arrangements, dictés
bien plus par les besoins économiques que par les
élans du cœur. D'autres hommes s'étaient proposés,
mais l'herbe était rarement plus verte ailleurs, elle le
savait de source sûre. Elle ralentit le pas en entendant
les ronflements provenant de la chambre et passa la
tête par la porte entrebâillée.

Elle retint son souffle à la vue des deux corps sous
les draps. Seule la tête de Duane dépassait, celle de
l'autre était entièrement recouverte, mais les deux
bosses à hauteur de la poitrine ne pouvaient en aucun
cas appartenir à l'un des copains de beuverie de
Duane, venu là piquer un somme.

LuAnn recula sans bruit dans le couloir, posa Lisa,
parfaitement éveillée, dans la salle de bains et referma

la porte derrière elle. La petite ne serait pas témoin de ce qui allait suivre. Quand elle entra dans la chambre, Duane ronflait toujours. Le corps à côté de lui avait bougé, et de longs cheveux roux éclaboussaient l'oreiller. Il ne fallut qu'une seconde à LuAnn pour agripper l'éclatante tignasse d'une poigne de fer et tirer de toute sa force qui était considérable. Un palan n'aurait pas mieux fait : l'infortunée rouquine fut littéralement arrachée du lit.

« Merde ! beugla la femme en atterrissant durement sur le cul, qu'elle avait nu, tandis que LuAnn la halait sur la moquette élimée jusqu'à la corde. Merde, LuAnn, lâche-moi ! »

LuAnn lui jeta un bref regard. « Shirley, si jamais tu reviens couchailler ici, je te tords le cou. »

Shirley tenta en vain de libérer ses cheveux. « Duane ! Aide-moi ! Elle est dingue ! »

Shirley était petite et grosse. Elle avait des jambes courtes et épaisses, et ses seins mous bringuebalaient en tous sens, tandis que LuAnn la traînait en direction de la porte de la chambre. Les cris de Shirley finirent par réveiller Duane.

« Qu'est-ce qui s'passe, ici ? demanda-t-il d'une voix grasseyante.

— Ta gueule », aboya LuAnn.

Duane cueillit son paquet de Marlboro sur la table de nuit et alluma une cigarette en souriant à Shirley.

« Tu t'en vas déjà, Shirl ? »

Il écarta une mèche de cheveux gras de son front et tira une longue bouffée d'un air satisfait.

Shirley, que LuAnn continuait de trimbaler comme un gros sac, lui jeta un regard noir.

« T'es vraiment qu'un tas de merde, Duane », cria-t-elle, les joues en feu.

Duane lui envoya un baiser imaginaire.

« Moi aussi, je t'aime, Shirl. Et merci de ta visite. Ça m'a fait mon p'tit déj'. »

Il éclata de rire en se frappant la cuisse, tandis que LuAnn et Shirley disparaissaient dans le couloir.

Après avoir déposé Shirley à côté d'un bloc-moteur rongé par la rouille, LuAnn tourna les talons pour regagner la caravane.

Shirley se releva en hurlant. « Tu m'as arraché la moitié des cheveux, espèce de salope. Et rends-moi mes fringues !

— Elles te manquaient pas tout à l'heure, au pieu, répliqua LuAnn par-dessus son épaule. Alors, j'vois pas pourquoi t'en aurais besoin maintenant.

— J'peux tout de même pas rentrer chez moi à poil !

— Alors, rentre pas chez toi. »

L'instant d'après, LuAnn claquait la porte de la caravane derrière elle. Duane vint à sa rencontre dans le couloir ; il avait enfilé un caleçon, et une cigarette non allumée pendait à ses lèvres.

« Ça fait du bien à un homme d'avoir deux chattes qui s'battent pour lui. Ça m'a échauffé le sang. T'en voudrais pas aussi, ma LuAnn ? Allez, ma belle, donne-moi un baiser. »

Il sourit et essaya de passer son bras autour du cou gracieux de la jeune femme. Elle lui flanqua son poing droit sur la bouche, lui déchaussant une ou deux dents. Le coup était douloureux, certes, mais c'était bien peu de chose comparé au genou qui vint, boutoir osseux, lui ébranler l'entrecuisse. Il poussa un hoquet, pâlit et s'écroula lourdement en chien de fusil, ses deux mains sur les parties.

Elle se pencha au-dessus de lui. « Si tu me refais ce coup-là, Duane Harvey, je le jure devant Dieu, j'te la coupe et je la balance dans les chiottes. »

Il cracha du sang. « Espèce de dingue », dit-il entre ses dents.

Elle lui tenailla les joues entre le pouce et l'index. « C'est toi, le dingue, si tu crois que j'peux encaisser cette merde.

— On est pas mariés.

— Exact, mais on vit ensemble. On a même fait

46

un bébé ensemble. Et je suis chez moi ici, autant que toi.

— Pourquoi tu t'excites ? Shirl est rien pour moi, dit-il en levant vers elle des yeux que la douleur embuait.

— Je m'excite, comme tu dis, parce que cette petite traînée ira bavasser partout en ville, au salon de coiffure et au Squat & Gobble, et moi, je passerai pour la dernière des connes. »

Il se releva péniblement. « T'avais qu'à pas me laisser seul, c'matin. C'est ta faute, tout ça. C'est toi qu'elle était venue voir, à propos de j'sais plus quoi. Qu'est-ce que j'pouvais faire ?

— Je sais pas, Duane, tu aurais pu lui offrir une tasse de café à la place de ta bite. »

Il s'appuya au mur. « J'me sens pas bien, chérie, pas bien du tout.

— C'est la meilleure nouvelle de la journée. »

Et elle le repoussa rudement de son chemin pour aller s'occuper de Lisa. Elle ressortit une minute plus tard de la salle de bains et entra dans la chambre, où elle entreprit d'enlever les draps du lit. Duane l'observait d'un air maussade depuis le seuil. « Vas-y, fous-les à la poubelle. J'm'en branle, c'est toi qui les as achetés.

— Je les emporte à laver chez Wanda, répliquat-elle sans le regarder. La prochaine fois, va faire ça ailleurs, ça m'épargnera une lessive. »

Comme elle soulevait le matelas pour le retourner, une liasse de dollars accrocha son regard.

« Duane, c'est quoi, ça ? »

Duane entra dans la pièce, ramassa les billets et les fourra dans un sac en papier qui se trouvait sur la table de nuit. Il la regarda en refermant le sac d'une torsade. « Disons que j'ai gagné à la Loterie », dit-il d'un air suffisant.

Elle tressaillit malgré elle à ces mots, comme si elle avait reçu une gifle. Cette allusion à la Loterie lui donnait le vertige. Duane était-il le complice de Jackson ?

Non, c'était impossible. On n'aurait pu imaginer une paire plus mal assortie. Elle chassa cette pensée de son esprit et croisa les bras.

« De la merde. Où as-tu eu ce fric, Duane ?

— Disons seulement que voilà une bonne raison pour que tu sois gentille avec moi et que tu fermes ta gueule. »

Elle le chassa avec colère hors de la chambre, et s'enferma au verrou. Elle ôta sa robe pour enfiler un jean et un sweat-shirt, chaussa des tennis et prépara rapidement un nécessaire de voyage. Quand elle rouvrit la porte, Duane n'avait pas bougé du couloir ; il tenait toujours le sac en papier à la main. Elle passa devant lui, gagna la salle de bains et souleva d'un bras une Lisa gigotante. Puis, le nécessaire et le ballot de linge sale dans son autre main, elle se dirigea vers la porte d'entrée.

« Où tu vas, LuAnn ?

— Ça te regarde pas.

— Tu vas m'faire la gueule encore longtemps ? J't'ai rien dit, hein, quand tu m'as tapé dans les couilles ? J'ai même déjà oublié, tu vois. »

Elle pivota sur ses talons pour le regarder dans les yeux. « Duane, faut vraiment que tu sois le type le plus con du monde.

— Ah, ouais ? Non mais pour qui tu te prends ? Pour la reine de Saba ? Sans moi, ta fille et toi vous auriez même pas un endroit où être au sec les jours de pluie. Sans moi, t'aurais rien, moins que rien. » Il alluma une cigarette tout en se gardant d'être à portée des poings de LuAnn. « Alors, au lieu de me les gonfler, tu ferais bien d'être tout miel avec moi. » Il agita au-dessus de sa tête le sac rempli de dollars. « Y en a encore plein d'autres comme ça là d'où ils viennent, ma petite. J'vais pas vivre dans ce trou à rats encore longtemps. Tu ferais bien de réfléchir à ça. Parce que j'vais plus me laisser emmerder, ni par toi ni par personne. T'entends ? »

Elle ouvrit la porte. « Duane, je vais commencer

tout de suite à être gentille avec toi. Et tu sais comment ? Je me casse, avant que je te tue ! »

Lisa, apeurée par la véhémence du ton maternel, se mit à pleurer. LuAnn l'embrassa et lui susurra de tendres paroles à l'oreille pour la calmer.

Duane regarda LuAnn traverser le terrain boueux, admirant la paire de fesses rondes et fermes que moulait le jean étroit. Il chercha un instant Shirley des yeux, mais elle avait sûrement déjà déguerpi dans son costume d'Ève.

« Je t'aime, chérie, cria-t-il à LuAnn.

— Va te faire foutre, Duane. »

6

Il y avait beaucoup plus de monde que la veille dans le centre commercial, et LuAnn s'en félicita. Elle jeta en passant un regard discret au bureau où Jackson l'avait reçue. Il n'y avait pas de lumière à l'intérieur, et la porte était close. Elle ne s'en étonna pas ; elle n'avait jamais pensé que Jackson s'attarderait dans le coin après leur entretien. Elle supposait également qu'elle avait été sa seule « cliente ».

Elle s'était fait porter malade à son travail et avait passé la nuit chez une amie, à contempler alternativement la pleine lune et Lisa, dont le visage, en dormant, s'animait de sourires et de grimaces. Elle avait finalement décidé de ne pas répondre à la proposition de Jackson, tant qu'elle ne disposerait pas de plus amples renseignements. Elle n'irait pas à la police. Elle ne pouvait rien prouver, et qui la croirait ? En dépit de la notion qu'elle avait du bien et du mal, elle ne pouvait résister à une pareille tentation : la fortune était peut-être à portée de sa main. Et puis le dernier épisode avec Duane n'avait fait que renforcer sa conviction que Lisa ne pouvait grandir dans un tel environnement.

Le bureau de la société qui gérait le centre commercial était situé au bout d'un couloir, dans l'aile sud de la galerie. LuAnn poussa la porte et entra.

« LuAnn ? »

L'homme qui venait de l'appeler par son prénom

était jeune, propret, vêtu strictement d'une chemise blanche à manches courtes, d'une cravate et d'un pantalon noir. Visiblement ému, il n'arrêtait pas de faire cliqueter le capuchon de son stylo à bille. De son côté, LuAnn le regardait sans pouvoir l'identifier.

Le jeune homme sortit prestement de derrière le comptoir. « Je ne m'attendais pas à ce que tu me reconnaisses. Johnny... Johnny Jarvis. On m'appelle John, maintenant. »

Il lui tendit la main d'une manière formelle et puis, avec un grand sourire, lui donna une chaleureuse accolade et passa la minute suivante à faire des mamours à Lisa. LuAnn sortit une petite couverture de son sac, en enveloppa la petite et lui donna son ours en peluche.

« J'ai du mal à croire que ce soit toi, Johnny. On ne s'est pas revus depuis quand, la classe de sixième ?

— Oui, toi, tu étais en sixième, et moi, en septième.

— Tu m'as l'air en pleine forme, dis donc. Depuis quand travailles-tu ici ? »

Jarvis sourit fièrement. « Après le lycée, j'ai suivi des cours de gestion commerciale. Ça fait deux ans que je travaille au centre. J'ai commencé au service informatique mais, aujourd'hui, je suis directeur adjoint.

— Félicitations, Johnny... je veux dire, John.

— Hé ! tu peux m'appeler Johnny. Je n'en revenais pas en te voyant arriver. J'ai manqué tomber à la renverse. Je pensais que je ne te reverrais plus. Je me disais que tu avais dû monter à New York ou je ne sais où.

— Je n'ai pas bougé de Rikersville.

— C'est bizarre qu'on ne se soit pas rencontrés plus tôt.

— Je viens rarement au centre. J'habite assez loin de la ville.

— Mais assieds-toi et raconte-moi ce que tu es devenue. Je ne savais pas que tu avais un bébé ni même que tu étais mariée.

— Je ne suis pas mariée.

— Oh. » Le visage de Jarvis se colora légèrement. « Euh... tu veux un café ? Je viens juste d'en faire.

— Ce serait avec plaisir, mais je n'ai pas beaucoup de temps.

— Bon, qu'est-ce que je peux faire pour toi ? Ne me dis pas que tu cherches du travail. »

Elle le regarda avec un froncement de sourcils. « Et si c'était le cas, quel mal y aurait-il ?

— Aucun, bien sûr. J'ai seulement de la peine à t'imaginer employée dans un centre commercial, c'est tout, répondit-il en souriant.

— Il n'y a pas de sot métier. Tu travailles bien ici, toi. Et puisqu'on en parle, qu'est-ce que je devrais faire dans la vie, d'après toi ? »

Le sourire de Jarvis s'estompa, et il croisa et décroisa les doigts d'un air embarrassé. « Excuse-moi, mais je pensais qu'une fille comme toi n'avait pas à chercher du travail, qu'elle vivait quelque part dans un château, portait des robes de luxe et conduisait une voiture de sport. »

La colère de LuAnn retomba au souvenir de ce que lui avait proposé Jackson. Les châteaux seraient peut-être à sa portée, sous peu.

« Excuse-moi, Johnny. J'ai eu une semaine un peu dure, vois-tu. Mais je ne cherche pas du travail. Ce que je cherche, c'est quelques renseignements sur l'un des locataires de la galerie. »

Jarvis jeta un regard dans le bureau derrière lui, où le cliquètement des touches sur les claviers se mêlait au brouhaha des conversations téléphoniques, puis reporta son attention sur LuAnn. « Des renseignements ?

— Oui. Je suis venue ici, hier. J'avais un rendez-vous.

— Avec qui ?

— C'est justement ce que j'aimerais savoir. La boutique est située à droite en rentrant, à côté du comptoir des glaces. Il n'y a pas d'enseigne ni de plaque. »

Jarvis parut perplexe pendant une seconde. « Tiens, j'étais persuadé que cet espace était vide. Nous en avons un tas d'inoccupés. On ne peut pas dire que le centre soit dans une région en pleine expansion.

— En tout cas, il y avait un locataire, hier. »

Jarvis passa derrière le comptoir pour s'installer devant un ordinateur. « C'était pour quoi, ce rendez-vous ?

— Oh, pour un boulot : de la vente au porte-à-porte.

— Oui, ça nous arrive de louer un espace pour deux ou trois jours à une entreprise qui a lancé une offre d'emploi sur la région et qui a besoin d'un lieu pour recevoir les candidats. »

Il tapa quelques touches et étudia le fichier qui apparut sur l'écran. Puis, comme si le bruit du bureau derrière eux le gênait soudain, il se leva pour fermer la porte. « Alors, que voudrais-tu savoir ? »

LuAnn sentit une inquiétude chez lui et jeta un regard en direction de la porte qu'il venait de fermer. « Tu ne risques pas d'avoir des ennuis à cause de ce que je te demande, hein, Johnny ? »

Il balaya l'air de la main. « N'oublie pas que c'est moi, le directeur adjoint, dit-il d'un air important.

— Voilà, si tu pouvais me dire qui sont ces gens, ce qu'ils fabriquent, s'ils ont une adresse quelque part...

— Mais ils ne t'ont pas dit tout ça lors de l'entretien ? demanda Jarvis, étonné.

— Si, bien sûr, mais j'aimerais en savoir un peu plus avant de m'engager. Il faudra que je m'achète des vêtements, peut-être une voiture. Alors je ne voudrais pas tomber sur des escrocs. »

Jarvis hocha la tête avec conviction. « Tu as mille fois raison. Le fait qu'ils soient locataires chez nous ne garantit pas leur honnêteté. Ils ne t'auraient pas demandé de l'argent ? ajouta-t-il, alarmé.

— Non, mais ce qu'ils m'ont proposé comme salaire me paraît énorme.

— Trop beau pour être vrai, quoi !

— J'en ai peur. » Elle le regarda pianoter sur le clavier avec une grande dextérité. « Dis donc, où t'as appris à faire ça ? demanda-t-elle avec admiration.

— Quoi, me servir d'un ordinateur ? J'ai appris ça à l'école de commerce.

— Ça ne me déplairait pas de retourner à l'école, un jour.

— T'étais la meilleure de ta classe, à l'école. Il ne te faudrait pas longtemps pour tout savoir des ordinateurs. »

Elle le remercia du regard. « Alors, qu'as-tu trouvé ? »

Jarvis étudia de nouveau l'écran. « L'entreprise s'appelle Associates, Inc. C'est du moins ce qu'ils ont marqué sur le contrat de location. Ils ont loué pour la semaine. Payé en liquide. Pas d'adresse. Quand les gens nous paient en liquide et d'avance, il est rare qu'on leur demande leurs coordonnées. Mais j'ai le nom du type qui a signé le contrat : un dénommé Jackson.

— Taille moyenne, les cheveux noirs, un peu gras du bide ?

— Oui, c'est ça ; je me souviens de lui, maintenant. Il m'a paru très professionnel. Il ne s'est rien passé d'anormal pendant l'entretien ?

— Ça dépend de ce que tu entends par "anormal". Mais moi aussi, je l'ai trouvé très pro. Rien d'autre sur lui ? »

Jarvis chercha de nouveau, espérant extraire plus d'informations dans le seul but de plaire à LuAnn. Mais la déception finit par se peindre sur son visage.

« Non, rien d'autre », dit-il avec un soupir.

LuAnn vit sur la tablette une pile de bloc-notes et une boîte pleine de pointes Bic.

« Est-ce que je pourrais avoir un de ces blocs et de quoi écrire ? Je peux te les payer.

— Tu plaisantes ? Prends tout ce que tu veux.

— Un seul me suffira. Merci. » Elle rangea le bloc et le stylo dans son sac à main.

« Tu sais, on en a des tonnes.

— Je te remercie de ton aide, Johnny. Et j'ai été rudement contente de te revoir.

— Et moi, tu ne peux pas savoir l'effet que ça m'a fait de te voir pousser la porte. » Il jeta un coup d'œil à sa montre. « Je vais déjeuner dans une dizaine de minutes. Il y a un bon chinois sous les arcades. Tu as le temps ? Je t'invite. On sera plus à l'aise pour parler.

— Désolée, Johnny, mais je suis vraiment à la bourre. Une autre fois, peut-être. »

Elle lut une telle déception sur le visage de Jarvis qu'elle se sentit coupable. Elle posa Lisa sur une chaise et serra Jarvis dans ses bras. Elle sourit tandis qu'il humait le parfum de ses cheveux qu'elle venait de laver et pressait fébrilement sa main dans le creux de ses reins en se fondant contre la douceur de ses seins. Quand ils s'écartèrent l'un de l'autre, Jarvis semblait planer sur un nuage.

« Tu t'es rudement bien débrouillé, Johnny. Mais j'ai toujours su que tu réussirais. » Les choses auraient pu être différentes, pensa-t-elle, si elle avait retrouvé Johnny plus tôt.

« Vraiment ? Je suis plutôt surpris que tu aies seulement pensé à moi.

— Prends soin de toi, Johnny, on se reverra peut-être. » Elle souleva Lisa, qui frotta son ours en peluche contre la joue de sa mère en gazouillant joyeusement, et se dirigea vers la porte.

« Hé, LuAnn ? »

Elle se retourna.

« Tu vas accepter ce travail ? »

Elle réfléchit un instant à la question. « J'en sais rien encore. Mais tu l'apprendras si j'ai dit oui. »

LuAnn se rendit ensuite à la bibliothèque municipale, un lieu qu'elle avait fréquenté quand elle était
au collège mais où elle n'était pas retournée depuis
des années. La bibliothécaire se montra très aimable
et la complimenta sur sa fille. Lisa, blottie contre sa
mère, regardait autour d'elle en babillant.

« Elle aime les livres, dit LuAnn. Je lui fais la lecture tous les jours.

— Elle a les beaux yeux de sa maman », dit la
femme en regardant tour à tour la mère et l'enfant.

Mais comme LuAnn caressait la joue de Lisa, une
ombre passa sur le visage de la bibliothécaire : LuAnn
ne portait pas d'alliance.

« Cet enfant est ce que j'ai fait de mieux dans ma
vie, dit LuAnn, à qui le subtil changement n'avait pas
échappé. Je ne suis pas riche, c'est le moins que je
puisse dire mais, s'il y a une chose dont ne manquera
jamais cette petite fille, c'est d'amour. »

La femme acquiesça avec un sourire triste. « Ma
fille est mère célibataire. Je fais ce que je peux pour
l'aider, mais c'est dur. Il n'y a jamais assez d'argent
pour faire bouillir la marmite.

— À qui le dites-vous. » LuAnn prépara un biberon avec de l'eau minérale et de la poudre de lait
maternisé que lui avait donnée une amie. « On n'est
jamais sûr que d'une chose : c'est qu'on n'arrivera pas
à la fin de la semaine avec plus d'argent qu'au début. »

La femme secoua la tête d'un air songeur. « On dit
que l'argent ne fait pas le bonheur, mais je me dis
souvent que ce serait drôlement bien de ne plus avoir
à compter. Je n'arrive même pas à imaginer la chose.

— Moi, je l'imagine très bien : ça doit être un
grand soulagement. »

La femme rit. « Eh bien, que puis-je pour vous ?

— Vous gardez des exemplaires de journaux, n'est-
ce pas ? »

La femme hocha la tête. « Oui, sur des microfilms.
Dans cette pièce. » Elle désigna une porte au fond de
la salle.

LuAnn parut hésiter.

« Si vous ne savez pas vous servir du projecteur de microfilms, je peux vous montrer. Ce n'est pas très difficile.

— Ce serait très gentil. Merci. »

Elles gagnèrent la filmothèque, qui était déserte et sombre. La femme fit de la lumière, installa LuAnn devant l'un des ordinateurs, et sortit une bobine de l'un des casiers. Elle ne mit pas une minute à insérer le microfilm, dont le contenu s'afficha sur l'écran. Elle appuya sur une touche, et les pages commencèrent de défiler. Elle appuya sur une autre touche pour arrêter la présentation et ressortit la bobine. « Voilà, dit-elle. À vous, maintenant. »

LuAnn répéta l'opération sans une erreur.

« C'est très, très bien. Vous apprenez vite. La plupart des gens n'y arrivent pas du premier coup.

— Je suis plutôt adroite de mes mains.

— Les titres et les dates de publication sont inscrits sur les casiers. Nous avons le journal local, bien sûr, et quelques grands quotidiens nationaux.

— Je vous remercie beaucoup. »

Sitôt que la femme fut partie, LuAnn, portant Lisa dans ses bras, commença d'explorer les rangées de casiers. Elle finit par poser la petite par terre et l'observa avec amusement abandonner son biberon et essayer de se mettre debout. LuAnn arrêta son choix sur l'un des grands quotidiens et sortit les microfilms des parutions de ces six derniers mois. Mais elle changea d'abord la couche de Lisa, avant d'insérer la première bobine. Avec la petite sur ses genoux, elle fit défiler les pages sur l'écran. Il ne lui fallut pas longtemps pour repérer le gros titre en page « Société » : *LE GAGNANT DU LOTO EMPOCHE QUARANTE-CINQ MILLIONS DE DOLLARS.* LuAnn lut rapidement l'article. Dehors, une violente averse s'abattit soudain. Il pleuvait beaucoup au printemps dans la région, et le plus souvent sous la forme de violents orages. Comme en réponse à ses pensées, il y eut un formidable coup de tonnerre, et LuAnn eut l'impression que toute la bâtisse tremblait. Elle abaissa un regard inquiet sur Lisa, mais la petite fille, fascinée par l'écran de l'ordinateur, ne semblait pas impressionnée par le bruit. LuAnn sortit une couverture de son sac, l'étendit par terre avec quelques jouets, y déposa Lisa et revint à l'heureux gagnant. Elle prit quelques notes sur le bloc, et passa au mois suivant. Le tirage du Loto national avait lieu le 15 de chaque mois. Et ce qu'elle cherchait se trouvait entre le 16 et le 20. Deux heures plus tard, elle avait passé en revue les six derniers gagnants. Elle se renversa contre le dossier de sa chaise et relut ses notes. Elle avait la tête lourde et avait très envie d'une tasse de café. Dehors, il continuait de tomber des cordes. Elle se leva, rangea les boîtes dans les casiers et, prenant Lisa avec elle, alla chercher quelques livres pour enfants dans l'autre salle, et s'installa à l'une des tables pour montrer les images à la petite. Un quart d'heure plus tard, Lisa s'était endormie, et LuAnn l'installa dans le moïse, qu'elle posa sur la table devant elle. La salle était silencieuse et chaude. Comme LuAnn somnolait, elle plaça un bras protecteur sur l'enfant, avant de sombrer dans le sommeil.

Elle se réveilla en sursaut, au contact d'une main posée sur son épaule. Elle tourna la tête. La bibliothécaire se penchait vers elle.

« Pardonnez-moi de vous réveiller, mais nous allons fermer. »

LuAnn regarda autour d'elle d'un air confus. « Bon Dieu, quelle heure est-il ?

— Six heures passées. »

LuAnn s'empressa de rassembler ses affaires. « Je suis désolée de m'être endormie de cette façon.

— Vous ne m'avez pas dérangée. Je regrette seulement d'avoir dû vous réveiller, vous dormiez si paisiblement avec votre petite fille.

— Merci encore pour votre aide. » LuAnn pencha

la tête de côté pour écouter la pluie tambouriner sur le toit.

La femme la regarda. « Je vous ramènerais volontiers chez vous, mais je n'ai pas d'autre moyen de transport que le bus.

— Je suis comme vous. »

LuAnn couvrit le moïse de son manteau et quitta la bibliothèque. Dans la rue, elle courut jusqu'à l'arrêt du bus et dut attendre une demi-heure qu'une voiture s'arrête dans un grincement de freins, suivi du profond soupir de sa porte actionnée à l'air comprimé. Il lui manquait dix *cents* pour le billet, mais le chauffeur, un grand Noir qu'elle connaissait de vue, mit la différence de sa poche.

« On a tous besoin d'aide de temps à autre », dit-il.

Elle le remercia d'un sourire. Vingt minutes plus tard, elle entrait au Number One Truck Stop, avec plusieurs heures d'avance sur son service.

Beth, matrone quinquagénaire et collègue de LuAnn, passait un chiffon mouillé sur le comptoir en Formica.

« Ohé ! ma jolie, pourquoi viens-tu si tôt ? »

Un chauffeur routier, à la taille épaisse comme un pneu de camion, jeta à LuAnn un regard admiratif par-dessus le bord de sa tasse de café. La jeune femme, bien que trempée par la pluie, faisait impression. « Elle est venue en avance pour pas manquer le bon gros Frankie, ici présent, dit-il avec un sourire qui fendit en deux son large visage. Elle savait que j'prendrais la route cette nuit, alors elle a voulu me voir avant que j'embraie.

— T'as raison, Frankie, ça lui briserait le cœur, à LuAnn, de rater ta tronche mal rasée, dit Beth, un cure-dents à la bouche.

— Ça boume, Frankie ? demanda LuAnn.

— Ça boume, répondit le routier, le sourire cimenté dans ses joues.

— Beth, tu peux surveiller Lisa une minute, le temps que j'enfile mon uniforme ? »

LuAnn s'essuya le visage et les bras avec une serviette, avant de s'occuper de Lisa. La petite n'avait pas mouillé sa couche et elle avait faim. « Je vais lui préparer un biberon avec une petite bouillie de céréales. Après ça, je pense qu'elle dormira, bien qu'elle ait piqué un somme il y a une heure à peine.

— Laisse-moi prendre ce bijou dans mes bras, dit Beth en soulevant Lisa de son couffin pour l'installer contre son ample poitrine. Tu sais, LuAnn, t'as pas besoin d'être en avance de plusieurs heures.

— J'étais trempée, et mon uniforme est tout ce que j'ai de propre à me mettre. Et puis, ça m'ennuyait d'avoir manqué la nuit dernière. Dis donc, il ne reste rien à manger de midi ? Je crois bien que je n'ai rien avalé de la journée. »

Beth lui jeta un regard réprobateur et planta une main sur sa hanche. « Si seulement tu faisais pour toi le quart de ce que tu fais pour cette petite ! Il est presque huit heures du soir, et tu n'as pas encore becté ?

— Arrête, Beth. J'ai oublié, voilà tout. »

Beth grogna. « Ouais, Duane a encore bu ton argent, hein ?

— Tu devrais laisser tomber ce p'tit salaud, LuAnn, grommela Frankie. Mais tu me laisseras lui botter le cul, d'abord. Tu mérites mieux que ce bon à rien. »

Beth, d'accord avec Frankie, opina vigoureusement du bonnet. LuAnn leur fit la grimace. « Merci de votre soutien, mais ma vie privée ne regarde que moi. Et maintenant, si vous voulez bien m'excuser... »

Un moment plus tard, LuAnn finissait la copieuse assiette que Beth lui avait servie. Elle repoussa son couvert et se versa du café. Il s'était remis à pleuvoir, et c'était bon de se sentir à l'abri, tandis que la pluie crépitait sur le toit en tôle du routier. Elle resserra un léger chandail autour de ses épaules et vérifia l'heure à la pendule derrière le comptoir. Son service ne commencerait que dans deux heures. Au début, quand elle arrivait ainsi en avance, le directeur avait accepté de lui payer une heure supplémentaire, mais cette générosité n'avait pas duré longtemps. Il y perdait des plumes, disait-il. Elle lui avait répliqué que si quelqu'un se faisait plumer, c'était plutôt elle. Mais il ne fallait pas en demander trop, il acceptait qu'elle amène sa fille avec elle, et elle lui en était d'une certaine manière reconnaissante car, sinon, elle n'aurait pas pu travailler. Et il la payait cash. Elle savait, bien sûr, qu'il s'évitait ainsi de la déclarer et de payer des charges, mais elle en profitait de son côté en n'étant pas obligée elle-même de remplir une déclaration d'impôts. Elle gagnait déjà assez peu d'argent comme ça sans que le gouvernement vienne prélever sa dîme. Elle avait vécu toute sa vie en dessous du seuil de pauvreté et pensait à juste titre qu'elle ne devait rien à l'État.

Lisa dormait dans son moïse à côté d'elle sur la banquette. LuAnn borda la couverture autour de la petite. Elle lui avait donné à manger un peu de son propre repas et se réjouissait que l'enfant commence à accepter de la nourriture solide. Elle s'inquiétait toutefois au sujet de son sommeil. Ce comptoir de bar enfumé et bruyant, ce n'était certainement pas l'idéal. Elle avait lu et vu à la télé que de bonnes conditions de repos étaient essentielles pour la santé des tout-petits. Et il n'y avait pas que ça. Quand Lisa serait sevrée, aurait-elle assez d'argent pour l'alimenter correctement ? Ne pas avoir de voiture, devoir marcher, prendre le bus, courir sous la pluie. Si Lisa attrapait mal ? Si elle-même tombait malade, qu'elle doive s'aliter ? Qui prendrait soin de la gosse ? Elle n'avait pas d'assurance, et emmenait Lisa au centre d'aide sociale pour les vaccins et les analyses, mais elle-même n'avait pas consulté un médecin depuis des années. Certes, elle était jeune, forte et en bonne santé, mais personne n'était à l'abri d'un pépin. Elle faillit rire en pensant à Duane, s'il était obligé de veiller aux mille besoins quotidiens de Lisa. Il s'enfuirait en hurlant dans les bois au bout d'un quart d'heure. Triste, se dit-elle.

Alors qu'elle contemplait son enfant endormie, LuAnn sentit son cœur peser soudain aussi lourd que les semi-remorques garés sur le parking du restaurant. Elle avait le sentiment qu'elle se rapprochait un peu plus chaque jour du bord de l'abîme. La chute était inévitable ; ce n'était qu'une question de temps. Elle repensa aux paroles de Jackson. Un cycle. Sa mère. Puis elle-même. Duane ressemblait à Benny Tyler par bien des côtés. Viendrait le tour de Lisa, sa petite fille chérie pour laquelle elle sacrifierait sa vie s'il le fallait. En Amérique, disait la publicité, chacun avait sa chance. Il suffisait de la saisir. Mais ce n'étaient que des mots, et des millions de malchanceux ne trouvaient leur pitance que dans les poubelles des possédants. C'était ainsi, du moins, que LuAnn voyait les choses, quand elle avait le cafard, comme maintenant.

Elle secoua la tête. Ce genre de pensées ne risquait pas de l'aider. Elle ouvrit son sac et sortit le bloc-notes. Ce qu'elle avait découvert à la bibliothèque l'intriguait au plus haut point.

Elle avait noté les noms des gagnants des six derniers mois. Le sourire de l'heureux élu, dont la photo illustrait chaque article, semblait faire la largeur de la page. Il y avait eu, en partant du dernier : Judy Davis, vingt-sept ans, mère de trois enfants et vivant de l'aide sociale ; Herman Rudy, cinquante-huit ans, ancien chauffeur-routier en incapacité de travail à la suite d'un accident professionnel et avec d'énormes frais médicaux à payer ; Wanda Tripp, soixante-six ans, veuve et subsistant avec quatre cents dollars alloués par la Sécurité sociale ; Randu Stith, trente et un ans, veuf avec un jeune enfant, licencié depuis peu de son emploi de manutentionnaire ; Bobbie Jo Reynolds, trente-trois ans, serveuse à New York, qui, après avoir gagné, avait abandonné son rêve de devenir comédienne à Broadway pour s'en aller peindre les paysages du sud de la France. Il y avait enfin Raymond Powell, quarante-quatre ans, entrepreneur ruiné qui avait trouvé refuge dans un centre pour SDF.

LuAnn s'adossa à la banquette. *Et LuAnn Tyler, vingt ans, mère célibataire, pauvre, sans éducation ni perspectives d'avenir.*

Elle n'en avait relevé que six. Combien étaient-ils en tout ? Elle devait admettre que c'étaient de bien belles histoires. Des gens en situation désespérée qui touchaient le gros lot. Des personnes âgées qui voyaient s'ouvrir devant elles une nouvelle jeunesse. De jeunes enfants dont l'avenir matériel était assuré. Les rêves les plus fous réalisés comme par un coup de baguette magique. Le visage de Jackson apparut soudain dans ses pensées. *Quelqu'un doit gagner. Pourquoi pas vous, LuAnn ?* lui avait-il dit d'une voix calme, sereine. Ces deux phrases résonnaient encore dans sa tête. Accepter, c'était comme de plonger dans une eau noire, sans savoir ce qui la guettait au fond. L'inconnu l'effrayait et l'attirait à la fois. Elle regarda Lisa, et il lui vint une image qui lui arracha un frisson : sa petite devenue grande, prise au piège dans une caravane assiégée par une horde de loups.

« Que fais-tu, ma douce ? »

LuAnn sursauta. Beth, les deux mains chargées d'assiettes fumantes, la regardait en souriant.

LuAnn referma son calepin. « Rien, je comptais ma fortune.

— Alors, n'oublie pas les petites gens quand tu découvriras le trésor, mademoiselle LuAnn Tyler », lui dit Beth avant de s'en repartir servir les clients.

LuAnn grimaça un sourire. « J'oublierai pas, Beth. C'est juré. »

7

Il était huit heures du matin. Dans deux heures expirerait le délai dont avait disposé LuAnn pour répondre à Jackson. Elle descendit du bus avec Lisa. Elle ne s'arrêtait pas là, d'habitude, mais elle n'était qu'à une demi-heure de marche de la caravane, une bagatelle pour elle. La pluie avait cessé, laissant un ciel d'un bleu intense et une herbe au vert lustré. Dans les frondaisons, les oiseaux semblaient louer de leurs chants l'avènement du printemps et la fin des frimas. Partout où LuAnn regardait, ce n'était que bourgeons frais éclos. Elle aimait cette heure du jour, si tranquille, si douce, qui incitait à l'espoir.

LuAnn porta son regard vers les champs légèrement vallonnés, et son visage se peignit de gravité. Elle ralentit le pas en franchissant le portail du cimetière de Heavenly Meadows, et prit la direction de la section 14, lot 21, où le caveau n° 6 occupait un petit espace sur un tertre à l'ombre d'un cornouiller mâle qui donnerait bientôt ses fruits uniques. Elle posa le moïse de Lisa sur la tombe voisine de celle de sa mère et souleva la petite. S'agenouillant dans l'herbe, elle balaya la poussière et les brindilles de la simple dalle de pierre. Sa mère, Joy, n'avait pas vécu longtemps : trente-sept ans. Une vie brève mais qui avait dû lui paraître longue, car elle avait été malheureuse aux côtés de Benny Tyler.

« Tu te souviens, Lisa ? C'est là que repose mamie.

Ça fait longtemps que nous ne sommes pas venues, parce qu'il faisait si froid, mais maintenant que le printemps est de retour, nous pouvons lui rendre visite. » Elle montra du doigt la pierre à la petite. « Tu vois, elle est ici. Elle dort tout le temps mais, quand nous venons, elle se réveille. Elle ne peut pas nous parler, mais si tu fermes bien les yeux, comme un bébé oiseau, et que tu ouvres bien les oreilles, tu l'entendras. Elle te dira ce qu'elle pense des choses de la vie. »

LuAnn se leva et s'assit sur un banc dans l'allée, Lisa sur ses genoux. L'enfant somnolait, bien protégée par sa couverture de la fraîcheur matinale. Hormis un homme au loin, qui coupait l'herbe sur une tondeuse autotractée, le cimetière était désert. Elle n'entendait même pas le bruit du moteur, et il y avait très peu de circulation sur la route longeant le cimetière. Le silence était paisible ; elle ferma les yeux et écouta aussi intensément qu'elle le put.

Au restaurant, elle avait pris la décision d'appeler Jackson, sitôt son service terminé. Il avait dit avant dix heures, et elle supposait qu'il devait attendre l'appel et répondrait à la première sonnerie. Dire oui lui paraissait maintenant la chose la plus facile au monde, et la plus intelligente. C'était son tour de saisir sa chance. Après toutes ces années de désillusion, les dieux lui souriaient enfin. Parmi des millions de noms, celui de LuAnn Tyler avait décroché la timbale. Une chose était certaine : une telle occasion ne se reproduirait plus jamais. Elle était également certaine que les six derniers gagnants avaient passé un coup de fil similaire. Et apparemment, ils n'avaient pas eu d'ennuis avec la police. Sinon, la nouvelle aurait fait le tour du pays, et elle aurait été abondamment commentée dans une zone aussi déshéritée que celle de Rikersville, où tout le monde jouait à la Loterie, dans l'espoir frénétique de s'arracher au désespoir de n'être rien. Et puis, en quittant le routier, elle avait ressenti le besoin de chercher conseil ailleurs qu'en elle-même, avant de décrocher le téléphone. Elle venait régulièrement ici ; elle parlait, arrangeait les fleurs qu'elle avait cueillies, entretenait la tombe. Dans le passé, elle avait souvent pensé qu'elle communiquait réellement avec sa mère. Elle n'avait jamais entendu de voix, mais avait toujours éprouvé des émotions fortes. Elle avait fini par prêter à la morte une certaine capacité à communiquer et à l'entretenir de choses et d'autres. Elle concevait que des médecins puissent la prendre pour une folle, mais cela ne changeait en rien ce qu'elle ressentait.

En ce moment même, elle se demandait comment présenter son histoire à sa mère sans la choquer. Sa mère s'était efforcée de bien l'élever. LuAnn n'avait jamais menti jusqu'à ce qu'elle se mette en ménage avec Duane. Les mensonges avaient dès lors fait partie de la lutte pour la vie. Mais elle n'avait jamais rien volé ni fait de mal à quiconque. Elle avait su garder intactes sa dignité et sa fierté, et cela l'avait toujours aidée à affronter un quotidien dénué de tout espoir de jours meilleurs.

Aujourd'hui, toutefois, elle ne ressentait rien. L'homme et sa tondeuse se rapprochait, et le trafic s'intensifiait sur la route. Elle rouvrit les yeux et soupira. Sa mère lui faisait défaut le jour où elle avait le plus besoin d'elle. Elle se leva et se préparait à partir, quand elle éprouva une étrange sensation. Son regard fut machinalement attiré vers une autre section du cimetière, un autre lot situé trois cents mètres plus loin. Quelque chose l'attirait là-bas, et elle savait ce que c'était. Elle se mit en route comme un automate dans l'allée étroite en pressant fortement Lisa contre elle, comme si elle craignait que l'enfant ne soit arrachée par l'invisible force qui exerçait sur elle-même une irrésistible attraction. Elle ne percevait plus le bruit de la tondeuse ni celui des voitures mais seulement la plainte du vent sur les tombes. Elle s'arrêta enfin au pied d'une sépulture. La plaque de bronze scellée dans la pierre portait le même nom que sa mère : Benjamin Herbert TYLER. Elle n'était pas revenue là depuis la mort de son père. À l'enterrement, elle avait fermement serré la main de sa mère dans la sienne. Ni l'une ni l'autre n'avaient éprouvé le moindre chagrin, mais toutes deux avaient manifesté l'émotion qu'attendaient d'elles la famille et les nombreux amis du défunt. Étrangement, Benny Tyler avait été immensément populaire et apprécié de tous, sauf de ses proches, parce qu'il s'était montré généreux et amical envers tout le monde, à l'exception de sa femme et de sa fille.

LuAnn contemplait le nom de son père, comme s'il était apposé à la porte d'un bureau qui allait s'ouvrir d'un instant à l'autre. Elle recula, fuyant cette douleur dans la poitrine qui n'avait cessé de croître à chaque pas qui la rapprochait des restes de son géniteur. Ce fut alors qu'elle ressentit ce qu'elle avait en vain attendu devant la sépulture de sa mère. Dans l'état de choc où elle se trouvait, il lui sembla voir une brume serpentine sourdre de la tombe et ramper sur l'herbe encore perlée de rosée. Elle tourna les talons et prit ses jambes à son cou. Le poids de Lisa ne l'empêcha pas de sprinter avec une aisance qui aurait surpris plus d'un athlète olympique. Quelques secondes plus tard, elle franchissait le portail. Elle n'avait pas fermé les yeux comme un bébé oiseau. Elle n'avait pas écouté très fort non plus. Et cependant les paroles de Benny Tyler avaient surgi de terre et pénétré férocement dans les tendres oreilles de sa fille unique.

Prends l'argent, fille. Papa te dit de le prendre et au diable le reste du monde. Écoute-moi. Sers-toi de ta petite cervelle. Quand le corps fout le camp, il ne reste rien. Rien ! T'ai-je jamais menti, ma poupée ? Prends-le, nom de Dieu, prends-le, espèce de gourde ! Papa t'aime. Fais-le pour moi.

L'homme sur son minitracteur s'arrêta pour voir cette femme courir sous un ciel si bleu qu'il méritait qu'on le photographie. Le trafic sur la route s'était encore accru. Tous les bruits de la vie, qui avaient inexplicablement cessé pour LuAnn durant ces quelques instants, se faisaient de nouveau entendre.

L'homme orienta son regard vers la tombe qu'avait fuie LuAnn. Il y avait décidément des gens qui paniquaient dans les cimetières, se dit-il, et même en plein jour par une belle journée. Il remit sa tondeuse en route.

LuAnn était déjà hors de vue.

Le vent poursuivait la femme et son enfant sur la longue route en terre. Le visage de LuAnn ruisselant de sueur brillait au soleil filtrant à travers les frondaisons. Elle continuait de courir d'une foulée régulière et souple. Au collège, jamais personne, garçons compris, n'avait pu la battre à la course. Un don de Dieu pour la vitesse, lui avait affirmé son professeur de gymnastique. Mais personne ne lui avait dit ce qu'elle pourrait bien faire de ce don, si ce n'est — quand on avait quatorze ans et un corps de femme — compter sur ses jambes pour échapper aux garçons trop entreprenants.

À présent, elle avait la poitrine en feu. Elle se demanda si elle ne risquait pas de succomber à une crise cardiaque, comme son père. Peut-être avait-elle hérité de lui quelque faiblesse congénitale, qui n'attendait que l'occasion d'emporter un Tyler de plus. Elle ralentit. Effrayée par cette fuite éperdue, Lisa hurlait, et LuAnn finit par s'arrêter, pour calmer l'enfant.

Elle ne se remit en marche qu'une fois la petite apaisée. Les paroles de Benny Tyler lui avaient ouvert les yeux. Elle emporterait ce qu'elle pourrait et enverrait quelqu'un chercher le reste. Elle irait chez Beth pendant un temps. Beth le lui avait déjà proposé. Elle possédait une grande et vieille maison délabrée que, depuis la mort de son mari, elle était seule à occuper avec ses deux chats dont elle disait avec jubilation qu'ils étaient encore plus fous qu'elle-même. LuAnn emmènerait sa fille avec elle s'il le fallait, mais elle allait s'inscrire à l'école pour adultes et passer son bac, et peut-être même, après, suivre des cours à la fac en auditeur libre. Car enfin, elle n'était pas plus bête que Jarvis. Quant à M. Jackson, il n'aurait qu'à se trouver un autre heureux gagnant. Toutes ces réponses à son douloureux dilemme lui étaient venues si vite qu'il lui semblait que sa tête allait exploser de soulagement. Sa mère lui avait parlé, de manière détournée, mais la magie avait une fois de plus fait son œuvre. « N'oublie jamais les chers disparus, Lisa, murmurat-elle à la petite. On ne sait jamais. »

Elle ralentit le pas à l'approche de la clairière. Duane était bourré de fric, la veille. Elle se demanda s'il en avait laissé. Il était prompt à payer des tournées générales au Squat & Gobble dès qu'il avait quelques billets en poche. Dieu seul savait ce qu'il avait fait de la liasse qu'il avait planquée sous le lit. Elle ne voulait pas savoir comment il avait eu cet argent. Elle n'y voyait pour elle qu'une raison de plus de le plaquer.

Au détour du chemin de terre, une bande de merles s'envola des buissons dans un bruissement d'ailes qui la fit tressauter. Elle leur jeta un regard courroucé puis, comme elle arrivait en vue de la caravane, s'immobilisa. Une voiture était garée devant la porte. Une longue décapotable noire aux flancs blancs, rutilante, avec sur le capot un énorme ornement chromé qui, de loin, évoquait une femme se livrant indécemment à la masturbation. Duane possédait une vieille camionnette Ford déglinguée qui était à la fourrière depuis une éternité. Quant aux copains de Duane, elle les imaginait mal au volant de ce genre de caisse. Que se passaitil ? Duane avait-il perdu les pédales au point de se payer l'auto de ses rêves ? Elle examina la voiture tout en gardant un œil sur la caravane. Les sièges étaient recouverts d'un cuir blanc bordé d'une ganse bordeaux. L'intérieur était immaculé, le tableau de bord en bois de rose brillant comme un miroir. La clé de contact était dans le démarreur, une boîte miniature de Budweiser accrochée à son anneau. Un téléphone reposait sur un support fixé au tableau de bord. Si ce bijou appartenait à Duane, se dit-elle, il avait dû coûter tout l'argent planqué sous le matelas et un peu plus encore.

Elle grimpa rapidement les marches et tendit l'oreille avant de s'aventurer plus loin. Comme aucun bruit ne lui parvenait, elle décida d'entrer. Elle lui avait déjà botté les fesses, et elle pouvait remettre ça.

« Duane ? » Elle claqua bruyamment la porte derrière elle. « Duane, c'est à toi, la caisse qui est dehors ? »

Ne recevant pas de réponse, elle installa Lisa qui s'agitait dans son moïse, et avança dans le couloir. « Duane, tu es là ? Réponds-moi, s'il te plaît. J'ai vraiment pas le temps de plaisanter. »

Elle gagna la chambre, mais il n'y était pas. Son regard s'accrocha à la pendule. Bien décidée à ne pas l'abandonner à Duane, elle s'empressa de la décrocher de la cloison et de la fourrer dans son sac de voyage. Elle ressortit de la chambre et repassa devant Lisa dans le couloir. Elle se baissa pour caresser la petite et poser son sac et repartit à la recherche de Duane.

Il était dans le séjour, allongé sur le canapé défoncé. La télé était allumée, mais le son coupé. Un carton d'ailes de poulet taché de graisse gisait sur la table basse à côté d'une canette de bière vide et d'une bouteille de ketchup renversée. Elle ignorait si c'était là son petit déjeuner ou les restes du dîner de la veille.

« Hé ! Duane, tu m'entends ? »

Elle le vit tourner la tête vers elle, lentement, très lentement. Elle pinça les lèvres. Ivre une fois de plus. « Duane, tu ne grandiras donc jamais ? » Elle s'avança vers lui. « Il faut qu'on parle. Et tu ne vas pas aimer ce que j'ai à te dire, mais c'est dommage parce que... »

Elle n'alla pas plus loin, car une main s'abattit en

travers de sa bouche, étouffant net son cri. Un bras large et puissant lui encercla la taille et lui emprisonna les bras. Alors qu'elle balayait la pièce d'un regard paniqué, elle remarqua pour la première fois que le devant de la chemise de Duane n'était qu'un barbouillis de sang. Horrifiée, elle le vit rouler du canapé et tomber par terre, pour ne plus bouger.

La main qui la bâillonnait lui releva le menton si brutalement qu'elle pensa que sa nuque allait se briser sous la torsion. Elle eut un hoquet en voyant descendre vers sa gorge la lame qui venait d'apparaître dans l'autre main de son assaillant.

« Désolé, ma poule, mais tu tombes mal. »

La voix était inconnue à LuAnn. L'homme soufflait contre sa joue une haleine puant la bière et les ailes de poulet épicé. Il avait cependant fait une erreur. Pour brandir le couteau, il avait dû lui libérer les bras. Peut-être pensait-il qu'elle serait paralysée par la peur. C'était loin d'être le cas. Elle lui écrasa son talon contre le genou en même temps qu'elle lui flanquait son coude dans le plexus.

La force du coup fit tressaillir la main tenant le couteau, et la lame taillada LuAnn au menton, tandis que l'homme, le souffle coupé, tombait à genoux en lâchant son arme. LuAnn s'élança dans le couloir, mais son agresseur parvint à lui accrocher une jambe, et elle s'affala à un mètre devant lui. Elle se relevait quand il la saisit d'une main par la cheville et la tira vers lui. Comme elle se retournait sur le dos, elle put enfin voir son visage : bronzé, des sourcils épais, des cheveux noirs plantés bas et des lèvres pleines et gercées. Elle ne pouvait voir ses yeux car il les tenait mi-clos en essayant de parer aux furieux coups qu'elle lui balançait du talon de son pied libre. Elle photographia ces traits dans sa mémoire. C'était un adversaire coriace, trop fort, trop lourd pour elle. Mais elle ne laisserait pas son enfant à la merci de cet homme. Elle se battrait avec la rage d'une tigresse.

Elle cessa brusquement de résister et se jeta sur lui

en hurlant de toutes ses forces. Son cri et son bond soudain le prirent par surprise. Déséquilibré, il lui lâcha la jambe. Maintenant, elle pouvait voir ses yeux : ils avaient la couleur marron foncé des vieilles pièces de un penny. Elle y planta furieusement ses deux index. Hurlant de douleur, l'homme tomba à la renverse mais rebondit comme une masse caoutchouteuse contre la cloison et la percuta. Ils chutèrent ensemble. LuAnn saisit à l'aveuglette le premier objet qui lui tomba sous la main et en frappa furieusement son assaillant à la tempe avant même qu'elle touche le sol, manquant de peu le corps de Duane mais donnant durement de la tête contre la cloison.

Le téléphone s'était brisé en morceaux sur le crâne de l'homme. Apparemment inconscient, celui-ci gisait sur la moquette. Ses épais cheveux noirs se teintaient rapidement de rouge, car les blessures à la tête saignent toujours abondamment. LuAnn resta allongée pendant un moment puis se redressa lentement sur son séant et s'adossa à la cloison. Elle pouvait à peine remuer son bras droit qu'elle avait cogné contre la table basse en tombant. La tête lui tournait. Il fallait qu'elle s'arrache de là, pensait-elle désespérément. Prendre Lisa et courir jusqu'à ce que ses jambes ne la portent plus. Sa vision se troubla soudain. « Bon Dieu, non, pas ça. » Elle sentit venir l'évanouissement et tenta en vain de se lever. Elle ouvrit la bouche, battit des paupières et bascula sur le côté, inconsciente.

8

LuAnn ne savait pas pendant combien de temps elle était restée sans connaissance. Toutefois, le sang qui avait coulé de son entaille au menton ne s'était pas encore coagulé, ce qui signifiait que sa perte de conscience n'avait pas été longue. Son chemisier était déchiré et taché de sang ; un sein pendait hors de son soutien-gorge. Elle se remit péniblement en position assise et se rajusta de son bras valide. Elle s'essuya le menton et palpa la coupure, douloureuse au toucher. Puis, lentement, avec précaution, elle se releva. Encore sous le choc de la peur et des coups, elle avait du mal à respirer.

Les deux hommes gisaient côte à côte. Son assaillant respirait, il suffisait de voir le mouvement de son ample cage thoracique. Il ne semblait pas en aller de même pour Duane. Elle s'agenouilla près de lui, palpa l'artère au poignet, mais le pouls était si faible qu'elle ne put même pas le déceler. Il faisait sombre dans la pièce ; elle se releva pour faire de la lumière et s'accroupit de nouveau vers lui. Elle écarta la chemise détrempée de sang mais la referma aussitôt, écœurée à la vue de la chair déchirée par la lame dentelée du coutelas. « Oh, Duane, qu'est-ce que tu as encore fait ? Duane, tu m'entends ? Duane ! » Elle remarqua que le sang ne coulait plus de la blessure, signe que le cœur ne battait probablement plus. Elle palpa le bras ; il était encore chaud au toucher, mais les doigts commençaient de se refroidir et de se recroqueviller. Elle jeta un regard sur ce qui restait du téléphone : impossible d'appeler une ambulance, et, de toute façon, il était trop tard pour Duane. Elle devrait tout de même appeler la police. Qui était cet homme, et pourquoi avait-il poignardé Duane et essayé de la tuer ?

C'est en se relevant qu'elle remarqua les petits sachets éparpillés par terre. Ils avaient dû tomber de la table lors de la lutte. Elle en ramassa un. Il contenait une poudre blanche et brillante. De la cocaïne.

Puis elle perçut des pleurs. Bon Dieu, où était Lisa ? Un autre bruit suivit, plus près d'elle. Elle poussa un hoquet de stupeur et se retourna brusquement. Son assaillant revenait lentement à lui. Elle laissa choir le sachet, s'élança dans le couloir et, soulevant Lisa de son bras valide, se précipita hors de la caravane. Elle avait déjà dépassé la décapotable quand elle s'arrêta et revint sur ses pas. Elle s'attendait à voir réapparaître à tout instant l'homme qu'elle avait assommé. Sur le tableau de bord de la voiture, la clé scintillait au soleil. Elle n'hésita qu'une seconde avant de monter, de poser Lisa sur le siège voisin et de mettre le contact. Elle démarra en chassant dans la boue de la clairière, tourna sur le chemin de terre et ne ralentit qu'à l'approche de l'intersection avec la grand-route menant à la ville.

Elle savait maintenant d'où venait la soudaine richesse de Duane. Vendre de la drogue était certainement plus lucratif que de désosser des bagnoles accidentées. Seulement voilà, Duane avait apparemment péché par voracité, et gardé un peu trop de dope et d'oseille pour lui-même. Quel imbécile ! Il fallait qu'elle appelle la police. Si Duane avait encore en lui un souffle de vie, ce dont elle doutait, il irait probablement passer une très longue convalescence en prison. Quoi qu'il en soit, elle ne pouvait le laisser mourir. Quant à l'autre, qu'il crève ! Elle regrettait seulement de ne pas l'avoir frappé plus fort. Elle jeta un regard à Lisa. La petite, assise dans son moïse, ouvrait de grands yeux dans lesquels on pouvait encore lire de la terreur. LuAnn tendit sa main droite vers elle, et ce simple mouvement lui arracha un gémissement de douleur. Se mordant la lèvre, elle tapota gentiment le ventre de Lisa. Et puis elle vit le téléphone cellulaire que, dans son émoi, elle avait oublié. Elle ralentit pour s'arrêter sur le bas-côté et décrocha l'appareil.

Elle eut vite fait de comprendre la mise en marche, mais à peine avait-elle composé le 911 qu'elle raccrochait. Ses doigts couverts de sang tremblaient de manière incontrôlable. Il lui apparaissait soudain qu'elle aussi risquait d'être impliquée dans l'affaire. Son assaillant avait paru revenir à lui, mais il avait très bien pu retomber comme une masse et mourir ; ça s'était déjà vu. Elle plaiderait bien sûr la légitime défense, mais la police n'était pas obligée de la croire sur parole et pourrait la soupçonner d'avoir voulu venger Duane avec lequel elle vivait. Ils lui demanderaient aussi pourquoi elle roulait dans une automobile appartenant à un trafiquant de drogue.

Elle pâlit à cette dernière pensée. Des voitures arrivaient en sens inverse. La capote ! Elle devait fermer la capote. Elle se glissa sur la banquette arrière et déplia le soufflet, qui se referma comme une huître sur la voiture. Elle verrouilla les deux pinces, reprit sa place au volant et redémarra.

Jamais la police ne la croirait si elle déclarait ne rien savoir des activités de Duane, ce qui était pourtant la vérité. Il lui sembla soudain qu'elle n'avait aucune issue. Aucune ? Il y en avait peut-être une, et elle faillit pousser un cri à cette idée. Elle revit le visage de sa mère, et ce ne fut qu'au prix d'un douloureux effort qu'elle l'écarta de son esprit. *Désolée, m'man, mais j'ai pas le choix.* Il fallait qu'elle appelle Jackson.

Elle jeta un coup d'œil à la montre du tableau de

bord et, pendant quelques secondes, resta le souffle coupé. Elle éprouvait la sensation que son corps s'était brutalement vidé de son sang.

Les aiguilles marquaient dix heures et cinq minutes.

Perdue à jamais, son unique chance. Jackson avait été catégorique sur ce point, et elle n'avait aucune raison de mettre sa parole en doute. Elle était arrivée en ville. Elle se gara le long du trottoir et appuya son front contre le volant. Qu'adviendrait-il de Lisa si sa mère allait en prison ? Salopard de Duane. Même mort, il lui pourrissait la vie.

Elle leva les yeux et regarda de l'autre côté de la rue. Il y avait là une succursale de banque, une bâtisse carrée, en brique. Si elle avait eu un revolver, elle aurait sérieusement songé à la braquer. Le seul ennui, c'est qu'elle aurait dû attendre vingt-quatre heures, car on était dimanche, et la banque était fermée. Soudain, comme son regard errait sur la façade, elle sentit son cœur marquer un arrêt et repartir sur un rythme frénétique.

Une horloge ornait ladite façade, et elle marquait dix heures moins dix.

Les banquiers avaient la réputation d'être des gens appliqués, ne badinant pas sur la précision des chiffres. Elle espéra que leur tocante était à leur image. Elle décrocha le téléphone tout en cherchant dans sa poche le bout de papier sur lequel Jackson avait noté le numéro. Les doigts paralysés par l'émotion, elle enfonça tant bien que mal les touches. Il lui sembla qu'une éternité s'écoulait, avant que la première sonnerie se déclenche. Heureusement pour ses nerfs, Jackson décrocha aussitôt.

« Je commençais à me poser des questions à votre sujet, LuAnn. »

Elle l'imagina consultant sa montre et s'émerveillant peut-être qu'elle l'appelle juste avant que résonne le gong fatidique.

Elle reprit son souffle et s'efforça de répondre avec

naturel. « J'ai eu tant de choses à faire que je n'ai pas vu le temps passer.

— Voilà une attitude cavalière qui est assez rafraîchissante, mais qui ne m'en stupéfie pas moins.

— Alors, que fait-on, maintenant ?

— Vous n'oubliez rien ? »

LuAnn fronça les sourcils. Qu'entendait-il par là ? Si tout cela n'était qu'une blague...

« Je vous ai fait une proposition, LuAnn. Et pour que notre arrangement soit exécutoire, j'ai besoin de votre acceptation. Ce n'est qu'une formalité, mais je dois insister.

— J'accepte votre proposition.

— Excellent. Je puis vous assurer que vous ne regretterez jamais votre décision. »

LuAnn jeta un regard nerveux dans la rue. Deux personnes passant sur le trottoir d'en face regardaient la voiture d'un air curieux. Elle redémarra et roula droit devant elle. « Alors, que dois-je faire, maintenant ?

— Où êtes-vous ?

— Pourquoi ? Je suis chez moi.

— Parfait. Vous allez acheter un bulletin de Loto au point de vente le plus proche.

— Quels numéros je dois jouer ?

— Ça n'a pas d'importance. Comme vous le savez, vous avez le choix entre prendre un bulletin dont les numéros sont inscrits automatiquement par la machine ou cocher vous-même ceux que vous voudrez. Avant d'être validés, tous les bulletins sont lus par l'ordinateur central, qui rejette les combinaisons identiques, de manière qu'il n'y ait qu'un seul gagnant. Si vous optez pour une combinaison personnalisée et que votre série de numéros a déjà été prise, modifiez-la.

— Mais je ne comprends pas ; je croyais que vous alliez me dire quels numéros jouer. Les numéros gagnants.

— Vous n'avez pas à comprendre quoi que ce soit,

LuAnn. » La voix de Jackson était montée d'un ton. « Contentez-vous de faire ce que je vous dis. Une fois que vous aurez votre billet, rappelez-moi pour me communiquer les numéros. Je m'occuperai du reste.

— Et quand est-ce que je toucherai l'argent ?

— Il y aura d'abord la conférence de presse...

— Conférence de presse ! »

LuAnn donna un coup de volant involontaire et manqua accrocher une voiture en stationnement. À présent, Jackson semblait passablement agacé. « Quoi ! vous n'avez jamais regardé le tirage du Loto à la télé ? Le gagnant est invité à une conférence de presse, qui se tient généralement à New York. Le show est télévisé à travers tout le pays et le monde entier. Vous posez devant les caméras en brandissant un fac-similé agrandi de votre chèque, et puis les reporters vous interrogent sur votre milieu, votre enfance, vos rêves, ce que vous comptez faire de votre argent. C'est parfaitement grotesque et d'une grande vulgarité, mais l'Américaine des Jeux y tient beaucoup. C'est une véritable manne publicitaire pour eux. Depuis cinq ans, les enjeux ont doublé chaque année. Les gens aiment d'autant plus voir une personne méritante empocher le gros lot qu'ils se prennent eux-mêmes pour des personnes méritantes.

— Et c'est une obligation ?

— Qu'est-ce qui est une obligation ?

— De passer à la télé ? Ça ne me plaît pas.

— Je crains que vous n'ayez pas le choix. Gardez présent à l'esprit, LuAnn, que vous serez plus riche de cinquante millions de dollars. Les gens qui vous remettront cette somme comptent sur vous pour leur renvoyer l'ascenseur, et c'est le moins que vous puissiez faire.

— Je dois y aller, donc ?

— Absolument.

— Et sous mon vrai nom ?

— Pourquoi en serait-il autrement ?

— J'ai mes raisons, monsieur Jackson.

— Il y a une règle, LuAnn, que vous ne connaissez probablement pas mais qu'on appelle la "règle de la transparence". En bref, elle stipule que le public est en droit de connaître les identités véritables de tous les gagnants du Loto. »

LuAnn poussa un soupir de déception. « D'accord, et quand est-ce que je toucherai mon argent ? »

Jackson observa un silence, dont la durée donna subitement très chaud à LuAnn. « Écoutez, n'essayez pas de m'entourlouper et répondez à ma question.

— Allons, il est inutile de montrer les dents. Je me demandais seulement comment vous expliquer l'affaire dans les termes les plus simples. L'argent sera transféré sur un compte bancaire de votre choix.

— Mais je n'ai pas de compte en banque. Je n'ai jamais eu assez d'argent pour en ouvrir un.

— Calmez-vous, LuAnn, je me chargerai de cette formalité. Ce n'est qu'un détail, et vous n'avez pas à vous inquiéter à ce sujet. Tout ce que vous avez à faire, c'est gagner. Allez à New York avec Lisa, brandissez votre gros chèque, souriez, saluez de la main, dites des choses simples, montrez-vous modeste, et puis passez le restant de vos jours à la plage.

— Comment irai-je à New York ?

— Bonne question, mais à laquelle je me suis déjà préparé. Il n'y a aucun aéroport à proximité de l'endroit où vous habitez, mais il y a une gare routière. Vous prendrez un autocar jusqu'à la gare ferroviaire d'Atlanta, d'où part le Croissant, un train rapide. Ce sera un long voyage de dix-huit heures, avec une multitude d'arrêts. Mais vous pourrez dormir pendant une bonne partie du trajet, et vous n'aurez pas à changer de train. J'aurais pu vous arranger un vol pour New York mais ç'aurait été un peu plus compliqué. Il vous aurait fallu une pièce d'identité, et puis, franchement, je ne tiens pas à ce que vous arriviez trop tôt. Une réservation vous attendra en gare d'Atlanta. Vous pourrez partir juste après le tirage du Loto. »

Pendant une seconde, elle revit les corps de Duane et de l'homme qui avait tenté de la tuer. « Je n'ai pas très envie de traîner dans le coin.

— Pour quelle raison ?

— Parce que je ne tiens pas à me trouver ici quand les gens apprendront que j'ai gagné. Ils seront après moi comme des loups affamés, si vous voyez ce que je veux dire.

— Ça ne risquera pas de se produire. L'identité du gagnant ne sera officiellement déclarée qu'à la conférence de presse. Quelqu'un vous accueillera à votre arrivée à New York et vous conduira au siège de l'Américaine des Jeux, où vous ferez enregistrer votre bulletin. La conférence aura lieu le lendemain. Avant, il fallait des jours pour vérifier le bulletin gagnant. Avec la technologie d'aujourd'hui, cela ne prend que quelques heures.

— Et si j'allais en voiture à Atlanta et prenais le train d'aujourd'hui ?

— Vous avez une voiture ? Dieu du Ciel, que dira Duane ? fit Jackson d'un ton railleur.

— Ça, c'est mon affaire, répliqua sèchement LuAnn.

— Vous savez, LuAnn, vous pourriez vous montrer un peu plus reconnaissante, à moins que vous n'ayez déjà quelqu'un qui soit disposé à faire de vous une femme immensément riche. »

Il y avait dans la voix de Jackson une note menaçante qui n'échappa point à LuAnn. « Je vous suis reconnaissante. Mais, maintenant que j'ai pris ma décision, tout va changer dans ma vie. Et pour Lisa aussi. Alors, j'ai la tête qui tourne un peu.

— Je comprends très bien. Mais gardez présent à l'esprit que ce bouleversement sera le plus heureux de toute votre vie. Diable, vous n'allez pas entrer en prison, que je sache. »

LuAnn sentit sa gorge se serrer ; elle se mordit la

lèvre. « Je vous en prie, est-ce que je pourrais prendre le train aujourd'hui ?

— Vous voulez bien patienter une minute ? »

Il y eut un déclic dans l'appareil, tandis que Jackson appelait sur une autre ligne. LuAnn aperçut soudain devant elle une voiture de police garée sur le bas-côté, une antenne radar accrochée à la portière. Elle vérifia aussitôt sa vitesse et, bien que roulant en dessous de la limite autorisée, elle ralentit encore. Elle ne parvint à respirer que deux cents mètres plus loin. Elle tressaillit en entendant la voix de Jackson résonner de nouveau.

« Le Croissant part ce soir d'Atlanta à dix-neuf heures quinze et arrive demain à New York à treize heures trente. Atlanta est à deux heures de route de Rikersville. » Il marqua une pause. « Vous aurez besoin d'argent pour le billet et pour les menus frais du voyage. »

LuAnn hocha inconsciemment la tête. « Oui. » Elle ressentait un sentiment de honte, comme si elle était une putain mendiant un pourboire après une passe.

« Il y a un bureau de la Western Union près de la gare. Je vous y envoie par câble cinq mille dollars. » LuAnn étouffa un hoquet en entendant la somme. « Vous vous souvenez de ma proposition de travail ? Eh bien, disons que ce sera votre salaire pour un travail bien accompli. Ils vous remettront l'argent sur présentation d'une pièce d'identité.

— Je n'en ai pas.

— Vous avez tout de même un permis de conduire ou un passeport, non ? »

LuAnn eut un rire triste. « Un passeport ? Vous n'avez pas besoin de passeport pour aller de Rikersville à Rikersville. Et je n'ai pas non plus de permis de conduire.

— Mais vous envisagiez à l'instant de vous rendre en voiture à Atlanta. » L'étonnement qu'elle perçut dans la voix de Jackson fit sourire LuAnn. Voilà un homme qui orchestrait une arnaque d'un montant de cinquante millions de dollars, et qui ne pouvait pas comprendre que LuAnn puisse conduire une automobile sans permis.

« Vous seriez stupéfait par le nombre de gens qui n'ont le permis de rien, et qui le font quand même.

— Peut-être, mais sans pièce d'identité, vous ne pourrez pas retirer l'argent.

— Vous ne seriez pas dans la région, par hasard ?

— LuAnn, je ne suis venu à Rikersville la grandiose que pour vous y rencontrer. Après ça, je n'ai pas traîné dans le coin. » Il marqua une pause et, quand il reprit la parole, LuAnn sentit qu'il était contrarié. « Quoi qu'il en soit, nous avons un problème.

— Combien coûte le billet de train ?

— Environ quinze cents dollars. »

Au souvenir du petit magot de Duane, une pensée soudaine frappa LuAnn. Elle s'arrêta de nouveau sur le bord de la route, posa le téléphone et tâtonna sous les sièges. Le sac en cuir qu'elle en sortit ne la déçut pas. Il y avait là-dedans assez de billets pour acheter le train lui-même.

« J'ai une collègue de travail à qui son mari a laissé de l'argent avant de mourir. Elle me prêtera de quoi, si je le lui demande. Je n'ai pas besoin de présenter une pièce d'identité si je paie cash, non ?

— L'argent liquide n'a pas d'odeur, LuAnn. La compagnie vous délivrera un billet sans rien vous demander. Mais, dans ce cas, n'utilisez pas votre identité réelle. Donnez un faux nom, mais un qui ne sonne pas trop faux. Maintenant, vous allez acheter votre billet de Loto et me rappeler aussitôt. Savez-vous comment vous rendre à Atlanta ?

— Oui, je prendrai un autocar, c'est plus sûr.

— Quand vous prendrez le train, arrangez-vous pour dissimuler votre visage, de façon qu'on ne puisse pas vous reconnaître. Je n'ai pas envie qu'un voyageur un peu physionomiste se rappelle en vous voyant à la télé que vous étiez dans le Croissant.

— Je comprends, monsieur Jackson.

— Allez, vous y êtes presque, LuAnn. Ce sera bientôt la fête.

— Je n'ai pas la tête à ça, pour l'instant.

— Ne vous en faites pas, le restant de votre vie ne sera qu'une longue fiesta. »

LuAnn raccrocha et continua de rouler droit devant elle. Fortement teintés, les vitres et le pare-brise l'avaient jusqu'ici soustraite aux regards des passants. Mais cela pouvait changer. Elle devait se débarrasser au plus vite de la voiture. Mais où ? Qui ne remarquerait une femme de grande taille, au chemisier taché de sang et portant un bébé, descendre d'une décapotable plus que voyante ? Une idée lui vint. Un peu dangereuse, peut-être, mais elle n'avait pas le choix. Elle fit demi-tour et repartit dans l'autre sens. Vingt minutes plus tard, elle s'engageait lentement sur le chemin de terre en ouvrant grands les yeux à mesure qu'elle se rapprochait de sa destination. Elle arriva bientôt en vue de la caravane. Il n'y avait pas d'autre voiture, aucun mouvement. Alors qu'elle s'arrêtait et coupait le moteur, elle revit soudain la lame du coutelas descendre vers sa gorge, tandis que l'homme lui relevait brutalement le menton. « Si tu vois ce salopard sortir de cette maison, se dit-elle à haute voix, tu vas lui passer dessus avec cette voiture et lui faire embrasser le carter. »

Elle abaissa la vitre et tendit l'oreille. Un silence minéral régnait dans la clairière. Elle prit une serviette parmi les couches de Lisa et entreprit d'essuyer toutes les parties de l'habitacle qu'elle avait pu toucher. Si ça ne lui avait pas semblé trop dangereux, elle serait entrée dans la caravane pour en faire autant du téléphone. De toute façon, cela faisait près de deux ans qu'elle habitait là, et ses empreintes étaient partout. Elle sortit de la voiture et transféra l'argent du sac en cuir dans la grande poche en toile où elle transportait les affaires de Lisa. Elle arrangea comme elle put son chemisier déchiré, referma sans bruit la portière et,

Lisa au bras, s'en fut d'un pas rapide en direction de la grand-route.

De l'intérieur de la caravane, une paire d'yeux observa le départ hâtif de LuAnn, enregistrant chaque détail. Quand elle jeta un dernier regard vers la clairière, l'homme recula dans l'ombre. LuAnn ne le connaissait pas mais il ne voulait prendre aucun risque. De son blouson de cuir à moitié fermé, saillait la crosse d'un 9 mm dans son holster d'épaule. Il enjamba les deux hommes gisant sur le sol en prenant garde à ne pas marcher dans le sang. Il était arrivé au moment opportun, recueillant le butin d'une bataille qu'il n'avait pas eu à mener. Il ramassa les paquets de drogue tombés par terre et les glissa dans un sac en plastique qu'il sortit de sa poche. Puis, à la réflexion, il en déposa la moitié sur la table basse. Il était inutile de se montrer vorace, et si les types du réseau pour lequel travaillaient ces deux gars avaient vent que la police n'avait pas découvert de drogue dans la caravane, ils lanceraient peut-être leurs chiens sur la piste du voleur. Par contre, s'il manquait seulement la moitié de la came, ils penseraient que les flics avaient les doigts crochus.

Il balayait la scène du combat d'un dernier regard quand il vit le morceau de tissu déchiré, et un mince sourire se peignit sur ses traits durs : il provenait du chemisier de la femme. Il s'empressa de le fourrer dans sa poche. Il la tenait, maintenant. Il considéra le boîtier brisé du téléphone, la position de chaque homme, le couteau. Elle avait dû arriver pendant ou juste après la bagarre. Le grand balèze avait tué le petit mal rasé, et elle avait assommé le grand balèze. Rude cliente, pensa-t-il, admiratif.

Et, comme il remarquait que l'assommé en question redonnait signe de vie et reprenait lentement connaissance, il ne le laissa pas aller plus loin. Il se baissa, utilisa une serviette en papier pour ramasser le coutelas, et en plongea plusieurs fois l'épaisse lame dentelée dans le flanc gauche de l'homme. Celui-ci se raidit, ses doigts griffèrent la moquette, tandis qu'il tentait désespérément de retenir sa vie en fuite. Son grand corps fut parcouru d'un grand frisson, puis, lentement, il se détendit, ses doigts se déplièrent et s'immobilisèrent. Sa tête était tournée de côté, et un œil sans vie contemplait son tueur.

L'homme se pencha vers Duane, essayant de vérifier dans la faible lumière si le bonhomme respirait encore. Dans l'incertitude, il enfonça la lame deux ou trois fois dans la région du cœur, afin de s'assurer que Duane Harvey rejoigne le grand balèze dans l'au-delà.

L'instant d'après, il sortait de la caravane et disparaissait dans le sous-bois. Il avait laissé sa voiture sur un étroit chemin de terre peu fréquenté, qui serpentait à travers la forêt. Le terrain était accidenté mais la piste reliait la grand-route, et il aurait tout le temps de s'atteler à sa tâche suivante : suivre LuAnn Tyler. Il s'installait au volant quand le téléphone sonna. Il décrocha.

« Votre travail est terminé, dit la voix de Jackson. La chasse est officiellement fermée. Le reste de vos honoraires vous sera versé par le canal habituel. Je vous remercie de votre coopération et ne manquerai pas de vous rappeler pour de futures missions. »

Anthony Romanello serrait fortement le combiné dans sa main, se demandant s'il devait parler à Jackson des deux cadavres dans la caravane. Il décida de se taire. Il valait mieux garder pour lui cette information, qui pourrait lui servir par la suite.

« J'ai vu la petite dame partir d'ici à pied. Mais je n'ai pas l'impression qu'elle a assez d'argent pour aller bien loin », dit-il.

Jackson gloussa. « Je crois que l'argent sera le dernier de ses soucis. » Et il raccrocha.

Romanello s'accorda un moment de réflexion avant de démarrer. Son travail était terminé, et il pouvait rentrer chez lui et attendre le reste de ses honoraires. Mais il y avait dans cette histoire quelque chose de louche.

Il avait reçu mission de descendre dans ce bled paumé pour y tuer cette péquenaude, et Jackson venait de lui donner contrordre. Et puis il y avait cette réflexion au sujet de l'argent. Et le fric était une chose qui éveillait toujours l'intérêt de Romanello. Oui, il allait suivre LuAnn Tyler. Il mit le contact et démarra.

9

LuAnn nettoya comme elle put son chemisier dans les toilettes d'une station-service. Elle se lava le visage et couvrit son entaille au menton d'un petit pansement adhésif. Puis, tandis que Lisa prenait goulûment son biberon, elle alla acheter son bulletin de Loto et de quoi désinfecter sa plaie au drugstore voisin. Elle avait dix numéros à choisir et joua sa date de naissance et celle de sa fille.

« Incroyable, le nombre de gens qui sont venus tenter leur chance », dit le caissier, un ami à elle du nom de Bobby. Il tendit le doigt vers le pansement. « Qu'est-ce qui t'est arrivé ?

— Je me suis coupée en tombant. Alors, à combien se monte le gros lot ?

— À soixante-cinq millions, et ça continue de grimper. » Le regard de Bobby brillait d'impatience. « J'ai pris douze billets. Je le sens bien, celui-là, tu sais. Dis, tu te rappelles ce film où le flic donne à sa maîtresse tout ce qu'il a gagné à la Loterie ? Eh bien, LuAnn, j'vais te dire, j'touche le magot, j't'en file la moitié, que j'aille en enfer si j'mens.

— J'apprécie, Bobby, mais qu'est-ce que j'aurai à faire en échange ?

— M'épouser, pardi. » Bobby sourit en lui tendant le bulletin et son reçu. « Alors qu'en penses-tu, la moitié pour moi si tu gagnes. Et le mariage en prime, bien sûr.

— Ça ne t'ennuie pas que je joue ce coup-là pour moi toute seule ? Et puis, tu n'es pas fiancé à Mary Anne Simmons ?

— Ouais, mais on a rompu la semaine dernière. » Bobby la regarda des pieds à la tête avec une admiration démonstrative. « Duane vaut pas un clou. »

LuAnn fourra le billet tout au fond de la poche de son jean. « Tu l'as vu ces temps-ci, Duane ? »

Bobby secoua la tête. « Non, il s'est fait discret. Paraît qu'il traînerait souvent dans le comté de Gwinnett. Qu'il serait sur une affaire, là-bas.

— Quel genre d'affaire ? »

Bobby haussa les épaules. « J'en sais rien, et j'veux pas le savoir. J'préfère pas m'occuper de c'que trafiquent ceux de son espèce.

— Saurais-tu s'il avait de l'argent, ces derniers temps ?

— Maintenant que j'y pense, il en avait un paquet l'autre nuit, et il s'en cachait pas. J'ai pensé qu'il avait peut-être gagné à la Loterie. Mais si c'est le cas, j'veux bien être pendu. Dis donc, qu'est-ce qu'elle te ressemble ! » Il caressa la joue ronde de Lisa. « Si tu changeais d'avis au sujet du partage des gains et du mariage, fais-le-moi savoir, ma douce. Je ferme à sept heures tous les soirs.

— À un de ces quatre, Bobby. »

LuAnn rappela Jackson d'une cabine voisine. Comme prévu, il répondit à la première sonnerie. Elle lui communiqua les dix numéros et perçut un froissement de papier à l'autre bout de la ligne, tandis qu'il prenait note.

« Relisez-les-moi encore une fois, lentement, dit-il. Comme vous pouvez le comprendre, la moindre erreur nous est interdite, maintenant. »

Elle relut les dix numéros et il les lui répéta.

« Bien, très bien, dit-il. En vérité, le plus dur est fait. Prenez votre train, donnez votre petite conférence de presse, et envolez-vous vers le bonheur.

— Je vais partir pour Atlanta.

— Quelqu'un vous attendra à Penn Station et vous conduira à votre hôtel.

— Mais je croyais que j'allais à New York ?

— C'est ainsi que s'appelle la gare ferroviaire de New York, LuAnn, dit Jackson d'un ton impatient. La personne qui vous accueillera aura votre description, à vous et à Lisa. » Il marqua une pause. « Je suppose que vous l'emmenez.

— Si elle ne vient pas, je ne viens pas.

— Ce n'est pas ce que je voulais dire, LuAnn, bien sûr qu'elle vient avec vous. J'espère toutefois que Duane ne fait pas partie du voyage. »

LuAnn revit la poitrine ensanglantée de Duane, ses doigts que recroquevillait le froid de la mort. « Duane ne viendra pas.

— Parfait, dit Jackson. Je vous souhaite un bon voyage. »

L'autocar les déposa à la gare d'Atlanta. Après son coup de fil à Jackson, LuAnn s'était arrêtée au supermarché pour acheter quelques articles indispensables. Un chemisier pour elle, ainsi qu'un chapeau de cowboy et une paire de lunettes noires, qui la rendaient méconnaissable. Bien désinfectée et pansée d'un adhésif antiseptique, son entaille au menton ne la gênait plus. Elle alla acheter son billet de train pour New York. Et c'est là qu'elle commit une grossière erreur.

« Votre nom, s'il vous plaît », demanda l'employée au guichet.

LuAnn, qui essayait de calmer Lisa qui s'agitait, répondit sans réfléchir : « LuAnn Tyler. » Elle retint son souffle, sitôt son nom prononcé. Elle regarda la femme, occupée à enregistrer l'information dans son ordinateur. Il était trop tard pour rattraper son erreur. Elle ne pouvait pas dire qu'elle s'était trompée de nom sans éveiller les soupçons. Elle ne pouvait qu'espérer que sa gaffe n'aurait pas de graves conséquences. L'employée lui recommanda les wagons-lits, où elle pourrait avoir un compartiment individuel pour elle et son enfant. « Il en reste un de libre, avec douche et toilettes. » LuAnn s'empressa d'accepter. Alors que la machine imprimait le billet, la femme eut un haussement de sourcils à la vue des billets que LuAnn sortait du sac en toile, fourrant le reste dans sa poche.

Le regard de la femme n'avait pas échappé à LuAnn. « Mes économies pour les vacances, dit-elle avec un sourire. Je n'ai jamais vu New York au printemps, alors j'ai cassé ma tirelire.

— Je vous souhaite un beau voyage, mais soyez prudente. Il est dangereux d'avoir trop de liquide sur soi là-haut. Mon mari et moi, on a fait la même erreur, quand nous y sommes allés il y a des années de ça. On était à peine descendus du train qu'on se faisait voler. Il a fallu qu'on appelle ma mère pour qu'elle nous envoie de quoi rentrer à la maison.

— Merci, je ferai très attention. »

La femme se pencha en avant pour regarder aux pieds de LuAnn. « Où sont vos bagages ?

— Oh, je n'ai qu'un sac. Mais j'ai de la famille là-haut. Merci encore. »

L'employée la regarda s'éloigner et tressaillit en découvrant l'homme en blouson de cuir qui se tenait devant le guichet et semblait avoir surgi de nulle part. Il posa ses mains fortes sur le comptoir. « Un aller simple pour New York, s'il vous plaît », dit poliment Anthony Romanello, avant de jeter un regard en direction de LuAnn. Il l'avait observée à travers la vitrine du drugstore lorsqu'elle achetait un bulletin de Loto. Après cela, elle avait téléphoné, et le fait qu'elle se rende maintenant à New York excitait sa curiosité au plus haut point. Il avait un tas de raisons de quitter le Sud le plus vite possible et, s'il avait terminé sa mission ici, il s'en était donné une autre : découvrir ce que manigançait LuAnn Tyler et pourquoi elle avait choisi New York. Cette dernière destination lui convenait d'autant mieux qu'il habitait là-bas. Il se pouvait qu'elle fuie les deux cadavres dans la caravane. Mais il y avait peut-être autre chose, quelque chose de bien plus juteux. Il prit son billet de train et se dirigea vers le quai.

LuAnn se tenait le plus loin possible de la voie quand le train entra en gare avec un léger retard. Un contrôleur l'aida à trouver son compartiment. Le sleeping disposait de deux couchettes, un fauteuil, un lavabo, des toilettes et une douche. En raison de l'heure tardive, et avec la permission de LuAnn, le préposé prépara les couchettes pour la nuit. Après son départ, LuAnn s'installa dans le fauteuil et se mit en devoir de préparer un biberon pour Lisa et de la nourrir, tandis que le train quittait la gare et commençait de prendre de la vitesse. Lisa tétant dans ses bras, LuAnn contemplait par la large baie vitrée le paysage qui défilait. Quand la petite eut fini et qu'elle eut fait son rot, LuAnn lui chanta des chansons et joua avec elle. Puis, comme l'enfant donnait des signes de fatigue, elle lui changea sa couche et l'installa pour la nuit dans son moïse.

Après quoi, LuAnn se rassit et s'efforça de se détendre. Elle n'était jamais montée dans un train, et le balancement joint au son rythmé des bogies eut tôt fait de l'endormir. Elle se réveilla en sursaut des heures plus tard. Il devait être près de minuit. Elle se rappela qu'elle n'avait pas mangé de la journée. Elle n'en avait eu ni l'occasion ni même l'envie. Elle regarda dans le couloir de la voiture, juste au moment où passait un employé des wagons-lits. Elle lui demanda si on pouvait manger quelque chose. L'homme la regarda d'un air surpris et consulta sa montre. « Le dernier service est terminé depuis longtemps, m'dame, et la voiture-restaurant est fermée, à cette heure.

— Oh ! » fit LuAnn. Ce n'était pas la première fois qu'elle se coucherait le ventre vide. Heureusement, Lisa avait mangé.

Mais l'homme vit Lisa par la porte entrouverte et il remarqua le visage creusé par la fatigue de la jeune mère. Il lui sourit et lui dit d'attendre, qu'il allait voir s'il ne pouvait pas lui trouver quelque chose. Il revint vingt minutes plus tard avec un plateau chargé de nourriture, tira la tablette et dressa même le couvert. LuAnn le remercia d'un généreux pourboire et, sitôt qu'il fut parti, se jeta sur la nourriture. Un moment plus tard, repue, elle sortit avec précaution le bulletin de Loto de sa poche. Elle regarda Lisa, qui dormait, un sourire angélique aux lèvres. Peut-être faisait-elle un beau rêve, pensa LuAnn, émue par tant d'innocence et de beauté.

« Maman va pouvoir s'occuper de toi maintenant, chuchota-t-elle dans la petite oreille de nacre. L'homme a dit qu'on pourrait aller où on voudrait et faire tout ce qui nous plairait. » Elle suivit du bout de son index le contour délicat du minuscule menton. « Où veux-tu aller, ma chérie. Dis, et on ira. Ça te plaît ? »

LuAnn verrouilla la porte du compartiment et installa Lisa sur la couchette du bas. Puis elle s'allongea à côté de sa fille, lovant son corps protecteur autour d'elle. Et, comme le train filait vers le nord dans la nuit, elle se demanda ce qui l'attendrait à l'arrivée.

10

Le train avait été retardé dans plusieurs gares le long du trajet, et il était près de quinze heures trente quand LuAnn et Lisa pénétrèrent dans la frénésie de Penn Station. LuAnn qui, de sa vie, n'avait vu autant de monde en un seul lieu, regardait, abasourdie, le flot impétueux de voyageurs et de bagages. Elle se rappela la mise en garde de la guichetière à Atlanta. Son bras droit lui faisait toujours aussi mal, mais elle se sentait encore capable de cogner le premier qui tenterait de la voler. Lisa, dans son moïse, suivait avec une impatience croissante cette formidable agitation. LuAnn avançait lentement en se demandant où était la sortie. À la vue d'un panneau mentionnant Madison Square Garden, elle se rappela vaguement avoir regardé il y avait longtemps à la télé un combat de boxe en direct de la célèbre arène. Jackson avait dit qu'il y aurait quelqu'un pour l'accueillir, mais comment diable cette personne la trouverait-elle parmi cette foule ?

Elle tressaillit légèrement quand un homme se porta à son côté. Il avait des yeux marron, et une moustache poivre et sel soulignait son nez large et cassé. Un instant, LuAnn se demanda si ce n'était pas lui, le boxeur du Garden, mais elle réalisa qu'il était trop âgé, dans les cinquante ans passés. Il avait toutefois les épaules larges, les oreilles aplaties et le visage marqué d'un ancien pugiliste.

« Mademoiselle Tyler ? » La voix était basse mais distincte. « M. Jackson m'a envoyé vous chercher. »

LuAnn acquiesça d'un signe de tête et lui tendit la main. « Vous pouvez m'appeler LuAnn. Et vous, c'est quoi, votre nom ?

— Ça n'a pas d'importance. Si vous voulez bien me suivre, une voiture nous attend. » Sur ces paroles, il se mit en route.

« J'aime bien savoir le nom des gens », dit LuAnn sans bouger.

Il revint vers elle, lui jeta un regard un rien agacé, mais elle crut discerner sur ses traits et dans ses yeux l'amorce d'un sourire. « D'accord, vous pouvez m'appeler Charlie, ça vous va ?

— C'est un beau prénom, Charlie. C'est comme ça que vous appelle M. Jackson ? »

Ignorant la question, il la guida vers la sortie. « Voulez-vous que je porte la petite ? Elle m'a l'air lourde.

— Non, ça va bien », répondit-elle, juste au moment où son bras droit lui arrachait une grimace de douleur.

« Vous êtes sûre ? » Il arrêta son regard sur le menton de LuAnn. « On dirait que vous vous êtes battue.

— Rien de sérieux. »

À la sortie de la gare, ils dépassèrent une longue file de gens qui attendaient à la station de taxis. Une imposante limousine les attendait un peu plus loin. Charlie ouvrit la portière et s'effaça devant LuAnn, qui resta un instant bouche bée devant l'élégant véhicule, avant d'y monter.

Charlie s'assit en face d'elle, tandis que LuAnn contemplait avec stupeur l'habitacle luxueux.

« Nous serons à l'hôtel dans une vingtaine de minutes. Vous voulez manger ou boire quelque chose en attendant ? La bouffe n'est pas fameuse dans les trains, dit Charlie.

— C'est vrai que j'ai un peu faim, mais je ne veux pas qu'on s'arrête uniquement pour moi. »

Charlie lui jeta un regard curieux. « Qui parle de s'arrêter ? »

Il ouvrit un petit réfrigérateur et en sortit du soda, de la bière, des sandwiches et des amuse-gueules. Puis il abaissa un abattant encastré dans la cloison intérieure de la limousine et, sous le regard ébahi de LuAnn, dressa la tablette d'une nappe, d'un couvert en argent, enfin disposa la nourriture.

« Je savais que vous viendriez avec votre fille, aussi j'ai ici des biberons, du lait maternisé et des petits pots pour bébé. Et à l'hôtel, ils auront tout ce dont vous aurez besoin. »

LuAnn prépara un biberon pour Lisa et l'installa au creux de son bras valide pour la nourrir tout en dévorant un sandwich.

Charlie remarqua la tendresse avec laquelle elle s'occupait de l'enfant. « Elle est mignonne. Comment se prénomme-t-elle ?

— Lisa, Lisa Marie. Comme la fille d'Elvis.

— Vous m'avez l'air un peu jeune pour être une fan du King.

— Je n'en suis pas une, et je n'écoute pas ce genre de musique. Mais ma mère, elle, adorait Elvis. C'est en pensant à elle que j'ai choisi le prénom de Lisa.

— Elle a dû apprécier.

— J'espère que oui. Elle est morte avant la naissance de la petite.

— Oh, pardonnez-moi. » Il se tut un moment. « Et c'est quoi, la musique que vous aimez ?

— Classique. Je n'y connais rien, bien sûr, mais quand j'en entends, j'ai l'impression de nager dans un lac, quelque part dans les montagnes, avec une eau si claire que l'on peut voir le fond. »

Charlie sourit. « Je n'ai jamais pensé au classique sous cet angle. Moi, c'est le jazz. Je joue moi-même un peu de la trompette. En dehors de La Nouvelle-Orléans, New York a quelques-uns des meilleurs clubs de jazz du pays. On y joue jusqu'au petit matin. Il y en a un ou deux pas loin de l'hôtel.

— À quel hôtel va-t-on ?

— Waldorf Astoria. Vous n'êtes jamais venue à New York ? »

Charlie but une gorgée d'eau de Seltz et s'adossa à son siège en déboutonnant le devant de son pardessus.

LuAnn secoua la tête. « Non, je n'ai jamais bougé de mon bled. »

Charlie gloussa doucement. « Alors, vous ne pouviez choisir mieux que la Grosse Pomme pour commencer.

— Et l'hôtel est bien ?

— Le Waldorf, "bien" ? répéta-t-il avec un sourire. C'est un grand hôtel, très classe. D'accord, ce n'est pas le Plaza, et après ? Peut-être qu'un jour vous séjournerez au Plaza, qui sait ? »

Il rit et s'essuya la bouche avec une serviette en papier. Elle remarqua qu'il avait des doigts longs et forts, aux articulations épaisses.

LuAnn termina son sandwich et but une gorgée de Coke. Elle semblait nerveuse. « Savez-vous pourquoi je suis ici ? »

Charlie posa sur elle un regard pénétrant. « Disons que j'en sais assez pour ne pas poser trop de questions. C'est mieux ainsi, ajouta-t-il avec un sourire courtois.

— Vous avez déjà rencontré M. Jackson ? »

Le visage de Charlie se durcit. « Restons-en là, d'accord ?

— D'accord. C'était simple curiosité.

— La curiosité peut être un vilain défaut, parfois. Alors, restez calme, faites ce qu'on vous dit, et votre petite fille et vous, vous n'aurez plus de problèmes, plus jamais. Ça vous va ?

— Ça me va », dit LuAnn, et elle dissimula sa déception en serrant un peu plus fort Lisa contre elle.

Juste avant qu'ils ne s'arrêtent devant l'hôtel, Charlie tendit à LuAnn un superbe manteau de cuir noir et un grand chapeau assorti. « Mettez ça. Pour les raisons que vous devinez, nous ne tenons pas à ce qu'on vous remarque. Vous pouvez jeter à la poubelle le galure de cow-boy. »

LuAnn fit sans hésiter ce qu'on lui demandait.

« Votre chambre est réservée au nom de Linda Freeman, une femme d'affaires américaine travaillant à Londres et passant quelques jours à New York, pour ses affaires mais aussi pour se détendre.

— Une femme d'affaires ? J'espère que personne ne me posera de questions.

— Ça n'arrivera pas, soyez sans crainte.

— Alors, dès que je descendrai de cette voiture, je serai Linda Freeman, hein ?

— Du moins jusqu'au grand soir. Vous pourrez alors redevenir LuAnn Tyler. »

Y suis-je obligée ? se demanda LuAnn.

La suite dans laquelle l'emmena Charlie, après qu'il eut rempli la fiche d'hôtel, était située au trente-deuxième étage et se composait d'un grand salon et d'une chambre séparée. La stupeur cloua LuAnn à la vue du riche ameublement, et elle manqua défaillir en découvrant la salle de bains.

Elle alla à la fenêtre et écarta les rideaux. La chaotique forêt de buildings se découpait sur un ciel couvert que le crépuscule assombrissait. « Je n'ai jamais vu autant d'immeubles de ma vie. Comment font les gens pour ne pas les confondre ? Pour moi, ils se ressemblent tous. »

Elle regarda Charlie. Il secoua la tête. « Vous me faites rire, vous savez. Si je ne savais pas à quoi m'en tenir, je penserais que vous êtes une vraie plouc. »

LuAnn baissa les yeux. « Mais je suis une vraie plouc. Probablement la plus grande plouc que vous ayez jamais rencontrée.

— Écoutez, je ne disais pas ça pour vous vexer. J'ai grandi dans cette ville, et ça ne me rend pas supérieur à vous. » Il se tut une minute, pendant que LuAnn vérifiait que Lisa n'avait besoin de rien. « Voyez, vous avez ici un réfrigérateur, avec toutes sortes de boissons. Et là, c'est le coffre-fort. » Il lui montra l'épaisse plaque métallique encastrée dans le mur. Il composa une série de chiffres, et ferma la porte. « Vous pourrez y ranger vos objets de valeur.

— Je n'ai rien emporté qui ait de la valeur.

— Et le bulletin de Loto ? »

LuAnn le regarda, puis extirpa la petite feuille de papier de sa poche. « Vous êtes au courant, donc ? »

Charlie ne répondit pas. Il prit le bulletin sans un regard pour les numéros cochés, et le déposa à l'intérieur du coffre. « Choisissez une combinaison... pas de date d'anniversaire ou d'événement particulier. Seulement quatre chiffres faciles à retenir, parce qu'il ne s'agira pas de les noter sur un bout de papier, bien sûr. »

Il rouvrit le coffre. LuAnn tapa son propre code et referma la porte.

« Je reviendrai demain matin vers neuf heures. En attendant, si vous avez faim ou si vous désirez quoi que ce soit, appelez le service des chambres. Essayez de ne pas trop montrer votre visage au garçon. Mettez quelque chose sur la tête, une serviette comme si vous veniez de vous laver les cheveux. Quand il frappera, ouvrez la porte, signez la note du nom de Linda Freeman, et allez dans la chambre, pendant qu'il dressera le couvert. Laissez un pourboire sur la table. Tenez. » Charlie sortit une liasse de billets de sa poche et la lui tendit. « En tout cas, faites-vous le plus discrète possible. Surtout, n'allez pas vous montrer dans les salons de l'hôtel.

— Ne vous inquiétez pas, je sais bien que je n'ai rien d'une femme d'affaires, dit LuAnn d'un ton qui se voulait désinvolte mais qui masquait mal son amour-propre blessé.

— Ce n'est pas du tout ce que je voulais dire. Vous savez, je n'ai même pas terminé mes études secondaires. Je ne suis jamais allé à l'université et me suis quand même très bien démerdé dans la vie. Aussi, ni vous ni moi ne pourrions passer pour des anciens de

Harvard, et qu'est-ce que ça peut foutre ? » Il lui toucha légèrement l'épaule. « Passez une bonne nuit. Quand je repasserai demain, nous irons faire un tour en ville, si vous voulez. »

Son visage s'éclaira. « Oui, j'aimerais beaucoup.

— Je pense qu'il fera frisquet, demain matin. Habillez-vous chaudement. »

LuAnn abaissa les yeux sur son chemisier froissé et son jean. « Je... je suis partie un peu vite, et je n'ai rien pris d'autre, dit-elle, embarrassée.

— Ce n'est pas grave, dit Charlie avec douceur. Pas de bagages, pas de problèmes. Combien mesurez-vous ? Un mètre quatre-vingts ? Taille huit ? »

LuAnn hocha la tête en rougissant légèrement. « Peut-être huit et demi en haut. »

Charlie jaugea la poitrine d'un regard tout aussi expert que pour le reste du corps. « D'accord, dit-il. Je vous apporterai quelques vêtements demain. J'en prendrai aussi pour Lisa. Mais il me faudra du temps. Je ne serai pas ici avant midi.

— Je pourrai emmener Lisa avec nous, n'est-ce pas ?

— Absolument, la petite ne nous quitte pas.

— Merci, Charlie. J'apprécie vraiment. Je n'aurais pas le courage de sortir toute seule. Mais ça me démange, vous savez. Je n'ai jamais rien vu d'aussi grand de ma vie. Je parie qu'il y a plus de monde dans cet hôtel que dans ma ville natale.

— Oui, je comprends ce que vous ressentez, dit-il en riant. Je comprends parfaitement. »

Quand il fut parti, LuAnn souleva doucement Lisa de son couffin et l'installa au milieu du grand lit. Elle la déshabilla rapidement, la baigna dans la trop grande baignoire et la vêtit de son pyjama. Après avoir remis la petite au lit, bien couverte et entourée de gros oreillers pour prévenir toute chute, elle se demanda si elle n'allait pas elle-même se faire couler un bain, quand le téléphone sonna. Elle hésita. Qui pouvait bien l'appeler ? Elle finit par décrocher. « Allô ?

— Madame Freeman ?

— Désolée, mais vous... » Elle pinça les lèvres, furieuse contre elle-même. « Oui, c'est elle-même, s'empressa-t-elle d'ajouter du ton le plus neutre possible.

— Soyez un peu plus rapide la prochaine fois, LuAnn, dit Jackson. Les gens oublient rarement leur nom. Comment allez-vous ? S'est-on bien occupé de vous ?

— Je vais bien, et Charlie est formidable.

— Charlie ? Oui, bien sûr. Vous avez le bulletin de Loto ?

— Il est dans le coffre.

— Parfait. Avez-vous du papier et un crayon ? »

LuAnn sortit un bloc de papier à lettres et un stylo du tiroir de l'antique secrétaire près de la fenêtre.

« Vous pouvez prendre note, si vous voulez, reprit Jackson. De toute façon, Charlie vous guidera. Sachez que tout est en place. À dix-huit heures, après-demain soir, il sera procédé au tirage du Loto, que vous pourrez suivre en direct à la télé depuis votre chambre ; l'émission passera sur toutes les grandes chaînes. Je crains toutefois que le résultat ne soit pas une très grande surprise pour vous. » LuAnn imagina le petit sourire en coin de Jackson tandis qu'il disait cela. « Puis le pays entier attendra avec impatience de connaître le gagnant. Vous ne vous présenterez pas tout de suite à l'Américaine des Jeux. Vous êtes censée prendre votre temps, réfléchir, consulter peut-être un avocat ou un conseiller financier, etc. Enfin vous partirez pour New York, ce qui est une façon de parler, puisque vous y êtes déjà. Les gagnants ne sont pas tenus de se rendre à New York, et la conférence de presse peut se tenir n'importe où, y compris dans la ville natale du gagnant. Mais l'Américaine des Jeux préfère que cela se passe au siège social, où elle a plus de facilités pour organiser la conférence. Ces obligations vous prendront un jour ou deux. Officiellement, vous avez trente jours pour réclamer votre gain, il n'y a donc pas de problème de ce côté-là. À propos, au cas où vous ne l'auriez pas encore compris, c'est la raison pour laquelle je voulais que vous attendiez pour venir. Ça la ficherait mal si on apprenait que vous êtes arrivée à New York avant le tirage. Vous devrez rester dans l'incognito absolu jusqu'à ce que nous soyons prêts à vous présenter comme la gagnante. » Il semblait très contrarié que LuAnn l'ait d'une certaine manière contraint à modifier ses plans.

« Je suis désolée, monsieur Jackson, mais je ne pouvais vraiment pas attendre. Je vous ai dit que ma vie aurait été impossible là-bas ; c'est une toute petite communauté, et les gens auraient su que le billet avait été acheté à Rikersville, ils auraient su que c'était moi.

— Ils auraient su pour le billet, mais pour vous, je ne vois pas comment. Enfin, c'est chose faite, et n'en parlons plus, dit-il sèchement. Désormais, le plus important est de vous faire toute petite pendant un jour ou deux après le tirage. Vous avez pris l'autocar pour vous rendre à Atlanta, exact ?

— Oui.

— Et vous avez veillé à dissimuler votre visage ?

— Oui, avec un grand chapeau et des lunettes noires, et je n'ai croisé personne de ma connaissance.

— Bien entendu, quand vous avez acheté votre billet de train, vous n'avez pas donné votre vrai nom ?

— Bien sûr que non, mentit LuAnn.

— Dans ce cas, vous n'avez pas laissé de traces.

— Je l'espère.

— De toute façon, cela n'a pas grande importance, LuAnn. Dans quelques jours, vous serez loin.

— Où exactement ?

— Mais c'est à vous de me le dire. Europe ? Asie ? Amérique du Sud ? Dites une direction, un pays, un continent, et je m'occuperai de tout. »

LuAnn réfléchit un bref instant. « Est-ce que je dois décider maintenant ?

— Bien sûr que non. Mais si vous devez partir

immédiatement après la conférence de presse, il vaudrait mieux que je le sache le plus tôt possible. Organiser un voyage n'est qu'un jeu d'enfant pour moi, mais je ne suis pas un magicien, d'autant plus que vous n'avez même pas de passeport. » Il semblait incrédule en disant cela. « Il me faut donc aussi vous obtenir des papiers.

— Vous pouvez faire ça ? Même une carte de Sécurité sociale ?

— Quoi ! Ne me dites pas que vous n'en avez pas ! C'est impossible.

— Ça ne l'est pas, si vos parents n'ont jamais rempli un seul papier.

— Mais pas une seule maternité ne laisserait un bébé naître sans qu'il soit dûment enregistré. »

LuAnn étouffa un rire. « Je ne suis pas née dans une maternité, monsieur Jackson. On m'a dit que la première chose que j'avais vue en ouvrant les yeux au monde, c'était la pile de linge sale dans la chambre de ma mère, parce que c'est là que ma grand-mère m'a délivrée.

— Je suppose que je peux vous avoir un numéro de Sécurité sociale, dit-il d'un ton fâché.

— Alors pourrais-je avoir un autre nom sur le passeport, je veux dire, un avec ma photo, mais pas mon vrai nom ? Et sur les autres papiers aussi ?

— Et pourquoi voudriez-vous cela, LuAnn ?

— Eh bien, à cause de Duane. Je sais qu'il a l'air bête et tout, mais quand il apprendra que j'ai gagné tout cet argent, il fera tout ce qu'il peut pour me retrouver. J'ai pensé que le mieux était que je disparaisse. Tout recommencer ailleurs. Un nouveau départ, une nouvelle vie, un nouveau nom. »

Jackson eut un rire sonore. « Pensez-vous vraiment que Duane Harvey soit capable de vous retrouver ? Cet imbécile ne saurait même pas sortir du comté de Rikersville sans une escorte policière.

— Je vous en prie, monsieur Jackson, j'aimerais beaucoup que vous fassiez cela pour moi. Bien sûr, si c'est trop difficile, je comprendrai. » LuAnn retint son souffle, misant sur la fierté de Jackson.

« Ce n'est pas difficile, c'est même très simple, en vérité, quand on sait à qui s'adresser. Encore faudrait-il que vous ayez pensé à un faux nom. »

Elle le surprit en lui suggérant un patronyme de bonne consonance.

« Il semblerait que vous ayez déjà réfléchi à la question. Peut-être même sans l'argent du Loto. Pas vrai ?

— Vous avez vos secrets, monsieur Jackson. Et j'ai les miens. »

Elle l'entendit soupirer. « Très bien, LuAnn, votre requête est sans précédent, mais j'y pourvoirai. J'ai toutefois besoin de savoir où vous voulez aller.

— Je comprends. Je vais y réfléchir et vous le ferai savoir rapidement.

— Je me demande pourquoi j'ai peur soudain de regretter de vous avoir choisie pour cette petite aventure. » Il y avait dans le ton de sa voix une menace qui arracha un frisson à LuAnn. « Je vous appellerai après le tirage, pour vous communiquer le reste des détails. C'est tout, pour le moment. Profitez bien de votre visite à New York. Si vous avez besoin de quoi que ce soit, vous n'aurez qu'à en informer...

— Charlie.

— C'est ça, Charlie. » Jackson raccrocha.

LuAnn alla prendre une bouteille de bière au minibar. Lisa s'agitait sur le lit et avait manifestement besoin de dépenser son énergie. LuAnn la posa par terre et la regarda en souriant commencer d'arpenter la chambre à quatre pattes. La petite prenait de plus en plus de plaisir à ces exercices. LuAnn s'accroupit à côté de sa fille, et elles s'en furent de concert explorer les confins de la suite. Une demi-heure plus tard, Lisa montrait des signes de fatigue, et LuAnn l'installa pour la nuit.

Elle gagna ensuite la salle de bains et, pendant que l'eau coulait dans la baignoire, elle examina son menton. La coupure cicatrisait déjà, mais elle laisserait une marque. Elle alla se chercher une autre bière et se glissa dans l'eau chaude et parfumée en pensant qu'il lui faudrait pas mal d'alcool et de bains chauds pour traverser les épreuves des deux jours suivants.

Peu après midi, Charlie arriva avec plusieurs sacs de chez Bloomingdale et Baby Gap. Durant l'heure suivante, LuAnn essaya divers vêtements, qui la plongèrent dans un joyeux ravissement.

« On dirait que ces robes ont été faites pour vous, dit Charlie, admiratif.

— Merci. Merci pour tout. Et vous avez trouvé la taille exacte.

— Ce n'est pas difficile avec vous, vous avez la taille et la silhouette d'un mannequin. C'est pour des femmes comme vous qu'ils créent ces fringues. Vous n'avez jamais pensé à être mannequin pour gagner votre vie ? »

LuAnn haussa les épaules en enfilant une veste crème sur une longue robe plissée noire. « Si, quand j'étais plus jeune.

— Plus jeune ? Bon Dieu, ça ne doit pas faire très longtemps que vous êtes sortie de l'adolescence.

— J'ai vingt ans, mais on se sent plus âgée quand on est maman.

— Je veux bien le croire.

— Mais ça ne m'aurait pas plu de faire le mannequin.

— Pourquoi ça ? »

Elle le regarda. « Parce que je n'aime pas qu'on me prenne en photo, et je n'aime pas non plus me regarder. »

Charlie secoua la tête. « Vous êtes décidément une jeune femme bien étrange. La plupart des filles de votre âge, avec le physique que vous avez, sont scotchées au miroir. Le narcissisme incarné. À propos, n'oubliez pas de mettre un chapeau et des lunettes noires. Nous ne devrions pas faire cette promenade mais, dans une ville de sept millions d'habitants, ça ne devrait pas poser de problème. » Il sortit un paquet de cigarettes. « Ça ne vous dérange pas que je fume ? »

Elle sourit. « Vous plaisantez ? Je travaille comme serveuse dans un routier, et je peux vous dire que là-bas, c'est les non-fumeurs qui se font virer. Il y a des nuits où on appellerait presque les pompiers tellement il y a de fumée.

— Fini les routiers pour vous.

— Oui, peut-être. » Elle coiffa une élégante capeline à large bord. « Comment ça me va ? demanda-t-elle, prenant la pose.

— Je vous assure, vous pourriez faire la couverture de *Vogue*.

— Vous n'avez encore rien vu. Attendez que j'habille ma petite fille », dit-elle fièrement.

Une heure plus tard, LuAnn soulevait le moïse dans lequel trônait Lisa, vêtue à la dernière mode de Baby Gap. « On y va ?

— Attendez. » Charlie ouvrit la porte et se tourna vers LuAnn. « Vous voulez bien fermer les yeux une petite minute ? » Elle le regarda d'un air perplexe. « Allez, faites ce que je vous dis », dit-il avec un grand sourire.

Elle obéit et, quand elle rouvrit les yeux au commandement de Charlie, elle trouva devant elle un magnifique landau flambant neuf. « Oh, Charlie.

— À force de porter la petite, dit-il en désignant le couffin, vous allez avoir des bras plus longs que vos jambes. »

LuAnn le serra dans ses bras avec chaleur, installa Lisa dans sa nouvelle voiture, et ils quittèrent la chambre.

11

Shirley Watson était plus enragée que l'enfer. Dans sa recherche d'une vengeance à la hauteur de l'humiliation que lui avait infligée LuAnn Tyler, Shirley avait mobilisé toute son ingéniosité ou, du moins, ce qui chez elle en tenait lieu. Elle gara son pick-up à l'abri des regards, à quatre cents mètres de la caravane, et prit le chemin de la clairière, un petit bidon en fer à la main. Elle jeta un coup d'œil à sa montre ; à cette heure, LuAnn devait dormir, après sa nuit passée au routier. Elle se fichait de savoir où était Duane. S'il se trouvait là, alors elle le punirait aussi de ne pas l'avoir protégée de sa furie de femme.

À chaque pas, la courtaude Shirley sentait sa colère grandir. Elle avait été à l'école avec LuAnn et, comme elle, avait abandonné à la fin de la troisième. Elle non plus n'avait jamais quitté Rikersville mais, à la différence de LuAnn, elle n'avait aucune envie d'en partir ; et cela rendait encore plus horrible ce que lui avait infligé LuAnn. Des gens l'avaient surprise se faufilant chez elle, nue comme un ver. Jamais elle n'avait été plus humiliée. Et la nouvelle s'était répandue comme l'odeur puante des abattoirs, quand le vent soufflait vers la ville. Elle deviendrait la risée de tous, et cette histoire la suivrait jusque dans la tombe. LuAnn Tyler allait lui payer ça. Elle avait baisé avec Duane, et après ? Tout le monde savait que Duane n'avait pas l'intention d'épouser LuAnn, et que LuAnn elle-même aurait préféré crever plutôt que de convoler avec cet abruti. Elle restait avec lui pour la seule raison qu'elle n'avait nulle part où aller ou manquait de courage pour se tirer. Tout le monde trouvait LuAnn si belle, si capable. Shirley enrageait à cette pensée, et il lui tardait d'entendre ce que les gens diraient de la beauté de LuAnn, quand elle en aurait fini avec elle.

Arrivée en vue de la caravane, Shirley se baissa et progressa d'arbre en arbre. Une grande décapotable était garée devant la porte. Il y avait de larges traces de pneus dans la boue. Passant à côté de la voiture, elle s'arrêta le temps de jeter un regard à l'intérieur et poursuivit son approche furtive. À qui était cette caisse ? Un client du routier ? Elle sourit à la pensée que LuAnn se faisait un petit extra en l'absence de Duane. Si c'était le cas, sa vengeance aurait encore plus de saveur. Son sourire s'accentua, tandis qu'elle imaginait une LuAnn à poil se précipitant dehors en hurlant. Soudain, un grand silence se fit dans la clairière. Même la brise cessa. Shirley jeta un regard inquiet alentour. Elle sortit de la poche de son blouson un couteau de chasse. Si l'acide de batterie qui barbotait dans le bidon ne suffisait pas, elle achèverait le travail à la lame. Elle avait dépecé du gibier toute sa vie et savait tenir un couteau. Le visage de LuAnn bénéficierait de cette dextérité, du moins là où l'acide l'aurait manqué. Elle monta les marches. « Ça pue », marmonna-t-elle, tant l'odeur était écœurante. Elle jeta de nouveau un regard autour d'elle. Elle n'avait rien reniflé de pareil, même quand elle avait travaillé quelques jours à la décharge publique. Elle remit le couteau dans sa poche, dévissa le bouchon du bidon et se couvrit le nez avec un mouchoir. Elle était allée trop loin pour revenir en arrière. Elle avança sans bruit dans le couloir. La porte de la chambre était entrebâillée. Elle écouta. Aucun bruit. Elle passa la tête. Personne. Elle poursuivit en direction du salon. Peut-être que LuAnn et son client s'étaient endormis sur le canapé. Shirley s'approcha, prête à frapper. Elle bondit soudain en avant, toute à sa vengeance, mais trébucha sur quelque chose et s'affala lourdement sur le ventre, nez à nez avec la source de la sale odeur. On aurait pu entendre son cri depuis la grand-route.

Charlie regarda les quelques sacs posés sur la méridienne dans la chambre. « Décidément, vous n'avez pas acheté grand-chose. »

LuAnn sortit de la salle de bains, où elle avait troqué son tailleur chic contre un jean et un sweater, et ramené ses cheveux en chignon sur la nuque. « Oh, je me contente de lécher les vitrines. Et puis vous avez vu les prix, ici ? Bon sang !

— Mais j'aurais payé, protesta Charlie. Je vous l'ai dit cent fois.

— Je ne veux pas que vous dépensiez de l'argent pour moi, Charlie. »

Charlie prit une chaise et regarda LuAnn. « Ce n'est pas mon argent. Cela aussi, je vous l'ai dit. J'ai un compte pour les frais, et vous pouvez avoir tout ce dont vous avez envie.

— C'est ce M. Jackson qui a dit ça ?

— Oui, quelque chose comme ça. Appelons ça une avance sur vos futurs gains. » Il sourit.

LuAnn s'assit au bord du lit, l'air songeur. Dans son landau, Lisa s'amusait avec les jouets que lui avait achetés Charlie. Son joyeux babil emplissait la pièce.

« Tenez. » Charlie tendit à LuAnn les photos qu'ils avaient prises lors de leur promenade dans New York. « Pour votre album de souvenirs. »

LuAnn regarda les clichés et son regard s'éclaira. « Je n'aurais jamais pensé que je verrais un cheval attelé dans cette ville. C'était drôlement amusant de se balader en calèche dans ce grand parc. Je n'en revenais pas de voir tous ces arbres au beau milieu de tous ces immeubles.

— Allons, vous n'avez jamais entendu parler de Central Park ?

— Entendu parler, c'est le mot. Mais je pensais que c'étaient des histoires que racontaient les gens. » Elle lui tendit deux photos d'elle, prises dans le parc.

« Ah ! Merci de me le rappeler.

— C'est pour mon passeport ? »

Il hocha la tête en glissant les clichés dans la poche intérieure de son veston.

« Lisa n'en a pas besoin ?

— Non, elle est trop petite. Elle voyagera sous votre nom.

— Très bien.

— J'ai cru comprendre que vous vouliez changer d'identité. »

LuAnn rangea les photos dans l'enveloppe. « Oui, j'ai pensé que ce serait une bonne idée. Un nouveau départ, quoi !

— C'est ce que Jackson m'a raconté. Et pourquoi pas, si c'est ce que vous voulez. »

LuAnn se leva soudain du lit pour s'asseoir sur la méridienne. Elle baissa la tête en portant les mains à ses tempes.

Charlie la regarda avec attention. « Ce n'est pas si dramatique que ça de changer d'identité. Qu'est-ce qui vous tracasse ?

— Vous êtes sûr que je vais gagner au Loto, demain ?

— Nous verrons bien, LuAnn, mais je ne pense pas que vous serez déçue.

— Tout cet argent, Charlie, ça ne me dit rien qui vaille, rien du tout. »

Il alluma une cigarette et tira une longue bouffée tout en continuant de l'observer. « Je vais nous commander un dîner. Avec entrée, plat et dessert. Une bouteille de bon vin, du café, bref, la totale. Vous vous sentirez mieux après ça. » Il ouvrit la brochure des services de l'hôtel et examina la carte.

« Vous avez déjà fait ça, avant ? Je veux dire, vous occuper des gens... choisis par M. Jackson ? »

Il leva les yeux. « Oui, ça fait un moment que je travaille pour lui, mais je ne pourrais pas vous dire à quoi il ressemble : je ne l'ai jamais rencontré. Nous communiquons seulement par téléphone. C'est un type brillant. Un peu parano, à mon avis, mais sacrément futé. Il me paie bien, vraiment bien. Et jouer les baby-sitters dans de grands hôtels et commander des dîners fins, ça n'est pas trop pénible. Mais je dois avouer que mon boulot pour Jackson ne m'a jamais autant plu qu'avec vous. »

Elle s'agenouilla près du landau et retira du casier de rangement sous la voiture une grosse boîte ronde enveloppée dans du papier cadeau.

« Tenez, c'est pour vous », lui dit-elle.

Charlie ouvrit de grands yeux. « Qu'est-ce que c'est ?

— Un cadeau. De Lisa et moi. Je cherchais quelque chose pour vous, et elle a tendu la main vers ce machin en sautillant comme une puce.

— Quand était-ce ?

— Pendant que vous regardiez les vêtements pour hommes.

— LuAnn, il ne fallait pas...

— Je sais, mais un cadeau, c'est fait pour faire plaisir autant à celui qui le fait qu'à celui qui le reçoit, non ? Alors, allez-y, ouvrez, bon sang ! »

Il la regarda en serrant la boîte entre ses grandes mains, une expression attendrie jouant sur son visage marqué. Et, tandis qu'il commençait de défaire le papier, révélant un carton à chapeau, LuAnn prit Lisa dans ses bras et regarda Charlie soulever le couvercle.

« Ça alors ! » Il retira avec précaution un feutre vert foncé, cintré d'une ganse de cuir fauve qu'ornait un ruban de soie crème.

« Je vous ai vu l'essayer dans le magasin, et j'ai trouvé qu'il vous allait bien. Et puis, quand vous l'avez reposé, j'ai bien vu que c'était à regret.

— LuAnn, ce chapeau coûte une fortune.

— J'ai de quoi, vous savez. J'espère qu'il vous plaît.

— Ça, pour me plaire, il me plaît. » Il se pencha vers elle pour l'embrasser sur la joue et faire disparaître dans sa main le petit poing de Lisa. « Et merci à vous, petite dame. Vous avez un goût parfait.

— Mettez-le, dit LuAnn. Qu'on voie s'il vous va bien. »

Il coiffa le feutre et se regarda dans le grand miroir vénitien.

« Super, Charlie, super. »

Il sourit. « Pas mal, pas mal. » Il inclina le feutre jusqu'à ce qu'il trouve le bon angle, cassa un peu le revers et jeta un dernier regard appréciateur à son reflet, avant de l'enlever et de se rasseoir. « Je n'ai jamais reçu de présent des gens que j'ai accueillis. De toute façon, je leur tenais compagnie pendant un jour ou deux, et puis Jackson prenait le relais. »

LuAnn profita de cette confidence pour demander : « Comment vous en êtes venu à faire ce travail ?

— Dois-je comprendre que vous aimeriez entendre l'histoire de ma vie ?

— Naturellement, je vous ai bien raconté la mienne. »

Charlie s'adossa à son fauteuil en affectant un air dégagé. Il eut un geste de la main vers son propre visage. « Comme vous avez dû le remarquer, j'ai boxé un peu étant jeune. Le plus souvent comme sparring-partner, autrement dit un punching-ball pour les futurs champions. J'ai été assez malin pour jeter l'éponge pendant que j'avais encore toute ma cervelle, enfin j'espère. Après ça, j'ai joué comme footballeur semi-professionnel. Ça n'était pas non plus une sinécure, physiquement parlant, mais au moins on porte un casque et des protections. J'ai toujours été sportif et, pour vous dire la vérité, j'aimais bien gagner ma vie comme ça.

— Vous avez l'air en grande forme. »

Il se tapa le ventre qu'il avait plat et dur. « Ouais, c'est pas trop mal pour cinquante-quatre ans. Après le football, j'ai fait un temps comme entraîneur, je me suis marié et me suis employé de-ci de-là, mais sans jamais trouver un travail qui me plaise vraiment.

— Je connais ça.

— Et puis ma carrière a connu un tournant plutôt abrupt. »

Il se tut un instant pour allumer une cigarette, et LuAnn en profita pour remettre Lisa dans son landau. « Que s'est-il passé ?

— J'ai passé quelque temps logé et nourri par le gouvernement. » LuAnn le regarda sans comprendre. « Je suis allé en taule, LuAnn.

— Ça alors, je n'aurais jamais cru ça, dit-elle, étonnée. Vous n'avez vraiment pas le genre, Charlie. »

Il rit. « Vous savez, il y a toutes sortes de types dans les prisons, et il y en a pas mal qui n'ont pas le "genre", comme vous dites.

— Qu'est-ce que vous aviez commis, comme crime ?

— Fraude fiscale. À un moment, j'en ai eu marre de payer des impôts, alors que j'avais tout juste de quoi vivre décemment. Mais cette petite erreur ne m'en a pas moins coûté trois ans de ma vie, sans parler de mon mariage.

— Quel sale coup ! »

Il haussa les épaules. « En fait, c'est peut-être ce qui m'est arrivé de mieux dans ma vie. J'étais dans un bloc où il n'y avait que des délinquants en col blanc, aussi je n'avais pas à avoir peur qu'un cinglé me surine au coin d'un couloir. J'ai pris toutes sortes de cours et commencé à réfléchir sérieusement à ce que je ferais, une fois libéré. Je n'ai pris qu'une seule mauvaise habitude en prison. » Il leva sa cigarette. « Je n'avais jamais fumé de ma vie avant ça. Mais, là-bas, tout le monde fumait. À la sortie, j'ai arrêté. Pendant longtemps. Je m'y suis remis il y a six mois. Mais bon, on n'a qu'une vie, non ? À ma libération, donc, j'ai commencé à travailler dans le cabinet de l'avocat qui m'avait défendu. J'étais chargé de recueillir des renseignements sur les affaires qu'il avait en charge. Il me savait honnête, en dépit de mon erreur de parcours. Ma carrière sportive m'avait fait connaître toutes sortes de gens. Et j'avais appris pas mal de choses en prison. Une véritable école du crime. J'avais eu des professeurs dans tous les domaines, de l'arnaque à l'assurance aux carambouillages, en passant par les faux en écritures. Ça m'a aidé, et j'aimais mon travail.

— Comment avez-vous rencontré Jackson ? »

Charlie eut soudain l'air moins à l'aise. « Disons qu'il m'a appelé, un jour. J'avais des petits ennuis, oh, rien de grave, mais j'étais en liberté conditionnelle, et ç'aurait pu me valoir un retour à l'ombre. Il a offert de m'aider, et j'ai accepté.

— Un peu comme moi. Et quand M. Jackson vous fait une offre, c'est difficile de refuser.

— Oui », dit-il, pinçant les lèvres.

Il y eut un silence, que LuAnn finit par rompre. « Moi, je n'ai jamais triché de ma vie. »

Charlie tira sur sa cigarette et l'écrasa soigneusement. « Tout dépend de ce qu'on entend par tricher.

— Comment ça ?

— Il y a des tas de gens honnêtes et travailleurs, qui trichent. Rien de grave. Ils s'abstiennent de payer leurs impôts, comme je l'ai fait. Ils se gardent bien de redonner à la caissière le billet de trop qu'elle leur a rendu avec leur monnaie. Ils mentent et racontent des histoires, mais ne font de tort qu'à eux-mêmes. Et puis ils sont infidèles, à leurs idéaux comme à leurs compagnons. Sur ce chapitre, j'en connais un bout ; ma femme était docteur ès adultère.

— Ça, je connais aussi », dit LuAnn.

Charlie la regarda. « Ah oui ? Un beau salaud, si vous voulez mon avis. En tout cas, tout ça finit par peser au cours d'une vie.

— Et une tricherie de cinquante millions de dollars, ça pèse combien ?

— Peut-être moins que vous ne l'imaginez. Il vaut mieux tenter un seul gros coup plutôt que mille petites arnaques qui vous rongent à la longue et font qu'un jour, vous cessez de vous regarder dans la glace. »

Le ton désabusé fit frissonner LuAnn. Il la considéra d'un air songeur puis s'intéressa de nouveau à la carte. « Je vais commander le dîner. Du poisson, ça vous va ? »

LuAnn acquiesça d'un air absent et contempla ses tennis pendant que Charlie téléphonait au restaurant de l'hôtel. Quand il raccrocha, il sortit son paquet de cigarettes. « Je ne connais personne qui refuserait l'offre qui vous a été faite. Pardonnez-moi, mais ce serait une belle connerie de dire non. Et puis, si vous avez le sentiment de commettre un péché en acceptant, vous avez la possibilité de vous racheter.

— Et comment ?

— Utilisez cet argent pour aider les plus démunis. Créez une fondation, donnez aux associations caritatives, que sais-je ? Mais pensez également à vous. Profitez-en. J'ai pris quelques renseignements sur vous, et on ne peut pas dire que vous ayez eu la vie facile.

— Je m'en suis tirée. »

Charlie s'assit à côté d'elle. « C'est vrai, LuAnn, vous avez survécu. Et vous survivrez à cette nouvelle épreuve, si on peut l'appeler ainsi. » Il tourna la tête vers elle et la regarda dans les yeux. « Est-ce que je peux vous poser une question personnelle ?

— Ça dépend laquelle.

— Bien sûr, et vous avez la liberté de ne pas me répondre. Comme je viens de vous le dire, je sais deux ou trois choses de votre passé et, maintenant que je vous connais un peu, je me demande comment vous avez pu vous mettre à la colle avec un Duane Harvey. Ce type porte écrit "perdant" sur toute sa personne. »

LuAnn revit Duane glisser du canapé avec un

gémissement, comme s'il l'appelait à l'aide, et tomber pour ne plus bouger, le visage contre la moquette sale. « Duane n'était pas si mauvais que ça. Il n'a pas eu de chance non plus dans la vie. » Elle se leva et se mit à arpenter la chambre. « J'ai fait sa connaissance à un moment où j'allais mal. Ma mère venait de mourir, et j'étais complètement paumée. On grandit dans le comté de Rikersville et on y meurt, à moins de s'en arracher à toutes jambes. Je n'ai jamais vu quelqu'un qui vienne s'installer à Rikersville. Duane venait juste d'emménager dans cette caravane abandonnée. Il avait un boulot. Il me traitait gentiment, on a même parlé de mariage. Il était différent, alors.

— Et vous, LuAnn, vous comptiez rester et mourir dans ce trou ? »

Elle le regarda, manifestement choquée par ces paroles. « Bon Dieu, non ! Je n'avais qu'un désir, c'était de foutre le camp, et Duane aussi le voulait, enfin c'est ce qu'il disait. » Elle s'arrêta pour regarder Charlie. « Et puis Lisa est née. Ça a changé les choses pour Duane. Je ne pense pas qu'avoir un enfant ait fait partie de ses plans. Mais elle était là, et c'est la plus belle chose qui me soit jamais arrivée. Il ne m'a pas fallu longtemps pour comprendre qu'entre Duane et moi, c'était fini. Je savais qu'il fallait que je parte. Je me demandais comment, quand M. Jackson a appelé. »

Elle regarda par la fenêtre la myriade de lumières criblant l'obscurité. « Jackson a dit qu'il y aurait certaines conditions pour toucher l'argent. Je sais bien qu'il ne fait pas ça par amour pour moi. »

Charlie grogna. « Non, bien sûr.

— Vous les connaissez, vous, les conditions ? »

Charlie secoua la tête avant même qu'elle termine sa question. « Je sais que vous aurez plus d'argent que vous ne pourrez jamais en dépenser.

— Et je pourrai m'en servir comme je voudrai ?

— Bien sûr, il sera à vous. Vous pourrez vider les rayons de chez Saks et Tiffany dans la Cinquième Avenue, si ça vous chante. Ou faire construire un hôpital dans Harlem. Ce sera à vous de décider. »

LuAnn regarda par la fenêtre, et ses yeux s'éclairèrent, tandis que la multitude de pensées tournoyant dans sa tête éclipsaient la ville scintillant dans la nuit. Même la forêt de buildings ne pourrait contenir toutes les choses qu'elle avait envie d'accomplir.

12

« On aurait dû rester à l'hôtel, et voir ça à la télé, dit Charlie en jetant un regard inquiet autour de lui. Jackson me tuerait s'il savait que nous sommes là. J'ai reçu l'ordre formel de ne jamais amener un seul "client" ici. »

Ils étaient au siège de l'Américaine des Jeux, sise dans un gratte-ciel tout neuf, qui s'élevait telle une fine aiguille de verre dans Park Avenue. Le grand auditorium était bondé. Outre le public, il y avait là les représentants des principaux médias du pays.

Assise près de la scène, LuAnn tenait Lisa contre elle. Elle portait les lunettes teintées que lui avait achetées Charlie et une casquette de base-ball, dont la visière tournée sur la nuque dissimulait ses longs cheveux ramenés en chignon. Sa silhouette irréprochable était dissimulée sous un ample trench-coat.

« Ne vous inquiétez pas, Charlie. Personne ne se souviendra de moi, attifée comme je suis. »

Il secoua la tête. « N'empêche, ça ne me plaît pas du tout.

— Il fallait que je vienne. Ça n'aurait pas été pareil, de voir ça à la télé dans la chambre.

— Jackson va sûrement appeler à l'hôtel, juste après le tirage, grommela-t-il.

— Je lui dirai que je me suis endormie et que je n'ai pas entendu la sonnerie.

— Ouais, dites-lui ça, murmura-t-il. Vous gagnez

cinquante millions de dollars et vous en tombez de sommeil.

— Quoi, il n'y a pas de quoi s'exciter quand on sait qu'on va gagner, non ? »

Charlie n'avait rien à répondre à ça, et il préféra scruter une nouvelle fois la salle.

LuAnn observait la scène sur laquelle était dressée la machine du Loto. Enfermé dans un caisson translucide d'environ deux mètres de long sur un de large, le système se composait de dix tubes de Plexiglas, s'élevant chacun au-dessus de l'étroite ouverture d'une sphère remplie de boules un peu plus grosses que des balles de ping-pong et numérotées de 1 à 10. À la mise en marche, de l'air pulsé agitait les boules dans la première sphère, jusqu'à ce que l'une d'entre elles franchisse l'entrée du tube, à l'intérieur duquel elle était aussitôt bloquée par un dispositif de retenue. Puis la deuxième sphère était automatiquement activée. Ainsi croissait le suspense tout au long des dix tubes, jusqu'à ce que le numéro gagnant soit enfin complet.

Les spectateurs relisaient nerveusement les numéros de leurs bulletins ; certains en avaient de pleines liasses. Un jeune homme tenait un ordinateur portable ouvert sur ses genoux, sur l'écran duquel s'affichaient les centaines de combinaisons qu'il avait jouées. LuAnn n'avait pas besoin de regarder son billet ; elle connaissait les numéros par cœur : 0 8 1 0 0 8 0 5 2 1, les jours et mois de leurs dates de naissance à Lisa et à elle, plus l'âge qu'elle-même aurait l'an prochain. Elle n'éprouvait plus aucune culpabilité à la vue des expressions d'espoir sur les visages autour d'elle et des bouches psalmodiant de silencieuses prières, à mesure que le tirage approchait. Elle ne se sentait pas responsable de leur déception imminente. Elle avait pris sa décision, tiré ses plans, et elle en avait puisé une force qui lui permettait en ce moment même d'être au milieu de cette mer d'attentes fiévreuses, au lieu de se cacher sous le lit dans sa chambre d'hôtel.

Elle fut tirée de ses pensées par l'entrée en scène

du présentateur. La foule fit aussitôt silence. LuAnn s'était presque attendue à voir Jackson apparaître, mais l'homme était plus jeune et bien plus beau. Elle se demanda s'il était complice. Elle et Charlie échangèrent un sourire tendu. Une blonde en minijupe, bas noirs et talons aiguilles, arriva à son tour et se posta à côté de la machine, les mains derrière le dos.

Tous les objectifs se braquèrent sur le visage de jeune premier du présentateur, qui souhaita la bienvenue au public et à la presse. Puis, marquant une pause, il promena sur la salle un regard théâtral, avant de communiquer la nouvelle de la soirée : le gros lot, calculé sur la vente des bulletins, atteignait le chiffre record de cent millions de dollars ! Une exclamation de stupeur monta de la foule à l'annonce de l'énorme somme. Même LuAnn en resta bouche bée. Charlie la regarda en secouant légèrement la tête, et un petit sourire s'échappa de ses lèvres. Il lui donna un coup de coude joyeux et, se penchant vers elle, lui murmura à l'oreille : « Diable, rien qu'avec les intérêts, vous pourrez vider les grands magasins et, en plus, faire construire cet hôpital. »

En effet, jamais gros lot n'avait atteint un tel montant, et quelqu'un, quelqu'un d'incroyablement chanceux, allait l'empocher, déclara le présentateur avec toute l'emphase voulue par un tel événement. La foule applaudit à tout rompre. L'homme se tourna vers la jeune femme et, d'un geste grandiloquent, lui fit signe de lancer la machine.

LuAnn regarda les boules de la première sphère se mettre à voltiger follement et, le cœur battant, elle retint son souffle quand elle les vit cogner contre l'entrée du tube. En dépit de la présence de Charlie à ses côtés, de la force tranquille qui émanait de Jackson et de la démonstration qu'il lui avait faite de ses capacités avec le dernier tirage de la Loterie, elle avait le sentiment que toute cette histoire n'était que pure folie. Comment Jackson ou qui que ce soit d'autre pouvait-il contrôler le frénétique mouvement de ces boules ? Cela lui rappelait un documentaire sur la fécondation vu à la télé : ces millions de spermatozoïdes se mouvant vers l'ovule, qu'un seul d'entre eux pourrait pénétrer et féconder. Il lui apparut soudain qu'elle n'avait plus que deux options : soit retourner au pays et essayer d'expliquer à la police qu'elle n'était pas responsable de la présence de drogue et de deux cadavres dans la caravane où elle habitait, soit se réfugier dans le premier abri pour SDF en attendant de trouver le moyen de se sauver du naufrage.

Elle serra plus fortement Lisa contre elle et, de sa main libre, étreignit les doigts noueux de Charlie. Enfin une boule monta dans le tube ; elle portait le numéro 0. Elle apparut sur le grand écran suspendu au-dessus de la scène, tandis que la deuxième sphère prenait le relais. Quelques secondes plus tard, le numéro 8 sortait. Tout sembla aller très vite ensuite. Six boules de plus pénétrèrent dans les tubes, et le compte était le suivant : 0 8 1 0 0 8 0 5. LuAnn répéta silencieusement les numéros familiers : le 8 octobre et le 8 mai. Elle avait le front perlé de sueur et l'impression de ne plus avoir de jambes. « Mon Dieu, c'est incroyable. » Jackson avait réussi. Bien sûr, il restait encore deux numéros à sortir, mais elle ne doutait pas du résultat. Elle percevait maintenant les grognements et les gémissements de ceux et de celles qui, autour d'elle, déchiraient leurs billets. Les boules dansaient dans la neuvième sphère. Il lui sembla cette fois qu'elles n'en finissaient plus de s'agiter comme des particules de poussière dans un rai de lumière. Et le 2 jaillit dans l'avant-dernier tube. Dans le public, l'espoir avait déserté tous les visages. Tous, sauf un.

C'était au tour de la dernière sphère de s'animer. Le numéro 1 se fraya rapidement un chemin jusqu'à la base du tube ; il semblait que rien ne pourrait l'arrêter. LuAnn desserra son étreinte sur la main de Charlie. Puis, attirée par quelque invisible aimant, la boule piqua soudain vers le bas et fut remplacée par un énergique numéro 4 qui ne cessait de cogner contre le petit sas d'entrée sans pouvoir cependant y pénétrer. LuAnn se sentit pâlir et crut qu'elle allait s'évanouir. « Merde ! » s'écria-t-elle, mais ni Charlie ni personne ne l'entendit, car la salle était déchaînée. LuAnn serra de nouveau la main de Charlie avec une telle force qu'il grimaça de douleur.

Le cœur de l'ancien boxeur battait au même rythme que celui de LuAnn. Il n'avait jamais vu Jackson échouer une seule fois mais nul n'était infaillible. *Allez, ça ne mange pas de pain,* pensa-t-il en glissant deux doigts sous sa chemise pour toucher son porte-bonheur : un petit crucifix en argent qui pendait sur sa poitrine depuis sa première communion.

Et puis, sous le regard fasciné de LuAnn en apnée, les deux boules échangèrent de nouveau leurs places, comme dans une chorégraphie au suspense savamment orchestré, allant jusqu'à se heurter entre elles. Après cette collision, la porteuse du numéro 1 franchissait l'entrée et fusait dans le dixième tube.

LuAnn dut se faire violence pour ne pas hurler de soulagement et de joie mêlés. Elle et Charlie se regardèrent, les yeux écarquillés, les corps tremblants, les visages luisants de sueur, comme s'ils venaient de faire l'amour. Charlie pencha la tête vers elle et lui chuchota presque imperceptiblement : « Voilà, vous avez gagné. »

Pour toute réponse, elle dodelina de la tête comme si elle marquait le rythme d'une chanson familière. Ressentant l'intense émotion de sa mère, Lisa se mit à gigoter en babillant joyeusement.

« Bon Dieu, dit Charlie, j'ai bien cru que j'allais me pisser dessus en attendant la dernière boule. »

Un instant plus tard, ils marchaient lentement dans la rue, en direction de l'hôtel. C'était une belle nuit, claire et fraîche, et le ciel constellé s'accordait à l'humeur de LuAnn. Charlie se frotta la main. « Vous avez une de ces poignes, dit-il. Qu'est-ce qui vous a pris de me broyer la main comme ça ?

— Je préfère ne pas vous le dire. » Elle aspira une

grande bouffée d'air nocturne et donna soudain un coup de coude à Charlie en lui souriant d'un air malicieux. « Le dernier arrivé paie à dîner. »

Sur ce, elle s'en fut comme une flèche, le trench-coat se gonflant comme un parachute dans son dos, et Charlie pouvait l'entendre qui criait sa joie. Il sourit puis courut après elle.

Ils n'auraient pas été si joyeux s'ils avaient vu l'homme qui les avait suivis au siège de l'Américaine des Jeux et les observait maintenant depuis le coin de la rue. Romanello s'était dit qu'en filant LuAnn, il tomberait peut-être sur quelque chose d'intéressant. Et voilà que ses attentes dépassaient ses espoirs les plus fous !

13

« Vous êtes sûre de vouloir aller là-bas, LuAnn ?

— Oui, monsieur Jackson, j'ai toujours eu envie de visiter la Suède. Mes grands-parents maternels en sont originaires. Ma mère aurait tant aimé y aller, mais elle n'en a jamais eu l'occasion. Alors, je le fais en quelque sorte pour elle. Pourquoi, ça pose des problèmes ?

— Tout pose des problèmes, LuAnn. Seule leur importance varie.

— Mais vous pouvez tout de même arranger ça ? Il y a d'autres pays qui m'attirent, mais j'aimerais beaucoup commencer par la Suède.

— Si j'ai pu vous faire gagner cent millions de dollars, je dois pouvoir vous organiser un petit voyage.

— Je vous en suis sincèrement reconnaissante, monsieur Jackson. »

LuAnn tourna la tête vers Charlie qui berçait dans ses bras une Lisa apparemment ravie. « Vous vous entendez bien, tous les deux, dit-elle avec un sourire attendri.

— Comment ? demanda Jackson.

— Excusez-moi, je parlais à Charlie.

— Passez-le-moi, nous devons préparer votre visite au siège de l'Américaine des Jeux, où vous ferez valider votre bulletin. Plus vite ce sera fait, plus tôt aura lieu la conférence de presse, et vous pourrez alors partir pour votre chère Suède.

— Et les conditions au sujet de...

— Je n'ai pas le temps d'en discuter, l'interrompit Jackson. Passez-moi Charlie, je suis pressé. »

LuAnn échangea Lisa contre le téléphone et elle observa Charlie qui, le dos tourné, s'entretenait à voix basse au téléphone. Elle le vit hocher la tête plusieurs fois, avant de raccrocher.

« Tout va bien ? » demanda-t-elle, légèrement inquiète, en s'efforçant de calmer Lisa, qui ne cessait de gigoter.

Il balaya la pièce du regard avant de poser les yeux sur elle. « Bien sûr que tout va bien, et il est temps que vous fassiez valider ce bulletin. Vous irez cet après-midi.

— Vous viendrez avec moi ?

— Je vous accompagnerai, mais je n'entrerai pas avec vous. Je vous attendrai dehors.

— Qu'est-ce que j'aurai à faire, là-bas ?

— Leur présenter le bulletin gagnant. Ils le valideront et vous remettront un reçu en bonne et due forme en présence de plusieurs témoins. Ensuite, ils vérifieront l'authenticité du bulletin à l'aide d'un laser. Il y a des fibres spéciales incorporées dans le papier, selon le même procédé que pour la monnaie, cela afin de prévenir les contrefaçons. Il est quasiment impossible de façonner des faux, surtout en un temps si court. Ils appelleront ensuite le point de vente qui vous a délivré le bulletin, pour avoir confirmation de l'achat. Enfin ils se livreront à une petite enquête sur vous : vos origines familiales, votre profession, ce genre de choses. Bien entendu, vous ne serez pas obligée de rester pendant leur enquête de routine. Ils vous appelleront sitôt qu'ils auront terminé leurs vérifications puis annonceront aux médias que le gagnant s'est présenté, la gagnante en l'occurrence, mais ne dévoileront pas votre identité avant la conférence de presse, histoire de maintenir le suspense, un bon moyen pour eux d'accroître les mises du prochain tirage. La conférence de presse aura lieu le lendemain.

— Reviendrons-nous ici, après avoir fait valider le bulletin ?

— Non, Linda Freeman quitte aujourd'hui le Waldorf. Nous irons dans un autre hôtel, où vous pourrez signer le registre sous le nom de LuAnn Tyler, une des femmes les plus riches du continent nord-américain, fraîchement débarquée en ville et prête à conquérir le monde.

— Avez-vous déjà assisté à ces conférences de presse ? »

Il hocha la tête. « À quelques-unes. Elles tournent parfois au délire. Surtout quand les gagnants viennent avec leur famille. L'argent produit de drôles d'effets sur les gens. Heureusement, le show ne dure pas longtemps. Vous ferez de votre mieux pour répondre à un tas de questions idiotes, vous brandirez votre chèque, et puis ciao la compagnie ! » Il se tut un bref instant et la regarda avec chaleur. « Je trouve ça très bien, votre projet d'aller en Suède en souvenir de votre mère. »

LuAnn, les yeux baissés, l'air songeur, jouait distraitement avec les petits pieds de Lisa. « Oui. Mais ce sera un autre monde, là-bas.

— J'espère bien que ce sera un autre monde. Ça vous changera de celui où vous avez toujours vécu.

— Je ne sais pas combien de temps je resterai.

— Mais aussi longtemps qu'il vous plaira. Bon sang, vous pourrez même vous installer là-bas, si ça vous chante.

— Oh, je ne crois pas. J'aurais trop de mal à m'adapter. »

Il la prit par les épaules et la regarda bien en face. « Écoutez, LuAnn, ayez confiance en vous. D'accord, vous n'avez pas tout un tas de diplômes à la gomme, mais vous êtes intelligente, vous prenez grand soin de votre enfant, et vous avez du cœur. À mes yeux, cela vous place en tête d'environ quatre-vingt-dix-neuf pour cent de la population.

— Sans vous, Charlie, je me demande ce que j'aurais fait. »

Il eut un haussement d'épaules. « Comme je vous l'ai dit, ça fait partie de mon travail. » Il s'écarta d'elle pour allumer une cigarette. « Je vous propose qu'on déjeune en vitesse et qu'on aille ensuite faire valider ce fichu bulletin. Êtes-vous prête à devenir immensément riche, madame ? »

LuAnn respira un grand coup avant de répondre : « Je suis prête. »

LuAnn sortit du siège de l'Américaine des Jeux et tourna au coin de la rue, où l'attendait Charlie qui avait joué les baby-sitters pendant qu'elle faisait valider son bulletin.

« Elle est vive et curieuse, cette petite, dit Charlie, qui tenait l'enfant dans ses bras. Faut voir comment elle suit des yeux les piétons et les voitures.

— Je sais, et dès qu'elle saura marcher, elle me fera courir de tous côtés. »

Charlie recoucha Lisa dans son landau. « Alors, comment ça s'est passé ?

— Ils ont été vraiment gentils et m'ont traitée comme si j'étais quelqu'un. "Désirez-vous un café, mademoiselle Tyler ?" "Un téléphone ?" Une femme s'est même proposée de me servir d'assistante. » Elle rit.

« Il faudra vous y habituer, parce que ce n'est qu'un début. Vous avez le reçu ?

— Oui, dans mon sac.

— À quelle heure se tiendra la conférence de presse ?

— Demain soir, à six heures. » Elle le dévisagea. « Ça ne va pas ? »

C'était la deuxième fois que Charlie jetait subrepticement un coup d'œil de côté tout en marchant. Il la regarda. « Je ne sais pas. Quand j'étais en prison, et ensuite, quand j'enquêtais pour ce cabinet d'avocats, j'ai développé une espèce de sixième sens, qui m'avertit à chaque fois que quelqu'un s'intéresse de trop près à moi. Et mon radar clignote en ce moment même. »

LuAnn s'apprêtait à se retourner, mais il lui prit le bras. « Non, ne faites pas ça. Marchez comme si de rien n'était. Et ne vous inquiétez pas. J'ai réservé une chambre dans un autre hôtel. C'est à cent mètres d'ici. Vous allez tranquillement vous installer avec Lisa, et puis j'irai faire une ronde, histoire d'en avoir le cœur net, mais je suis sûr que je me fais des idées. »

LuAnn considéra le pli soucieux qui barrait le front de Charlie et trahissait ses paroles. Elle serra plus fort le guidon du landau qu'elle poussait devant elle.

Anthony Romanello, qui marchait à une vingtaine de mètres en arrière sur le trottoir d'en face, se demandait s'il n'avait pas été repéré. Il y avait du monde dans la rue à cette heure, mais la soudaine rigidité qu'il venait de percevoir dans le couple qu'il filait avait sonné l'alarme en lui. Il rentra un peu plus la tête dans les épaules et, ralentissant le pas, se contenta de ne pas les perdre de vue. Il ne cessait de repérer les taxis en maraude, au cas où l'homme et la femme en héleraient un. Toutefois, ce cas de figure ne l'inquiétait pas trop car, le temps que les deux autres chargent le landau, il aurait sûrement le temps de trouver lui-même une voiture. Mais ils poursuivirent à pied jusqu'à leur destination. Romanello s'arrêta devant l'hôtel et laissa s'écouler quelques minutes avant de pousser la porte-tambour.

« Quand avez-vous acheté ça ? » LuAnn contemplait l'assortiment de bagages rangés dans un coin de la chambre.

Charlie sourit. « Vous ne pouvez pas partir en voyage sans bagages. Et ceux-là vous dureront toute la vie. Il y a déjà une valise de pleine. Vous y trouverez des affaires pour Lisa et aussi pour vous. C'est une amie qui s'est chargée des achats. Mais il nous faudra faire encore les magasins, demain, si nous voulons remplir les autres.

— Mon Dieu, je n'en crois pas mes yeux, Charlie. »

Elle le serra dans ses bras et lui donna un baiser sur la joue. Il baissa les yeux, l'air gêné, le rouge aux joues. « Allons, c'est vraiment peu de chose. » Il lui tendit un passeport. Elle l'ouvrit et considéra avec une certaine gravité le nom à l'intérieur, se pénétrant pour la première fois de la réalité de sa nouvelle vie. Elle referma le petit livret bleu. C'était là son laissez-passer pour un autre monde, un monde dans lequel elle allait, avec un peu de chance, bientôt entrer.

« Découvrez la planète, LuAnn. Vous et Lisa. » Il se dirigea vers la porte. « Il y a une chose ou deux que je dois vérifier. Je ne serai pas long.

— Pourquoi ne pas venir avec nous, Charlie ? » demanda-t-elle d'une voix timide.

Il se retourna lentement. « Quoi ? »

Elle baissa les yeux et répondit d'un ton hâtif. « Je suis riche, maintenant. Et vous avez été tellement gentil avec Lisa et moi. Je ne suis jamais allée nulle part, alors j'aimerais que vous nous accompagniez, si ça vous dit, bien sûr. Je comprendrai, si vous ne voulez pas.

— Voilà une offre bien généreuse, LuAnn, mais vous ne me connaissez pas vraiment. Et c'est une sacrée proposition que vous faites là à quelqu'un qui vous est presque inconnu.

— Je sais de vous tout ce que j'ai besoin de savoir, dit-elle avec conviction. Vous êtes un brave homme.

Vous avez pris soin de nous. Et je vois bien que Lisa vous aime, ce qui, pour moi, compte bougrement. »

Charlie fit un sourire à Lisa dans son landau, puis il reporta son regard sur LuAnn. « Ma foi, on pourrait y réfléchir chacun de notre côté, et puis on en reparlera, d'accord ? »

Elle haussa les épaules et écarta une mèche de cheveux de son visage. « Je ne vous propose pas le mariage, Charlie, si c'est à ça que vous pensez.

— Heureusement, vu que je suis presque assez vieux pour être votre grand-père, répondit-il avec un sourire.

— Mais j'aimerais sincèrement vous avoir avec moi. Je n'ai jamais eu beaucoup d'amis sur lesquels je pouvais compter. Vous êtes mon ami, n'est-ce pas ?

— Oui, dit Charlie d'une voix que l'émotion étranglait. Et j'entends ce que vous me dites. On en discutera à mon retour. C'est promis. »

Quand il fut parti, LuAnn coucha Lisa. La petite ne tarda pas à s'endormir, et LuAnn se mit à arpenter nerveusement le vaste espace de la suite. Elle se posta à la fenêtre juste à temps pour voir Charlie sortir de l'hôtel et descendre la rue. Elle le suivit des yeux jusqu'à ce qu'il disparaisse. Il y avait foule sur le trottoir, et elle ne put voir s'il était suivi. Elle s'écarta de la fenêtre avec un sentiment d'impuissance ; elle ne possédait aucun repère dans cette ville. Elle désirait seulement qu'il n'arrive rien de mal à Charlie. Elle pensa à la conférence de presse mais la seule idée d'être entourée d'étrangers la harcelant de questions ne fit qu'accroître son agitation.

Un coup frappé à la porte la fit se retourner en tressaillant.

« Service des chambres », dit le garçon d'étage. LuAnn colla son œil au judas. Un homme jeune en livrée attendait.

« Je n'ai rien commandé, dit-elle, s'efforçant de maîtriser le chevrotement de sa voix.

— J'ai un message et un paquet pour vous, madame.

— De la part de qui ?

— Je ne sais pas, madame. Un homme, à la réception, m'a chargé de vous le remettre. »

Charlie ? se demanda-t-elle. « Est-ce qu'il m'a désignée par mon nom ?

— Non, vous vous dirigiez vers les ascenseurs, et il m'a dit : "Vous voyez cette dame avec la petite fille ? Vous lui porterez ça." Et il m'a remis une lettre et un paquet. Si vous ne voulez pas les prendre maintenant, je peux les déposer dans votre casier, à la réception. »

LuAnn entrouvrit la porte. « Non, donnez-les-moi. » Elle passa son bras par l'entrebâillement, prit la lettre et le paquet et referma aussitôt la porte. Le jeune homme resta un instant devant la chambre, déçu que sa course ne lui ait rien rapporté. Mais il se consola rapidement en pensant au substantiel pourboire que l'homme lui avait donné.

LuAnn ouvrit l'enveloppe. Le message, écrit sur le papier à en-tête de l'hôtel, était bref.

Chère LuAnn, comment va Duane ? Et l'autre type, avec quoi l'avez-vous frappé ? Il est mort, vous savez. J'espère que la police ne découvrira pas que vous étiez là, pour recueillir leur dernier soupir. Il faut qu'on parle. Dans une heure. Prenez un taxi, direction l'Empire State Building. C'est un véritable monument, vous ne serez pas déçue. Et laissez à la maison le grand type et le bébé. XXX.

LuAnn déchira l'emballage de papier brun ; un journal en tomba. Elle le ramassa. C'était l'*Atlanta Journal & Constitution*. L'une des pages était marquée d'un post-it jaune. Elle s'y reporta et fut prise d'un violent frisson à la vue du titre et de la photo dans la rubrique des faits divers. La caravane, prise en noir et blanc, avait l'air encore plus lugubre que dans la réalité. Il y avait aussi la décapotable, dont le long capot avec son ornement obscène semblait délibérément pointé vers le lieu du crime.

Deux morts, disait l'article. Une affaire de drogue. Le nom de Duane Harvey arracha à LuAnn une seule larme qui vint s'écraser sur le papier grisâtre. Elle se laissa choir dans un fauteuil et s'efforça de se reprendre. La police n'avait pas encore identifié l'autre homme. LuAnn parcourut les lignes jusqu'à ce qu'elle tombe sur son nom. Les flics la recherchaient ; l'article ne disait pas qu'elle était soupçonnée d'homicide, mais sa disparition subite suscitait des interrogations. Elle tressaillit en apprenant que c'était Shirley Watson qui avait fait la macabre découverte. Un bidon d'acide de batterie avait été retrouvé dans la caravane. LuAnn plissa les yeux. De l'acide de batterie ! Shirley était revenue pour se venger, ça ne faisait pas l'ombre d'un doute.

Elle contemplait avec stupeur la page du journal quand un coup frappé à la porte la fit se lever d'un bond.

« LuAnn ?

— Charlie ?

— Qui d'autre ?

— Une minute. » Elle arracha à la hâte la portion de page contenant l'article, la fourra dans sa poche, et glissa la lettre et le reste du journal sous le canapé.

Puis elle courut ôter le verrou. Charlie entra. « C'était idiot de ma part, dit-il en enlevant son pardessus, de compter repérer quelqu'un dans cette foule. » Il sortit une cigarette, l'alluma et regarda pensivement par la fenêtre. « Mais je n'arrive pas à m'ôter l'idée qu'on était suivis.

— Un voleur, peut-être, suggéra LuAnn. Il doit y en avoir des tas dans cette ville, non ? »

Il secoua la tête. « Les voleurs à l'arraché sont de plus en plus audacieux mais, si ç'avait été le cas, le type vous aurait bousculée, aurait pris votre sac puis détalé. Non, dans la rue, tout à l'heure, j'ai surtout eu l'impression qu'on nous filait le train. » Il se tourna vers elle. « Il ne vous est rien arrivé de particulier ? Pendant votre voyage, je veux dire ? »

LuAnn secoua la tête et le regarda avec des yeux ronds. Elle avait peur de parler.

« Vous êtes certaine de ne pas avoir été suivie depuis votre départ de Rikersville ?

— Je n'ai rien remarqué, Charlie. Rien ni personne. » Elle ne put réprimer un frisson. « J'ai peur. »

Il passa son grand bras autour d'elle. « Allons, tout va bien. Peut-être que c'est Charlie le parano qui s'invente des ennemis. Mais il y a des fois où la paranoïa est bien utile. Bah ! Oublions tout ça et allons plutôt faire des emplettes, ça vous fera du bien. Qu'en dites-vous ? »

LuAnn tripotait nerveusement l'article dans sa poche. Son cœur battait fort et semblait à l'étroit dans sa poitrine. Mais ce fut un visage calme qu'elle leva vers Charlie. « Savez-vous ce que j'aimerais ? demanda-t-elle avec une soudaine coquetterie.

— Non, mais dites, et vous l'aurez.

— Je voudrais aller chez le coiffeur, et aussi me faire manucurer. Mes ongles en ont bien besoin. C'est qu'il faut que je sois belle pour la conférence de presse.

— Bon sang, pourquoi n'y ai-je pas pensé plus tôt ? Eh bien, voyons dans l'annuaire quel est le meilleur salon de coiffure de la ville...

— Il y en a un en bas, à l'hôtel. Je l'ai vu en entrant. Ils font aussi institut de beauté. Et ça m'a paru très chic.

— Dans ce cas, c'est encore mieux, vous n'aurez pas à sortir.

— Pourriez-vous vous occuper de Lisa pendant ce temps-là ?

— Mais nous pouvons descendre avec vous et assister à la métamorphose.

— Oh, Charlie, vous ne savez donc pas que les hommes n'entrent pas dans les instituts de beauté. Ils découvriraient les secrets des femmes et tous les efforts qu'elles font pour paraître belles. Ça leur enlèverait le plaisir de la surprise. Mais il y a une chose que vous pouvez faire.

— Quoi donc ?

— Pousser des Oh ! et des Ah ! quand je remonterai. »

Charlie eut un grand sourire. « Ça, je saurai le faire.

— J'ignore combien de temps ça prendra. Ça dépendra du monde qu'il y aura. Il y a un biberon prêt dans le frigo, si jamais Lisa avait faim. Il vous suffira de le passer sous l'eau chaude pour le réchauffer un peu. De toute façon, c'est bientôt l'heure de sa sieste et elle ne vous embêtera pas.

— M'embêter, Lisa ? Allons donc ! Prenez votre temps. Une petite beauté pour dame de compagnie, une bière et un match à la télé, que demander de plus ? »

LuAnn prit son manteau.

« Vous avez froid ?

— Non, mais j'ai deux ou trois choses à acheter au drugstore du coin.

— Il y a une boutique dans l'hôtel, vous savez.

— Oui, mais vous avez vu les prix ?

— LuAnn, vous pourriez acheter l'hôtel, si vous en aviez envie.

— Charlie, j'ai épargné le moindre dollar pendant toute ma vie, et je ne vais pas changer en une nuit. » Elle ouvrit la porte et lui jeta un regard en s'efforçant de contrôler l'angoisse qu'elle éprouvait. « À tout à l'heure. »

Charlie vint vers elle. « Vous savez, ça ne me plaît pas trop que vous sortiez toute seule. J'ai pour consigne de vous accompagner partout où vous allez.

— Charlie, je suis une grande fille, et je sais me défendre. Et puis Lisa ne va plus tarder à s'endormir, et nous ne pouvons pas la laisser seule, n'est-ce pas ?

— Bien sûr, mais nous... »

LuAnn posa sa main sur la large épaule de Charlie. « Surveillez la fille, et la mère reviendra vite. » Elle embrassa Lisa et serra doucement le bras de Charlie.

Quand elle fut partie, Charlie prit une bière dans le minibar et s'installa dans un fauteuil devant le téléviseur, avec Lisa sur ses genoux. Il se figea soudain et jeta un regard inquiet en direction de la porte. Puis il actionna la télécommande et fit de son mieux pour intéresser Lisa au zapping.

14

Quand LuAnn descendit du taxi, elle leva les yeux vers la façade de pierre de l'Empire State Building, qui semblait s'élever à l'infini dans le ciel. Toutefois, elle n'eut guère le loisir de s'extasier sur l'architecture, car une main se referma sur son bras.

« Nous avons à parler. » La voix douce, rassurante, lui arracha un frisson.

Elle se dégagea et le regarda. Très grand, de larges épaules, rasé de près, il avait des cheveux noirs et touffus, d'épais sourcils et des yeux marron.

« Que voulez-vous ? » Maintenant qu'elle était en face de lui, elle avait moins peur.

Romanello jeta un regard autour de lui. « Vous savez, même à New York, on risque d'attirer l'attention, et ce n'est pas le genre de conversation qu'on a sur un trottoir. Il y a un salon de thé en face. Si vous voulez bien me suivre...

— Pourquoi accepterais-je ? »

Il croisa les bras sur sa poitrine et lui sourit. « Vous avez lu mon mot et l'article qui l'accompagnait, sinon vous ne seriez pas ici.

— Je l'ai lu, dit LuAnn d'une voix ferme.

— Alors, il est clair que nous avons quelque chose à nous dire.

— Qu'est-ce que vous venez faire dans cette histoire ? Vous êtes aussi impliqué dans ce trafic de came ? »

Le sourire de l'homme s'effaça et il s'écarta légèrement d'elle. « Écoutez...

— Je n'ai tué personne », dit-elle avec force.

Romanello jeta un regard inquiet à la ronde. « Vous voulez que tout le monde nous entende, c'est ça ? »

LuAnn se dispensa de répondre et, lui emboîtant le pas, elle le suivit jusqu'au salon de thé, où ils trouvèrent un box isolé dans le fond. Romanello commanda un thé et regarda LuAnn. « Vous ne voulez rien prendre ? demanda-t-il.

— Rien. » Elle lui jeta un regard dur.

« Pour ne pas vous faire perdre votre temps, j'irai droit au but.

— Comment vous appelez-vous ? »

La question parut le surprendre. « Pourquoi ?

— Inventez un nom, c'est ce que tout le monde fait, ici.

— De quoi parlez-vous... » Il se tut quelques secondes, l'air songeur. « Très bien, appelez-moi Arc-en-ciel.

— Arc-en-ciel, hein ? Ça ne vous ressemble vraiment pas.

— Détrompez-vous, dit-il, une lueur rusée dans le regard. Les arcs-en-ciel ont des marmites pleines d'or à chaque bout.

— Et alors ? fit LuAnn, sur la défensive sous un calme apparent.

— Alors, c'est vous, ma marmite d'or. À l'extrémité de mon arc-en-ciel. »

Elle secoua la tête d'un air de dégoût et commença de se lever.

« Asseyez-vous ! » ordonna-t-il sèchement. LuAnn le regarda sans ciller. « Asseyez-vous, à moins que vous ne préfériez passer le reste de votre vie en prison plutôt qu'au paradis. »

Puis, reprenant ses manières affables, il lui fit signe de regagner son siège. Elle obéit avec lenteur, sans le quitter des yeux.

« Je n'ai jamais été très bonne aux devinettes, monsieur Arc-en-ciel, alors je vous invite à cracher votre morceau, qu'on en finisse. »

La serveuse revint avec le thé. « Vous êtes sûre que vous n'en voulez pas ? demanda-t-il de nouveau. Il fait frisquet dehors. »

Le regard que lui jeta LuAnn le dissuada d'insister. La serveuse leur demanda s'ils désiraient autre chose puis, quand elle fut partie, il se pencha par-dessus la table. « Je suis allé dans votre caravane, LuAnn. J'ai vu les cadavres.

— Que faisiez-vous là-bas ?

— Rien, je passais.

— Vous passiez, hein ? Foutaises !

— Je vous ai vue revenir à la caravane au volant de la décapotable, celle qui est en photo dans le journal. Et je vous ai vue sortir de l'argent d'un sac en toile. Je vous ai vue enfin passer pas mal de coups de fil.

— Et après ? Je n'ai pas le droit de téléphoner ?

— Il y avait deux macchabées, sans parler d'un paquet de came, dans votre caravane. »

Cet homme était-il un policier ayant mission de la faire parler ? se demanda-t-elle, inquiète. « Je ne sais pas de quoi vous parlez. Je n'ai jamais vu de cadavres. Vous avez dû voir quelqu'un d'autre que moi sortir de cette voiture. Et qu'est-ce qui m'interdirait de planquer mon fric dans les couches de ma fille ? » Elle plongea la main dans sa poche et en sortit l'article de journal. « Tenez, essayez donc de faire peur à quelqu'un d'autre. »

Romanello prit le morceau de journal déchiré, y jeta un coup d'œil et le rangea dans sa poche. Quand il reposa sa main sur la table, LuAnn eut toutes les peines du monde à ne pas trembler en reconnaissant le bout de tissu taché de sang.

« Ça vous rappelle quelque chose, LuAnn ?

— Non, je ne vois qu'un bout de chiffon avec des taches de ketchup. »

Il eut un sourire qui n'était pas feint. « Bigre, je ne

m'attendais pas à tant de sang-froid de la part d'une gourde de Ploucville. Je vous imaginais implorant pitié à genoux.

— Désolée de vous décevoir. Et si vous me traitez encore une fois de gourde, je vous fous mon poing dans la gueule. »

Romanello cessa de sourire et baissa la fermeture Éclair de son blouson de manière à révéler la crosse du 9 mm. « Je ne vous conseille pas de m'énerver, LuAnn, dit-il calmement. Quand on m'énerve, j'ai tendance à être méchant. »

LuAnn ne se laissa pas impressionner à la vue de l'arme. « Que voulez-vous de moi ? »

Il remonta la fermeture. « Que vous soyez ma poule aux œufs d'or.

— Je n'ai pas d'or. »

Il gloussa. « Pourquoi donc êtes-vous à New York ? Je parie que vous n'étiez encore jamais sortie de votre comté de culs-terreux. Alors pourquoi, de tous les endroits du monde, avoir choisi la Grosse Pomme ? » La tête penchée de côté, il attendit une réponse.

LuAnn passa ses mains sur la surface lisse de la table. Et ce fut sans le regarder qu'elle répondit : « D'accord, peut-être que je sais ce qui s'est passé à la caravane. Mais je n'ai rien fait de mal. J'ai seulement jugé bon de mettre les bouts, faute de pouvoir prouver mon innocence. Et pourquoi pas New York ? » Elle le regarda pour juger de sa réaction, mais il lui parut moins convaincu que jamais.

« Qu'allez-vous faire de tout cet argent, LuAnn ?

— De quoi parlez-vous ? De l'argent planqué dans les couches de ma fille ?

— Allons, un fourre-tout ne pourrait pas plus contenir cent millions de dollars que votre soutien-gorge, en dépit de sa grande taille, dit-il en zieutant sa poitrine. Voyons, combien coûte un chantage aujourd'hui ? Dix pour cent ? Vingt ? Cinquante ? La moitié vous laisserait cinquante millions. De quoi acheter, pour vous et votre fille, des jeans et des baskets jusqu'à la fin de vos jours, non ? » Il sirota une gorgée de thé et s'adossa contre la banquette en observant attentivement LuAnn.

Elle refréna une envie furieuse de lui sauter à la gorge.

« Tout ce que j'ai à vous dire, c'est que vous êtes fou.

— La conférence de presse a lieu demain.

— Quelle conférence de presse ?

— Allons, c'est là-bas que vous allez tenir bien haut pour les caméras ce très, très, très gros chèque et sourire et adresser de grands saluts à la multitude des déçus.

— Excusez-moi, mais j'ai autre chose à faire qu'écouter vos salades. »

Il lui saisit le bras avant qu'elle se lève. « Vous n'aurez pas besoin d'argent en prison.

— Je vous laisse. » Elle libéra son poignet et se leva.

« Ne soyez pas stupide. Je vous ai vue à Rikersville acheter le bulletin dans ce petit drugstore poussiéreux. Et j'étais présent au tirage. Je vous ai vue sourire d'une oreille à l'autre et piquer un sprint dans la rue en criant à tue-tête. Et j'étais aussi à l'Américaine des Jeux, quand vous avez fait valider votre bulletin. Alors, les salades, c'est vous qui les racontez. Si vous me plantez là, j'appelle illico Ploucville et son corniaud de shérif, et je lui raconte tout ce que je sais. Après ça, je lui enverrai ce bel échantillon de tissu. Vous ne pouvez pas savoir les prouesses que peut réaliser un laboratoire de criminologie. Je leur apprendrai aussi que vous venez juste de gagner le gros lot au Loto, et il y a des chances qu'ils vous harponnent avant que vous puissiez mettre les voiles. Alors, vous pourrez dire adieu à votre nouvelle vie. Notez, pendant que vous pourrirez en taule, vous vous consolerez en sachant que votre fille sera toujours à l'abri du besoin.

— Je n'ai rien fait de mal.

— Non, ce que vous avez fait était stupide, LuAnn. Vous avez fui. Et quand on fuit, les flics se figurent toujours qu'on est coupable. C'est comme ça qu'ils pensent. Ils seront persuadés que vous étiez dans le coup. Pour le moment, vous leur avez échappé, mais pas pour longtemps. Maintenant, il dépend de vous qu'ils commencent la chasse dans dix minutes ou dans dix jours. Si c'est dans dix minutes, vous êtes cuite. Si c'est dans dix jours, vous aurez le temps de disparaître. J'en ferai autant de mon côté. Et je vous garantis que vous ne me paierez qu'une seule fois. De toute façon, ni l'un ni l'autre n'aurons jamais le temps de tout dépenser. De cette façon, vous et moi sommes gagnants. Dans le cas contraire, vous perdez plus que moi. Alors, qu'en dites-vous ? »

Elle resta debout à hésiter un instant, comme tétanisée, puis se rassit lentement.

« Ah ! vous devenez raisonnable.

— Je ne peux pas vous donner la moitié. »

Le visage de Romanello s'assombrit. « Ne soyez pas trop vorace, madame.

— Ça n'a rien à voir. Je vous paierai, j'ignore combien, mais ce sera beaucoup. Plus que vous ne pourrez jamais en claquer.

— Je ne comprends pas... »

LuAnn l'interrompit en empruntant à la phraséologie jacksonnienne. « Ne cherchez pas à comprendre. J'accepte votre marché mais à une seule condition : que vous répondiez à une question, et je veux la vérité, sinon vous pouvez vous tirer et appeler les flics, je m'en fous. »

Il lui jeta un regard d'une extrême circonspection. « C'est quoi, votre question ? »

LuAnn se pencha en travers de la table en demandant tout bas avec une violence contenue : « Que faisiez-vous dans la caravane ? Et ne me dites pas que vous passiez là par hasard.

— Écoutez, peu importe pourquoi j'étais là-bas », répondit-il avec un geste évasif de la main.

Le bras de LuAnn se détendit avec la rapidité d'un crotale et ses longs doigts se refermèrent sur le poignet de Romanello. Il grimaça sous la tenaille, stupéfait par tant de force chez une femme. « Je vous ai dit que je voulais une réponse, et vous n'avez pas intérêt à mentir.

— Je gagne ma vie... » Il eut un sourire et reprit : « Je gagnais ma vie en réglant certains problèmes que pouvaient avoir... certaines personnes. »

LuAnn n'avait pas desserré son étreinte. « Quels problèmes ? Y a-t-il un rapport avec Duane et son trafic de drogue ?

— Non, je ne savais rien de cette came. Duane était déjà mort quand je suis arrivé. Peut-être qu'il en avait mis un peu trop de côté pour lui et qu'il s'est fait dessouder par l'autre type. Qui sait ? Et qui s'en soucie ?

— Qu'est-il arrivé à l'autre homme ?

— Vous le savez mieux que moi, vu que c'est vous qui lui avez réglé son compte. Comme je l'ai écrit dans mon mot, il était tout ce qu'il y a de plus mort. » Il se tut et respira profondément. « Vous pourriez me lâcher, maintenant ?

— Vous n'avez pas répondu à ma question. Et si vous ne le faites pas, vous pourrez appeler le shérif, parce que vous n'aurez pas la moitié d'un dollar de moi. »

Romanello parut hésiter, puis l'appât de l'argent l'emporta sur la raison. « J'étais là-bas pour vous tuer », dit-il simplement.

Elle desserra lentement ses doigts, non sans avoir serré une brève et dernière fois de toute sa force. Ce ne fut qu'au bout d'une longue minute qu'il sentit de nouveau le sang irriguer sa main.

« Pourquoi ? demanda LuAnn avec véhémence.

— Je ne pose jamais de questions. Je me contente de faire ce pour quoi on me paie.

— Qui vous a chargé de me tuer ? »

Il haussa les épaules. « J'en sais rien. » Elle tenta de lui saisir de nouveau le poignet mais, échaudé, il parvint à esquiver le danger. « Je vous l'ai dit, j'en sais foutre rien. Mes clients ne passent pas prendre le thé chez moi pour m'expliquer pourquoi ils veulent se débarrasser de Pierre ou de Paul. Je reçois un coup de fil et une moitié de ma prime, l'autre moitié quand le travail est fait. Le tout par courrier.

— Mais je suis toujours en vie.

— C'est vrai, mais c'est uniquement parce que j'ai reçu un contrordre.

— De qui ?

— De celui qui m'employait.

— Quand vous a-t-il appelé ?

— Je me trouvais dans la caravane. Je vous ai vue descendre de la décapotable et partir à pied. J'ai regagné ma voiture, et c'est juste à ce moment-là que j'ai eu le coup de fil. Il devait être dix heures un quart. »

LuAnn s'adossa à la banquette. La vérité se faisait jour : Jackson. C'était donc ainsi qu'il effaçait ceux qui refusaient d'entrer dans sa combine.

Comme elle ne disait rien, Romanello se pencha en avant. « Alors, maintenant que j'ai répondu à vos questions, si nous discutions de notre petit arrangement ? »

LuAnn le regarda longuement avant de lui répondre. « Si jamais je découvre que vous m'avez menti, je vous le ferai regretter, croyez-moi.

— Vous savez, un type dont le métier est de tuer son prochain inspire généralement un peu plus de peur que vous n'en témoignez. » Il ouvrit de nouveau sa fermeture Éclair pour révéler la crosse du 9 mm. « Alors, ne poussez pas trop ! » Le ton charriait une menace, qui n'avait rien de factice.

Les yeux de LuAnn balayèrent avec mépris le revolver avant de se planter dans ceux du tueur. « J'ai grandi entourée de dingues, monsieur Arc-en-ciel. Des brutes qui se soûlaient la gueule et pointaient leur shotgun sur la tête des gens et pressaient la détente, juste pour se marrer, ou bien qui tailladaient un type de telle manière que sa propre mère n'aurait pas pu le reconnaître, et qui pariaient ensuite sur le temps qu'il mettrait à saigner à mort. J'ai vu un jeune Noir finir dans un étang avec la gorge tranchée et les couilles dans la bouche, parce qu'il avait eu le malheur de tourner autour d'une fille blanche. Je suis même sûre que mon père a prêté la main dans cette histoire mais, pour les flics de là-bas, ce n'était pas à proprement parler un délit. Alors, votre petit flingue et vos gros yeux me feraient plutôt rigoler. Finissons-en avec notre petit marché, et vous pourrez disparaître de ma vue. »

Toute lueur menaçante s'éteignit dans les yeux de Romanello. « Très bien », dit-il doucement en refermant son blouson.

15

Une demi-heure plus tard, Romanello et LuAnn ressortaient du salon de thé. Elle héla un taxi et rentra à l'hôtel, où elle passa les deux heures suivantes à se faire coiffer et manucurer, afin que Charlie ne se doute de rien. Romanello s'en alla à pied dans la direction opposée. Il sifflotait. C'était une journée à marquer d'une pierre blanche. Bien entendu, l'accord passé avec LuAnn n'offrait pas une garantie totale, mais son instinct lui disait qu'elle tiendrait parole. Si le premier versement n'était pas viré sur son compte dans deux jours, il appellerait la police de Rikersville. Elle paierait, Romanello en était sûr ; elle ne courrait jamais le risque de tout perdre.

D'humeur festive, il décida de s'acheter une bouteille de chianti en chemin. Il songeait déjà à la propriété qu'il acquerrait dans quelque terre lointaine. Il s'était fait pas mal d'argent comme tueur à gages, mais il n'en menait pas moins un train de vie modeste. Il n'était pas question qu'un percepteur vienne frapper à sa porte. À présent, ce problème était résolu. La somme promise par LuAnn le placerait à jamais hors de portée des griffes du Trésor public. Il lui suffirait de transférer l'argent sur quelque compte ouvert dans un de ces paradis fiscaux des Caraïbes. Oui, c'était décidément un grand jour dans la vie d'Anthony Romanello.

Ne trouvant pas de taxi, il finit par prendre le métro.

C'était l'heure de pointe, et il y avait foule dans le tube. Il habitait heureusement à quelques stations de là, et ce fut avec soulagement qu'il sortit de la rame et foula de nouveau le macadam. Quelques instants plus tard, il refermait la porte de son appartement derrière lui, et passait dans la cuisine pour y déposer la bouteille. Il allait enlever sa veste et se verser un verre de vin, quand on frappa à la porte. Il jeta un coup d'œil par le judas. L'uniforme marron d'un livreur de l'UPS emplissait son champ de vision.

« C'est quoi ? demanda-t-il à travers le battant.

— J'ai un pli au nom d'Anthony Romanello », répondit l'homme en tenant devant lui une épaisse enveloppe de papier kraft de format 24 × 27.

Romanello ouvrit la porte.

« Vous êtes Anthony Romanello ? »

Le tueur hocha la tête.

« Une petite signature, je vous prie. » Il tendit à Romanello un stylo attaché à un registre. « Ici », dit-il en indiquant du doigt la case où signer.

Romanello griffonna son nom. « Ce n'est pas une notification, j'espère ? dit-il avec un sourire.

— Non, et ils ne me paieraient jamais assez pour que je fasse ça, répondit le livreur. Mon beau-frère délivrait des notifications à comparaître à Detroit. On lui a tiré dessus deux fois. Après ça, il s'est fait chauffeur livreur dans une boulangerie industrielle. Bonne soirée, monsieur. »

Romanello referma la porte et palpa le contenu de l'épaisse enveloppe. Un sourire se dessina sur ses lèvres. La seconde tranche de son dû pour sa mission à Rikersville ! Il avait été averti de l'éventualité d'une annulation, mais son employeur lui avait assuré qu'il n'en toucherait pas moins le reste de son argent. Son sourire se figea soudain à la pensée que l'argent aurait dû être expédié à sa boîte postale. Personne n'était censé connaître l'adresse où il habitait, pas plus que son vrai nom.

Il pivota sur lui-même en percevant un bruit derrière lui.

Jackson émergea de la pénombre du living. Vêtu aussi strictement que lors de son entretien avec LuAnn, il s'appuya contre le chambranle de la porte de la cuisine et toisa Romanello derrière une paire de lunettes noires. Il avait des cheveux grisonnants, une barbiche poivre et sel bien taillée, des joues pleines et des oreilles roses et aplaties, autant de traits qui résultaient d'un remarquable modelage en latex.

« Qui êtes-vous et comment êtes-vous entré ici ? »

En réponse, Jackson tendit une main gantée vers l'enveloppe. « Ouvrez-la.

— Quoi ? grogna Romanello.

— Comptez l'argent et assurez-vous que le compte est bon. Ne vous inquiétez pas, je n'y verrai aucune offense de votre part.

— Écoutez... »

Jackson ôta ses lunettes et fixa Romanello d'un regard pénétrant. « Ouvrez donc. »

La voix était douce, dénuée de toute menace, et Romanello s'étonna qu'elle déclenche en lui un tremblement intérieur. Il se remémora les six personnes qu'il avait effacées de ce monde durant ces trois dernières années. Personne ne lui faisait peur.

Il fit sauter le rabat de l'enveloppe et en vida le contenu sur la table de la cuisine. Du papier journal découpé au format du dollar.

« Vous trouvez ça drôle ? Pas moi ! »

Jackson secoua tristement la tête. « Dès que j'ai raccroché, après vous avoir téléphoné ce matin-là, j'ai su que ma petite gaffe aurait des conséquences. J'ai fait mention d'argent à propos de LuAnn Tyler, et l'argent, vous ne l'ignorez pas, conduit les gens à faire des bêtises.

— De quoi parlez-vous au juste ?

— Monsieur Romanello, je vous ai engagé pour accomplir un certain travail. Puis je vous ai appelé pour vous donner contrordre et vous signifier la fin de votre mission. Autrement dit, votre participation à mes affaires était terminée.

— Mais c'est bien ce que j'ai compris. Je n'ai pas tué la fille, et tout ce que je récolte, c'est du papier journal. C'est moi qui devrais l'avoir mauvaise.

— Monsieur Romanello, vous avez suivi cette femme depuis son départ de Géorgie. Vous lui avez fait parvenir un mot. Vous lui avez donné rendez-vous, et bien que je n'aie pas pu entendre ce que vous vous disiez, j'ai bien vu que le sujet de votre conversation n'avait rien de plaisant.

— Comment savez-vous tout ça ?

— Monsieur Romanello, il y a très peu de choses que je ne sache pas. Vraiment très peu. » Jackson rechaussa ses lunettes.

« Vous ne pouvez rien prouver. »

Jackson eut un rire qui fit frémir Romanello et porter sa main à son pistolet sous son blouson, mais l'arme n'y était plus.

Jackson s'amusa de la stupeur du tueur. Il secoua la tête d'un faux air de compassion. « C'est fou le monde qu'il peut y avoir dans le métro à certaines heures, et les pickpockets s'en donnent à cœur joie.

— Je vous l'ai dit, vous ne pouvez rien prouver. Et vous ne risquez pas d'aller voir la police. Vous m'avez employé pour tuer quelqu'un, et ce n'est pas une confidence à faire à des flics.

— Qui parle d'aller à la police ? Vous avez désobéi à mes instructions et conséquemment compromis mes plans. Je suis venu vous informer que non seulement vous ne toucherez pas le reste de votre argent mais aussi que vous serez puni pour vos actes inconsidérés. Une punition que j'ai l'intention de vous infliger sur-le-champ. »

Romanello se redressa de toute sa taille, dominant Jackson du haut de son mètre quatre-vingt-dix, et il éclata de rire. « Dans ce cas, j'espère que vous avez amené quelqu'un d'autre avec vous pour faire ce que vous prétendez.

— J'ai appris à me débrouiller tout seul.

— Alors, tant pis pour vous. » Il se baissa vivement en portant la main à sa cheville et se redressa en tenant à la main un couteau à lame dentelée. Il avança vers Jackson et s'immobilisa à la vue du curieux engin que Jackson pointait vers lui. Cela ressemblait à ces enrouleurs de laisses pour chiens. La comparaison s'arrêtait là.

« Les avantages de la taille et de la force physique sont souvent surfaits, vous ne trouvez pas ? » dit Jackson. Les deux dards jaillirent du pistolet électrique et frappèrent Romanello en pleine poitrine. Jackson continua de presser la détente, et cent vingt mille volts fusèrent le long des deux fils d'acier auxquels les dards étaient reliés. Romanello s'écroula, comme terrassé par la foudre. Jackson vint se pencher au-dessus de lui.

« J'ai actionné la détente pendant toute une minute, ce qui devrait provoquer une incapacité d'au moins un quart d'heure, soit tout le temps nécessaire pour ce que j'ai à faire. »

Romanello, le corps tétanisé par la décharge mais parfaitement conscient, observa Jackson s'agenouiller à côté de lui, retirer délicatement les deux pointes d'acier et ranger l'engin dans sa poche. « Vous avez la poitrine velue, dit Jackson à Romanello en lui dégrafant la chemise. Je doute que le médecin qui vous examinera puisse déceler deux trous minuscules dans cette forêt de poils. »

La seringue intraveineuse que Jackson sortit de sa poche fit naître une lueur d'effroi dans les yeux de Romanello. Il avait la sensation d'avoir été séparé de son corps. Il ne sentait plus aucun de ses membres, pas même sa langue dans sa bouche. Il ne lui restait que la capacité de voir et de penser, deux facultés qui le condamnaient à assister à sa propre exécution.

« C'est une solution alcaline, qui est presque sans danger, disait Jackson comme s'il s'adressait à des étudiants en médecine. Je dis presque, car ce que la solution contient peut s'avérer mortel dans certaines conditions. » Il sourit à Romanello et marqua une pause afin de juger de l'effet de ses paroles sur le psychisme de sa victime. « Cette solution, disais-je, contient en effet des prostaglandines, des substances produites naturellement par le corps. La proportion que l'on peut isoler dans certains organes se mesure en microgrammes. Je vais vous en injecter une dose mille fois plus grande, de plusieurs milligrammes en vérité. Cela entraînera une telle constriction des artères coronaires que vous succomberez à un infarctus du myocarde, vulgairement appelé crise cardiaque. Pour tout vous dire, je n'ai jamais combiné les effets d'un choc électrique avec cette méthode particulière d'euthanasie, si je puis dire. » Jackson ne manifestait pas plus d'émotion que s'il s'apprêtait à disséquer une grenouille décérébrée en classe de sciences naturelles. « Produites par le corps, les prostaglandines sont aussi métabolisées par lui, ce qui signifie qu'aucun examen médical n'en relèvera des quantités anormales. Je travaille en ce moment sur un poison auquel j'adjoindrai un enzyme enrobé d'une substance protectrice soluble dans le sang, mais le temps que cette dissolution se fasse, le poison aura tout le temps d'agir. L'enzyme enfin libéré s'attaquera alors au poison, qu'il détruira, effaçant ainsi toute trace d'empoisonnement. On utilise un procédé analogue contre les nappes de pétrole. Je comptais l'utiliser sur vous, ce soir, mais le produit n'est pas encore au point, et je déteste précipiter les choses de cette nature. La chimie, après tout, exige de la patience et de la précision. Je m'en remets donc à ces bonnes vieilles prostaglandines. »

Jackson approcha l'aiguille du cou de Romanello, tâta du bout de l'index le tracé des veines. « Ils découvriront un jeune et solide gaillard, décédé de mort naturelle. Une statistique de plus dans l'actuel débat sur la santé. »

Les yeux exorbités, Romanello tentait désespérément de secouer l'inertie qui le clouait au sol. Ses efforts faisaient saillir les veines de son cou, et Jackson le remercia de lui faciliter la tâche, avant de plonger l'aiguille dans la jugulaire. L'injection terminée, il sourit et tapota gentiment la tête de Romanello, dont les paupières trahissaient l'affolement de leurs battements frénétiques.

Jackson sortit d'une de ses poches un rasoir de sûreté. « À présent, l'œil exercé d'un médecin légiste pourrait repérer la trace laissée par l'aiguille, aussi devons-nous veiller à ce qu'il ne puisse le faire. » D'un coup de lame précis, Jackson entama une infime parcelle de peau là où il avait piqué, essuya la goutte de sang et posa un petit pansement adhésif. « Et voilà, le légiste n'y verra qu'une banale coupure de rasoir, dit-il en contemplant son œuvre. Vous savez, je regrette aussi d'en être arrivé là, car j'aurais de nouveau fait appel à vous, en cas de besoin. » Jackson prit l'une des mains inertes de Romanello et lui fit dessiner le signe de croix sur la poitrine de l'homme foudroyé. « Je sais que vous êtes de confession catholique, Anthony, même si vous vous êtes passablement écarté des enseignements de l'Église. Toutefois, il est hors de question que j'appelle un prêtre à votre chevet. Il arriverait trop tard, de toute façon, et puis je ne pense pas que cela vous serait utile là où vous allez, n'est-ce pas ? Le Purgatoire n'est qu'une invention à l'usage des débiles. » Il ramassa le couteau de Romanello et le replaça dans sa gaine de cheville.

Jackson allait se relever quand il remarqua le bout de journal sortant de la poche intérieure de la veste du moribond. Il s'en empara et, à la lecture de l'article rendant compte des deux meurtres, de la drogue, de la disparition de LuAnn Tyler, son visage se durcit. Cela expliquait tout. Romanello la faisait chanter. Ou essayait. Jackson pinça les lèvres. Eût-il découvert cette information une journée plus tôt, il aurait tué LuAnn Tyler sur-le-champ. À présent, il était trop tard, et il enrageait d'avoir en partie perdu le contrôle de la situation. Elle avait fait valider son bulletin et, dans moins de vingt-quatre heures, le monde entier découvrirait sur les écrans de télévision le visage de la dernière gagnante du Loto américain. Il comprenait maintenant l'impatience de LuAnn à changer de nom. Il replia soigneusement l'article de journal et le glissa dans sa poche. Que ça lui plaise ou non, il était marié à LuAnn, pour le meilleur et pour le pire. Il avait un nouveau défi à relever, et ce n'était pas pour lui déplaire. Il ne doutait pas de sa capacité à redresser la situation. Il lui dirait ce qu'elle devrait faire, et si elle ne suivait pas ses instructions à la lettre, il l'éliminerait sitôt après la conférence de presse.

Il entreprit de rassembler les coupures de presse et l'emballage du paquet UPS. Il se défit ensuite en un tournemain de son costume et des plaques de mousse qui lui donnaient un aspect rondelet, et fourra le tout dans un conteneur à pizzas qu'il avait dissimulé dans un coin du living. Défait de ses artifices, il présentait une silhouette mince et athlétique sous le pantalon bleu et la chemise blanche d'un livreur de Domino's Pizzeria. Il sortit d'une de ses poches un fil de Nylon avec lequel il souleva avec dextérité le faux nez de mastic, le faux grain de beauté, la fausse barbiche et les fausses oreilles, avant d'extraire de sa bouche les deux plaques de résine qui lui gonflaient les joues. Le tout disparut dans le conteneur à pizzas. Avec l'aide d'un tampon de coton et d'un petit flacon de lotion tirés de sa poche, il effaça toute trace de maquillage. Il travaillait avec les gestes précis et rapides issus d'une longue pratique. Il passa enfin dans ses cheveux un gel qui élimina le grisonnement. Il vérifia son apparence dans un petit miroir accroché au mur du couloir et acheva la métamorphose d'une petite moustache brune et d'un catogan postiche, qui disparut en partie sous la casquette de base-ball dont il se coiffa. Il chaussa ses lunettes noires, remplaça ses richelieus par des chaussures de tennis. Il s'examina de nouveau dans la glace et sourit à son talent. Quand il sortit de l'immeuble un instant plus tard, le visage de Romanello affichait cette paix que l'on dit éternelle.

16

« Tout se passera bien, LuAnn. » Roger Davis, le
jeune et bel homme qui avait procédé au tirage, lui
tapota la main. « Il y a de quoi être nerveux, je
sais bien, mais je serai à vos côtés. Et nous ferons
en sorte que ce soit le moins pénible possible pour
vous, je vous en donne ma parole », ajouta-t-il galam-
ment.

Ils se tenaient dans un somptueux salon, séparé par
un couloir du grand auditorium, où un bataillon de
journalistes et un public nombreux attendaient l'arrivée du dernier gagnant du Loto. Impeccablement coif-
fée et maquillée par le personnel de l'Américaine des
Jeux, LuAnn portait une robe bleu pâle qui lui arrivait aux genoux et des chaussures assorties. Sa coupure au menton avait suffisamment cicatrisé pour être
dissimulée sous un peu de fard.

« Vous êtes ravissante, LuAnn, dit Davis. Franchement, je ne me souviens pas d'avoir jamais vu
gagnante plus belle. » Il prit place à côté d'elle sur le
canapé, sa jambe frôlant celle de LuAnn.

Elle lui sourit, s'écarta de quelques centimètres et
tourna son attention sur Lisa. « Je ne veux pas qu'elle
vienne avec moi. Elle sera morte de peur à la vue de
toutes ces lumières et de tout ce monde.

— Pas de problème. Elle restera ici. Et sous étroite
surveillance, bien entendu. Comme vous pouvez l'imaginer, on ne prend pas la sécurité à la légère, à l'Amé-

ricaine des Jeux. » Il se tut pour reluquer une fois de plus le corps parfait de LuAnn. « Mais nous annoncerons que vous avez une petite fille. C'est ça qui fait toute la saveur de votre histoire. Une jeune mère et son enfant, et cette montagne d'argent. Vous devez être tellement heureuse. » Cette fois, ce fut le genou qu'il tapota, laissant reposer sa main un instant avant de la retirer. LuAnn se demanda si ce bellâtre était dans la combine et s'il savait qu'elle avait gagné en trichant. Elle n'aurait pas été étonnée d'apprendre que oui. C'était le genre de type à vendre son âme contre des espèces sonnantes et trébuchantes. Elle se dit qu'il avait dû grassement monnayer sa complicité dans une arnaque de ce calibre.

« Dans combien de temps y allons-nous ? demanda-t-elle avec un geste en direction de l'auditorium.

— Dans dix minutes environ. » Il lui sourit de nouveau puis lui demanda du ton le plus détaché possible : « Vous ne nous avez pas précisé votre statut conjugal. Est-ce que votre mari...

— Je ne suis pas mariée, l'interrompit LuAnn.

— Oh, fort bien, mais le père de l'enfant assistera-t-il à la conférence ? Je vous demande cela pour une simple question d'organisation », s'empressa-t-il d'ajouter.

LuAnn le regarda sans ciller. « Il ne viendra pas. »

Davis sourit d'un air d'assurance et se rapprocha un peu plus près. « Je vois. » Il joignit ses mains et les porta à ses lèvres, avant de passer nonchalamment son bras sur le dossier de la banquette derrière LuAnn. « Je ne sais pas quels sont vos projets, mais si vous avez besoin de quelqu'un pour vous montrer la ville, je suis à votre entière disposition, LuAnn, jour et nuit. Je sais qu'après avoir vécu dans une petite ville, New York doit vous paraître monstrueusement grand. Mais je le connais comme ma poche. Les meilleurs restaurants, les théâtres, les magasins de luxe. Nous pourrions passer de bons moments. » Il se rapprocha encore, les yeux en ventouse sur ses formes affriolantes, et laissa glisser sa main sur l'épaule de LuAnn.

« Oh, je suis désolée, monsieur Davis, de m'être mal exprimée. À vrai dire, le père de Lisa n'assistera pas à la conférence de presse, mais il viendra plus tard. Il a fallu qu'il demande une permission.

— Une permission ?

— Oui, il est dans la Marine. Nageur de combat, exactement. » Elle secoua la tête comme s'il lui revenait des souvenirs troublants. « Vous savez, il me raconte des choses de son travail, qui me font froid dans le dos. Mais je ne connais personne qui pourrait mieux me protéger que lui. Une fois, dans un bar, il a mis K.-O. six types qui tournaient un peu trop autour de moi. Et il les aurait tués si la police n'était pas arrivée. Il a fallu cinq policiers, et des costauds, pour le maîtriser. »

Davis, bouche bée, se hâta de retirer son bras. « Dieu du Ciel ! gémit-il.

— Mais vous ne direz rien de tout ça à la conférence de presse, n'est-ce pas, monsieur Davis. Le travail de Frank est secret défense, et il serait drôlement furieux contre vous si vous racontiez quoi que ce soit. Ça, oui, il serait furieux ! » Elle le regarda gravement, observant la peur faire blêmir son visage de joli garçon.

Il se leva abruptement. « Comptez sur moi, je n'en dirai pas un mot. » Il s'humecta les lèvres d'un coup de langue et passa une main fébrile sur son savant brushing. « Je vais voir si tout est prêt dans l'auditorium, LuAnn, dit-il en grimaçant un sourire.

— Merci de votre compréhension, monsieur Davis. » Quand il fut parti, elle se tourna vers Lisa. « Tu ne seras jamais obligée de mentir, ma chérie. Et ta mère non plus, bientôt. » Elle prit son enfant dans ses bras et leva les yeux vers la pendule murale. Elle avait hâte que tout cela se termine.

Charlie se fraya un chemin parmi la foule encombrant l'auditorium et finit par s'arrêter dans un coin d'où il voyait parfaitement la scène. Il aurait aimé rester auprès de LuAnn et lui procurer ce qui ne pouvait être qu'un soutien moral. Mais cela était hors de question. Il devait rester en retrait ; provoquer les soupçons n'entrait pas dans ses attributions. Il verrait LuAnn à la fin de la conférence de presse. Il devrait aussi lui annoncer s'il serait ou non du voyage ; or, il n'avait pas encore arrêté sa décision. Il allait sortir son paquet de cigarettes quand il se rappela qu'il était interdit de fumer dans la salle. Il avait vraiment envie d'en allumer une et il envisagea de ressortir, mais le spectacle allait commencer d'un instant à l'autre.

Il soupira et se tassa comme sous l'effet soudain de l'âge. Il avait passé la plus grande partie de sa vie à courir d'un endroit à l'autre sans jamais se donner un but, un quelconque projet à long terme. Il adorait les enfants, mais n'en aurait jamais. Il gagnait bien sa vie et, même si cela ne faisait pas son bonheur, il ne pouvait que se féliciter, après bien des erreurs de parcours, de connaître la sécurité matérielle. Toutefois, il vivait seul et, à cinquante ans passés, avait toutes les chances de le rester. LuAnn Tyler lui offrait le moyen de sortir de cette solitude annoncée. Elle n'était certainement pas amoureuse de lui et, de son côté, il n'éprouvait pas pour elle — en dépit de sa beauté — une attirance charnelle. Ce qu'il attendait d'elle, c'était de l'amitié, de la tendresse, deux choses qui avaient cruellement manqué dans sa vie. Il ne doutait pas qu'en partant avec elle, il serait heureux au-delà de ses espérances. Et il aurait en plus le plaisir de jouer les paternels pour Lisa. Pendant quelques années, du moins. Inévitablement la belle et richissime LuAnn deviendrait la cible de douzaines d'hommes comptant parmi les plus beaux partis du monde. Elle était très jeune, n'avait qu'un enfant, et en désirerait sûrement d'autres. Elle épouserait l'un de ces messieurs, qui deviendrait de ce fait le beau-père de Lisa. Qu'adviendrait-il alors de Charlie ? Ne serait-il pas contraint de partir ? Sa présence aux côtés du couple serait peut-être déplacée. Après tout, il n'était pas de la famille. S'en aller lui serait douloureux, plus douloureux que de jouer les punching-balls du temps de sa jeunesse. Il n'avait passé que quelques jours avec LuAnn et Lisa, mais il éprouvait déjà pour la jeune femme et la fillette un attachement comme il n'en avait jamais connu en dix ans de mariage avec son ex-épouse. Qu'en serait-il après trois ou quatre années ensemble ? Pourrait-il quitter calmement LuAnn et Lisa sans avoir le cœur brisé à jamais ? Il secoua la tête. Quel dur à cuire il faisait ! Il connaissait à peine cette fille mère venue tout droit de Bouse-ville, et le voilà qui pataugeait dans la gadoue sentimentale et s'apprêtait à prendre une décision qui risquait de bouleverser sa vie !

Une voix en lui, toutefois, lui soufflait de mettre les voiles aux côtés de cette jeunesse, plein cap à la découverte du monde. Bon sang, il pouvait crever d'une crise cardiaque l'an prochain ! Mais une autre voix l'invitait à la prudence. Il pourrait rester toute sa vie l'ami de LuAnn, mais pourrait-il l'être au quotidien en vivant auprès d'elle et en sachant que cela pouvait se terminer abruptement ? « Merde », murmura-t-il. En réalité, se dit-il, c'était la jalousie qui le faisait penser ainsi. Oui, il envierait le type qui saurait conquérir et gagner l'amour de cette femme ardente. Mais Dieu vienne en aide à celui qui la trahirait. C'était une panthère. Une force explosive avec un cœur d'or, et c'était cela qui la rendait si attirante : ces deux pôles qui s'opposaient dans une même enveloppe fragile.

Le silence soudain l'arracha à ses pensées et lui fit

lever les yeux vers la scène. La salle entière semblait attendre dans une immobilité frémissante. Puis les caméras se braquèrent sur LuAnn qui arrivait, grande, royale, sereine. Charlie secoua la tête d'admiration et de stupeur mêlées. « Bon sang », murmura-t-il. Décidément, elle venait de rendre sa décision encore plus difficile.

Le shérif Roy Waymer manqua cracher sa gorgée de bière à travers la pièce en découvrant LuAnn à l'écran le saluer de la main. « Jésus, Marie, Joseph ! » Il tourna la tête vers sa femme, Doris, qui rivait deux yeux ronds sur l'image.

« Tu la cherchais dans tout le comté, et voilà qu'elle est à New York City ! s'exclama Doris. Le culot de cette fille. Et tout cet argent qu'elle a gagné ! » ajouta-t-elle avec amertume en se tordant les mains ; vingt-quatre bulletins de Loto gisaient déchirés dans la poubelle, derrière la maison.

Waymer extirpa son imposant séant de son fauteuil pour aller au téléphone. « J'ai appelé les gares du comté et l'aéroport d'Atlanta, mais sans succès. Je n'ai jamais pensé qu'elle irait à New York. Je n'ai même pas signé de mandat de recherche, parce que j'étais persuadé qu'elle serait incapable de quitter le comté, encore moins l'État. Merde, cette fille n'a pas de voiture ni rien. Et elle a un bébé. Je me disais qu'elle devait avoir trouvé refuge chez une copine à elle.

— Eh bien, on dirait bien qu'elle t'a glissé entre les doigts, dit Doris en pointant une main potelée vers l'écran. Parce que c'est bien la LuAnn que je vois là, vu qu'il n'y en a pas deux comme elle dans toute l'Amérique.

— Tu sais, maman, dit le shérif à sa femme, on n'a pas les forces du FBI par ici. Avec Freddie qu'est couché chez lui, le dos en compote, j'ai plus que deux hommes en uniforme avec moi. Et faut point compter sur la police d'État, qui n'a pas assez d'hommes non plus pour tout le travail qu'elle a. »

Il décrocha le téléphone sous le regard inquiet de Doris. « Crois-tu que LuAnn a tué Duane et l'autre type ? »

Waymer porta le combiné à son oreille et haussa les épaules. « LuAnn pourrait mettre une branlée à plus d'un gars, et Duane n'a jamais fait le poids face à elle. L'autre type, je me demande, parce que c'était un balèze ; il pesait pas loin des cent vingt kilos, le salaud. » Il composa un numéro. « Mais elle a très bien pu le surprendre par-derrière et lui fracasser le téléphone sur le crâne. Ce qui est sûr, c'est qu'elle s'est battue ce jour-là. Ils sont plusieurs à avoir remarqué qu'elle avait un pansement au menton.

— C'est la drogue qu'est derrière tout ça, dit Doris. Cette pauvre petite Lisa dans cette caravane et toute cette saleté de drogue. »

Waymer hocha tristement la tête. « Je le sais.

— J'te parie que c'était elle, le cerveau. Elle est drôlement futée, la môme, on le sait tous. Et puis elle se prenait pour quelqu'un de trop bien pour nous. Oh, elle le cachait bien, mais ça se voyait quand même. Elle aimait pas le pays, elle voulait s'en aller, mais comment ? Pardi, avec l'argent de la drogue, note bien ce que je te dis, Roy.

— Je t'écoute, maman. Sauf qu'elle a plus besoin de trafiquer, maintenant. » Il fit un signe de tête en direction de l'écran.

« Tu ferais bien de te dépêcher, avant qu'elle disparaisse.

— Je vais appeler la police de New York. Ils sauront la coincer, eux.

— Tu crois qu'ils feront ça ?

— Maman, elle est notre premier suspect dans une affaire de double homicide, dit-il d'un air d'importance. Même si elle n'a rien fait de mal, elle sera ce qu'ils appellent un témoin matériel.

— Ouais, et tu penses vraiment que ces Yankees de flics de New York s'intéresseront à cette histoire, hein ?

— La police est la police, Doris, dans le Nord comme dans le Sud. La loi est la loi. »

Très peu convaincue de la valeur de ses compatriotes nordistes, Doris renifla avec mépris. « Mais dis-moi, dit-elle soudain, tandis qu'une lueur d'espoir éclairait son visage, si LuAnn est reconnue coupable, elle devra peut-être rendre l'argent, non ? » Doris reporta son regard sur l'écran, où LuAnn continuait de sourire, et se demanda si elle ne ferait pas mieux d'aller pêcher les bulletins déchirés dans la poubelle et d'essayer de les recoller. « Ce qui est sûr, c'est qu'elle aura pas besoin de tous ces millions en prison. »

Le shérif Waymer ne l'écoutait plus. Il essayait de joindre la police new-yorkaise.

LuAnn brandissait le gros chèque, saluait, souriait à la foule et répondait au barrage de questions venant de tous les côtés de la vaste salle, tandis que son image était diffusée à travers tout le pays et le monde entier.

Qu'allait-elle faire de son argent ? Avait-elle des projets ?

« Je commencerai à faire des projets quand je serai sûre que tout cela n'est pas un rêve », répondit-elle.

Suivit une série de questions stupides du genre : « Pensez-vous avoir de la chance ?

— Oui, une sacrée veine.

— Aiderez-vous votre famille ?

— J'aiderai tous les gens que je pourrai. »

Il y eut trois culottés dans l'assistance pour la

demander en mariage. Elle sut repousser avec humour leurs prétentions.

Charlie, agacé par ces échanges, consulta sa montre et gagna le fond de la salle.

Après d'autres questions, d'autres photos et encore des rires et des sourires, la conférence de presse arriva à son terme, et LuAnn quitta la scène. Elle regagna la loge qu'on avait mise à sa disposition et troqua sa robe contre un ample pantalon et un chemisier, se démaquilla et dissimula ses cheveux sous un chapeau de cow-boy. Puis elle alla chercher Lisa. Vingt minutes s'étaient écoulées depuis que la gagnante du dernier tirage du Loto avait été présentée au monde. Le shérif de Rikersville devait être en train d'appeler la police de New York. La cérémonie du Loto était un spectacle que tous — le shérif Roy Waymer inclus — regardaient religieusement là-bas, au pays.

Davis passa la tête par la porte entrebâillée. « Euh... mademoiselle Tyler, une voiture vous attend devant la sortie de secours, derrière l'immeuble. Je vous fais escorter jusque-là dès que vous serez prête.

— Mais je suis prête. Ah ! Monsieur Davis, si jamais quelqu'un venait me demander, dites-lui que je suis à mon hôtel.

— Vous attendez quelqu'un ?

— Le père de Lisa, Frank. »

Le visage de Davis s'assombrit. « Et dans quel hôtel séjournez-vous ?

— Au Plaza.

— Bien sûr.

— Mais, je vous en prie, ne dites à personne d'autre où je suis. Je n'ai pas vu Frank depuis trois mois. Il était en manœuvres, vous savez. Alors, on n'aimerait pas trop qu'on nous dérange. » Elle eut un sourire malicieux. « Vous comprenez ce que je veux dire ? »

Davis grimaça un sourire et esquissa une révérence.

« Vous pouvez me faire confiance, mademoiselle Tyler. Votre carrosse attend. »

LuAnn était satisfaite. Quand la police viendrait la chercher ici, elle apprendrait que Mlle Tyler était rentrée à son hôtel, le Plaza. Cela lui ferait gagner un temps précieux qu'elle mettrait à profit pour fuir cette ville et le pays. Une nouvelle vie allait commencer pour elle.

17

LuAnn fit une sortie discrète par la porte de derrière. Une longue limousine noire l'attendait le long du trottoir. Le chauffeur se découvrit et lui ouvrit la portière. Elle monta et installa Lisa à côté d'elle sur le siège arrière.

« Bravo, LuAnn, vous avez été parfaite. »

La voix de Jackson la fit violemment sursauter. Elle se tourna vers la silhouette assise dans le coin de la large banquette. Il faisait très sombre à l'intérieur de la voiture, et seul un plafonnier dirigeait sur elle un mince faisceau de lumière.

« Gracieuse, digne, sachant manier l'humour quand il le fallait, vous avez conquis les journalistes, savez-vous, reprit Jackson. Et je ne parle pas de votre plastique irréprochable. Trois demandes en mariage au cours d'une conférence de presse, cela constitue un record, à ma connaissance. »

LuAnn se remit de sa frayeur et se cala sur son siège, tandis que la limousine démarrait. « Merci, monsieur.

— En toute franchise, je m'attendais à ce que vous vous rendiez ridicule. N'y voyez pas une attaque personnelle. Vous êtes une femme intelligente, je vous l'ai déjà dit, mais la plupart de vos semblables ont tendance à se comporter comme des imbéciles, dès qu'ils sont confrontés à une situation peu ordinaire.

— J'ai eu l'occasion de m'entraîner.

— Plaît-il ? » Jackson se pencha légèrement vers elle tout en restant dans l'ombre. « De vous entraîner à quoi ? »

LuAnn, gênée par la lumière du plafonnier, avait du mal à distinguer clairement Jackson. « À des situations peu ordinaires, dit-elle.

— Savez-vous, LuAnn, que vous m'étonnez parfois, que vous me stupéfiez, même. En certaines circonstances, rares il est vrai, votre perspicacité rivalise avec la mienne, et je ne dis pas cela à la légère. » Il la considéra d'un regard appuyé, avant d'ouvrir une mallette posée à côté de lui et d'en sortir des papiers. Puis, comme il se rencognait de nouveau, un sourire joua sur son visage et un soupir de satisfaction s'échappa de ses lèvres.

« À présent, LuAnn, le moment est venu de discuter des conditions.

— Je dois d'abord vous parler de quelque chose.

— Vraiment ? Et de quoi donc ? »

LuAnn soupira. Elle avait passé la nuit à se demander si elle devait révéler ou pas à Jackson qu'elle faisait l'objet d'un chantage de la part d'un certain Arc-en-ciel. Finalement, elle avait décidé de tout lui dire, certaine qu'elle ne pourrait se défaire d'une partie de l'argent sans que Jackson l'apprenne. Il valait donc mieux qu'elle l'en informe elle-même.

« Un homme a pris contact avec moi, hier.

— Un homme, dites-vous. Et alors ?

— Il voulait de l'argent. »

Jackson gloussa doucement. « Chère LuAnn, vous n'avez pas idée du nombre de gens qui, désormais, vous aborderont, la main tendue.

— Peut-être, mais pas pour me demander la moitié de cent millions de dollars.

— Excusez-moi ? C'est absurde.

— Non, c'est la vérité. Cet homme sait quelque chose à mon sujet... une histoire qui m'est arrivée... et il me menace de tout raconter à la police, si je ne le paie pas.

— Mon Dieu, de quoi s'agit-il ? »

LuAnn passa sa langue sur ses lèvres. « J'ai soif. Vous n'avez rien à boire ? »

Une main gantée jaillit de l'obscurité pour désigner le réfrigérateur encastré dans la cloison les séparant du chauffeur. LuAnn se servit un soda sans un regard en direction de Jackson et but une longue gorgée avant de reprendre. « J'ai eu un sérieux problème, juste avant de vous appeler pour vous dire que j'acceptais votre offre.

— Dites-moi, ce "sérieux problème", ne serait-ce pas deux cadavres dans votre caravane ? Plus une certaine quantité de drogue. Sans parler de la police qui vous recherche. À moins qu'il n'y ait encore autre chose que vous me cachiez. »

Elle resta interdite pendant un moment, serrant dans sa main la bouteille de soda. « Je ne suis pour rien dans tout ça, dit-elle enfin. Et cet homme a essayé de me tuer. Je n'ai fait que me défendre.

— Votre hâte à quitter Rikersville et ce désir soudain de changer d'identité auraient dû me mettre la puce à l'oreille. » Il secoua la tête d'un air de compassion. « Pauvre, pauvre LuAnn. Oh, j'aurais réagi pareillement dans les mêmes circonstances. Et qui aurait cru que notre petit Duane se livre au trafic de drogue ! Quelle audace ! Mais mon bon cœur me dicte de vous pardonner. Ce qui est fait est fait. Cependant, ajouta-t-il d'un ton soudain glaçant, ne me cachez plus jamais rien, LuAnn. Dans votre intérêt.

— Mais cet homme...

— Tout a été réglé en ce qui le concerne, l'interrompit-il avec impatience. Il ne risque plus de vous importuner. »

La stupeur figea un instant les traits de LuAnn. « Mais comment avez-vous fait ?

— C'est ce qu'on me dit toujours : comment avez-vous fait ? » Jackson avait repris un ton badin. « N'avez-vous donc pas encore compris que mes capacités étaient hors du commun ? Cela vous effraie-t-il ?

Si ce n'est pas le cas, vous avez tort. Il arrive que je me fasse peur à moi-même.

— L'homme m'a dit qu'il avait reçu l'ordre de me tuer.

— En effet.

— Et puis qu'il y avait eu contrordre.

— Comme c'est bizarre.

— Et ce contrordre, je parie qu'il l'a reçu juste après mon coup de fil.

— Décidément, la vie est pleine de coïncidences, n'est-ce pas ? »

Le ton moqueur de Jackson éperonna la colère grandissante de LuAnn. « Quand je me fais mordre, monsieur Jackson, je mords à mon tour, et très fort. J'aimerais que cela soit clair entre nous.

— Mais c'est très clair, LuAnn. Toutefois, votre incident de parcours complique considérablement notre affaire. Quand vous m'avez déclaré vouloir changer de nom, j'ai pensé que nous pourrions quand même agir selon les règles.

— Comment cela ?

— Je parle de l'impôt, LuAnn. De l'éternel problème de l'impôt.

— Mais cet argent est net d'impôt, c'est écrit en toutes lettres sur les publicités du Loto.

— Peut-être, mais la publicité est mensongère. En vérité, vos gains restent soumis à imposition, mais le Trésor public, dans sa grande mansuétude, vous accorde un délai d'un an.

— En clair, ça signifie quoi ?

— Que pendant la première année, le gagnant ne paiera aucun impôt mais que celui-ci sera reporté à l'année suivante. Autrement dit, la seule différence, sur laquelle joue précisément la pub, c'est que vous bénéficiez d'un délai de paiement de douze mois. Sans pénalités ni intérêts, à la condition que le règlement soit effectué au terme desdits douze mois. Il faut que je vous dise que l'entrée en possession d'un capital de cent millions de dollars vous place au taux d'imposition le plus élevé. Vous devrez en gros à l'État cinquante millions. Oui, l'Oncle Sam vous rafle la moitié de vos gains. La loi vous autorise toutefois à payer en dix ans, soit cinq millions de dollars par an. En dehors de cet impôt sur le capital, vous serez également imposée sur les intérêts que vous rapporteront les divers placements que vous aurez faits de votre argent.

« Et je dois vous dire, LuAnn, que j'ai des projets pour ce capital, de grands projets. Vous gagnerez énormément d'argent dans les années à venir ; bien sûr, ce revenu sera imposable, comme l'est tout bénéfice issu d'un investissement quelconque. Cela ne présenterait aucun problème dans la mesure où tout citoyen n'ayant pas les flics aux fesses et ne vivant pas sous un faux nom peut payer sa juste part d'impôt et mener une existence paisible. Or cela vous est dorénavant interdit. Si mon cabinet comptable remplissait une déclaration d'impôts au nom de LuAnn Tyler, avec votre adresse et divers autres renseignements, la police aurait tôt fait de venir frapper à votre porte.

— Ne pourrais-je pas payer mes impôts sous ma nouvelle identité ?

— Ce serait effectivement la meilleure des solutions, si le Trésor public n'avait, hélas, tendance à se montrer curieux en voyant arriver une déclaration d'impôts signée d'une jeune femme de vingt ans et portant sur un avoir de cent millions de dollars. Ils pourraient se demander d'où vous vient cette soudaine et considérable fortune. Et le résultat serait le même : la police ou, plus vraisemblablement, le FBI, viendrait frapper à votre porte. Non, ça ne pourrait pas marcher.

— Alors, que faire ? »

Quand Jackson reprit la parole, le ton de sa voix glaça LuAnn, et elle porta instinctivement une main protectrice sur Lisa.

« Vous ferez très exactement ce que je vous dirai, LuAnn. Votre billet d'avion est pris. Vous quitterez le pays et vous n'y reviendrez jamais. Ce qui est arrivé en Géorgie vous condamne, je le crains, à l'exil.

— Mais...

— Il n'y a pas de mais, LuAnn, et c'est ainsi que ça se passera, parce que vous ne pouvez pas agir autrement sans tout compromettre. Comprenez-vous ? »

LuAnn s'adossa d'un air buté à la banquette. « J'ai assez d'argent pour pouvoir me débrouiller toute seule, et je n'aime pas qu'on me dicte ce que je dois faire.

— Ah oui ? » La main de Jackson caressa la crosse du pistolet qui se trouvait dans la mallette. Il lui serait tellement facile de disposer de la femme et de l'enfant. « Eh bien, pourquoi ne pas tenter toute seule, comme une grande, de quitter le pays ?

— J'en serais capable, qu'est-ce que vous croyez ?

— Là n'est pas la question. Vous avez passé un accord avec moi, LuAnn. Et j'entends que vous le respectiez. À moins d'être une parfaite idiote, vous coopérerez avec moi et vous découvrirez qu'à long terme nos intérêts sont les mêmes. Sinon, je fais arrêter la voiture, je vous balance dehors, vous et votre bébé, et j'appelle les flics pour qu'ils viennent vous chercher. À vous de choisir. Décidez-vous. Tout de suite ! »

Confrontée à ce choix, LuAnn jeta un regard désespéré autour d'elle. Et ses yeux se posèrent sur Lisa. Sa fille la regardait avec une confiance si naturelle, si totale, que LuAnn poussa un grand soupir. Quelle autre alternative avait-elle ?

« D'accord.

— Très bien, nous avons juste le temps d'examiner ces documents, dit-il en agitant les papiers qu'il tenait dans sa main. Il y en a plusieurs que vous devrez signer, mais que je vous explique d'abord de quoi il retourne. L'Américaine des Jeux a fait virer vos gains à votre nom sur un compte bloqué. À propos, je vous ai obtenu un numéro de Sécurité sociale, sous votre nouvelle identité. Cela vous facilitera beaucoup la vie. Une fois que vous aurez validé ces documents, je ferai transférer vos fonds sur un compte dont j'ai entièrement le contrôle.

— Et moi, comment toucherai-je mon argent ? protesta LuAnn.

— Patience, je vais vous le dire. Votre argent sera placé de la manière le plus rentable possible, et les profits seront versés sur mon compte. Toutefois, vous toucherez sur ces investissements un minimum garanti de vingt-cinq pour cent par an, ce qui fera en gros vingt-cinq millions de dollars. Ces fonds seront à votre disposition à tout moment de l'année. J'ai à mon service des comptables et des financiers qui s'occuperont du mode de versement, et vous n'aurez pas à vous inquiéter sur ce point. »

Il leva la main pour attirer l'attention de LuAnn. « Sachez que ces vingt-cinq millions ne représenteront que le revenu de votre capital. Celui-ci, soit les cent millions, ne sera jamais entamé. Je le contrôlerai et le ferai fructifier comme je l'entendrai pendant dix ans. Il me faudra plusieurs mois pour mettre en place mon plan d'investissements, aussi la période de dix années ne commencera-t-elle que l'automne prochain. Dans dix ans, en automne, vous toucherez la totalité de vos cent millions. Et ce qu'ils vous auront rapporté entretemps restera, bien entendu, en votre possession. Nous pourrons même, si vous le désirez, poursuivre la gestion de vos avoirs, et ce, à titre gracieux. Vous devez certainement l'ignorer, mais au taux d'intérêt que je vous offre, votre fortune, sauf dépenses inconsidérées de votre part, doublera tous les trois ans environ, et cela d'autant plus que vous ne paierez pas d'impôts. En résumé, attendez-vous à peser au terme de la décennie plusieurs centaines de millions de dollars. »

Les yeux de Jackson étincelèrent à l'annonce de ce dernier chiffre. « Ahurissant, non ? Surtout à côté des cent dollars par jour que je vous ai proposés au début de notre rencontre. Vous avez fait un sacré chemin en une semaine, dites donc ! » Il éclata de rire. « Pour commencer, je vous avancerai la somme de cinq millions de dollars, sans intérêt. Cela devrait vous suffire en attendant qu'arrivent les profits des investissements. »

L'énormité des chiffres donnait le vertige à LuAnn. « Je n'entends rien aux questions financières, mais comment pouvez-vous me garantir autant d'argent chaque année ? »

La voix de Jackson, toujours dissimulé dans l'ombre, exprimait un certain agacement mêlé de déception.

« De la même manière que je vous ai garanti que vous gagneriez au Loto. Si je peux accomplir ce qui tient du miracle, dites-vous bien que la Bourse de Wall Street n'a pas de secrets pour moi.

— Et s'il m'arrivait quelque chose ?

— Le contrat que vous allez signer désigne Lisa comme légataire universelle, sous la seule condition qu'elle ne touchera son héritage qu'à la fin des dix années prévues. » Il lui tendit les papiers, ainsi qu'un stylo. « J'ai coché d'une marque au crayon les endroits où vous devrez signer. Je suppose que mes conditions vous satisfont. Je vous avais bien dit, n'est-ce pas, qu'elles seraient généreuses ? »

LuAnn parut hésiter.

« Y aurait-il un problème, LuAnn ? » demanda-t-il sèchement.

Elle secoua la tête, signa rapidement les papiers, et les lui rendit. Jackson s'en empara et ouvrit un petit compartiment dans la console de la voiture. LuAnn perçut un tapotement de touches de machine à écrire, suivi d'un grincement assez bruyant.

« Le fax est une formidable invention, surtout quand le temps presse. Dans dix minutes, les fonds seront transférés sur mon compte. » Il ramassa les papiers sortant de l'appareil et les rangea dans la mallette.

« Vos valises sont dans le coffre. J'ai vos billets d'avion et vos réservations d'hôtel avec moi. J'ai organisé votre itinéraire pour les douze prochains mois. Vous voyagerez beaucoup, mais je crois que vous

170

aimerez le paysage. J'ai honoré votre requête concernant la Suède, terre de vos ancêtres maternels. Envisagez votre avenir comme de longues, très longues vacances. Il se peut que vous finissiez à Monaco. Les sujets de la Principauté ne sont pas soumis à l'impôt. Mais avant cela, je dois parachever le portrait que j'ai commencé à faire de vous. Je vous le résume : vous étiez très jeune quand vous avez quitté les États-Unis. Vous avez épousé un étranger richissime. L'argent lui appartient, ce qui vous met à l'abri de la curiosité des agents du fisc. Les fonds vous revenant seront toujours versés dans des banques étrangères. Pas un seul de vos dollars ne restera aux États-Unis. Toutefois, n'oubliez pas que vous voyagerez avec un passeport américain et comme citoyenne de ce pays. Des échos de votre richesse pourraient bien parvenir jusqu'aux oreilles de notre cher Trésor public. Nous devons être préparés à cette éventualité. Mais l'argent est celui de votre mari qui, lui, n'est pas un Américain, ne réside pas ici et ne possède aucun intérêt financier en Amérique ni dans une quelconque entreprise associée à des Américains. Dans ces conditions, le fisc ne peut vous atteindre. De toute façon, mon équipe veillera à ce qu'il n'y ait pas d'anicroches.

— Vous disiez que vous aviez mes billets d'avion, dit LuAnn en tendant la main.

— Attendez, vous brûlez les étapes. Vous semblez oublier le problème de la police.

— Je m'en suis déjà occupée.

— Non ! s'exclama-t-il, franchement amusé. Voyez-vous, je serais vraiment surpris si nos meilleurs limiers n'étaient pas déjà en ce moment même à l'aéroport et dans les gares de la ville. Et comme vous avez nécessairement franchi les frontières de plusieurs États pour venir ici, attendez-vous aussi à tomber sur le FBI. Ne les sous-estimez pas. Ils sont moins bêtes qu'ils n'en ont l'air. » Il jeta un regard par la fenêtre. « Aussi avons-nous quelques précautions à prendre. Cela donnera à la police un peu plus de temps pour mettre en place son filet, mais le risque en vaut la peine. »

La limousine ralentit soudain et s'arrêta. Une porte métallique glissa bruyamment sur son rail. Puis la voiture redémarra lentement et s'immobilisa de nouveau, le moteur coupé, tandis que la porte se refermait derrière elle.

Le téléphone cellulaire sonna. Jackson décrocha. Il se contenta d'écouter son correspondant et raccrocha avec un sourire. « Je viens de recevoir la confirmation que les cent millions ont été transférés. Les banques ne sont pas ouvertes à cette heure, mais j'avais pris des dispositions pour que le transfert se fasse malgré cela. Prévoir est la clé de la réussite. »

Il tapota le siège à côté de lui. « Maintenant, vous allez vous asseoir à côté de moi. Mais d'abord, fermez les yeux et donnez-moi la main pour que je puisse vous guider.

— Pourquoi devrais-je fermer les yeux ?

— Allons, LuAnn, faites-moi plaisir. Il faut un peu de théâtre dans la vie, sinon nous mourrions d'ennui. Ce que je vais entreprendre maintenant est, je vous en donne ma parole, de la plus grande importance, si vous tenez à filer entre les mailles de la police et commencer une nouvelle vie. »

Refrénant son envie de l'interroger de nouveau, elle accepta la main qu'il lui tendait et ferma les yeux.

Il l'installa à côté de lui. Elle perçut à travers ses paupières closes une lumière qui éclairait son visage, et tressauta au premier coup de ciseaux taillant dans la masse de ses longs cheveux. Elle sentit le souffle de Jackson contre son oreille. « Je vous demande de ne plus bouger. J'ai déjà assez de mal comme ça dans si peu d'espace et avec si peu de matériel, sans parler du temps limité. » Jackson reprit sa taille, fourrant dans une poche en plastique les longues mèches à mesure qu'elles tombaient, jusqu'à ce que se dessine une coupe courte, à la garçonne. Il enduisit ensuite les cheveux d'un mélange de teinture et de gel et les travailla à la brosse, pour leur donner un savant désordre en épis.

Après quoi, il déplia la tablette pour y poser un miroir portable qu'encadrait un tube fluorescent alimenté par des piles. La pose d'un faux nez exigeait d'ordinaire une deuxième glace, pour avoir en même temps une vue de profil, mais c'était là une commodité qu'il ne pouvait s'offrir à l'arrière d'une voiture garée dans un box, quelque part dans Manhattan. Il ouvrit une mallette remplie de tout un matériel à maquillage et, l'instant d'après, LuAnn sentit les doigts agiles de Jackson s'activer sur son visage.

Il commença par les sourcils qu'il plaqua sur chaque arcade à l'aide d'un enduit spécial à séchage rapide, avant de coller dessus une paire de postiches assortis à la couleur des cheveux. Il nettoya ensuite profondément le visage de LuAnn avec une lotion dégraissante au camphre et appliqua sur le nez une colle qu'il laissa sécher. Enfin, après s'être enduit les doigts de vaseline, il ramollit entre ses paumes une boule de résine, qu'il étala sur l'arête et les ailes, pressant et modelant jusqu'à ce qu'il obtienne le profil nasal désiré. « Votre nez est long, fin et droit, LuAnn ; en vérité, il est irréprochable. Toutefois, avec un peu de ce mastic spécial, un rien d'ombre par-ci et de lumière par-là, et voilà un morceau de cartilage plus épais, busqué, moins beau que l'original, mais éphémère par essence. Comme nous-mêmes, après tout. » Il rit doucement de son aparté philosophique et paracheva son modelage en gommant à l'aide de fard et de poudre toute trace d'artifice. Satisfait par un bref examen à la loupe, il passa aux yeux, les faisant paraître plus rapprochés grâce à un usage subtil de rimmel et de blanc à paupières. Jouant encore sur le contraste ombre et lumière, il donna au menton et aux joues un aspect plus proéminent et atténua la saillie des pommettes d'une touche de fard couleur chair.

« Vous avez une méchante coupure au menton, dit-il. Un souvenir de la caravane, je suppose ? » Et comme LuAnn ne répondait pas, il poursuivit : « Vous en garderez une balafre, mais ne vous inquiétez pas, il n'y paraîtra plus quand j'en aurai fini. Plus tard, à votre place, je ferais effacer cette trace. »

Jackson peignit ensuite les lèvres de LuAnn. « Je vais les faire paraître un rien plus charnues, pour qu'elles soient en harmonie avec le visage, plus plein que l'original. »

Elle avait le plus grand mal à rester immobile et à résister à l'envie de s'enfuir en courant. Elle se demandait à quoi elle allait ressembler, une fois sortie des mains de ce diable d'homme.

« À présent, quelques taches de rousseur sur le front, le nez et les joues. Si j'avais le temps, je vous ferais aussi les mains. Mais personne ne le remarquera, les gens sont si peu observateurs. » Il ouvrit le col du chemisier, lui releva le menton et harmonisa la peau de sa gorge avec le reste du visage.

« Il y a un petit miroir dans le compartiment à côté de vous », dit-il.

D'une main hésitante, LuAnn sortit le miroir et le tint devant elle. Un hoquet de stupeur lui échappa. C'était une étrangère qui semblait la regarder : une rousse aux cheveux courts et au teint clair, presque laiteux, tacheté de son. Les yeux étaient plus petits et rapprochés, le menton plus fort, la bouche plus grande, le nez large et busqué. Elle était méconnaissable.

Jackson jeta quelque chose sur les genoux de LuAnn. Elle abaissa son regard. C'était un passeport. Elle l'ouvrit. La photo d'identité était celle de cette étrangère dont elle venait de découvrir le reflet.

« Superbe travail, n'est-ce pas ? » dit Jackson.

Puis, comme LuAnn tournait la tête vers lui, il actionna un interrupteur et, pour la première fois, apparut en pleine lumière. LuAnn le regarda, bouche bée. Elle avait devant elle son propre double. Mêmes cheveux, même teint, même nez. Sa jumelle ! La seule différence résidait dans les vêtements : elle portait un jean, et lui — ou elle — une robe.

174

La stupeur de LuAnn était si grande qu'elle fut incapable d'articuler un mot.

Jackson croisa tranquillement les mains. « J'ai déjà incarné des femmes mais c'est la première fois que j'incarne une incarnation. À propos, la photo du passeport est la mienne. Prise ce matin. Mais bien que le cliché soit parfait, vous êtes mieux au naturel. Après tout, même entre jumeaux, il y a toujours une différence. » Il sourit à la voir paralysée d'étonnement. « Vous avez le droit de ne pas applaudir, bien que, compte tenu des conditions de travail, le résultat mérite quelques acclamations. »

La voiture redémarra, et ils ressortirent du garage. Une demi-heure plus tard, ils arrivaient à l'aéroport.

Avant que le chauffeur ne descende leur ouvrir, Jackson fit ses dernières recommandations à LuAnn. « Pas de chapeau ni de lunettes car, outre le fait que cela paraîtrait louche, vous abîmeriez votre maquillage. Souvenez-vous, règle numéro un : la meilleure façon de passer inaperçu est d'avancer à découvert. La vue de deux jumelles adultes est assez rare et nous attirerons les regards — y compris ceux de la police — mais nous n'éveillerons pas les soupçons. Les flics sont à la recherche d'une femme seule voyageant avec un bébé. Nous sommes deux, sœurs jumelles qui plus est, et même avec le bébé, cela suffira pour qu'ils nous éliminent des suspects. C'est logique, car ils ont des centaines de passagers à repérer sur un vaste espace, et peu de temps à leur disposition. »

Jackson se pencha vers Lisa pour la prendre dans ses bras, mais LuAnn s'interposa et le regarda avec méfiance.

« Allons, LuAnn, je m'efforce de vous aider, vous et l'enfant, à sortir du pays. Nous allons dans un instant passer devant un bataillon de flics et d'agents du FBI prêts à vous appréhender au moindre soupçon. Croyez-moi, je n'ai pas l'intention de vous prendre votre fille, mais j'en ai besoin pour une raison très spécifique. »

LuAnn le laissa prendre Lisa. Ils descendirent de la limousine. En talons hauts, Jackson était à peu près de la même taille que LuAnn. Il avait une silhouette fine et élancée, et elle lui trouva beaucoup d'élégance sous le léger manteau noir qu'il avait passé sur sa robe.

« Allons-y », dit-il à LuAnn d'une voix qui la fit tressaillir, car elle était une parfaite imitation de la sienne.

« Où est Charlie ? » demanda LuAnn alors qu'ils entraient dans l'aérogare, suivis d'un porteur avec leurs bagages.

« Pourquoi ? dit Jackson, qui faisait preuve d'une grande aisance en talons hauts.

— Il s'est occupé de moi depuis mon arrivée, et je pensais le revoir, aujourd'hui. Lui faire mes adieux.

— Sa tâche avec vous a pris fin, je le crains.

— Oh.

— Ne soyez pas triste, LuAnn, vous êtes en de bien meilleures mains avec moi. » Ils s'engagèrent dans le vaste hall et Jackson porta son regard devant lui. « Soyez le plus naturelle possible. Au cas, plus qu'improbable, où on nous aborderait, nous sommes des jumelles. J'ai moi-même une pièce d'identité qui le prouve. Et laissez-moi faire. »

LuAnn suivit le regard de Jackson et retint son souffle à la vue des quatre policiers en uniforme qui scrutaient la foule des passagers.

Ils passèrent bientôt devant eux et firent, comme prévu, l'objet de leur curiosité. L'un d'eux coula même un regard vers les longues jambes de Jackson que découvrait son manteau entrouvert. Jackson semblait jouir de l'attention particulière qu'il suscitait. Puis, comme il l'avait prévu, les flics se désintéressèrent d'eux pour exercer ailleurs leur vigilance.

Jackson et LuAnn s'arrêtèrent près du comptoir de British Airways. « Allez donc m'attendre au snack-bar, qui est derrière vous, pendant que je fais enregistrer votre billet et vos bagages.

— Pourquoi ne le ferais-je pas moi-même ?

— Combien de fois avez-vous pris l'avion pour l'étranger ?

— Jamais.

— Justement. J'en aurai fini en un rien de temps. Votre ignorance plus votre nervosité pourraient attirer l'attention du personnel. Ils sont d'ordinaire peu vigilants mais cela ne veut pas dire qu'ils aient les yeux dans leur poche.

— Très bien, je vous laisse faire.

— Donnez-moi votre passeport, celui que je vous ai remis dans la voiture. » LuAnn fit ce qu'il lui demandait et l'observa s'éloigner, Lisa au bras, suivi du porteur. Elle secoua la tête, incrédule : il lui semblait se voir elle-même, tant elle se reconnaissait dans la démarche et jusqu'à la façon de porter Lisa.

Il y avait peu de monde au comptoir des première classe, et Jackson n'eut pas à attendre longtemps. Quelques minutes plus tard, il rejoignait LuAnn. « Jusqu'ici tout va bien. À propos, il vaudrait mieux que vous gardiez cette apparence pendant quelques mois. Bien sûr, vous pouvez toujours retrouver la couleur naturelle de vos cheveux, mais le roux vous va bien. En tout cas, quand vous aurez votre aspect initial, vous pourrez alors utiliser le premier passeport que je vous destinais. » Il lui tendit le document glissé dans une enveloppe, qu'elle s'empressa de faire disparaître dans son sac.

Du coin de l'œil, Jackson vit deux hommes et une femme en civil qui avançaient lentement vers eux en scrutant toutes les personnes qu'ils croisaient. Jackson se racla la gorge et LuAnn jeta un bref regard dans leur direction. Chacun des trois agents tenait à la main la photocopie d'un cliché d'elle pris à la conférence de presse. Elle se figea jusqu'à ce qu'elle sente la main de Jackson serrer doucement la sienne. « Ils sont du FBI, mais n'oubliez pas que vous ne ressemblez en rien à cette photo. C'est comme si vous étiez invisible. » La tranquille assurance avec laquelle il s'exprimait calma les craintes de LuAn. « Votre vol part dans une demi-heure. Venez. » Ils gagnèrent la salle d'embarquement et prirent place dans le petit salon d'attente des première.

« Tenez, dit Jackson en lui tendant son billet et son passeport, ainsi qu'un petit paquet. Vous trouverez là-dedans du liquide, plusieurs cartes de crédit, et un permis de conduire international, le tout à votre nouveau nom et à votre nouveau visage, du moins pour ce qui est de la photo sur le permis. » Tenant toujours son double rôle de sœur et de maquilleur, il arrangea les cheveux de LuAnn et se recula un peu pour admirer son œuvre. Enfin il lui tapota la main d'un air affectueux.

« Il ne me reste plus qu'à vous souhaiter bonne chance. Si jamais vous vous trouviez en difficulté, voici un numéro de téléphone où vous pouvez me joindre à toute heure, jour et nuit. Toutefois, je dois vous dire que, sauf problème, nous ne sommes pas appelés à nous revoir ni même à nous parler. » Il lui tendit un bristol portant le numéro. « N'y a-t-il donc rien que vous ayez envie de me dire, LuAnn ? » demanda-t-il en souriant aimablement.

Elle le regarda d'un air perplexe. « Quoi, par exemple ?

— Peut-être, merci ? dit-il, tout sourire effacé.

— Merci, dit-elle, gênée par le regard pénétrant qu'il promenait sur elle.

— De rien, tout le plaisir était pour moi », répondit-il lentement.

Elle jeta un bref coup d'œil au bristol. Elle espérait ne jamais en avoir l'usage. Cela ne l'attristerait pas de ne plus revoir Jackson. Ce qu'elle éprouvait en sa présence était bien trop proche de son épouvantable expérience devant la tombe de son père. Quand elle releva la tête, Jackson avait disparu comme par enchantement. Elle soupira en songeant qu'elle était déjà lasse de courir, alors même que s'ouvrait devant elle une vie d'errance.

Elle sortit son passeport et en feuilleta les feuilles vierges, qui seraient bientôt couvertes de tampons et de visas. Puis elle revint à la première page et considéra l'étrange photo et le nom qu'elle portait désormais : Catherine Savage, de Charlottesville, Virginie. Hasard ou nouveau clin d'œil de Jackson, la mère de LuAnn était née à Charlottesville, avant de se rendre, jeune fille, dans le Sud rural. Sa mère lui avait souvent raconté la belle enfance qu'elle avait passée dans la verte campagne de Virginie. Son installation en Géorgie et son mariage avec Benny Tyler avaient mis un terme abrupt à l'insouciance de sa jeunesse. LuAnn appréciait d'avoir pour lieu de naissance, si fictif soit-il, cette même Virginie qui lui rappelait sa mère. Elle regarda de nouveau la photo et frissonna à la pensée qu'elle avait Jackson sous les yeux. Elle s'empressa de refermer le passeport et de le ranger dans son sac.

Elle aperçut soudain un policier en uniforme qui venait d'entrer d'un pas tranquille dans la salle d'attente. Elle ne pouvait savoir s'il avait repéré Jackson en train d'enregistrer les bagages et le billet pour elle. Si c'était le cas, il pourrait s'étonner que ce soit elle qui embarque et non sa sœur jumelle. Elle regretta que Jackson soit déjà parti. Puis, comme les haut-parleurs annonçaient l'embarquement immédiat, elle se leva. Mais alors qu'elle se penchait pour prendre Lisa, son billet et sa carte d'embarquement tombèrent par terre. Le cœur battant, elle allait se baisser pour les ramasser tout en serrant Lisa contre elle, quand le policier se porta vers elle en deux enjambées. Il tenait à la main la même photo que les agents du FBI. LuAnn se figea sous le regard scrutateur de l'homme.

« Laissez-moi vous aider, madame, dit-il aimablement en ramassant le billet et la carte. J'ai des gosses, moi aussi. Et ce n'est pas facile de voyager avec eux. »

Il lui tendit les documents. LuAnn le remercia, et il la salua en portant la main à sa casquette, avant de reprendre sa ronde.

LuAnn pensa que si quelqu'un l'avait coupée à cet instant précis avec une lame, pas une goutte de sang n'aurait perlé, tant elle se sentait glacée intérieurement.

Comme les passagers de première classe pouvaient embarquer à loisir, LuAnn s'attarda dans la salle d'attente dans l'espoir de voir Charlie arriver. Mais les minutes s'écoulèrent, et il devint évident qu'il ne viendrait pas. Elle prit la passerelle télescopique, et une hôtesse lui souhaita une chaleureuse bienvenue à bord. « Si vous voulez bien me suivre, mademoiselle Savage. Quelle jolie petite fille. » LuAnn, stupéfaite par les dimensions intérieures du Boeing 747, grimpa à la suite de la jeune femme l'escalier en spirale menant en première classe. Une fois Lisa installée à côté d'elle sur le large siège, LuAnn accepta un verre de champagne et se cala dans le profond fauteuil en cuir en s'émerveillant de tant de luxe. Elle n'avait jamais pris l'avion, et son baptême de l'air s'annonçait royal.

Elle regarda par le hublot. Le soir tombait rapidement. Lisa, éveillée, regardait d'un air curieux. Le champagne aidant, LuAnn commençait de se détendre et observait discrètement les passagers prenant place autour d'elle. Certains étaient âgés et richement vêtus. D'autres portaient le costume trois pièces des hommes d'affaires. Seul un homme jeune affichait sa différence : cheveux coiffés au ventilateur, jean troué et sweat-shirt chiffonné. Elle avait déjà vu cette tête quelque part ; et puis elle se rappela : c'était le chanteur d'un groupe de rock célèbre dont elle avait oublié le nom. Elle sursauta quand l'avion se dégagea de ses cales. Les stewards procédèrent aux instructions de sauvetage, qu'elle fut probablement la seule à suivre, puis, quelques minutes plus tard, l'énorme appareil s'ébranla en direction de la piste d'envol. Il s'immobilisa de nouveau, tandis que le vrombissement de ses moteurs s'amplifiait. Alors le Boeing s'élança sur la piste et prit de la vitesse en vibrant de toutes parts. LuAnn, plaquée contre le dossier de son siège, comprimée par la ceinture de sécurité, les mains moites et les dents serrées, n'osait regarder par le hublot. Elle jeta instinctivement un bras protecteur sur Lisa que les puissantes vibrations du jet semblaient réjouir. L'avion s'éleva soudain, les secousses cessèrent, et LuAnn eut l'impression de flotter dans le ciel sur une énorme bulle. Une princesse sur un tapis magique, pensa-t-elle en souriant. Elle se détendit, se remit à respirer et se pencha vers le hublot. Elle quittait ce pays. Pour toujours, avait dit Jackson. Elle adressa un salut muet aux mille feux scintillant au-dessous d'elle.

Vingt minutes plus tard, les écouteurs aux oreilles, elle écoutait de la musique classique, le visage détendu et serein. Elle sursauta soudain en sentant une main sur son épaule. Elle leva les yeux. C'était Charlie. Il portait le feutre vert qu'elle lui avait offert. Le visage fendu d'un grand sourire, il n'en paraissait pas moins ému et nerveux. LuAnn ôta son casque.

« Bon sang, murmura-t-il. Si je n'avais pas reconnu Lisa, je serais passé à côté de vous sans m'arrêter. Que s'est-il passé ?

— Une longue histoire. » Elle lui saisit fermement le poignet et poussa un soupir. « Alors, Charlie, vous allez enfin me dire votre vrai nom ? »

Une légère pluie avait commencé de tomber sur la ville peu après le décollage du 747. Arpentant à l'aide d'une canne le macadam dans le centre de Manhattan, l'homme vêtu d'un trench-coat noir semblait se moquer du changement de temps. L'apparence de Jackson avait considérablement changé depuis qu'il avait quitté LuAnn à l'aéroport. Il avait vieilli de quarante ans. De grosses poches sous les yeux, une couronne de cheveux blancs coiffant un crâne chauve et tavelé, la tête penchée comme sous le poids des ans, il allait à petits pas prudents. Il lui arrivait souvent de se vieillir ainsi la nuit, comme si l'obscurité le poussait à incarner un vieillard et à se rapprocher, d'un bond dans le temps et le temps d'un déguisement, de sa propre mort. Il leva les yeux vers le ciel chargé. Dans sa course convexe qui le mènerait en Europe, l'avion devait maintenant approcher de la Nouvelle-Écosse.

Et elle n'était pas partie seule ; Charlie l'avait rejointe. Jackson était resté dans l'ombre pour observer le départ de LuAnn. Charlie avait été l'un des derniers passagers à embarquer. Après tout, c'était peut-être mieux ainsi, pensait Jackson. Il n'accordait pas une très grande confiance à LuAnn. Elle lui avait caché une chose qui aurait pu saboter toute l'affaire, et il n'était pas près de le lui pardonner. Certes, c'était lui-même qui avait engagé Romanello, et il portait de ce fait une grosse part de responsabilité. Toutefois, c'était la première fois qu'un de ses gagnants était recherché par la police. Et il agirait comme il l'avait toujours fait en cas de danger : attendre et voir. Si tout se passait bien, il n'aurait pas à intervenir. Mais à la première odeur de roussi, il prendrait les mesures adéquates. Aussi, qu'elle ait le solide et précieux Charlie à ses côtés pouvait s'avérer un atout décisif. Et puis LuAnn n'était pas comme les autres, cela était certain.

Jackson releva son col et poursuivit sa marche. La nuit dans les rues de New York ne lui faisait pas peur. Il était lourdement armé et expert dans l'art de neutraliser n'importe quel agresseur. Quiconque verrait dans un vieil homme une proie facile réaliserait douloureusement son erreur. Jackson n'était pas animé du désir de tuer. Quand il se trouvait dans l'obligation de le faire, il n'y prenait aucun plaisir. Seuls l'argent et le pouvoir qu'il conférait l'intéressaient et justifiaient toutes ses actions.

Il leva de nouveau les yeux vers le ciel, goûtant la pluie sur les plis de latex qui lui vieillissaient le visage. Que Dieu vous bénisse, murmura-t-il entre ses dents à la pensée de LuAnn et de Charlie.

Et qu'Il vous vienne en aide si jamais vous me trahissez.

Il se mit à siffloter. Il était temps de se préparer pour le prochain tirage du Loto.

DEUXIÈME PARTIE

18

Le petit jet privé atterrit sur l'aérodrome de Charlottesville-Albermale et, deux minutes plus tard, il s'immobilisa sur le tarmac. Il était près de vingt-deux heures, et le Gulfstream V était le dernier des appareils attendus ce jour-là. Trois personnes en descendirent et s'engouffrèrent dans la limousine qui les attendait au pied de la passerelle. L'instant d'après, la longue voiture prenait la route 29, en direction du sud.

LuAnn Tyler enleva ses lunettes noires et posa une main sur l'épaule de la fillette qui, sitôt entrée dans la voiture, s'était endormie, la tête sur les genoux de sa mère. LuAnn soupira. Dix ans s'étaient écoulés depuis leur départ des États-Unis, et voilà qu'ils étaient de retour sur le sol natal. Elle regarda l'homme assis en face d'elle. Il contemplait la nuit par la vitre arrière, ses doigts épais tambourinant nerveusement sur l'accoudoir. Charlie semblait inquiet mais, sentant le regard de LuAnn sur lui, il tourna la tête vers elle et lui sourit d'un air qui se voulait rassurant.

« Tu as peur ? » demanda-t-il.

LuAnn acquiesça d'un signe de tête et baissa les yeux sur sa fille endormie, épuisée par un voyage exténuant.

« Oui, pas toi ? »

Il haussa ses larges épaules. « Nous avons évalué les risques et nous nous sommes préparés en conséquence. Nous voilà à pied d'œuvre, maintenant. » Il sourit de nouveau, avec un réel enthousiasme, cette fois. « Tout se passera bien. »

Elle lui rendit son sourire. Ils avaient parcouru le monde ensemble. Et son seul souhait était de ne plus prendre un seul avion, de ne plus passer une seule douane, de ne plus jamais se demander ce qui les attendait à leur arrivée dans un pays étranger. Le trajet le plus long qu'elle aurait aimé faire le restant de ses jours était celui séparant sa porte d'entrée de la boîte aux lettres ou du centre commercial le plus proche. Dieu, si cela pouvait être aussi facile. Elle grimaça légèrement et se massa les tempes du bout des doigts.

Le geste n'échappa point à Charlie. Au fil des ans, il avait appris à déchiffrer le moindre signe d'elle. Il surveilla la respiration de Lisa pendant un instant, afin de s'assurer que la fillette dormait. Satisfait, il déboucla sa ceinture de sécurité et se rapprocha de LuAnn.

« Jackson ne sait pas que nous sommes revenus, dit-il à voix basse.

— Rien n'est moins sûr, Charlie. Et on ne peut certainement pas s'en assurer. Bon Dieu, je ne sais pas ce qui me fait le plus peur : la police ou lui. Non, c'est lui. Je choisis la police à tout moment. Il m'a dit de ne jamais revenir. Jamais. Et maintenant, je suis revenue. Nous sommes tous revenus. »

Charlie prit la main de LuAnn et lui dit aussi calmement qu'il le pouvait : « S'il avait été averti de notre retour, crois-tu qu'il nous aurait laissés arriver jusqu'ici ? Nous avons fait trente-six détours, changé d'avion cinq fois, pris le train, traversé quatre pays, et zigzagué à travers le monde. Jackson ignore que nous sommes rentrés. Et même s'il le sait, il s'en fout. Dix ans ont passé. Nous sommes de l'histoire ancienne pour lui.

— J'aimerais te croire, Charlie. »

Il soupira, dégrafa son veston et s'adossa à la banquette. LuAnn se tourna vers lui et lui massa doucement l'épaule. « Tu as raison, on a décidé de revenir, on est de retour, et on va vivre avec. Et puis ce n'est pas comme si j'avais convoqué la presse pour annoncer mon arrivée. Nous allons mener une vie tranquille et être très heureux.

— Tu as vu les photos de la maison ?

— Oui, elle est magnifique.

— C'est une vieille demeure, d'environ mille mètres carrés habitables. Ça faisait longtemps qu'elle était à vendre, ce qui n'est pas étonnant, vu qu'ils en voulaient six millions de dollars. On l'a eu à trois millions cinq cents. Mais j'ai bataillé. La restauration nous a coûté un million, et elle a pris quatorze mois, mais il est vrai que nous n'étions pas pressés.

— La maison est isolée ?

— Oui, la propriété compte trois cents hectares de terrain boisé et vallonné. Moi qui ai grandi à New York, je n'avais jamais vu une herbe aussi verte. La Virginie est si belle, ne cessait de me répéter l'agent immobilier, à chaque fois qu'il m'emmenait visiter des maisons. La baraque m'a tapé dans l'œil dès que je l'ai vue. Sa remise en état a nécessité de gros travaux, mais j'ai déniché un excellent architecte et un entrepreneur très consciencieux, ce qui est plus rare. Outre le bâtiment principal, il y a un garage pour plusieurs voitures, une grange et une écurie comptant trois stalles. Il y a aussi une piscine que Lisa adorera, et toute la place qu'on veut pour un court de tennis. Ce qui est appréciable, c'est d'être entouré de bois presque impénétrables. Une vraie forêt vierge. Et j'ai déjà commencé à chercher une entreprise qui puisse construire une solide clôture, là où le terrain longe la route. Je regrette de ne pas y avoir pensé plus tôt, ça serait déjà fini.

— Comme si tu ne t'étais pas assez dépensé comme ça. Tu en fais même trop, si tu veux savoir.

— J'ai horreur de ne rien faire.

— Et, bien sûr, mon nom n'apparaît sur aucun papier.

— Catherine Savage n'est mentionnée nulle part.

Nous avons utilisé un homme de paille pour le contrat, et l'acte notarié est au nom de la société que j'ai créée. Il est impossible de remonter jusqu'à toi.

— Si j'avais pu de nouveau changer de nom, j'aurais été à l'abri de Jackson.

— On ne pouvait le faire sans perdre la couverture que Jackson a élaborée et que nous avons utilisée nous-mêmes pour apaiser le Trésor public. Rester Catherine Savage, c'est rester à l'abri de l'impôt. Souviens-toi du mal qu'on a eu pour obtenir le certificat de décès de feu ton mari.

— Je sais. » Elle poussa un grand soupir.

« On compte pas mal de grandes fortunes dans la région de Charlottesville, à ce qu'il paraît. C'est pour ça que tu as choisi ce coin-là ? Pour vivre dans un ermitage de luxe, sans que les voisins s'en étonnent ?

— Oui, en partie pour ça.

— Mais encore ?

— Ma mère est née ici. Elle disait y avoir eu une enfance heureuse. Elle n'était pas riche pour autant. » Elle se tut, le regard vague, puis se tourna brusquement vers Charlie. « Ne crois-tu pas que nous serons quand même heureux, ici ?

— Personnellement, aussi longtemps que je resterai avec toi et Lisa, je baignerai dans le bonheur.

— Elle est inscrite dans une école privée ? »

Charlie hocha la tête. « À St. Anne's Belfield. Plutôt huppé, comme établissement. Très peu d'élèves par classe. De toute façon, Lisa les surpassera tous. Voilà une gamine qui parle plusieurs langues étrangères, qui a visité la terre entière et fait des choses dont la plupart des adultes devront se contenter de rêver jusqu'à la fin de leurs jours.

— Je sais, mais j'aurais peut-être mieux fait d'engager un précepteur.

— Allons, LuAnn, c'est ce qu'elle a eu depuis qu'elle est en âge de marcher. Elle a besoin d'être en contact avec d'autres enfants. Cela lui fera le plus grand bien. Et à toi aussi, d'ailleurs. Il faut savoir s'éloigner pour mieux se retrouver. »

Elle lui sourit d'un air moqueur. « Aurais-tu envie de prendre tes distances, toi aussi ?

— Un peu, oui. Je vais commencer par sortir le soir et... et jouer au golf, dit-il en gloussant.

— On a passé dix belles années, non ? dit-elle, sans pouvoir gommer une note d'inquiétude dans sa voix.

— Les plus belles de ma vie. »

Espérons que les dix prochaines seront aussi douces, se dit LuAnn. Elle posa sa tête contre l'épaule de Charlie. Dans l'avion qui l'emportait dix ans plus tôt, elle s'était promis de faire tout le bien possible avec cet argent. Elle avait tenu sa promesse et, si sa fortune avait pu faire le bonheur de bien des gens autour d'elle, elle n'avait pas fait le sien. Elle avait passé son temps à courir de pays en pays, condamnée à la plus grande discrétion par l'origine délictueuse de sa richesse. On disait que l'argent ne faisait pas le bonheur. Pour avoir grandi dans la pauvreté, LuAnn n'en avait jamais cru un mot, certaine que c'était là une ruse des puissants. À présent, elle savait que c'était vrai, du moins dans son cas.

Elle ferma les yeux et essaya de se détendre. Elle avait besoin d'un bon repos, car sa deuxième vie allait commencer.

19

Indifférent à l'intense activité qui régnait dans la salle de rédaction du *Washington Tribune,* Thomas Donovan contemplait l'écran de son ordinateur. Les cloisons de son box étaient tapissées de prix décernés par diverses académies, dont un Pulitzer remporté avant même sa trentième année. Donovan avait aujourd'hui un peu plus de cinquante ans, mais il n'avait rien perdu de l'énergie et de la ferveur de sa jeunesse. Journaliste d'investigation, il ne s'étonnait plus du cynisme prévalant dans le monde dit moderne ; or, le sujet qui l'occupait présentement ne laissait pas de l'écœurer.

Il parcourait ses notes quand une ombre tomba sur son bureau.

« M'sieur Donovan ? »

Donovan leva les yeux et reconnut l'un des garçons du service courrier.

« Ça vient d'arriver pour vous. C'est la documentation que vous avez demandée, j'crois bien. »

Donovan le remercia et ouvrit l'épaisse enveloppe avec une impatience évidente.

Son enquête sur le Loto national présentait un potentiel énorme. Il avait déjà effectué de nombreuses recherches. Les bénéfices engendrés chaque année par le Loto se comptaient en milliards de dollars et croissaient de vingt pour cent par an. L'État redistribuait la moitié des sommes jouées aux gagnants, consacrait environ dix pour cent aux frais divers et à la rémunération des vendeurs, et gardait les quarante pour cent restants, soit un bénéfice à faire rêver le roi des usuriers en personne. Il ne manquait pas d'observateurs des phénomènes socio-économiques pour affirmer que le Loto n'était qu'un impôt masqué, financé par les citoyens les plus défavorisés. Le gouvernement, lui, maintenait que, dans leur majorité, les économiquement faibles ne dépensaient pas au jeu une part disproportionnée de leur maigre revenu. Ce dernier argument ne convainquait pas Donovan. Il était avéré que les millions de gens qui jouaient au Loto vivaient en dessous du seuil de pauvreté, sacrifiant leurs prestations sociales à l'espoir de devenir millionnaires, même si les probabilités d'empocher le mirifique gros lot étaient d'un ordre de grandeur touchant à la farce. Et la publicité estampillée par l'État ne risquait pas de jeter une lumière quelconque sur la réalité des chances de chacun de décrocher la timbale. Mais ce n'était pas tout. Donovan avait découvert que neuf gagnants sur dix se retrouvaient ruinés, deux, trois ou quatre ans après avoir touché le gros lot. Les causes en étaient variées : malversations des cabinets de conseil financier auxquels les gens confiaient leur soudaine fortune, harcèlements des organismes de charité et de marchands indélicats habiles à convaincre ces nouveaux riches de leur acheter au prix fort tous ces *must,* sans lesquels tout nanti ne saurait figurer dans la « cour des grands ». Cela ne s'arrêtait pas là. Cette soudaine richesse excitait les envies et elle était la source de drames à l'intérieur même du cercle de famille et des amis de longue date.

L'État avait également sa part de responsabilité dans ces banqueroutes. Douze ans plus tôt, soucieux d'attirer un plus grand nombre de joueurs, l'Américaine des Jeux avait modifié le règlement du Loto : le gros lot serait remis au gagnant dans sa totalité et l'impôt exigible sur le capital reporté à un an.

La publicité avait salué cette mesure avec toute la grossière rouerie qui est son fonds de commerce, et proclamé en grandes lettres « SOMME NETTE D'IMPÔT », pour n'ajouter qu'en petits caractères que l'heureux gagnant ne perdait rien pour attendre : il cracherait au bassinet un an plus tard. Auparavant, les gains étaient d'une part fractionnés et d'autre part amputés automatiquement de l'impôt. Maintenant, les joueurs devaient eux-mêmes veiller au paiement de la dîme due à l'État. Certains d'entre eux, avait appris Donovan, s'étaient crus dispensés de toute redevance et avaient dépensé ou investi en toute liberté leur argent, oubliant parfois que les bénéfices tirés de leurs placements étaient imposables, et lourdement. Les agents du fisc avaient frappé à leur porte et étaient repartis avec un gros chèque. Et pour les gagnants fautifs par imprévoyance et ignorance, la ruine avait été au rendez-vous, après que les pénalités et les amendes pour défaut de paiement les eurent dépossédés de ce qui leur restait.

Ce jeu de Loto avait pour finalité la destruction du gagnant, et cela avec la bénédiction d'un État prétendu « Providence ». Aux yeux de Donovan, c'était un bonneteau, une embrouille, qui était l'œuvre du gouvernement. Et celui-ci n'avait d'autre mobile que le fric. Comme tout le monde. Quelques journaux avaient abordé le problème, mais à plume mouchetée. Et si d'aventure il montait du brouhaha médiatique quelque voix plus acerbe, la direction du Loto s'empressait de noyer les critiques sous un flot de statistiques censées démontrer le bon usage des recettes des jeux. Ainsi voulait-on faire avaler au public que cet argent était affecté aux écoles, à l'entretien des ponts et chaussées, bref qu'il servait l'intérêt général. La réalité était autre. Les cadres de l'Américaine des Jeux étaient grassement payés et intéressés aux bénéfices, tandis que les États, dont les représentants soutenaient le Loto, se voyaient allouer de fortes subventions. Tout cela puait, et

Donovan pensait qu'il était temps de faire éclater la vérité. Il défendrait de sa plume les moins privilégiés, ainsi qu'il l'avait toujours fait. Et s'il ne se faisait guère d'illusions sur l'issue de sa croisade, il espérait au moins ouvrir les yeux à ceux encore sensibles au chant des sirènes politiques.

Il porta son attention aux documents qu'on venait de lui apporter. Il avait calculé le nombre des débâcles chez les gagnants en se basant sur les cinq dernières années. Il avait maintenant devant lui les résultats remontant douze ans en arrière. Et comme il feuilletait la liste des gagnants, il découvrit un pourcentage égal de faillites. C'était ahurissant. Neuf des douze gagnants annuels finissaient ruinés. Son intuition ne l'avait pas trompé. Il eut un sourire à la pensée qu'il tenait là un fameux sujet.

Mais son sourire se figea. Il avait sous les yeux la liste des gagnants d'il y a dix ans. Ce n'était pas possible ; il devait y avoir une erreur. Il décrocha le téléphone et appela le service de documentation qu'il avait engagé pour son enquête. Non, lui répondit-on, il n'y avait pas d'erreur. Toute faillite faisait l'objet d'une publication aux Archives nationales.

Donovan raccrocha lentement, l'air pensif, et relut la liste des heureux gagnants. Herman Rudy, Bobbie Jo Reynolds, LuAnn Tyler... neuf autres noms suivaient, et pas un seul d'entre eux n'avait connu la ruine. Une année sans une seule déconfiture, alors que toutes les autres en comptaient neuf !

La plupart des journalistes du calibre de Thomas Donovan croient en deux principes intangibles : la persévérance et le flair. Et le flair de Donovan lui disait que son article sur les effets pervers du Loto risquait d'être de la roupie de sansonnet à côté de — il imaginait déjà le titre — « L'année des douze gagnants ! ».

Il devait d'abord s'informer auprès de certaines sources, et il préférait le faire dans un lieu plus intime qu'une salle de rédaction. Il glissa le dossier dans sa vieille mallette au cuir craquelé et s'empressa de quitter le bureau. La circulation était fluide à cette heure, et il ne mit pas plus de vingt minutes pour gagner son petit appartement à Virginia.

Deux fois divorcé, sans enfants, Donovan ne vivait que pour son travail. Sa liaison avec Alicia Crane évoquait davantage quelques braises sous la cendre qu'un feu ronflant. Alicia était issue d'une famille de la grande bourgeoisie de Washington, qui avait eu en son temps une certaine influence dans le monde politique. Donovan n'avait jamais été très à l'aise dans ce milieu, mais Alicia avait pour lui un grand attachement et de l'admiration. À la vérité, il ne trouvait pas désagréable de papillonner alentour de la luxueuse existence menée par la douce Alicia.

Il alla dans son bureau et décrocha le téléphone. Il y avait un moyen d'obtenir des renseignements d'ordre financier sur les gens riches, si bien gardées que soient leurs vies. Il composa le numéro d'une source de longue date au Trésor public. Donovan donna à cette personne les noms des douze gagnants consécutifs qui n'avaient pas déclaré faillite. Deux heures plus tard, son correspondant le rappelait. L'oreille collée à l'écouteur, il vérifia les identités, posa quelques questions, remercia son ami et raccrocha. Il avait coché tous les noms sauf un. Les onze avaient tous régulièrement acquitté leurs impôts chaque année. Son informateur n'était pas autorisé à lui donner de chiffres, mais il avait ajouté que les revenus déclarés portaient sur des sommes considérables. Et alors même qu'il n'en revenait pas que ces onze-là non seulement ne soient pas ruinés mais qu'ils aient encore accru leur fortune, Donovan se trouva devant une autre énigme.

Énigme qui avait pour nom LuAnn Tyler.

D'après son informateur, cette personne n'avait rempli aucune déclaration d'impôts, du moins sous sa véritable identité. De fait, LuAnn Tyler avait disparu. Donovan se rappelait vaguement l'histoire. Deux meurtres, l'homme avec qui elle vivait dans un trou perdu de la Géorgie et un autre individu. Une affaire de drogue. Cela s'était passé il y a dix ans, et ce fait divers n'avait pas spécialement retenu son attention. Il ne s'en serait même pas souvenu si la femme ne s'était pas évanouie dans la nature, juste après avoir gagné les cent millions de dollars du gros lot, argent qui lui aussi s'était envolé. « LuAnn Tyler », murmurat-il, sa curiosité allumée. Elle devait avoir fui sous un faux nom et, nantie d'un tel pactole, n'avait pas dû avoir trop de mal à se créer une vie nouvelle.

Donovan sourit à la pensée qu'il y avait peut-être un moyen de découvrir l'actuelle identité de LuAnn Tyler. Et qui sait, d'en apprendre un peu plus. Cela valait la peine d'essayer, en tout cas.

Le lendemain, Donovan téléphona au shérif de Rikersville, Géorgie, lieu de naissance de LuAnn Tyler. Roy Waymer était décédé cinq ans plus tôt. Ironie de l'histoire, l'actuel représentant de l'ordre n'était autre que l'oncle de Duane, Billy Harvey. Harvey se montra très bavard au sujet de LuAnn.

« C'est elle qui a fait descendre Duane, dit-il avec colère. Sans elle, il n'aurait jamais touché à la drogue, croyez-moi. On n'est pas riche dans la famille, mais on a sa fierté.

— Avez-vous jamais eu des nouvelles de Tyler pendant ces dix dernières années ? » demanda Donovan.

Billy Harvey mit longtemps à répondre. « Ma foi, elle a envoyé de l'argent.

— De l'argent ?

— Oui, aux parents de Duane. Ils avaient rien demandé, je vous le dis.

— Mais ils l'ont gardé ?

— Que voulez-vous, ils sont fauchés comme les

blés, et puis une somme pareille, personne ne crache dessus.

— Combien ?

— Deux cent mille dollars. Si c'est pas une preuve de sa culpabilité, ça ! »

Donovan émit un petit sifflement. « Avez-vous pu remonter jusqu'à la source de l'argent ?

— C'était pas moi, le shérif, en ce temps-là, mais je sais que Roy... Roy Waymer a tout fait pour. Il a même appelé les fédés à la rescousse, mais ils ont jamais rien trouvé. Elle a aidé d'autres personnes dans le coin mais, là aussi, elle a pas plus laissé de traces qu'un putain de fantôme.

— Vous ne voyez rien d'autre à me signaler ?

— Non, mais si jamais vous la voyez, dites-lui que chez les Harvey, on n'a pas oublié, même après toutes ces années. Elle est toujours recherchée pour meurtre. Et si on lui met la main dessus, elle risque de passer le restant de ses jours en prison. Il n'y a pas prescription pour homicide, pas vrai ?

— Je transmettrai, shérif... si je la retrouve. Oh, je me demandais si vous ne pouviez pas m'envoyer une photocopie de son dossier : les expertises médico-légales, le rapport d'enquête, tout, quoi !

— Sincèrement, vous croyez que vous allez la retrouver après tout ce temps ?

— Ça fait trente ans que je fais ce boulot, shérif, et je suis assez bon. En tout cas, je vais essayer.

— Alors, je vous envoie ce que vous me demandez, monsieur Donovan. »

Donovan communiqua à Harvey l'adresse postale du *Tribune,* ainsi que son numéro de téléphone au bureau, raccrocha et prit quelques notes. De toute évidence, Tyler avait changé d'identité. Et c'était par là qu'il devait commencer, s'il voulait retrouver la fugitive.

Il passa la semaine suivante à chercher du côté de l'ascendance de LuAnn. Il obtint des photocopies des avis de décès des parents, parus dans le journal local de Rikersville. Les rubriques nécrologiques fournissaient souvent des tas de renseignements d'ordre généalogique. Ainsi apprit-il que la mère était née à Charlottesville, Virginie, mais ses entretiens téléphoniques avec les rares membres de la famille encore en vie ne donnèrent rien. LuAnn n'avait jamais essayé de renouer contact avec eux.

Donovan s'intéressa ensuite à cette journée où LuAnn avait disparu sitôt après la conférence de presse du Loto. Il s'entretint avec des responsables de la police de New York et du bureau fédéral. C'est en regardant la télé que le shérif Waymer avait découvert où était celle qu'il recherchait. Il avait aussitôt informé la police new-yorkaise que LuAnn Tyler faisait l'objet d'un mandat d'amener en Géorgie, suite à un double meurtre aggravé de trafic de drogue. La police avait immédiatement fait surveiller les gares routières et ferroviaires, ainsi que l'aéroport JFK. Peine perdue, la femme leur avait glissé entre les doigts, ce qui avait confondu le FBI. D'après l'agent fédéral que Donovan avait eu au bout du fil, le Bureau s'était demandé comment une jeune femme de vingt ans, originaire d'un comté rural de Géorgie où la débilité mentale est endémique, avait pu, avec un bébé dans les bras qui plus est, leur filer entre les pattes, car ils n'imaginaient pas plus qu'elle ait pu se procurer des faux papiers que s'être déguisée en courant d'air. La police avait mis en place sa surveillance une demi-heure après l'apparition de Tyler à la télévision. Comment avait-elle pu disparaître aussi rapidement ? Et les cent millions de dollars itou s'étaient envolés. Au moment des faits, le FBI avait évidemment soupçonné une complicité. Mais le Bureau n'avait pas eu le temps d'explorer cette piste, car d'autres affaires d'importance nationale avaient mobilisé ailleurs ses effectifs. Il avait été admis de manière officieuse que LuAnn Tyler n'avait pas quitté le pays, mais simplement gagné quelque banlieue de New York en métro et, de là, s'était fondue dans la nature. La police new-yorkaise avait informé le shérif Waymer de son échec, et l'affaire en était restée là. Jusqu'à ce jour. Pour le coup, Donovan était grandement intrigué. Son intuition lui soufflait que Tyler avait gagné l'étranger. Il ne savait comment, mais elle avait réussi à tromper la vigilance policière. Et si elle avait pris l'avion, alors il tenait peut-être une piste.

En partant de l'hypothèse qu'elle ait fui le jour même de la conférence de presse, il pouvait réduire ses recherches aux heures suivant l'apparition de Tyler à la télévision. Il ne lui restait qu'à étudier la liste des passagers des vols internationaux au départ de Kennedy Airport durant ce laps de temps, dix ans auparavant. S'il ne trouvait rien à l'aéroport JFK, il essaierait ceux de La Guardia et de Newark. Il était également possible qu'elle ait pris dans un premier temps un vol intérieur ; dans ce dernier cas de figure, les aérodromes assurant les liaisons pour le seul continent américain étaient si nombreux dans l'État de New York qu'il lui faudrait un temps fou pour mener à terme cette partie de son enquête. Il allait appeler le service des passagers à JFK, quand il reçut le courrier que lui avait promis le shérif Harvey.

Tout en mangeant un sandwich, il feuilleta le dossier. Les photos des autopsies n'avaient rien de plaisant, mais il en fallait plus pour soulever le cœur du vétéran qu'il était. Il avait vu pire au cours de sa carrière. Quand il eut pris connaissance des divers rapports de police, il fut convaincu que LuAnn Tyler n'était aucunement coupable des faits dont l'accusait le shérif Harvey. Il avait effectué de son côté une enquête à Rikersville et ainsi appris de plusieurs sources que Duane Harvey n'était qu'un bon à rien n'ayant d'autre ambition dans la vie que celle de se soûler la gueule, courir la gueuse, et se rendre désagréable au reste du monde. En revanche, LuAnn Tyler lui avait été décrite par plusieurs personnes comme une jeune femme courageuse, honnête, dure à la tâche, et une mère aimante se privant de tout pour son enfant.

Orpheline alors qu'elle n'était qu'une adolescente, elle avait fait de son mieux, compte tenu des circonstances. Donovan possédait quelques photos d'elle et il avait même réussi à avoir une bande vidéo de sa prestation télévisée comme gagnante du Loto. Dire qu'elle était belle tenait de l'euphémisme, mais il y avait autre chose derrière cette beauté. Elle n'avait pas survécu à un destin de misère grâce à une gueule d'amour et un corps de déesse.

Donovan agrémenta son sandwich d'une tasse de café. Duane Harvey avait été salement poignardé. L'autre homme, un certain Otis Burns, était mort lui aussi de blessures à l'arme blanche. L'autopsie avait révélé un traumatisme crânien non mortel et des marques de coups, qui témoignaient qu'il y avait eu lutte. La police avait relevé les empreintes digitales de LuAnn sur le boîtier brisé du téléphone et partout ailleurs à l'intérieur de la caravane, ce qui n'avait rien d'étonnant, puisqu'elle habitait là. Le dossier contenait le témoignage d'une personne qui déclarait avoir vu LuAnn dans la voiture d'Otis Burns, ce matin-là. En dépit de ce que prétendait le shérif Harvey, Donovan ne doutait pas une seconde de la culpabilité de Duane ; c'était lui, le dealer, et il avait dû mettre un peu trop de came ou de fric à gauche au goût de Burns, son fournisseur. Celui-ci avait déjà un lourd casier comme trafiquant de drogue dans le comté de Gwinnett, voisin de celui de Rikersville. Alors, Burns était venu régler son compte à cet imbécile de Duane. LuAnn connaissait-elle l'activité de Duane ? Donovan n'avait pas de réponse à cette question. Vraisemblablement, elle n'avait pas profité de l'argent illégalement gagné par Duane. Elle n'avait cessé de travailler comme serveuse dans ce restaurant de routiers, jusqu'à ce qu'elle achète son bulletin de Loto. Après quoi, elle avait disparu, ne reparaissant qu'à New York, le temps d'encaisser cent millions de dollars et de se perdre de nouveau dans la foule. Donovan ignorait si elle s'était trouvée dans la caravane le matin de la tuerie, et si elle y avait — involontairement ou pas — prêté la main. En vérité, peu lui importait. Il n'éprouvait aucune sympathie envers Duane Harvey ou Otis Burns, et ne savait pas trop ce que lui inspirait LuAnn Tyler, hormis une formidable envie de la retrouver.

20

Assis dans la pénombre du salon de son luxueux penthouse au sommet d'un immeuble d'avant guerre dominant Central Park, Jackson méditait. À l'approche de la quarantaine, il n'avait rien perdu de sa minceur athlétique. Son visage, à cet instant sans artifice, avait quelque chose de féminin et de juvénile, en dépit des fines rides que le temps avait gravées autour des yeux et de la bouche. Ses cheveux étaient coupés court, et ses vêtements d'une élégance sobre. Il émanait de sa personne une discrétion qui contrastait avec ses grands yeux noirs, seul trait marquant dans ce visage neutre, qu'il prenait grand soin de dissimuler quand il travaillait. Il se leva de son fauteuil et s'en fut d'un pas lent à travers l'immense appartement. Le mobilier était éclectique — des antiquités anglaises, françaises et espagnoles côtoyant harmonieusement des objets d'art orientaux.

Il pénétra dans une pièce que lui aurait enviée une star de Broadway : salon de maquillage, atelier d'artiste, berceau de toutes ses métamorphoses, son antre. Le faux plafond était constellé de lampes à variateur. De multiples miroirs encadrés de tubes fluorescents tapissaient deux des murs. Deux fauteuils de cuir aux dossiers inclinables et aux roulettes chromées faisaient face aux deux glaces les plus grandes. D'innombrables photos tapissaient de grands panneaux muraux en liège. Jackson était passionné de portraits photographiques, et nombre de ses sujets avaient servi de modèles à la foule des personnages qu'il avait incarnés au fil des ans. Toutes sortes de perruques en cheveux naturels s'alignaient, chacune coiffant son support oblong, sur une tablette faisant toute la longueur du mur et sous laquelle des tiroirs contenaient la plus incroyable collection de postiches et de prothèses, pouvant masquer, déformer, vieillir, rajeunir, embellir ou enlaidir le corps humain. Fausses dents, fausses cicatrices, fausses moustaches, mouches, faux cils, faux nez, résines à modeler et palettes de maquillage, gélatines, collodion et tout ce que le cosmétique pouvait compter de produits composaient la formidable panoplie de ce magicien des apparences qu'était Jackson. Trois penderies remplies de vêtements de toutes sortes complétaient l'arsenal, sans parler du classeur abritant plus de cinquante jeux de faux papiers qui permettaient à Jackson de voyager à travers le monde sous de multiples déguisements.

Jackson sourit à la vue de son trésor. C'était dans cette pièce qu'il se sentait le mieux. La création de ses nombreux rôles était un plaisir dont il ne se lassait pas.

Il s'assit à la table de maquillage et se regarda dans le grand miroir. Face à son image, Jackson découvrait non pas ce qu'il était mais le personnage qu'il projetait d'incarner. En quelque sorte, ce n'était pas la réalité qui l'intéressait mais sa virtualité. Pourquoi se limiter à une seule identité physique, pensait-il, alors qu'il y avait, selon l'aspect que l'on prenait, tant de choses à vivre, tant de lieux à visiter ? Il avait fait cette profession de foi aux douze gagnants du Loto. Ses douze réussites. Et tous avaient suivi la voie qu'il leur avait indiquée.

Au cours des dix dernières années, il leur avait fait gagner des centaines de millions de dollars. Sa fortune personnelle se montait aujourd'hui à plusieurs milliards de dollars. Ironiquement, Jackson était issu d'une famille riche, de celles qu'on appelait les

« vieilles fortunes ». Ses parents étaient morts depuis longtemps. Son père avait été, aux yeux de Jackson, l'exemple même de ces membres de la haute société de Washington qui tenaient leur éminente position par héritage, plus que par mérite. Le vieux avait été arrogant et faible à la fois. Homme du cénacle politique, il avait exploité les relations de son honorable famille, jusqu'à ce que sa médiocrité trop manifeste ne l'écarte de l'ascension qu'il avait ambitionnée. Il avait alors dilapidé sa fortune dans le vain espoir de regagner le terrain perdu. Au titre d'aîné, Jackson avait souvent subi l'ire paternelle. Parvenu à l'âge de dix-huit ans, il avait découvert que le legs substantiel que son grand-père lui destinait à sa majorité avait été croqué par son père, qui en avait pourtant la garde par fidéicommis. Furieux que son fils lui reproche ce grave manquement à la loi, le père était entré dans une rage folle et avait durement frappé Jackson.

Les traces physiques des coups avaient fini par s'estomper, mais Jackson n'avait pas oublié, encore moins pardonné, et sa haine envers son père n'avait fait que croître de jour en jour.

Il concevait que ce qui lui était arrivé était, somme toute, banal. Perdre sa fortune. Et après ? Il était jeune et avait l'avenir devant lui. Mais Jackson avait désespérément compté sur cet argent pour se libérer de la tyrannie paternelle. L'anéantissement de ses espoirs l'avait d'autant plus choqué qu'il avait été dépossédé par un homme qui aurait dû aimer son fils, le respecter, le protéger. Au lieu de cela, Jackson avait hérité de son père un compte en banque vide et les coups de poing et de pied d'un dément. C'était impardonnable. Il vivait cela comme un crime qui appelait à la vengeance.

Son père était mort de manière aussi prématurée que soudaine. Il arrive souvent que des parents tuent leurs enfants, jamais pour de bonnes raisons. Par comparaison, les enfants assassinent rarement leurs parents, mais toujours pour d'excellents motifs. Jackson sourit au souvenir de son premier cocktail chimique, une solution inodore et sans saveur qu'il avait versée dans le scotch préféré du tyran, avec pour résultat une rupture d'anévrisme. En toutes choses, il faut un commencement.

Après cela, le fils aîné s'était vu confier la tâche de restaurer la fortune de la famille. Une bourse obtenue par concours dans une prestigieuse université et des études promptement couronnées par un doctorat ès sciences avaient été suivies par une cour assidue auprès des relations les plus influentes de la famille, car Jackson ne pouvait laisser mourir ces braises, s'il voulait réaliser ses ambitions, qui étaient grandes. Durant toutes ces années de préparation, il s'était entraîné sans relâche à diverses disciplines, tant physiques que mentales, qui lui permettraient de poursuivre ses rêves de richesse et de pouvoir. Son corps était devenu aussi fort que son esprit. Toutefois, toujours attentif à ne pas suivre le même chemin que son père, Jackson s'était donné un but plus ambitieux encore : il entreprendrait toutes ses actions en restant dans l'ombre. En dépit de son amour pour le théâtre, il n'aimait pas le feu des projecteurs, si chers à son politicien de père. Il se satisfaisait pleinement de n'avoir qu'un seul spectateur : lui-même.

Ainsi avait-il fini par régner sur un empire invisible, encore que bâti le plus illégalement du monde. Les résultats étaient les mêmes, quelle que soit l'origine de l'argent. Aller où bon vous semble, faire ce que vous voulez. Cela ne s'appliquait pas seulement à ses poulains.

Il se détourna du miroir avec un sourire aux lèvres et reprit, perdu dans ses pensées, sa promenade à travers l'appartement.

Jackson avait un frère cadet et une sœur. Le premier tenait malheureusement de leur père et attendait des autres qu'ils lui offrent le meilleur en échange de rien. Jackson lui avait donné assez d'argent pour mener une vie confortable mais point luxueuse. Et sa générosité n'irait jamais plus loin. Son frère ne lui était rien. Il n'en allait pas de même de sa sœur. Jackson avait une profonde affection pour elle, malgré l'amour aveugle qu'elle avait porté au vieil homme. Il l'avait nantie royalement mais ne lui rendait jamais visite, faute de temps. Un jour il était à Hong Kong, le lendemain à Londres. Et puis, s'il allait la voir, ils parleraient, et elle était la seule personne au monde à qui il détestait mentir. Elle ignorait tout de ses activités et ne ferait jamais partie de son monde. Libre à elle de vivre dans l'oisiveté et le luxe et de chercher quelqu'un qui remplace le père qu'elle avait paré de toutes les vertus.

Comme il passait devant l'une des fenêtres, le ciel embrasé par le couchant arrêta son regard. L'appartement qu'il habitait était celui où il avait passé son enfance. Il avait été vendu par son père, mais Jackson avait pu le racheter bien des années plus tard. Il avait ensuite complètement remodelé l'espace, pour sa commodité personnelle autant que par désir d'effacer toute trace d'un passé que dominait la figure haïe. Cette compulsion à gommer certains souvenirs ne s'appliquait pas seulement à son environnement matériel. À chaque fois que Jackson se grimait et incarnait un nouveau personnage, il ne faisait que poser un masque sur l'enfant qu'il avait été et envers lequel le père n'avait eu ni affection ni respect. Cette douleur-là demeurerait en Jackson aussi longtemps qu'il vivrait, aussi longtemps qu'il se souviendrait. Il en avait conscience et ne le regrettait pas : la souffrance était pour lui le levier avec lequel il avait soulevé son propre monde.

Jackson entrait et sortait de son penthouse par un ascenseur privé. Personne n'était autorisé à monter chez lui, sous quelque prétexte que ce soit. Le peu de courrier qu'il recevait devait être déposé à la loge du gardien. Il menait le plus souvent ses affaires par téléphone, modem et fax. Il faisait lui-même le ménage, une activité modérément nécessaire compte tenu de ses incessants déplacements et de ses habitudes spartiates.

L'appartement était à son vrai nom, mais il n'en avait pas moins créé un déguisement pour ses allées et venues. C'était là une ultime mesure de sécurité au cas où la police viendrait frapper à sa porte. Horace Parker, le vieux portier qui saluait Jackson à chaque fois que celui-ci sortait, était le même homme qui soulevait sa casquette quand passait le petit garçon timide agrippé à la main de sa mère, trente ans plus tôt. Sa famille avait quitté New York alors qu'il avait une dizaine d'années, aussi le vieux Parker avait-il mis sur le compte de l'âge le changement physique de Jackson. À présent que son image altérée était ancrée dans l'esprit de gens comme Horace ou les voisins, Jackson était certain que personne ne pourrait l'identifier.

Entendre le portier l'appeler par son nom de famille le rassurait et le troublait en même temps. Jongler avec tant d'identités n'était pas chose facile, et il lui arrivait de ne pas répondre quand on l'appelait par son vrai nom. C'était toutefois agréable d'être soi-même de temps en temps ; il le vivait comme un moment de détente, un bref intervalle dans ses affaires.

Ses moyens financiers lui avaient permis de faire du monde son jouet au cours de ces dix dernières années, et ses interventions avaient des répercussions sur les principales places boursières. Il s'était lancé dans des entreprises aussi diverses que ses identités, allant du soutien aux mouvements de guérilla dans les pays du Tiers-Monde aux raids sur les marchés des métaux dans le monde industrialisé. Quand on était capable d'influer sur les événements aux quatre coins de la terre, on pouvait réaliser d'énormes profits. Pourquoi parier sur de futurs marchés, quand on pouvait soi-même infléchir le cours des produits et savoir dans quelle direction le vent allait souffler ? C'était prévisible, logique ; on contrôlait les risques. Une situation de prédilection pour Jackson.

Il savait aussi se montrer généreux envers les associations humanitaires et versait d'importantes sommes pour diverses causes à travers le monde. Mais là encore, il demandait et obtenait le contrôle des dons, s'assurant qu'il en était fait un judicieux emploi. Et l'importance de ses aides était telle que personne n'avait jamais osé lui refuser ce droit de regard.

Il s'était toujours gardé de figurer dans un quelconque lobby et n'accordait jamais d'interview aux journaux financiers. Il pouvait ainsi passer d'une passion à une autre avec une totale liberté. Il ne pouvait rêver existence plus parfaite, même s'il commençait à trouver un rien fastidieuses ses invisibles déambulations dans le monde des affaires. La répétition et l'ennui qu'elle sécrétait parasitaient le plaisir pris jusqu'ici dans ses diverses activités, et il s'était mis en quête de nouveaux champs où exercer son appétit sans cesse grandissant pour l'insolite et le risque, ne serait-ce que pour mettre à l'épreuve ses capacités de self-control, de domination et, pour finir, de survie.

Il pénétra dans une pièce remplie du sol au plafond d'équipements informatiques. C'était là le centre nerveux de ses opérations. La multitude des écrans le renseignait sur la situation de ses intérêts aux quatre coins du globe. Tout, depuis les cotations dans les principales Bourses mondiales jusqu'aux ouvertures de nouveaux marchés, était enregistré et répertorié, avant qu'il ne les analyse et ne prenne une décision, que convoierait un message électronique ou un fax.

Il adorait les informations, s'en imprégnait avec l'enthousiasme d'un enfant apprenant à parler. Il possédait une mémoire prodigieuse. Il parcourait les écrans du regard, cueillant d'un œil acéré le renseignement exploitable au milieu d'un flot de nouvelles sans intérêt. Programmés pour faire apparaître en bleu la bonne tenue de ses investissements et avoirs, et en rouge les pertes et les fléchissements divers, les ordinateurs affichaient en ce moment même une mer de bleu qui déposa un sourire sur ses traits lisses.

Il se détourna des écrans et gagna une autre pièce.

Celle-ci abritait les archives de ses entreprises passées. Il ouvrit un album richement relié, dans lequel il gardait les photos et les fiches de renseignements de ses douze gagnants, colonnes du temple qu'il avait bâti et dédié au veau d'or. À ces douze, il avait accordé la fortune et une nouvelle vie. En retour, ils lui avaient permis de redorer le blason terni de sa famille et de prendre lui-même son essor vers les plus hautes sphères du pouvoir occulte de l'argent. Il feuilleta les pages, souriant à quelque souvenir plaisant que lui rappelait l'une ou l'autre de ces rencontres.

Il les avait très soigneusement choisis, ses gagnants. Les registres d'aide sociale et les enregistrements de faillites avaient été son terrain de recherches. Il avait passé des centaines d'heures à parcourir les zones les plus défavorisées du pays, urbaines et rurales, en quête de gens assez désespérés pour vendre leur âme au diable, des citoyens ordinaires prêts à commettre sans ciller ce qui n'était rien d'autre qu'un délit financier majeur. Jackson avait à cette occasion pu mesurer combien la raison humaine savait triompher du sens moral, pourvu que le jeu en vaille la chandelle.

Quant à la manipulation du tirage du Loto, elle s'était révélée d'une facilité déconcertante. Cela s'expliquait par le fait que le public ne soupçonnait pas qu'une société contrôlée par l'État, telle que l'Américaine des Jeux, puisse être corrompue jusqu'à la moelle. Ils avaient déjà oublié que les loteries organisées par le gouvernement avaient été interdites au siècle précédent pour cause de malversation et de détournement. L'histoire repassait souvent les plats. Et si Jackson avait appris une chose au cours d'une vie inaugurée sous la férule d'un père corrompu, c'était que tout homme était achetable, tout dépendait du prix qu'on y mettait.

Et la corruption était une arme individuelle ; inutile d'être une armée pour vaincre. « Vaste conspiration ! » La contradiction des deux termes l'avait toujours fait rire.

Il avait de nombreux associés travaillant pour lui à travers le monde. Aucun d'eux ne savait qui était Jackson, où il habitait, comment il avait fait sa fortune. Tous ignoraient l'étendue et la multiplicité des affaires de leur patron, chacun œuvrant dans une seule case de l'échiquier, chacun jouant sa partition au sein d'un orchestre invisible. Jackson, homme de secret et grand manipulateur, ne pouvait espérer mieux.

Il ne faisait confiance à personne. De toute façon, son génie à incarner de multiples personnages l'en dispensait. Et les autoroutes de l'information qui sillonnaient le paysage du monde industriel lui offraient une véritable capacité d'ubiquité. Quand on était capable d'être en même temps dans plusieurs endroits et sous des visages différents, la terre entière devenait votre scène !

Comme il tournait une autre page de son précieux album, son sourire prit une expression d'incertitude, qui lui était d'ordinaire étrangère. Une incertitude à laquelle s'ajoutait un sentiment qu'il n'aurait pas qualifié de peur, car ce démon particulier ne l'avait jamais hanté. Non, cela s'apparentait plutôt à ce qu'on appelle la destinée, cette sourde conviction que deux trains allaient entrer en collision, en dépit des manœuvres de chacun de ses conducteurs.

Jackson contemplait la photo de LuAnn Tyler. De ses douze pions, elle avait été de loin le plus mémorable. Il planait une aura de danger autour de cette femme, ainsi qu'une force primitive pour laquelle il éprouvait une puissante attirance. Il avait passé plusieurs semaines à Rikersville, localité qu'il avait sélectionnée pour une seule raison : sa pauvreté et son désespoir endémiques. Elles étaient nombreuses aux États-Unis, ces zones défavorisées, où la population vivait quasiment en dessous du seuil de pauvreté et avait cessé depuis longtemps d'espérer un changement. C'était parmi ces déshérités que Jackson recherchait ses gagnants. Les gens riches ne l'intéressaient pas, même s'il les savait plus corruptibles que les pauvres.

Homme de paradoxe, ce côté bon Samaritain en lui ne manquait pas de l'amuser.

Jackson avait découvert LuAnn dans l'autobus. Il était assis en face d'elle, fondu dans l'environnement tel un caméléon avec son jean déchiré, sa chemise tachée, une casquette aux couleurs des Georgia Bulldogs, le bas du visage rongé d'une barbe sale et ses yeux d'obsidienne dissimulés derrière d'épais carreaux. Tout de suite, il avait été frappé par LuAnn. Par sa lumière, d'abord. Elle n'était pas à sa place dans ce bus déglingué, au milieu de ces gens aux regards abattus, les traits las, les yeux et les joues bouffis par la mauvaise graisse et l'alcool. Il l'avait observée jouer avec son enfant, l'avait écoutée saluer les gens qu'elle connaissait et vu les visages s'animer sous les paroles aimables qu'elle savait prodiguer. Il avait alors entrepris son enquête, s'efforçant de tout connaître d'elle, de son enfance grisâtre jusqu'à sa vie présente en compagnie d'un certain Duane Harvey dans une caravane en ruine au milieu d'une clairière transformée en décharge. Il avait visité à plusieurs reprises cette caravane en l'absence de ses occupants. Il avait remarqué les efforts de LuAnn pour maintenir propre leur lieu de vie, en dépit du goût congénital de Duane pour la crasse. Toutes les affaires appartenant à Lisa étaient rangées à l'écart de toute souillure. Cela, Jackson l'avait bien vu. Sa petite fille était tout pour cette femme.

Sous les traits d'un chauffeur routier, il avait passé plus d'une nuit dans cette gargote où elle servait. Il l'avait surprise plus d'une fois à couvrir son enfant d'un regard dans lequel se mêlaient l'amour, le désespoir de ne pouvoir lui donner plus et le rêve d'une vie meilleure. Après cela, il n'avait plus éprouvé le besoin d'en savoir plus : il avait choisi LuAnn pour être sa future gagnante. C'était il y a dix ans.

Ils ne s'étaient ni revus ni parlé depuis, mais il ne se passait pas une semaine sans qu'il pense à elle. Au début, il avait suivi avec une extrême vigilance ses mouvements mais, à mesure que les années passaient et qu'elle continuait d'aller de pays en pays selon le vœu qu'il avait lui-même formulé, son attention s'était relâchée. À présent, elle était hors de portée de son radar. Un an auparavant, il avait appris qu'elle séjournait en Nouvelle-Zélande. Mais dans quelques mois elle pourrait aussi bien être à Monaco qu'en Chine ou en Scandinavie. Elle irait ainsi à travers le monde, éternelle nomade à qui seul le sol des États-Unis d'Amérique était interdit.

Jackson était né et avait grandi dans l'opulence, pour découvrir le jour de sa majorité qu'il ne possédait plus rien. Il avait su se relever grâce à ses talents, sa sueur, son courage. LuAnn Tyler était née pauvre, avait travaillé pour des salaires de misère, sans la moindre perspective d'un avenir meilleur. Et Jackson était arrivé, tel un magicien, pour la métamorphoser. Il lui avait donné le monde et lui avait permis d'être ce qu'elle avait toujours voulu : quelqu'un d'autre que LuAnn Tyler. Il sourit. Avec sa passion pour la supercherie, qui d'autre que lui pouvait mieux apprécier cette ironie ? Il avait passé la plus grande partie de sa vie à paraître autre qu'il n'était. LuAnn venait de vivre dix ans sous un autre nom en menant une existence bien différente de celle que lui réservait sa condition, grâce à l'entrée de Jackson dans sa vie. Il examina les yeux noisette, les hautes pommettes, les longs cheveux, suivit de l'index le cou gracieux et cependant fort, tout en repensant à cette image qui lui était venue plus tôt, celle de deux trains fonçant l'un vers l'autre. Quelle extraordinaire collision cela ferait ! Ses yeux s'animèrent d'une étrange flamme à cette pensée.

21

Arrivé chez lui, Donovan s'empressa de sortir de
sa serviette une liasse de documents et de les étaler
sur la grande table de sa salle à manger. Il y avait
une impatience contenue dans ses gestes. Il lui avait
fallu plusieurs semaines, des douzaines de coups de
fil et de nombreux déplacements pour amasser les
informations qu'il s'apprêtait à examiner.

Au départ, la tâche lui avait paru presque irréali-
sable. Durant l'année où LuAnn Tyler avait disparu,
il y avait eu plus de soixante-dix mille vols internationaux au départ du seul aéroport Kennedy. Le jour
où elle avait, selon toute vraisemblance, pris l'avion,
on en comptait deux cents, soit dix par heure, car il
n'y avait eu aucun départ entre une heure et six heures
du matin. Donovan avait circonscrit ses recherches aux
femmes jeunes accompagnées d'un enfant, inscrites
sur les vols entre sept heures du soir et une heure du
matin, le jour de la conférence de presse du Loto national, il y a dix ans. La cérémonie de la remise du
chèque à l'Américaine des Jeux avait duré jusqu'à dix-
huit heures, et Donovan doutait que la gagnante ait
pu arriver à temps à l'aéroport pour s'envoler à dix-
neuf heures, mais le départ avait pu être retardé, et il
n'était pas question pour lui de faire l'impasse sur
cette tranche horaire. Il devait en conséquence vérifier soixante vols et environ quinze cents passagers.
Donovan avait appris à l'occasion de son enquête que

les listes de passagers datant de dix ans et plus étaient archivées et soumises à la loi réglementant l'accès aux archives, et que seul le FBI pouvait les consulter dans le cadre d'une enquête.

Il avait pu, cependant, franchir l'obstacle grâce à l'entremise d'un agent fédéral à qui il avait jadis rendu service. Il n'avait rien révélé à son contact de la teneur de son enquête ; il s'était contenté de lui dire qu'il cherchait les noms de femmes jeunes avec enfant ayant pris un vol international, cette nuit-là. Seules trois personnes avaient rempli ce simple critère, et il avait maintenant leurs noms et adresses sous les yeux.

Il ouvrit son répertoire téléphonique et composa le numéro de Best Data, une agence de renommée nationale, spécialisée dans la vérification de la solvabilité de tout demandeur de prêt. Au cours des ans, Best Data avait constitué un fichier considérable de noms, d'adresses et, plus important encore, de numéros de Sécurité sociale, de façon à répondre aux nombreuses demandes des organismes prêteurs désirant s'assurer des garanties de leurs clients. Donovan communiqua les trois noms et adresses, ainsi que le numéro de sa carte de crédit pour régler le prix de sa requête. Cinq minutes plus tard, il avait le numéro de Sécurité sociale de chacune des trois personnes et leur dernière adresse connue. Donovan les compara avec celles de sa courte liste. Deux des femmes avaient déménagé, ce qui n'était pas surprenant, vu leur âge à l'époque. Une seule, toutefois, ne semblait pas avoir bougé : Catherine Savage résidait toujours en Virginie. Donovan appela le service des renseignements en Virginie et apprit qu'il n'y avait pas de numéro de téléphone à ces nom et adresse. Pas découragé, il composa le numéro du Service des permis de conduire de Virginie et donna le nom, l'adresse et le numéro de Sécurité sociale qui, dans l'État de Virginie, se trouvait être le même que celui du permis. La personne qu'il eut au bout du fil voulut bien informer Donovan que Catherine Savage possédait un permis de conduire en règle mais, arguant de la loi protégeant la vie privée, elle se refusa à lui communiquer la date d'obtention dudit permis et l'adresse actuelle de l'intéressée. Donovan s'inclina et remercia, songeant qu'il y avait plus d'une façon de forcer le lièvre hors de son gîte. Au moins savait-il qu'elle vivait en Virginie. La question était de découvrir où. Il y avait plusieurs moyens de le savoir mais, en attendant, il voulait en apprendre plus sur cette Catherine Savage.

Il retourna à son bureau au *Tribune,* où, *via* le Web, il aurait accès à l'organisme comptable des retraites de la Sécurité sociale. On pouvait ainsi y consulter les versements d'assurance vieillesse de tout assuré au cours de sa vie active et les émoluments qu'il pouvait en attendre au jour de sa mise en retraite. Pour accéder à ces informations, il fallait le numéro de Sécurité sociale de la personne, le nom de jeune fille, si c'était une femme mariée, et le lieu de naissance. Donovan possédait tout cela. LuAnn Tyler était née en Géorgie. Toutefois, les trois premiers chiffres du numéro de Sécurité sociale de Catherine Savage situaient sa naissance en Virginie. Si LuAnn et Catherine ne faisaient qu'une, une conclusion s'imposait : Tyler s'était procuré un faux numéro. La chose n'était pas trop difficile à obtenir, à condition de connaître un faussaire, ce qui collait mal au portrait qu'il se faisait de cette fille mère montée à New York, parce que les hasards d'une loterie l'avaient voulu.

Quand Donovan eut entré ses données dans son ordinateur, il s'attendit à voir apparaître le dossier de la dénommée Catherine Savage. Il en fut pour ses frais : il n'y avait rien, pas un seul versement, pas une seule prestation. Pourtant LuAnn Tyler avait travaillé. À la connaissance de Donovan, elle servait dans un routier. Son employeur aurait dû la déclarer et verser sa propre part de charges sociales. Apparemment, il avait choisi de la payer au noir. Là encore, rien de surprenant. Et puis il était possible que LuAnn Tyler n'ait même jamais eu de numéro de Sécurité sociale.

Il rappela Best Data et refit la même demande mais, cette fois, au nom de Tyler, et reçut confirmation : LuAnn n'était pas enregistrée à la Sécurité sociale. Il n'y avait plus rien à apprendre de ce côté-là, et il était temps pour Donovan d'orienter ses recherches dans une autre direction.

Quand Donovan revint chez lui, ce soir-là, il était en possession d'un formulaire de demande de situation d'imposition. Il pourrait par ce biais avoir accès à la situation fiscale de celle qu'il recherchait. Certes, il lui faudrait imiter la signature de Catherine Savage, mais son motif était de faire connaître la vérité, et il avait la conscience tranquille. Et puis il doutait que le fisc fasse une quelconque vérification. Le Trésor public recevait chaque année des millions de demandes identiques de la part des contribuables désirant un relevé de leurs contributions. Il remplit le document, inscrivant le nom et l'adresse de la demandeuse, son numéro de Sécurité sociale, et joignit une procuration qui le désignait comme étant le représentant de la susnommée. Sa demande portait sur l'impôt payé au cours des trois dernières années. Il se relut, gratifia d'un sourire les fausses signatures et cacheta l'enveloppe.

La réponse du Trésor public mit deux mois à lui parvenir, mais il ne regretta pas son attente, quand il en prit enfin connaissance. Catherine Savage était une femme richissime, et sa déclaration de revenus de l'année précédente ne comptait pas moins de quarante pages détaillant les multiples investissements et les listes d'actions en Bourse relatifs à son immense fortune. Il avait demandé les avis d'imposition des trois dernières années, mais le fisc ne lui en avait envoyé qu'un, pour la bonne raison qu'il s'agissait de la première déclaration de Mlle Savage. Ce mystère fut vite éclairci, après le coup de fil que Donovan, promu par lui-même comptable de sa cliente, avait passé au percepteur. Il avait ainsi appris que la situation financière de Mlle Savage avait grandement intéressé le Trésor public. Une citoyenne américaine disposant d'un revenu aussi considérable et le déclarant pour la première fois à l'âge de trente ans suffisait à galvaniser le plus mou des agents du fisc. On comptait plus d'un million d'Américains vivant à l'étranger, qui se dispensaient de toute déclaration de revenus, soustrayant ainsi au Trésor public des milliards de dollars, aussi le fisc était-il très attentif à ce genre de situation, lui avait dit son correspondant. Mais les agents enquêteurs avaient reçu des réponses satisfaisantes, documents à l'appui, à toutes les questions posées aux représentants de la dénommée Savage.

Donovan relut ses notes prises au cours de sa conversation avec l'inspecteur du fisc. Catherine Savage était née à Charlottesville, Virginie. Elle avait quitté les États-Unis à l'âge de douze ans pour suivre son père que ses affaires appelaient en Europe. Plus tard, alors qu'elle vivait en France, elle avait épousé un homme d'affaires allemand, résidant en principauté de Monaco. L'homme était mort voilà plus de deux ans, laissant son énorme fortune à sa jeune épouse. À présent, en tant que citoyenne américaine en possession d'avoirs considérables, elle s'était mise en devoir d'acquitter l'impôt dû à son pays. L'inspecteur du fisc avait assuré à Donovan que leur enquête approfondie n'avait pas relevé la moindre irrégularité et que Catherine Savage était une citoyenne responsable, qui payait ses impôts, alors qu'elle continuait de vivre à l'étranger.

Donovan, renversé dans son fauteuil, les mains croisées derrière la tête, contemplait le plafond. L'agent du fisc lui avait fourni une autre pièce du puzzle. Le Trésor public avait été récemment informé du changement d'adresse de Catherine Savage. Elle venait de retourner aux États-Unis, dans la ville de sa naissance, Charlottesville, Virginie. Là où était née la mère de

LuAnn Tyler. Pour Donovan, c'était là plus qu'une simple coïncidence.

Avec cette dernière information, Donovan était presque certain d'une chose : LuAnn Tyler était enfin rentrée à la maison. Et maintenant qu'il connaissait si bien la vie de la jeune femme, il était peut-être temps qu'ils se rencontrent. Où et comment ? Telles étaient les deux questions auxquelles il allait réfléchir.

22

Assis dans son pick-up rangé sur le bas-côté de la route sinueuse, Matt Riggs observait le terrain à la jumelle. La pente était raide, couverte d'une forêt dense. L'allée privée, longue d'environ huit cents mètres et soigneusement goudronnée, débouchait sur la route sur laquelle il se tenait. Il savait qu'au-delà de la bâtisse, dont il distinguait un bout de toiture, s'étendait un vaste domaine, ayant pour toile de fond les montagnes voisines. Entourée de bois touffus, la propriété n'était visible que du ciel, et Riggs se demandait pourquoi le propriétaire était prêt à dépenser une petite fortune pour une clôture de sécurité, alors que la configuration du terrain lui offrait une parfaite protection naturelle.

Il haussa les épaules à cette pensée et enfila sa canadienne. Un vent froid l'accueillit à sa descente du véhicule. Il passa une main dans ses cheveux bruns, redressa ses épaules musculeuses et enfila une paire de gants en cuir. Il lui faudrait près d'une heure de marche pour parcourir le périmètre qu'il devait clôturer. La palissade serait haute de deux mètres cinquante, en tôle d'acier noir métallisé, soutenue par des poteaux pris dans un bloc de béton de cinquante centimètres de côté, équipée de détecteurs électroniques et crénelée de pointes acérées. Quant au portail, il serait fait de deux battants de la même tôle, flanqués de deux piliers en brique. Bien entendu, une caméra vidéo, un interphone et un système d'ouverture électronique compléteraient l'ouvrage. Seul un tank pourrait entrer sans la permission du proprio, songeait Riggs, une permission qui serait rarement accordée.

Bordée par les comtés de Nelson au sud-est, de Greene au nord, et de Fluvanna et Louisa à l'est, le comté d'Albermale, en Virginie, comptait nombre de résidents fortunés, certains célèbres, d'autres pas. Toutefois, ils partageaient un point commun : férocement jaloux de leur intimité, ils ne regardaient pas à la dépense pour la protéger. Aussi Riggs ne s'étonnait pas qu'on lui ait commandé pareils travaux. Il ne se formalisait pas non plus d'avoir eu affaire à un intermédiaire ; quiconque pouvant s'offrir une clôture à cinq cent mille dollars avait certainement mieux à faire que de discuter avec un humble entrepreneur en bâtiment.

Sa paire de jumelles à son cou, il descendit la route jusqu'à ce qu'il trouve un étroit sentier s'enfonçant dans les bois. Il réalisait combien la tâche serait ardue ; il lui faudrait d'abord hisser un lourd matériel en haut de cette pente boisée mais, surtout, le gâchage du mortier, le creusement des trous pour les poteaux, l'assemblage des plaques, tout cela nécessitait de l'espace, or c'est ce qui manquerait aux hommes. Ils seraient obligés de déboiser sur une largeur d'au moins trois mètres. Un sacré labeur en perspective. Mais il n'allait pas se plaindre. Ce seul contrat assurerait son année. Il était dans le métier depuis peu — trois ans, à ce jour — mais son entreprise croissait régulièrement depuis sa création. Il accéléra le pas, pressé de voir à quoi ressemblait le terrain de près.

La BMW sortit lentement du garage et s'engagea dans l'allée. Celle-ci était bordée de chaque côté d'une clôture en planches de chêne d'un blanc immaculé, qui contrastait joliment avec le vert soutenu des prés. Il n'était pas encore sept heures du matin, et un silence serein semblait saluer le jour. Ces escapades matinales étaient devenues pour LuAnn un rituel apaisant. Elle jeta un regard à la maison dans le rétroviseur. Bâtie en pierre de taille, avec ses colonnes blanches soutenant un vaste porche en demi-cercle, son immense toiture d'ardoise, et ses multiples fenêtres à la française, la bâtisse était d'une grande élégance en dépit de ses imposantes dimensions.

Comme LuAnn approchait de l'intersection avec la route, elle ôta soudain le pied de l'accélérateur et freina sèchement. Planté au milieu de l'allée, un homme lui faisait signe d'arrêter en battant des bras. Il approcha et, après un bref salut de la tête, lui demanda par geste d'abaisser la vitre. Du coin de l'œil, elle vit une voiture noire, de marque Honda, garée à côté de l'entrée.

Elle lui jeta un regard méfiant et descendit la vitre de quelques centimètres, prête à écraser l'accélérateur si la situation l'exigeait. Mais le bonhomme avait l'air inoffensif : d'âge moyen, un rien osseux, le cheveu mi-long et une courte barbe poivre et sel.

« Que puis-je pour vous ? » demanda-t-elle, esquivant le regard perçant qu'il posait sur elle.

« Je pense m'être égaré. Suis-je bien au domaine Brillstein ? » Il désigna la direction de la maison.

LuAnn secoua la tête. « Nous venons juste d'emménager, mais ce n'était pas le nom des précédents propriétaires. La maison s'appelle Wicken's Hunt.

— Oh, j'aurais pourtant juré que c'était ici.

— Vous cherchez quelqu'un ? »

L'homme se pencha en avant jusqu'à ce que son visage soit à hauteur de celui de LuAnn. « Peut-être la connaissez-vous ? Elle s'appelle LuAnn Tyler, et elle est originaire de Géorgie. »

LuAnn ne put réprimer un hoquet de stupeur et, pendant quelques secondes, elle fut incapable d'articuler un son.

Thomas Donovan avait du mal à contenir sa satisfaction. « Mademoiselle Tyler, j'aimerais beaucoup vous parler. C'est important et... »

Elle enfonça l'accélérateur, et Donovan dut bondir en arrière pour ne pas se faire écraser les pieds par les roues arrière.

« Hé ! attendez ! » cria-t-il, mais la BMW avait déjà tourné sur la route et s'éloignait à grande vitesse. Donovan, le visage grisâtre, courut à sa voiture et démarra. La poursuite était lancée.

Donovan avait tenté sa chance auprès du service de renseignements de Charlottesville, mais n'avait pas été surpris d'apprendre qu'il n'y avait pas d'abonnée répondant au patronyme de Catherine Savage. Quelqu'un qui avait été en cavale pendant toutes ces années n'allait pas prendre un numéro de téléphone à son nom. Il avait décidé, après mûre réflexion, de passer à l'approche directe. Il avait épié la maison pendant toute la semaine précédente, remarqué que LuAnn partait se promener en voiture tous les matins, et choisi cette belle journée pour prendre contact. Il avait bien failli se faire écrabouiller les pieds, mais il était heureux de savoir qu'il ne s'était pas trompé. Lui balancer la question à brûle-pourpoint était le plus sûr moyen d'obtenir confirmation de ses soupçons. À présent, il connaissait la vérité : Catherine Savage était LuAnn Tyler. Elle ne ressemblait plus à la très jeune femme qui souriait sur les photos et la vidéo de la conférence de presse d'il y a dix ans. Les changements étaient subtils mais, cumulés, ils la rendaient méconnaissable, du moins à première vue. Sans cette expression de profonde stupeur et son départ sur les chapeaux de roues, il ne l'aurait pas reconnue.

Il concentrait maintenant toute son attention sur la route. Il venait de voir la BMW disparaître à un tournant. Elle avait une belle avance sur lui, mais les virages étaient nombreux dans cette région de collines, et la Honda, plus légère et plus maniable, regagnait du terrain. Il n'avait jamais aimé jouer les casse-cou, même du temps de sa jeunesse, quand il couvrait des événements dangereux à travers le monde. Aujourd'hui, il détestait franchement ça. Mais il devait faire comprendre à cette femme ce qu'il essayait de faire. Il fallait qu'elle l'écoute. Et qu'elle lui raconte son histoire. Il ne s'était pas échiné pendant tous ces derniers mois à tenter de la retrouver pour la voir de nouveau disparaître.

Matt Riggs s'arrêta pour étudier de nouveau le terrain. L'air était si pur ici, le ciel si bleu, le silence si paisible, qu'il se demanda une fois de plus pourquoi il avait si longtemps tardé à abandonner la grande ville et à planter ses pénates en des lieux plus humains. Après des années passées dans la jungle urbaine, il découvrait maintenant que l'impression d'être seul au monde, ne serait-ce que quelques minutes, comme dans ce bois en ce moment, lui procurait un bien qu'il n'aurait jamais imaginé. Il allait sortir le plan de la propriété de sa poche pour mieux se repérer, quand il fut brusquement arraché à sa paix bucolique.

Il tourna vivement la tête et, s'emparant de ses jumelles, chercha ce qui venait d'ébranler le silence matinal. Il entrevit à travers les branches des arbres deux automobiles qui fonçaient sur la route longeant la propriété. Celle qui était en tête était une grosse BMW grise. La voiture qui la suivait était plus petite mais elle compensait son manque de puissance par une plus grande souplesse sur la route sinueuse. Riggs pensa qu'à la vitesse où elles roulaient, elles risquaient fort de finir contre le tronc d'un sapin ou au fond d'un des nombreux ravins bordant la route.

La BMW apparut dans une large échancrure des bois, et il porta de nouveau les jumelles à ses yeux. Ce qu'il vit le fit faire demi-tour et courir à toutes jambes à son pick-up.

L'expression d'effroi de la femme au volant de la grosse conduite intérieure, ses coups d'œil dans le rétroviseur, et le visage dur et tendu de l'homme qui, apparemment, lui donnait la chasse, tout cela venait de déclencher en lui certains réflexes hérités de sa précédente existence.

Il démarra sans très bien savoir ce qu'il allait faire et agrafa sa ceinture de sécurité tout en accélérant. Il emportait d'ordinaire un fusil de chasse, au cas où il tomberait sur un crotale, mais il l'avait oublié à la maison en partant le matin. Il avait bien une pioche et une pelle dans la ridelle, mais il espérait ne pas avoir à s'en servir.

Sollicitant au maximum le puissant moteur du pick-up, il parvint rapidement en vue des deux voitures. Un virage très serré obligea la BMW à ralentir, mais une longue ligne droite suivait, où ses trois cents et quelques chevaux creusèrent aussitôt un trou avec son poursuivant. Mais Riggs savait qu'au bout il y avait un autre virage, et particulièrement dangereux celui-là. Il espérait que la femme le savait car, sinon, c'était la sortie de route et l'encastrement mortel contre un solide tronc d'arbre. Déterminé à prévenir si possible pareille éventualité, il accéléra à fond et rattrapa rapidement la petite voiture, une Honda Civic noire. L'attention rivée sur la BMW, le conducteur ne tourna même pas la tête vers Riggs quand celui-ci le doubla puis ralentit brutalement, lui bloquant la route, en même temps qu'il lançait des appels de phares, dans l'espoir que la femme lèverait le pied avant le fatidique tournant. Le type derrière était furieux et, le klaxon enfoncé, il tenta de le dépasser par le côté droit, bordé d'un profond ravin. Mais Riggs en avait vu d'autres au volant au cours de sa précédente carrière, et il contra sans mal la tentative. Une minute plus tard, il prenait le virage en épingle à cheveux, flanqué d'un côté par une muraille rocheuse et, de l'autre, par une pente abrupte plantée de grands sapins. Riggs jeta un coup d'œil anxieux à sa droite : pas de

BMW fracassée ou en flammes. Il poussa un soupir de soulagement. Puis, reportant son regard sur la route qui s'étirait de nouveau en ligne droite, il l'aperçut au loin, tache grise qu'avala le prochain tournant. Il en éprouva un sentiment d'admiration. La femme avait à peine ralenti pour prendre ce virage, que même Riggs n'aurait jamais osé franchir à plus de soixante à l'heure.

Il tendit la main vers la boîte à gants pour y prendre son téléphone portable. Il allait composer le 911, quand le conducteur de la Honda, excédé, le heurta violemment par l'arrière. Sous le choc, le téléphone lui échappa et se brisa sur le plancher de tôle nue du pick-up. Riggs jura et, passant en seconde, ralentit plus encore, tandis que la Honda continuait de jouer les béliers. Et ce qu'il espérait ne manqua pas d'arriver : le pare-chocs de la Honda finit par s'accrocher à celui du pick-up. Il entendit les grincements de la boîte de vitesses, qui témoignaient des efforts du conducteur pour dégager son véhicule. Comme il jetait un regard dans le rétroviseur, il vit l'homme se pencher vers la boîte à gants. Peu désireux d'attendre que celui-ci sorte une arme, Riggs freina à mort, enclencha la marche arrière et se mit à repousser la Honda de toute la puissance des douze cylindres du pick-up. Il vit avec satisfaction l'homme agripper son volant avec une expression d'impuissance paniquée. Revenu dans le virage, Riggs donna un coup de volant, envoyant la Honda contre la paroi rocheuse. La force de l'impact désaccoupla les deux pare-chocs. Le chauffeur, apparemment indemne, en serait quitte pour la peur. Riggs repassa en première et repartit à la poursuite de la BMW, jetant de temps à autre un regard dans le rétroviseur. Mais la Honda ne reparut pas ; soit elle était dans l'incapacité de rouler, soit l'homme avait décidé d'abandonner.

Il fallut plusieurs minutes à Riggs pour retrouver quelque peu son calme. Cela faisait cinq ans qu'il s'était éloigné des dangers de son ancien métier, mais cet incident venait de lui rappeler que, plus d'une fois, il s'en était tiré de justesse. Et jamais il n'aurait pensé éprouver de nouveau ce sentiment d'angoisse par un clair matin sous le ciel serein de Virginie.

Son pare-chocs endommagé claquant bruyamment, Riggs finit par ralentir, conscient de l'inutilité de suivre la BMW. Il y avait une quantité de routes adjacentes que la femme avait pu emprunter. Riggs s'arrêta sur le bas-côté, nota les numéros d'immatriculation de la Honda et de la BMW sur le petit bloc-notes fixé sur le tableau de bord, détacha la page et la glissa dans la pochette de sa chemise. Il avait son idée sur le propriétaire de la BMW. Elle habitait le domaine qu'il était chargé de clôturer. À présent, ces travaux prenaient tout leur sens. Et la question était de savoir de quel danger ces gens voulaient se protéger. Il reprit la route, songeur, la sérénité de cette matinée brutalement chassée par cette expression d'effroi sur le visage d'une femme.

23

La BMW était arrêtée sur une petite route transversale à quelques kilomètres du virage où le pick-up et la Honda s'étaient accrochés. La portière du conducteur était ouverte, le moteur en marche. Les bras croisés sur sa poitrine, LuAnn tournait en rond au milieu de l'étroite chaussée. La colère et la confusion se lisaient sur son visage. Toute trace de peur avait disparu. La peur était toujours passagère, mais les sentiments dont elle était maintenant la proie ne se dissiperaient pas aussi aisément.

Aujourd'hui âgée de trente ans, LuAnn Tyler avait toujours l'impulsive énergie et la force animale de sa jeunesse. Les années avaient accentué sa beauté tout en la modifiant singulièrement. Elle était plus mince et paraissait plus grande encore. Elle avait de longs cheveux châtain clair aux reflets blonds, dont la coupe sophistiquée faisait ressortir des traits plus affinés. Pour des raisons de sécurité plutôt que d'esthétique, elle avait eu le nez très légèrement retouché, et ses dents, objet des soins des meilleurs orthodontistes, étaient maintenant parfaites. Il ne restait qu'une seule imperfection.

Elle n'avait pas suivi le conseil de Jackson concernant sa balafre au menton. Elle l'avait fait recoudre, mais en gardait une cicatrice. Et à chaque fois qu'elle se regardait dans la glace, cette fine ligne nacrée en travers du menton lui rappelait ses origines. C'était le lien le plus visible avec son passé, un lien qui n'avait rien de plaisant. Mais c'était précisément pour cette raison qu'elle n'avait pas voulu faire effacer ce souvenir : elle ne voulait pas oublier la misère d'où elle était sortie.

Les gens parmi lesquels elle avait grandi l'auraient probablement reconnue mais elle n'avait jamais eu l'intention de revoir un seul d'entre eux. Elle s'était résignée à porter un grand chapeau et des lunettes noires, sitôt qu'elle se montrait en public, ce qu'elle faisait le moins possible. Toute une vie passée à se cacher, tels étaient les termes du marché.

Elle remonta dans la voiture et resta un long moment assise à frotter ses paumes contre le volant gainé de cuir en jetant de temps à autre un regard dans le rétroviseur. Mais la route restait déserte. Elle démarra et, pendant un moment, orienta ses pensées vers le conducteur du pick-up. Était-il un bon Samaritain survenu au bon moment ? Ou bien quelqu'un de moins innocent ? Elle avait vécu ces dix dernières années dans une méfiance nécessitée par sa situation et avait pris l'habitude de passer tout incident au crible du soupçon. Depuis son départ des États-Unis dix ans plus tôt, elle avait toujours craint qu'on ne découvre qui elle était. Elle respira un grand coup et se demanda pour la centième fois si elle n'avait pas commis une très grosse erreur en revenant au pays.

Riggs s'engagea dans l'allée privée. La Honda et son chauffard avaient disparu quand il était repassé par la même route pour regagner la propriété. Il pourrait téléphoner de là-bas et peut-être apprendre la raison de cette poursuite. Après tout, son intervention avait tiré la femme d'un mauvais pas, et on lui devait bien une explication.

Il fut surpris que personne ne l'arrête quand il franchit l'entrée de la propriété. Apparemment, il n'y avait ni vigile ni gardien. La construction de la clôture lui avait été commandée par le représentant du propriétaire, et devis et contrat avaient été signés en ville. C'était la première fois qu'il visitait la propriété, baptisée Wicken's Hunt il y a longtemps. Construite au début des années 20 avec un savoir-faire qui s'était perdu depuis, elle comptait parmi les plus belles demeures de la région. Le magnat de Wall Street, qui en avait fait sa résidence d'été, s'était jeté du haut d'un gratte-ciel pendant le krach de 1929. Le domaine était passé entre plusieurs mains et était resté pendant six ans sur le marché, avant d'être acheté par l'actuel propriétaire. La bâtisse avait été entièrement restaurée. Riggs avait parlé à quelques-uns des sous-traitants qui avaient participé aux travaux, et tous avaient vanté la beauté de l'architecture et du lieu.

Personne, cependant, n'avait jamais rencontré le propriétaire. Il s'était renseigné auprès du bureau du cadastre. La propriété avait été acquise par une société dont il n'avait jamais entendu parler. Il avait toutefois appris qu'une fillette de dix ans, du nom de Lisa Savage, était inscrite depuis peu à l'école St. Anne's Belfield, et qu'elle avait donné Wicken's Hunt pour adresse. Une jeune femme blonde de grande taille, portant toujours un grand chapeau et des lunettes noires, venait parfois chercher l'enfant, tâche qui revenait le plus souvent à un homme âgé, bâti comme un déménageur. Drôle de maisonnée. Riggs avait bien quelques amis parmi le personnel enseignant de l'école, mais aucun n'avait pu lui en dire plus sur la mystérieuse jeune femme.

La maison lui apparut soudain à un tournant de l'allée. Il siffla d'admiration. Les proportions, bien qu'imposantes, étaient parfaites, et il se dégageait de l'ensemble une rare élégance.

Il arrêta son pick-up dans l'allée circulaire au centre de laquelle se dressait une magnifique fontaine de pierre. Le terrain paysagé qui entourait la construction semblait avoir fait l'objet des plus grands soins. Il n'était pas un parterre, pas un bosquet, pas un seul arbre qui n'ait été plus judicieusement disposé pour donner à l'ensemble une harmonie dont le regard ne se lassait pas.

Il descendit, s'assura qu'il avait sur lui le papier sur lequel il avait noté les numéros des plaques, et se dirigea vers le grand porche en doutant qu'il y ait une sonnette, jugée sûrement trop vulgaire, s'attendant à ce qu'un maître d'hôtel en livrée lui ouvre la porte avant même qu'il ait soulevé le lourd marteau de bronze. Il ne se passa rien de la sorte. À peine avait-il franchi la dernière marche qu'une voix lui demanda dans l'interphone encastré dans l'embrasure de la porte :

« Vous désirez ? »

C'était une voix grave et virile, peut-être légèrement menaçante, se dit Riggs.

« Matthew Riggs, entrepreneur en bâtiment. C'est moi qui suis chargé de construire la clôture de la propriété.

— Très bien. »

Mais la porte demeura fermée, et le ton de la voix impliquait clairement que si Riggs n'avait rien de plus intéressant à transmettre, il pouvait passer son chemin. Riggs regarda autour de lui, soudain conscient d'être observé. Puis il vit l'objectif que braquait sur lui une caméra vidéo nichée dans l'une des colonnes flanquant l'entrée. Il fit un signe de la main.

« Oui, vous désirez ? demanda la voix, un rien bougonne.

— J'aimerais utiliser votre téléphone.

— Je suis désolé mais ce n'est pas possible.

— C'est dommage car, voyez-vous, je me suis fait défoncer le pare-chocs par une voiture qui poursuivait une grosse BMW gris métallisé. Or, je crois bien que cette BMW appartient à cette maison et je voulais seulement m'assurer que la femme qui la conduisait allait bien. Elle avait l'air plutôt affolée la dernière fois que je l'ai vue. »

Il avait à peine dit cela qu'un verrou claquait et que la porte s'ouvrait. L'homme était aussi grand que Riggs, mais avait des épaules bien plus larges. La soixantaine, il traînait un peu la jambe. Fort et athlétique lui-même, Riggs songea qu'il n'aimerait pas se battre avec cet homme car, en dépit de son âge et de ses rhumatismes, celui-ci lui paraissait capable de lui briser les reins. Ce devait être lui qui allait chercher la petite Lisa à l'école.

« De quoi parlez-vous ? »

Riggs fit un signe du pouce en direction de la route. « Il y a un quart d'heure, j'étais en train de reconnaître le terrain où nous allons monter la clôture, quand j'ai entendu deux voitures qui se tiraient la bourre. Et, à la jumelle, j'ai vu cette BMW qui fonçait, une femme au volant, jeune, blonde, et paniquée. Elle était pourchassée par une Honda Civic noire, modèle 92 ou 93. Et le type qui conduisait avait l'air salement décidé à la rattraper.

— La femme n'a rien ? »

L'homme s'était penché vers lui pour lui poser cette question dans un souffle, et Riggs recula un peu, décidé à ne prendre aucun risque, tant que cette histoire ne serait pas éclaircie. Rien ne lui garantissait que ce type ne soit pas de mèche avec celui de la Honda. Le professionnel se réveillait, et tous les réflexes de son ancien métier lui revenaient.

« Non, je crois qu'elle n'a rien. Je suis intervenu entre sa voiture et la Honda, qui m'est rentrée dedans. Mon pare-chocs en a pris un coup, mais la Honda a eu plus de mal que moi.

— On s'occupera de votre chignole. Où est la femme ?

— Je ne suis pas venu me plaindre au sujet de ma voiture, monsieur...

— Charlie, appelez-moi Charlie. »

Riggs serra la main que Charlie lui tendait et

s'efforça de ne pas grimacer de douleur. Il n'avait pas sous-estimé la force du vieil homme. Ce type avait une poigne de fer.

— Moi, c'est Matt. Comme je vous le disais, elle en a été quitte pour la peur. Mais je tiens quand même à appeler la police. Ce type en Honda a fait plus que transgresser le code de la route. Dommage, j'aurais bien aimé lui lire ses droits.

— Vous parlez comme un ancien flic. »

Avait-il vu le visage de Charlie s'assombrir ou bien était-ce son imagination ? se demanda Riggs.

« Peut-être bien. J'ai pu relever les numéros des plaques. » Il étudia le visage buriné de Charlie, essayant de percer ce regard minéral que l'homme fixait sur lui. « Je suppose que la BMW appartient à cette maison et que la jeune femme habite ici. »

Charlie marqua une hésitation avant de hocher la tête. « C'est elle, la propriétaire.

— Et la Honda ?

— Jamais vue. »

Riggs se tourna en direction de la route. « Le type devait la guetter à l'entrée de l'allée. Il n'y a pas de portail et je n'ai pas vu de gardien.

— C'est pour cette raison qu'on vous a engagé pour construire une clôture, dit Charlie d'un air irrité.

— J'en comprends mieux aujourd'hui l'utilité, mais je n'ai signé le contrat qu'hier matin. Je travaille vite, mais je n'ai pas de baguette magique. »

Charlie approuva d'un hochement de tête et regarda au loin, l'air songeur.

« Alors, je peux utiliser votre téléphone, Charlie ? Vous savez, je sais reconnaître une tentative d'enlèvement, quand j'en vois une. » Il embrassa d'un regard la noble façade. « Le motif est assez évident, non ? »

Charlie hésitait. Il avait beau être terriblement inquiet pour LuAnn — Catherine, se reprit-il ; en dépit des années, il n'avait jamais pu se faire à ce dernier prénom —, il ne tenait pas à mêler la police à cette histoire.

« Je suppose que vous êtes son ami ou un parent...

— Les deux », répondit Charlie, un sourire illuminant son visage, tandis qu'il regardait par-dessus l'épaule de Riggs.

L'entrepreneur, devinant la raison de ce brusque changement, se retourna et vit la BMW qui se rangeait derrière son pick-up.

LuAnn descendit de la voiture, jeta un coup d'œil à la camionnette et à son pare-chocs défoncé, puis se dirigea vers les deux hommes en concentrant son regard sur Charlie.

« Ce type vient de me raconter que tu as eu quelques ennuis, dit Charlie.

— Matt Riggs. »

Dans ses bottes, la femme était presque aussi grande que lui. Vue de près, elle faisait plus que confirmer l'impression de grande beauté qu'il avait saisie dans ses jumelles. Son opulente chevelure aux reflets d'or faisait un casque de lumière autour d'un visage d'une perfection absolue, que seule une cicatrice au menton semblait contester d'un trait iconoclaste. Cela surprenait Riggs et, pour avoir vu souvent ce genre de balafre sur des malfrats, il savait que seul un couteau à lame dentelée laissait ce genre de marque. N'importe quelle femme, a fortiori une milliardaire, aurait payé n'importe quelle somme pour effacer cette tache.

Mais le regard calme et noisette qu'elle posait sur lui convainquit Riggs qu'elle n'était pas n'importe quelle femme. Elle appartenait même à une espèce rare : une très jolie femme qui se fichait de son apparence. Il remarqua le corps élancé, élégant, la minceur de la taille et des hanches contrastant avec la largeur des épaules qui témoignait d'une grande force. Et quand elle serra la main qu'il lui tendait, il manqua pousser un hoquet de stupeur. La poigne était sensiblement la même que celle du dénommé Charlie.

« Vous n'avez rien de cassé, j'espère ? dit-il. J'ai relevé le numéro minéralogique de la Honda. Je voulais appeler la police mais mon portable ne marche plus. Il m'a glissé de la main quand le type m'est rentré dedans. C'est sans doute une voiture volée. On devrait pouvoir le coincer, à condition de faire vite. »

LuAnn le considéra d'un air perplexe. « Mais de quoi parlez-vous ? »

Riggs battit des paupières. « Mais du bonhomme qui vous poursuivait en voiture ! »

LuAnn regarda Charlie, mais Riggs, malgré sa vigilance, ne les vit pas échanger le moindre signe. Elle désigna le pick-up de l'entrepreneur. « J'ai vu dans le rétroviseur cette camionnette doubler une voiture et la forcer à ralentir, mais je ne me suis pas arrêtée. Cette histoire ne me regardait pas. »

Riggs n'en revenait pas. Il mit quelques secondes à réagir. « Si j'ai forcé cette voiture à ralentir, c'est parce que le type qui la conduisait en avait après vous, et Dieu seul sait ce qui se serait passé s'il vous avait rattrapée. En fait, j'ai pris votre place sur le rayon des épaves.

— Encore une fois, je ne sais pas de quoi vous parlez. Pensez-vous que si quelqu'un me poursuivait en voiture, je ne m'en apercevrais pas ?

— Si je comprends bien, vous conduisez toujours à plus de cent à l'heure sur une route en lacets, rien que pour le plaisir de faire hurler vos pneus ? demanda Riggs, contenant mal sa colère.

— Je ne vois pas en quoi ma façon de conduire vous regarde, monsieur, répliqua-t-elle sèchement. Mais pourrais-je savoir ce qui vous amène ici, en dehors de cette histoire invraisemblable ?

— C'est lui qui est chargé de construire la clôture », intervint Charlie.

LuAnn fixa Riggs d'un regard froid. « Eh bien, vous feriez mieux de vous mettre au travail plutôt que d'imaginer des poursuites en voiture. »

Le visage de Riggs prit une couleur pourpre. Il ouvrit la bouche pour exprimer sa pensée, puis se ravisa. « Bonne journée, madame », dit-il, et il regagna son pick-up.

LuAnn passa devant Charlie sans un mot et entra dans la maison. Charlie regarda Riggs démarrer, avant de refermer la porte.

Au moment où Riggs montait dans sa camionnette, une voiture arriva. Une femme d'un certain âge était au volant. La banquette arrière était encombrée de sacs à provisions. La conductrice s'appelait Sally Beecham et elle était l'intendante de la maison. Elle jeta un coup d'œil à Riggs qui, malgré sa colère, la salua courtoisement. Comme d'habitude, elle poursuivit jusqu'au rideau métallique du garage qui se souleva automatiquement à son approche. Une porte intérieure donnait dans l'office, et Beecham était une personne efficace qui détestait les efforts inutiles.

Tandis que Riggs reprenait l'allée, il jeta un regard à la façade. Dans la multitude des fenêtres, il ne remarqua pas celle encadrant la silhouette de LuAnn, les bras croisés sur la poitrine. La jeune femme le regardait avec attention, un mélange d'inquiétude et de regret sur son visage.

24

Donovan ralentit avant d'engager la Honda sur un rustique pont de bois enjambant un ruisseau puis poursuivit sur la piste sinuant à travers l'épais sous-bois. L'antenne accrochait les basses branches, provoquant une pluie de rosée sur le pare-brise. Il arriva bientôt en vue d'un cottage à la façade en bois vieillie par le temps, au milieu d'une petite clairière entourée de chênes. Il gara la voiture dans la remise située derrière et fit quelques pas avant de s'arrêter pour se masser les reins et faire quelques rotations de la nuque. Son gymkhana matinal prélevait son dû sur sa carcasse plus très jeune.

Il poussa la porte, ôta son manteau et entreprit de faire du café dans la minuscule cuisine. Et pendant que la cafetière électrique crachotait, il fuma une cigarette tout en jetant des regards par la fenêtre, malgré sa certitude de ne pas avoir été suivi. Le cottage était isolé et le propriétaire ne connaissait ni son vrai nom ni les motifs de son séjour.

Qui pouvait être le conducteur du pick-up ? Un ami de Tyler ou bien quelqu'un qui passait là par hasard ? En tout cas, l'homme l'avait vu et pourrait le reconnaître ; il ferait mieux, par précaution, de se raser la barbe et de teindre ses cheveux. Il devrait aussi louer une autre voiture. La Honda était endommagée, et l'homme au pick-up avait probablement relevé le numéro minéralogique. Mais le véhicule était loué, et sous un faux nom. Il ne redoutait pas, bien sûr, que la femme porte plainte, mais le bonhomme risquait de contrarier ses plans. Il ne prendrait pas le risque de rapporter la Honda en ville pour l'échanger contre une autre. Il n'était pas question qu'il conduise une voiture qui était peut-être déjà signalée à la police, et puis il faudrait expliquer au loueur le pare-chocs et la calandre salement défoncés. C'était un miracle qu'elle roule encore. Dans la soirée, il se rendrait à pied jusqu'à l'arrêt du bus qui allait en ville, et il louerait une autre voiture.

Il se versa une tasse de café et gagna le petit salon qu'il avait transformé en bureau. Un ordinateur, une imprimante, un fax et un téléphone étaient rangés sur une table, un paquet de dossiers empilés dans un coin. Des coupures de presse étaient punaisées sur deux grands panneaux de liège accrochés au mur.

La poursuite en voiture avait été une stupidité, se dit Donovan. C'était un miracle qu'ils n'aient pas tous les deux fini dans un ravin. La réaction de Tyler l'avait sur le moment beaucoup surpris ; à présent, il la comprenait mieux. Elle avait peur, et à juste titre. Donovan redoutait qu'elle ne fuie de nouveau. Il n'avait pas seulement sué pour la retrouver, il avait eu de la chance aussi. Il n'était pas dit qu'il en ait encore, cette fois. Il ne pouvait pas l'empêcher de disparaître et en était réduit à attendre.

Il y avait quelqu'un à l'aéroport de Charlottesville qui l'avertirait si jamais une femme du nom de Catherine Savage et correspondant à la description qui lui en avait été faite prenait l'avion. À moins qu'elle n'ait de faux papiers en réserve, Tyler aurait du mal à partir dans l'heure sous un autre nom que Savage et laisserait ainsi une trace. Si elle fuyait par une autre voie que les airs, il pouvait toujours surveiller la maison, mais certainement pas jour et nuit. Il envisagea un bref instant d'appeler le *Tribune* pour demander du renfort, mais écarta rapidement cette idée. Il travaillait seul depuis près de trente ans, et supporterait mal la présence d'un collègue. Non, il ferait son possible pour la suivre et s'arrangerait pour la rencontrer. Il saurait la convaincre de lui faire confiance et de l'aider. Il ne croyait pas qu'elle ait tué quiconque. Il était persuadé en revanche qu'elle était, avec d'autres, au centre d'une combine dont le Loto était l'enjeu. C'était cela qu'il voulait découvrir, quel qu'en soit le prix.

Les flammes dansaient dans l'âtre de la vaste bibliothèque dont les étagères d'érable chargées de livres couvraient trois des murs jusqu'au plafond. Des sièges profonds invitaient à la conversation au coin du feu. LuAnn était assise les jambes repliées sous elle dans un canapé de cuir, les épaules couvertes d'un châle finement brodé. Sally Beecham venait de déposer sur une table basse une théière fumante et un petit déjeuner. Charlie referma la porte cintrée à double battant et vint s'asseoir à côté de LuAnn.

« Alors, tu vas enfin me dire ce qui t'est arrivé ? »

Comme LuAnn ne répondait pas, il lui prit les mains. « Tu es glacée. Bois donc un peu de thé. » Il se leva et alla tisonner le feu, jusqu'à ce que la chaleur lui empourpre le visage. « Comment pourrais-je t'aider si tu t'obstines à te taire, LuAnn ? »

Durant ces dix dernières années, un lien profond s'était tissé entre eux, se renforçant sans cesse au fil des épreuves qu'ils avaient traversées. Ils ne s'étaient plus quittés depuis le moment où Charlie avait touché l'épaule de LuAnn, tandis que le 747 s'élevait toujours plus haut dans le ciel, jusqu'à leur retour récent en Amérique. Et, bien que Robert soit son prénom, il était toujours resté Charlie pour elle. Quelle importance cela pouvait-il bien avoir, de toute façon ? Mais il ne l'appelait LuAnn que dans l'intimité. Il était son seul ami et unique confident, car il y avait des choses qu'elle ne pouvait avouer même à sa propre fille.

Charlie grimaça de douleur en se rasseyant. Il savait qu'il déclinait, un processus aggravé par le rude traitement auquel il avait soumis son corps dans sa jeunesse. La différence d'âge entre LuAnn et lui se faisait plus marquée que jamais mais, malgré cela, il se sentait encore capable d'affronter tous les dangers pour elle et de combattre quiconque la menacerait avec toute la force et l'ingéniosité qui lui restaient.

Et ce fut à la vue de cette détermination brillant dans les yeux de son vieux compagnon que LuAnn se décida à parler.

« Je partais faire ma promenade matinale, et il était au milieu de l'allée, à me faire de grands signes pour que je m'arrête.

— Et tu t'es arrêtée ? demanda Charlie, incrédule.

— Je ne pouvais tout de même pas l'écraser. Je ne suis pas sortie de la voiture. Mais j'avais le pied sur l'accélérateur, au cas où il aurait eu le moindre geste menaçant. »

Charlie croisa les jambes, un geste qui lui arracha de nouveau une mimique douloureuse. « Mange un peu, pendant que tu me parles, et bois ton thé ! Tu es blanche comme un linge. »

LuAnn consentit à avaler deux ou trois bouchées de ses œufs brouillés et un peu de thé. Elle reposa sa tasse et s'essuya les lèvres. « Il m'a fait signe de baisser la vitre. Je l'ai à peine entrouverte et lui ai demandé ce qu'il voulait.

— À quoi il ressemble ?

— Il n'a rien d'un athlète : taille moyenne, barbe courte, cheveux mi-longs grisonnant sur les tempes, lunettes de vue, probablement la cinquantaine. » La mémorisation de particularités physiques avait fait partie des règles de survie pendant ces dix années.

Charlie prit note mentalement. « Continue.

— Il m'a dit qu'il cherchait la propriété des Brill-stein. » Elle hésita et prit une nouvelle gorgée de thé. « Je lui ai répondu que ce n'était pas ici. »

Charlie se pencha soudain en avant. « Et qu'est-ce qu'il a dit ? »

Un léger tremblement s'empara de LuAnn. « Qu'il cherchait quelqu'un.

— Qui ? Qui ? répéta Charlie, tandis qu'elle contemplait d'un regard vide le sol de marbre.

— LuAnn Tyler, originaire de Géorgie », répondit-elle, levant les yeux vers lui.

Charlie s'adossa de nouveau au canapé. Au bout de tout ce temps, ils avaient fini par mettre en veilleuse la crainte qu'on ne les découvre. Et voilà que la flamme venait d'être rallumée.

« Qu'est-ce qu'il a dit d'autre ? »

LuAnn passa son index sur ses lèvres sèches. « Qu'il voulait me parler, que c'était important. Mais j'ai démarré en quatrième vitesse, manquant de peu lui écraser les pieds.

— Et il s'est lancé à ta poursuite ? »

Elle hocha la tête. « J'ai les nerfs solides, Charlie, tu le sais, mais ils ont des limites. Partir gentiment en promenade par un matin clair, et se prendre un grand coup sur la tête, il y a de quoi perdre les pédales, non ? Bon Dieu, et juste au moment où je commençais à me sentir bien, ici. Jackson ne s'est pas manifesté, Lisa adore son école, cette maison est comme un rêve... » Elle se tut.

« Et l'autre, le dénommé Riggs ? C'est vrai ce qu'il raconte ? »

Soudain agitée, LuAnn se leva et se mit à marcher dans la pièce. Elle s'arrêta pour promener sa main sur les livres finement reliés d'une des étagères. Elle avait lu la presque totalité des trois mille volumes qui composaient la bibliothèque. Dix ans d'études auprès des meilleurs professeurs particuliers avaient fait d'elle une femme cultivée, raffinée et cosmopolite, aux antipodes de celle qui, un matin, avait fui une caravane sordide et ses deux cadavres.

« J'aurais sûrement semé la Honda, avec ou sans lui, mais c'est vrai qu'il est intervenu et qu'il m'a aidée. Et j'aurais aimé pouvoir le remercier. Mais je ne le pouvais pas ! » Elle éleva les mains en un signe d'impuissance et se rassit sur le canapé.

Charlie se frottait pensivement le menton. « Tu sais, l'escroquerie au Loto est un crime fédéral, mais il y a prescription au bout de dix ans. Tu es donc à l'abri de toute poursuite.

— Il n'y a pas prescription quand on est recherché pour meurtre. Et j'ai tué cet homme, Charlie. J'étais en état de légitime défense, mais qui me croirait, maintenant ?

— D'accord, l'affaire n'est pas classée mais elle est abandonnée depuis longtemps.

— Suggérerais-tu que je me livre à la police ?

— Je ne dis pas ça. Je pense seulement que tu exagères l'importance des risques. »

LuAnn tremblait. Aller en prison pour escroquerie ou pour homicide involontaire n'était pas ce qui l'inquiétait le plus. Elle croisa les mains et regarda Charlie.

« Mon père ne m'a jamais raconté que des mensonges. Et il s'est toujours acharné à me faire passer pour la reine des connes. Sitôt que je reprenais un peu confiance en moi, il se hâtait de me remettre la tête dans le trou. Il disait que j'étais tout juste bonne à faire des gosses et à me faire belle pour mon mari.

— LuAnn, je sais cela...

— Je me suis juré que jamais, jamais je ne mentirais à ma fille. Je l'ai juré devant Dieu, devant la tombe de ma mère, et je l'ai chuchoté à Lisa quand elle était dans mon ventre et toutes les nuits pendant les six mois qui ont précédé l'arrivée de Jackson et notre départ des États-Unis. » LuAnn se leva, en proie à une douloureuse agitation. « Et voilà que tout ce que je lui ai dit, tout ce qu'elle sait d'elle, de toi, de moi, de chaque instant de son existence n'est qu'un mensonge, une invention. Alors peut-être qu'il y a prescription pour le Loto, peut-être que je n'irai pas en prison parce qu'un juge décidera que je n'ai fait que me défendre. Mais si cet homme découvre mon passé et qu'il l'expose au grand jour, alors Lisa saura. Elle saura que sa mère lui a raconté plus de bobards que ne l'a fait mon père pendant toute sa misérable vie. Je serai pire que lui, et je perdrai ma petite fille aussi sûrement que le soleil se lève chaque matin. Je perdrai Lisa. » Sur ce, elle fut parcourue d'un violent frisson et ferma les yeux.

« Excuse-moi, LuAnn, je n'avais pas pensé à ça, dit Charlie, embarrassé et triste.

— Et si cela arrivait, reprit LuAnn avec une expression fataliste dans le regard, si elle découvrait la vérité, alors tout serait fini pour moi. Et je me ficherais pas mal d'aller en prison ou en enfer, parce que si je perdais ma petite fille, je n'aurais plus aucune raison de vivre. »

Elle se rassit. Il s'ensuivit un long silence que Charlie finit par rompre. « Riggs a relevé les numéros des deux plaques. Riggs est un ancien flic. »

LuAnn tressaillit. « Et moi qui croyais que ça ne pouvait pas être pire.

— Ne t'inquiète pas. Qu'il vérifie le numéro de la BMW, si ça peut lui faire plaisir, il ne découvrira rien, hormis ton nom et ton numéro de Sécu. Ton identité est en béton. Tu en as eu la preuve pendant dix ans.

— Oui, mais il n'empêche qu'on est dans la merde, Charlie. Le type à la Honda doit chercher autre chose, lui.

— Je te l'accorde, mais je parlais de Riggs. Tu n'as rien à redouter de lui.

— Sauf s'il retrouve l'autre et qu'il le fait parler.

— Dans ce cas, nous aurons un problème.

— Et crois-tu Riggs capable de faire ça ?

— Je n'en sais rien. Il a certainement mal encaissé que tu prétendes ne pas avoir été poursuivie. Je comprends parfaitement ta réaction, mais c'est un flic, et ça a dû lui mettre la puce à l'oreille. À mon avis, il n'en restera pas là.

— Qu'est-ce qu'on va faire ? »

Charlie lui prit doucement les mains. « Toi, rien. Laisse le vieux Charlie s'occuper de ça. On a déjà connu d'autres coups durs, non ? »

Elle hocha lentement la tête mais son regard trahissait son inquiétude. « Oui, mais celui-ci s'annonce sévère. »

Matt Riggs grimpa rapidement les marches du perron de sa vieille maison victorienne, qu'il avait méticuleusement restaurée l'année précédente. Pour alléger le stress de son ancienne profession, il avait consacré ses loisirs à apprendre la menuiserie et la charpenterie. Mais ce matin, il n'était pas d'humeur à apprécier les lignes gracieuses de la véranda qu'il avait construite de ses mains.

Il s'empressa de gagner son bureau, au fond du couloir, ferma la porte et appela l'une de ses connaissances à Washington D. C. où la Honda était immatriculée. Riggs était presque sûr que la voiture avait été louée ou volée. Quant à la BMW, elle lui permettrait d'apprendre le nom de la femme, car ni elle ni le prénommé Charlie ne s'étaient présentés formellement. Il supposait que le nom de famille était Savage et que la femme qui conduisait la voiture était soit la mère de Lisa Savage, soit, à en juger par sa jeunesse, sa sœur aînée.

Une demi-heure plus tard, il avait les réponses à ses questions. La Honda avait bien été louée à Washington, deux semaines plus tôt, au nom d'un certain

M. Tom Jones. Si l'homme était un maître chanteur, il ne manquait pas d'humour. Un cul-de-sac, donc, mais il s'y attendait.

La femme s'appelait Catherine Savage, née à Charlottesville, Virginie, et elle avait trente ans. Le numéro de Sécurité sociale avait été vérifié, et son adresse actuelle était Wicken's Hunt. Célibataire, aucun antécédent judiciaire. Bref, tous les signes d'une citoyenne au-dessus de tout soupçon. Et pourtant...

À trente ans, elle possédait une demeure princière, trois cents hectares de bonne terre de Virginie. Il savait que Wicken's Hunt avait été mis en vente à six millions de dollars. Il était probable que Mlle Savage ait enlevé l'affaire pour beaucoup moins, entre quatre et cinq millions. Mais la restauration, lui avait-on dit, s'était montée à plus de un million de dollars. Comment une femme aussi jeune pouvait-elle avoir autant d'argent ? Ce n'était ni une vedette de cinéma ni une star du rock, et le nom de Savage ne figurait pas dans le *Who's Who*.

L'argent appartenait-il à Charlie ? Ils n'étaient pas mari et femme, c'était clair. Il avait dit qu'il était de la famille, mais d'un ton qui résonnait au figuré. Il se cala un instant dans son fauteuil puis ouvrit un tiroir pour y prendre une aspirine à croquer. Le petit rodéo matinal lui avait laissé la nuque un peu raide. Il était également possible qu'elle ait hérité de sa famille ou qu'elle soit la veuve de quelque magnat qui avait eu l'élégance de mourir prématurément. Il repensa à ce visage d'une étrange beauté, à ce corps parfait, et se dit que bien des hommes vendraient leur âme au diable pour pouvoir conquérir une femme pareille.

Il regarda par la fenêtre de son bureau les grands arbres parés du feu de l'automne qui entouraient sa maison. La vie lui était douce depuis qu'il avait laissé derrière lui la crasse et la violence urbaines. Son travail lui plaisait, et il aimait la région. Il menait une existence aussi lisse que la surface d'un étang. Une pierre, ce matin, venait d'y faire des ronds. Il reporta les yeux sur ses notes. Apparemment, il n'y avait rien d'autre à apprendre sur elle. Aussi s'étonnait-il d'éprouver une formidable envie d'en savoir plus.

« Qui diable êtes-vous, Catherine Savage ? »

25

« Tu es prête, ma chérie ? » LuAnn passa la tête par la porte entrebâillée et jeta un regard tendre à la fillette qui achevait de s'habiller.

Lisa se tourna vers sa mère. « Presque. »

Point de repère inamovible dans la vie de LuAnn, Lisa avait hérité le beau visage et l'harmonieuse ossature de sa mère.

LuAnn entra dans la chambre, referma la porte derrière elle et alla s'asseoir sur le lit. « Mlle Sally m'a dit que tu n'avais presque rien mangé au petit déjeuner, tu n'es pas malade au moins ?

— Non, mais on a une interrogation écrite, aujourd'hui, et je suis un peu nerveuse. » La façon de s'exprimer de Lisa portait les traces des différentes cultures et des accents des divers pays où elle avait grandi. Le mélange était assez savoureux, mais les quelques mois passés en Virginie avaient déjà greffé sa voix d'un soupçon d'intonation sudiste.

LuAnn sourit. « Je ne pensais pas que la première de la classe s'inquiétait pour une vulgaire interrogation écrite. »

Pendant toutes ces années où elles avaient voyagé, LuAnn avait dépensé une formidable énergie, sans parler de l'argent, à devenir celle qu'elle avait toujours désiré être : une femme aussi étrangère que possible à une petite Blanche du Sud profond du nom de LuAnn Tyler. Cultivée, parlant deux langues étrangères, elle était heureuse et fière que la petite Lisa en pratique couramment quatre et soit aussi à l'aise en Chine qu'à Londres.

Lisa finit de s'habiller et s'assit à sa coiffeuse, attendant que sa mère lui brosse les cheveux. C'était devenu un rituel matinal, qu'elles mettaient à profit pour bavarder.

« Première de la classe ou pas, c'est plus fort que moi, j'ai peur de rater, dit la fillette. Ce n'est pas toujours facile, tu sais.

— Tout ce qui a de la valeur a son prix. Mais tu travailles dur, et c'est le plus important. Tu fais de ton mieux, et je ne te demande rien d'autre. » Elle coiffa les cheveux de Lisa en une épaisse queue-de-cheval qu'elle noua d'un ruban. « Mais ça ne veut pas dire que je n'apprécie pas tes bonnes notes. » Elles rirent toutes deux.

Comme elles descendaient le grand escalier ensemble, Lisa jeta un regard à sa mère. « Je vous ai vus, oncle Charlie et toi, parler avec un monsieur, ce matin. »

LuAnn s'efforça de cacher son appréhension. « Tu étais debout ? À cette heure ?

— Oui, je n'avais plus sommeil. Qui c'était ?

— Un entrepreneur, qu'on a chargé de construire une clôture de sécurité autour de la propriété.

— Pourquoi faire une clôture de sécurité ? »

LuAnn lui prit la main. « Nous en avons déjà parlé, Lisa. Tu sais que nous sommes... très riches. Et il n'y a pas que des braves gens dans le monde, il y a aussi des méchants qui pourraient bien...

— Nous voler ?

— Oui, et peut-être autre chose.

— Quoi, par exemple ? »

LuAnn s'arrêta et invita Lisa à s'asseoir à côté d'elle sur une marche.

— Tu te rappelles que je t'ai souvent dit de faire très attention, quand tu es dehors. » Lisa hocha la tête.

« Eh bien, c'est parce que des bandits pourraient essayer de t'enlever. »

Lisa tressaillit.

« Je ne dis pas ça pour te faire peur, ma chérie, mais je veux que tu prennes conscience du danger. Si tu ouvres bien les yeux et te sers de ta tête, il ne t'arrivera rien. Oncle Charlie et moi, nous ne laisserons jamais personne te faire du mal, maman te le promet, tu entends ? »

Lisa acquiesça d'un hochement de tête, et elles descendirent l'escalier main dans la main.

Charlie les accueillit dans le hall. « Je vois qu'on s'est faite belle, ce matin, dit-il à la fillette.

— J'ai une interrogation écrite.

— Crois-tu que je ne le sache pas ? Nous avons révisé tous les deux jusqu'à dix heures et demie, hier soir. Allez, va prendre ton manteau, pendant que j'avance la voiture de madame.

— Ce n'est pas maman qui m'accompagne, aujourd'hui ? »

Charlie regarda LuAnn. « Non, maman garde la maison, ce matin. Et puis comme ça, nous aurons le temps de revoir le sujet de ton interrogation, d'accord ? »

Lisa lui adressa un grand sourire. « D'accord. »

Quand elle fut partie, Charlie se tourna vers LuAnn. « Je vais en profiter pour mener ma petite enquête en ville.

— Penses-tu que tu retrouveras cet homme ?

— Je n'en sais trop rien, dit-il en boutonnant son pardessus. Charlottesville n'est pas assez petite pour qu'on ne puisse s'y cacher.

— Et Riggs ?

— Je me le réserve pour plus tard. Si j'allais frapper maintenant à sa porte, je ne ferais que confirmer ses soupçons. Je t'appellerai de la voiture si jamais je découvre quelque chose. »

LuAnn les regarda monter dans la Range Rover de Charlie et s'en aller. Elle enfila un épais trois-quarts et traversa la maison pour sortir par-derrière. Elle passa le long de la piscine de taille olympique, entourée d'un patio dallé de grès et d'un muret de brique. À cette époque de l'année, le bassin était vide et protégé par une couverture en métal galvanisé. Le court de tennis serait construit l'année prochaine. LuAnn ne jouait ni ne nageait, n'ayant jamais eu dans son enfance l'occasion de courir après une balle jaune ou de barboter dans de l'eau javellisée. Mais Lisa adorait ces deux activités et, depuis leur arrivée à Wicken's Hunt, elle attendait avec impatience son court de tennis. En vérité, c'était un bonheur pour LuAnn de savoir que, pour la première fois depuis dix ans, elle allait rester assez longtemps dans un endroit pour y prévoir la construction d'un terrain de jeux pour sa fille.

Le seul loisir pour lequel LuAnn s'était prise de passion pendant sa vie d'errance était l'équitation. Située à une bonne centaine de mètres de l'habitation principale, l'écurie était flanquée sur trois côtés d'épais bosquets. Sa hâte et ses longues jambes eurent tôt fait de l'y porter. Plusieurs personnes employées à temps complet s'occupaient d'entretenir la propriété, mais elles n'étaient pas encore au travail à cette heure. Elle sella elle-même sa jument, Joy, appelée ainsi en souvenir de sa mère, coiffa un Stetson à large bord, et se hissa souplement en selle. Elle avait Joy depuis des années, maintenant ; le cheval les avait suivis dans plusieurs pays, une entreprise difficile mais réalisable dès l'instant où l'on possédait un budget illimité. LuAnn, Lisa et Charlie étaient arrivés aux États-Unis par avion. Joy avait fait la traversée en bateau.

S'ils avaient arrêté leur choix sur Wicken's Hunt, c'était en partie pour l'entrelacs de pistes cavalières qui sillonnaient les trois cents hectares de la propriété, certaines datant de l'époque de Thomas Jefferson[1]...

1. Thomas Jefferson, troisième président des États-Unis (Albermale County, Virginie, 1743 - Monticello, Virginie, 1826).

Elle partit au pas, laissant à la jument le temps de s'échauffer avant de prendre le petit galop. La fraîcheur matinale avait toujours un effet apaisant sur LuAnn, et elle se mit à réfléchir plus calmement à tout ce qui venait de se passer en l'espace d'une heure et demie.

Elle avait une excellente mémoire visuelle, et elle n'avait jamais vu cet homme auparavant. Pour avoir tant vécu dans la peur d'être découverte, elle n'était pas surprise de découvrir enfin le visage de l'ennemi. Il connaissait sa véritable identité. Elle ignorait toutefois s'il l'avait découverte récemment ou longtemps auparavant.

Elle avait plus d'une fois songé à retourner en Géorgie, dire la vérité et tourner la page d'une douloureuse histoire. Mais ce désir n'avait jamais pu se concrétiser, et il y avait de bonnes raisons à cela. Elle avait tué en état de légitime défense, mais elle avait fui, ce qui ne jouait guère en sa faveur aux yeux des flics, lui avait dit l'homme — M. Arc-en-ciel — qui avait tenté de la faire chanter. En outre, elle était immensément riche, et qui aurait la moindre sympathie pour elle, aujourd'hui ? Certainement pas les gens de son pays. Les Shirley Watson n'étaient pas une espèce rare au monde. À cela s'ajoutait le fait qu'elle s'était prêtée à une escroquerie colossale. Le cheval qu'elle montait, les vêtements qu'elle portait, la somptueuse demeure qu'elle habitait, le luxe dans lequel ils avaient vécu, Lisa, Charlie et elle, tout cela avait pour origine une tricherie monumentale. Sa fortune ne la plaçait pas seulement parmi les nantis de ce monde mais aussi parmi les plus grands escrocs. Si jamais elle faisait l'objet de poursuites judiciaires, se dit-elle en mettant Joy au pas, elle saurait faire face. Soudain, le visage confiant de Lisa surgit dans ses pensées, et elle se souvint du jour où, devant la tombe de son père, elle avait eu cette horrible hallucination.

Fais-le pour papa. T'ai-je jamais menti, ma poupée ? Tu sais combien ton papa t'aime.

Elle arrêta Joy et enfouit son visage entre ses mains, tandis qu'il lui venait une autre vision, préfigurant une horrible perspective.

Lisa, ma chérie, ta vie n'est qu'un mensonge. Tu es née dans une caravane sordide, parce que maman n'avait nulle part où aller. Ton père n'était qu'un bon à rien qui a fini assassiné pour une histoire de drogue. Je t'installais sous le comptoir d'une gargote pour chauffeurs routiers, pendant que je servais les tables. J'ai dû fuir parce que j'ai tué un homme, et cette montagne d'argent sur laquelle nous sommes assises provient d'un vol.

T'ai-je jamais menti, ma poupée ? Tu sais combien maman t'aime.

LuAnn se laissa glisser de la selle et, les jambes coupées, s'effondra sur le sol tapissé de feuilles mortes. Elle resta ainsi pendant plusieurs minutes dans une semi-conscience, avant de se remettre debout et de faire quelques pas jusqu'au bord d'un petit étang. Elle ramassa quelques cailloux et, d'un mouvement souple du poignet, les jeta l'un après l'autre dans l'eau tranquille. Elle ne pourrait jamais revenir en arrière. Elle s'était offert une nouvelle vie, mais en payant le prix fort. Son passé avait le mensonge pour fondement, et son avenir n'était qu'incertitude. Elle vivait le quotidien dans un sentiment de culpabilité et la peur de voir se déchirer le voile masquant sa véritable identité. Mais quoi qu'il puisse lui arriver, elle s'assurerait que Lisa ne souffrirait pas du passé de sa mère.

Elle remonta Joy et partit au galop jusqu'à ce qu'elle remette la jument au pas à l'approche de la petite rivière qui serpentait à travers la propriété. Les pluies de l'automne avaient transformé les eaux claires et calmes en un torrent boueux, et elle menait Joy avec prudence sur la terre grasse et humide du sentier longeant la berge.

Il y a dix ans, juste après leur atterrissage à Londres, Charlie, Lisa et elle avaient gagné la Suède. Jackson leur avait établi pour la première année un itinéraire dont ils n'avaient pas osé dévier. Durant les six mois suivants, ils avaient zigzagué à travers l'Europe occidentale, vécu un temps en Hollande, puis étaient remontés en Scandinavie, où une grande blonde ne risquait pas d'attirer les regards. Par la suite, ils avaient séjourné à Monaco, en France, en Suisse, en Italie, et passé les deux dernières années en Nouvelle-Zélande, dont ils avaient tous apprécié la vie paisible et agréablement surannée. Heureusement pour LuAnn, Charlie avait roulé sa bosse, et son expérience des voyages leur avait évité bien des déboires. LuAnn se demandait ce qu'elle aurait fait sans lui. Mais il prenait de l'âge, et elle tremblait à la pensée qu'elle puisse le perdre un jour. Il était la seule personne dans sa vie connaissant son secret, le seul qui les aimait, Lisa et elle. Elle savait que Charlie donnerait sa vie pour elle, et elle ne pouvait supporter l'idée qu'il disparaisse, laissant un vide atroce.

LuAnn s'était efforcée durant ces dix années d'incarner le personnage que Jackson avait composé pour elle. La tâche n'aurait pas été difficile si elle n'avait pas eu Lisa, si elle n'avait pas été obligée de mentir à sa propre fille. La petite croyait que son père était un riche Allemand qui était mort alors qu'elle n'était encore qu'un bébé, ne laissant pas d'autre famille derrière lui que sa mère et elle. Quant à Charlie, il assumait le rôle de l'oncle avec un grand naturel. Lisa s'était bien étonnée qu'il n'y ait pas de photographies de son père, et LuAnn lui avait expliqué que celui-ci était un original, qui détestait se faire photographier. LuAnn et Charlie s'étaient longuement interrogés sur la nécessité de construire un personnage, images à l'appui, avant de décider que cela comportait trop de risques. Après tout, dans la mesure où Lisa n'avait aucun souvenir de ce père, mieux valait la laisser imaginer cet homme qu'elle n'avait pas connu. Ainsi Lisa prenait-elle sa mère pour la très jeune veuve d'un monsieur, dont l'immense fortune avait fait de sa maman l'une des femmes les plus riches du monde. Et l'une des plus généreuses.

LuAnn avait envoyé à Beth, son ancienne collègue, assez d'argent pour monter sa propre chaîne de restaurants. Johnny Jarvis, du centre commercial, avait reçu de quoi passer sa vie à étudier dans les plus prestigieuses universités du pays. Les parents de Duane n'avaient pas été oubliés : ils avaient désormais leurs vieux jours assurés. LuAnn avait même dédommagé Shirley Watson qu'elle avait livrée à la moquerie publique en la jetant dehors dans le plus simple appareil. Enfin, la tombe de sa mère avait désormais un monument digne de l'affection que lui avait portée sa fille. La police avait certainement fait tout son possible pour remonter à la source de ces largesses, mais sans succès. Jackson avait si bien dissimulé le canal par lequel circulait l'argent que personne, FBI compris, ne risquait de découvrir quoi que ce soit.

Elle avait également fait don de près de la moitié de son revenu annuel à diverses associations caritatives de par le monde. Mais quels que soient les dons qu'elle et Charlie consentaient aux uns et aux autres, l'argent entrait plus vite qu'ils ne pouvaient en disposer. Les investissements de Jackson avaient rapporté davantage qu'il ne l'avait escompté, et les vingt-cinq millions de dollars prévus par an étaient montés à quarante. Et tout ce que ne dépensait pas LuAnn avait aussi été réinvesti par Jackson, de telle sorte que sa fortune était à ce jour estimée à près de cinq cents millions de dollars. Elle secoua la tête à la pensée d'une telle somme. Et les cent millions du gros lot devaient lui être rendus prochainement, la période décennale fixée par Jackson arrivant à expiration. Cela importait peu à LuAnn que le contrat soit respecté jusqu'au bout. Jackson pouvait les garder ; elle n'en avait pas vraiment besoin. Mais il les lui rendrait. L'homme, devait-elle reconnaître, avait en tout point tenu parole.

Durant toutes ces années, un rapport de leur situation financière leur était parvenu chaque trimestre, où qu'ils soient à travers le monde. Mais Jackson lui-même n'avait jamais reparu, et LuAnn avait peu à peu cessé de s'inquiéter. La lettre accompagnant tous ces envois provenait d'une société de placement dont le siège était à Zurich. Elle ignorait les liens de Jackson avec cet organisme, et préférait qu'il en soit ainsi. Elle savait de quoi cet homme était capable et ne risquait pas d'oublier qu'il avait projeté de la faire tuer si elle avait rejeté son offre. C'était un personnage très inquiétant, dont les capacités frisaient le surnaturel.

Elle arrêta Joy sous un grand chêne. De l'une des branches pendait une longue corde à nœuds. LuAnn s'en saisit à deux mains et se hissa à la seule force des bras, tandis que la jument, accoutumée à cet exercice, ne bronchait pas. D'un mouvement plein d'aisance, elle grimpa ainsi, les jambes en équerre, jusqu'à ce qu'elle atteigne la branche, à plus de dix mètres du sol. Elle redescendit, se posa en selle le temps de souffler et de décontracter ses muscles, puis remonta avec la même facilité apparente. Elle disposait d'une salle de musculation à la maison, où elle s'entraînait quotidiennement, non par vanité, car elle prêtait peu d'attention à son aspect, mais par volonté de préserver cette force physique qui lui avait sauvé la vie en maintes occasions.

Dans son enfance en Géorgie, elle avait grimpé aux arbres, couru à perdre haleine dans les bois, et développé le goût de l'effort. Cette corde à nœuds était pour elle un complément naturel et sylvestre au maniement de la fonte.

Elle reprit la direction de l'écurie, le cœur plus léger et l'esprit requinqué par sa promenade.

Dans la grange jouxtant l'écurie, l'un des employés, un malabar d'une trentaine d'années, fendait des rondins à l'aide d'une masse et d'un coin. LuAnn lui jeta un regard en passant avec Joy. Elle dessella rapidement le cheval, le fit boire et le rentra dans son box. Comme elle ressortait et s'approchait de la grande entrée cintrée de la grange, l'homme la salua d'un signe de tête sans interrompre sa tâche. Il ne savait rien d'elle, si ce n'est qu'elle habitait la grande maison.

Elle l'observa pendant une minute puis, enlevant son trois-quarts, décrocha du râtelier une masse et un coin. Le tas de rondins était conséquent. Elle en posa un sur le billot, plaça le coin, recula d'un pas et abattit la masse. Le coin s'enfonça profond, mais sans fendre le rondin. Elle frappa une deuxième fois, puis une troisième. L'homme coula vers elle un regard étonné puis reprit sa tâche avec un haussement d'épaules.

À trois mètres l'un de l'autre, ils cognaient. Lui fendait sa bûche d'un seul coup, alors qu'il en fallait deux, parfois trois, à LuAnn. Il lui souriait de temps à autre, le front luisant de sueur. Elle continuait, le geste ample et sûr, régulier comme la foulée d'un coureur de fond. Cinq minutes plus tard, elle était à l'unisson de l'homme, un seul coup de masse pour un rondin fendu, et allait bientôt plus vite que lui.

Piqué au vif, il tenta de suivre le rythme. La sueur baignait maintenant son visage, et il ne souriait plus. Au bout de vingt minutes, il lui fallait deux ou trois coups, ses gros bras et ses puissantes épaules fatiguaient, ses gestes se faisaient moins précis, et il avait de plus en plus de mal à soutenir la cadence. LuAnn, elle, continuait avec une force égale, sinon plus grande ; le métal faisait chanter le métal, et le bois s'ouvrait en deux avec un craquement sec. L'homme finit par laisser choir sa masse et alla s'appuyer contre le mur. Elle termina sa pile, sans manquer un seul coup, et, pour faire bonne mesure, finit celle de l'homme. Elle s'essuya le front et raccrocha la masse et le coin au râtelier, avant de se tourner vers l'homme.

« Vous êtes costaud », lui dit-elle en jetant un regard au joli tas de bûches qu'il avait fendues avant qu'elle n'arrive.

Il lui rendit son regard et éclata de rire. « Je le

croyais aussi, avant que vous arriviez. Maintenant, je me demande si j'ferais pas mieux d'aller m'employer à la cuisine. »

Elle lui sourit et lui donna une tape sur l'épaule. Elle n'avait pas douze ans qu'elle maniait déjà la masse. À l'époque, elle ne l'avait pas fait pour prendre de l'exercice, mais pour se réchauffer les jours de froidure. « Ne le prenez pas mal, je me suis beaucoup entraînée. »

Comme elle regagnait la maison, elle s'arrêta un moment pour admirer la façade arrière. L'achat et la rénovation de cette demeure représentaient de loin sa plus grosse dépense. Elle l'avait fait pour deux raisons. Elle en avait assez des voyages et voulait s'établir, mais surtout elle l'avait fait pour Lisa. Pour lui donner un vrai foyer, un lieu où elle pourrait grandir, se marier un jour, avoir des enfants. Pendant dix ans, ils avaient séjourné dans de grands hôtels ou loué de somptueuses villas au bord de la mer ou encore de grands chalets en montagne. Elle ne se cachait pas qu'elle avait pris du plaisir à cette vie de luxe, mais aucun de ces lieux n'avait été à elle, et la misérable caravane au milieu d'une campagne sans charme avait à ses yeux des racines hélas bien plus vivaces que les résidences les plus extravagantes d'Europe. À présent, ils possédaient Wicken's Hunt. C'était grand et beau ; c'était leur havre. Elle frissonna à cette dernière pensée.

Havre ? Elle n'en était pas sûre. Elle revit le visage de l'homme à la Honda se pencher vers la vitre de sa voiture. Un autre visage lui succéda. Matthew Riggs avait risqué sa vie en lui portant secours et, en guise de remerciement, elle avait nié l'incident, l'accusant implicitement d'avoir menti. Elle n'avait réussi qu'à faire naître en lui de légitimes soupçons. Elle réfléchit un instant puis se hâta de regagner la maison.

Le bureau de Charlie rappelait l'ambiance feutrée d'un club anglais pour hommes ; un magnifique bar en acajou occupait l'un des coins de la pièce. Sur la table de travail de style victorien, diverses piles de factures et de papiers relatifs à la maison étaient disposées dans un ordre maniaque. LuAnn feuilleta rapidement son carnet d'adresses et trouva la carte de visite qu'elle cherchait. Puis elle prit une petite clé que Charlie rangeait sur l'étagère la plus haute de la bibliothèque, avec laquelle elle ouvrit l'un des tiroirs d'un antique secrétaire. Elle en sortit un pistolet à barillet de calibre .38, le chargea et l'emporta dans sa chambre. Quelques instants plus tard, après s'être douchée et habillée d'une jupe et d'un chandail noirs, elle jeta un manteau sur ses épaules et descendit au garage.

Elle prit l'allée, rassurée par le poids de l'arme dans sa poche. Elle arrêta la voiture à l'entrée de la route, jeta un regard de chaque côté et poussa un soupir de soulagement : pas de Honda. Elle accéléra en se demandant si elle ne ferait pas mieux de passer d'abord un coup de fil. Elle tendit la main vers le combiné puis jugea préférable de ne pas annoncer son arrivée. Après tout, il était possible qu'elle trouve porte close. Elle ignorait si ce qu'elle projetait de faire arrangerait ou aggraverait la situation. Elle avait toujours agi d'après ses impulsions. Et la démarche qu'elle entreprenait ne regardait qu'elle.

26

Jackson venait juste de rentrer d'un de ses nombreux voyages à travers le pays et se défaisait de son dernier déguisement quand le téléphone sonna. C'était sa ligne professionnelle, indétectable par les systèmes d'écoute et *via* laquelle il menait ses opérations financières. Toutefois, ses associés à travers le globe avaient reçu l'ordre d'appeler le moins souvent possible à ce numéro. Il possédait d'autres moyens de s'assurer de la bonne exécution de ses instructions. Il décrocha d'un geste impatient.

« Oui ?

— J'ai l'impression que nous avons un petit problème.

— Je vous écoute. » Jackson brancha le haut-parleur et, prenant place à sa table de maquillage, il décolla son faux nez de silicone à l'aide d'un fil de Nylon.

« Il y a deux jours, nous avons viré comme d'habitude le revenu trimestriel de Catherine Savage sur son compte à la Banco Internacional, aux îles Caïmans.

— Et alors ? Se plaindrait-elle du taux d'intérêt ? » demanda Jackson d'un ton sarcastique. Il ôta sa perruque grisonnante et, se débarrassant de la calotte de latex, libéra ses cheveux.

« Non, mais j'ai reçu un câble de la banque, qui voulait avoir confirmation de quelque chose.

— À quel sujet ? » Jackson observait dans le miroir

son visage se transformer au fil de ce strip-tease où chaque artifice tombait l'un après l'autre, pour révéler un visage qui, tout en étant le sien, lui était aussi étranger que celui qu'il était en train d'effacer.

« Ils ont reçu l'ordre de virer la totalité du compte de Savage à la Citibank, à New York. »

New York ! Une lueur menaçante s'alluma dans les yeux de Jackson. « Mais comment se fait-il qu'ils vous aient appelé, vous ? Après tout, Savage est libre de faire ce qu'elle veut de son argent.

— Effectivement, ça n'a pas de sens. Et c'est d'ailleurs la première fois que cela se produit. À mon avis, l'employé chargé des transferts doit être nouveau ; il aura vu mon nom et mon téléphone sur les virements trimestriels et m'aura pris pour le destinataire de la transaction, que sais-je ?

— Que lui avez-vous dit ? J'espère que vous n'avez pas suscité sa méfiance ?

— Non, rassurez-vous, répondit la voix, un tantinet nerveuse tout à coup. Je me suis contenté de le remercier et j'ai confirmé le transfert à la Citibank. J'espère que je n'ai pas commis d'erreur, mais j'ai tenu à vous informer aussitôt de cet imprévu.

— Merci.

— Voulez-vous que j'essaie d'en savoir plus ?

— Non, je m'en occuperai moi-même. » Jackson raccrocha. Il se renversa contre le dossier de son fauteuil en jouant d'un air absent avec sa perruque. Il n'avait jamais été question que l'argent de LuAnn retourne un jour aux États-Unis. L'argent aux États-Unis était soumis à la tyrannie du fisc. Le premier peigne-zizi du Trésor public pouvait brandir l'article 1099 pour consulter un compte et tout autre document détaillant le montant exact de vos biens. Et il n'y avait pas de compte en banque ouvrable sans un numéro de Sécurité sociale et un double des trois derniers avis d'imposition sur le revenu. Aussi les États-Unis étaient-ils interdits à LuAnn. Elle était une fugitive, et une personne recherchée par la police ne revenait pas dans son pays ; a fortiori, elle ne se mettait pas à payer des impôts, même sous un faux nom.

Il décrocha le téléphone et composa un numéro.

« Oui, monsieur ? demanda une voix d'homme.

— La contribuable s'appelle Catherine Savage. » Il communiqua d'autres renseignements. « Je veux savoir si elle a rempli une déclaration sur le revenu ou tout autre document fiscal. Utilisez toutes les sources à votre disposition, mais je veux cette information dans l'heure. »

Il raccrocha. Il se promena dans son appartement pendant les trois quarts d'heure suivants, un téléphone sans fil à la main. Cinq minutes plus tard, son correspondant le rappelait.

« Catherine Savage a fait une déclaration d'impôts l'année dernière ; je n'ai pas pu avoir de chiffres précis concernant l'avis d'imposition, mais j'ai appris qu'il était très substantiel. Elle a également joint un changement d'adresse à sa déclaration.

— Je vous écoute. » Jackson nota l'adresse de LuAnn en Virginie.

« Il y a autre chose, reprit la voix. Ma source a relevé qu'une démarche avait été faite récemment concernant l'impôt de Savage.

— Par elle-même ?

— Non, il s'agit d'une procuration donnant pouvoir à un tiers de représenter le contribuable pour toutes questions touchant à l'impôt.

— En faveur de qui a été faite la procuration ?

— Un certain Thomas Jones. Et toujours d'après ma source, il s'est informé récemment du règlement de l'impôt de Savage, de sa nouvelle adresse et... j'ai une photocopie du formulaire 2848 qu'il a rempli à cet effet. Je peux vous le faxer, si vous voulez.

— Faites. »

Une minute plus tard, Jackson avait le fax en main. Il compara la signature au bas du formulaire avec celle des documents qu'il avait fait signer à LuAnn dix ans plus tôt dans la voiture les emmenant à l'aéroport. La contrefaçon aurait sauté aux yeux d'un myope, et il était évident que personne au Trésor public n'avait eu l'idée ou pris la peine de procéder à cette vérification élémentaire. Un faux donc. Jackson appela au numéro donné par le dénommé Tom Jones. La ligne n'était plus en service. Quant à l'adresse, c'était une boîte postale, de toute évidence un autre cul-de-sac.

Cependant, ce n'était pas l'entrée en scène de quelque escroc qui troublait le plus Jackson, mais le retour de LuAnn aux États-Unis. En dépit des strictes instructions qu'il lui avait données, elle avait désobéi. Ce n'était pas bien, pas bien du tout. Et son retour se compliquait tout de même du fait qu'un inconnu s'intéressait suffisamment à elle pour, à l'aide d'une fausse procuration, mettre le nez dans ses affaires. Et pour quelle raison ? Où pouvait bien se trouver ce curieux ? À Charlottesville, probablement, là où Jackson allait maintenant devoir se rendre.

Les lumières des deux trains se rapprochaient. Le risque d'une collision avec LuAnn Tyler grandissait. Jackson retourna dans son salon de maquillage. Il était temps d'endosser une nouvelle peau.

27

Après avoir déposé Lisa à l'école, l'accompagnant jusqu'à la porte de sa classe comme LuAnn et lui en avaient pris l'habitude, Charlie était descendu en ville. Durant ces derniers mois, tandis que LuAnn restait à l'abri des regards à Wicken's Hunt, Charlie, jouant les éclaireurs, avait rencontré les notables de la ville et fait la tournée des associations de charité. Le but était de préparer le terrain à LuAnn, car il lui faudrait bien apparaître un jour en public. Tout le monde pouvait comprendre le besoin particulier de préserver sa vie privée, quand on était extrêmement riche, mais de nombreuses organisations étaient impatientes de faire la connaissance de LuAnn et de la remercier de vive voix des dons qu'elle avait déjà dispensés dans la communauté. Charlie secoua la tête à la pensée de toutes ces manœuvres. La richesse n'était pas une promenade de santé, parfois. Il lui arrivait même de songer avec nostalgie aux jours anciens, où quelques dollars dans la poche, une bière et une cigarette au bar du coin, un combat de boxe à la télé suffisaient à son bonheur. Il eut un sourire désabusé. Voilà huit ans que LuAnn l'avait convaincu d'arrêter de fumer, et il reconnaissait qu'il s'en portait beaucoup mieux. Il avait tout de même droit à un bon havane de temps à autre. LuAnn n'était pas du genre fondamentaliste.

Parmi les connaissances que Charlie avait nouées à Charlottesville, il en était une qui allait lui être particulièrement utile, à présent. Elle lui permettrait, du moins l'espérait-il, de savoir qui était et où créchait l'homme à la Honda. Si celui-ci voulait de l'argent en échange de son silence, il en aurait autant qu'il voudrait. Les fonds dont disposait LuAnn étaient illimités, rapportant plus qu'ils ne pourraient jamais en dépenser, impôts payés compris. Mais Charlie ignorait ce que désirait au juste cet homme. Il avait mentionné le nom de LuAnn Tyler. Connaissait-il aussi le double meurtre de la caravane et les soupçons pesant sur LuAnn ? Le mandat de recherche issu contre elle par le shérif de Rikersville ? Comment avait-il pu retrouver la trace de LuAnn après toutes ces années ? Enfin, et c'était peut-être la question la plus dérangeante, savait-il que le Loto avait été truqué ? LuAnn avait tout dit à Charlie de l'homme qui se faisait appeler Arc-en-ciel. Arc-en-ciel, lui, avait certainement flairé l'arnaque. Il avait vu LuAnn acheter un bulletin, partir tout de suite après pour New York, et remporter le gros lot. Oui, il avait certainement soupçonné l'entourloupette. Mais avait-il gardé la chose pour lui ou en avait-il parlé à quelqu'un d'autre ?

Et que lui était-il arrivé à lui-même ? Charlie passa nerveusement sa langue sur ses lèvres. Il n'avait jamais rencontré Jackson, ses seuls contacts se faisant par téléphone. Mais il se souvenait très bien de sa voix. Il lui semblait encore l'entendre : égale, calme, précise, exprimant une suprême assurance en soi. Charlie avait connu quelques hommes de cette trempe. Nulle vantardise chez eux, nul discours dissimulant la peur de l'action. Ils vous regardaient dans les yeux et vous disaient ce qu'ils avaient l'intention de faire sans fioritures et passaient à l'acte. Ces types vous éventraient sans que cela perturbe leur sommeil une seule minute. Jackson était de ceux-là, Charlie l'avait toujours su. Il frissonna légèrement. Il ignorait où se trouvait Arc-en-ciel, mais il était sûr que ce n'était pas parmi les vivants.

28

LuAnn engagea sa voiture dans l'allée et s'arrêta devant la maison. Le pick-up n'était pas là. Matt Riggs devait être quelque part sur un chantier. Elle allait repartir, mais la beauté de la maison la retint, elle coupa le moteur et descendit. La bâtisse était ancienne mais superbement restaurée. Mue par la curiosité, elle grimpa les marches menant à la véranda, laissant courir sa main sur la balustrade en bois tourné. Elle frappa à la porte d'entrée sans obtenir de réponse. Elle hésita et puis essaya la poignée, qui tourna dans sa main. Là d'où elle venait, on ne fermait pas à clé non plus. Ça faisait du bien de savoir qu'il y avait encore des endroits épargnés par ce besoin de sécurité, qui parasitait sa propre vie, aujourd'hui. Elle hésita de nouveau. Entrer chez Riggs sans y être invitée risquait de compliquer bien des choses. Mais il n'y avait pas de raison qu'il s'en aperçoive, et elle pourrait peut-être découvrir une information qui l'aiderait à se sortir de ses difficultés présentes.

Elle poussa la porte et la referma sans bruit derrière elle. Le parquet du salon était d'un beau chêne clair, le mobilier de facture ancienne mais, comme le reste de la maison, savamment restauré. Il s'en dégageait une douce odeur de cire. Tout était propre et bien rangé. Elle ne vit pas de photos de famille : pas d'épouse souriante ni d'enfants rieurs. Elle trouva cela bizarre, sans trop savoir pourquoi. Elle parvint dans une pièce dont il avait fait son bureau. Elle s'approchait de la table de travail, quand il lui sembla entendre un bruit provenant de derrière la maison. Le cœur battant, elle songea à fuir puis, comme tout était silencieux, elle se calma et se pencha au-dessus d'un papier sur lequel Riggs avait griffonné quelques notes. Elle découvrit son nom et deux ou trois autres informations la concernant. Il était également question de l'homme à la Honda. Elle jeta un coup d'œil à sa montre. Décidément, les choses ne traînaient pas avec Riggs. Et il était apparemment capable d'obtenir des renseignements auprès de sources qui n'étaient pas à la portée du simple citoyen. Troublant. LuAnn releva soudain la tête pour regarder par la fenêtre. Il y avait une grange derrière la maison, et elle croyait avoir perçu un mouvement devant la grande porte largement entrebâillée. Elle se hâta de ressortir, la main crispée sur le .38.

Elle se dirigeait vers sa voiture, quand elle se ravisa et, contournant la maison, gagna la grange. Elle risqua un regard à l'intérieur. Un éclairage au néon éclairait crûment l'espace, transformé en un vaste atelier de menuiserie et de charpenterie. Jamais elle n'avait vu autant d'outils et de machines. Le long d'un des murs, des pièces de bois de toutes dimensions et d'essences variées étaient rangées en bon ordre. S'enhardissant, elle se glissa à l'intérieur et découvrit l'escalier qui, dans le fond, menait à ce qui avait dû être un grand grenier à foin. Elle se demanda si Riggs l'avait aménagé.

Elle monta lentement les marches et, parvenue en haut, eut la surprise de découvrir un superbe espace transformé en bibliothèque : de beaux rayonnages en bois d'érable chargés de livres, de vieux fauteuils de brocante, une ottomane, un antique poêle à bois, et une grosse lunette télescopique sur son trépied devant la grande baie vitrée triangulaire qui prenait tout le mur arrière. Et, comme LuAnn s'approchait de cet œil de verre ouvert sur le ciel et le paysage vallonné, elle retint soudain son souffle. Le pick-up de Riggs était garé derrière la grange.

Au moment où elle se retournait vers l'escalier, elle se retrouva face au double canon d'un fusil de chasse.

Riggs abaissa son arme. « Que diable faites-vous ici ? » Elle essaya de passer mais il lui prit le bras. Elle se dégagea.

« Vous m'avez fichu une de ces frousses, dit-elle.

— Désolé. Mais vous n'avez pas répondu à ma question.

— Est-ce toujours ainsi que vous accueillez les gens qui vous rendent visite ?

— En général, ils entrent par la porte d'entrée, et seulement après que je leur ai ouvert. » Il regarda autour de lui. « Je ne vois pas de porte d'entrée, et je ne me souviens pas de vous avoir invitée. »

LuAnn s'écarta de lui et parcourut l'espace du grenier d'un regard admiratif. « J'aime beaucoup cette pièce. Idéale pour la rêverie. Cela vous dirait-il d'en aménager une semblable chez moi, dans la grange ? »

Riggs s'adossa au mur. Il avait toujours son fusil à la main, le canon baissé. « Attendez de juger de la clôture que vous m'avez commandée avant de me proposer autre chose, mademoiselle Savage. »

Elle feignit la surprise en entendant son nom, mais pas assez pour impressionner Riggs.

« Alors qu'avez-vous découvert d'intéressant dans mon bureau, en dehors de ma petite enquête vous concernant ? »

Elle le considéra avec un surcroît de respect. « J'ai une tendance à la paranoïa, quand on s'intéresse de trop près à ma vie privée.

— J'ai remarqué. Est-ce la raison pour laquelle vous portez une arme à feu ? »

Elle abaissa son regard sur sa poche, que déformait une bosse suggestive.

« Vous avez de bons yeux.

— Oui, et si c'est un pistolet de calibre .38, comme je le pense, vous devriez le remplacer par un 9 mm, qui est beaucoup plus dissuasif. » Il resserra sa prise sur son fusil. « Maintenant, si vous sortiez votre arme de votre poche par le canon et me la tendiez gentiment, je pourrais ranger la mienne.

— Je n'ai pas l'intention de vous tirer dessus.

— Oh, je n'en doute pas, mais faites tout de même ce que je demande, mademoiselle Savage. Et faites-le sans brusquerie. »

LuAnn s'exécuta.

« À présent, videz le barillet, et mettez les cartouches dans une poche, votre .38 dans l'autre. Et je sais compter jusqu'à six, alors pas de tricherie. »

LuAnn lui jeta un regard courroucé mais fit ce qu'il lui ordonnait. « Je n'ai pas l'habitude d'être traitée comme une criminelle.

— Vous avez forcé ma porte, armée d'un pistolet. Vous devriez être contente que je n'aie pas tiré d'abord et posé les questions ensuite. Les plombs d'un fusil de chasse sont très irritants pour la peau.

— Je n'ai pas forcé votre porte, elle était ouverte.

— Je ne vous conseillerais pas d'user de cet argument devant un juge. » Il désarma le fusil de chasse et le posa sur une étagère.

Quelque peu irritée, LuAnn revint sur ce qui l'avait amenée chez Riggs. « Le cercle de mes amis est fort restreint. Et quand un étranger fait irruption dans ce cercle, il ne peut que provoquer ma curiosité.

— C'est bizarre que vous qualifiiez d'irruption ce qui n'était de ma part qu'une volonté de vous venir en aide. »

LuAnn écarta une mèche de cheveux de son front et détourna les yeux. « Vous savez, monsieur Riggs...

— Mes amis m'appellent Matt. Nous ne sommes pas amis, mais je vous autorise quand même ce privilège, dit-il avec froideur.

— Je vous appellerai Matthew. Je ne voudrais pas contrevenir à vos règles.

— Comme il vous plaira.

— Charlie m'a rapporté que vous lui auriez dit avoir servi dans la police.

— Je n'ai jamais rien dit de tel.

— Vous n'avez jamais été policier ?

— Ce que j'ai été ne vous regarde pas. Et vous ne m'avez toujours pas dit ce que vous êtes venue faire chez moi. »

Elle passa sa main sur le dossier d'une chaise à bascule et laissa s'écouler un long silence avant de répondre. « Ce qui est arrivé ce matin est plus compliqué qu'il n'y paraît. Et c'est une chose dont j'entends m'occuper seule. » Elle se tut un instant et le regarda. « J'apprécie ce que vous avez fait. Vous m'avez aidée, et vous n'étiez pas obligé de le faire. Je suis venue vous remercier. »

Riggs parut se détendre. « Très bien, mais je dois vous avouer que je n'en attendais pas tant. Vous aviez besoin d'aide, et je me trouvais là. Si les gens se donnaient un peu plus souvent la main, peut-être que le monde se porterait mieux.

— Je suis aussi venue avec une prière.

— Je vous écoute.

— J'aimerais que vous oubliiez l'incident de ce matin. Comme je vous l'ai dit, nous nous chargerons, Charlie et moi, de régler cette histoire. Votre intervention ne ferait que nous compliquer la tâche. »

Riggs semblait songeur. Il se frotta le menton. « Vous connaissez l'homme qui vous poursuivait ?

— Je n'ai pas envie de parler de ça.

— Vous savez très bien qu'il aurait pu me balancer dans le ravin. Alors, j'aurais du mal à faire comme s'il ne s'était rien passé. »

LuAnn se rapprocha de lui. « Vous ne me connaissez pas, mais je vous serais vraiment très reconnaissante de ne pas chercher à en savoir plus. »

Riggs eut l'impression qu'il avait fait un pas vers elle, alors qu'il n'avait pas bougé d'un centimètre. Le regard de la femme semblait voiler le soleil qui entrait à flots par le mur de verre du grenier, comme s'il se produisait dans le ciel une éclipse de lune.

« Si ce type ne me cause plus aucun ennui, j'oublierai ce qui s'est passé. »

LuAnn fit de son mieux pour cacher son soulagement. « Merci. »

Elle passa devant lui pour se diriger vers l'escalier, laissant derrière elle un sillage de parfum. Riggs sentit un picotement sur sa peau. Cela faisait longtemps qu'il n'avait pas éprouvé pareille sensation.

« Vous avez une très belle maison, dit-elle.

— Rien de comparable avec la vôtre.

— L'avez-vous restaurée vous-même ?

— En grande partie. Je suis bien outillé, comme vous l'avez sûrement remarqué.

— Voulez-vous venir demain chez moi ? Nous pourrons parler des travaux que j'aimerais vous confier.

— Mademoiselle Savage...

— Appelez-moi Catherine.

— Catherine, vous n'êtes pas obligée d'acheter mon silence.

— Vers midi ? Nous en profiterons pour déjeuner. »

Riggs la scruta. Il haussa les épaules. « D'accord. »

Et, comme elle commençait à descendre les marches, il lui lança : « Cet homme, dans la Honda, ne comptez pas qu'il abandonne. »

Elle se retourna et leva lentement les yeux vers lui.

« Je ne compte jamais sur rien ni personne, Matthew. »

« Ma foi, c'est une bonne cause, John, et elle aime aider les bonnes causes. »

Charlie, confortablement adossé à sa chaise, sirotait son café. Il prenait un petit déjeuner tardif au Boar's Head, une auberge cossue située non loin du

270

campus de l'université de Virginie. L'homme assis en face de lui eut un grand sourire.

« Je ne sais comment vous exprimer tout ce que vous représentez pour la communauté. Vous avoir parmi nous, tous les deux, est tout simplement un don du ciel. » Vêtu d'un impeccable costume croisé, une pochette de soie rouge bourgeonnant de sa poche de poitrine, les cheveux ondulés, John Pemberton était l'agent immobilier le plus prospère du comté. Mondain et habile, il avait ses entrées dans tous les comités et organisations de bienfaisance de la ville, et rien de ce qui se passait à Charlottesville ne lui était étranger. Aussi était-ce pour cette raison que Charlie l'avait invité à ce petit déjeuner. En outre, les quatre cent mille dollars de commission que Pemberton avait tirés de la vente de Wicken's Hunt en avaient fait un ami pour la vie.

Il tripota sa serviette et ajouta presque à voix basse :

« Nous espérons tous faire un jour la connaissance de Mlle Savage.

— Absolument, John. Elle-même est impatiente de vous rencontrer. Mais cela prendra quelque temps. Elle est très jalouse de son intimité, vous comprenez.

— Bien sûr, bien sûr, il y a dans la région un tas de gens très fortunés — des acteurs de cinéma, des écrivains célèbres — qui tiennent à préserver leur vie privée.

— Il faudra vous contenter de ma seule compagnie pendant un moment, dit Charlie avec un grand sourire.

— Et c'est une compagnie des plus appréciables, mon cher Charlie. »

Charlie reposa sa tasse de café et repoussa son assiette. S'il était resté fumeur, il en aurait allumé une à cet instant. « J'ai chargé Matt Riggs d'entreprendre quelques travaux pour nous.

— Une clôture de sécurité, n'est-ce pas ? C'est certainement sa plus grosse commande à ce jour. »

Remarquant l'expression d'étonnement de Charlie,

Pemberton grimaça d'un air embarrassé. « Charlottes-ville a beau être assez cosmopolite, elle n'en reste pas moins une petite ville. Les nouvelles vont vite, et il ne se passe rien qui ne soit connu de tous. »

Ces paroles eurent pour effet d'assombrir Charlie. Si jamais Riggs parlait à quelqu'un de l'incident avec la Honda, il y avait fort à parier que la rumeur aurait vite fait de parler d'une tentative d'enlèvement, et que la police risquait de pointer son nez. N'avaient-ils pas fait une bêtise en venant dans ce trou ? N'auraient-ils pas mieux fait de se perdre dans l'anonymat de New York, par exemple ?

« Riggs a d'excellentes références, dit-il, chassant ces pensées troublantes.

— C'est un très bon artisan, efficace et ponctuel, approuva Pemberton. Cela fait cinq ans qu'il est ici, mais je n'ai jamais entendu personne se plaindre de son travail. Au contraire.

— Savez-vous d'où il vient ?

— De Washington. Pas l'État, la ville, précisa Pem-berton.

— Il était entrepreneur là-haut ? »

Pemberton secoua la tête. « Non, il n'a eu sa licence professionnelle qu'après s'être installé ici.

— Mais n'avait-il pas déjà une expérience du métier ?

— Je ne pense pas, mais il est adroit de ses mains et c'est un charpentier de tout premier ordre. Il a com-mencé comme apprenti chez Ralph Steed, l'un de nos meilleurs entrepreneurs. Ralph est mort il y a deux ans, et Riggs a poursuivi tout seul. Et il a bien réussi. Il est dur à la tâche. Je suis sûr que vous n'aurez pas à vous plaindre de son travail.

— Je n'en doute pas. Il n'empêche, il faut du cou-rage pour débarquer ici et se lancer dans un nouveau métier. Certes, il est encore jeune, mais il n'a plus vingt ans.

— Il en a quarante, mais il ne les fait pas. » Pem-berton jeta un regard dans la salle et, quand il reprit la parole, ce fut d'une voix plus basse. « Vous n'êtes pas le premier que Riggs intrigue. »

Charlie se pencha en avant, ravi du ton confidentiel que semblait prendre leur conversation. « Et que dit-on de lui, si je ne suis pas indiscret ? demandat-il, feignant un air amusé.

— Vous savez, ce ne sont que des rumeurs, aussi il faut en prendre et en laisser, comme on dit. Mais il semblerait que Riggs ait occupé une position importante à Washington. » Il marqua une pause pour ménager son effet. « Dans les services secrets. »

Charlie ne broncha pas, malgré une soudaine pesanteur à l'estomac. Il se demanda si la bonne fortune de LuAnn n'était pas en train de prendre un virage menant tout droit à l'abîme. « Dans les services secrets, dites-vous ? Un espion, en quelque sorte ? »

Pemberton leva les mains. « Allez savoir. S'il en était un, on ne le saura jamais. Ces gens-là sont muets comme des tombes, c'est bien connu. Ils sont prêts à mordre dans leur pilule de cyanure plutôt que de parler », dit-il en gloussant.

Charlie massa discrètement son genou gauche qui se rappelait douloureusement à lui. « J'ai entendu dire qu'il avait été flic.

— Qui vous a dit ça ?

— Je ne m'en souviens plus.

— Si c'était le cas, ce serait facile à vérifier. Mais agent secret... ça, on ne risque pas de le savoir.

— Il n'a jamais parlé à personne de son passé ?

— Très vaguement. Alors, les gens brodent un peu ; ils disent qu'il était policier, mais ils n'en savent rien.

— Eh bien, dites donc ! dit Charlie en affectant un air détaché.

— Qu'importe ce qu'il était ou n'était pas, il vous construira une belle et solide clôture, dit Pemberton en riant. L'essentiel, c'est qu'il n'en profite pas pour vous espionner, parce que la déformation professionnelle chez un espion est une seconde nature. Personnellement, je suis ce qu'on appelle un citoyen au-dessus de tout soupçon, mais qui n'a pas un cadavre dans son placard, je vous le demande ? »

Charlie se racla la gorge. « Il y en a qui en ont plus d'un. »

Il se pencha de nouveau en avant, les mains croisées sur la table. « John, j'ai un petit service à vous demander. »

Pemberton eut un sourire radieux. « Dites, et ce sera fait.

— Un homme s'est présenté chez nous l'autre jour. Il représentait, nous a-t-il dit, une fondation caritative.

— Comment s'appelle-t-il ?

— Il n'est pas du pays. Il m'a bien donné un nom mais je ne pense pas que ce soit le sien. À vrai dire, j'ai trouvé ça un peu louche. La position de Mlle Savage l'oblige à la prudence. Le monde grouille de charlatans de tout poil.

— À qui le dites-vous. Tout cela est bien triste.

— Enfin, le type m'a dit qu'il séjournerait dans la région pendant quelque temps et m'a demandé de lui arranger un rendez-vous avec Mlle Savage.

— J'espère que vous n'en avez rien fait.

— Non. Figurez-vous qu'il m'a laissé un numéro de téléphone. Quand j'ai appelé, je suis tombé sur un répondeur.

— Comment s'appelle l'association qu'il représente ?

— Je ne m'en souviens plus exactement ; une fondation pour la recherche médicale, un truc de ce genre.

— La recherche médicale ? C'est la vache à lait des escrocs !

— Je partage votre avis. Pour en revenir à mon bonhomme, j'ai pensé — s'il séjourne dans la région — qu'il avait peut-être loué quelque chose dans les environs, un bungalow ou une petite maison.

— Et vous voudriez savoir si je ne peux pas découvrir la tanière de ce renard ?

— Oui. Je ne vous le demanderais pas si ce n'était vraiment important. Dans les histoires de ce genre, on n'est jamais assez prudent. Je veux savoir à qui j'ai affaire au cas où il reviendrait solliciter Mlle Savage.

— Comme je vous comprends, dit Pemberton. Je vais m'en occuper sur-le-champ. Et ce sera avec plaisir, car vous savez la sympathie que j'ai pour Mlle Savage et vous.

— Et elle vous en sera très reconnaissante, John. Je lui ai déjà parlé des comités de bienfaisance dont vous vous occupez, et je crois pouvoir dire que son soutien vous est d'ores et déjà acquis. »

Pemberton en rougit de plaisir. « Si vous me donniez la description de ce type. J'ai ma matinée de libre et je pourrai commencer sans tarder ma petite enquête. S'il n'est pas à plus de cinquante kilomètres à la ronde, je suis certain de le retrouver. »

Charlie lui décrivit l'homme, paya l'addition et se leva. « Merci infiniment, John. »

29

Cela faisait un moment que Thomas Donovan tournait à la recherche d'une place de parking. C'était toujours la même chose dans le quartier de Georgetown ; avec cette infinité d'allées privées et de sorties de garage, le visiteur ne trouvait jamais à se garer. Il conduisait une nouvelle voiture de location, une Chrysler dernier modèle. Il tourna dans Wisconsin Avenue et repéra un emplacement pas trop éloigné de l'adresse où il se rendait. Une pluie légère se mit à tomber alors qu'il passait devant d'imposantes grilles à travers lesquelles on entrevoyait de luxueuses demeures. Le gratin de Washington D. C. résidait à Georgetown, et Donovan avait l'impression de respirer l'odeur du pouvoir et de l'argent. Il n'avait ambitionné ni l'un ni l'autre dans sa vie, mais sa profession lui avait fait souvent côtoyer ceux qui avaient vendu leur âme au diable pour entrer dans le cercle des puissants. Et il ne s'était jamais privé d'afficher son dédain des vanités et des biens terrestres, tout en reconnaissant que les turpitudes propres aux milieux de la haute finance lui fournissaient la matière de la plupart de ses enquêtes et articles.

Il s'arrêta devant une superbe bâtisse en brique datant du siècle précédent, qu'entourait un mur surmonté d'une grille en fer forgé. Il sortit une clé de sa poche et ouvrit le portillon encastré dans le grand portail, referma derrière lui et monta l'allée menant au perron. Une autre clé lui permit d'ouvrir la porte en chêne massif de l'entrée.

À peine eut-il pénétré dans le vaste vestibule qu'une domestique en uniforme vint le saluer et le débarrasser de son pardessus mouillé. « Je vais annoncer à mademoiselle que vous êtes ici, monsieur Donovan. »

Il la remercia d'un signe de tête et gagna le salon où il se réchauffa au feu ronflant dans l'âtre en regardant autour de lui avec un plaisir manifeste. Issu d'un milieu modeste, Donovan ne se dissimulait plus le plaisir que lui procurait le luxe. Lorsqu'il était un jeune idéaliste, il s'était souvent reproché son penchant pour les lambris dorés mais, avec l'âge, sa culpabilité s'était détachée de lui comme une pelure d'oignon.

Le temps qu'il se serve un verre à la cave à liqueurs, la femme apparut. Elle vint vers lui d'un pas léger et l'embrassa longuement sur la bouche. Il lui prit la main et la regarda avec tendresse.

« Tu m'as manqué », dit-elle.

Il l'entraîna vers le grand canapé qui faisait face à la cheminée. Ils s'assirent, leurs genoux se touchaient.

Menue, la trentaine, Alicia Crane avait de longs cheveux blond cendré. Sa robe était simple, mais signée d'un grand couturier, et la sobriété de ses bijoux cachait mal leur valeur. Il se dégageait d'elle une impression d'élégance discrète, qui seyait parfaitement à la beauté tranquille de ses traits fins, à la délicatesse de son nez qui faisait paraître plus grands ses yeux marron.

Sa joue frémit imperceptiblement sous la caresse de Donovan.

« Toi aussi, tu m'as manqué, Alicia.

— Je n'aime pas te savoir loin. » Elle avait une voix douce, à l'élocution lente et précise, un rien trop sage pour une femme encore jeune.

« Que veux-tu, ça fait partie de mon travail, dit-il en lui souriant. Et tu ne me facilites pas la tâche. » Alicia Crane le séduisait. Elle n'était peut-être pas l'étoile la plus brillante du firmament, mais il y avait en elle une générosité et une simplicité qu'on trouvait rarement chez ceux et celles de son rang social et de sa fortune.

« Pourquoi donc t'es-tu rasé la barbe ? » demanda-t-elle soudain.

Donovan passa la main sur ses joues lisses. « Une lubie. Les hommes ont aussi leur genre de ménopause. J'ai pensé que ça me rajeunirait. Qu'en penses-tu ?

— Que tu es aussi beau sans qu'avec. En fait, tu me rappelles papa. Quand il était plus jeune, bien sûr.

— Je te remercie de mentir à un vieil homme, dit-il. Mais je suis flatté que tu me compares à lui.

— Je vais demander à Maggie de préparer le dîner. Tu dois avoir faim. » Elle lui prit la main.

« Merci, Alicia. Et après, j'aimerais prendre un bon bain chaud.

— Oui, la pluie est si froide en cette saison. » Elle hésita un instant. « Tu dois repartir bientôt ? J'ai pensé qu'on pourrait aller dans les Caraïbes. Il fait un temps délicieux là-bas.

— Ce serait formidable, mais ça devra attendre un peu. Je m'en vais demain. »

La déception se peignit sur les traits d'Alicia. « Oh, je vois », dit-elle, baissant les yeux.

Il lui prit le menton et releva doucement son visage. « Alicia, je suis depuis peu sur une affaire qui pourrait faire un sacré bruit et, aujourd'hui, j'ai eu la confirmation de ce que je cherchais. J'ai dû prendre des risques, mais qui ne tente rien n'a rien, n'est-ce pas ?

— Je suis très contente d'apprendre ça, Thomas, mais j'espère que tu ne vas pas te mettre en danger. Je ne sais pas ce que je ferais si jamais il t'arrivait quelque chose. »

Il se laissa aller contre le dossier du canapé au souvenir de sa matinée mouvementée. « Je suis prudent. Ce n'est plus de mon âge de prendre des risques. »

Il la regarda. Elle avait l'expression d'une enfant écoutant son héros préféré lui conter l'une de ses dernières aventures. Donovan termina son verre. Un héros. Ce n'était pas pour lui déplaire. Qui n'avait besoin de temps à autre qu'on l'admire ? Il sourit et serra la main d'Alicia.

« Dès que j'en aurai terminé avec ce travail, nous prendrons des vacances. Rien que toi et moi, sous les tropiques, et je te montrerai ce que je sais faire à la barre d'un voilier. Je n'ai pas fait de bateau depuis longtemps et je n'imagine pas de meilleure équipière que toi. Qu'en dis-tu ? »

Elle appuya sa tête contre l'épaule de son héros. « Ce serait merveilleux. »

30

« Tu l'as invité à déjeuner ? » Le visage de Charlie exprimait la colère et la déception. « Pourrais-tu me dire pourquoi tu as fait ça ? Et d'abord, pour quelle raison es-tu allée chez lui ? »

Ils étaient dans le bureau de Charlie. LuAnn s'appuyait à la précieuse table en bois de rose devant laquelle Charlie était assis. Il s'apprêtait avec gourmandise à allumer un gros cigare, quand elle lui avait annoncé qu'elle revenait de chez Riggs.

« Je ne pouvais pas rester assise sans rien faire, voilà pourquoi, répliqua-t-elle avec humeur.

— Je t'ai dit que je m'en occupais. Quoi, tu n'as plus confiance en moi ?

— Mais non, que tu es bête. » Elle se percha sur le large accoudoir du fauteuil et passa sa main dans les cheveux grisonnants de son fidèle compagnon. « J'ai pensé qu'en allant m'excuser et le remercier de son aide, je le convaincrais d'oublier cette histoire. »

Charlie secoua la tête dans l'espoir de chasser une insidieuse douleur dans les tempes. Il respira profondément et passa son bras autour de la taille de LuAnn. « J'ai eu une conversation très intéressante avec John Pemberton, ce matin.

— Qui ça ?

— L'agent immobilier qui nous a vendu la maison. Pemberton connaît tout le monde en ville, et il est averti de tout ce qui s'y passe. Il m'a assuré qu'il n'aurait pas de mal à retrouver le type de la Honda, si toutefois il était encore dans le coin.

— Mais tu ne lui as pas dit que...

— Bien sûr que non, je lui ai concocté une petite histoire qu'il a gobée comme une truite affamée. Avec le temps, on est devenus plutôt fortiches, tous les deux, pour noyer le poisson, tu ne trouves pas ?

— Un peu trop bons, même, dit LuAnn, soucieuse. J'ai de plus en plus de mal à distinguer la vérité du mensonge.

— J'ai aussi parlé de Riggs à Pemberton, histoire d'en savoir un peu plus sur lui.

— Il n'a jamais été flic. Je le lui ai demandé, et il m'a répondu que non. C'est pourtant ce que tu prétendais, non ?

— Je me suis trompé, mais c'est Riggs lui-même qui m'a conduit à faire cette supposition. Je lui ai fait remarquer qu'il parlait comme un ancien flic, et il m'a répondu : "Peut-être bien." Qu'est-ce que tu en aurais déduit, toi ?

— Que faisait-il alors, avant de jouer les chevaliers de la route ? Pourquoi tant de secrets ?

— Ça te va bien de poser cette question, rétorqua Charlie en riant. Pemberton le soupçonne d'avoir appartenu au Service de renseignements.

— Riggs serait un ancien agent de la CIA ?

— Qui sait ? En tout cas, s'il l'a été, on ne le saura jamais. Ce n'est pas le genre de métier qu'on imprime sur ses cartes de visite. Une seule chose est sûre : personne ne sait ce qu'il faisait avant de venir s'installer ici. »

LuAnn frissonna en se souvenant des notes de Riggs sur son bureau ; sous ce nouvel éclairage, la rapidité avec laquelle il avait pu obtenir un certain nombre d'informations sur elle et l'homme à la Honda prenait tout son sens. Mais elle n'était toujours pas convaincue. « Et maintenant, il construit des clôtures en Virginie. Je ne croyais pas que les espions pouvaient prendre leur retraite.

— Tu as vu trop de films d'espionnage. Même ces gens-là se rangent, surtout avec la fin de la guerre froide. Et puis il y a tout un secteur d'activités dans le renseignement où on n'a pas besoin de porter un pardessus, ni de trimbaler un pistolet dans sa manche ou un tournevis pour poser des micros partout. Peut-être qu'il travaillait dans un bureau, à étudier des photos aériennes de Moscou. »

LuAnn se rappela sa rencontre avec Riggs chez lui. Sa façon de tenir le fusil, sa connaissance des armes de poing, son acuité d'observation, ainsi que le calme qu'il avait affiché quand il l'avait surprise dans le grenier, tout cela dénotait l'homme de terrain. « Je le vois mal en rond-de-cuir, dit-elle.

— Moi aussi, avoua Charlie. Alors, qu'as-tu découvert ? »

LuAnn se leva et fit quelques pas dans la pièce, ses doigts accrochés au ceinturon de son jean. « Il a certainement eu accès à mon dossier fiscal. Pour lui, je suis Catherine Savage, et il n'y a donc pas lieu de s'inquiéter.

— Et sur la Honda, il a trouvé quelque chose ?

— Pas grand-chose. La voiture a été louée à Washington, D. C. sous un faux nom. Bref, un cul-de-sac.

— Il ne perd pas de temps, le bougre. Mais comment sais-tu qu'il avait ces renseignements ?

— J'ai fait un petit tour dans son bureau. Mais c'est dans la grange qu'il m'a surprise. Il avait un fusil.

— Bon Dieu, LuAnn, il aurait pu te tirer dessus !

— C'est ce qu'il m'a dit, qu'il aurait pu faire feu d'abord et poser les questions ensuite, mais c'était pour me faire peur. Après ça, on a pu parler.

— Décidément, tu ne changeras jamais. Ça me rappelle la fois où il a fallu que tu assistes au tirage du Loto. Je n'ai jamais eu aussi peur de ma vie ! Mais vous avez parlé, tu disais. De quoi ?

— Je lui ai dit que nous prenions au sérieux cette

poursuite en voiture mais que nous tenions à nous en charger nous-mêmes.

— Et il a accepté ? Sans conditions ? demanda Charlie, sceptique.

— Je lui ai dit la vérité, Charlie. Pour une fois que je n'ai pas menti, tu ne vas tout de même pas me le reprocher !

— D'accord, d'accord. Bon sang, on dirait un vieux couple. »

LuAnn sourit. « Mais nous sommes un vieux couple et, depuis dix ans, nous partageons plus d'un secret. »

Charlie lui sourit et prit le temps d'allumer son cigare. « Alors, penses-tu que Riggs soit réglo et qu'il s'abstienne de fourrer son nez dans nos affaires ?

— Tout cela l'intrigue, et il y a de quoi. Mais il m'a dit qu'il voulait bien oublier l'affaire, et je ne vois pas de raison de mettre en doute sa parole. L'homme n'est certainement pas un faux jeton.

— Mais pourquoi l'inviter à déjeuner ? Pour mieux le connaître ? »

LuAnn regarda Charlie. Serait-il jaloux, par hasard ? « Oui, pour en savoir un peu plus. Lui aussi dissimule son passé. »

Charlie tira sur son cigare. « Si je te suis bien, le danger Riggs écarté, il ne nous reste plus qu'à nous occuper du type à la Honda.

— Oui, ce n'est pas suffisant ?

— Amplement. Si Pemberton découvre où ce rat se cache, alors nous aurons peut-être les coudées franches pour agir. »

LuAnn le regarda d'un air inquiet. « Que comptes-tu faire exactement ?

— J'ai réfléchi à ça et, à mon avis, il vaut mieux traiter avec lui. Si c'est de l'argent qu'il veut, il en aura.

— Et si ce n'est pas de l'argent ? Si... ça avait un rapport avec le Loto ? »

Charlie leva les yeux vers elle. « Je ne vois pas comment il pourrait le savoir. Mais en admettant que ce soit ça, le monde est vaste et plein d'autres endroits aussi beaux qu'ici. On peut avoir fichu le camp dans l'heure.

— Encore en cavale, dit-elle, amère.

— Se faire prendre serait pire, non ? »

Elle lui prit son cigare et tira une longue bouffée, qu'elle inhala et rejeta lentement. « Quand est-ce que Pemberton doit te rappeler ?

— Il ne m'a rien dit. Ça peut être ce soir, comme dans une semaine. »

Elle lui rendit le cigare. « Tiens-moi au courant, sitôt qu'il appellera. Je veux qu'on règle cette histoire ensemble.

— Vous serez la première informée, Milady. »

Elle se dirigea vers la porte.

« Dis-moi, suis-je invité à ce déjeuner, demain ? » demanda-t-il.

Elle lui jeta un regard par-dessus son épaule. « Mais je compte bien sur ta présence, Charlie. » Elle s'en fut sur un joli sourire. Il se leva et la regarda s'éloigner dans le long couloir. Puis il referma la porte et regagna son fauteuil pour tirer pensivement sur son cigare.

Riggs s'était vêtu très simplement d'un pantalon de velours marron, d'une chemise blanche et d'un pull jacquard. Il avait emprunté une jeep Cherokee au garage où il avait laissé son pick-up en réparation. La jeep semblait plus appropriée à Wicken's Hunt que la vieille camionnette à ridelle. Il lissa ses cheveux en montant les marches du porche. Il était rare qu'il fasse un effort vestimentaire, si ce n'était à l'occasion de quelques sorties mondaines à Charlottesville. Un costume aurait fait quelque peu prétentieux. Ce n'était qu'un déjeuner, après tout.

Une domestique l'escorta jusqu'à la bibliothèque, et

il se demanda s'il n'y avait pas de caméras vidéo à l'intérieur même de la maison. Il imaginait assez bien Mlle Savage et le dénommé Charlie installés devant une série d'écrans quelque part dans l'immense bâtisse.

Il inspecta la pièce, impressionné par la multitude d'ouvrages reliés rangés sur les beaux rayonnages d'érable. Il se demanda s'ils étaient là à titre décoratif, ce qui était souvent le cas chez les gens fortunés. Mais il imaginait mal Catherine Savage posant à la femme cultivée et s'entourant de livres qu'elle ne lirait pas. Son attention tomba sur les photographies disposées sur le manteau de la grande cheminée. On pouvait y voir Charlie et une fillette, qui ressemblait beaucoup à Catherine Savage, mais celle-ci n'apparaissait sur aucun des clichés. Il trouva cela étrange, sans s'en étonner pour autant. Cette femme n'était pas coquette.

Il se retourna en entendant la porte s'ouvrir. Sa première rencontre dans son grenier avec Mlle Savage ne l'avait pas préparé à la vision qui avançait vers lui avec une grâce féline.

La masse dorée des cheveux tombait sur les épaules d'une robe noire descendant jusqu'aux mollets, en soulignant les contours de son corps sculptural. Elle portait des souliers noirs à talons plats. L'image d'une panthère élancée et musclée venant vers lui à pas feutrés persista un moment dans son esprit. Catherine Savage était d'une grande beauté. Il remarqua qu'elle avait de fines rides autour des yeux, mais aucune aux coins des lèvres, comme si elle n'avait jamais souri.

Curieusement, la petite cicatrice au menton la rendait encore plus attirante. Cette marque avait certainement une histoire.

« Je suis contente que vous soyez venu », dit-elle en lui serrant la main. Une fois de plus, il fut étonné de la force de cette poigne ; les doigts longs et fins semblaient envelopper complètement sa propre main qu'il avait forte et calleuse. « Je sais combien les entrepreneurs sont occupés dans la journée », ajouta-t-elle.

Riggs jeta un regard autour de lui. « Ceux qui ont restauré votre maison l'ont certainement été, et pendant quelque temps, d'après ce que j'ai appris.

— C'est Charlie qui s'est chargé de tout ça. Mais c'est vrai, ils n'ont pas chômé, et je suis satisfaite du résultat.

— Vous pouvez l'être.

— Le déjeuner sera prêt dans quelques minutes. Sally dresse la table dans la véranda, derrière la maison. La salle à manger est assez grande pour accueillir cinquante convives, et j'ai pensé que ce serait un peu trop grand pour nous trois. Désirez-vous boire quelque chose ?

— Non, merci. » Il désigna les photos. « C'est votre fille ou votre petite sœur ?

— Ma fille, Lisa. Elle a dix ans. C'est incroyable ce que le temps passe. »

Riggs hocha la tête d'un air songeur. « Vous deviez être très jeune quand vous l'avez eue.

— Oui, trop jeune, mais c'est ce qui m'est arrivé de mieux dans ma vie. Avez-vous des enfants ?

— Non, je n'ai pas eu cette chance », dit-il en détournant le regard.

LuAnn avait remarqué que Riggs ne portait pas d'alliance, mais cela ne voulait pas dire qu'il n'était pas marié. Dans les métiers manuels, il pouvait s'avérer dangereux de porter une bague.

« Votre épouse...

— Je suis divorcé, l'interrompit-il. Depuis plus de quatre ans. » Il enfonça ses mains dans ses poches et regarda de nouveau autour de lui, conscient de faire l'objet d'une observation soutenue de la part de son hôtesse. « Et vous ? demanda-t-il.

— Veuve.

— Désolé. »

Elle haussa les épaules. « C'était il y a longtemps », dit-elle simplement. Il y avait dans sa voix une note de tristesse qui semblait signifier que les années n'avaient pas dissipé toute la douleur de cette perte.

« Madame Savage...

— Je vous en prie, appelez-moi Catherine. » Elle s'assit sur un canapé et l'invita à prendre place sur un fauteuil en face d'elle.

« Où est Charlie ? demanda-t-il.

— Il est sorti faire des courses, mais il ne devrait plus tarder.

— C'est votre oncle, m'avez-vous dit ? »

LuAnn acquiesça d'un signe de tête. « Sa femme est morte il y a quelques années. Mes parents aussi, sans parler de mon mari. Charlie est le seul parent qui me reste.

— Feu votre mari semble avoir fait fortune. À moins que ce ne soit vous. Je ne voudrais pas être taxé d'antiféminisme.

— C'était un homme d'affaires remarquable, et je ne peux pas dire qu'il m'ait laissée dans le besoin, dit-elle d'une voix neutre.

— En effet, approuva Riggs.

— Et vous ? Avez-vous passé toute votre vie en Virginie ?

— Après la visite que je vous ai rendue hier, je m'attendais à ce que vous ayez mené votre petite enquête et que vous sachiez tout sur moi.

— Vous savez, je ne dispose certainement pas des sources d'informations qui semblent être les vôtres. Il ne me serait jamais venu à l'idée qu'un entrepreneur en bâtiment bénéficie d'un tel réseau de renseignements, dit-elle en le regardant dans les yeux.

— Je suis arrivé ici il y a cinq ans. J'ai appris le métier dans une entreprise locale. À la mort du patron, il y a trois ans, j'ai créé ma propre affaire.

— Cinq ans ? Alors votre femme a vécu ici avec vous pendant un an ?

— Non, le divorce a été prononcé il y a quatre ans, mais nous étions déjà séparés depuis seize mois. Elle vit toujours à Washington, D. C.

— Elle fait de la politique ?

— Avocate. Dans un gros cabinet. Elle a quelques politiciens parmi ses clients. Elle connaît une belle réussite.

— Alors, c'est qu'elle a du talent, parce que la politique et la loi sont pour les hommes de véritables chasses gardées. Comme beaucoup d'autres domaines, d'ailleurs. »

Riggs haussa les épaules d'un air fataliste. « Elle est intelligente et travaille beaucoup. Trop, à mon avis. C'est à cause de son travail que nous nous sommes séparés. Il finissait par être inconciliable avec une vie de famille.

— Je vois.

— Mon histoire est plutôt banale, mais je n'en ai pas d'autre. J'avais envie de campagne et de calme. Alors je me suis installé ici.

— Mais vous aimez ce que vous faites, maintenant ?

— Oui. Bien sûr, il y a des jours où je me passerais bien de travailler, mais j'aime mon métier. Construire, pour moi, est une activité presque thérapeutique. Ça m'apaise. Par ailleurs, j'ai bénéficié d'un bon bouche-à-oreille, et les commandes ne manquent pas. Comme vous le savez, il y a de l'argent dans la région.

— Eh bien, je suis heureuse d'apprendre que votre changement de carrière a été un succès. »

Il se redressa dans son fauteuil, un mince sourire aux lèvres. « Vous avez dû entendre dire que j'étais un ancien agent de la CIA ou un tueur à gages international qui avait brusquement décidé de se mettre au vert et de troquer les armes à feu contre la truelle et la scie, non ?

— Ah, je ne connaissais pas la version du tueur international. »

Ils échangèrent de brefs sourires. « Vous savez, dit-elle, les gens cesseraient de jaser si vous leur disiez la vérité. » Elle eut du mal à croire que ces paroles venaient d'elle, mais elle ne l'en regarda pas moins d'un air de totale innocence.

« Encore faudrait-il pour cela que j'attache de l'importance à ce qu'on peut dire de moi, répliqua-t-il. Or, je me fiche du qu'en-dira-t-on. Si j'ai appris une chose dans la vie, c'est à m'occuper de mes propres affaires. Les gens peuvent se montrer cruels. Surtout ceux qui sont censés vous aimer. Croyez-moi, je parle d'expérience.

— J'en déduis que votre divorce ne s'est pas réglé, à proprement parler, à l'amiable ?

— Je ne préjuge de rien en ce qui vous concerne, dit-il en détournant son regard, mais divorcer peut être aussi douloureux que de perdre son conjoint. »

Son attitude et le ton de sa voix exprimaient une telle sincérité que LuAnn se sentit coupable de tricher, en se faisant passer pour une veuve éplorée. Mais pourrait-elle jamais dire la vérité ? Elle se détruirait instantanément en le faisant.

« Je comprends », dit-elle.

Puis, comme Riggs ne semblait pas désireux de poursuivre cette conversation, LuAnn jeta un coup d'œil à son bracelet-montre. « Le déjeuner devrait être prêt. J'ai pensé qu'ensuite nous pourrions aller voir l'endroit où j'aimerais que vous me construisiez un petit atelier. » Elle se leva, imitée par Riggs, qui semblait soulagé de ne plus avoir à parler de lui.

« Mais avec plaisir, Catherine. S'il y a une chose qui plaît à un entrepreneur, c'est bien une proposition de chantier. »

Charlie les rejoignit dans la véranda vitrée à l'arrière de la maison. Les deux hommes se serrèrent la main. « Content de vous revoir, Matt. J'espère que vous avez faim. Sally cuisine pour les gros appétits. »

Le repas se passa dans une ambiance légère, à savourer la nourriture et le vin tout en discutant de sujets anodins. Riggs était sensible, toutefois, à la formidable complicité unissant Catherine et Charlie.

Deux compères, ces deux-là. Unis par un lien qui semblait plus fort que celui du sang.

« Alors, Matt, combien de temps vous faudra-t-il pour élever cette clôture ? » demanda Charlie.

Le déjeuner fini, Riggs et lui s'étaient attardés à table, pendant que LuAnn était partie chercher Lisa qui, ce jour-là, terminait plus tôt que d'habitude. Elle avait demandé à Riggs d'attendre son retour pour qu'ils puissent parler plus en détail de la construction de l'atelier. Riggs se demandait si son départ n'était pas qu'un prétexte pour laisser à Charlie le soin d'en apprendre un peu plus sur leur invité. Aussi se tenait-il sur ses gardes.

Avant qu'il ait le temps de répondre au sujet de la clôture, Charlie lui présenta une boîte de cigares. « Vous fumez ? »

Riggs en prit un. « Après un tel repas, ça ne se refuse pas. » Il décapita le bout avec le coupe-cigare que lui tendit Charlie et craqua une allumette.

« Il me faudra une semaine pour creuser les trous des poteaux, dit-il, après avoir tiré lentement une première bouffée. Deux semaines pour débroussailler le terrain sur une largeur de deux à trois mètres, cimenter les trous et monter les panneaux. Une autre semaine pour installer le portail et le système d'alarme. Un mois au total. C'est ce que j'avais prévu dans le contrat.

— Je sais, mais du papier au terrain, il y a parfois une distance plus grande que prévu.

— C'est une assez bonne définition du métier de la construction, mais je ferai en sorte qu'on ait fini avant les premières gelées. Et puis la configuration du terrain n'est pas aussi mauvaise que je le craignais. »

Charlie tirait sur son cigare en contemplant les couleurs de l'automne qui s'étendaient à l'infini devant eux. « Que c'est beau, ici, dit-il.

— Oui, c'est l'une des raisons qui m'ont amené dans cette région.

— Quelles sont les autres ? demanda Charlie en riant. Je plaisantais, Matt. Ça ne me regarde pas. » Il s'agita sur sa chaise jusqu'à ce qu'il trouve une position plus confortable pour sa jambe. « Catherine m'a raconté votre petite discussion d'hier.

— Ce n'est pas bien de venir fouiner chez les gens, comme elle l'a fait. Sans parler des risques que cela représente.

— C'est exactement ce que je lui ai dit mais elle est tellement... impétueuse. »

Les deux hommes échangèrent un sourire entendu.

« En tout cas, Matt, je vous remercie sincèrement de ne pas poursuivre cette affaire.

— C'est ce que je lui ai promis, tant que le bonhomme n'essaiera pas de s'en prendre à moi.

— Je vous comprends. Vous savez, la fortune de Catherine suscite bien des convoitises et elle a fait l'objet de plus d'une tentative d'escroquerie, sans parler de diverses menaces. Et nous devons protéger Lisa et maintenir une surveillance constante autour d'elle.

— Ce n'est donc pas la première fois qu'il se produit un incident ?

— Non, hélas. Et il y en aura d'autres. Notez, ce n'est pas pour autant qu'on imagine des ravisseurs à chaque tournant de la route. Catherine pourrait acheter une île déserte et faire en sorte que personne ne puisse aborder, mais quel genre de vie ce serait pour elle et Lisa ?

— Pour vous aussi, Charlie. Vous êtes drôlement taillé pour votre âge. Je parie que vous pourriez encore tenir le coup sur un terrain de foot. »

Charlie était manifestement content du compliment. « J'ai joué dans le temps comme semi-professionnel. Et je prends soin de moi. Catherine veille sur mon alimentation. Et si elle me laisse encore fumer un cigare de temps à autre, c'est par pure compassion. Mais vous avez raison, je n'ai pas envie de me retirer sur une île déserte.

— Vous n'avez rien appris sur le type à la Honda ?

— Non, mais l'enquête suit son cours, comme on dit à la police.

— Pardonnez ma curiosité, mais que ferez-vous si vous le retrouvez ? »

Charlie le regarda. « Que feriez-vous, vous-même ?

— Ça dépendrait de ses intentions.

— Exactement. Aussi, tant que je ne saurai pas ce qu'il nous veut, je ne saurai pas non plus ce que je ferai. » Il y avait dans la voix de Charlie une légère trace d'hostilité que Riggs préféra ignorer. Il reporta son regard vers le paysage.

« Catherine voudrait que je lui construise un atelier à l'écart de la maison. Savez-vous où, exactement ? »

Charlie secoua la tête. « Je n'en ai pas vraiment discuté avec elle. Apparemment, cette idée lui est venue en découvrant votre grenier que vous avez remarquablement aménagé, à ce qu'il paraît. »

Riggs se demanda si Charlie disait cela sans la moindre malice ou s'il lui laissait entendre que la construction dudit atelier était une façon comme une autre de payer son silence. À moins qu'il n'y ait eu une troisième explication.

« Pourquoi a-t-elle envie d'un atelier ? demanda-t-il.

— Je n'en sais rien, et ça n'a pas vraiment d'importance.

— Je ne suis pas de votre avis. Si elle désire un atelier pour peindre, par exemple, je devrai m'assurer qu'il y ait le maximum de lumière et prévoir une verrière et un système de ventilation, car la peinture, ça pue. Maintenant, si elle veut un coin pour écrire, lire et méditer, alors je devrai l'aménager différemment. »

Charlie hocha pensivement la tête. « Je vois, mais je ne sais pas quels sont ses projets. Tout ce que je peux vous dire, c'est qu'elle n'a jamais peint. »

Un silence s'ensuivit, bientôt interrompu par l'arrivée de LuAnn et de Lisa.

Riggs fut frappé par la ressemblance entre la fillette et sa mère. Non seulement les yeux, le nez, la bouche étaient les mêmes mais encore elles partageaient cette même démarche à la fois souple et appliquée.

« Lisa, je te présente M. Riggs. »

Riggs avait peu fréquenté les enfants dans sa vie, mais il réagit avec le plus grand naturel. Il tendit sa main. « Appelez-moi Matt, Lisa. Heureux de faire votre connaissance. »

Elle lui sourit et lui serra la main. « Je suis enchantée, Matt.

— Dites donc, vous avez une sacrée poigne. » Il jeta un regard à LuAnn et à Charlie. « Décidément, cette force court dans les gènes de la famille. La prochaine fois que je viendrai, je veillerai à porter des gants renforcés. »

Lisa gloussa.

« Matthew va me construire un atelier, dit LuAnn à sa fille. Par là-bas, ajouta-t-elle en désignant les bois.

— Tu trouves que la maison n'est pas assez grande comme ça ? s'étonna Lisa, provoquant un éclat de rire général. Un atelier, tu disais, reprit Lisa. Mais pour y faire quoi ? De la peinture ?

— Tu verras bien, c'est une surprise. Et puis tu pourras t'en servir de temps en temps, toi aussi. »

Cette nouvelle réjouit vivement la petite.

« À la condition que tu continues d'avoir de bonnes notes, intervint Charlie. À propos, comment s'est passée ton interrogation ? » Sous le masque sévère que s'efforçait d'afficher Charlie, on sentait toute la tendresse qu'il portait à l'enfant. Et Riggs se fit de nouveau la remarque qu'un amour invincible semblait unir ces trois-là.

Lisa fit la grimace. « Je n'ai pas eu dix-neuf sur vingt.

— Ça ne fait rien, ma chérie, dit Charlie. C'est ma faute. Je n'ai jamais été bon en maths. »

Lisa eut soudain un grand sourire. « J'ai eu vingt sur vingt. »

Charlie referma ses grands bras autour de la petite. « Et en plus, tu as le sens de l'humour.

— Mlle Sally t'a préparé à manger, dit LuAnn à Lisa. Va, maintenant, je te rejoindrai quand j'en aurai fini avec Matthew. »

LuAnn et Riggs gagnèrent le bois qui s'étendait derrière la maison. Charlie s'était excusé. Il avait de la paperasserie à remplir.

« Ici, ce serait pas mal, dit Riggs, désignant une clairière d'où l'on voyait parfaitement les montagnes. À vrai dire, vu la superficie de vos terres, il doit y avoir un tas d'autres endroits possibles. À ce sujet, si je savais à quelle activité particulière vous destinez cet atelier, je pourrais choisir son emplacement de manière plus adéquate. Mais je pourrais aussi vous aménager le grenier de la grange.

— Non, je veux une construction qui soit éloignée des autres bâtiments. Et je la veux à deux niveaux. Le rez-de-chaussée pourrait me servir d'atelier. Lisa est douée pour le dessin, et j'aimerais qu'elle ait les moyens de développer son talent. Et moi, ça me plairait assez de m'essayer à la sculpture. Enfin, je veux une mezzanine comme la vôtre, avec une bibliothèque, peut-être un coin cuisine, de grandes baies vitrées. »

Riggs hocha la tête et regarda autour de lui. « J'ai vu votre piscine, et Charlie m'a parlé d'un pavillon et d'un court de tennis.

— Oui, pour le printemps prochain. Pourquoi ?

— Je pensais qu'on pourrait inclure votre atelier dans le complexe que formeront le pavillon, le bassin et le court.

— Non, nous installerons un kiosque ou un pavillon près de la piscine et du court de tennis. Ce sera le domaine de Lisa, et je veux que ce soit près de la maison. En revanche, je tiens à ce que l'atelier soit le plus isolé possible.

— Ça ne devrait pas être difficile à trouver ; la propriété est tellement grande. Vous aimez la natation et le tennis ?

— Je sais nager mais je n'ai jamais joué au tennis, et je n'ai pas l'intention de commencer.

— Je pensais que les gens fortunés jouaient tous au tennis et au golf.

— Peut-être, à la condition de naître riche, ce qui n'a pas été mon cas.

— Géorgie.

— Je vous demande pardon ?

— J'essayais d'identifier votre accent. Celui de Lisa a une touche sudiste qui ne trompe pas. Mais le vôtre, quoique très faible, est resté malgré toutes les années que vous avez dû passer en Europe. Vous savez ce qu'on dit : on ne part pas de Géorgie, c'est la Géorgie qui part avec vous. »

LuAnn marqua une hésitation avant de répondre : « Je n'ai jamais mis les pieds en Géorgie.

— Vous me surprenez. Je ne me suis jamais trompé sur un accent.

— Alors, je dois être l'exception qui confirme la règle. Mais dites-moi plutôt ce que vous pensez de mon projet ? »

Riggs la considéra d'un air curieux, prenant son temps pour répondre. « J'en pense beaucoup de bien, mais il faut d'abord qu'un architecte tire les plans, qu'on fasse peut-être une maquette, pour que vous vous fassiez une idée plus précise et que vous nous donniez le feu vert. Quant aux travaux, ils ne devraient pas excéder trois mois, s'il n'y a ni complications ni imprévus.

— Et vous pourriez commencer quand ?

— Pas maintenant, en tout cas.

— Vous êtes pris ?

— Non, ce n'est pas ça. Aucun entrepreneur digne de ce nom ne se lancerait dans des travaux de ce genre à cette époque de l'année. Le sol ne tardera pas à geler, et ce n'est pas l'idéal pour couler une dalle de ciment. On n'aurait pas le temps de monter la charpente et de poser le toit avant l'arrivée de l'hiver. Et ici, les hivers sont rudes. De toute façon, il nous faut d'abord obtenir le permis de construire, et cela prend du temps. Mais nous nous y mettrons dès le printemps. »

LuAnn était déçue. Elle contemplait le paysage comme si elle s'attendait à y voir surgir la tour d'ivoire dont elle rêvait.

« Vous savez, le printemps sera là avant même que vous vous en aperceviez, lui dit Riggs, sensible au désarroi de la jeune femme. Et nous aurons ainsi tout le temps de bien préparer notre affaire. Je connais un excellent architecte, avec lequel je peux vous arranger un rendez-vous. »

Mais LuAnn écoutait à peine. Où seraient-ils au printemps prochain ? Elle comprenait les raisons de Riggs, mais n'en éprouvait pas moins une vive déception.

« Nous verrons. Merci. »

Comme ils orientaient leurs pas vers la maison, Riggs lui toucha le bras. « Je vois que cela vous chagrine qu'on ne puisse pas commencer tout de suite. Des entrepreneurs moins honnêtes accepteraient de le faire ; ils vous demanderaient le double et vous remettraient les clés d'une maison qui ne tiendrait pas deux ans. Moi, j'aime mon métier, et je ne supporterais pas d'avoir à rougir de mon travail. »

Elle lui sourit. « Charlie m'a dit que vous aviez d'excellentes références. Je comprends pourquoi, maintenant. »

Ils passaient devant l'écurie, et elle lui demanda : « Vous montez à cheval ?

— Je tiens en selle, sans plus.

— Alors nous devrions faire une balade un de ces jours. Il y a des pistes superbes sur la propriété.

— Je sais, j'adore marcher, et je les ai souvent parcourues avant que vous n'achetiez. À ce propos, vous avez bien fait d'acquérir Wicken's Hunt, c'est l'un des plus beaux domaines de tout l'État de Virginie.

— C'est Charlie qui l'a trouvé.

— Charlie est un homme précieux.

— Oui, très précieux. Je ne sais pas ce que je ferais de ma vie sans lui.

— Je me demande s'il ne se pose pas la même question : que ferait-il sans vous ? »

Elle lui jeta un regard amusé ; il ne croyait pas si bien dire.

31

Charlie les accueillit à la porte de derrière. Sa fébrilité contenue et ses regards furtifs alertèrent LuAnn, et elle comprit que Pemberton devait avoir découvert où se planquait l'homme à la Honda.

Leur manège n'échappa point à Riggs qui, bien sûr, feignit de ne rien remarquer. « Eh bien, je vous remercie de ce délicieux repas, dit-il. Vous devez avoir à faire et, de mon côté, j'ai quelques rendez-vous. » Il se tourna vers LuAnn. « Tenez-moi au courant pour le studio, Catherine.

— Oui, et appelez-moi pour la promenade à cheval.

— Sans faute. »

Sitôt qu'il fut parti, LuAnn suivit Charlie dans son bureau et referma la porte derrière elle.

« Où est-il ? demanda-t-elle.

— Tout près d'ici.

— Quoi ?

— Un petit cottage en location. Assez isolé. À six kilomètres de la route 22. Je connais ce coin-là ; j'y suis allé quand on pensait acheter un terrain à bâtir. Il y avait une grande propriété dans le temps là-bas, mais il ne reste plus que ce cottage qui était l'ancienne maison de gardien. Tu te souviens, on y est allés une fois.

— Je m'en souviens très bien. On peut y aller à

cheval d'ici. Il est possible que ce type nous espionne depuis un certain temps.

— Je sais, et ça m'inquiète. Pemberton m'a indiqué la situation exacte et le plus court chemin pour s'y rendre. » Charlie posa le papier sur lequel il avait rédigé des notes, dont LuAnn s'empressa de prendre connaissance, pendant qu'il décrochait son manteau de la patère.

« Non, mais que comptes-tu faire avec ça ? » demanda-t-elle, alarmée, quand elle le vit sortir le .38 de son tiroir et le charger.

Il se garda de croiser le regard qu'elle fixait sur lui et fourra l'arme dans sa poche. « Je compte tirer cette affaire au clair.

— Je viens avec toi.

— Il n'en est pas question.

— Je viens avec toi, répéta-t-elle avec force.

— Et s'il y a du grabuge ?

— C'est à moi que tu dis ça ?

— Écoute, laisse-moi d'abord reconnaître le terrain, voir ce que veut ce type. Je te promets de ne pas prendre de risques. Je n'ai nullement l'intention de chercher la bagarre.

— Alors, pourquoi prendre une arme ?

— Je te le répète, je ne chercherai pas la bagarre, mais en sera-t-il de même pour lui ?

— Je n'aime pas ça, Charlie.

— Et moi, tu crois que ça me plaît ? Mais je ne vois pas d'autre solution. Et s'il se passait quoi que ce soit, il ne manquerait plus que tu sois au milieu !

— Je n'ai jamais compté sur toi pour te battre à ma place. »

Il lui caressa tendrement la joue. « Tout ce que je veux, c'est que Lisa et toi restiez saines et sauves. Au cas où tu ne l'aurais pas remarqué, mon rôle est de vous protéger. Et ça me plaît bien. » Il lui sourit.

Elle le regarda ouvrir la porte. « Je t'en prie, Charlie, sois prudent. »

Il se retourna, vit l'angoisse sur le visage de LuAnn. « Je le suis toujours, tu le sais bien. »

Dès qu'il fut parti, LuAnn courut à sa chambre, enfila un jean et une chemise chaude, chaussa de solides bottes.

Au cas où tu ne l'aurais pas remarqué, mon rôle est de vous protéger. Sacré Charlie !

Elle décrocha une veste en cuir dans la penderie et courut à l'écurie. Il ne lui fallut pas longtemps pour seller Joy. Elle l'enfourcha et mit la jument au galop.

Dès que Charlie déboucha de l'allée pour prendre la grand-route, Riggs commença à le suivre au volant de la Cherokee en s'efforçant de garder le maximum de distance. Il aurait volontiers parié qu'il se passerait quelque chose sitôt qu'il serait parti. Une connaissance lui avait rapporté avoir vu Pemberton et Charlie prendre le petit déjeuner ensemble, la veille. C'était astucieux de la part de Charlie, et c'est ce que Riggs aurait fait lui-même, s'il avait voulu savoir où nichait le type à la Honda. Pemberton était une agence de renseignements avant d'être un cabinet immobilier. Et puis la nervosité de Charlie lui avait mis la puce à l'oreille. S'il s'était trompé, ce ne serait pas une grosse perte de temps. Il vit bientôt la Range Rover tourner pour prendre la route 22. Il y avait très peu de circulation, et il n'était pas facile de se faire invisible, mais Riggs était prêt à tenter sa chance. Il prit à son tour la 22. Sur le siège à côté de lui, son fusil de chasse était une présence rassurante.

Charlie gara la Range Rover sous le couvert des arbres. Il pouvait apercevoir le cottage au bout du chemin de terre. Pemberton lui avait dit que c'était le logement du gardien d'un vaste domaine aujourd'hui démembré. Il s'étonnait que la minuscule construction ait survécu à la maison de maître. Il descendit, serrant le pistolet dans sa poche. Masqué par l'épaisse végétation, il approcha de la maison par-derrière, ne s'arrêtant qu'une fois parvenu près de l'appentis adossé au cottage. Essuyant de la main la poussière recouvrant la vitre de la petite fenêtre, il put voir la Honda à l'intérieur. Pemberton ne s'était pas trompé, et LuAnn et lui-même sauraient le remercier d'une coquette donation à une association de son choix.

Il attendit sans bouger pendant quelques minutes, l'oreille tendue. Le cottage semblait vide, mais la présence de la voiture l'incitait à la prudence. Il gagna l'angle de la petite maison, où il s'immobilisa de nouveau pour scruter le sous-bois alentour. Il ne vit pas Riggs tapi derrière un épais buisson à une vingtaine de mètres en bordure du chemin.

Riggs abaissa ses jumelles. Comme Charlie, il n'avait détecté aucun mouvement ou bruit provenant du cottage, mais cela ne voulait rien dire. Le type était peut-être là, à attendre que Charlie se découvre. Tirer d'abord, poser les questions ensuite. Riggs attendit, la main sur son fusil.

La porte d'entrée était fermée à clé. Charlie aurait pu briser la vitre de la petite fenêtre ou défoncer d'un coup d'épaule le battant vermoulu, mais c'eût été s'exposer dangereusement si l'homme était là. Et s'il n'y était pas, ce serait idiot de l'alerter en laissant des traces d'effraction. Charlie frappa à la porte, son autre main serrant le pistolet dans sa poche. Il attendit, frappa encore. Pas de réponse. Il examina la serrure d'un œil expert : un modèle ancien, à pêne dormant. Un jeu d'enfant pour qui avait séjourné aux frais de l'État dans une centrale pénitentiaire. Il sortit un crochet de la poche intérieure de son manteau et l'introduisit dans la serrure, en se félicitant que ses rhumatismes aient jusqu'ici épargné ses mains. Il fit lentement pression avec sa tige d'acier sur le ressort de gorge, jusqu'à ce que le pêne rentre dans sa gâche avec un claquement sec. Il n'avait pas démérité auprès de ses anciens compagnons de taule. Il actionna la poignée et, le cœur battant, poussa la porte.

L'intérieur du cottage était d'une grande simplicité. Un couloir le traversait dans la longueur, divisant l'espace en deux parties de même superficie. À droite, une petite salle à manger avec un coin cuisine ; à gauche, un modeste salon. Au fond, un débarras et un placard. Une échelle de meunier montait à l'étage et ses deux chambres en soupente. Mais Charlie prêta peu d'attention à la configuration des lieux, intrigué qu'il était de découvrir une table encombrée d'un ordinateur, d'une imprimante, d'un fax et de piles de chemises. Il s'approcha d'un tableau de liège accroché au mur sur lequel étaient punaisées des coupures de journaux et des photographies.

Il parcourut les titres des articles. Le visage de LuAnn apparaissait sur toutes les photos. Toute l'histoire se trouvait là : les meurtres, la conférence de presse du Loto, la disparition de la fortunée gagnante. Voilà qui confirmait douloureusement ses soupçons. À présent, il devait retrouver cet homme et découvrir ce qu'il voulait.

Il feuilleta les documents et les notes encombrant le bureau, cherchant à identifier celui qui les poursuivait, mais il ne trouva rien. Il ouvrit le tiroir sous la table, mais les papiers qu'il contenait ne lui en apprirent pas davantage. Il pensa un instant allumer l'ordinateur, mais il n'entendait rien à ces machines. Il s'apprêtait à poursuivre ses recherches dans les autres pièces, quand un petit classeur à fiches attira son attention. Il ouvrit le couvercle et regretta de ne pas être assis, car une violente douleur au genou le fit fléchir sur ses jambes. La première fiche portait une suite de noms. Il y avait encore celui de LuAnn, et ceux de Herman Rudy, Wanda Tripp, Randy Stith, Bobbie Jo Reynolds, suivis de quelques autres. Charlie connaissait une partie d'entre eux, pour leur avoir servi de mentor, car tous avaient été élus par Jackson pour être les heureux gagnants du Loto.

Charlie était sous le choc. Il s'était attendu à ce que l'homme ait découvert que LuAnn était mêlée aux deux meurtres. Mais qu'il ait également découvert l'arnaque au Loto l'emplit de stupeur et d'effroi. Il en avait la chair de poule.

Comment ce type avait-il pu deviner ? Qui était-il ? Il referma le classeur et se hâta de ressortir. Il referma le verrou à l'aide de son crochet et regagna la Range Rover.

Donovan venait de s'engager sur la route 29. Il avait quitté Georgetown deux heures plus tôt, et avait hâte de reprendre sa traque. Pendant tout le trajet, il avait réfléchi à la meilleure manière de rentrer en contact avec LuAnn Tyler. Si elle ne consentait pas à l'écouter, il trouverait le moyen de la forcer. Il pouvait se montrer têtu et ne doutait pas de la faire céder. Une chose était certaine : il la tenait. La solidité d'une chaîne dépendait de son maillon le plus faible, et LuAnn était ce maillon rouillé. Elle ne pourrait lui échapper. Il jeta un coup d'œil à sa montre. Il arriverait au cottage dans un quart d'heure. Un revolver de petit calibre était posé sur le siège du passager. Il n'aimait pas les armes à feu, mais il n'était pas stupide non plus.

32

Riggs ne fit qu'entrevoir le visage de Charlie quand il démarra, mais il put en déduire que le vieil homme n'avait pas du tout aimé ce qu'il avait découvert dans le cottage. Dès que la Range Rover eut disparu à un détour du chemin, Riggs reporta son attention sur le cottage en se demandant s'il allait à son tour jeter un coup d'œil à l'intérieur. Il pourrait peut-être y trouver les réponses à ses questions. Il s'apprêtait à se lever, quand un bruit le fit s'immobiliser derrière son buisson de houx et reprendre son rôle de guetteur.

LuAnn avait attaché Joy à une centaine de mètres de la petite clairière où se dressait le cottage. Elle émergea du sous-bois avec la même grâce féline que Riggs avait déjà observée. Elle s'accroupit et attendit, surveillant les abords du cottage d'un regard qui parut si aigu à Riggs qu'il se sentit presque nu derrière son buisson. Savait-elle que Charlie était déjà venu et reparti ? Probablement pas. Son expression, toutefois, était impénétrable.

Elle finit par approcher de la maison et jeta un regard à l'intérieur de l'appentis comme l'avait fait Charlie. Puis elle ramassa une poignée de poussière sur le sol et en recouvrit le petit hublot que la main de Charlie avait dessiné. Riggs observa son geste avec un grand respect. Il n'y aurait peut-être pas pensé lui-même. Et Charlie avait oublié de le faire.

LuAnn reporta son attention sur le cottage. Elle

avait les deux mains dans les poches de sa veste. Elle savait maintenant que Charlie était déjà passé par là. La fenêtre venait de le lui apprendre. Elle en déduisait aussi qu'il n'était pas resté longtemps, car elle avait maintenu Joy au galop, et sa route avait été plus directe que celle de Charlie, même s'il avait un peu d'avance sur elle. La brièveté de son passage pouvait signifier qu'il n'avait rien trouvé ou alors qu'il était tombé sur une très mauvaise nouvelle. Elle penchait d'instinct pour la deuxième hypothèse. Devait-elle repartir ? La prudence le lui recommandait. Elle fit le contraire et, se portant en quelques enjambées à la porte d'entrée, elle actionna la poignée. Fermée à clé. Elle regagna l'arrière du cottage et trouva une fenêtre étroite, qui céda sous ses poussées répétées, et elle s'empressa de se glisser à l'intérieur. Elle s'immobilisa un bref instant. Elle avait l'ouïe très fine et, s'il y avait eu quelqu'un, elle aurait perçu sa respiration. Elle avança sans bruit dans le couloir, jusqu'à ce qu'elle arrive dans le petit salon transformé en bureau. Elle comprit tout de suite de quoi il retournait à la vue des photos et des coupures de journaux. Mais comme elle promenait son regard sur l'outillage informatique installé sur la table, elle eut le sentiment qu'il y avait là plus qu'une opération de chantage.

« Merde », grogna Riggs à la vue de la Chrysler qui venait de déboucher sur le chemin menant au cottage. Le conducteur était penché sur le volant mais la disparition de la barbe n'empêcha pas Riggs de le reconnaître. Réfléchissant vite, il saisit son fusil et courut à la Cherokee.

LuAnn se précipita dans le fond du cottage dès qu'elle entendit la voiture arriver. Elle risqua un coup d'œil par l'étroite fenêtre et vit Donovan arrêter la Chrysler à côté de l'appentis. Il en descendit, tenant à la main un petit revolver, et se dirigea vers la porte de derrière. LuAnn recula, cherchant désespérément une issue. Mais il n'y en avait pas ; la porte d'entrée était fermée à clé, et elle n'avait plus le temps de passer par la fenêtre de devant. Le cottage était si petit qu'il tomberait immédiatement sur elle si elle restait au rez-de-chaussée.

Elle l'entendit insérer la clé dans la serrure et perçut le claquement du pêne. Le battant grinça sur ses gonds. LuAnn recula sans bruit dans le salon et elle posait le pied sur la première marche de l'escalier menant à l'étage quand soudain la sirène d'alarme d'une voiture déchira le silence. LuAnn entendit Donovan pousser un juron et faire le tour du cottage en courant. Ne perdant pas une seconde, elle fut à la porte en trois enjambées, se glissa dans l'entrebâillement, et s'accroupit à l'angle de l'appentis. L'alarme retentissait toujours. Elle passa la tête au coin de la maison et vit Donovan s'avancer sur le chemin, en direction du son.

Elle manqua pousser un cri en sentant une main sur son épaule.

« Où est votre cheval ? » demanda Riggs d'une voix étonnamment calme, vu les circonstances.

Elle le regarda, toute peur retombée. « À une centaine de mètres, par là », répondit-elle en indiquant l'épais sous-bois. « C'est l'alarme de votre jeep ? »

Riggs hocha la tête et serra les clés de sa voiture dans sa main. « Prête ? Allons-y ! »

Ils s'élancèrent à découvert. En jetant un coup d'œil vers Donovan, qui leur tournait le dos à moins de trente mètres de là, Riggs trébucha sur une racine et, dans sa chute, pressa involontairement dans sa main le bouton d'arrêt de l'alarme. Donovan se retourna en sursaut. Mais LuAnn avait déjà relevé Riggs, et ils plongèrent dans le sous-bois, avant que Donovan revienne de sa stupeur. « Hé, là-bas ! hurla-t-il. Arrêtez ! Arrêtez ! » Il tenait toujours son revolver à la main mais il n'avait nullement l'intention de tirer ; il n'était pas un tueur.

LuAnn courait comme le vent, et Riggs avait le plus grand mal à la suivre. Il s'était légèrement tordu la cheville en tombant, mais il devait s'avouer que, même sans cela, il ne pourrait jamais la battre à la course. Ils retrouvèrent Joy, qui attendait patiemment le retour de sa maîtresse. LuAnn la détacha rapidement et, d'un bond, se hissa en selle. Laissant libre l'étrier pour Riggs, elle l'aida à se hisser en croupe. L'instant d'après, la jument les emportait dans un puissant galop, Riggs se retenant des deux mains à LuAnn, qui semblait vissée sur sa selle.

Quelques minutes plus tard, LuAnn rentra Joy à l'écurie, la couvrit d'une couverture et, suivie de Riggs, se dirigea vers la maison.

« Décidément, c'est une manie chez vous de pénétrer par effraction chez les gens, dit-il, maîtrisant mal sa colère. Enfin ça ne devrait pas me surprendre. C'est ce que vous avez fait chez moi.

— Je n'ai pas forcé votre porte, et puis je ne me souviens pas de vous avoir dit de me suivre.

— C'est Charlie que j'ai suivi, pas vous. Mais vous devriez être contente que je me sois trouvé là, non ? Ça fait deux fois en deux jours que je vous sauve la mise. À ce rythme, vous allez épuiser vos neuf vies en une semaine. »

Pour toute réponse, elle continua de marcher, les bras croisés sur la poitrine, le regard rivé devant elle. Riggs s'arrêta.

Elle s'arrêta aussi et tourna vers lui un regard qui n'avait rien d'hostile. « Je vous remercie. Une fois de plus. Mais plus vous mettrez de distance entre vous et moi, mieux vous vous porterez, je vous assure. Oubliez la clôture. Je ne pense pas que nous puissions rester ici plus longtemps. Ne vous inquiétez pas, vous serez payé de toute façon. » Elle le regarda longuement, s'efforçant de repousser un sentiment qu'elle n'avait pas ressenti depuis si longtemps, qu'il ne lui inspirait plus que de la frayeur. « Je vous souhaite d'être heureux, Matthew. » Et, se détournant de lui, elle repartit vers la maison.

« Catherine ? » Elle continua de marcher. « Catherine. »

Elle s'arrêta enfin.

« Vous voulez bien me dire ce qui se passe ? Je pourrais peut-être vous aider.

— Je ne pense pas.

— Qu'en savez-vous ?

— Croyez-moi, j'en suis sûre. »

Elle se remit en marche. Riggs la regarda s'éloigner. « Dites, au cas où vous l'auriez oublié, je n'ai pas de voiture pour rentrer chez moi. »

Elle se retourna et lui lança une paire de clés, que Riggs cueillit au vol. « Prenez la mienne. Elle est garée devant le perron. Gardez-la aussi longtemps que vous voudrez. J'en ai une autre. »

Riggs glissa lentement les clés dans sa poche et, secouant la tête de dépit, regarda LuAnn disparaître dans la maison.

33

« Où diable étais-tu ? » demanda Charlie depuis le seuil de son bureau. Il était d'une pâleur qui frappa LuAnn.

« Au même endroit que toi.

— Comment ? LuAnn, je t'ai pourtant dit...

— Tu n'étais pas seul. Riggs t'a suivi. En fait, il m'a sauvée une fois de plus. Si cela devait se reproduire, je devrais songer à l'épouser. »

Charlie pâlit un peu plus. « Est-ce qu'il est entré dans le cottage ?

— Non, mais moi, oui.

— Et qu'as-tu découvert ? »

LuAnn passa devant lui pour entrer dans le bureau. « Je ne voudrais pas que Lisa nous entende. »

Charlie referma la porte derrière lui et se dirigea vers un petit cabinet à liqueurs pour se servir un scotch.

« Apparemment, tu en sais plus que moi. »

Il se retourna vers elle et vida son verre d'un seul trait. « Les coupures de journaux sur le Loto et les meurtres ?

— Oui, je les ai vues. Et je dois dire que cela ne m'a pas trop étonnée.

— Moi non plus.

— Mais il n'y a pas que ça, n'est-ce pas ? » Elle s'assit sur le canapé, replia ses jambes sous elle et le regarda attentivement tout en s'efforçant de maîtriser l'angoisse qu'elle sentait monter en elle.

Charlie semblait atterré ; on aurait dit qu'il venait de se réveiller d'un horrible cauchemar, pour découvrir qu'il n'avait pas rêvé. « Je suis tombé sur une liste de noms. Le tien y était. » Il se tut et reposa son verre d'une main tremblante. LuAnn s'attendait au pire. « Herman Rudy, Wanda Tripp, Randy Stith. Et d'autres encore. Je les connais tous. Je leur ai servi de guide à New York. »

LuAnn porta les mains à ses tempes. Charlie vint s'asseoir à côté d'elle et lui massa doucement les épaules. Elle se laissa aller contre lui. « Il faut fuir, Charlie, dit-elle d'une voix lasse. Boucler les valises et partir. Ce soir. »

Il resta un moment silencieux en hochant pensivement la tête. « Oui, c'est ce que je me suis dit aussi. Mettre les bouts, comme on l'a toujours fait. Mais cette fois, la situation est différente.

— Pire, tu veux dire. Non seulement il a découvert l'arnaque au Loto mais il sait que LuAnn Tyler et Catherine Savage ne sont qu'une seule et même personne. Notre couverture ne nous sert plus à rien. »

Charlie acquiesça, la mine sombre. « C'est vrai que ça se complique, et disparaître ne sera pas facile. »

Elle se leva soudain et se mit à arpenter la pièce. « Que peut-il nous vouloir, Charlie ?

— J'ai aussi réfléchi à ça. » Il retourna au cabinet de liqueurs avec son verre vide, hésita, et finalement préféra s'abstenir. « Tu as vu l'installation du bonhomme. À quoi ça t'a fait penser ? »

LuAnn s'arrêta de marcher et s'appuya au manteau de la cheminée. « S'il a loué une voiture sous un faux nom, c'est, bien sûr, pour qu'on ne puisse pas remonter jusqu'à lui. Mais il y a peut-être une autre raison.

— Exact. » Au fil des ans, Charlie avait pu apprécier le sens aigu de l'observation de LuAnn et la fiabilité de ses intuitions.

« Il a essayé de me faire peur en me poursuivant

en voiture, et il a réussi. Je prends ça comme une mise en garde et une invitation à lui répondre quand il se manifestera de nouveau.

— Continue, l'encouragea Charlie.

— Il a transformé ce cottage en bureau. Il est très bien équipé : ordinateur, imprimante, fax, des piles de dossiers. On dirait qu'il poursuit un travail de recherche.

— Et des recherches, il a dû en faire pour découvrir l'arnaque au Loto, approuva Charlie. Jackson n'est pas du genre à laisser la moindre trace derrière lui.

— Comment en est-il arrivé là ? »

Charlie s'assit derrière son bureau et se frotta pensivement le menton. « Pour l'instant, on ne sait pas jusqu'où il est remonté. J'ai seulement vu une liste. Rien de plus.

— Avec les noms des gagnants. Sais-tu pendant combien de temps Jackson a opéré ?

— J'ai assisté à neuf opérations, toi comprise. J'ai commencé en août. Tu étais Miss Avril. La liste comporte douze noms, ce qui laisse supposer que Jackson a bouclé l'année.

— En tout cas, ce type a découvert le pot aux roses. Je ne sais pas comment, mais il a réussi.

— Alors, c'est de l'argent qu'il veut.

— Ça n'est pas sûr. Pourquoi s'installerait-il ici avec tout son matériel ? Si c'était un chantage, il lui suffirait de m'envoyer un mot et de m'indiquer un numéro de compte en banque où virer l'argent. »

Le visage de Charlie exprimait la plus grande confusion. Il n'avait pas considéré la chose sous cet angle. « C'est vrai, dit-il.

— Et je ne pense pas que ce type soit intéressé par le fric. En vérité, je n'en sais trop rien, mais je l'imagine mal en maître chanteur. En tout cas, il dispose de certains moyens pour louer deux voitures et un cottage, sans parler de tout ce matériel informatique.

— Peut-être, mais il aimerait bien grossir son compte en banque de quelques millions de dollars.

— Il n'en a pas encore manifesté l'intention. Il en a eu le temps, pourtant. » Elle se tut un instant, perdue dans ses pensées. « Pemberton t'a dit pendant combien de temps le cottage était loué ?

— Un mois.

— C'est bien ce que je me disais : pourquoi se donner un mois, s'il voulait me faire chanter ? Pourquoi attendre et, surtout, pourquoi m'appeler par mon vrai nom et me signifier par là qu'il sait tout, courant le risque que je plie bagage le soir même ? »

Charlie poussa un profond soupir. « Alors, qu'allons-nous faire ?

— Attendre. Et nous préparer à quitter le pays le plus rapidement possible. En avion privé. Et puisqu'il sait qui est Catherine Savage, nous allons avoir besoin de nouveaux papiers. Peux-tu t'en procurer ?

— Il me faudra retrouver d'anciennes connaissances, mais c'est possible. Ça prendra quelques jours, tout de même. Il y a quelqu'un qu'on oublie, toutefois : Riggs. Il ne va pas abandonner, maintenant.

— Et, cette fois, nous ne pourrons pas l'en dissuader. Il ne nous fait plus confiance, et je n'irai pas le lui reprocher.

— Il n'entreprendra rien qui risque de te faire du mal. »

Elle le regarda. « Qu'en sais-tu ?

— Tu sais, inutile d'être devin pour voir qu'il a un faible pour toi. » Il y avait une note de ressentiment dans sa voix, mais ce fut d'un ton radouci qu'il ajouta : « Il m'a l'air d'être un type bien. Et, en d'autres circonstances, qui sait... Tu ne vas tout de même pas passer ta vie toute seule, non ? »

LuAnn rougit malgré elle. « Je ne suis pas seule. J'ai Lisa et je t'ai, toi. Je n'ai ni besoin ni envie de personne d'autre. »

Elle détourna la tête. Comment pourrait-elle inviter quiconque à entrer dans une vie fondée sur la dissimulation ? Elle ne s'appartenait plus. Elle n'était qu'une enveloppe dont le contenu lui avait été dérobé par Jackson. Par ailleurs, si elle n'avait pas répondu à son offre, elle n'aurait jamais pu devenir la femme qu'elle avait rêvé d'être un jour. Elle n'habiterait pas une demeure de plusieurs millions de dollars. Ironie du sort, elle aurait peut-être eu une vie plus heureuse dans la pauvreté. Puis elle se rappela que si elle avait décliné l'offre de Jackson, elle ne serait plus de ce monde. Elle n'avait donc pas eu le choix. Elle se tourna vers Charlie.

« C'était ça, le marché, Charlie. Le marché avec Jackson. Maintenant, il n'y a plus que nous trois. Toi, Lisa et moi.

— Les Trois Mousquetaires, dit Charlie en grimaçant un sourire.

— Oui, et prions pour une fin heureuse. » Elle ouvrit la porte et disparut dans le couloir à la recherche de sa fille.

34

« Je vous remercie de m'avoir accordé ce rendez-vous aussi rapidement, monsieur Pemberton.

— Je vous en prie, appelez-moi John, monsieur Conklin. » Pemberton serra la main de son visiteur et l'invita à s'asseoir, tandis qu'il prenait place à son bureau.

« Moi, c'est Harry, dit Conklin.

— Vous m'avez dit au téléphone que vous envisagiez d'acheter une maison, mais vous ne m'avez pas précisé dans quel ordre de prix. »

Sans en avoir l'air, Pemberton jaugeait son client potentiel. La soixantaine, richement vêtu, un air d'autorité et de confiance en soi, l'homme semblait pour le moins prospère.

« On m'a recommandé votre agence qui, si mes informations sont exactes, est spécialisée dans les demeures de prestige, dit Conklin.

— En effet. Voyez-vous, je suis né et j'ai grandi ici. Je connais tout le monde et toutes les propriétés et domaines à plus de cent kilomètres à la ronde. Je parle de celles qui sont dignes d'intérêt, bien entendu. Seriez-vous donc intéressé par une de ces grandes maisons qui embellissent nos campagnes ? »

Conklin eut un sourire avenant. « Laissez-moi vous parler un peu de moi, John. Je gagne ma vie à Wall Street, et je la gagne bien. Mais la Bourse est un jeu pour les hommes jeunes, et je n'en suis plus un. J'ai fait fortune. Je possède un penthouse à Manhattan, une villa à Rio, une maison à Fisher Island, en Floride, et une propriété dans le Sussex. Mais j'ai pris la décision de m'éloigner de New York et de simplifier ma vie. Et cette partie de la Virginie est pleine de charme.

— Ce n'est pas moi qui vous contredirai, dit Pemberton, ravi du tour que prenait la conversation.

— Je reçois beaucoup, aussi la maison devra-t-elle être grande. Mais je tiens également à mon intimité. Une demeure ancienne, élégante, mais restaurée. J'aime les vieilles choses, mais pas la plomberie du siècle dernier, vous me comprenez ?

— Parfaitement.

— Je suppose qu'il ne doit pas manquer de propriétés correspondant à ce signalement.

— Il y en a, très certainement, approuva Pemberton avec ardeur.

— Pour tout vous dire, reprit Conklin, j'en ai même une en tête, et figurez-vous que c'est mon père qui m'en a parlé. Lui aussi était financier. Dans les années 20. Il a réussi à sauver les meubles avant le krach. Il se rendait souvent ici, dans la propriété d'un ami. Mon père, Dieu ait son âme, adorait la région. Alors j'ai pensé que cette maison, où séjournait mon papa, me conviendrait parfaitement.

— C'est en effet une très belle idée, et cela me facilite la tâche. Connaissez-vous le nom de cette propriété ? demanda Pemberton, tout sourire

— Wicken's Hunt. »

Le sourire de Pemberton fondit.

« Oh, Wicken's Hunt, répéta-t-il, dissimulant mal sa déception.

— Qu'y a-t-il ? Un incendie aurait-il ravagé la maison ?

— Non, non, c'est une des plus belles demeures de l'État, superbement restaurée. Malheureusement, elle n'est plus sur le marché.

— Vous en êtes sûr ? » Conklin paraissait sceptique.

« Absolument. C'est moi qui l'ai vendue.

— Bon sang, il y a longtemps ?

— Deux ans, mais les propriétaires n'ont emménagé que depuis quelques mois. Les travaux de restauration ont pris du temps. »

Conklin le regarda en plissant les yeux d'un air madré. « Et ils n'auraient pas envie de vendre, par hasard ? »

Vendre deux fois une propriété en l'espace de deux ans aurait de merveilleuses répercussions sur mon portefeuille, songeait Pemberton.

« Sait-on jamais ? dit-il. Je les connais assez bien, lui surtout. Tenez, pas plus tard qu'hier matin, nous avons pris le petit déjeuner ensemble.

— C'est donc un couple, et âgé, je suppose. Wicken's Hunt n'est pas le genre de maison qu'un jeune ménage pourrait s'offrir, d'après ce que m'en disait mon père.

— À la vérité, ce n'est pas un couple, pas un couple marié, en tout cas. Lui a un certain âge. Plus de soixante ans, je dirai. Et ce n'est pas à lui qu'appartient la propriété, mais à elle. »

Conklin se pencha en avant. « À elle ? »

Pemberton ne répondit pas tout de suite. Il se leva, alla fermer la porte de son bureau et revint s'asseoir.

« Sachez que ce que je vous dis est confidentiel, dit-il, baissant involontairement la voix.

— Je comprends fort bien. Et je n'aurais pas survécu à toutes ces années dans les eaux troubles de Wall Street, si je n'avais pas su tenir ma langue.

— Le titre de propriété est au nom d'une société, mais la propriétaire en est la jeune femme. Catherine Savage. Incroyablement riche. J'ignore d'où vient sa fortune, mais cela ne me regarde pas. Elle a vécu longtemps à l'étranger. Elle a une fillette de dix ans. Quant à l'homme, Charlie Thomas, il est très sympathique. Ils se sont montrés très généreux pour nos divers comités de bienfaisance. Elle, je ne la connais pas, elle se montre rarement en public, mais cela est compréhensible.

— Bien sûr. Si je m'installais ici, vous ne me verriez pas souvent en ville.

— Je vous comprends. Quoi qu'il en soit, ils m'ont l'air très heureux d'être ici, vraiment très heureux. »

Ce fut au tour de Conklin de soupirer. « Alors, je suppose qu'ils ne sont pas près de partir. Dommage. » Il jeta à Pemberton un regard aigu. « Dommage pour vous aussi, car j'ai pour habitude de laisser à quiconque réalise une transaction pour moi une généreuse commission.

— Ah oui ? Et, par simple curiosité, cette commission s'élève à...

— Vingt pour cent du prix d'achat », répondit Conklin en observant le visage de Pemberton passer par différentes couleurs.

Si Pemberton n'avait pas été assis, ses jambes ne l'auraient pas soutenu. Vingt pour cent !

« C'est... c'est en effet très généreux, parvint-il à articuler.

— Quand on veut quelque chose, il me paraît normal de récompenser ceux qui vous aident à l'obtenir, n'est-ce pas ? Mais dans l'affaire qui nous occupe, je ne vois guère d'issue. Peut-être irai-je voir du côté de la Caroline du Nord. On m'en a dit beaucoup de bien. » Il commença de se lever.

« Attendez une minute. Je vous en prie, juste une minute. »

Conklin hésita avant de se rasseoir.

« En vérité, vous tombez à pic.

— Pourquoi cela ? »

Pemberton se pencha en avant. « Il s'est passé certaines choses qui pourraient peut-être nous fournir l'occasion de leur proposer le rachat de la propriété.

— S'ils viennent de s'installer, paraissent heureux d'être ici, je ne vois pas ce qui pourrait les inciter à partir. La maison n'est pas hantée, n'est-ce pas ?

— Non, rien de semblable. Comme je vous l'ai dit,

j'ai pris le petit déjeuner avec Charlie Thomas, hier matin. Et il s'inquiétait qu'une personne soit venue les voir pour leur demander de l'argent.

— Vous savez, cela m'arrive tout le temps que des tapeurs viennent sonner à ma porte. Et vous pensez que cela suffirait à leur faire plier bagage ?

— Ma foi, plus j'y pense, plus cette histoire me paraît bizarre. Après tout, comme vous le disiez vous-même, quand on est riche, on fait nécessairement l'objet de sollicitations. Alors pourquoi cette soudaine inquiétude de la part de Charlie ?

— Comment savez-vous qu'il était inquiet ? »

Pemberton sourit. « Vous savez, Charlottesville n'est pas bien grande. J'ai appris que, très récemment, Matt Riggs, qui se trouvait sur la propriété de Mlle Savage, est intervenu dans une poursuite entre deux voitures, et qu'il a failli y laisser sa peau. »

Conklin secoua la tête d'un air confus. « Attendez, qui est Matt Riggs ?

— Un entrepreneur en bâtiment que Mlle Savage a engagé pour qu'il construise une clôture de sécurité en bordure de la route qui longe la propriété.

— Et c'est quoi, cette histoire de poursuite en voiture ? Quel rapport avec Catherine Savage ?

— Ce matin-là, un ami à moi se rendait à son travail. Il habite non loin de Wicken's Hunt et travaille en ville. Il allait tourner sur la route principale, quand une BMW gris métallisé est passée à plus de cent cinquante à l'heure. S'il s'était engagé une seconde plus tôt, il n'aurait jamais pu me raconter tout ça. Il était tellement secoué qu'il est resté sans bouger pendant un moment. Une bonne chose parce que, l'instant d'après, le pick-up de Matt Riggs passait en trombe devant lui avec, tenez-vous bien, une autre voiture accrochée à son pare-chocs. Un vrai rodéo.

— Savez-vous qui conduisait la BMW ?

— Je n'ai jamais rencontré Mlle Savage, mais je connais des gens qui l'ont vue. Elle est grande, blonde, très belle, dit-on. Mon ami ne l'a aperçue que pendant une toute petite seconde, mais la femme était blonde et jolie, dit-il. Et j'ai vu une BMW gris métallisé garée devant la maison, à Wicken's Hunt, la fois où je suis allé voir Charlie, pour lui faire signer des papiers.

— Vous pensez donc que quelqu'un la poursuivait ?

— Oui, et Matt Riggs est intervenu. Son pick-up est en réparation, avec un pare-chocs défoncé. Je sais aussi que Sally Beecham — l'intendante de Mlle Savage — a vu Riggs quitter Wicken's Hunt ce matin-là, juste après la poursuite, et qu'il n'avait pas l'air content du tout, d'après elle. »

Conklin se caressa le menton. « Très intéressant. Et y a-t-il un moyen de savoir qui donnait la chasse à la femme ?

— Il y en a un. D'ailleurs, je m'en suis déjà occupé et, si je ne sais pas qui est cet homme, je sais du moins où il séjourne. Et c'est justement là où je voulais en venir. Au cours de notre petit déjeuner, Charlie m'a parlé de cet individu. Il le soupçonnait d'avoir loué une maison dans la région, et m'a demandé si je pouvais me renseigner. Je lui ai répondu que je ferais mon possible. À ce moment-là, j'ignorais tout de la poursuite en voiture. J'ai appris ça plus tard.

— Vous disiez savoir où se trouve le bonhomme ? Mais comment avez-vous fait ? Il y a tellement d'endroits dans la région où on peut se cacher », dit Conklin d'un ton détaché.

Pemberton eut un sourire satisfait. « Je vous l'ai dit, je suis né et j'ai grandi ici. Charlie m'a décrit l'homme et la voiture. J'ai utilisé les contacts que j'ai de-ci de-là et, moins de vingt-quatre heures plus tard, j'avais localisé notre client.

— Enterré dans un trou au fond des bois, je parie. »

Pemberton secoua la tête. « Pas du tout. Il était sous leur nez, dans un petit cottage, à moins de dix kilomètres de Wicken's Hunt. Un endroit assez isolé, je dois dire.

— Je ne connais pas très bien la région. Est-ce près de Monticello ?

— C'est au nord de Monticello. Le cottage n'est pas loin du domaine Airslie, en bordure de la route 22. On appelle cet endroit Keswick Hunt. L'homme a loué la maison il y a un mois environ.

— Bon Dieu, et vous savez comment il s'appelle ?

— Je connais le nom sous lequel il a loué : Tom Jones. Un faux nom, de toute évidence.

— Eh bien, je suis sûr que Mlle Savage a apprécié votre aide. Que s'est-il passé ensuite ?

— Je ne sais pas. J'ai beaucoup de travail, et je n'ai pas eu d'autres nouvelles de Charlie.

— Ce type, Riggs, il a dû avoir chaud sur la route.

— Oh, c'est un dur à cuire, et il sait se défendre.

— Peut-être, mais se faire rentrer dedans par l'arrière à vive allure ! Ce n'est pas dans les habitudes d'un entrepreneur.

— Il n'a pas toujours été dans le bâtiment.

— Vraiment ? Décidément, c'est un vrai roman-feuilleton, votre histoire. Il était quoi, ce Riggs, avant de conduire une bétonneuse ? »

Pemberton haussa les épaules. « Je n'en sais pas plus que vous. Il ne parle jamais de son passé. Il a débarqué ici voilà cinq ans, a appris le métier de la construction et a fini par monter sa propre affaire. Son passé fait l'objet de spéculations. Charlie pense que c'est un ancien flic. Moi, je le soupçonne d'avoir travaillé dans les services de renseignements et d'avoir été envoyé ici, au vert, par le gouvernement.

— De plus en plus passionnant. Le type est âgé ?

— Non, tout juste quarante ans, peut-être moins même. Grand, fort, très capable. Excellente réputation.

— Tant mieux pour lui.

— Alors, pour en revenir à nos moutons, je peux appeler Charlie et lui dire qu'au cas où Mlle Savage et lui auraient l'intention de partir, j'ai un acheteur sous la main. En tout cas, ça ne coûte rien d'essayer.

— Écoutez, laissez-moi réfléchir quelques jours.

— Très bien, mais je peux toujours lui poser la question. »

Conklin leva la main. « Non, je ne préfère pas. Dès que j'aurai pris ma décision, nous ne perdrons pas une minute, je vous le garantis.

— Je pensais seulement... »

Conklin se leva abruptement. « Je vous donnerai de mes nouvelles très bientôt, John. Et j'apprécie votre aide.

— De toute façon, s'ils gardaient Wicken's Hunt, il y a dans la région un tas d'autres demeures tout aussi belles et remarquablement situées. Vous verrez, vous n'aurez que l'embarras du choix.

— Ce type dans le cottage m'intrigue beaucoup. Vous n'auriez pas son adresse exacte, par hasard ? »

La question parut surprendre Pemberton. « Vous ne voulez pas lui parler, n'est-ce pas ? C'est peut-être risqué.

— Je ne crains pas le danger. Et j'ai appris dans mon métier qu'on trouve parfois ses meilleurs alliés là où on s'y attend le moins. » Conklin regarda Pemberton d'un air entendu, et un sourire de compréhension finit par s'épanouir sur le visage de l'agent immobilier. Il griffonna les indications sur un bout de papier, qu'il remit à Conklin.

Comme en échange, ce dernier sortit une enveloppe de sa poche et la donna à Pemberton en lui faisant signe de l'ouvrir.

« Ô mon Dieu ! s'exclama Pemberton à la vue de l'épaisse liasse de grosses coupures. Mais pourquoi ? Je n'ai encore rien fait pour vous. »

Conklin le fixa de son regard pénétrant. « Vous m'avez fourni une information, John. Et c'est pour moi une chose qui a son prix. À bientôt. »

Les deux hommes se séparèrent sur une poignée de main complice.

De retour dans l'auberge de campagne où il avait pris une chambre, Harry Conklin s'enferma dans la salle de bains et fit couler l'eau d'un bain. Quinze minutes plus tard, Jackson ressortait, vêtu d'un peignoir, les restes de Conklin entassés dans une poche en plastique qu'il rangea dans sa valise. Sa conversation avec Pemberton avait été très enrichissante. Toutefois, elle n'était pas le fruit du hasard. Dès son arrivée à Charlottesville, Jackson avait, au terme d'une enquête discrète, appris que Wicken's Hunt avait été vendu par le cabinet Pemberton. Il s'assit sur le lit et, déployant une carte détaillée de la région de Charlottesville, releva les lieux mentionnés par Pemberton et étudia la route menant au cottage. Avant de s'entretenir avec l'agent immobilier, il s'était rendu à la bibliothèque municipale où il avait trouvé un ouvrage sur les grandes demeures de la région, leur histoire, leur style et les noms des diverses familles qui y avaient vécu. C'est fort de ces connaissances qu'il avait pu amener Pemberton à lui parler de Wicken's Hunt sans éveiller le moindre soupçon.

Jackson ferma les yeux. À présent, il devrait préparer soigneusement sa campagne contre LuAnn Tyler et l'homme qui la pourchassait.

35

Riggs s'était donné une journée avant d'aller récu-
pérer la jeep. Pour prévenir toute mauvaise rencontre,
il s'y rendit armé et de nuit. La Cherokee ne semblait pas endommagée. La Chrysler n'était pas là, et
il n'y avait apparemment personne dans le cottage.
Quant à la Honda, elle n'avait pas bougé de son abri.
Riggs gagna la porte d'entrée et se demanda une fois
de plus s'il ne ferait pas mieux de laisser tomber cette
histoire. Il s'en passait de drôles autour de Catherine
Savage, et il avait personnellement eu sa part d'aventures, avant qu'il ne vienne chercher à Charlottesville
une existence paisible. Mais cette pensée ne l'empêcha pas de tourner la poignée de la porte qui, curieusement, n'était pas fermée à clé. Il poussa doucement
le battant du pied, la torche dans une main, le revolver dans l'autre.

Il était à peu près certain qu'il n'y avait personne
à l'intérieur, mais ce genre de certitude pouvait parfois vous réserver un caisson à la morgue. Il balaya
la pièce du faisceau de sa lampe. Il y avait un interrupteur sur le mur, mais il n'avait pas l'intention de
donner de la lumière. Des traînées de poussière sur le
parquet semblaient indiquer qu'on avait déplacé des
meubles ou des cartons. Intrigué, il s'accroupit et tâta
les traces d'un air perplexe. Il y avait un téléphone
sur la table de la cuisine. Il le décrocha ; il n'y avait
pas de tonalité. Il passa dans le salon.

Il balaya lentement la pièce du regard, mais ne vit pas la silhouette vêtue de noir, dissimulée dans le placard entrouvert situé sous l'escalier.

Jackson ferma les yeux juste une seconde avant que le faisceau de la lampe n'éclaire sa cachette et ne fasse scintiller ses pupilles. Quand il sentit l'obscurité se refermer sur lui, il rouvrit les yeux et serra plus fermement le manche de son couteau. Il avait entendu Riggs bien avant que celui-ci n'entre dans le cottage. Ce n'était pas l'occupant des lieux ; ce dernier était parti depuis plusieurs heures, et Jackson avait déjà entièrement fouillé l'habitation. Il en déduisit que ce devait être le dénommé Riggs. Et il éprouvait maintenant pour celui-ci autant de curiosité que pour l'occupant du cottage qu'il était venu tuer. Dix ans plus tôt, il avait prédit que LuAnn Tyler lui créerait un jour un problème, et il ne s'était pas trompé. Il s'était livré à une petite enquête préliminaire sur Riggs, après avoir quitté Pemberton. Et le fait de n'avoir pas découvert grand-chose des antécédents du bonhomme l'avait considérablement intrigué.

Quand Riggs passa devant lui, Jackson faillit lui trancher la gorge avec son poignard de combat. Mais la pulsion meurtrière s'effaça aussi rapidement qu'elle avait surgi. Tuer Riggs ne lui était d'aucune utilité, du moins pour le moment. La main de Jackson se relâcha sur le manche de son arme. Riggs venait sans le savoir d'obtenir un sursis. Il n'en serait pas de même lors de leur prochaine rencontre. Jackson n'aimait pas les fouineurs, et il allait maintenant enquêter sérieusement sur le passé de ce type.

Riggs ressortit du cottage et, comme il se dirigeait vers la Cherokee, il jeta un regard derrière lui. Il lui était venu une étrange sensation en refermant la porte derrière lui : l'impression d'avoir échappé à un danger mortel. Il haussa les épaules. Ce qu'il venait d'éprouver devait être une réminiscence du temps où il vivait aux aguets. Il n'y avait personne d'autre que lui dans cette maison, pas même un fantôme...

Guettant depuis la fenêtre, Jackson vit le geste de Riggs et l'interpréta avec exactitude : l'homme avait senti quelque chose. Il en éprouva un regain de curiosité pour le personnage, et se promit de s'occuper de lui en temps voulu. Pour l'instant, il avait mieux à faire. Il alla chercher dans le placard une serviette qui ressemblait à une trousse de médecin. S'installant dans le salon, il ouvrit la trousse et, sortant un matériel sophistiqué contenant une minuscule torche halogène, de la poudre blanche, une petite brosse soyeuse, un adhésif spécial et plusieurs plaquettes de verre, il entreprit de relever les empreintes digitales laissées aussi bien par l'occupant du cottage que par Riggs sur l'interrupteur, près de la porte, sur le combiné du téléphone et le parquet dans la petite salle à manger. Cela lui prit plusieurs minutes d'un travail précis.

Jackson souriait en rangeant soigneusement les plaquettes de verre, recelant chacune un carré d'adhésif porteur d'une empreinte, dans une des poches intérieures du sac. Certaines de ces empreintes étaient parfaites. Il n'aurait plus aucun mal à découvrir qui était M. Riggs avant qu'il devienne un petit entrepreneur en bâtiment. Il jeta un dernier regard dans le cottage avant de se glisser dehors. Prenant un sentier qui s'enfonçait dans le sous-bois, il regagna sa voiture dissimulée derrière d'épais buissons et reprit sa route. Ce n'était pas tous les jours qu'on abattait deux oiseaux d'une seule pierre mais il ne désespérait pas d'y parvenir.

36

« J'aime bien M. Riggs, m'man.

— Mais tu le connais à peine. »

LuAnn borda sa fille et s'assit à côté d'elle.

« Peut-être, mais ça se voit qu'il est très bien. »

LuAnn sourit. « Vraiment ? Tu as une bonne vue, dis donc.

— Sérieusement, quand est-ce qu'il reviendra nous voir ? »

LuAnn pinça les lèvres. « Lisa, il est possible que nous partions. »

Le sourire plein d'espoir de la fillette s'effaça soudain. « Partir ? Où ça ?

— Je ne sais pas encore, et rien n'est encore décidé. Il faut que j'en discute avec oncle Charlie.

— Et moi, on ne me compte pas dans la discussion ? »

Le ton inhabituel de Lisa surprit LuAnn. « Mais que veux-tu dire ?

— Tu sais combien de fois on a déménagé pendant ces six dernières années ? Huit fois ! Avant, j'étais trop petite pour compter ou pour m'en souvenir. Et je ne trouve pas ça juste. »

La voix de Lisa tremblait, et LuAnn passa son bras autour des épaules de sa fille. « Ma chérie, j'ai dit qu'il était possible qu'on parte. Rien encore n'a été décidé.

— Ce n'est pas la question. Aujourd'hui, c'est peut-être, mais demain ou je ne sais quand, ce sera : "On s'en va !" et, une fois de plus, on partira je ne sais où. »

LuAnn enfouit son visage dans les longs cheveux de sa fille. « Je sais que c'est difficile pour toi, mon bébé.

— Je ne suis plus un bébé, m'man. Et j'aimerais bien savoir pourquoi on se sauve toujours comme ça.

— Nous ne nous sauvons pas. Qu'est-ce qui te fait dire ça ?

— J'espérais que tu me le dirais. J'aime cette maison, et je n'ai pas envie de la quitter, et si tu ne me donnes pas une bonne raison pour qu'on s'en aille, je resterai ici.

— Lisa, tu as dix ans et, bien que tu sois une fille très intelligente et très mûre pour ton âge, tu n'es encore qu'une enfant. Alors tu iras où j'irai. »

Lisa détourna la tête. « Est-ce que je toucherai beaucoup d'argent à ma majorité ?

— Oui, pourquoi ?

— Parce que dès que j'aurai mes dix-huit ans, j'aurai une maison à moi et je n'en bougerai plus jusqu'à ma mort. Et jamais je ne t'inviterai chez moi. »

LuAnn eut un pincement au cœur. « Lisa !

— C'est vrai. Je pourrai enfin avoir des amis et faire ce que je veux.

— Lisa Marie Savage, tu as voyagé à travers le monde. Tu as fait des choses que la plupart des gens ne feront jamais de toute leur vie.

— Eh bien, tu sais quoi ?

— Quoi ?

— J'aurais préféré rester au même endroit, parce qu'à force d'avoir changé de pays, même ici, je suis comme une étrangère ! »

Sur ces paroles, elle remonta les couvertures sur sa tête et ajouta d'une voix étouffée : « Maintenant, j'aimerais être seule. »

LuAnn se retint de protester. Le cœur gros, elle quitta la chambre de Lisa et alla dans la sienne, où elle s'effondra sur le lit.

Elle avait l'impression qu'une plaque de glace glissait sous ses pieds, l'entraînant sur une pente et l'abîme au-delà. Elle se releva et gagna la salle de bains tout en se déshabillant, fit couler la douche et entra dans la cabine sous le jet chaud et puissant. S'adossant contre le mur carrelé, elle ferma les yeux et s'efforça de se convaincre que ce n'était rien, que Lisa se réveillerait le lendemain avec le même amour pour sa mère. Ce n'était pas leur première dispute. Lisa ne partageait pas seulement les attributs de sa génitrice, elle en avait également hérité le caractère indépendant et obstiné. Au bout de quelques minutes, LuAnn parvint à se calmer et s'abandonna au ruissellement de l'eau.

Quand elle rouvrit les yeux, une autre image envahit ses pensées. Matthew Riggs devait maintenant la prendre pour une folle et une femme malhonnête, une drôle de combinaison quand on voulait faire bonne impression. Mais ce n'était pas dans ses intentions. Elle éprouvait surtout de la culpabilité à son encontre. Par deux fois il avait risqué sa vie pour elle et, par deux fois, en avait été bien mal remercié. L'homme était séduisant, mais elle ne cherchait pas une aventure. Comment pourrait-elle avoir un compagnon, à qui il lui serait interdit de se confier, de peur de trahir son secret ? En dépit de ces arguments, l'image de Riggs la hantait. Oui, un très bel homme ; fort, honnête, courageux. Et lui aussi avait ses secrets. Et il avait souffert. Elle jura soudain à haute voix ; sa vie était à ce point anormale qu'elle devait refouler les sentiments et le désir que pouvait lui inspirer un homme.

Elle se savonna avec une brutalité qui réveilla sa chair et lui rappela que le dernier compagnon avec lequel elle avait couché était Duane Harvey, il y avait dix ans de ça. Et, comme elle passait un gros savon sur ses seins, le visage de Riggs apparut de nouveau. Elle secoua la tête avec colère, referma les yeux, et appuya son front contre la paroi carrelée de faïences qu'elle avait fait venir du Portugal. Elle resta un long moment ainsi, le jet massant sa nuque et ses épaules, tandis que ses mains — des mains qui auraient pu être celles de Riggs — descendaient vers son ventre, pétrissaient ses hanches, ses fesses, glissaient vers l'entrecuisse. Elle haletait, et un sourd gémissement se mêlait au bruit de l'eau. Dix ans, dix fichues années sans un homme. Ses doigts tissaient maintenant un plaisir qui montait lentement, envahissait son ventre, égrenant spasme après spasme jusqu'à ce que soudain une violente contraction lui arrache un cri et manque lui faucher les jambes. Arc-boutée contre les parois pour ne pas tomber, elle laissa le plaisir grésiller un instant en elle comme une ampoule survoltée puis se redressa, pantelante. Elle ferma le robinet et sortit de la cabine pour s'asseoir sur le rebord de la baignoire, où elle resta un long moment, la tête basse, attendant que son cœur retrouve un rythme normal. Elle se releva avec un regard coupable vers la douche, s'essuya et regagna sa chambre.

Parmi les superbes antiquités qui meublaient sa chambre, un seul objet comptait pour LuAnn : la vieille pendule que lui avait donnée sa mère, dont le tic-tac laborieux avait sur elle un effet apaisant. Elle se féliciterait toujours de l'avoir emportée, ce jour où elle avait failli trouver la mort dans la caravane. Elle l'écoutait parfois la nuit, quand le sommeil se refusait à elle, et c'était comme d'entendre un vieil ami chantonner en grattant une guitare, dont les accords modestes distillaient la paix.

Elle enfila une paire de collants et retourna dans la salle de bains pour se sécher les cheveux. Dans le miroir, elle vit une femme qui semblait être au bord du désespoir. Elle se demanda si elle ne ferait pas mieux d'entreprendre une analyse. Elle apprendrait à dire la vérité sur le divan. Mais une analyse était un processus de longue haleine, une entreprise pour sédentaire, peu faite pour une femme qui venait de passer dix ans à errer et qui s'apprêtait à fuir une fois de plus.

Elle suivit lentement du bout de son index sa cicatrice au menton. C'était une borne dans sa mémoire, son pense-bête, le rappel que sa vie était fondée sur un mensonge.

Elle finissait de sécher ses cheveux, quand les paroles de Lisa lui revinrent. Elle ne pouvait laisser sa fille s'endormir sur un tel sentiment de dépit, une telle colère. Elle regagna sa chambre pour enfiler un peignoir et retourner voir la fillette.

« Bonsoir, LuAnn. »

Sa stupeur fut telle qu'elle dut s'appuyer au chambranle de la porte pour ne pas tomber. Et, comme elle portait son regard vers lui, elle sentit les muscles de son visage se tétaniser et s'avéra incapable d'articuler un son.

« Ça fait un bail, n'est-ce pas ? » Jackson s'écarta de la porte-fenêtre et vint s'asseoir au bord du grand lit.

Le calme et la désinvolture avec lesquels il se mouvait brisèrent le charme dont LuAnn semblait faire l'objet. « Mais comment êtes-vous entré ?

— Question superflue. » Les mots et le ton de voix ramenèrent LuAnn dix ans en arrière avec une telle rapidité qu'elle en éprouva un nouveau choc. « Que... que voulez-vous ?

— Question pertinente. Mais comme nous avons à parler longuement, je vous suggère de vous vêtir. Vous serez plus à l'aise. »

LuAnn eut le plus grand mal à détacher de lui son regard, car être quasiment nue devant lui était beaucoup moins troublant que de lui tourner le dos. Finalement, elle ouvrit la penderie et en sortit un long peignoir qu'elle s'empressa d'enfiler. Elle serra fermement la ceinture autour de sa taille et lui fit face. Jackson ne la regardait pas ; il promenait sur la pièce un regard appréciateur, s'attardant un instant sur la vieille pendule. Apparemment, la vision du corps de LuAnn surpris dans sa nudité ne lui avait inspiré qu'une parfaite indifférence.

« Vous avez fait des progrès. Si mes souvenirs sont bons, vos goûts en matière de décoration se limitaient à l'époque à un lino pisseux et à des rebuts de décharge publique.

— Je n'apprécie pas votre intrusion. »

Il tourna la tête vers elle, et ses yeux brillaient d'une lueur dangereuse. « Et moi, je n'apprécie pas de perdre un temps précieux à vous secourir une nouvelle fois. À propos, comment faut-il vous appeler ? LuAnn ou Catherine ?

— Je vous laisse le choix, répondit-elle sèchement. Et je n'ai pas besoin d'être secourue, surtout pas par vous. »

Il se leva du lit et l'examina avec une grande attention. « Très, très bien. Ça aurait été encore mieux si j'avais eu le loisir de vous former, mais ne soyons pas tatillon. Vous êtes chic, sophistiquée. Félicitations.

— La dernière fois que je vous ai vu, vous portiez une robe. À part ça, vous n'avez pas beaucoup changé. »

Jackson n'avait pas quitté le costume noir qu'il portait au cottage. Ses traits étaient les mêmes qu'à leur première rencontre, le faux ventre en moins. Il eut un grand sourire. « Ne saviez-vous pas qu'en dehors de mes autres capacités, je ne vieillissais pas ? » Son sourire disparut. « À présent, parlons. » Il se laissa choir de nouveau sur le lit et invita LuAnn à s'asseoir devant le petit secrétaire situé dans un coin de la vaste pièce.

« De quoi voulez-vous qu'on parle ? demanda-t-elle, en tournant la chaise pour lui faire face.

— Vous avez reçu la visite d'un homme. Un homme qui vous a poursuivie en voiture.

— Comment le savez-vous ? demanda LuAnn avec colère.

— Décidément, vous n'admettrez jamais que l'on ne peut rien me cacher. De la même façon, vous n'avez pas respecté mes instructions, à savoir ne jamais revenir aux États-Unis.

— Les dix ans sont écoulés.

— Je n'ai jamais donné de date limite concernant votre retour.

— Vous ne pensez tout de même pas que je vais errer toute ma vie.

— Au contraire, c'est exactement ce que j'attends de vous. Et ce que j'exige.

— Vous n'avez pas le droit de régenter ma vie. »

Jackson regarda de nouveau autour de lui puis se leva. « Commençons par le commencement, voulez-vous ? Parlez-moi de cet homme.

— Je peux m'occuper de lui sans l'aide de personne.

— Ah oui ? À ma connaissance, vous n'avez cessé d'accumuler les erreurs.

— Fichez le camp. Fichez le camp tout de suite ! »

Jackson secoua lentement la tête. « Je constate que le temps n'a pas amélioré votre caractère. Malgré tout votre argent, vous ne pourrez jamais vous acheter ni les bonnes manières ni le tact, n'est-ce pas ?

— Allez au diable. »

Pour toute réponse, Jackson glissa une main à l'intérieur de sa veste.

En un éclair, LuAnn se saisit d'un coupe-papier sur le secrétaire et ramena son bras en arrière, prête à le lancer. « Je peux vous tuer avec ça. Grâce à mon argent, j'ai appris — entre autres choses — à lancer le couteau. »

Jackson secoua la tête d'un air triste. « Il y a dix ans, j'ai trouvé une jeune femme de vingt ans, la tête sur les épaules mais enfoncée dans cette misère qui colle aux petits Blancs du Sud comme la boue à leurs brodequins. Et vous n'avez pas changé. La crasse intérieure ne part jamais. » Il ressortit lentement une feuille de papier de la poche intérieure de sa veste. « Vous pouvez reposer votre joujou, vous n'en aurez pas besoin. » Il la regardait avec un calme qui finit par la désarmer. « En tout cas, pas ce soir. » Il déplia la feuille. « Deux hommes sont entrés récemment dans votre vie : Matthew Riggs est l'un d'eux ; l'autre n'est pas encore identifié. »

LuAnn abaissa lentement le bras, mais elle se garda de reposer le coupe-papier.

Jackson leva les yeux. « J'ai le plus grand besoin de m'assurer que votre secret ne sera jamais découvert. Je mène de multiples activités et possède des intérêts dont vous n'imaginez pas l'importance. Mais mes entreprises sont toutes fondées sur l'anonymat. Vous êtes un domino parmi d'autres rangés en ligne. Qu'il y en ait un seul qui tombe, et les autres suivent, jusqu'au dernier. Je suis ce dernier, comprenez-vous ?

— Je comprends.

— Vous avez considérablement compliqué ma vie en revenant aux États-Unis. Si l'homme qui vous traque a découvert votre identité, c'est parce qu'il a consulté votre déclaration d'impôts, ce qui n'est pas très difficile à faire dans ce pays. C'est la raison pour laquelle je vous avais expressément recommandé de ne jamais revenir.

— Je n'aurais pas dû, reconnut LuAnn. Mais essayez donc de changer tous les six mois de pays, surtout avec une petite fille.

— Je mesure très bien vos difficultés, mais compter parmi les femmes les plus riches du monde ne va pas sans quelques sacrifices.

— Oui, mais on ne peut pas tout acheter avec de l'argent, vous le disiez vous-même il y a un instant.

— Cet homme, ne l'auriez-vous pas rencontré au cours d'un de vos voyages ?

— Non, je m'en serais souvenue. Je me souviens de tout ce qui s'est passé pendant ces dix ans », dit-elle d'un ton pénétré.

Jackson l'observait attentivement. « Je vous crois. Avez-vous une raison de penser qu'il est au courant pour le Loto ? »

Elle hésita une seconde. « Non.

— Vous mentez. Vous allez me dire tout de suite la vérité, sinon je tue tout le monde dans cette maison, en commençant par vous. » La menace soudaine, délivrée avec calme, choqua LuAnn. Elle savait au plus profond d'elle-même qu'il en était fort capable.

« Il avait une liste. De douze noms. Le mien, Herman Rudy, Bobbie Jo Reynolds, et d'autres dont je ne me souviens pas. »

Jackson enregistra l'information et jeta un coup d'œil à la feuille qu'il tenait toujours à la main. « Et Riggs ?

— Il travaille dans le bâtiment.

— Son passé a des zones d'ombre.

— À chacun ses secrets.

— Peut-être et, en d'autres circonstances, il ne m'intéresserait pas. Mais voilà, il est entré en scène.

— Je ne vous suis pas.

— Riggs a un passé mystérieux et, comme par hasard, il est là quand vous avez besoin de secours. Car il vous a aidée, n'est-ce pas ? »

LuAnn le regarda d'un air perplexe. « Oui, mais il habite ici depuis cinq ans. Il était là bien avant moi.

— Ce n'est pas la question. Je pense seulement qu'il n'est peut-être pas celui qu'il prétend. Et ce qui m'inquiète, c'est que ce monsieur intervient dans votre vie juste au moment où vous êtes menacée.

— C'est un hasard. Nous l'avons engagé pour construire une clôture, et il se trouvait là quand l'autre homme s'est lancé à ma poursuite. »

Jackson secoua la tête. « Je n'aime pas ça. Je l'ai vu, ce soir. » LuAnn se raidit. « Au cottage. Il est passé à cinquante centimètres de moi. J'ai même pensé à l'égorger. Je n'avais qu'à tendre le bras. »

LuAnn avait pâli. « Vous n'aviez aucune raison de faire une chose pareille.

— Ça, vous n'en savez rien. Je vais me renseigner sur lui et, si je découvre quoi que ce soit qui représente une menace pour moi, je l'éliminerai. C'est aussi simple que cela.

— Laissez-moi me renseigner pour vous.

— Quoi ?

334

— Riggs m'aime bien. Il m'a déjà aidée, m'a peut-être sauvé la vie. Je peux lui témoigner ma reconnaissance sans qu'il y voie une manœuvre quelconque.

— Non, je n'aime pas ça.

— Riggs n'est qu'un petit entrepreneur local. Vous perdriez votre temps à vous occuper de lui. »

Jackson la considéra avec la plus extrême attention pendant un long moment. « D'accord, LuAnn, je vous le laisse. À une condition : vous me rapporterez immédiatement toute information ou fait nouveau le concernant. Sinon, c'est moi qui me chargerai de ce monsieur. Compris ?

— Compris.

— Quant à l'autre homme, je ne devrais pas avoir trop de mal à lui mettre la main dessus.

— Ne faites pas ça.

— Pardon ?

— Vous pouvez vous épargner la peine de le retrouver.

— Non seulement j'en ai fermement l'intention mais ce sera un plaisir pour moi. »

Le souvenir d'Arc-en-ciel revint à LuAnn. Elle ne voulait pas d'une autre mort sur sa conscience. « Si jamais il reparaît, nous quitterons le pays. »

Jackson replia la feuille de papier et la glissa dans sa poche. « Vous n'avez pas l'air de comprendre la situation, dit-il en la fixant d'un regard détaché. Seriez-vous la seule à faire l'objet de ses poursuites, votre solution simpliste pourrait à la rigueur résoudre le problème, du moins pour quelque temps. Mais cet homme a les noms de onze autres personnes avec lesquelles j'ai travaillé. Un départ collectif — que dis-je, un exode — est impensable.

— Je n'aurai qu'à payer ce que me demandera cet homme, dit LuAnn. Et nous en aurons fini avec lui. »

Jackson secoua la tête d'un air de dépit. « Vous n'avez donc pas encore appris que les maîtres chanteurs ne se contentent jamais de ce qu'on leur donne ?

335

Ils s'accrochent et exigent toujours plus, et il n'y a qu'une façon de se débarrasser de ces teignes.

— Non, je vous en prie, ne faites pas ça, monsieur Jackson.

— Quoi, vous ne voulez pas que je vous aide à survivre ? » Il jeta un regard autour de lui. « Alors que vous avez tout ça à perdre ? » Il la regarda de nouveau et, dans ses yeux, dansait une lueur qui démentait la douceur de la question suivante. « À propos, comment va la petite Lisa ? Est-elle aussi jolie que sa maman ? »

LuAnn sentit sa gorge se serrer. « Elle va bien.

— Tant mieux. Espérons que ça continuera ainsi, n'est-ce pas ?

— Ne pourriez-vous pas me laisser m'occuper de tout ça ? demanda LuAnn d'une voix que l'émotion faisait légèrement trembler.

— LuAnn, il y a dix ans, nous avons dû faire face à une tentative de chantage. Je m'en suis chargé, et je me chargerai de celle-ci. Dans ce genre de situation, je ne délègue jamais mes pouvoirs. Estimez-vous heureuse que je laisse la vie à M. Riggs. Pour le moment.

— Mais cet homme ne peut rien prouver. Et personne ne remontera jamais jusqu'à vous. J'irai peut-être en prison, mais pas vous. Bon Dieu, je ne sais même pas qui vous êtes. »

Jackson se leva et se pencha légèrement pour lisser de sa main le couvre-lit. « Joli travail, dit-il. Indien, n'est-ce pas ? »

Distraite par sa question, LuAnn ne vit pas le geste fluide que décrivit la main droite de Jackson, et elle se retrouva devant un gros silencieux monté sur le canon d'un automatique 9 mm.

« L'une des solutions consisterait à vous tuer, vous et les onze autres. Notre fouineur se retrouverait dans un cul-de-sac et n'aurait plus qu'à aller exercer ses talents ailleurs. Souvenez-vous que la période des dix ans est expirée. J'ai fait virer les cent millions du gros lot à votre nom sur un compte en Suisse. Je vous recommande expressément de ne pas les transférer aux États-Unis. » Il sortit un autre papier de sa poche et le posa sur le lit. « J'ai noté dessus le code de ce compte bancaire ainsi que d'autres informations qui vous permettront d'y avoir accès. L'origine de ces fonds est verrouillée, inattaquable. Cet argent est à vous. Comme promis. » L'index de Jackson crocheta la détente de l'automatique. « Toutefois, après ce que je viens d'apprendre, je n'ai plus aucune raison de vous laisser la vie sauve, n'est-ce pas ? » Il avança vers elle. Les doigts de LuAnn se refermèrent instinctivement sur le coupe-papier.

« Lâchez ça, LuAnn. Vous êtes très athlétique, mais pas plus rapide qu'une balle. Posez ça. Tout de suite ! »

Elle fit ce qu'il ordonnait et recula contre le mur.

Jackson s'arrêta à quelques centimètres d'elle et, lui collant le canon contre une joue, caressa l'autre d'une main gantée. Il n'y avait rien de sexuel dans son geste. « Vous auriez dû lancer ce coupe-papier, quand l'impulsion vous en est venue, LuAnn. C'était le moment ou jamais, dit-il, une lueur moqueuse dans les yeux.

— Je ne tuerai jamais quelqu'un de sang-froid.

— Je sais. Et c'est votre plus grand défaut, parce que c'est précisément à ce moment-là qu'il faut frapper. »

Il retira sa main. « Il y a dix ans, j'ai pensé que vous seriez le maillon défectueux de la chaîne. Par la suite, je me suis dit que je m'étais peut-être trompé. Tout allait si bien. Mais je dois aujourd'hui constater que ma première intuition était la bonne. Même si je n'étais pas personnellement menacé, ce serait une faute et un échec de ma part de laisser cet homme révéler la machination dont le Loto a fait l'objet durant une année entière. Or, je n'ai jamais commis d'erreur et n'ai jamais connu d'échec. Jamais, vous entendez ? Et je ne permets à personne d'avoir le moindre contrôle sur mes affaires, car cela aussi serait une espèce d'échec. Enfin, je ne supporterais pas qu'un montage aussi génial que celui qui a fait l'immense richesse de douze personnes, sans parler de la mienne, soit anéanti par un fouille-merde.

« Pensez à tout ce que je vous ai donné, LuAnn. Souvenez-vous de ce que je vous ai dit la première fois que nous nous sommes rencontrés : "Vous pourrez aller où vous voudrez, faire ce que bon vous semble." Tout cela, je vous l'ai offert. L'impossible. À vous. Regardez-vous dans un miroir. Une beauté parfaite, une magnifique santé. » Il tendit la main, défit la ceinture du peignoir et dégagea les épaules, jusqu'à ce que le vêtement chute en tas aux pieds de LuAnn et révèle les seins ronds et lourds, le ventre plat, les hanches galbées.

« La mesure de prudence la plus élémentaire serait de vous tuer sur-le-champ. Quelle importance, après tout ! » Il fit glisser le canon jusqu'à la tempe de LuAnn et appuya sur la détente. Le percuteur heurta avec un claquement sec une chambre verrouillée, en même temps que LuAnn écartait violemment la tête en fermant les yeux.

Quand elle les rouvrit, elle vit Jackson qui l'étudiait avec curiosité. Elle tremblait de tout son corps et avait le plus grand mal à retrouver son souffle.

Jackson secoua la tête. « Vos nerfs ne sont plus ce qu'ils étaient, LuAnn. Et les nerfs sont notre seule roue de secours sur la route de la vie. » Il écarta d'elle le revolver pour en ôter la sûreté avec ostentation. « Comme je le disais, la seule façon de réparer un maillon défectueux est de le faire sauter. Mais je ne le ferai pas, du moins pas encore. Malgré toutes les bonnes raisons que j'ai de vous éliminer, voulez-vous savoir pourquoi je vous épargne ? »

Plaquée contre le mur, LuAnn le regardait sans oser bouger.

« Parce que vous avez un grand destin à accomplir, reprit-il sans attendre de réponse. Voilà une assertion bien théâtrale, mais je suis moi-même un personnage de théâtre. Un grand comédien, en vérité. Dont le monde entier est le public. Dans une large mesure, vous êtes l'une de mes créations. Habiteriez-vous cette demeure, vous exprimeriez-vous comme une personne cultivée, auriez-vous fait le tour du monde, si je n'avais rendu tout cela possible ? Bien sûr que non. Or, vous tuer reviendrait à me séparer d'une partie de moi-même. Et cela ne me plairait pas. Mais n'oubliez pas que dans le monde qu'on dit sauvage, une bête prise dans les mâchoires d'un piège n'hésite jamais à sacrifier sa patte afin de s'échapper et de survivre. Ne pensez pas un seul instant que je ne sois pas moi-même capable de ce sacrifice. Vous seriez bien bête d'en douter. Et, maintenant, j'espère que nous saurons une fois de plus nous tirer d'affaire. » Il secoua la tête d'un air de sympathie, comme il l'avait fait dix ans plus tôt lors de leur première entrevue. « Je le pense vraiment, LuAnn. Après tout, si elle n'était parsemée d'obstacles, la vie serait terne. Je compte sur vous pour en franchir la part qui vous revient. » La voix de Jackson reprit un ton plus froid pour énumérer ce qu'il attendait d'elle. « Vous ne quitterez pas le pays. Vous vous êtes démenée pour pouvoir revenir ici, aussi profitez-en le plus possible. J'attends de vous que vous m'appeliez sitôt que vous aurez eu des nouvelles de notre fouineur. Faites-le à ce même numéro que je vous ai donné il y a dix ans. Je serai toujours là pour vous répondre. Et au cas où je vous donnerais d'autres indications, je vous conseille de les suivre à la lettre, cette fois. Compris ? »

Elle acquiesça d'un signe de tête.

« Je ne plaisante pas, LuAnn. Si vous me désobéissez de nouveau, je vous tuerai. Et ce sera lent et très douloureux. » Il guetta sur le visage de LuAnn la réaction à ces paroles. « Maintenant, allez dans la salle de bains et faites-vous une beauté. »

Elle se détournait de lui quand il la rappela. « Oh, LuAnn ? »

Elle se retourna.

« N'oubliez pas que si je devais éliminer ce fameux maillon défectueux, je ne m'arrêterais certainement pas là. » Il eut un regard éloquent en direction du couloir et de la chambre de Lisa. « Il est important de motiver ses associés, surtout quand non seulement mon existence mais aussi celle de leurs êtres chers dépendent de leur réussite. »

LuAnn courut à la salle de bains et referma à clé derrière elle. Agrippant à deux mains la tablette de marbre de sa coiffeuse, elle s'efforça de maîtriser le tremblement qui s'était de nouveau emparé d'elle. Ce n'était pas pour sa vie qu'elle craignait, mais pour Lisa. Elle tourna la tête vers la porte de l'autre côté de laquelle se tenait Jackson avec qui, elle le réalisait soudain, elle avait plus de points communs que de dissemblances. Tous deux avaient un secret ; tous deux devaient leur immense richesse à un fabuleux trucage. Tous deux avaient des capacités mentales et physiques au-delà de la norme. Enfin, tous deux avaient tué. Elle l'avait fait spontanément, pour défendre sa vie. Jackson aussi l'avait fait pour survivre, bien que son geste ait été prémédité. Quelle qu'ait été la différence de leurs motivations, le résultat avait été le même : dans chaque cas, un homme était mort.

Elle se redressa lentement. Si jamais Jackson s'en prenait à Lisa, il trouverait sur son chemin une mère prête à sacrifier sa vie pour sa fille. S'écartant de la coiffeuse, elle ressortit de la salle de bains. Jackson n'était plus dans la chambre, mais elle ne s'en étonna pas. À la vérité, elle était sûre qu'il aurait disparu comme il était apparu.

Elle s'habilla rapidement et courut à la chambre de Lisa. La fillette dormait paisiblement. LuAnn resta longtemps penchée sur elle, répugnant à la laisser seule. Elle ne désirait pas la réveiller. Elle serait incapable de dissimuler la peur qui lui tenaillait le ventre. Finalement, après s'être assurée que les persiennes étaient fermées, elle quitta la chambre sur la pointe des pieds.

Elle alla aussitôt réveiller Charlie. « Je viens d'avoir de la visite. lui dit-elle, alors qu'il se frottait les yeux.

— De la visite ? Qui ça ?

— Nous aurions dû nous douter qu'il nous retrouverait », dit-elle d'une voix lasse.

Quand le sens de ces paroles arracha Charlie des brumes du sommeil, il se redressa si brusquement dans son lit qu'il manqua renverser la lampe de chevet. « Bon sang, il était là ? Jackson ?

— Je venais de prendre ma douche, quand je l'ai trouvé dans la chambre. Je ne me rappelle pas avoir eu aussi peur de ma vie.

— Ma pauvre chérie, dit Charlie en la serrant dans ses bras pendant un long moment. Mais co... comment il a pu découvrir notre adresse ?

— Je l'ignore, mais ce diable sait tout. Tout. L'homme qui m'a poursuivie. Riggs. Il m'a demandé si cette histoire avait un rapport avec le Loto. Je lui ai dit que non. Mais il a vu que je mentais. Alors je lui ai parlé de la liste. Il menaçait de tuer tout le monde dans la maison, si je ne lui disais pas la vérité.

— Qu'est-ce qu'il va faire ?

— Trouver ce type et le tuer. »

Charlie s'adossa contre la tête de lit, et LuAnn s'assit à côté de lui. « Qu'est-ce qu'il a dit d'autre ?

— Il nous interdit d'entreprendre quoi que ce soit et nous conseille de nous méfier de Riggs. Il veut aussi qu'on l'appelle sitôt que l'autre homme aura repris contact avec nous.

— Pourquoi en a-t-il après Riggs ?

— Jackson le soupçonne d'être intervenu pour d'autres raisons que celle de me porter secours.

— Le salopard ! » Charlie se leva et entreprit de se rhabiller.

« Qu'est-ce que tu fais ?

— Je n'en sais rien, mais je dois faire quelque chose. Avertir Riggs. Si Jackson est après lui... »

Elle le retint par le bras. « Si tu parles de Jackson à Riggs, tu ne feras rien d'autre que de nous condamner à mort. Jackson le découvrira. Il est imbattable à ce jeu. Pour le moment, j'ai réussi à mettre Riggs à l'abri.

— Et comment ça ?

— Jackson et moi avons passé un petit arrangement. Enfin, je le pense. Avec lui, on ne peut être sûr de rien. »

Charlie termina d'enfiler son pantalon et la regarda. « Jackson va concentrer son attention sur l'autre homme, poursuivit LuAnn. Il le trouvera, c'est certain, et nous ne pouvons pas intervenir, vu qu'on ne sait même pas qui il est. »

Charlie se rassit sur le lit. « Alors, qu'allons-nous faire ? »

LuAnn prit la main de Charlie dans les siennes. « Je veux que tu emmènes Lisa avec toi. Je veux que vous partiez loin d'ici tous les deux.

— Il n'est pas question que je te laisse seule, alors que ce dingue rôde dans le coin. Non, pas question.

— Tu feras ce que je te dis, Charlie, parce que tu sais que j'ai raison. Si je suis seule, tout ira bien, mais si jamais il s'emparait de Lisa...

— Pourquoi ne pas partir avec elle et me laisser m'occuper du reste ? »

LuAnn secoua la tête. « Ça ne marchera pas. Si je pars, tu peux être sûr que Jackson se lancera à ma recherche. Si je reste, il ne s'éloignera pas d'ici, et Lisa et toi aurez une chance de filer sans qu'il s'en aperçoive.

— Je n'aime pas ça, LuAnn. Ce serait la première fois que je t'abandonne et... »

Elle passa son bras autour des épaules de Charlie. « Tu ne m'abandonnes pas. Tu vas prendre soin de ce que j'ai de plus cher au monde.

— D'accord. Quand veux-tu qu'on s'en aille ?

— Tout de suite. Je vais réveiller Lisa pendant que tu fais les valises. Jackson vient de partir, et je ne pense pas qu'il surveille la maison. Il doit se dire que je suis bien trop terrorisée pour entreprendre quoi que ce soit. Et il ne se trompe pas de beaucoup.

— Où irons-nous ?

— À toi de voir. Je ne veux pas le savoir. Comme ça, il ne pourra jamais m'arracher le renseignement. Appelle-moi quand tu arriveras et, après ça, nous trouverons un moyen de communiquer sans risque. »

Charlie secoua la tête d'un air navré. « Je n'aurais jamais pensé qu'on en arrive là. »

Elle l'embrassa doucement sur le front. « Tout ira bien. Il nous faudra être très prudent, c'est tout.

— Ça te va bien, de parler de prudence ! Que vas-tu faire ?

— Ce qu'il faut pour que nous survivions tous à cette histoire.

— Et Riggs ? »

Elle le regarda dans les yeux. « Je veillerai à ce qu'il ne lui arrive rien. »

« Je ne veux pas partir, m'man ! » Lisa, encore en pyjama, arpentait sa chambre, pendant que LuAnn se hâtait d'empaqueter les affaires de sa fille.

« Je suis désolée, Lisa, mais tu dois me faire confiance. Il faut que tu partes. Pour ton bien.

— Te faire confiance ? Tu ne sais pas ce que ce mot veut dire.

— Je te dispense de ce genre de commentaire, dit LuAnn, s'efforçant de garder son calme.

— Et moi, je te dispense de me faire des coups pareils. »

Sur ce, la fillette s'assit sur le lit, les bras croisés, déterminée à ne pas bouger de là.

« Habille-toi. Oncle Charlie est déjà prêt, et il t'attend.

— Mais il y a une fête à l'école, demain. On pourrait quand même partir après. »

LuAnn referma la valise. « Non, Lisa, ce n'est pas possible.

— Quand est-ce que ça va s'arrêter ? J'en ai assez de toujours changer de ville, de maison, de pays ! »

LuAnn passa une main tremblante dans ses cheveux et, s'asseyant à côté de sa fille, la serra contre elle. La vérité pourrait-elle faire plus de mal à l'enfant que ne lui en causaient déjà tous ces mensonges ?

« Lisa ? » La petite fille refusa de tourner la tête vers sa mère.

« Lisa, regarde-moi, s'il te plaît. »

Lisa obéit à contrecœur et leva vers sa mère un visage empreint de colère et de déception.

LuAnn se mit à parler lentement. Et ce qu'elle disait lui aurait paru impensable une heure plus tôt. Mais Jackson était apparu, et cela avait changé beaucoup de choses. « Je te promets qu'un jour, très bientôt, je te raconterai tout ce que tu voudras savoir. Sur toi, sur moi, sur Charlie, sur toutes ces choses. D'accord ?

— Mais pourquoi... »

LuAnn posa doucement un doigt sur les lèvres de sa fille. « Mais je te préviens que le jour où je te raconterai tout, tu seras choquée, tu auras mal et tu ne comprendras peut-être pas pourquoi j'ai fait tout ça. Il se peut même que tu m'en veuilles, que tu regrettes de m'avoir pour mère... » Elle se mordit la lèvre. « Mais quelle que soit ta réaction, je veux que tu saches que j'ai toujours cru agir pour le bien. Et surtout, que je l'ai fait pour toi. J'étais très jeune et je n'avais personne pour m'aider et me guider. »

Elle s'agenouilla devant Lisa et prit doucement son visage entre ses mains. Les yeux de la fillette étaient emplis de larmes. « Je sais que je te fais mal, et je n'ai pas envie de te voir partir, mais je préférerais mourir plutôt qu'il ne t'arrive quoi que ce soit. Oncle Charlie aussi.

— Tu me fais peur, m'man. »

LuAnn prit Lisa par les épaules. « Je t'aime, Lisa. Tu es ce que j'ai de plus précieux au monde.

— Je ne veux pas qu'il t'arrive quelque chose. » Lisa caressa le visage de sa mère. « M'man, tu es sûre que ça ira ? »

LuAnn parvint à sourire. « Un chat retombe toujours sur ses pattes, ma chérie. Maman s'en sortira, ne t'inquiète pas. »

37

LuAnn se leva le lendemain matin sans avoir pu fermer l'œil de la nuit. Se séparer de sa fille avait été une douloureuse épreuve, mais cela n'était rien comparé au jour où elle devrait avouer la vérité à la fillette. Elle n'en avait pas moins éprouvé un grand soulagement en voyant les feux arrière de la Range Rover disparaître dans la nuit.

À présent, son premier souci était d'approcher de nouveau Riggs sans éveiller ses soupçons. Mais le temps lui manquait. Si elle n'avait rien à transmettre à Jackson, celui-ci tournerait son attention sur Riggs, et elle était décidée à ce que cela n'arrive pas.

Elle ouvrit les rideaux de sa chambre. Une double porte-fenêtre donnait sur un balcon, d'où l'on avait une vue magnifique sur la campagne environnante. LuAnn se demanda si Jackson avait escaladé la façade pour accéder à sa chambre, la nuit précédente. D'habitude, elle branchait l'alarme avant de se mettre au lit. Elle le ferait plus tôt, désormais, même si le système de sécurité le plus sophistiqué ne devait guère être un obstacle pour Jackson. L'homme paraissait capable de passer à travers les murs.

Elle prépara du café dans la kitchenette attenante à son dressing. Puis elle enfila un peignoir de soie grège et, emportant une tasse, alla sur le balcon. Il y avait une table et deux chaises en fer forgé, mais elle préféra s'asseoir sur la balustrade de marbre, pour contempler le paysage. Le soleil montait lentement, irisant la parure automnale des arbres. La beauté du petit matin lui apportait le calme dont elle avait désespérément besoin. Mais ce qu'elle vit ensuite manqua la faire dégringoler du balcon.

Matthew Riggs était agenouillé dans l'herbe près de l'endroit où elle avait envisagé de faire construire son atelier. Elle l'observa avec un étonnement croissant déployer une grande feuille de papier qui ne pouvait être qu'un plan et étudier le terrain. LuAnn se dressa de toute sa hauteur sur la balustrade en s'appuyant au mur pour assurer son équilibre. Elle remarqua une série de piquets plantés selon un dessin géométrique et vit Riggs dérouler une pelote de ficelle et entreprendre de délimiter le terrain.

Elle essaya de l'appeler, mais sa voix ne pouvait porter si loin. Elle sauta de son perchoir et se précipita hors de la chambre sans même prendre le temps de se chausser. Elle descendit les marches deux par deux, déverrouilla la porte de derrière et s'élança dans l'herbe humide de rosée, son peignoir moulant ses formes et dévoilant ses longues jambes musclées.

Elle haletait en atteignant l'endroit où elle avait vu Riggs. Mais celui-ci avait disparu. Où diable était-il ? Elle n'avait pas rêvé : la ficelle et les piquets en témoignaient. Elle étudiait le grand rectangle ainsi formé quand une voix derrière elle la fit sursauter.

« Bonjour. »

Elle se retourna et vit Riggs émerger d'un bosquet voisin en portant une grosse pierre dans ses bras. Il posa sa charge au milieu du rectangle.

« La première pierre de votre cheminée, dit-il avec un grand sourire.

— Mais que faites-vous ? demanda-t-elle, au comble de la stupeur.

— Vous sortez toujours dans cette tenue au petit matin ? Vous allez attraper une pneumonie. » Il détourna discrètement les yeux, car les rayons du soleil semblaient faire fondre la soie du peignoir, pour laisser apparaître dans sa gloire la nudité de LuAnn. « Sans parler de l'effet produit sur les pauvres témoins, marmonna-t-il dans sa barbe.

— Je n'ai pas l'habitude de voir quelqu'un jalonner la propriété au lever du soleil.

— Je ne fais que suivre vos ordres.

— Quoi ?

— Vous vouliez un atelier, non ? Alors, je vous construis un atelier.

— Mais vous disiez que c'était trop tard, que l'hiver serait bientôt là, et qu'il fallait un plan d'architecte et un permis de construire, que sais-je encore !

— Ma foi, j'ai eu l'impression que mon grenier vous avait beaucoup plu, alors il m'est venu la brillante idée d'utiliser les mêmes plans, ce qui nous fera gagner du temps. Et je connais quelqu'un de bien placé pour accélérer l'obtention du permis. » Il la regarda, tandis qu'elle se tenait immobile et frissonnante. « Ne me remerciez pas trop vite », ajouta-t-il.

Elle croisa les bras. « Oh, je suis tellement... » Une brise soudaine lui arracha un nouveau frisson. Riggs se défit de son épaisse canadienne et la passa sur les épaules de LuAnn.

« Vous ne devriez pas marcher pieds nus dans l'herbe en cette saison.

— Mais ne vous croyez pas obligé, Matthew. Je vous ai fait perdre du temps, j'ai abusé de votre patience. Vous ne trouvez pas que cela suffit ? »

Il haussa les épaules et, baissant les yeux, tapota l'un des piquets du bout de son solide brodequin. « Ça ne m'ennuie pas, vous savez. » Il se racla la gorge, l'air timide. « Et ça n'est pas trop pénible d'être près d'une femme comme vous. » Il coula vers elle un bref regard, qu'il détourna aussitôt.

LuAnn rougit et se mordit l'intérieur de la lèvre, tandis que Riggs, les mains enfoncées dans ses poches, semblait vivement s'intéresser à l'herbe à ses pieds.

« Alors ce sera comme dans votre grange ? demanda-t-elle soudain.

Riggs hocha la tête. « Oui, et puis j'aurai tout le temps de peaufiner l'intérieur, maintenant que le projet de clôture est abandonné.

— Je vous ai dit que je vous le paierais, et j'entends bien le faire.

— Je ne mets pas votre parole en doute, mais j'ai pour principe de ne pas accepter de paiement pour un travail que je n'ai pas fait. Ne vous inquiétez pas, je vous ferai payer cher — au sens propre — votre atelier. » Il promena son regard sur les bosquets et les bois qui les entouraient sur trois côtés. « Une fois qu'il sera bâti, vous ne voudrez plus le quitter.

— J'aimerais bien, mais je doute que ce soit possible.

— Vous voyagez beaucoup, n'est-ce pas ?

— Oui, beaucoup. Beaucoup trop.

— C'est bien de courir le monde, mais c'est bien aussi de rentrer chez soi.

— Vous aussi, vous aimez les voyages ? »

Il eut un sourire penaud. « Je ne sais pas. Je n'ai jamais été nulle part, du moins à l'étranger.

— Mais vous aimez rentrer chez vous. Pour trouver la paix.

— Oui, pour la paix.

— Ça vous dirait, un petit déjeuner ?

— Je vous remercie, mais j'ai déjà pris le mien.

— Un peu de café, alors ? » Elle se balançait d'un pied sur l'autre, car le froid commençait de mordre.

« D'accord pour le café. » Il ôta ses gants, les fourra dans la poche revolver de son pantalon et, se tournant vers elle, s'accroupit. « Montez.

— Je vous demande pardon ?

— Montez sur moi. Je ne suis pas aussi fort que votre cheval mais je ferai semblant. »

LuAnn ne bougeait pas. « Non, je ne préfère pas. »

Riggs la regarda. « Allons, venez. Vous allez attraper mal, pieds nus comme vous êtes. Et puis j'ai l'habitude de jouer les mulets avec les milliardaires. »

LuAnn s'avança vers lui en riant et, enfourchant le dos de Riggs, s'accrocha à ses épaules. Il se releva en la tenant par les cuisses. « Vous êtes sûr que vous ne présumez pas de votre force ? Ça fait une distance d'ici à la maison, et je ne boxe pas dans les poids plume.

— Je tiendrai le coup, mais ne m'achevez pas, si jamais je me couronnais. »

À mi-chemin, elle le talonna joyeusement.

« Hé ! je ne suis pas votre cheval !

— C'est pourtant ce que vous avez voulu être. Alors, au galop, Matthew. Au galop.

— J'ai toujours pensé que vous étiez une femme exigeante », dit-il en riant.

Derrière les épais bosquets entourant l'écurie, Jackson remballa son capteur de son et regagna à travers bois sa voiture garée sur un chemin de terre. Il avait observé avec amusement Riggs porter LuAnn jusqu'à la maison. Auparavant, il avait vu l'entrepreneur procéder à la délimitation d'une parcelle de terrain, en vue d'une future construction. Enfin, il ne lui avait pas échappé que la tenue pour le moins légère de LuAnn et sa familiarité avec le beau Matthew Riggs impliquaient que celui-ci allait d'un pas allègre passer de la bête de somme à l'étalon. Tant mieux, car rien ne valait l'oreiller pour glaner des confidences. Le capteur de son lui avait aussi permis d'enregistrer la voix de Riggs, ce qui s'avérerait tôt ou tard fort utile.

Riggs sirotait une tasse de café pendant que LuAnn grignotait un toast beurré. Comme elle se levait pour remplir de nouveau leurs tasses au percolateur, Riggs ne put s'empêcher de suivre le roulement callipyge sous la fine étoffe et d'en éprouver une brusque élévation de température. Il détourna pudiquement le regard en s'efforçant de penser à autre chose.

« Si j'ai un autre cheval, je l'appellerai Matt, dit LuAnn.

— C'est beaucoup d'honneur pour moi, dit-il. Quel calme, ici ! Tout le monde dort encore ? »

Elle reposa les tasses et passa un chiffon sur le comptoir de marbre. « Sally est de congé, et Charlie et Lisa sont partis prendre quelques vacances.

— Sans vous ?

— J'avais deux ou trois choses à régler, répondit-elle en s'asseyant en face de lui. Il se peut que je me rende bientôt en Europe. Si c'est le cas, je passerai les prendre et nous voyagerons tous ensemble. Il fait délicieusement bon en Italie, à cette époque de l'année. Vous connaissez ?

— Non, mais je suis souvent allé dans la Petite Italie, à New York.

— Dans votre vie antérieure ?

— Ah, voilà mon passé qui revient sur le tapis, et je peux vous dire qu'il n'a rien de passionnant.

— C'est votre point de vue. Et puis si vous ne m'en parlez pas, je ne pourrai jamais me faire une opinion.

— Pourquoi êtes-vous tellement intéressée par ce que je faisais avant de venir à Charlottesville ?

— Parce que je fais de mon mieux pour vous sauver la vie, et ça me rend malade de penser que vous avez failli mourir à cause de moi. » Puis, s'efforçant de garder un ton léger en dépit de la douloureuse réalité, elle ajouta : « Et aussi parce que je suis curieuse de nature.

— Moi aussi. Et j'ai dans l'idée que votre propre passé est bien plus intéressant que le mien. »

Elle feignit la surprise. « Oh, je n'ai guère de secrets. »

Il reposa sa tasse de café. « C'est bizarre, mais j'ai le plus grand mal à vous croire.

— J'ai beaucoup d'argent. Et il y a plein de gens qui rôdent autour de moi, comme des hyènes autour d'une carcasse fraîche. Plutôt banal comme situation, vous ne trouvez pas ?

— Alors, vous en concluez que le type à la Honda voulait vous enlever et demander une rançon ?

— Peut-être.

— Un drôle de kidnappeur.

— Pourquoi dites-vous cela ?

— Oh, j'ai réfléchi à cette histoire. D'abord, si je croisais ce type dans la rue, je le prendrais pour un professeur de lettres ou d'histoire de l'art. Ensuite, il loue un cottage pas loin de chez vous et il s'y installe comme s'il voulait y travailler au calme pour achever je ne sais quelle thèse, en tout cas un travail de recherche. Quand il a essayé de vous enlever, comme vous le soupçonnez, il l'a fait à visage découvert. Et quand je suis intervenu sur la route, au lieu de fuir, il m'est rentré dedans, furieux que je lui bloque le passage. Et, d'après mon expérience, un enlèvement se fait toujours à plusieurs. Il est quasiment impossible de travailler seul, pour des raisons de pure logistique.

— D'après votre expérience ?

— Vous voyez, je dévoile mon passé.

— Il essayait peut-être de me faire peur avant de passer à l'acte.

— Pourquoi vous mettre en garde ? Ça ne tient pas debout. Tout ravisseur doit compter sur l'effet de surprise.

— S'il n'a pas l'intention de m'enlever, que me veut-il ?

— Ça, c'est à vous de me le dire. Charlie est entré dans le cottage, et vous aussi. Qu'avez-vous trouvé ?

— Rien.

— Vous mentez. »

LuAnn lui jeta un regard noir. « Je n'aime pas qu'on me traite de menteuse.

— Alors, arrêtez de mentir. »

Elle se leva brusquement et se détourna, les lèvres tremblantes.

« Catherine, j'essaie seulement de vous aider. Mes occupations dans le passé m'ont amené à connaître le milieu du crime, et j'en ai retiré une expérience que je mettrais volontiers à votre service, si seulement vous vouliez bien m'éclairer. »

Il se leva et, la prenant doucement par le bras, la fit se tourner vers lui. « Je sais que vous avez des nerfs et un courage comme j'en ai rarement vu chez bien des hommes. Or vous avez peur, et j'en déduis que vous devez vous trouver dans une situation foutrement périlleuse. Je voudrais vous aider. Mais encore faudrait-il que vous me laissiez faire. » Il lui prit le menton dans sa main. « Je joue franc jeu avec vous, Catherine. Vraiment franc jeu. »

Elle frémit en l'entendant prononcer ce prénom, qui n'était pas le sien. Elle lui toucha la main. « Je le sais, Matthew, je le sais. » Elle le regarda, les lèvres légèrement entrouvertes. Leurs doigts s'entremêlèrent comme mus par une volonté propre, et la force de ce contact les pétrifia un instant sous un charme qui les dépassait.

Riggs fut le premier à le rompre. De sa main libre, il attira LuAnn contre lui. Leurs lèvres se scellèrent. Le peignoir chut aux pieds de LuAnn. Elle gémissait sous la bouche de Riggs qui descendait le long de son cou. Elle le prit par la nuque et lui enserra la taille de ses jambes, tandis qu'il la soulevait et l'emmenait hors de la cuisine, suivant les directions qu'elle lui indiquait, jusqu'à ce qu'il pousse du pied la porte d'une des chambres d'amis à l'étage et la dépose sur le lit.

« Vite, Matthew, vite ! » gémit-elle, tandis que Riggs se défaisait frénétiquement de ses vêtements. Ses lourds brodequins tombèrent bruyamment sur le parquet. Il ne s'attarda qu'une brève seconde à parcourir d'un œil enfiévré le corps offert, avant de s'y enfoncer et de s'y perdre dans un long râle extatique.

38

La suite qu'occupait Jackson était meublée de copies du XVIIIe siècle. Des tapis à motifs indiens recouvraient de-ci de-là le parquet en chêne patiné par les ans. Une grande sculpture en bois représentant un colvert en vol ornait l'un des murs, en compagnie d'une série de portraits de Thomas Jefferson, ancien président des États-Unis, natif de Virginie. L'auberge, située non loin de Wicken's Hunt, était très fréquentée et permettait à Jackson d'aller et venir sans se faire remarquer. Il avait d'abord pris une chambre sous le nom et l'apparence de Harry Conklin, pour en prendre une autre sous une autre identité. Il n'aimait pas incarner un personnage trop longtemps, et puis, après avoir rencontré Pemberton dans son rôle de Conklin, il ne tenait pas à tomber de nouveau sur l'agent immobilier. Avec pour couvre-chef une casquette de base-ball, deux poches de résine sous les yeux encadrant un faux nez, de longs cheveux grisonnants coiffés en catogan et un long cou ridé, il avait l'air d'un vieux hippie.

Deux heures plus tôt, il avait scanné et informatisé les empreintes digitales relevées dans le cottage et, *via* modem, les avait transmises à l'un de ses informateurs. Cette personne, qu'il avait au préalable informée par téléphone, avait accès à une foule de données de tous ordres. Il se pouvait qu'elle ne dispose pas des empreintes de l'homme qui poursuivait LuAnn, mais Jackson n'avait rien à perdre en essayant. Et si, par un heureux hasard, son homme les avait, la traque en serait considérablement facilitée.

Jackson sourit en voyant l'écran se couvrir soudain d'informations, qu'accompagnait une photo numérique du sujet.

Thomas J. Donovan. La photo avait trois ans, mais Jackson se dit que Donovan n'avait pas dû beaucoup changer en un espace de temps aussi court. Il étudia avec attention les traits et vérifia le contenu de sa mallette de maquillage. Oui, il avait ce qu'il fallait pour incarner avec véracité le personnage. Le nom lui était vaguement familier. Puis il se souvint. Grand reporter au *Washington Tribune,* Donovan avait signé un portrait du père de Jackson, sénateur et homme politique influent.

Jackson avait trouvé l'article trop flatteur et bien éloigné du véritable caractère de son père, tyran domestique égoïste et sans conscience. Non, Donovan n'avait guère servi la vérité historique avec ce papier flagorneur.

Il était cependant satisfait que son intuition ne l'ait pas trompé. Il n'avait jamais soupçonné l'homme dont lui avait parlé LuAnn d'être un maître chanteur. Seul un journaliste d'investigation ou un ancien policier pouvait avoir la capacité et surtout les renseignements susceptibles de le mettre sur la piste de LuAnn.

Jackson était songeur. Un vulgaire racketteur ne lui aurait posé aucune difficulté. Donovan devait tenir un sujet de grand intérêt, pour s'être donné tant de mal, et il ne s'arrêterait pas avant d'avoir atteint son but. Ou avant que quelqu'un ne l'arrête. Un challenge intéressant se présentait, mais tuer l'homme ne résoudrait rien. Au contraire, cela provoquerait les soupçons. Jackson savait que les journalistes de la qualité de Donovan menaient le plus souvent en solo leur enquête, surtout quand un formidable scoop était au bout, mais il y avait aussi de fortes chances que le patron du *Washington Tribune* soit informé du travail en cours de son journaliste vedette.

Il devait découvrir ce que Donovan savait et s'il en avait parlé à quelqu'un d'autre. Washington n'était pas à plus de deux heures de route d'ici. Il était possible que l'homme soit retourné au journal. Il décrocha le téléphone et appela le *Tribune,* demanda à parler à Thomas Donovan, et s'entendit répondre que ce dernier était en déplacement. Il raccrocha lentement. S'il avait eu Donovan au bout du fil, il se serait contenté d'enregistrer sa voix. Jackson était un excellent imitateur, et quelques mots de la bouche du journaliste sur une cassette lui auraient suffi pour s'imprégner du timbre, ce qui pourrait toujours lui servir.

D'après Pemberton, Donovan séjournait à Charlottesville depuis un mois. Toute la question était de savoir pourquoi, de tous les gagnants, Donovan avait choisi LuAnn pour cible ? La réponse paraissait évidente : parce qu'elle était la seule à être recherchée pour meurtre. La seule à avoir refait surface au bout de dix ans. Mais comment Donovan avait-il pu retrouver sa trace ? La couverture initiale avait été sans faille et s'était renforcée au fil des ans, jusqu'à ce que cette idiote ait la malencontreuse idée de revenir aux États-Unis.

Il eut une idée. Donovan connaissait les noms des autres gagnants élus pendant toute cette année-là par Jackson, et il n'était pas exclu qu'il cherche à les contacter. Après tout, si Donovan ne pouvait arracher à LuAnn ce qu'il désirait savoir, il se tournerait vers les autres. Jackson sortit son répertoire téléphonique. Une demi-heure plus tard, il avait appelé les onze autres. Comparés à LuAnn, ils formaient un troupeau docile. Ils feraient ce qu'il leur avait dit. Il était leur sauveur, l'homme qui les avait guidés sur la terre promise de la richesse. À présent, quand Donovan mordrait dans l'appât, le piège se refermerait sur lui.

Jackson arpenta un instant la pièce, puis il ouvrit une mallette d'où il tira une série de photos. Il les avait prises le jour de son arrivée à Charlottesville, avant même son entrevue avec Pemberton. La qualité des clichés était bonne, compte tenu de la distance à laquelle il les avait pris. Il y avait là une série de portraits du personnel employé à Wicken's Hunt. Sally Beecham avait un air de fatigue et d'ennui. La quarantaine, elle était grande et maigre et servait d'intendante à LuAnn. Sa chambre au rez-de-chaussée était exposée au nord. Les deux jeunes femmes d'origine hispanique s'occupaient du ménage. Elles arrivaient à neuf heures, chaque matin, et repartaient à dix-huit heures. Il y avait également les photos des deux jardiniers et d'un homme robuste employé à l'écurie et à divers travaux de force. Jackson étudiait avec attention chaque visage. Il avait aussi scrupuleusement observé leurs gestes et leurs démarches, tandis que le capteur de son enregistrait leurs voix. Ainsi pouvait-il préparer son plan de bataille et déployer ses forces pour en tirer le maximum d'efficacité. Il avait appris que, pour gagner, il ne fallait négliger aucun détail. Il avait couvert toutes les issues, envisagé toutes les hypothèses, il était prêt. Il rangea les photos et referma la mallette.

D'une poche de son sac de voyage, il sortit un couteau à lancer. Une arme parfaitement équilibrée, à la lame acérée comme un rasoir et au manche en teck suffisamment lourd pour imprimer une bonne pénétration. Déambulant dans la pièce, le couteau à la main, il songeait à LuAnn. Il la savait rapide, souple, agile, des qualificatifs qui s'appliquaient également à lui. Il ne doutait pas qu'elle ait beaucoup appris au cours de ces dix dernières années. Avait-elle pratiqué les arts martiaux ? Elle disait avoir appris à lancer le couteau. Il se demanda si elle avait eu la même prémonition : que leurs destins se croiseraient de nouveau. S'était-elle préparée en vue de cet affrontement ? Elle était à moins de dix mètres de lui, quand elle l'avait menacé du coupe-papier. À cette distance, elle aurait pu effectivement le tuer. Elle l'aurait pris de vitesse, il en était sûr.

Sur cette dernière pensée, il pivota soudain et lança

le couteau à travers la pièce. La tête du colvert se fendit en deux sous l'impact, tandis que la lame pénétrait profondément le plâtre du mur. Jackson évalua la distance qui le séparait de sa cible : plus de dix mètres. Il sourit. LuAnn aurait mieux fait de le tuer. Sa conscience, sans doute, l'avait retenue. C'était là une faiblesse que ne connaissait pas Jackson ; c'était là son avantage, et ce qui, le jour de l'affrontement, ferait toute la différence.

39

LuAnn regardait Riggs, qui dormait à ses côtés. Elle avait eu l'impression d'être vierge quand ils avaient fait l'amour. Cela avait été un moment de passion violente. À ce souvenir, un sourire éclaira son visage. Elle lui caressa l'épaule et se lova contre lui, barrant ses cuisses de sa jambe nue. Il s'étira et, rouvrant les yeux, tourna la tête vers elle et lui sourit d'un air espiègle.

« Quoi ? demanda-t-elle, une lueur amusée dans les yeux.

— Je me demande combien de "Ah !" et de "Oh !" j'ai poussés.

— Et moi, combien de "Oui !"»

Il se redressa dans le lit et enfouit sa main dans les cheveux de LuAnn. « Je me suis senti jeune et vieux à la fois. »

Ils s'embrassèrent de nouveau, et elle reposa sa tête sur la poitrine de son amant.

« Laisse-moi deviner, dit-elle en suivant du doigt la cicatrice qu'il portait sur le flanc. Blessure de guerre ? »

Il suivit le regard de LuAnn d'un air surpris. « Oh oui, un souvenir d'appendicite.

— Vraiment ? Je ne savais pas que les gens avaient deux appendices.

— Que dis-tu ? »

Elle désigna une cicatrice de l'autre côté.

« Dis donc, si on savourait ce moment en nous épargnant les observations et les questions ? » Derrière le ton badin, elle perçut une légère préoccupation.

« Tu sais, si tu dois venir ici tous les jours pour construire cet atelier, il y a des chances que nous prenions l'habitude de... prendre le petit déjeuner ensemble », dit-elle en riant. Mais son rire mourut abruptement, tandis que lui revenait la menace de mort qui pesait sur eux tous. Elle s'écarta de lui et s'assit au bord du lit.

Ce brusque changement d'attitude ne manqua pas d'échapper à Riggs. « J'ai dit quelque chose de mal ? »

Elle tourna la tête vers lui et, comme si elle prenait conscience de sa nudité, tira à elle le couvre-lit pour s'en envelopper. « Non, mais j'ai beaucoup à faire. »

Riggs se redressa. « Excuse-moi, je ne voulais pas interférer dans ton emploi du temps. Je suppose que j'ai eu droit à la tranche de six à sept heures. Qui est le suivant ? Le Club des Kiwanis ? »

Elle le regarda d'un air blessé. « Je me demande comment tu peux dire une chose pareille. »

Riggs se massa la nuque d'un air penaud et commença de se rhabiller. « Pardonne-moi, mais j'ai du mal à changer de vitesse aussi vite que toi. Passer du septième ciel à l'emploi du temps quotidien me laisse pantois. Et je suis vraiment désolé de t'avoir blessée. »

LuAnn alla s'asseoir à côté de lui. « Pour moi aussi, ç'a été le septième ciel, Matthew, dit-elle avec douceur. Et j'ai un peu honte de dire que ça ne m'était pas arrivé depuis... depuis des années. »

Il la regarda d'un air incrédule. « Tu plaisantes. » Et comme elle ne répondait pas, il n'osa briser le silence. Ce fut le téléphone qui s'en chargea.

LuAnn se leva et hésita avant de décrocher. Elle espérait que ce serait Charlie, et non Jackson. « Allô ? »

Ce n'était ni l'un ni l'autre. « Il faut que nous parlions, mademoiselle Tyler. Et nous allons le faire, aujourd'hui, dit Thomas Donovan.

« — Qui est à l'appareil ? demanda LuAnn, tandis que Riggs l'observait avec attention.

— Nous n'avons eu qu'une brève rencontre, la première fois. La deuxième, vous sortiez en courant de mon cottage avec votre ami.

— Comment avez-vous eu mon numéro de téléphone ? Je suis sur liste rouge.

— Mademoiselle Tyler, toutes les informations sont disponibles, quand on sait à qui s'adresser.

— Que voulez-vous de moi ?

— Une conversation, rien de plus.

— Je n'ai rien à vous dire. »

Riggs se leva pour rejoindre LuAnn au téléphone et coller son oreille au combiné. Elle tenta bien de le repousser mais il tint bon.

« Au contraire, vous avez beaucoup de choses à m'apprendre. Je comprends votre réaction, la dernière fois. J'aurais dû vous aborder de manière différente, mais oublions le passé. Je sais sans l'ombre d'un doute que vous êtes au centre d'une affaire de la plus grande importance, et je veux en savoir davantage.

— Je vous le répète : je n'ai rien à vous dire. »

Donovan n'aimait pas user de la menace mais l'attitude de LuAnn ne lui laissait guère le choix. « Très bien, alors voilà ce que je vais faire. Si vous me parlez, je vous laisserai quarante-huit heures pour quitter le pays avant de rendre public ce que je sais. Si vous refusez de m'accorder un entretien, je révélerai tout dès que j'aurai raccroché. Il n'y a pas prescription pour homicide, LuAnn. »

Riggs la regarda avec stupeur. Elle détourna les yeux.

« Où ? » demanda-t-elle, ignorant Riggs, qui secouait la tête comme un possédé.

« Je préfère que ce soit dans un endroit fréquenté, dit Donovan. Vous devez savoir où se trouve Michie's Tavern. Disons à treize heures, là-bas. Et venez seule. Je n'ai plus l'âge de jouer les cow-boys ou les cascadeurs. Si j'aperçois quelqu'un avec vous, je file aussitôt voir le shérif de Rikersville. Compris ? »

LuAnn arracha le téléphone des mains de Riggs et raccrocha.

Riggs lui fit face. « Tu veux bien me dire ce qui se passe ? Qui es-tu censée avoir tué ? Quelqu'un à Rikersville ? En Géorgie ? »

LuAnn, furieuse que son secret soit révélé, le repoussa. Mais il la retint brutalement par le bras. Elle pivota sur ses talons et, dans le même mouvement, le frappa à la mâchoire de son poing droit. Le coup fut si violent que Riggs s'en fut cogner de la tête contre le mur et s'écroula, K.-O.

Quand il revint à lui, il était allongé sur le lit, et LuAnn, assise à ses côtés, lui soulevait la tête pour lui appliquer une poche de glace sur la bosse qui commençait à pousser.

« Bon sang ! qu'est-ce qui...

— Je suis désolée, Matthew, je ne voulais pas en venir là mais...

— Je n'arrive pas à croire que tu m'aies sonné d'un coup de poing. Je ne suis pas du genre macho, mais je n'aurais jamais pensé qu'une femme puisse me faire ça, un jour. »

Elle sourit. « Je me suis pas mal entraînée, mais c'est surtout le mur, qui t'a assommé. »

Riggs se redressa et se frotta la mâchoire. « La prochaine fois que nous nous disputerons et que tu songes à cogner, préviens-moi, et je me rendrai sur-le-champ. »

Elle lui caressa le visage et l'embrassa sur le front. « Je ne te frapperai plus jamais. »

Riggs jeta un regard en direction du téléphone. « Tu vas le rencontrer ?

— Je n'ai pas le choix.

— Je viens avec toi.

— Pas question. Tu l'as entendu comme moi.

— Je ne crois pas que tu aies tué quelqu'un. »

LuAnn prit une profonde inspiration et décida de

tout lui dire. « Je ne l'ai pas tué. C'était de la légitime défense. L'homme avec qui je vivais dealait de la came. Je suppose qu'il n'avait pas été régulier avec son grossiste. Je suis arrivée en plein milieu de la bagarre.

— Tu as tué ton ami ?

— Non, son assassin.

— Et la police...

— Je n'ai pas attendu son arrivée. »

Riggs jeta un regard autour de lui. « Et ta richesse vient de là ? Je veux dire, de la drogue ? »

LuAnn étouffa un rire. « Non, Duane n'était qu'un petit dealer. Ça lui payait ses bières, rien de plus. »

Riggs refréna son envie de lui demander quelle était l'origine de sa fortune. Il sentait qu'elle avait suffisamment parlé de son passé pour le moment. Il la regarda se lever et se diriger vers la porte, enveloppée dans le couvre-lit.

« C'est ton vrai prénom, LuAnn. »

Elle tourna la tête vers lui. « LuAnn Tyler. Tu avais raison, je suis née en Géorgie. Et il y a dix ans, j'étais très différente de ce que je suis, aujourd'hui.

— Je le crois, mais je suis sûr que tu avais déjà cette droite foudroyante. » Il essaya de sourire, sans grand succès.

Elle le regarda fouiller dans les poches de son pantalon, puis lui lancer un petit trousseau de clés, qu'elle cueillit au vol. « Merci de m'avoir prêté ta voiture. Tu en auras besoin, si jamais il te prend de nouveau en chasse. »

Elle hocha lentement la tête d'un air vaguement perplexe, puis quitta la pièce.

40

Vêtue d'un long manteau de cuir noir et d'un chapeau assorti, les yeux dissimulés derrière une paire de Ray Ban, LuAnn faisait les cent pas devant la porte de Michie's Tavern. C'était l'heure du déjeuner et l'antique auberge commençait de se remplir de touristes venus savourer le poulet frit maison après leur visite de la maison natale de Thomas Jefferson. LuAnn, arrivée en avance, s'était réchauffée un moment devant le feu qui ronflait dans la grande cheminée du salon, avant de se décider à attendre dehors. Elle s'impatientait devant l'entrée, quand elle le vit arriver, et elle n'eut aucun mal à le reconnaître, malgré l'absence de barbe.

« Allons-y », dit Donovan.

Elle le regarda. « Où ça ?

— Vous me suivrez dans votre voiture. Et si je vois dans le rétroviseur que nous sommes suivis, j'appelle le shérif sur mon portable et vous allez en prison.

— Je ne vous suivrai nulle part. »

Il s'approcha d'elle pour lui dire à voix basse : « Je vous demande de réfléchir.

— Mais je ne sais pas qui vous êtes ni ce que vous me voulez. Vous m'avez donné rendez-vous ici. Eh bien, me voilà. »

Donovan regarda le nouveau contingent de touristes qu'un autocar venait de déposer devant la taverne. « Je préférerais un endroit moins peuplé.

— C'est vous qui avez choisi cet endroit.

— Exact. » Il enfonça les mains dans ses poches et la regarda d'un air gêné et contrarié à la fois.

LuAnn brisa le silence. « Je vous propose de monter dans ma voiture, mais je vous préviens : si vous tentez quoi que ce soit, je vous ferai mal. »

Il fut sur le point de ricaner jusqu'à ce qu'il rencontre le regard d'acier que LuAnn fixait sur lui. Il frissonna malgré lui. Non, la menace n'était pas à prendre à la légère. Il la suivit sans protester.

LuAnn prit l'autoroute 64. Il y avait très peu de circulation, et le large ruban de béton semblait s'étendre devant eux à l'infini.

Donovan se tourna vers elle. « Vous savez, vous m'avez menacé de coups et blessures, il y a un instant, devant la taverne. Eh je me demande si vous n'avez pas tué cet homme dans la caravane.

— Je n'ai tué personne. »

Donovan la considéra en silence pendant un moment avant de reporter son attention sur la route. « Je n'ai pas passé tous ces derniers mois à vous rechercher, reprit-il d'une voix plus calme, dans le but de vous nuire, LuAnn. »

Elle lui jeta un coup d'œil. « Alors, pourquoi vous être donné tout ce mal ?

— Racontez-moi ce qui s'est passé dans cette caravane. »

Pour toute réponse, LuAnn se contenta de secouer la tête d'un air contrarié.

« J'ai suivi pas mal d'histoires crapuleuses dans ma vie et j'ai acquis un flair qui ne m'a jamais trompé, poursuivit Donovan. Je ne crois pas une seconde que vous ayez assassiné quelqu'un. Je ne suis pas un flic, et je ne porte pas de micro caché sous ma chemise, vous pouvez le vérifier si vous le voulez. J'ai lu tous les articles concernant cette histoire, mais j'aimerais entendre votre version. »

LuAnn poussa un grand soupir et coula un bref regard vers lui. « Duane vendait de la drogue, mais je ne le savais pas. Je voulais seulement échapper à cette vie. Ce matin-là, quand je suis revenue de mon travail, j'ai trouvé Duane mourant. Il avait reçu plusieurs coups de couteau. Et puis un homme m'a attaquée par-derrière et a tenté de m'égorger. Je me suis débattue. Je l'ai frappé avec le téléphone, et il est mort. »

Donovan avait l'air perplexe. « Avec le téléphone seulement ?

— Oui. Je lui ai fendu le crâne. »

Donovan se frotta le menton d'un air songeur. « L'homme n'est pas mort d'une fracture du crâne ; il a été poignardé. »

La stupeur de LuAnn fut telle qu'elle donna involontairement un coup de volant et dut à ses réflexes de ne pas sortir de la route. « Quoi !

— J'ai lu le rapport d'autopsie. Il présentait bien un traumatisme crânien, mais il est mort de plusieurs coups de couteau, il n'y a pas de doute sur ce point. »

LuAnn comprit rapidement ce qui s'était passé. Arc-en-ciel. C'était lui qui l'avait tué, et il lui avait fait croire que c'était elle pour mieux la tenir. Elle secoua la tête. Après tout, il n'y avait pas de quoi s'en étonner. « Et dire que pendant toutes ces années j'ai été persuadée que j'étais responsable de sa mort.

— Eh bien, je suis content de vous avoir soulagée de ce poids.

— Dix ans ont passé depuis. Ce n'est pas possible que la police puisse encore s'intéresser à cette histoire.

— Détrompez-vous. C'est l'oncle de Duane Harvey qui est aujourd'hui le shérif de Rikersville.

— Quoi ! Billy Harvey est shérif ? Mais c'est le plus grand bandit du comté. Il était ferrailleur et découpait les voitures accidentées sur la route. Il jouait dans tous les tripots du coin et ne reculait devant rien pour se faire quelques dollars. Duane voulait travailler avec lui, mais Billy savait Duane trop bête pour en faire son complice.

— Oh, je ne doute pas de ce que vous me dites, mais toujours est-il qu'il joue les représentants de l'ordre, maintenant. Il a dû se dire qu'il risquerait moins d'ennuis avec la loi en devenant policier.

— Vous lui avez parlé ? »

Donovan hocha la tête. « À l'en croire, toute la famille n'a jamais oublié ce pauvre Duane et sa disparition précoce. Il dit que ce trafic de drogue a déshonoré le nom des Harvey. Ils prétendent que vous leur avez envoyé de l'argent pour acheter leur silence. Oh, ils en ont bien profité, notez, mais ils tiennent à leur vengeance. L'illustre Harvey m'a dit que l'enquête n'était pas close et qu'il ne connaîtrait pas le repos tant que LuAnn Tyler n'aurait pas comparu en justice. Il pense par ailleurs que c'était vous, la trafiquante, le "cerveau", comme il dit. Et Duane serait mort en essayant de vous protéger, et vous auriez tué l'autre type, qui était votre complice.

— Ce n'est qu'un tissu de mensonges et d'inepties. »

Donovan haussa les épaules. « Vous et moi, nous savons cela, mais pas le jury populaire de Rikersville qui décidera de votre sort. Il lorgnera d'un œil mauvais votre manteau et vos bottes de cuir fin. Je ne vous conseillerais pas de vous présenter au tribunal dans cette tenue. Cela pourrait susciter des pensées malsaines. Tous ces braves gens n'apprécieraient pas que Duane ait mangé les pissenlits par la racine pendant que vous vous gaviez de caviar.

— Pensez-vous que je ne le sache pas ? C'est donc cela, votre marché ? Si je ne parle pas, vous me balancerez à Billy Harvey ?

— Je vais peut-être vous surprendre, mais je me fiche complètement de cette histoire. Ce que je crois, c'est que vous avez tué en légitime défense, point final. »

LuAnn souleva ses lunettes pour le regarder. « Alors, que voulez-vous de moi ? »

Il se pencha vers elle. « C'est le Loto qui m'intéresse.

— Le Loto ? demanda LuAnn d'un ton neutre.

— Vous avez gagné le gros lot, il y a dix ans. Cent millions de dollars, pour être exact.

— Et alors ?

— Alors, comment avez-vous fait ?

— J'ai rempli un bulletin, et j'ai eu de la chance, c'est tout.

— De la chance ? Je vais vous apprendre deux ou trois choses à ce sujet. J'ai enquêté sur les gagnants du Loto depuis sa création et j'ai relevé que chaque année, neuf d'entre eux se retrouvaient ruinés, autrement dit un taux constant de banqueroute. Puis je suis tombé sur une année où les douze gagnants avaient évité le sort commun ; vous étiez parmi ces douze-là. Alors, dites-moi comment vous avez pu échapper au sort commun ? »

Elle lui jeta un regard. « Comment le saurais-je ? J'ai eu de bons conseillers financiers. Et c'est peut-être le cas des onze autres.

— Vous n'avez pas payé d'impôts sur le revenu durant ces dix dernières années. Je suppose que cela a aussi compté.

— Comment savez-vous cela ?

— Je vous l'ai dit, il suffit de savoir où s'adresser pour obtenir toutes sortes de renseignements.

— En tout cas, pour la réponse à votre question, vous devrez vous adresser à mon cabinet de gestion. D'autre part, je me trouvais à l'étranger pendant tout ce temps, et peut-être que mes revenus n'étaient pas imposables aux États-Unis.

— J'en doute. J'ai écrit suffisamment d'articles financiers pour savoir qu'il n'y a rien qu'Oncle Sam ne taxe, à la condition qu'il puisse mettre la main dessus.

— Eh bien, il ne vous reste plus qu'à me dénoncer au fisc.

— Ce n'est pas cette histoire-là qui m'intéresse.

— Histoire ?

— Oui. Au fait, j'ai oublié de vous dire la raison de mon intérêt pour vous. Je m'appelle Thomas Donovan. Vous n'avez peut-être pas entendu parler de moi, mais je suis journaliste au *Washington Tribune*. Ça fait trente ans que je fais ce métier et, sans forfanterie aucune, je compte parmi les meilleurs. Il y a quelque temps de ça, j'ai décidé d'écrire un papier sur le Loto national, parce que je suis persuadé que ce n'est ni plus ni moins qu'une gigantesque escroquerie. Une escroquerie menée avec la bénédiction du gouvernement, et dont les plus déshérités sont les victimes. Quand on ne brandit pas le bâton, on agite la carotte et, à grand renfort de pub, on incite les laissés-pour-compte à jouer les maigres allocations qui leur sont accordées. Ils rêvent de décrocher la timbale en piochant sur les quatre cents dollars mensuels de l'aide sociale. À la lumière de toutes ces faillites touchant les gagnants, j'ai compris que même les pauvres devenus millionnaires se faisaient reprendre leur argent par des financiers véreux et toutes sortes d'escrocs, sans que le gouvernement intervienne jamais, si ce n'est pour leur rafler ce qui leur reste, au nom du fisc et du Saint-Esprit. N'est-ce pas une belle histoire ? Quoi qu'il en soit, il me paraît important de la raconter au public. Aussi ai-je été très surpris de découvrir douze gagnants d'affilée, qui non seulement n'avaient pas subi ce triste sort mais avaient considérablement accru leur fortune initiale. La suite, vous la connaissez : je vous ai cherchée et je vous ai trouvée. Ce que je veux est très simple : la vérité.

— Et si je refuse de vous la dire, je finis en prison, c'est ça ? »

Donovan la regarda d'un air irrité. « J'ai reçu deux prix Pulitzer avant d'avoir trente-cinq ans. J'ai couvert la Corée, le Vietnam, la Chine, la Bosnie, l'Afrique du Sud. Je me suis fait tirer dessus deux fois. J'ai traîné dans tous les points chauds du globe. Et je n'ai pas l'intention de vous faire chanter, ce n'est pas comme ça que je travaille. Si je vous ai dit le contraire au téléphone, c'était uniquement pour vous forcer à me rencontrer. Si jamais le shérif Billy vous attrape, ce ne sera pas avec mon aide. Et, personnellement, j'espère qu'il n'y arrivera pas.

— Merci.

— Mais si je ne peux obtenir de vous la vérité, j'irai chercher ailleurs. Et j'écrirai mon histoire. Maintenant, si vous ne voulez pas me dire votre version des faits, je vous garantis que je ne ferai pas de vous un portrait flatteur. Je rapporte des faits, et ce sera au lecteur de juger qui est coupable. Si vous avez transgressé la loi, je n'y peux rien. Je ne suis ni flic ni juge. » Il marqua une pause et la regarda. « Alors, qu'avez-vous à répondre ? »

Les yeux rivés sur la route, elle garda longtemps le silence, en proie à un conflit intérieur dont Donovan était parfaitement conscient.

Finalement, elle tourna les yeux vers lui. « J'ai envie de vous dire la vérité. Vous ne savez pas combien j'en ai envie, mais... mais je ne peux pas.

— Pourquoi ?

— Parce que vous êtes déjà en grand danger. Si je vous parlais, ce serait vous condamner à mort.

— LuAnn, je vous l'ai dit, j'ai pris plus de risques qu'à mon tour, j'ai vu des hommes tomber à côté de moi. Qui est derrière tout ça ?

— Je veux que vous quittiez le pays.

— Pardon ?

— Je paierai. Choisissez un endroit, n'importe où dans le monde, je m'occuperai du reste. Je vous ferai ouvrir un compte bancaire.

— C'est comme ça que vous réglez vos problèmes ? En envoyant les gêneurs à l'étranger ? Désolé, mais ma vie est ici.

— Vous la perdrez, si vous restez ici.

— Non, trouvez mieux que ça. Nous pourrions vraiment accomplir quelque chose, si vous collaborez avec moi. Parlez-moi, et faites-moi confiance. Je n'ai aucune envie de faire pression sur vous, mais ne me racontez pas n'importe quoi.

— Vous vouliez la vérité, et je vous la dis : vous êtes en danger de mort ! »

Donovan n'écoutait plus. Se frottant le menton, il pensait à haute voix : « Les gagnants venaient tous de milieux modestes ; ils étaient pauvres et, pour la plupart, désespérés. On aurait dit que la Providence les avait élus. » Il se tourna vers LuAnn, lui pressa doucement le bras. « Vous avez eu de l'aide pour quitter le pays, il y a dix ans. Vous êtes devenue immensément riche. Quelle formidable histoire ! Cela pourrait faire autant de bruit que l'enlèvement du bébé de Lindbergh ou l'assassinat de JFK. Je dois découvrir la vérité. Est-ce que c'est le gouvernement qui est derrière ? Le prélèvement du Trésor public sur le Loto se monte à des centaines de millions de dollars tous les mois. Est-ce que cette histoire toucherait la Maison-Blanche ? Je vous en prie, dites-moi ce qu'il en est.

— Je ne vous dirai rien du tout. Et cela dans le seul but de préserver votre vie.

— Si nous travaillons ensemble, nous gagnerons ensemble.

— Je ne pense pas que l'on gagne quoi que ce soit à mourir prématurément. Pourquoi ne voulez-vous pas me croire ?

— Mais croire quoi ? Vous ne m'avez rien dit !

— Si je vous disais ce que je sais, ce serait comme si je vous appuyais le canon d'un revolver sur la tempe et que je pressais la détente. »

Donovan soupira. « Dans ce cas, si vous pouviez me ramener à ma voiture... Je ne sais pas pourquoi, mais j'avais placé pas mal d'espoirs en vous. Vous êtes née pauvre, vous avez élevé votre enfant toute seule,

372

et puis vous avez eu cette chance incroyable. Je pensais que vous auriez le cran de me parler. »

LuAnn s'engagea sur la bretelle de sortie suivante et, un moment plus tard, reprenait l'autoroute dans l'autre sens. Elle jeta à deux ou trois reprises un regard nerveux vers Donovan et puis se mit à parler à voix basse, comme si elle avait peur d'être entendue. « Monsieur Donovan, il y a un homme qui vous recherche en ce moment même. Pour vous tuer, parce qu'il vous soupçonne d'en savoir trop. Et il vous tuera. Si vous ne partez pas immédiatement, il vous retrouvera et vous supprimera. Cet homme a de grands pouvoirs, et rien ni personne ne lui a jamais résisté. »

Donovan entendit ces paroles mais mit une minute à en mesurer toute la portée. Il se tourna vers LuAnn. « Y compris le pouvoir de transformer une Cendrillon de Géorgie en princesse couverte d'or ? »

Le léger tressaillement de LuAnn ne passa pas inaperçu. « Bon sang, c'est donc ça ? Cet homme peut tout faire, n'est-ce pas ? Il vous a fait gagner au Loto, hein ? Une jeune femme de vingt ans avec un bébé et fuyant la police qui la soupçonne de meurtre...

— Je vous en prie, monsieur Donovan...

— Elle achète un bulletin de Loto et part à New York, où a lieu le tirage. Et qu'arrive-t-il ? Elle empoche le gros lot ! » Donovan tapa du plat de la main sur le tableau de bord. « Bon Dieu, le Loto était truqué !

— Je vous conjure de laisser tomber, monsieur Donovan.

— Pas question, LuAnn. Tout s'éclaire, maintenant. Vous n'auriez jamais pu échapper à la police de New York ni au FBI sans bénéficier d'une aide. Et ensuite il y a eu cette remarquable couverture en Europe et une gestion extraordinairement efficace de vos biens. C'est ce type qui a tout manigancé, n'est-ce pas ? Je me demande pourquoi je n'y ai pas pensé plus tôt. Ça fait des mois que je tourne en rond, et maintenant, tout prend un sens. Et vous n'êtes pas la seule, n'est-ce pas ? Il y a les onze autres de la même année que vous. Peut-être plus. N'ai-je pas raison ? »

LuAnn secoua vivement la tête. « Je vous en prie, arrêtez.

— Et il n'a pas fait ça pour rien. Il a dû prendre son pourcentage sur les gains. Mais comment a-t-il fait pour truquer le Loto ? Et que peut-il faire de tant d'argent ? Il ne doit pas être seul. Alors, LuAnn, c'est qui ? Je veux bien croire qu'un individu capable d'une telle entreprise soit éminemment dangereux. Mais ne sous-estimez pas le pouvoir de la presse. Elle a renversé des bandits bien plus grands que notre homme. Nous pouvons réussir, LuAnn. À nous deux, nous le pouvons. » Il la regarda et lut une grande peur dans le regard qu'elle fixait obstinément sur la route. « Tout ce que je vous demande, c'est d'y réfléchir. Mais nous n'avons pas beaucoup de temps. »

Un quart d'heure plus tard, elle arrêtait la BMW sur le parking où Donovan avait laissé sa voiture. Il sortit et passa la tête par la portière entrouverte. « Vous pourrez me joindre à ce numéro. » Il lui tendit une carte. LuAnn ne la prit pas.

« Je ne veux pas savoir où vous êtes, dit-elle. Cela vaudra mieux pour vous. » Elle se pencha vers lui et lui saisit la main. Donovan grimaça ; elle avait une poigne de fer. « Tenez, prenez ça. » Elle sortit une enveloppe de son sac. « Il y a dix mille dollars. Bouclez vos valises et embarquez dans le premier avion en partance pour un pays étranger. Appelez-moi dès votre arrivée, et je vous enverrai assez d'argent pour vous permettre de vivre confortablement aussi longtemps que vous voudrez.

— Je ne veux pas d'argent, LuAnn. Je veux la vérité. »

LuAnn se retint de hurler. « Bon Dieu, je fais de mon mieux pour vous sauver la vie. »

Il laissa tomber la carte sur le siège du passager. « Vous m'avez mis en garde, et je vous en remercie. Mais si cette personne est aussi dangereuse que vous le dites, je vous conseille à mon tour de fuir. Après tout, moi, je n'ai que ma peau à sauver. Mais vous, vous avez une fillette. » Il marqua une pause puis, juste avant de refermer la portière, il ajouta : « J'espère que nous nous en sortirons, vous et moi. Je l'espère sincèrement. »

Il regagna sa voiture et démarra. LuAnn regarda la Chrysler s'éloigner en s'efforçant de retrouver son calme. Si elle n'intervenait pas, Jackson allait tuer cet homme. Mais que pouvait-elle faire ? Pour commencer, elle ne dirait rien à Jackson de son entrevue avec Donovan. Elle tressaillit soudain à la pensée que Jackson ait pu mettre sa ligne téléphonique sur écoute. Si c'était le cas, il avait dû intercepter l'appel de Donovan et savait donc où ils avaient rendez-vous. Il était peut-être déjà aux trousses du journaliste. Elle tapa du poing sur le volant.

LuAnn l'ignorait, mais Jackson n'avait pas placé de micro sur la ligne de Wicken's Hunt. Toutefois, comme elle redémarrait, elle ne se doutait pas qu'un petit émetteur avait été fixé sous son siège et que sa conversation avec Donovan avait été entendue de quelqu'un d'autre.

41

Riggs éteignit son récepteur et ôta son casque d'écoute. Il s'adossa à son fauteuil et soupira profondément. Il s'était attendu à en savoir plus sur LuAnn Tyler et cet homme, un journaliste dont il connaissait maintenant l'identité. Le nom de Thomas Donovan lui était d'ailleurs familier ; il se rappelait avoir lu certains de ses papiers dans le *Washington Tribune*. Mais que le diable l'emporte s'il s'attendait à tomber sur une aussi grosse affaire.

« Bon sang ! » Riggs se leva pour aller à la fenêtre de son bureau. Les arbres se découpaient à l'encre de Chine sur un ciel d'un bleu pâle doux comme une caresse. Un écureuil grimpait le long d'un tronc, un gland dans la gueule. C'était le temps des provisions hivernales. Plus loin, sortant de l'épais sous-bois, une petite harde de biches et de daguets menés par un cerf à six cors se hasardait timidement dans la clairière, pour se diriger vers la petite mare située sur la propriété de Riggs. Il n'avait jamais rien souhaité de plus que ce spectacle serein de la nature. Il jeta malgré lui un regard vers l'émetteur et les écouteurs qui avaient grésillé de la conversation de LuAnn et de Donovan. « LuAnn Tyler, dit Riggs à haute voix. Alias Catherine Savage. » Il tenait le premier indice, celui qui permet de commencer la traque. Il regagna son bureau, posa la main sur le téléphone, hésita un moment, et finit par décrocher. Le numéro qu'il composait lui avait été donné il y a cinq ans, pour les cas d'urgence, tout comme celui que Jackson avait laissé à LuAnn, dix ans plus tôt.

Une voix numérisée lui répondit. Riggs livra une série de chiffres suivis de son nom en articulant lentement, de façon que l'ordinateur puisse vérifier les paramètres de sa voix. Après quoi, il raccrocha. Une minute plus tard, son téléphone sonnait. Il prit la communication.

« C'était rapide, dit-il.

— Ce type d'appel retient toujours notre attention. Que se passe-t-il ? Vous avez des problèmes ?

— Pas personnellement. Mais je suis tombé sur quelque chose que j'aimerais vérifier.

— Une personne, un lieu, un objet ?

— Une personne.

— Je vous écoute, qui est-ce ? »

Riggs respira un grand coup en espérant qu'il n'était pas en train de commettre une erreur qu'il se reprocherait le restant de ses jours. « J'aimerais savoir ce que vous possédez comme renseignements sur une femme du nom de LuAnn Tyler. »

LuAnn regagnait Wicken's Hunt quand le téléphone sonna dans la voiture.

« Allô ? »

La voix à l'autre bout de la ligne lui procura un vif soulagement. « Ne me dis pas où tu es, Charlie, car la ligne est peut-être sur écoute. Donne-moi vingt minutes, et appelle-moi là où tu sais. » Elle raccrocha. Ils avaient repéré à leur arrivée dans la région une cabine téléphonique située près d'un McDonald's, d'où ils pouvaient appeler et recevoir des appels en tout anonymat.

Elle arriva un quart d'heure plus tard, attendit et décrocha à la première sonnerie.

« Comment va Lisa ?

— Bien, répondit Charlie d'une voix basse. Elle ronchonne encore, mais on ne peut pas lui en vouloir.

— Je sais. Elle t'a parlé ?

— Un peu. Mais pour le moment, nous sommes ses ennemis, toi et moi. Et comme tu n'es pas là, c'est moi qui encaisse.

— Où est-elle ?

— Elle dort. Nous avons roulé toute la nuit, et elle n'a pas fermé l'œil.

— Où êtes-vous ?

— En ce moment, nous sommes dans un motel, à la sortie de Gettysburg, pas loin de la frontière du Maryland. Il a fallu que je m'arrête, je commençais à m'endormir au volant.

— Tu n'as pas utilisé de carte de crédit ? Jackson pourrait en retrouver la trace.

— Tu me prends pour un novice ? Je paie tout en espèces.

— Penses-tu avoir été suivi ?

— J'ai pris tantôt l'autoroute, tantôt des routes secondaires. Si j'avais été suivi, je m'en serais aperçu en traversant des campagnes désertes au petit matin. Non, personne n'est à nos trousses. Et toi, comment ça se présente ? Tu t'es rapprochée de Riggs ? »

La question fit rougir LuAnn. « Oui, on peut dire ça. » Elle observa un silence avant d'ajouter : « J'ai rencontré Donovan.

— Qui ça ?

— Le type du cottage. Il s'appelle Thomas Donovan. Il est journaliste.

— Ah, merde !

— Il a deviné la combine, les douze gagnants et tutti quanti.

— Mais comment il a pu faire ?

— C'est un peu compliqué mais, en gros, c'est parce que ces douze-là, dont moi, non seulement n'ont pas déclaré de faillite mais se sont considérablement enrichis. J'ai appris que, chaque année, neuf sur douze des gagnants du Loto finissaient ruinés très rapidement. Alors, ça lui a mis la puce à l'oreille.

— Ça prouve au moins que Jackson n'est pas infaillible.

— C'est une pensée réconfortante. Je dois te laisser, maintenant. C'est quoi, ton numéro ? »

Charlie le lui donna. « Tu as aussi le numéro de mon portable, LuAnn ?

— Oui, je le connais par cœur.

— Ça ne me plaît pas de te savoir seule. Ça ne me plaît pas du tout.

— Ne t'inquiète pas, je me débrouille. Il faut seulement que je réfléchisse un peu et que je sois prête quand Jackson reparaîtra.

— Méfie-toi, ce type n'est pas humain. »

LuAnn raccrocha et regagna la voiture tout en coulant discrètement un regard alentour, mais ne repéra rien d'anormal. Toutefois, cela ne voulait rien dire. Jackson pouvait très bien être cette femme âgée qui démarrait lentement au volant d'une petite voiture ou ce gros qui s'empiffrait de frites dans son pick-up.

Charlie raccrocha, vérifia que Lisa dormait toujours, et s'approcha de la fenêtre de leur chambre située au rez-de-chaussée. Le motel était construit en forme de fer à cheval, et Charlie pouvait voir non seulement le parking mais les chambres situées en face. Avant de se coucher, il avait surveillé le parking pendant plus d'une heure, mais aucune voiture n'était arrivée après eux. Depuis qu'il était réveillé, il avait repris son observation, épiant les allées et venues des clients. En dépit de son guet attentif, il ne pouvait voir la paire de jumelles braquées sur lui depuis le fond d'une des chambres d'en face. La voiture de celui qui l'observait n'était pas dans le parking pour la bonne raison que l'homme n'était pas client. Quand Charlie et Lisa étaient sortis déjeuner, il s'était glissé dans cette chambre inoccupée. L'homme posa ses jumelles et griffonna quelques notes sur un calepin, avant de reprendre son observation.

42

LuAnn arrêta la voiture dans l'allée. Elle coupa le moteur et observa un instant la maison. Au lieu de regagner Wicken's Hunt, elle avait décidé d'aller chez Riggs. La Cherokee était là. Elle descendit et grimpa les larges marches du perron victorien.

Riggs avait entendu la voiture. Il venait juste de raccrocher, et son bloc était couvert de notes et d'informations qui le plongeaient dans un profond malaise. Il avait l'impression d'avoir ouvert la boîte de Pandore. Il alla ouvrir, et elle passa devant lui sans le regarder.

« Comment ça s'est passé ? » demanda-t-il.

LuAnn fit le tour du salon avant de s'asseoir sur un canapé.

« Pas très bien, à vrai dire », répondit-elle en levant les yeux vers lui.

Riggs prit place dans un fauteuil en face d'elle. « Raconte-moi.

— Pourquoi ? Pourquoi te mêlerais-je à tout ça ? »

Riggs était songeur. Elle l'invitait manifestement à ne pas s'impliquer dans cette histoire. Il pouvait lui répondre qu'elle avait raison et la raccompagner à la porte. Il la regarda. Elle avait l'air fatiguée, et il sentit son cœur se serrer.

« Je veux t'aider.

— Je te remercie, mais je ne saurais même pas par où commencer.

— Par le commencement. Il y a dix ans. En Géorgie. Quand tu fuyais la police qui te soupçonnait de meurtre. »

Elle se mordit la lèvre. Elle désirait désespérément lui faire confiance ; c'était presque un besoin physique. Et cependant, alors qu'elle dirigeait son regard vers le couloir où se trouvait le bureau, dans lequel elle avait précédemment découvert les informations qu'il avait obtenues sur elle, elle ne pouvait s'empêcher de se demander qui il était et quel rôle il jouait. Jackson aussi avait des doutes. Et Jackson avait un flair qui ne l'avait jamais trompé.

Quand il reporta son regard sur elle, il lut le doute et l'incertitude qui la tenaillaient.

« LuAnn, je sais que tu ne me connais pas vraiment. Pas encore. Mais tu peux me faire confiance.

— J'aimerais bien, Matthew, mais... » Elle se leva pour entamer sa déambulation coutumière. « Mais j'ai appris durant ces dix dernières années à me méfier de tout le monde, hormis Charlie.

— Mais Charlie n'est pas là, et il y a des situations que tu ne peux affronter seule.

— J'en ai affronté d'autres, et dans de pires conditions.

— Je n'en doute pas, dit-il avec une sincérité quelque peu désarmante.

— Si j'accepte ton aide, je te mets en danger de mort, et c'est un risque que je ne prendrai jamais.

— J'ai déjà connu le danger ; ça ne me fait pas peur de recommencer. »

Elle le regarda, un soupçon de sourire sur les lèvres. Son regard noisette avait sur lui un effet profondément troublant, réveillant le souvenir de leur étreinte, quelques heures plus tôt.

« Peut-être, mais je ne veux pas qu'il t'arrive du mal.

— Alors pourquoi es-tu venue me voir ? »

Elle reprit sa place sur le canapé et croisa les mains. Elle parut débattre un instant de ce qu'elle allait dire, puis parla. « L'homme s'appelle Thomas Donovan. Il est journaliste, et il mène une enquête sur moi.

— Pourquoi ? À cause du meurtre ? »

LuAnn hésita avant de répondre. « En partie.

— Quelle est l'autre partie ? »

LuAnn n'avait pas l'intention de répondre à cette question. Ce serait se découvrir devant quelqu'un qui, malgré ses bonnes intentions, n'en demeurait pas moins un inconnu.

Riggs décida de tenter le coup. « Cela a-t-il un rapport avec le Loto ? »

Elle leva lentement les yeux vers lui, et la stupeur pouvait se lire sur son visage.

« Quand j'ai appris ton vrai nom, ça m'est revenu. Tu as gagné cent millions de dollars au Loto, il y a dix ans, si mes souvenirs sont bons. Ta photo a paru dans tous les journaux. Et puis tu as disparu. »

Elle le considérait à présent avec la plus extrême attention, mais le visage de Riggs exprimait une franchise qui finit par chasser les soupçons que ses paroles avaient ravivés.

« Oui, j'ai gagné au Loto.

— Alors, qu'est-ce que voulait Donovan ? Ta version du meurtre ?

— En partie, je t'ai dit.

— Alors, qu'y a-t-il d'autre ? »

Cette fois, elle ne s'en laissa pas conter par les apparences. Elle se leva. « Je dois m'en aller.

— Allons, LuAnn, parle-moi.

— Je t'en ai dit plus que je n'aurais dû. »

Évidemment, Riggs en savait bien plus, mais il avait espéré l'entendre de la bouche de LuAnn. La source qu'il avait contactée un moment plus tôt lui avait demandé pourquoi il désirait des informations sur LuAnn Tyler. Il avait menti, du moins par omission. Il n'avait pas l'intention de dénoncer LuAnn. Il n'avait aucune raison de lui accorder sa confiance, mais il ne pouvait s'empêcher de croire en elle.

Elle avait la main sur la poignée de la porte quand il la rappela.

« Si tu changes d'avis, LuAnn, je serai là. »

Elle ne se tourna pas vers lui, redoutant de ne plus pouvoir partir si elle le faisait. Elle avait besoin qu'il l'aide, qu'il lui fasse encore l'amour. Après toutes ces années de mensonges, de fuite en avant, de peur aussi, elle avait envie de deux bras qui la serrent, d'être aimée pour elle-même, pas pour son argent.

Riggs regarda la BMW redescendre l'allée. Quand la voiture disparut, il regagna son bureau. Après sa demande de renseignements sur LuAnn Tyler, Riggs savait que le Bureau fédéral enverrait des agents à Charlottesville ou demanderait à l'agence locale du FBI de prendre contact avec lui. Mais en raison de son statut spécial, ils devraient passer par la voie hiérarchique, et cela prendrait du temps. Cependant, une fois que les fédés seraient à pied d'œuvre, c'en serait fini de LuAnn Tyler. Tous ses efforts pour préserver sa liberté durant toutes ces années seraient brutalement réduits à néant. Et Riggs ne voulait pas que cela arrive, en dépit de ce qu'il savait d'elle. Il n'avait connu au cours de sa précédente carrière que des tromperies et des déceptions. Il avait appris aussi à connaître les gens, à séparer le bon grain de l'ivraie. Or il était viscéralement convaincu de l'innocence et de l'honnêteté de LuAnn. Il l'aiderait, qu'elle le veuille ou non. Elle était mêlée à une sombre histoire et à des gens extrêmement dangereux. Mais il allait tout de même entrer dans la danse.

43

Il était tard quand LuAnn arriva à Wicken's Hunt ;
le personnel de maison était parti, et Sally Beecham ne
serait pas de retour avant le lendemain. Elle entra par
la porte intérieure du garage et monta directement dans
sa chambre, pour prendre une douche et se changer.

Dissimulé derrière les buissons bordant la pelouse
du côté du garage, Jackson sourit en voyant s'afficher
sur l'écran de son scanner portatif le code à six chiffres
du système de sécurité de la maison. L'appareil avait
enregistré les impulsions électroniques quand LuAnn
avait commandé l'ouverture du garage. Désormais
pourvu de ce sésame, Jackson pourrait entrer et sortir
à sa guise.

Le téléphone sonnait quand il regagna sa voiture de
location. Il s'entretint quelques minutes avec son correspondant et raccrocha. Charlie et Lisa avaient pris
une chambre dans un motel, à la sortie de Gettysburg.
Il était probable qu'ils n'y restent pas et reprennent
la route. LuAnn avait donc confié à Charlie la mission d'éloigner Lisa. Jackson connaissait les capacités de Charlie, mais la fillette n'en restait pas moins
le talon d'Achille de sa mère.

LuAnn vit Jackson descendre vers la route en suivant la lisière du bois. Il allait de ce pas précis et souple des grands prédateurs. Elle ne savait pas ce qui l'avait attirée à la fenêtre à cet instant précis. Étrangement, elle ne ressentit nulle appréhension en l'observant. En vérité, la présence de Jackson ne l'étonnait pas. Elle ignorait depuis combien de temps il surveillait la propriété, mais il était logique qu'il soit là. Elle était devenue sa principale source d'intérêt. Elle s'écarta de la fenêtre et s'assit au bord de son lit. La grande maison était silencieuse, et il en émanait une atmosphère oppressante. Elle eut soudain l'impression d'être seule dans un immense mausolée, à attendre que survienne l'horreur.

Lisa était-elle réellement hors de portée de ce monstre ? La réponse à cette question était tellement évidente qu'elle eut l'impression de recevoir une gifle.

J'ai le pouvoir de tout accomplir, LuAnn.

Un violent frisson la parcourut au souvenir de cette phrase prononcée voilà dix ans. Riggs avait raison, elle ne pouvait affronter Jackson seule. Il lui avait offert son aide et, cette fois, elle en avait besoin. Elle se leva, prit le 44 Magnum qu'elle gardait dans un tiroir de la commode et le glissa dans son sac. Elle décrocha un manteau et se hâta de redescendre au garage. Deux minutes plus tard, la BMW filait sur la route.

Riggs était dans son grenier aménagé quand il entendit la voiture s'arrêter devant le garage. Il jeta un coup d'œil par la baie vitrée et vit LuAnn se diriger vers la maison. Mais elle dut se sentir observée, car elle se retourna et leva les yeux vers lui. Ils se regardèrent un moment, avant qu'elle ne dirige ses pas vers l'entrée de la grange.

Riggs attendit qu'elle ait pris place sur le canapé devant le poêle Franklin où ronflait un bon feu, pour lui poser la question qui lui brûlait les lèvres. Cette fois, le temps n'était plus aux finasseries.

« Le Loto était truqué, n'est-ce pas ? Tu savais que tu allais gagner ? »

Le tressaillement de LuAnn s'accompagna d'un sentiment d'immense soulagement. « Oui. » Ce seul aveu semblait avoir le pouvoir d'effacer les dix dernières années de sa vie. « Comment as-tu deviné ?

— Je me suis renseigné. »

LuAnn demeura un instant interdite puis se leva lentement. Venait-elle de commettre la plus grosse erreur de sa vie ?

Riggs s'empressa d'élever les mains en signe d'apaisement. Puis, aussi calmement qu'il le pouvait, il dit : « Personne d'autre ne le sait pour le moment. J'ai recueilli des informations de plusieurs sources, et c'est par recoupements que je suis arrivé à cette conclusion. » Il hésita avant d'ajouter : « Je dois aussi t'avouer que j'ai placé un micro dans ta voiture, ce qui m'a permis d'entendre ta conversation avec Donovan.

— Qui es-tu ? » demanda-t-elle avec colère, prête à s'emparer du revolver dans son sac au moindre mouvement suspect de Riggs.

Mais il resta assis et, la regardant dans les yeux, eut une réponse surprenante. « Je suis quelqu'un comme toi. Mon passé est un secret, mon présent n'est qu'une mise en scène. Un mensonge, si tu préfères. Mais pour la bonne cause. Comme toi », ajouta-t-il avec un sourire triste.

LuAnn, le visage pâle, sentit ses jambes fléchir, et elle se laissa choir sur le canapé. Riggs vint s'agenouiller devant elle et lui prit la main. « Écoute, nous n'avons pas beaucoup de temps devant nous, aussi je ne veux rien te cacher. Je me suis renseigné sur toi, je te l'ai dit. Je l'ai fait discrètement, mais cela aura tout de même des effets. » Il la regardait avec une gravité mêlée de compassion pour la douloureuse épreuve qu'elle traversait. « Es-tu prête à entendre la suite ? »

LuAnn hocha lentement la tête. Son instinct de survie reprenait le dessus, et elle sentait ses forces lui revenir.

« Le FBI s'est intéressé à toi depuis que tu leur as échappé et quitté le pays. Jusqu'ici, l'affaire est restée en veilleuse, mais cela ne saurait durer. Ils soupçonnent une tricherie au Loto, mais n'ont rien pu prouver jusqu'ici.

— Si tu as écouté ma conversation avec Donovan, tu sais maintenant comment il en est arrivé à sa conclusion.

— Oui, c'est très intelligent de sa part d'avoir pensé aux faillites. Le FBI n'a pas abordé cet angle, pas encore. Sais-tu comment le trucage a été effectué ? »

LuAnn répondit non de la tête.

« Qu'y a-t-il derrière ? Un groupe ? Une organisation ? Donovan soupçonne le gouvernement. Ne me dis pas que c'est le cas, parce que alors ce serait à désespérer de tout.

— Ce n'est pas le gouvernement. » LuAnn n'éprouvait plus aucune peur. Elle avait l'impression de vider un abcès qui l'avait fait trop longtemps souffrir. « C'est un homme, un seul, pour autant que je sache. »

Riggs eut une expression incrédule. « Un seul homme. Non, ce n'est pas possible.

— Il a des gens qui travaillent pour lui — j'en ai connu deux — mais je peux t'affirmer que c'est lui, le cerveau.

— Et Charlie ? Il travaillait pour lui ?

— Qu'est-ce qui te fait dire ça ? »

Riggs eut un haussement d'épaules. « Rien, sauf que cette histoire d'oncle m'a toujours paru boiteuse. Et puis, vous avez davantage l'air de deux vieux complices, toi et lui, que de parents. Et d'après ce que j'ai pu apprendre de ton passé, tu n'as jamais eu un seul oncle. J'en ai déduit qu'il est entré dans ta vie après le trucage du Loto.

— C'est une question à laquelle je ne répondrai

pas, dit LuAnn avec une fermeté qui découragea Riggs d'insister.

— D'accord, je comprends. Revenons au "cerveau". Que sais-tu de lui ?

— Il se fait appeler Jackson. » LuAnn se tut abruptement, stupéfaite par cet aveu qu'elle avait toujours tenu pour inconcevable. À peine le nom échappé de ses lèvres, elle ferma les yeux, imaginant ce que lui ferait Jackson, ce qu'il leur ferait à tous, s'il savait ce qu'elle venait de commettre. Elle jeta malgré elle un regard par-dessus son épaule.

Riggs lui prit le bras. « LuAnn, tu n'es plus seule. Il ne peut plus t'atteindre, maintenant. »

Elle manqua éclater de rire. « Matthew, si nous avons de la chance, beaucoup de chance, il nous accordera une mort rapide au lieu d'une lente et douloureuse agonie. »

Riggs la sentit qui tremblait, et il s'en émut. Il la savait très courageuse, et le fait qu'elle ait peur lui donnait à réfléchir sur ce Jackson.

« Si cela peut te rassurer, dit-il, j'ai déjà eu affaire à des tueurs, et je suis toujours de ce monde. Je ne connais personne qui n'ait un défaut dans la cuirasse.

— Oui, on peut toujours se raconter ça.

— Écoute, si tu préfères aller à l'abattoir comme un mouton, libre à toi. Mais ce n'est pas ça qui aidera Lisa. Si ce type est aussi dingue et dangereux que tu le dis, crois-tu qu'il lui laissera la vie sauve ?

— Elle ignore tout de mon passé.

— Ce n'est pas ce que supposera Jackson. Il préférera se dire qu'elle sait tout, et qu'elle doit être éliminée, si jamais les choses se présentaient mal pour lui.

— Je sais, dit LuAnn. Mais je ne comprends toujours pas pourquoi tu veux m'aider. Tu ne me connais pas, et je viens de t'avouer que j'ai commis un acte illégal.

— Je te le répète, j'ai appris certaines choses à ton sujet. Je sais de quel milieu tu viens. Jackson a profité de toi. Et à ta place, moi aussi j'aurais sauté sur la chance de devenir riche.

— Justement, je ne l'ai pas fait. J'avais décidé de ne pas accepter son offre, mais quand je suis rentrée chez moi, Duane agonisait et son assassin m'est tombé dessus. J'ai réussi à l'assommer et me suis enfuie avec Lisa. Après ça, je n'avais guère le choix. J'avais seulement envie de partir loin, très loin.

— Je comprends ça, tu sais.

— Et depuis ce jour-là, je cours. Je cours avec la peur au ventre que quelqu'un ne découvre la vérité. Tu ne peux pas savoir ce que ces dix années peuvent peser sur moi.

— Et ce Jackson... j'en déduis qu'il est dans les parages, non ?

— Il était dans mon jardin il y a trois quarts d'heure.

— Quoi ?

— Je ne sais pas ce qu'il manigance, mais il prépare quelque chose. C'est un méthodique, et il doit avoir un plan.

— Quelle sorte de plan ?

— Pour commencer, il va tuer Donovan.

— Je n'ai pas l'impression que Donovan t'ait prise très au sérieux, quand tu l'as mis en garde.

— J'espère qu'il s'en tirera, mais j'en doute. Après, ce sera notre tour.

— Tu resteras ici, et nous l'attendrons de pied ferme.

— Non, Matthew. Je dois le revoir. Très bientôt. »
Il la regarda avec stupeur. « Tu es folle ?

— Jackson a pénétré dans ma chambre, la nuit dernière. Nous avons eu une longue discussion. Je lui ai promis de me rapprocher de toi et d'essayer de découvrir si tu représentais un danger pour lui, comme il le pensait. Je ne prévoyais pas que nous deviendrions... aussi intimes.

— Mais pourquoi cette manœuvre ?

— Parce qu'il avait l'intention de te tuer. Il a man-

390

qué le faire, la nuit dernière, au cottage. Il m'a dit que tu étais passé devant lui, et qu'il n'avait qu'à tendre le bras pour t'égorger. Tu as de la chance d'être encore en vie. »

Riggs s'assit à côté d'elle. Son instinct ne l'avait donc pas trompé. C'était rassurant, en dépit du fait qu'il avait frôlé la mort.

« Jackson était curieux de connaître tes antécédents, et bien décidé à te supprimer s'il découvrait que tu pouvais être une menace pour lui.

— Et alors ?

— Alors, je lui ai proposé de me renseigner moi-même.

— Tu as pris des risques.

— Tu en as pris pour moi, et je te devais bien ça. Et puis, je ne voulais pas qu'il t'arrive du mal. Pas à cause de moi. »

Riggs pressa la main de LuAnn. « Combien a-t-il pris sur les cent millions de dollars qu'il t'a fait gagner ?

— Tout. »

Riggs la regarda d'un air médusé.

« Jackson a gardé le contrôle de l'argent pendant ces dix dernières années, me versant un intérêt sur les investissements qu'il pratiquait.

— Combien te donnait-il par an ?

— Il était convenu qu'il me verse vingt-cinq pour cent, mais je suppose qu'il a dû faire des placements heureux, parce que j'ai touché quarante pour cent sur le capital initial. J'ai donc gagné des dizaines de millions de dollars chaque année.

— Quarante pour cent ! s'exclama Riggs. C'est incroyable.

— Mais vrai. Et Jackson y a certainement trouvé son compte, car il n'a pas agi par bonté d'âme.

— S'il t'a refilé quarante pour cent, cela veut dire qu'il en a réalisé autant pour lui. Il n'y a que dans le blanchiment des narcodollars ou dans des transactions illégales, tels les délits d'initiés, qu'on peut réaliser des pourcentages de cet ordre.

— Probablement.

— Et au bout des dix ans ?

— Il devait me restituer le capital initial, soit les cent millions. Ce qu'il a fait. Il y a très peu de temps. De ce côté-là, il a toujours été régulier. »

Riggs se passa une main sur le front ; ces sommes lui donnaient le vertige. « Vous étiez douze. En comptant une moyenne de soixante-dix millions par personne, on peut estimer que Jackson a eu huit cent quarante millions de dollars à investir.

— Oui, il a certainement décuplé cette somme depuis. » Elle regarda Riggs et vit le pli soucieux qui lui barrait le front. « À quoi penses-tu ?

— À un autre problème, qui préoccupe le FBI depuis quelques années. Et pas seulement le FBI, mais Interpol et d'autres services de renseignements étrangers. Des sommes énormes ont été investies dans diverses activités à travers le monde, certaines légales, d'autres pas. Au début, les fédéraux ont suspecté des blanchiments d'argent de la part des cartels de drogue et des triades chinoises mais il s'est avéré que ce n'était pas le cas. Ils ont bien relevé des traces de-ci de-là, mais rien qui constitue une piste sérieuse. Quiconque opère de tels mouvements d'argent a les moyens de se protéger. Et cet opérateur pourrait bien être Jackson.

— Penses-tu vraiment que le FBI ne sache rien du trucage du Loto ?

— Tout ce que je peux te dire, c'est que je ne leur en ai pas parlé, répondit Riggs, embarrassé. Mais ils sont avertis de ma demande de renseignements te concernant.

— En tout cas, si jamais ils ont découvert la combine, nous avons maintenant les fédéraux et Jackson contre nous, pas vrai ?

— Exact. »

Ils se regardèrent l'un l'autre ; ils pensaient la même chose : ils étaient deux contre le reste du monde.

« Je dois m'en aller, maintenant, dit LuAnn.

— T'en aller où ?

— Je suis sûre que Jackson a suivi attentivement tous mes déplacements. Il saura que nous nous sommes vus plusieurs fois. Il se peut même qu'il soit averti de ma rencontre avec Donovan. Si je ne lui fais pas mon rapport, comme promis, il me le fera chèrement payer. »

Riggs la prit par les épaules. « LuAnn, ce type a certainement du génie, mais c'est celui du mal. Le fait que tu aies peur en dit long sur ses capacités. Si jamais il a le moindre soupçon à ton égard... »

Elle lui serra doucement les bras. « Je ferai en sorte qu'il ne soupçonne rien.

— Et comment comptes-tu t'y prendre ? Il a certainement deviné plus de choses qu'on ne pense. À mon avis, il serait temps d'appeler des renforts, de lui tendre un piège et de lui sauter dessus.

— Et moi, je ferais quoi, après ça ?

— Je suis sûr que nous pourrions passer un accord avec les autorités, dit Riggs sans conviction.

— Même avec le shérif de Rikersville ? Tu as entendu Donovan. Ils m'attendent pour me lyncher, là-bas.

— Les fédéraux lui parleront, ils... » Riggs se tut à la pensée que tout cela n'était qu'un vœu pieux.

« Oui, peut-être que je pourrais conclure un marché avec tout le monde et rendre l'argent, bien sûr. Et puis, je trouverais un juge sympathique, qui comprendrait ma situation. Comment ne pas éprouver de la compassion pour moi ? Je vois d'ici les titres de la presse : "Trafiquante de drogue, elle tue son pourvoyeur, triche au Loto et s'en va jouer les Jackie Onassis à travers le globe, pendant que des pauvres gens jouent leur aide sociale à la Loterie." À mon avis, j'ai plus de chances d'être élue "Femme de l'année" que de prendre perpète. Qu'en penses-tu ? »

Riggs, embarrassé, préféra détourner le regard.

« Voyons les choses sous un autre angle, reprit LuAnn. Admettons qu'on parvienne à attirer Jackson dans un guet-apens et qu'on réussisse à le piéger. Penses-tu qu'avec tout l'argent et tout le pouvoir qu'il possède, il ira en prison ? Et même s'il se retrouvait derrière les barreaux, il lancerait une armée de tueurs à nos trousses. Et que vaudrait ma vie, alors ? Et celle de ma fille ?

— Rien, je te l'accorde. Mais écoute, est-ce que tu ne pourrais pas lui faire ton rapport au téléphone ? Tu n'es pas obligée de le voir en personne. »

LuAnn réfléchit un moment. « Je peux toujours essayer », dit-elle.

Elle se leva et le regarda. Elle avait l'air forte de nouveau, confiante en elle. « J'ai beau être très riche et avoir voyagé dans le monde entier, je ne suis pas le FBI. Je ne suis qu'une pauvre fille de Géorgie, mais tu serais étonné de ce dont je suis capable, quand la situation l'exige. Et j'ai beaucoup à perdre. Beaucoup trop. » Elle avait les yeux fixés sur Riggs mais son regard semblait aller bien plus loin. Quand elle parla de nouveau, sa voix avait la lenteur chantante du Sud. « Aussi, je n'ai pas les moyens de perdre ce combat. »

44

Dans son bureau à Washington, George Masters contemplait le dossier étalé devant lui. Masters était au FBI depuis vingt-cinq ans, dont dix passés au Bureau fédéral de New York. Le nom de LuAnn Tyler, qu'il avait sous les yeux, lui était d'autant plus familier qu'il avait mené lui-même l'enquête consécutive à la disparition de cette femme, sitôt après qu'elle eut empoché cent millions de dollars au Loto. L'affaire était classée depuis longtemps, faute d'éléments pour la diligenter, mais elle était toujours restée pour Masters une source d'intérêt, pour la simple raison qu'elle était incompréhensible. Le vétéran n'aimait pas ce qui n'avait pas de sens et, même après son transfert à Washington, il n'avait pas oublié LuAnn Tyler. Or voilà que de nouveaux éléments avaient rallumé sa curiosité. Matthew Riggs avait fait une demande de renseignements sur la fugitive. Masters savait que Riggs se trouvait à Charlottesville, en Virginie, et il savait aussi qui était Riggs. Si ce dernier s'intéressait à Tyler, c'est qu'il avait de bonnes raisons de le faire. Des raisons qui intéressaient au plus haut point Masters.

Après leur échec à empêcher LuAnn Tyler de quitter New York, Masters et son équipe avaient passé énormément de temps à essayer de reconstituer les journées précédant la fuite de la gagnante. Elle avait certainement pris le train pour se rendre à New York. Elle n'avait ni permis de conduire ni voiture. La déca-

potable au volant de laquelle elle avait été vue avait
été retrouvée devant la caravane. Masters avait donc
concentré ses recherches dans les gares ferroviaires,
et c'était dans celle d'Atlanta qu'il avait découvert un
premier indice. Tyler avait pris le rapide pour New
York le jour même où, d'après la police locale, les
deux meurtres avaient été commis. LuAnn avait passé
un coup de fil depuis la voiture d'Otis Burns. Le FBI
avait pu remonter l'appel : le numéro comportait
l'indicatif de la ville de New York mais, curieusement,
il ne correspondait à aucun abonné, un fait qui n'avait
fait qu'accroître la perplexité de Masters.

Dès qu'il avait eu connaissance de la demande de
Riggs, Masters avait chargé ses hommes de réexami-
ner le dossier de la police de New York et de rechercher tout événement suspect survenu lors du séjour de
LuAnn Tyler à New York. Un fait divers relevé par
ses agents avait grandement intéressé Masters. Un certain Anthony Romanello avait été retrouvé mort dans
son appartement, le soir même qui avait précédé la
remise par l'Américaine des Jeux d'un chèque à neuf
chiffres à LuAnn Tyler.

La découverte d'un cadavre dans cette bonne ville
de New York était chose banale, mais elle n'en avait
pas moins éveillé la curiosité de la police, en raison
du lourd casier judiciaire du défunt, soupçonné d'être
un tueur à gages. Les policiers s'étaient donc mis en
devoir de reconstituer l'emploi du temps de Romanello
durant son dernier jour parmi les vivants. On l'avait
vu en compagnie d'une femme dans une cafétéria, et
leur conversation n'avait rien eu d'amical, d'après le
témoignage de la serveuse. Deux heures plus tard,
Romanello était mort. Arrêt du cœur, avait révélé
l'autopsie qui, par ailleurs, n'avait relevé aucune ano-
malie vasculaire ou cardiaque chez cet homme jeune
et solidement constitué. Ces détails avaient infiniment
moins passionné Masters que la description de la
femme, qui correspondait parfaitement à LuAnn Tyler.

Masters alluma une cigarette et se cala de nouveau

dans son fauteuil, pour considérer le dernier élément et non le moindre : on avait retrouvé un billet de train sur Romanello. L'homme s'était rendu en Géorgie et avait pris le rapide Atlanta-New York en même temps que LuAnn, mais pas dans la même voiture. Y avait-il un rapport ? Masters disposait maintenant de suffisamment d'éléments pour se représenter un tableau plus cohérent de l'affaire.

Il récapitula une fois de plus ce qu'il savait. LuAnn Tyler avait acheté le bulletin gagnant à Rikersville, Géorgie, le jour du double meurtre survenu dans la caravane, où elle avait élu domicile. Il fallait des nerfs solides pour s'arrêter au drugstore et acheter un billet de Loto après avoir laissé deux cadavres derrière soi, songeait Masters. Le tirage avait eu lieu le mercredi suivant à New York. La femme correspondant à la description de Tyler avait été vue avec Romanello le vendredi soir. La conférence de presse s'était tenue le samedi. Or, le train qu'avaient pris Tyler et Romanello avait quitté Atlanta le dimanche précédent, pour arriver le lundi à New York. Cela signifiait donc que LuAnn avait gagné New York avant même de savoir qu'elle avait gagné le gros lot. Si elle avait fui de peur d'être impliquée dans les deux assassinats et choisi New York au hasard, pour découvrir trois jours plus tard qu'elle détenait le bulletin gagnant, elle était indiscutablement la femme la plus chanceuse du monde. Mais George Masters ne pouvait croire à une chance aussi insolente.

Il compta sur ses doigts : les meurtres, le mystérieux coup de fil, l'achat du bulletin de Loto, le train pour la Grosse Pomme avant de savoir qu'elle était l'heureuse élue, sa rencontre avec Romanello, la mort de ce dernier. Le plus troublant restait tout de même le fait que cette jeune femme de vingt ans, serveuse de son état, avait réussi à passer — avec un bébé ! — à travers les mailles d'un filet tendu par la police de New York et tout un contingent d'agents fédéraux. Elle ne pouvait avoir réussi seule pareil exploit. Cela ne pouvait être que le fruit d'une préparation précise et minutée. Cela ne pouvait être que... Masters serra soudain les bras de son fauteuil, alors que l'évidence s'imposait brutalement à lui.

LuAnn Tyler savait qu'elle allait gagner au Loto.

Ce qu'une telle conclusion impliquait arracha un frisson au vétéran. Il se demanda comment il n'y avait pas pensé plus tôt. Il est vrai qu'à l'époque il recherchait une femme soupçonnée de meurtre, et rien d'autre. Il ne pouvait que regretter d'avoir eu connaissance dix ans trop tard de la mort de Romanello.

Masters n'était pas assez âgé pour se souvenir des scandales qui avaient entaché la Loterie nationale au siècle dernier, mais il se souvenait de la corruption qui avait marqué certains jeux télévisés des années 50. Une plaisanterie, à côté de ce que l'affaire LuAnn Tyler promettait.

Si quelqu'un ou quelque organisation criminelle avait truqué le Loto national, les répercussions seraient considérables. Le gouvernement fédéral comptait sur les revenus des jeux de loterie, pour financer une quantité de mesures de tous ordres, et le brusque arrêt de cette pompe à dollars serait catastrophique. Quant à la réaction des millions de citoyens apprenant que le sacro-saint Loto n'était qu'une arnaque, mieux valait ne pas y penser.

Masters en avait la gorge sèche et il s'empressa d'avaler deux aspirines avec un verre d'eau afin de prévenir la migraine qu'il sentait poindre. Il décrocha ensuite le téléphone. « Passez-moi le directeur, je vous prie. » Pendant qu'il attendait que la communication soit établie, il se dit qu'il leur faudrait tôt ou tard informer la Maison-Blanche. Mais il laisserait le directeur en parler à l'attorney général[1], qui en parlerait au Président. Et si ses conclusions se révélaient exactes, la merde qui se déverserait dans le ventilateur n'épargnerait personne.

---

1. Ministre de la Justice. (N.d.T.)

45

Dans sa suite, Jackson attendait de nouveau devant son ordinateur que lui parviennent les informations qu'il avait demandées. Il savait que LuAnn avait rencontré Riggs à plusieurs reprises, et il était déçu qu'elle ne l'ait pas encore appelé. Il lui accorderait toutefois quelques heures de plus avant d'intervenir. Il n'avait pas mis la ligne téléphonique de Wicken's Hunt sur écoute, une négligence qu'il jugeait inutile de réparer dans l'immédiat. Elle l'avait pris de court en éloignant Lisa. Pour ne pas perdre la fillette de vue, il avait dû se défaire de l'homme qu'il avait engagé pour surveiller LuAnn, se privant ainsi d'un auxiliaire précieux. De ce fait, il ignorait si elle avait rencontré Donovan.

Il avait envisagé d'appeler du renfort, de manière à suivre les faits et gestes de Riggs, Donovan et LuAnn, mais cela allait à l'encontre de ses habitudes de discrétion et de travail en solitaire. Il avait transmis les empreintes de Riggs à sa source d'information habituelle et attendait impatiemment la réponse.

Quand celle-ci parvint enfin, il s'étonna que le nom inscrit sur l'écran ne soit pas celui de l'entrepreneur. Il se demanda un instant s'il n'avait pas relevé les empreintes de quelqu'un d'autre dans le cottage. Mais c'était impossible ; il avait repéré l'endroit exact où Riggs avait posé sa main sur le plancher. Il ne pouvait y avoir d'erreur. Pour en avoir le cœur net, il appela son contact et lui exposa brièvement le problème.

« Cette recherche n'a pas été facile, répondit son informateur. Nous sommes d'abord passés par le canal habituel afin d'éviter les soupçons, et la réponse a été : "Identification impossible."

— Cependant, quelqu'un a été identifié, dit Jackson.

— Oui, mais seulement après avoir essayé une autre voie. » Jackson comprit que son informateur avait probablement piraté une banque de données. « Et l'info que nous cherchions se trouvait dans les fichiers du FBI, sous un autre nom que celui que vous nous avez communiqué.

— Mais ce nom est celui d'un homme décédé, fit observer Jackson. Comment expliquez-vous cela ? Si Riggs est un agent du FBI, comment se fait-il que ses empreintes digitales correspondent à celles d'un mort ?

— J'en déduis que le nom que nous vous avons transmis est son véritable nom, et que celui sous lequel vous le connaissez est un faux. Et il n'y a qu'une seule explication : les fédéraux veulent le faire passer pour mort, y compris auprès de tous ceux qui pourraient avoir accès à leur fichier. Et ce n'est pas la première fois qu'ils font ça.

— Dans quel but ? »

La réponse de son informateur laissa Jackson songeur. Il raccrocha lentement. Tout prenait un sens, à présent. Il regarda l'écran.

Daniel Buckman : décédé.

LuAnn était partie depuis quelques minutes, quand Riggs reçut un coup de fil. Le message était bref, mais il réussit à le glacer jusqu'aux os :

« Quelqu'un a forcé l'accès de notre fichier anthropométrique et a pu ainsi consulter le relevé de vos empreintes. Et cette personne connaissait son affaire, parce qu'il était trop tard quand nous avons décelé l'effraction. Soyez donc sur vos gardes. Nous vous rappellerons sitôt qu'on aura du nouveau. »

Riggs raccrocha avec colère, prit son récepteur et son casque d'écoute et, ouvrant un tiroir de son bureau, en sortit deux revolvers, deux chargeurs, et un holster de cheville. Il glissa le plus gros calibre dans la poche de sa canadienne, et inséra l'autre dans l'étui qu'il sangla autour de sa jambe. Puis il courut à sa jeep en espérant que LuAnn n'avait pas trouvé et arraché l'émetteur.

46

LuAnn appela de la voiture au numéro que lui avait donné Jackson. Moins d'une minute plus tard, il la rappelait.

« Il faut que nous parlions, dit-il.

— Mais c'est pour cela que je vous téléphone ; comme convenu.

— Je suis sur la route, moi aussi, et je suppose que vous avez beaucoup à m'apprendre.

— Je ne pense pas que nous ayons d'inquiétudes à avoir, en ce qui concerne... notre problème.

— J'en suis fort aise mais, quoi que vous ayez à m'apprendre, ce ne sera pas au téléphone mais en personne.

— Pourquoi ?

— Pourquoi pas ? Et j'ai de mon côté des informations qui vous passionneront.

— À quel sujet ?

— Au sujet de qui, plutôt. Matt Riggs. Sa véritable identité, d'où il vient, et pourquoi vous avez intérêt à faire preuve de la plus extrême prudence avec lui.

— Vous ne pourriez pas m'éclairer tout de suite ?

— LuAnn, vous ne m'avez peut-être pas entendu. Je veux vous voir en personne.

— Pourquoi accepterais-je ?

— Eh bien, je vais vous le dire. Si vous ne le faites pas, je retrouverai Riggs et je le tuerai. Je lui couperai la tête et vous l'enverrai par la poste. Si vous tentez de l'avertir, alors j'irai chez vous et j'éliminerai votre intendante, vos deux femmes de chambre et les deux jardiniers, et je brûlerai votre maison. Ensuite, je me rendrai dans l'école privée de votre fille et je massacrerai tous ceux que je trouverai sur mon passage. Est-ce que cela vous suffit, LuAnn, ou bien dois-je continuer ? »

Cet assaut verbal ébranla LuAnn. Elle savait qu'il ne plaisantait pas et qu'il était totalement capable de mettre ses menaces à exécution. « Où et quand ? demanda-t-elle d'une voix blanche.

— Ah ! vous redevenez raisonnable. Mais pourquoi ne pas venir en compagnie de Charlie ? Ce que j'ai à vous dire l'intéressera aussi. »

LuAnn serra plus fort le combiné dans sa main. « Il n'est pas ici.

— Oh ! Et moi qui croyais qu'il ne vous quittait jamais.

— Nous ne sommes pas enchaînés l'un à l'autre. Charlie vit sa vie. »

Et qu'il en profite bien, pensa Jackson. *Et toi aussi, LuAnn. Parce que vos heures sont comptées, à tous les deux.*

« Rendez-vous au cottage de notre ami trop curieux, dit-il. Dans trente minutes ? Ça vous va ?

— J'y serai », répondit LuAnn.

Jackson raccrocha et porta instinctivement la main à son couteau à lancer dissimulé sous sa veste.

À quinze kilomètres de là, LuAnn répondit par un geste identique : elle dégagea le cran de sûreté de son 44.

Le soir commençait de tomber quand LuAnn engagea la BMW sur le chemin jonché de feuilles mortes. Il faisait très sombre dans le sous-bois. Il avait plu la nuit précédente, et les ornières étaient remplies d'eau.

Le cottage était un peu plus haut. Elle ralentit et balaya le terrain du regard. Elle ne vit pas de voiture, et les lieux semblaient déserts, mais cela ne voulait rien dire. Jackson avait le don d'apparaître soudainement, comme s'il était capable de passer à travers les murs. Elle arrêta la BMW près de la masure et descendit. Elle ne remarqua aucune trace de pneus ou de pas dans la boue, mais elle savait qu'il était déjà là. C'était comme s'il émanait de lui une odeur qu'elle était seule à percevoir. Un relent de caveau, de moisi et de terre fraîchement remuée. Elle prit une profonde inspiration et poussa la porte.

« Vous êtes en avance », dit Jackson, émergeant de la pénombre. Il avait le même visage que lors des précédentes rencontres mais portait cette fois une veste de cuir noir, un jean, un passe-montagne noir sur la tête et des chaussures de trekking. « Et vous êtes venue seule, ajouta-t-il.

— Vous aussi, j'espère », répondit LuAnn, en s'écartant de la porte pour s'adosser au mur.

Cette précaution fit sourire Jackson. Il croisa les bras et, s'appuyant de l'épaule à la cloison du petit couloir, il la regarda. « J'attends votre rapport », dit-il sèchement.

LuAnn garda les mains dans les poches de son manteau, sa droite serrant la crosse du 44, qu'elle parvint à pointer en direction de Jackson.

Mais son mouvement, pourtant presque imperceptible, n'échappa point à Jackson. Il eut un sourire. « Ne m'avez-vous pas dit que vous étiez incapable de tuer de sang-froid ?

— Il y a des exceptions à tout.

— Intéressant, mais nous n'avons pas le temps de jouer. Racontez ! »

Et LuAnn raconta.

« L'homme qui s'intéresse tant à moi s'appelle Thomas Donovan. Je l'ai rencontré. » Elle avait décidé en venant que le mieux était encore de dire en partie la vérité à Jackson et de cacher seulement ce qui pour-

rait mettre en danger aussi bien Donovan que Riggs.
« Il est journaliste au *Washington Tribune*. »

Jackson ne la quittait pas des yeux. « Continuez.

— Il projetait d'écrire un article sur le Loto, qu'il
trouve amoral. Son attention a été attirée par douze
gagnants d'affilée, il y a dix ans. Ces douze-là, dont
moi, avaient réussi à faire fructifier leurs gains.

— Qu'y a-t-il d'extraordinaire à cela ?

— Les statistiques qu'il a pu établir révèlent que
toutes les autres années, neuf gagnants sur douze ont
fini ruinés. Le taux de faillite est, selon lui, constant. »

Jackson encaissa le coup sans broncher, mais LuAnn
savait qu'il était mortifié de ne pas avoir procédé lui-
même à cette vérification.

« Que lui avez-vous répondu ?

— Que j'avais bénéficié des services d'un excellent
conseil financier, recommandé par l'Américaine des
Jeux. Je lui ai fourni le nom du cabinet de gestion
que vous utilisez. Je suppose qu'il est parfaitement
légal.

— Oui, en surface, du moins. Et au sujet des onze
autres ?

— J'ai dit à Donovan que je ne savais rien d'eux,
mais qu'ils avaient certainement confié leur argent à
des personnes compétentes.

— Et il a gobé ça ?

— Disons qu'il était déçu. Il voulait dénoncer la
mainmise par toutes sortes d'escrocs sur les gros lots
gagnés par de pauvres gens, jusqu'à leur ruine pro-
grammée, et ce avec la complicité passive des pouvoirs publics. Je lui ai dit que je ne risquais pas de
confirmer sa théorie, que j'avais, au contraire, très bien
réussi.

— Et je suppose qu'il savait ce qui s'est passé en
Géorgie ?

— Oui, et c'est probablement ce qui, à ses yeux,
m'a distinguée d'entre les douze. »

LuAnn eut un léger soupir de soulagement en
voyant Jackson approuver sa réponse d'un hochement

de tête. Il était apparemment parvenu à la même conclusion. « Il est clair qu'il s'attendait à ce que je lui dévoile toute une conspiration.

— Est-ce qu'il a parlé de trucage ? »

Ce n'était pas le moment d'hésiter, et LuAnn s'empressa de répondre : « Non. Il espérait une histoire à sensation, comme les aiment les journalistes. Je lui ai dit qu'il pouvait se renseigner auprès de mon cabinet de gestion, que je n'avais rien à cacher. J'ai même ajouté qu'il pouvait aussi appeler la police de Géorgie, parce que je n'avais tué personne et qu'il était peut-être temps d'en finir avec ces soupçons ridicules.

— Vous n'étiez pas sérieuse ?

— Non, je bluffais ; je voulais qu'il me prenne au sérieux. Je me disais qu'en refusant de lui parler ou en hésitant, je ne ferais qu'éveiller ses soupçons. Et il semblerait que j'aie réussi à le convaincre.

— Vous vous êtes séparés dans quels termes ?

— Il m'a remerciée d'avoir accepté son rendez-vous et s'est même excusé de m'avoir importunée de la sorte. Il m'a dit qu'il reprendrait peut-être contact avec moi, mais je doute qu'il le fasse. » Une fois de plus, LuAnn vit Jackson opiner en silence. « Il est remonté dans sa voiture, et je ne l'ai pas revu depuis. »

Jackson resta silencieux un long moment, puis il ouvrit et referma les mains, comme pour s'assouplir les doigts. « Eh bien, c'est ce qu'on appelle une jolie performance, LuAnn.

— J'ai eu un bon professeur. Il y a dix ans, à l'aéroport, vous m'avez dit que la meilleure façon de se cacher était d'avancer à découvert. J'ai appliqué le même principe.

— Et je suis flatté que vous n'ayez pas oublié. »

Il y a peu d'hommes qui ne soient pas sensibles à la flatterie, pourvu qu'on la présente avec le tact nécessaire. Jackson ne faisait pas exception à la règle. « Permettez-moi de vous dire que vous n'êtes pas de ceux qu'on oublie. Quant à Donovan, je le crois inoffensif. Et il y a des chances qu'il soit déjà en train de chercher un autre sujet d'article. Maintenant, si vous me parliez de Riggs ? »

Un sourire se dessina sur les lèvres de Jackson. « Je l'ai vu vous porter sur son dos, l'autre matin. Très amusant. La suite n'est pas trop difficile à deviner. »

LuAnn ravala sa colère. Pour le moment, l'important était d'apprendre ce qu'il avait découvert. « C'est une raison de plus pour que je veuille en savoir un peu plus sur lui.

— Eh bien, commençons par son vrai nom : Daniel Buckman.

— Buckman ? Pourquoi porterait-il un autre nom ?

— Drôle de question venant de vous. Pourquoi les gens changent-ils de nom, LuAnn ? »

Elle avait chaud, soudain. « Parce qu'ils ont quelque chose à cacher.

— Précisément.

— C'est un espion ? »

La question fit rire Jackson. « Non. En vérité, il n'est rien.

— Que voulez-vous dire ?

— Qu'un mort n'est plus rien.

— Un mort ? » LuAnn se figea. Jackson avait-il tué Matthew ? Non, il n'en avait pas eu le temps. Elle sentit une soudaine faiblesse dans ses jambes et dut faire un énorme effort pour rester debout et masquer son émoi.

« J'ai obtenu l'identification de ses empreintes, poursuivit Jackson. La réponse de l'ordinateur a été on ne peut plus claire : Daniel Buckman est décédé.

— L'ordinateur se trompe.

— L'ordinateur ne dit que ce qu'on veut bien lui faire dire. Quelqu'un a voulu que votre Riggs passe pour mort aux yeux de certaines personnes.

— Certaines personnes ?

— Ses ennemis, si vous préférez. Avez-vous jamais entendu parler du Programme de protection des témoins à charge ?

— Non, pourquoi ?

— Vous avez vécu à l'étranger trop longtemps. Ce programme, placé sous la supervision du FBI, est destiné à protéger des personnes qui ont témoigné contre des organisations criminelles. On leur fournit de nouvelles identités, de nouvelles vies. Officiellement, Buckman, alias Riggs, est mort. Il débarque dans une petite ville, commence une nouvelle vie sous un nouveau nom. Je n'en suis pas absolument certain, mais il semblerait que Riggs soit un membre de ce club très fermé.

— Riggs... Buckman... aurait été un témoin ? Mais de quoi ?

— Je n'en sais rien. Et quelle importance ? Ce que je sais, c'est qu'il a été acteur au sein d'une entreprise criminelle. Probablement des trafiquants de drogue. Peut-être est-il un mafieux repenti, à moins qu'il n'ait opéré pour un cartel colombien, contre lequel il a dû se retourner. »

LuAnn s'appuya contre le mur. Riggs, un criminel ?

« J'espère que vous ne vous êtes pas trop confiée à lui. On ne sait jamais à quoi s'attendre avec ce genre de zèbre.

— Non, je ne lui ai parlé de rien.

— Alors qu'avez-vous à m'apprendre sur lui, hormis des détails anatomiques ? »

L'allusion la laissa indifférente. De ses réponses dépendaient tant de choses. « Vous en savez plus que moi. Il ignore tout de mon passé. Il pense que Donovan avait peut-être l'intention de m'enlever. En vérité, après ce que vous venez de m'apprendre sur lui, je comprends mieux pourquoi il mène une existence aussi discrète et solitaire.

— Tant mieux pour nous. Mais je suis sûr que votre visite chez lui ce matin l'a tiré de sa solitude.

— Cela ne vous regarde pas, répliqua-t-elle avec humeur.

— Détrompez-vous, dit-il en pointant son index vers elle. Sans moi, vous ne seriez pas ce que vous êtes. Je vous ai faite, LuAnn. À bien des égards, je me sens responsable de votre bien-être, et ne croyez pas que je prenne cette responsabilité à la légère.

— Écoutez, les dix années sont écoulées. Vous avez fait votre fortune, et moi la mienne. Je propose qu'on en reste là, à jamais. Dans trente-six heures, je serai à l'autre bout du monde. Je voudrais que nos routes se séparent ici, parce que je suis fatiguée de tout ça.

— Vous m'avez désobéi.

— C'est vrai, mais j'ai passé dix ans à courir de pays en pays, à regarder constamment par-dessus mon épaule et à obéir à vos instructions. Et je vais probablement passer le restant de mes jours à en faire autant. Alors, laissez-moi en paix ! »

Un silence tomba, pendant lequel ils restèrent à se dévisager.

« Vous partiriez tout de suite ?

— Donnez-moi le temps de faire mes valises, et nous serons en route dès demain matin. »

Jackson parut considérer la proposition. « Dites-moi, LuAnn, pourquoi ai-je le sentiment que je ferais mieux de vous tuer sur-le-champ ? »

Elle s'attendait à cette question. « Parce que Donovan trouverait bizarre que je trouve la mort juste après lui avoir parlé. Pour le moment, il ne se doute de rien, mais je vous garantis que mon décès brutal ferait plus qu'éveiller ses soupçons. »

Jackson pinça les lèvres d'un air pensif, puis désigna la porte. « Allez donc faire vos valises. »

LuAnn ne bougea pas. « Passez le premier.

— Coupons la poire en deux, et sortons ensemble. Comme ça, nous aurons des chances égales, au cas où l'un de nous tenterait quelque coup bas. »

Ils gagnèrent la porte en s'observant mutuellement. Mais, juste au moment où Jackson tendait la main vers la poignée, le battant s'ouvrit à la volée, manquant le renverser.

Riggs se tenait sur le seuil, son revolver pointé sur Jackson. Jackson ne lui laissa pas le temps de faire feu. Il poussa LuAnn devant lui tout en portant sa main sous sa veste.

« Attention, LuAnn ! » cria Riggs.

Elle sentit plus qu'elle ne vit le bras de Jackson se détendre sèchement par en dessous. Elle tendit la main mais ne fit que lui effleurer le poignet. La seconde d'après, Riggs poussait un grognement de douleur, le biceps traversé par le couteau de Jackson. LuAnn sortit son revolver de sa poche mais, comme elle se retournait vers Jackson, celui-ci la tira violemment en arrière contre lui.

Emportés par leurs élans conjugués, ils passèrent à travers la fenêtre et roulèrent sous le porche. Le choc arracha le revolver de la main de LuAnn. Accrochés l'un à l'autre, ils s'engagèrent dans une lutte à mains nues sans merci. À la manchette que lui porta Jackson à la gorge, cherchant la pomme d'Adam, elle répondit d'un coup de poing dans le bas-ventre, suivi d'un autre à la tempe. Jackson s'était entaillé profondément la main gauche en traversant la fenêtre. LuAnn en profita. Dans une soudaine décharge d'énergie, elle se libéra de lui, le saisit par la ceinture et la chemise et le projeta contre le mur du cottage. L'impact fut si violent que Jackson resta un instant sonné, à plat ventre. Sans perdre un instant, LuAnn se jeta sur lui, l'enfourcha et, lui agrippant le menton à deux mains, tira en arrière dans l'intention de lui briser le cou. Jackson hurla sous la douleur, mais les doigts de LuAnn glissèrent, et elle tomba à la renverse. Elle allait se relever d'un bond, quand la stupeur la figea à la vue de l'étrange peau synthétique qui lui était restée dans les mains : le masque de Jackson !

Elle leva les yeux vers lui et, pendant un moment, ils se regardèrent. Pour la première fois, LuAnn avait devant elle le vrai visage de l'homme.

Jackson se palpa inconsciemment les joues. À présent, elle pourrait l'identifier. À présent, elle devait mourir.

LuAnn fut traversée de la même pensée. Elle plongea sur son revolver, qui avait glissé sur les planches de la petite véranda, mais Jackson se jeta sur elle. De nouveau, ils luttèrent pour s'emparer de l'arme.

« Lâche-la, salaud ! » hurla Riggs.

Matthew était pâle, et le bras de sa chemise ruisselait de sang. Il tenait son arme entre ses mains tremblantes. Jackson, souple et rapide comme un chat, sauta par-dessus la balustrade de la véranda. Riggs tira un dixième de seconde trop tard.

« Merde ! grogna-t-il en s'écroulant sur les genoux.

— Matthew ! » LuAnn se précipita vers lui, tandis que Jackson disparaissait dans les bois.

« Non, Matthew, n'y touche pas », dit-elle à Riggs qui, la main sur le couteau, s'apprêtait à l'arracher de sa chair. Elle déchira la manche de chemise de Riggs pour exposer la blessure et, utilisant un paquet de mouchoirs en papier, tenta de ralentir l'hémorragie. Mais les veines étaient touchées, et le sang continuait de couler. Elle pressa du doigt un point sous l'aisselle de Riggs, et le flot finit par s'arrêter. Puis, le plus délicatement possible, elle libéra la lame, tandis que Riggs serrait les dents.

« Pose ton doigt là, sans trop appuyer, il faut laisser passer un peu de sang. » Elle l'aida à trouver le point sous l'aisselle. « J'ai une trousse de secours dans la voiture. Je vais te faire un pansement, et puis nous filerons à l'hôpital. »

Elle ramassa son revolver, et ils gagnèrent la voiture, où elle nettoya la blessure et la pansa du mieux qu'elle put. Comme elle coupait d'un coup de dents la dernière bande de gaze stérilisée, Riggs la regarda, une lueur d'étonnement dans les yeux. « Où as-tu appris à faire ça ?

— La première fois que j'ai vu un médecin, c'était à la naissance de Lisa. Une simple consultation de routine, pour voir si tout allait bien pour elle et pour moi. Quand on vit dans la cambrousse et sans un rond, on apprend à survivre. »

Quand, quelques minutes plus tard, ils s'arrêtèrent

devant les urgences, Riggs retint LuAnn qui s'apprêtait à descendre pour l'accompagner. « Écoute, il vaut mieux que j'y aille seul. Je suis déjà venu, ici. Il arrive qu'on se blesse quand on fait un travail manuel. Je leur dirai que j'ai glissé et que je me suis planté un ciseau à bois dans le bras.

— Tu es sûr ?

— Oui, et puis j'ai fait assez de bêtises pour aujourd'hui. »

Il descendit de la voiture.

« Je t'attends, dit LuAnn. Je ne pense pas qu'ils en aient pour longtemps. »

Il lui sourit faiblement et, tenant son bras blessé, disparut à l'intérieur du bâtiment.

LuAnn fit marche arrière et se gara de nouveau face à l'entrée, de façon à voir quiconque arriverait. Elle verrouilla les portières et jura entre ses dents. Elle ne pouvait en vouloir à Riggs de s'être porté une fois de plus à son secours. Mais Dieu qu'il était mal tombé ! Juste au moment où Jackson et elle étaient parvenus à un accord. Toutefois, elle aurait pu expliquer la soudaine apparition de Riggs. Il avait eu peur pour elle, l'avait suivie, pensant qu'elle avait rendez-vous avec l'homme qui l'avait poursuivie en voiture. Mais Riggs avait commis une formidable erreur en l'appelant LuAnn devant Jackson. Ce seul mot avait tout détruit. Jackson savait maintenant qu'elle lui avait menti au sujet de Riggs, et il n'avait plus aucune raison de l'épargner. Et dire qu'une demi-heure plus tôt, elle avait espéré la fin de ce cauchemar !

Elle vit soudain sur le siège à côté d'elle la carte de visite que Donovan lui avait laissée. Elle devait le prévenir. Elle composa le numéro et jura silencieusement en tombant sur un répondeur. Elle laissa un long message, lui expliquant ce qui s'était passé et l'implorant de nouveau de se mettre à l'abri, qu'elle lui ferait parvenir de l'argent. Elle avait du respect pour cet homme, qui ne cherchait que la vérité. Elle ne voulait pas qu'il lui arrive quelque chose. Elle espérait qu'il vivrait assez longtemps pour prendre connaissance de son message.

Jackson avait enveloppé sa main d'un mouchoir. L'entaille était profonde et nécessitait des points de suture. Foutue bonne femme. Riggs serait mort, si elle n'avait pas dévié son lancer.

Il palpa son visage. Dans une heure, il aurait une bosse à la tempe. Il avait enfin mesuré la force de LuAnn, et il devait s'avouer qu'elle surpassait la sienne. Qui l'aurait pensé ? Tous ces adeptes de la musculation ne posséderaient jamais la puissance naturelle d'une LuAnn, cette capacité de mobiliser une énergie venue du tréfonds. Cela témoignait d'un formidable instinct de survie. Il ne l'oublierait pas lors de la prochaine confrontation. Cette fois, il se garderait d'un choc frontal et saurait utiliser la propre force de LuAnn contre elle-même.

Il eut un sourire amer à la pensée qu'elle avait réussi à le convaincre de la laisser partir. De toute évidence, elle s'était confiée à Riggs, sinon il ne l'aurait pas appelée LuAnn. Elle l'avait trahi, et Jackson haïssait la trahison. C'était pour lui le seul péché capital. Et si elle lui avait menti au sujet de Riggs, elle avait dû en faire autant pour Donovan. Et Jackson devait considérer que le fouineur du *Tribune* en savait trop et qu'il devait être éliminé.

La sonnerie de son portable égrena soudain ses notes aiguës. Il décrocha, écouta, posa quelques questions, donna quelques instructions et, quand il raccrocha, une expression de satisfaction adoucissait ses traits. Son piège venait de se refermer.

47

L'hélicoptère Bell Ranger se posa dans un champ, où trois conduites intérieures noires aux plaques officielles attendaient. George Masters sauta de l'appareil en compagnie d'un autre agent, Lou Berman. Ils s'engouffrèrent dans l'une des voitures, qui démarrèrent aussitôt. Riggs avait grandement sous-estimé la rapidité de la réaction de Washington.

Vingt minutes plus tard, le petit cortège remontait l'allée de gravier et s'arrêtait devant chez Riggs. Les portières s'ouvrirent, et une dizaine d'hommes aux visages durs, l'arme à la main, s'en furent prendre position autour de la maison et de la grange.

Masters gagna la porte d'entrée, frappa et, comme il n'obtenait pas de réponse, fit un signe à l'un de ses hommes. Le battant ne résista pas au coup de pied de mule du gaillard et s'ouvrit en cognant contre le mur du vestibule. Ils fouillèrent rapidement la maison, terminant par le bureau de Riggs.

Masters s'assit à la table de travail, feuilleta les papiers et découvrit un bloc-notes sur lequel Riggs avait noté le nom de LuAnn Tyler à côté de celui de Catherine Savage. Il leva les yeux vers Berman. « Tyler disparaît, et Catherine Savage entre en scène. C'est sa doublure.

— On peut vérifier aux aéroports et voir si une Catherine Savage a pris l'avion il y a dix ans.

— C'est inutile. Tyler et Savage ne font qu'une.

Tyler est donc ici. Trouvez-moi son adresse. Appelez les agents immobiliers du coin, ceux qui font dans la belle propriété. Je ne pense pas que Mlle Tyler loge encore dans une caravane. »

Berman sortit un téléphone portable de sa poche et s'en alla conférer avec l'un de ses collègues du bureau local.

Parcourant la pièce du regard, Masters se demanda comment Riggs s'accommodait de sa nouvelle situation. Il devait se plaire ici ; le pays était charmant, il avait un bon métier, et la vie belle, somme toute. Mais pour combien de temps encore ? Masters avait rencontré le Président à la Maison-Blanche, en compagnie de l'attorney général et du directeur du FBI. Et, tandis qu'il leur exposait l'affaire, il avait vu les trois hommes pâlir à l'unisson. Le scandale pouvait être dévastateur. Le Loto national truqué ! Les citoyens tiendraient le gouvernement pour responsable. Et à juste raison. Le Président avait publiquement déclaré son soutien aux jeux de loterie, et il était même apparu dans une publicité de l'Américaine des Jeux. Dès l'instant que des milliards de dollars entraient dans les caisses de l'État, et que quelques chanceux se réveillaient millionnaires un beau matin, il n'y avait rien à redire.

Le concept du Loto avait fait l'objet d'attaques, et de nombreuses voix s'étaient élevées pour dénoncer le vice de ce système, car si les recettes du Loto étaient en partie allouées à l'aide sociale, c'étaient les bénéficiaires de cette même aide sociale qui jouaient le plus, s'appauvrissant ainsi un peu plus. Aussi pouvait-on reprocher à l'État de soutenir une pratique qui consistait à reprendre d'une main ce qui était donné de l'autre. Toutefois, si virulentes que fussent les critiques, elles n'avaient guère changé le cours des choses, et le Loto connaissait un succès toujours croissant.

Mais si jamais le jeu avait été truqué, alors le gouvernement pouvait s'attendre à une secousse d'amplitude majeure. Des têtes tomberaient, et non les moindres. Le Président lui-même ne serait pas épargné. Aussi les instructions données à Masters étaient-elles claires : retrouver LuAnn Tyler, quel qu'en soit le prix. Et c'était ce qu'il avait l'intention de faire.

« Comment ça va ? »

Riggs monta avec précaution dans la voiture. Il avait le bras droit en écharpe. « Ma foi, ils m'ont filé une telle dose d'analgésique, que je suis à moitié dans les vapes. »

LuAnn démarra rapidement.

« Où va-t-on ? demanda Riggs.

— Au McDo. J'ai faim et ça fait une éternité que je n'ai pas mangé un Big Mac et des frites. Ça te va ?

— C'est parfait. »

Ils passèrent leur commande au guichet pour automobilistes et reprirent la route. Ils mangèrent tout en roulant sans échanger une parole, jusqu'à ce que Riggs brise le silence. « Le moins qu'on puisse dire, c'est que mon intervention a été une catastrophe.

— Je ne te fais aucun reproche, Matthew.

— Je sais, dit-il, penaud. J'ai eu peur que tu ne tombes dans un piège.

— Pourquoi as-tu pensé cela ? »

Riggs regarda longuement la route devant lui avant de répondre : « J'ai reçu un coup de fil, juste après ton départ.

— En quoi ça me concernait ? »

Il poussa un grand soupir. « Pour commencer, je dois te dire que je ne m'appelle pas Matthew Riggs. Je porte ce nom d'emprunt depuis cinq ans.

— Eh bien, voilà encore un point commun entre nous deux. »

Il eut un sourire contraint. « Daniel Buckman. Mes amis m'appellent Dan. »

LuAnn ne serra pas la main qu'il lui tendait gauchement. « Pour moi, tu es Matthew. Est-ce que tes amis savent aussi que tu es légalement décédé et que tu bénéficies du Programme de protection des témoins à charge ? »

Riggs retira lentement sa main.

Elle lui jeta un regard irrité. « Je t'avais pourtant averti des capacités de Jackson, et je regrette que tu ne m'aies pas crue.

— Je t'ai suivie parce que j'ai tout de suite pensé que c'était lui qui avait accédé à mon dossier. Je ne savais pas comment il réagirait, après avoir découvert mon identité. Je craignais qu'il ne te tue.

— Oh, c'est une éventualité qu'il ne faut jamais écarter quand on se trouve en face de lui.

— Au moins, je sais à quoi il ressemble, maintenant. »

LuAnn tapa du poing sur le volant. « Mais non, ce que tu as vu n'était qu'un masque. Personne n'a jamais vu son visage. » *À part moi,* pensa-t-elle au souvenir de cette peau caoutchoutée qui lui était restée entre les mains. Elle en mesurait aussi les conséquences : Jackson mettrait tout en œuvre, maintenant, pour se débarrasser d'elle. « Il m'a dit que tu étais probablement un mafieux repenti ou un criminel que la police avait retourné. Pourrais-je avoir ta version des faits ?

— Quoi, accorderais-tu crédit à tout ce que ce type peut te raconter ? Au cas où tu ne l'aurais pas remarqué, il est complètement dément. Merde, je n'ai pas vu un regard pareil depuis qu'ils ont exécuté Ted Bundy.

— Prétendrais-tu que tu n'es pas un témoin protégé ?

— Je n'ai pas dit ça. Mais le programme ne concerne pas seulement les criminels repentis.

— Que veux-tu dire ?

— Qu'un ex-mafieux ou une vulgaire balance ne peut pas sur un simple coup de téléphone obtenir les informations que j'ai pu recueillir sur toi.

— Pourquoi ne le pourrait-il pas ?

— Arrête-toi.

— Comment ?

— Je te demande d'arrêter la voiture ! »

LuAnn jeta un coup d'œil dans le rétroviseur avant de se ranger sur le bas-côté. Riggs se pencha et, glissant sa main valide sous le siège de LuAnn, en retira le récepteur. « Je t'ai dit que j'avais mis ta voiture sur écoute. » Il lui montra le minuscule appareil. « Jamais le gouvernement fédéral ne s'aviserait de donner ce petit bidule que tu vois à un ancien criminel placé sous sa protection. »

LuAnn le regarda d'un air perplexe mais s'abstint de toute question.

« Il y a encore cinq ans, j'étais agent spécial du FBI. Un agent très spécial, je dois dire. Ma mission consistait à infiltrer les gangs opérant au Mexique et sur la frontière texane. Leurs activités allaient du trafic de drogue au racket en passant par la prostitution, le contrôle des jeux, bref de grands criminels multicartes. J'ai vécu au milieu d'eux pendant plus d'un an. Quand nous ayons pu les coincer, j'ai été le témoin clé de l'accusation. Nous avons porté un sale coup à leur organisation et fait condamner les principaux membres à la prison à vie. Mais les grands patrons restés à l'abri en Colombie n'ont pas apprécié qu'on les prive des centaines de millions de dollars qu'ils tiraient chaque année du trafic de cocaïne. Ils ont mis ma tête à prix. Alors, j'ai fait ce qui me paraissait le plus évident : j'ai demandé à mes supérieurs qu'ils me mettent au vert.

— Et alors ?

— Ils n'ont pas été de cet avis. Ils m'ont dit que je leur étais trop précieux pour qu'ils se passent de mes services. Ils ont quand même consenti à me muter dans une autre ville et à me confier un travail de bureau pendant quelque temps.

— Alors, tu n'as jamais été marié ? Ça fait partie de ton nouveau personnage. »

Riggs frotta doucement son bras blessé. « Non, je me suis marié, juste après ma mutation. Elle s'appelait Julie.

— S'appelait ? »

Riggs avala une gorgée de café et fixa longuement la route d'un regard lointain, avant de répondre d'une voix légèrement voilée : « Ils ont monté une embuscade sur la route de corniche, qui longe le Pacifique entre San Diego et L. A. La voiture a plongé dans le ravin, trouée par une centaine de balles. Julie est morte sur le coup. Moi, j'ai pris deux plombs, sans qu'aucun organe vital soit atteint. Ce devait être mon jour de chance, parce que j'ai été éjecté de la voiture et retenu par des buissons. Il m'en reste les cicatrices que tu connais.

— Je suis vraiment désolée, Matthew.

— On ne devrait jamais se marier, quand on fait ce métier. Et je n'avais pas cherché à prendre femme. Mais on rencontre quelqu'un, on tombe amoureux, et on a envie de fonder un foyer. Je savais les dangers qui me guettaient, mais je me disais que je passerais peut-être à travers. Si je n'avais pas péché par optimisme, Julie serait toujours en vie. » Il baissa les yeux sur ses mains croisées. « Et puis les brillants cerveaux du Bureau fédéral se sont dit qu'après tout je ferais mieux de me retirer sous une nouvelle identité. Officiellement, Daniel Buckman est mort dans l'attentat. Julie repose six pieds sous terre dans un cimetière californien, et moi je joue les entrepreneurs en bâtiment dans la verdoyante et paisible Charlottesville. » Il vida son gobelet de café. « Paisible, c'est à voir. »

LuAnn lui prit la main et la serra fortement.

Il lui rendit son étreinte et ajouta d'une voix triste : « C'est difficile d'effacer tant d'années de sa vie. On essaie de ne pas trop y penser et d'oublier les gens et les endroits qu'on a connus, mais on a toujours peur de commettre une erreur qui pourrait nous trahir et déclencher de nouveau l'enfer. »

Elle lui caressa le visage. « Décidément, nous avons beaucoup de choses en commun.

— Oui, et il y en a une autre : je n'ai pas été avec une autre femme depuis Julie. »

Ils s'embrassèrent lentement, tendrement.

« Je veux que tu saches, dit-il, que j'ai pourtant eu quelques occasions avant... ce qui s'est passé l'autre matin. Mais je n'ai jamais vraiment ressenti le désir de passer à l'acte. Jusqu'à ce que tu entres dans ma vie. »

Elle suivit de son index le contour des lèvres de Riggs. « Moi aussi, j'ai eu quelques prétendants, mais ça n'a jamais été plus loin. » Ils s'embrassèrent de nouveau et restèrent un long moment soudés dans une étreinte immobile, telles deux pièces d'un même moule enfin réunies.

Ils s'écartèrent enfin et réfléchirent à leur situation présente.

« On va passer chez toi, dit Riggs avec détermination. Tu prendras quelques affaires et ce dont tu as besoin. Puis nous ferons un tour par chez moi. J'ai laissé traîner des notes sur mon bureau, et je dois les faire disparaître.

— Il y a un motel à une cinquantaine de kilomètres d'ici, en allant vers le nord.

— Oui, on pourra s'arrêter là-bas, le temps de s'organiser. À ton avis, que va faire Jackson ?

— Il sait que j'ai menti à ton sujet et doit soupçonner que je lui ai caché ce qu'a découvert Donovan. C'est à lui qu'il va d'abord s'attaquer, pour l'empêcher de révéler la vérité. Il sait qu'avec moi, il ne court pas ce risque-là. J'ai laissé un message à Donovan, pour le mettre en garde.

— Ce n'est pas vraiment une consolation d'être numéro deux sur la liste noire de ce dingue », dit Riggs en palpant instinctivement le revolver dans sa poche.

Quelques minutes plus tard, ils étaient à Wicken's Hunt. Le soir tombait et la maison était plongée dans l'obscurité. Ils montèrent à la chambre de LuAnn. Riggs s'assit sur le lit, pendant qu'elle fourrait ses affaires dans un sac de voyage.

« Tu es sûre que Lisa et Charlie sont en sécurité ? demanda-t-il.

— Sûre, non, mais ils sont loin d'ici, loin de Jackson, et c'est le plus important. »

Riggs se leva pour aller à la fenêtre qui donnait sur le devant. Ce qu'il vit arriver dans l'allée bordée d'arbres manqua lui couper les jambes. Il prit LuAnn par la main et l'entraîna au pas de course dans l'escalier et vers l'arrière de la maison.

Les voitures noires s'arrêtèrent devant la maison, et les hommes jaillirent. George Masters posa la main sur le capot de la BMW. « Le moteur est encore chaud. Elle est ici. Trouvez-la. » Les agents fédéraux se dispersèrent aussitôt pour entourer la maison.

LuAnn et Riggs venaient de dépasser l'écurie pour se diriger vers les bois, quand LuAnn s'immobilisa. Riggs l'imita. Le souffle court, il se tenait le bras.

« Ne traînons pas, dit-il.

— Tu ne peux pas courir dans l'état où tu es. Et puis, que ferons-nous, une fois dans les bois ? On va prendre Joy. »

Ils coururent à l'écurie. La jument salua sa maîtresse d'un hennissement, et LuAnn s'empressa de la calmer, la sella rapidement, tandis que Riggs s'emparait d'une paire de jumelles accrochées au mur et ressortait. Il se posta derrière un buisson pour observer le mouvement des hommes aux anoraks bleu marine marqués du sigle FBI. Il tressaillit en reconnaissant l'un des hommes qui se dirigeaient vers le perron. George Masters n'avait pas beaucoup changé en cinq ans. L'instant d'après, il disparaissait à l'angle de la maison.

Riggs regagna l'écurie. LuAnn parlait doucement à la jument en lui passant la bride.

« Tu es prêt ?

— Oui. Dès qu'ils verront que la maison est vide, ils viendront ici. Ils savent qu'on est là. Le moteur de la voiture est encore chaud. »

LuAnn posa une caisse en bois à côté de Joy, sauta en selle, et tendit la main à Riggs. Il parvint à se hisser en croupe sans trop de mal et passa son bras valide autour de la taille de LuAnn.

« Je n'irai pas vite, mais tu vas quand même souffrir.

— Ne t'inquiète pas pour ça. Ce sera moins douloureux que de m'expliquer devant mes supérieurs. »

LuAnn attendit qu'ils soient entrés dans les bois, pour demander : « Ce sont donc eux qui sont là ? Tes anciens amis ?

— J'en ai reconnu un. George Masters. On était assez proches, mais c'est lui qui m'a considéré comme trop précieux sur le terrain et m'a refusé le Programme de protection, jusqu'à ce que ma femme soit tuée.

— Matthew, tu n'as aucune raison de fuir le FBI. Tu n'as rien fait de mal.

— Je ne leur dois rien, et je n'ai plus aucune sympathie pour eux.

— Mais s'ils nous surprenaient ensemble ?

— Ça ne se produira pas. » Il sourit.

« Qu'est-ce qui est drôle ?

— Je me suis beaucoup ennuyé toutes ces dernières années et je vais finir par croire que je ne suis heureux que si je cours le risque de me faire descendre.

— Dans ce cas, tu as trouvé la bonne partenaire pour ça, dit LuAnn.

— Tu comptes aller jusqu'à ce motel à cheval ? demanda Riggs, que le trot de Joy secouait comme un sac.

— Dommage qu'on n'ait pas eu le temps de prendre l'autre voiture que j'ai dans le garage.

— Attends un peu, on en a une.

— Laquelle ?

— La Honda, au cottage. »

« Ouvre l'œil au cas où on aurait de la visite », dit Riggs quand ils arrivèrent. Il se laissa glisser à terre et ouvrit la porte de l'appentis. LuAnn ne pouvait voir ce qu'il faisait à l'intérieur, plongé dans l'obscurité. Puis elle entendit le bruit du starter. Le moteur toussota, mourut, toussota de nouveau, et enfin démarra. Riggs donna quelques coups d'accélérateur et, peu après, sortit la Honda de l'abri. Il l'arrêta à l'entrée du chemin qui descendait en pente et, laissant le moteur tourner, sortit rejoindre LuAnn.

« Que vas-tu faire de ton cheval ?

— Je pourrais la desseller et la renvoyer à l'écurie, elle connaît le chemin, mais avec la nuit qui approche, elle pourrait tomber dans un trou ou dans la rivière.

— Tu pourrais la laisser ici, et puis appeler quelqu'un pour la ramener à la maison.

— Oui, c'est une bonne idée. »

Elle fut heureuse de découvrir dans l'appentis une botte de paille, du foin et un grand baquet. « C'est parfait, dit-elle en se dépêchant de préparer une litière avec la paille. Le locataire précédent devait avoir un cheval. »

Elle dessella Joy et l'attacha au licol qui pendait au mur. Elle s'occupa ensuite de remplir d'eau le baquet, de disposer le foin et, rassurée sur le fait que la jument ne manquerait de rien, referma la porte de l'appentis.

Elle s'installa au volant de la Honda et remarqua l'absence de clé de contact. Elle jeta un coup d'œil

sous la colonne de la direction et vit les fils dénudés.
« On vous apprend tout au FBI, à ce que je vois.

— Ça, je l'ai appris tout seul. »

LuAnn démarra, et ils restèrent silencieux jusqu'à
ce qu'ils aient rejoint la route.

« Quelles sont nos chances ? demanda LuAnn.

— Je n'en vois qu'une.

— Laquelle ?

— Le FBI peut se montrer arrangeant avec les gens
qui coopèrent.

— Quoi, tu leur ferais confiance ?

— Totalement, mais à une seule condition : qu'on
leur donne ce qu'ils veulent vraiment. »

LuAnn le regarda. « Alors, cela veut dire qu'on...

— Oui, qu'on leur livre Jackson.

— Oh, si ce n'est que ça, tu me rassures... »

48

Il était dix heures du matin. Donovan observait à la jumelle une grande maison de style colonial entourée d'un grand parc. Il était à McLean, Virginie, l'une des localités les plus riches des États-Unis. Ici, la moindre bâtisse avec un hectare de terrain valait un million de dollars. La propriété qui faisait l'objet de son attention était cinq fois plus grande, mais il ne s'en étonnait pas : la propriétaire était très riche.

Une Mercedes blanche flambant neuve tourna au coin de la rue et se présenta devant le portail massif, qui s'ouvrit automatiquement et se referma derrière la voiture. Donovan eut le temps de reconnaître la femme au volant. En dépit de ses quarante ans passés, elle ressemblait parfaitement à la photo prise dix ans plus tôt à la conférence de presse de l'Américaine des Jeux. L'argent avait, entre autres avantages, celui de réduire le processus de vieillissement.

Il vérifia l'heure à sa montre. Il était arrivé en avance, pour pouvoir étudier le terrain. Il avait appelé son répondeur et avait eu connaissance de la mise en garde de LuAnn Tyler. Il n'avait pas l'intention de fuir, comme elle l'exhortait à le faire, mais il avait pris le message au sérieux. De toute façon, il n'était pas idiot au point de sous-estimer la capacité de destruction de celui ou de ceux qui avaient réalisé une arnaque aussi considérable. Il palpa le revolver dans sa poche pour se rassurer et attendit encore quelques minutes. Finalement, il écrasa sa cigarette dans le cendrier, redémarra et roula jusqu'à la maison. La voix qui lui répondit à l'interphone semblait nerveuse. Le portail s'ouvrit silencieusement sur ses gonds et, deux minutes plus tard, il pénétrait dans un immense vestibule.

« Mademoiselle Reynolds ? »

Bobbie Jo Reynolds s'efforça de ne pas rencontrer le regard de Donovan et, pour toute réponse, se contenta d'un hochement de tête. Elle était d'une élégance discrète, et l'on n'aurait jamais soupçonné que dix ans plus tôt, comédienne au petit pied, elle courait les castings entre deux rôles de figuration. Elle était rentrée aux États-Unis cinq ans auparavant, après un long séjour en France. Elle était désormais un membre fort respecté du gotha washingtonien, et Donovan se demanda soudain si Alicia Crane et elle ne se connaissaient pas.

Après avoir échoué avec LuAnn Tyler, Donovan avait pris contact avec les onze autres gagnants. Ils avaient été plus faciles à localiser que LuAnn, aucun d'eux n'ayant eu de démêlés avec la police. Du moins, pas encore.

Reynolds était la seule qui avait accepté de lui parler. Les autres lui avaient raccroché au nez. Herman Ruddy l'avait menacé de lui casser la gueule et ses insultes avaient rappelé à Donovan son service dans les Marines.

Reynolds l'escorta dans le salon, qui était grand et vraisemblablement agencé par un décorateur de talent, qui avait subtilement mêlé contemporain et antiquités.

Reynolds prit place dans un canapé de cuir noir et invita Donovan à s'asseoir en face d'elle sur la chauffeuse assortie. « Voulez-vous du café ou du thé ? demanda-t-elle, le regard fuyant et les mains croisées nerveusement devant elle.

— Non, rien. Je vous remercie. » Il se pencha en avant et sortit de la poche de son veston un petit magnétophone. « Cela ne vous ennuie pas si j'enregistre notre conversation ?

— Est-ce bien nécessaire ?

— Mademoiselle Reynolds, j'ai cru comprendre, lors de notre entretien au téléphone, que vous étiez disposée à me parler. Je suis journaliste et ne désire qu'une chose : entendre la vérité et la retransmettre dans son intégralité. L'enregistrement me paraît le meilleur moyen de recueillir votre témoignage sans risquer de le déformer.

— Oui, je comprends bien, mais j'ai tellement peur que mon nom n'en ressorte entaché. Je suis très respectée dans cette communauté, je participe à de nombreux comités d'entraide et je donne beaucoup aux associations...

— Mademoiselle Reynolds, l'interrompit Donovan, cela ne vous ennuie pas que je vous appelle Bobbie Jo ? »

L'interpellée grimaça. « C'est Roberta », dit-elle d'un air pincé.

Reynolds lui rappelait tellement Alicia qu'il fut tenté de lui demander si elles se connaissaient. Il n'en fit rien, désireux qu'il était de ne pas détourner la conversation.

« D'accord, Roberta, je sais que vous faites beaucoup de bien autour de vous. Mais ce n'est pas le présent qui m'intéresse. Je voudrais que nous parlions du passé, en particulier de ce qui est arrivé il y a dix ans.

— Oui, vous m'en avez parlé. Le Loto. » Elle passa une main tremblante dans ses cheveux.

« C'est exact, dit-il. Le Loto.

— J'ai effectivement gagné le gros lot, il y a dix ans, mais ce n'est pas une grande nouvelle, monsieur Donovan.

— Appelez-moi Tom.

— Je ne préfère pas.

— Très bien. Roberta, connaissez-vous une certaine LuAnn Tyler ?

— Non, je ne vois pas qui ça peut être, répondit Reynolds, après un moment de réflexion.

— Deux mois après vous, elle remportait le gros lot du Loto.

— Tant mieux pour elle.

— Comme vous, elle était pauvre, et sans grand avenir. »

Bobbie Jo eut un rire nerveux. « Je n'étais pas tout à fait une clocharde.

— Certes non, mais vous ne rouliez pas sur l'or. C'est peut-être même pour ça que vous avez acheté un bulletin, non ?

— Vous savez, ce n'est pas pour autant qu'on s'attend à gagner.

— Vraiment, Roberta ? Vous ne vous attendiez pas à gagner ? »

Roberta eut l'air étonnée de la question. « Que voulez-vous dire ?

— Qui s'occupe de vos investissements financiers ?

— Cela ne vous regarde pas.

— À mon avis, il s'agit de la même personne que celle qui gère les biens de LuAnn Tyler, et de dix autres gagnants.

— Et après ?

— Allons, Roberta, vous savez très bien où je veux en venir. Vous saviez pertinemment que vous alliez gagner.

— Mais vous êtes fou, répliqua-t-elle d'une voix tremblante.

— Au cours de ma carrière, j'ai connu des tas de menteurs, dont quelques maîtres du genre. Vous n'êtes pas de ceux-là. »

Reynolds se leva soudain. « Je ne veux rien entendre de tout cela.

— Quoi qu'il arrive, cette histoire fera bientôt la une des journaux, Roberta. Je suis tout près de conclure mon enquête. Aussi je vous demande si vous voulez coopérer et peut-être vous en sortir sans trop de dommages ou bien si vous préférez tomber en même temps que les autres ?

— Je... je... »

Donovan poursuivit du même ton persuasif : « Je n'ai pas l'intention de vous porter tort. Mais si vous avez participé à un trucage du Loto, ne serait-ce qu'indirectement, attendez-vous à quelques bosses. Je vais donc vous faire la même proposition qu'à Tyler. Vous me dites tout ce que vous savez, j'écris mon article et, avant qu'il ne paraisse, vous aurez la liberté de faire ce que bon vous semble. Disons, pour être plus précis, que vous aurez le temps de sauver une bonne partie de vos biens et de disparaître à l'étranger. »

Reynolds se rassit. « Que voulez-vous savoir ? »

Donovan mit le magnétophone en marche. « Le tirage du Loto était-il truqué ? » Elle acquiesça de la tête. « J'ai besoin d'une réponse audible, Roberta. » Il désigna l'appareil.

« Oui.

— En quoi consistait le trucage ? » Donovan attendit fébrilement la réponse.

« Pourriez-vous me servir un verre d'eau, s'il vous plaît ? » demanda-t-elle en désignant une carafe de cristal et deux verres posés sur la table basse.

Donovan s'empressa de la satisfaire et reprit sa place. « En quoi consistait le trucage ? répéta-t-il.

— Un produit chimique.

— Un produit chimique ? »

Reynolds sortit un mouchoir de sa poche et essuya une larme. Donovan, qui l'observait attentivement, la sentait au bord de l'effondrement.

« Je ne suis pas très versé en sciences, Roberta. Aussi, essayez de m'expliquer la chose le plus simplement possible. »

Reynolds serrait son mouchoir dans sa main. « L'entrée du tube dans chaque sphère et toutes les boules, sauf celle du numéro gagnant, étaient enduites d'une solution chimique. Je ne peux pas vous expliquer précisément la réaction, mais le procédé avait pour conséquence que seule la boule qui n'était pas badigeonnée de ce produit pouvait entrer dans le tube. Le procédé était le même pour les neuf autres sphères.

— Ça alors ! » Donovan n'en revenait pas. « Est-ce que les autres gagnants connaissaient le stratagème ? Et qui en était l'auteur ? » Il pensait à LuAnn Tyler. Elle aussi devait le savoir.

« Non, ils l'ignoraient. Seuls les gens qui avaient monté la combine en étaient informés. » Elle désigna le magnétophone. « Votre appareil s'est arrêté. Ce serait dommage de perdre un seul mot », ajouta-t-elle d'un ton amer.

Donovan vérifia le magnétophone tout en réfléchissant à ce qu'il venait d'entendre. « Alors, comment se fait-il que vous le sachiez, vous ? Allons, dites-moi toute la vérité. »

Le coup qu'il encaissa en pleine poitrine fut si violent qu'il décolla littéralement de la chauffeuse et tomba rudement à la renverse sur le parquet de chêne, le souffle coupé. Il sentit qu'il devait avoir plusieurs côtes brisées.

Reynolds se dressait au-dessus de lui. « La vérité, c'est qu'il n'y a jamais eu qu'une seule personne à savoir : celle qui a tout imaginé et tout réalisé. » La voix et le visage de la femme avaient disparu. Jackson regardait l'homme à ses pieds.

Donovan essayait désespérément de se lever, quand il encaissa un nouveau coup de pied dans la cage thoracique. Un goût de sang lui vint à la bouche.

« La boxe française peut être mortelle, savez-vous. On peut tuer quelqu'un sans avoir à se servir de ses mains. »

Donovan tenta de porter la main à sa poche, mais ses côtes brisées avaient dû perforer ses poumons car il pouvait à peine respirer et le moindre effort lui coûtait une douleur atroce.

« Vous n'avez pas l'air bien du tout, dit Jackson.

Laissez-moi vous aider. » Il s'agenouilla et, utilisant son mouchoir, sortit le revolver de la poche de Donovan. « Je ne pouvais souhaiter mieux, dit-il en désignant l'arme. Je vous remercie. »

Un nouveau coup de pied, à la tempe cette fois, fit perdre connaissance à Donovan. Jackson sortit de sa poche une paire de menottes en plastique qu'il passa aux poignets du journaliste.

Il ôta ensuite le reste de son déguisement qu'il rangea soigneusement dans un sac, puis se hâta de monter à l'étage.

Bobbie Jo Reynolds gisait en croix sur le dos, les bras et les jambes attachés aux pieds du lit, la bouche bâillonnée d'un large adhésif. Elle jeta un regard affolé à Jackson.

Il s'assit à côté d'elle. « Je tiens à vous remercier d'avoir suivi mes instructions à la lettre. Vous avez congédié le personnel pour la journée et arrangé ce rendez-vous avec M. Donovan, comme je vous l'avais demandé. » Il lui tapota gentiment la main. « Je savais que je pouvais compter sur vous. Vous êtes la plus fidèle de ma petite bande. » Il la regarda avec douceur et Bobbie Jo cessa peu à peu de trembler. Il défit ses liens et décolla doucement son bâillon.

Il se leva. « Je dois m'occuper de M. Donovan, qui attend en bas. Nous serons bientôt partis et ne vous causerons plus aucun ennui. Mais je veux que vous restiez dans votre chambre, jusqu'à ce que nous ne soyons plus là, d'accord ? »

Elle hocha fébrilement la tête tout en se frottant les poignets.

Jackson pointa soudain le revolver sur elle et pressa la détente. La première balle la toucha en plein front, et il continua de tirer jusqu'à ce que le percuteur frappe une chambre vide.

Il observa pendant un instant le sang se répandre sur le dessus-de-lit. Il secoua tristement la tête. Il n'aimait pas tuer les agneaux. Mais c'était ainsi que le monde fonctionnait. Les agneaux étaient destinés au sacrifice. Jamais ils ne se révoltaient.

Il redescendit, sortit son matériel de maquillage et passa la demi-heure suivante à se grimer tout en observant Donovan.

Quand le journaliste revint enfin à lui, il avait terriblement mal à la tête, toujours ce goût de sang dans la bouche et le plus grand mal à respirer. Puis, comme sa vision s'éclaircissait, il eut un nouveau choc à la vue de l'homme qui se penchait vers lui : Thomas Donovan. Il aurait eu l'impression d'être devant un frère jumeau, s'il n'avait remarqué quelques subtiles différences.

Jackson s'agenouilla à côté de lui. « Vous avez l'air surpris, mais je vous assure que je suis un expert en la matière. En vérité, il suffit d'un peu de poudre, de résine et de colle spéciale, d'une perruque. Et puis, sans vouloir vous vexer, vous avez un visage plutôt ordinaire. J'ai longuement étudié vos traits, tous ces derniers jours. Vous m'avez surpris en rasant votre barbe, mais cela m'a évité d'en porter une fausse. »

Il souleva Donovan par les aisselles et l'assit sur le canapé. Vidé de ses forces, le journaliste penchait sur le côté, et Jackson le redressa et le cala avec un coussin.

« J'ai besoin d'un médecin, murmura Donovan.

— Je crains que ce ne soit impossible. Mais je prendrai deux ou trois minutes pour vous expliquer certaines choses. Je vous dois bien ça, après tout. J'avoue n'avoir jamais pensé que le taux de faillite parmi les autres gagnants puisse éveiller les soupçons de quiconque, et je vous félicite de votre perspicacité. Mon principal souci était précisément d'éviter la banqueroute à mes gagnants. Ruinés, ils auraient peut-être été tentés de tout raconter. Les chiens bien nourris mordent rarement la main du maître.

— Co... comment avez-vous trouvé ma piste ? parvint à articuler Donovan.

432

— Je savais que LuAnn ne vous dirait rien. Alors, que feriez-vous ensuite si ce n'est chercher ailleurs ? J'ai appelé tous mes gagnants pour les prévenir que vous risquiez de prendre contact avec eux. Dix d'entre eux avaient pour instruction de vous raccrocher au nez. Bobbie Jo — pardon, Roberta — devait accepter de vous rencontrer.

— Où est Bobbie Jo ?

— Question sans intérêt. » Jackson souriait. Il triomphait, et tenait à le montrer au journaliste. « Roberta n'était pas très calée en chimie. Aussi apprenez que le produit employé était une solution de polydiméthyle de syloxane que j'ai quelque peu modifiée, une version turbo en quelque sorte. D'aspect incolore, inodore, le syloxane crée une puissante charge statique qui augmente le volume de la boule sans aucune incidence sur l'apparence ou le poids. Le système était donc simple : les neuf boules traitées ne pouvaient pénétrer dans l'ouverture du tube enduite de la même substance, en raison du champ de force ainsi créé. En vérité, elles se repoussaient les unes les autres comme des aimants de même pôle. En conséquence, seule la boule non traitée portant le numéro gagnant pouvait entrer. Élémentaire, n'est-ce pas ?

— Attendez, dit Donovan d'une voix faible. Comment se fait-il que personne ne se soit posé de questions en voyant l'agitation des boules dans la sphère, je veux dire, avant que la soufflerie ne soit mise en marche ?

— Bonne question. J'ai évidemment pensé à cela et j'ai modifié la solution de manière que ce soit l'air chaud de la soufflerie qui active le produit. De cette façon, les boules restaient immobiles, jusqu'au déclenchement du mécanisme. »

Jackson marqua une pause. Son regard brillait d'une intense satisfaction. « Les esprits inférieurs montent toujours des scénarios complexes ; seule une intelligence supérieure recherche la simplicité. Et je suis sûr que vos recherches vous ont fait découvrir que tous mes gagnants étaient des gens pauvres, désespérés, rêvant de ce gros lot qui changerait leur vie. J'ai réalisé leur rêve. Le public y voyait l'intervention de la providence divine. Le gouvernement se félicitait de soutenir un jeu qui souriait aux déshérités. Quant à vous, les journalistes, vous pouviez écrire des histoires à faire pleurer dans les chaumières. Tout le monde y gagnait, y compris moi.

— Et vous avez fait ça tout seul ? demanda Donovan.

— Je n'ai jamais eu besoin de personne, en dehors de celles et de ceux que je choisissais pour être mes gagnants. Je me méfie de mes semblables et n'ai jamais accordé ma confiance qu'à la science. Elle seule est absolue. Tout le reste est littérature.

— Mais comment avez-vous fait pour avoir accès à la machine du tirage ? »

Jackson eut un grand sourire. « J'ai postulé avec succès un emploi de technicien dans la société qui avait un contrat d'entretien avec l'Américaine des Jeux. Mes références étaient telles que le directeur du personnel m'a aussitôt pris à l'essai. Trois mois plus tard, j'avais à charge la maintenance des machines du Loto. Et qui aurait pu soupçonner un petit technicien ? Ils ne me remarquaient même pas. J'ai acheté une machine, afin de pouvoir faire mes essais en toute liberté. Ensuite, quand la formule a été au point, je n'ai plus eu qu'à asperger les boules à l'aérosol avec une solution que tout le monde prenait pour un nettoyant. Et tout ce que j'avais à faire, c'était de garder dans ma main la boule gagnante. Le produit sèche presque aussi vite que de l'éther. Il me suffisait de relâcher la bonne boule parmi les autres, et de refermer la cage à rêves. » Il se mit à rire. « On devrait davantage se méfier des techniciens, monsieur Donovan. Ils contrôlent tout car ils contrôlent les machines sans lesquelles notre monde moderne n'existerait pas. »

Jackson se leva soudain et enfila une paire de gants

de cuir. « Voilà toute l'histoire, monsieur Donovan. J'espère que votre insatiable curiosité est satisfaite. Dommage pour vous que vous ayez oublié que c'est la curiosité qui tue le chat. »

J'aurais dû vous écouter, LuAnn, pensa Donovan, comprenant qu'il n'avait plus aucune chance d'échapper à ce dément. Il espérait seulement que son départ d'ici-bas se ferait sans trop de douleur.

« Quand j'en aurai fini avec vous, je m'occuperai de LuAnn, ajouta Jackson en massant doucement sa main blessée.

— Méfiez-vous, elle est fort capable de vous couper les couilles.

— Je vous remercie de votre mise en garde, monsieur Donovan, dit Jackson en redressant le journaliste sur la banquette.

— Pourquoi me gardez-vous en vie, espèce de salaud ? grogna Donovan en essayant en vain de repousser Jackson.

— Mais ce n'est pas mon intention. »

Et, saisissant soudain entre ses mains la tête du journaliste, il imprima une violente torsion. Il y eut un bruit sec, quand les vertèbres cervicales cédèrent, tuant l'homme sur le coup. Jackson souleva le corps inerte et, le balançant sur son épaule, le porta jusqu'au garage. Là, il ouvrit la portière de la Mercedes, pressa la main du mort sur le volant, le tableau de bord, le frein à main, et partout où il pouvait laisser une empreinte bien distincte. Il enserra ensuite les doigts du mort autour de la crosse et de la détente du revolver avec lequel il avait tué Bobbie Jo Reynolds. Enfin, il enveloppa le cadavre dans une couverture et le déposa dans le coffre de la voiture. Il retourna dans la maison, prit son sac ainsi que le magnétophone de Donovan, et regagna le garage. Quelques minutes plus tard, il quittait ce quartier paisible. Il s'arrêta bientôt en bordure d'un bois et, baissant la vitre, balança le revolver dans les taillis. Il lui faudrait attendre la nuit pour disposer du corps ; il avait repéré un incinérateur d'ordures ménagères qui remplirait parfaitement cette tâche.

Tout en roulant, il se mit à réfléchir à la meilleure manière d'affronter LuAnn et son nouvel allié, Riggs. Cette fois, ce serait la guerre. En attendant, il avait encore quelques détails à régler.

Jackson pénétra dans l'appartement de Donovan et referma la porte derrière lui. Toujours affublé des traits du journaliste, il était entré dans l'immeuble le plus naturellement du monde. Le corps de Donovan était réduit en cendres, mais Jackson n'avait que très peu de temps pour trouver les dossiers qu'il était venu chercher. Les domestiques de Bobbie Jo ne tarderaient pas à découvrir leur patronne, et la police aurait vite fait, grâce aux indices laissés par Jackson, de remonter jusqu'à Thomas Donovan.

Il fouilla rapidement l'appartement et tomba bientôt sur ce qui l'intéressait. Il fourra dans une poche en plastique les fiches et les notes tenues par Donovan sur le Loto. Puis il mit l'ordinateur en marche et se livra à une rapide exploration du disque dur. Dieu merci, Donovan n'utilisait pas de mot de passe. Le disque dur ne contenait rien de compromettant. Il n'y avait ni modem ni périphérique quelconque, pas même d'abonnement à Internet ni de courrier électronique. Donovan était de la vieille école, se dit-il. Les disquettes qu'il trouva dans un tiroir rejoignirent les fiches. Il étudierait tout cela plus tard.

Il allait partir quand il remarqua le clignotement du signal des appels sur le répondeur téléphonique. Il déclencha la lecture des messages. Les trois premiers n'avaient aucun intérêt. La voix du quatrième le fit tressaillir ; il tendit l'oreille pour ne pas perdre un seul mot.

Alicia Crane semblait inquiète, apeurée même. *Où*

es-tu, Thomas, disait-elle d'une voix implorante. *Tu ne m'as pas appelée. L'enquête que tu t'acharnes à mener est beaucoup trop dangereuse. Je t'en prie, donne-moi de tes nouvelles.*

Jackson repassa le message, qu'il écouta de nouveau avec une égale intensité. Puis il effaça la bande, ramassa son sac et quitta l'appartement.

49

LuAnn jeta un regard à la statue de Lincoln en engageant la Honda sur le pont du Mémorial. Les eaux sombres du Potomac charriaient des plaques de mousse grisâtre. C'était l'heure de pointe matinale, et la circulation était dense. Ils avaient passé la première nuit dans un motel près de Fredericksburg, à réfléchir à ce qu'ils allaient faire. Ils avaient ensuite gagné Washington, D. C., et pris une chambre dans un motel près d'Arlington. Riggs avait passé quelques coups de fil et fait quelques achats en prévision de la difficile partie qu'ils joueraient le lendemain. Puis ils étaient restés dans la chambre, à revoir en détail leur plan d'action. Après cela, ils avaient éteint la lumière et décidé de prendre chacun un tour de veille. Mais ni l'un ni l'autre n'avaient pu trouver le sommeil, et ils avaient passé la plus grande partie de la nuit, assis dans le lit, serrés l'un contre l'autre, guettant tout bruit qui pourrait annoncer un danger.

« Je n'arrive pas à croire que je puisse faire une chose pareille, dit soudain LuAnn.

— Tu m'as dit que tu me faisais confiance.

— Je l'ai dit, et je le pense, mais il n'empêche...

— Je sais ce que je fais, LuAnn. Je sais surtout comment fonctionne le FBI. Et c'est la seule façon d'aborder le problème. La seule qui ait un sens. Si tu fuis, ils te retrouveront.

— Je leur ai déjà échappé.

— Oui, mais tu avais de l'aide et de l'avance. Il est trop tard pour quitter le pays. Alors, toute retraite étant coupée, il faut attaquer. En allant les voir, tu prends l'initiative de l'offensive. »

LuAnn concentrait son attention sur l'intense circulation tout en réfléchissant aux paroles de Matthew. La seule personne à qui elle ait jamais accordé sa confiance était Charlie. Et encore cela avait-il pris du temps. Elle connaissait Riggs depuis quelques jours à peine. Et cependant il avait su vaincre toute méfiance en elle. Il est vrai qu'il l'avait fait par ses actes, risquant sa vie à plusieurs reprises.

« Tu n'as pas peur ? demanda-t-elle. Après tout, tu ne sais pas vraiment ce qui t'attend là-bas. »

Il lui sourit. « C'est justement ça qui est intéressant, non ?

— Tu es fou, Matthew, tu es vraiment fou. Je ne désire rien d'autre qu'une vie tranquille, une vie banale même, mais toi, tu salives à l'idée de jouer à la roulette russe.

— C'est parce que je suis un grand optimiste », répliqua-t-il.

Ils roulèrent un instant en silence, puis il désigna un grand bâtiment au coin de la rue. « Voilà, nous y sommes. » Il indiqua à LuAnn une place où se garer le long du trottoir. Il descendit de la voiture et passa la tête par la portière. « Bon, tu sais ce que tu dois faire ?

— Oui, j'ai eu le temps d'y penser toute la nuit.

— Très bien, alors à très bientôt. »

LuAnn le regarda s'éloigner en direction d'une cabine téléphonique puis elle leva les yeux vers la grande et lugubre bâtisse abritant le siège du FBI, dont le nom du fondateur — J. EDGAR HOOVER — s'étalait en grandes lettres sur la façade. Recherchée par tous les agents fédéraux du pays, LuAnn était garée à cinquante mètres de leur quartier général. L'idée la fit frissonner et chausser ses lunettes noires. Elle redémarra en s'exhortant au calme. Riggs devait savoir ce qu'il faisait.

L'appel téléphonique de Riggs provoqua une émotion compréhensible chez son interlocuteur. Le temps qu'il entre dans l'immeuble fédéral, un garde armé l'attendait, pour le conduire à sa destination.

La salle de conférence était grande et succinctement meublée. Riggs fit le tour des chaises disposées autour de la table ronde mais il resta debout en attendant l'arrivée de ses hôtes. Un sourire lui vint à la pensée qu'il était finalement de retour dans la maison mère. Il chercha en vain autour de lui la présence de caméras ; s'il y en avait — et il devait y en avoir —, elles étaient parfaitement dissimulées.

La porte s'ouvrit et deux hommes en chemise blanche et cravate sombre entrèrent.

George Masters vint vers Riggs, la main tendue. Il était grand, presque chauve, encore svelte. Lou Berman avait le cheveu ras et l'air sévère.

« Ça fait un bail, Dan », dit Masters.

Riggs lui serra la main. « C'est Matt, maintenant. Faut-il te rappeler que Dan est mort, George ? »

George Masters ignora l'allusion et fit signe à Riggs de prendre une chaise. Quand ils se furent assis, George désigna son collègue. « Je te présente Lou Berman. C'est lui qui dirige l'enquête dont nous avons parlé au téléphone. » Berman salua Riggs d'un bref hochement de tête.

« Dan... je veux dire, Matt a été l'un des meilleurs agents infiltrés que nous ayons jamais eus, ajouta Masters à l'adresse de Berman.

— Oui, et j'ai beaucoup sacrifié au nom de la justice, pas vrai, George ? dit Riggs

— Une cigarette ? proposa Masters. Si mes souvenirs sont bons, tu étais fumeur.

— J'ai arrêté, c'est trop dangereux. » Il porta son regard sur Berman. « George pourra te dire que je suis resté trop longtemps sur le terrain. Et Dieu sait si je méritais d'aller me reposer sur le banc de touche, hein, George ?

— C'était il y a longtemps, Matt.

— C'est curieux, j'ai l'impression que c'était hier.

— Hier ou avant-hier, Matt, c'est quand même du passé.

— Facile à dire, quand on n'a pas vu sa femme se faire cribler de balles. À propos, comment se porte ton épouse, George ? Et tes trois enfants ? Ça doit être agréable d'avoir une famille.

— Matt, je comprends ce que tu ressens, et j'en suis désolé. »

Riggs était le premier surpris de l'émotion qu'il éprouvait. Revoir Masters avait soudain réveillé des sentiments qu'il avait dû refouler pendant ces cinq dernières années. « Désolé, dis-tu ? C'était il y a cinq ans qu'il fallait le dire, George. »

Il y avait dans le regard de Riggs une violence et une intensité qui forcèrent Masters à baisser les yeux.

« D'accord, reprit Riggs d'un ton moins âpre, venons-en à ce qui m'amène ici. »

Masters s'accouda à la table. « Pour ton information, j'étais à Charlottesville il y a deux jours.

— Jolie petite ville.

— J'ai visité quelques endroits. Je pensais te rencontrer.

— Je travaille, tu sais. »

Masters désigna du doigt le bras en écharpe.

« Accident ?

— Je fais un métier manuel, il arrive qu'on se blesse avec un outil. George, je suis venu ici pour passer un marché. Un marché qui soit mutuellement satisfaisant.

— Sais-tu où est LuAnn Tyler ? » demanda abruptement Berman.

Riggs tourna lentement la tête vers l'autre homme.

« Elle est en bas, dans la voiture, Lou. Tu veux vérifier ? » Riggs sortit de sa poche un trousseau de clés qu'il agita sous le nez de l'agent. C'étaient les clés de sa maison, mais Riggs savait que Berman ne les prendrait pas.

« Je ne suis pas venu ici pour m'amuser », grogna Berman.

Riggs rempocha ses clés et se pencha en avant sur la table. « Moi non plus. Comme je l'ai dit, je suis ici pour passer un accord. Vous voulez l'entendre ?

— Pourquoi devrait-on accepter ? dit Berman. Qui nous dit que tu n'es pas du côté de Tyler ?

— Et si c'était le cas, qu'est-ce que ça peut te foutre ? »

Le visage de Berman s'empourpra. « Mais c'est une criminelle !

— J'ai travaillé avec des criminels pendant presque toute ma carrière, Lou. Et qui dit que c'est une criminelle ?

— L'État de Géorgie.

— Tu as examiné son affaire ? Je veux dire, pris le soin et le temps de vraiment l'examiner. Parce que moi, je sais de bonne source qu'elle est soupçonnée à tort par le shérif de Rikersville.

— De bonne source ? » s'exclama Berman en gloussant de mépris.

Masters intervint. « J'ai consulté son dossier, Matt. Et il est probable qu'elle est innocente. » Il jeta un regard peu amène à Berman. « Et même si elle ne l'est pas, c'est le problème de la Géorgie, pas le nôtre.

— Exact, dit Riggs, et vous avez d'autres préoccupations. »

Mais Berman refusait d'abandonner. « Elle était aussi coupable de fraude fiscale. Elle a gagné cent millions de dollars et puis elle a disparu sans payer un centime à l'Oncle Sam.

— Tu es agent fédéral ou percepteur ? répliqua Riggs.

— Du calme, messieurs, intervint Masters.

442

— C'est curieux, dit Riggs, je m'attendais à ce que vous soyez infiniment plus intéressés par celui qui est derrière LuAnn Tyler, et derrière tout un tas d'autres gagnants du Loto. L'homme invisible, riche de plusieurs milliards de dollars et qui court les places financières de la planète, où il fait la pluie et le beau temps. Alors, j'aimerais savoir si c'est lui que vous voulez choper ou bien si vous préférez bavarder de LuAnn Tyler et de sa feuille d'impôts ?

— Qu'as-tu à nous proposer ? demanda Masters.

— Mais rien de plus que ce que nous avons toujours fait, George. On ramène le gros poisson, et on laisse partir le petit.

— Je n'aime pas ça », grogna Berman.

Riggs regarda le bonhomme, qui lui inspirait une antipathie croissante. C'était le genre d'homme qui plaisait bien au Bureau : bête et obstiné. Il se demanda un bref instant lequel de ces qualificatifs était le plus apprécié de ses supérieurs. « D'après ce que je sais de la maison, attraper le gros poisson vous vaut une promotion et, chose non négligeable, une augmentation. Livrer le menu fretin vous rapporte des cacahuètes.

— Inutile de me faire la leçon, Riggs. Je ne suis pas un bleu, ici.

— Parfait, Lou, voilà qui me fera économiser de la salive. Nous vous livrons le cerveau, et LuAnn Tyler s'en tire libre. Et libre de tout : de toute poursuite fédérale, fiscale et judiciaire.

— Matt, on ne peut rien te garantir, dit Masters. Les gars du fisc ne lâcheront pas facilement le morceau.

— Elle s'acquittera de ce qu'elle doit. Mais pas de prison. Sans cette garantie, il n'y a pas de marché. Vous devrez convaincre l'État de Géorgie de classer l'inculpation pour meurtre.

— Et si on t'enfermait tout de suite, jusqu'à ce que tu nous dises où elle se trouve ? dit Berman en se penchant en avant, comme s'il avait l'intention de sauter sur Riggs.

— Et si la plus grosse affaire de ta carrière te passait sous le nez ? Parce que LuAnn Tyler disparaîtrait de nouveau, et tu retournerais à la niche de départ comme un bon petit chien-chien. Et puis, dis-moi, sous quel chef d'accusation tu me retiendrais ?

— Complicité.

— Complice de qui, de quoi ? »

Berman réfléchit un instant. « Aide à une criminelle en fuite.

— Quelles preuves as-tu de ce que tu avances ? Quelles preuves as-tu que je sache où elle est ou que je l'aie même rencontrée ?

— Tu as enquêté sur elle. J'ai vu les notes sur ton bureau, chez toi.

— Oh, alors vous m'avez rendu visite à Charlottesville ? Vous auriez dû m'appeler. Je vous aurais mijoté un bon petit plat du Sud.

— Et nous avons découvert deux ou trois choses intéressantes, insista Berman.

— Tant mieux. Maintenant, tu vas me montrer le mandat de perquisition qu'il t'a fallu pour pénétrer chez moi sans ma permission ! »

Mauvais comédien, Berman eut le plus grand mal à garder une contenance.

Un mince sourire éclaira le visage de Riggs. « Je constate une fois de plus que la maison piétine allégrement les droits des citoyens qu'elle est censée protéger. En tout cas, ta prétendue preuve ne vaudrait pas un clou aux yeux d'un juge. Et depuis quand est-ce un crime de passer un coup de fil pour obtenir des informations auprès du FBI, après tant d'années de bons et loyaux services pour le Bureau ?

— Un coup de fil passé à ton responsable du Programme de protection des témoins, dit Berman.

— Pourquoi, ce n'est pas la même chose ? Et moi qui croyais que tous les services ne formaient qu'une même et heureuse famille !

— Écoute, Matt, dit Masters d'une voix lente, le problème est plus complexe que tu ne le crois. Nous pensons que le Loto a été... disons, truqué. Est-ce le cas ? »

Riggs s'adossa à sa chaise et croisa les mains devant lui. « Peut-être bien », répondit-il, laconique.

Masters choisit de nouveau ses mots avec prudence. « Je voudrais que tu saches que le Président, l'attorney général et le directeur du FBI ont été informés de cette possibilité. Je peux te dire aussi qu'ils ont été extrêmement choqués de l'apprendre.

— Les pauvres. »

Masters ignora le sarcasme. « Si jamais c'était le cas, si jamais il y a eu trucage, il va nous falloir jouer fin, c'est le moins que je puisse dire. »

Riggs gloussa. « Traduction : si jamais la nouvelle s'ébruitait, il y aurait un sacré coup de balai et personne ne serait épargné, ni le Président, ni l'attorney, ni votre directeur. Quant à vous deux, vous feriez partie de la toute première charrette. Si je comprends bien, vous voulez étouffer l'affaire.

— Ça s'est passé il y a dix ans, protesta Berman. Ce n'est pas nous qui nous sommes occupés du dossier.

— Ah, ah ! s'esclaffa Riggs. Ce genre de scandale n'épargne personne, Lou. Et surtout pas les petits. »

Masters tapa du poing sur la table. « Tu t'imagines ce qui se passerait si le public apprenait que le Loto a été truqué ? dit-il avec colère. Tu penses aux milliers de procès que les associations de joueurs intenteraient au gouvernement ? Au coût financier que cela représenterait pour l'État ? Ce serait une véritable catastrophe pour le pays. Il faut à tout prix empêcher cela. À tout prix !

— Alors, que proposes-tu, George ? »

Masters retrouva son calme pour énumérer ses volontés. « Tu nous amènes Tyler. Nous l'interrogeons et lui demandons de coopérer. Grâce aux informations qu'elle nous donne, nous arrêtons les gens qui... »

Riggs l'interrompit. « L'homme qui, George. Il n'y a qu'une seule personne à la tête de l'opération. Mais quelqu'un de très spécial.

— D'accord, avec l'aide de Tyler, nous épinglons le bonhomme.

— Et qu'advient-il de Tyler ? »

Masters leva les mains en un geste d'impuissance. « Allons, Matt, elle est sous le coup d'un mandat d'arrêt pour meurtre. Elle n'a pas payé d'impôts depuis dix ans. Elle a été complice du trucage du Loto. Ça fait autant de chefs d'accusation susceptibles de lui valoir la perpétuité. Mais on n'en retiendra qu'un seul, peut-être même la moitié d'un, si elle se montre très coopérative. Évidemment, je ne peux pas le garantir. »

Riggs se leva. « Très bien, messieurs, c'était un plaisir de discuter avec vous. »

Berman fut debout en une seconde et se glissa jusqu'à la porte pour barrer le passage à Riggs.

« Lou, il me reste un bras vaillant, et mon poing meurt d'envie d'écraser ton sale nez », dit Riggs en s'avançant vers lui.

Masters aussi s'était levé. « Ça suffit, vous deux ! beugla-t-il. Vous allez vous rasseoir, immédiatement ! »

Riggs et Berman se défièrent du regard un long moment avant de reprendre leur place.

Riggs se tourna vers Masters. « Si tu crois que cette femme va venir ici et risquer sa vie pour que vous arrêtiez cet homme, et ensuite se voir récompenser de sa collaboration par la prison à vie, alors c'est que tu es resté trop longtemps au FBI, George. Tu as perdu l'esprit. Laisse-moi te dire autre chose. Dans ce jeu, seul l'atout gagne. Tu appelles l'État de Géorgie, et tu leur dis que LuAnn Tyler n'est plus recherchée pour meurtre, que l'affaire est classée. Celle-là et toutes les autres, contraventions pour stationnement interdit comprises. Ensuite, tu appelles le Trésor public et tu leur dis qu'elle paiera ce qu'elle doit, à la condition qu'ils abandonnent toute poursuite. Quant à sa complicité dans le trucage, il devrait y avoir prescription, mais si ce n'était pas le cas, pas de chef d'inculpation non plus. Bref, LuAnn Tyler sort libre comme l'air de cette histoire.

— Non, mais ça va pas, la tête ? dit Berman.

— Sinon ? demanda Masters, les yeux fixés sur Riggs.

— Sinon, nous révélons l'affaire au public, George. Après tout, Tyler n'aurait plus rien à perdre. Si elle doit passer le restant de ses jours en prison, il lui faudra bien occuper son temps. Il y a cinq à six grands talk-shows nationaux qui se disputeront sa présence. Un bon bouquin suivra. Elle pourra y raconter comment le Loto a été truqué, et comment le Président, et l'attorney général, et le directeur du FBI voulaient étouffer l'affaire afin de sauver leurs fesses et comment ils ont été assez bêtes pour laisser s'enfuir un grand criminel, qui a volé des dizaines de milliards de dollars à l'État, et enfermer à sa place une jeune femme innocente qui a fait un jour ce que tout le monde aurait fait sans même réfléchir !

« Voilà, messieurs, ce que j'appelle posséder l'atout. »

Masters était songeur. Berman remua sur sa chaise. « Un seul type aurait monté tout ça ? Je n'y crois pas. Nous avons affaire à une organisation. Il est impossible qu'une seule personne ait pu accomplir tout ce que j'ai relevé au cours de mon enquête. Nous n'avons rien pu prouver, mais nous savons qu'ils sont plusieurs. »

Riggs repensa à ce qui s'était passé au cottage, juste avant que la lame du couteau à lancer ne se plante dans son bras. Il avait vu la mort dans les yeux de Jackson. Il avait connu des situations dangereuses au cours de sa carrière, et il lui était arrivé d'avoir peur. Mais jamais il n'avait éprouvé la terreur qu'avait fait naître en lui ce regard-là. S'il avait eu un crucifix à portée de main, il l'aurait brandi, comme pour se protéger du diable.

Il regarda Berman. « Tu serais étonné, Lou, de ce que ce type sait faire. C'est un maître du déguisement. Il peut jouer n'importe quel rôle, et c'est parce qu'il a agi seul, qu'il a pu monter un coup pareil. Avec des complices, et tant d'argent en jeu, cela se serait mal terminé pour lui.

— Il n'y a pas si longtemps, tu étais encore l'un des nôtres, Matt, dit soudain Masters d'une voix basse. Apparemment, tu as gagné la confiance de Tyler. Si tu nous l'amenais, le directeur t'en serait éternellement reconnaissant. Et tu n'aurais plus besoin de ton marteau de charpentier pour gagner ta vie.

— Ouais, c'est une proposition qui mérite réflexion, ça, George. » Il ferma les yeux et les rouvrit presque aussitôt. « Va te faire foutre. »

Un silence tomba, pendant lequel Riggs et Masters se jaugèrent du regard. « Alors, George, on fait affaire ou bien préfères-tu que j'appelle CNN et ses consœurs ? »

Lentement, presque imperceptiblement, Masters hocha la tête.

« J'aimerais te l'entendre dire, George. »

Berman voulut intervenir, mais Masters lui intima le silence d'un geste de la main. « C'est d'accord, dit-il. Pas de prison.

— En Géorgie aussi ?

— En Géorgie aussi.

— Es-tu sûr de pouvoir le faire ? Je sais que ton autorité est limitée, ici.

— La mienne peut-être, mais pas celle du Président. Mes instructions sont claires : éviter le scandale par tous les moyens. Je te garantis donc que le Président ou l'attorney général interviendront.

— Fort bien. Maintenant j'aimerais que tu fasses venir ici l'attorney et le directeur de la maison, parce que je veux les entendre me promettre la même chose. À propos, le Président est très occupé, aujourd'hui ?

— Jamais tu ne rencontreras le Président.

— Très bien, je me contenterai de l'attorney général, George. Et dans l'heure, si tu n'y vois pas d'inconvénient.

— Tu n'as pas confiance en ma parole ?

— Disons que mon expérience dans ce domaine ne m'incite guère à me montrer confiant. En plus, plusieurs engagements valent mieux qu'un. » Il désigna le téléphone sur la table. « Appelle, George. »

Masters et Riggs se dévisagèrent longuement. Puis Masters décrocha lentement et appela son directeur. Une demi-heure plus tard, le patron du FBI et l'attorney général étaient assis en face de Riggs, qui leur présenta le même marché qu'à Masters et obtint d'eux le même engagement.

Sur ce, Riggs se leva. « Je vous remercie de votre compréhension. »

Berman aussi se leva. « Très bien, si nous travaillons ensemble, amène-nous Tyler, nous lui poserons un micro, formerons une équipe et irons cueillir ton maître des déguisements.

— Euh, Lou, le marché que je viens de passer stipule que c'est moi, et moi seul, qui vous amènerai l'homme en question, pas le FBI. »

Berman était sur le point d'exploser. « Écoute, toi...

— Taisez-vous, Lou ! » Le directeur planta un regard courroucé sur son agent, avant de se tourner vers Riggs. « Vous pensez vraiment pouvoir le faire ? »

Riggs eut un sourire. « Vous ai-je jamais laissé tomber, les gars ? » Il jeta un regard à Masters.

Masters ne lui rendit pas son sourire. « Si tu échoues, nous retirons notre parole. Et Tyler plonge. » Il marqua une pause et ajouta : « Et toi aussi, car je ne sais pas si nous prolongerons encore longtemps ta protection. Et tes ennemis ne t'ont pas oublié.

— Tu me rassures, George. J'ai cru un instant que tu étais devenu humain. Oh, à propos, ne vous avisez pas de me faire suivre. Ça me mettra en colère et me fera perdre un temps précieux à vous semer. D'accord ?

— D'accord, grogna Masters.

— Est-ce que le Loto a été truqué, monsieur Riggs ? demanda l'attorney général.

— Il l'a été, monsieur. Mais il y a mieux. L'Américaine des Jeux a permis à l'un des plus dangereux psychopathes que j'aie jamais croisés de bâtir une fortune qui s'élève à des dizaines de milliards de dollars, si ce n'est plus. » Il prit le temps de passer en revue les quatre visages consternés avant de se diriger vers la porte. « Bonne journée, messieurs. »

Quand il fut parti, les quatre hommes se regardèrent. « Bon sang », marmonna le directeur en secouant la tête d'un air catastrophé.

Masters décrocha le téléphone. « Il s'en va. Il sait qu'il sera suivi. Ne le perdez pas de vue, mais soyez discrets. Il connaît la musique, et il va vous balader pendant un moment avant d'essayer de vous semer. Soyez en alerte. Appelez-moi dès qu'il aura pris contact avec Tyler. Gardez-les sous surveillance, mais ne les approchez pas. » Il leva les yeux vers l'attorney, qui acquiesça de la tête. Masters raccrocha et poussa un grand soupir.

« Croyez-vous qu'il y ait, comme le prétend Riggs, un seul individu derrière tout ça ? demanda le directeur à Masters.

— Ça paraît incroyable, mais j'espère que c'est le cas, répondit Masters. Dans un sens, ce serait beaucoup plus grave s'il s'agissait d'une organisation. »

Le directeur et l'attorney opinèrent de concert.

Berman les regarda d'un air interrogateur. « Pourrais-je savoir ce que nous allons faire ? »

Le directeur s'agita un instant sur sa chaise, avant de répondre : « Une chose est certaine : cette affaire doit rester secrète. Quoi qu'il arrive, le public doit tout ignorer. Mais même si Riggs réussit et qu'il nous amène le ou les coupables, nous aurons toujours un foutu problème à résoudre.

— En effet, dit l'attorney. En admettant que nous établissions la culpabilité de cet homme et qu'il soit assuré de finir ses jours en prison, il n'en aura pas moins entre les mains l'atout dont parlait Riggs : il nous menacera de tout dévoiler au public. Ce sera vraiment du gâteau pour son avocat.

— Dans ce cas, il n'y aura jamais de procès, dit Berman. Que ferez-vous ? Vous libérerez le bonhomme ? »

L'attorney ignora la question et demanda à Masters : « Pensez-vous que Riggs joue franc jeu avec nous ? »

Masters haussa les épaules. « Il a été l'un de nos meilleurs agents dans des opérations d'infiltration. Pour réussir dans ce genre de situation, il faut savoir mentir. Il arrive qu'au bout d'un moment, un infiltré ne reconnaisse plus très bien la frontière entre le faux et le vrai. Et les vieilles habitudes ne meurent pas facilement.

— En d'autres termes, nous ne pouvons pas lui faire totalement confiance ?

— Pas plus que lui à notre égard, répondit Masters.

— Alors, dit le directeur, il vaudrait mieux que l'homme se fasse tuer lors de son interpellation. »

La suggestion récolta l'assentiment général. « S'il est aussi dangereux que Riggs le prétend, dit Masters, je tirerai d'abord et lui lirai ses droits ensuite. De cette façon, notre problème sera clos.

— Et Riggs et Tyler ? demanda l'attorney.

— Dans ce genre d'incident, dit Berman, il y a toujours des balles perdues. Bien sûr, aucun d'entre nous ne le souhaite, s'empressa-t-il d'ajouter, mais c'est comme l'épouse de Riggs, les innocents meurent aussi.

— On peut difficilement considérer Tyler comme innocente, dit le directeur.

— C'est vrai, dit Masters. Et si Riggs a choisi d'être du côté de Tyler plutôt que du nôtre, il doit en assumer les conséquences. Quelles qu'elles soient. »

Les regards qu'ils échangèrent puaient le malaise.

En d'autres circonstances, aucun d'entre eux n'aurait songé à une issue aussi amorale. Ils avaient consacré leur vie à la neutralisation des criminels et à veiller à ce qu'ils soient jugés selon la loi. Aussi, le fait de prier pour que justice ne soit pas rendue et que des êtres humains meurent, sans qu'un juge ou un jury les ait entendus, pesait sur leur conscience. Mais ils étaient confrontés à une affaire où la vérité, si elle éclatait, ferait plus de mal qu'une bombe au milieu d'une foule.

« Oui, quelles qu'elles soient », répéta lentement le directeur.

50

Riggs attendit de s'être éloigné de l'immeuble Hoover pour appuyer sur l'un des boutons de son chronomètre. Le boîtier contenait un enregistreur miniaturisé, tandis que le bracelet perforé abritait le composant du micro. Le jour précédent, il s'était rendu dans un magasin spécialisé situé à quatre blocs du Q. G. du FBI. Une boutique connue pour ses gadgets électroniques. Grâce au progrès de la technologie, il resterait une trace de sa conversation avec les autorités. Dans ce genre d'opération, on ne pouvait faire confiance à personne, quel que soit son bord.

Riggs savait le gouvernement prêt à tout pour empêcher le scandale d'éclater. Dans cette affaire, capturer le criminel vivant était aussi dangereux que de ne pas le capturer. Et quiconque connaissait la vérité courait un danger, et pas seulement du fait de Jackson. Le FBI ne tuerait jamais de sang-froid des innocents, mais il ne rangeait pas LuAnn dans cette dernière catégorie. Et Riggs savait qu'en la soutenant, il ne serait pas épargné. Si la situation dégénérait, et on pouvait compter sur Jackson pour que le pire se produise, le FBI serait enclin à confondre tous ceux qui se trouveraient dans sa ligne de tir. Riggs ne s'attendait pas à ce que Jackson se rende sans combattre. Il tuerait autant de monde qu'il pourrait. Riggs l'avait lu dans ses yeux, au cottage. Ce type n'avait nul respect pour la vie humaine. Pour lui, une personne n'était jamais qu'un pion sur un échiquier, qu'on pouvait balayer d'un revers de main à tout moment. Le FBI choisirait probablement de tuer l'homme plutôt que d'essayer de le prendre vivant, se refusant à risquer la vie d'un seul agent pour s'assurer que l'homme serait jugé. Indépendamment de ces considérations, le gouvernement ne pouvait se permettre de faire passer Jackson en justice sans se saborder lui-même. La seule issue était sa neutralisation radicale. Aussi le travail de Riggs consisterait à débusquer Jackson, et à laisser les fédéraux en faire ce qu'ils voudraient. Libre à eux de le truffer de plomb. Mais il ferait tout pour éloigner LuAnn de la scène. Il était hors de question qu'elle soit prise dans la fusillade. Il avait déjà connu ça, et l'histoire ne se répéterait pas.

Riggs ne prit pas une seule fois la peine de se retourner. Il savait qu'il était suivi, en dépit des assurances de Masters. Il aurait fait de même à la place de ce cher George. Il ne lui restait plus qu'à semer ces crétins avant de rejoindre LuAnn. Il sourit. Ça lui rappelait le bon vieux temps.

Pendant que Riggs faisait affaire avec les fédéraux, LuAnn s'était rendue en voiture jusqu'à une autre cabine téléphonique, pour appeler Charlie au numéro de portable que celui-ci lui avait donné lors de leur dernier appel. La communication était si mauvaise qu'elle eut du mal à reconnaître la voix de Charlie quand il répondit.

« Charlie ?

— LuAnn ?

— Où es-tu ?

— Sur la route. Je t'entends très mal. Attends, je suis en train de passer sous des lignes à haute tension. »

L'instant d'après, les parasites disparaissaient.

« C'est mieux, dit LuAnn.

— J'ai quelqu'un à côté de moi, qui veut te parler.

— M'man ?

— Ma chérie !

— Tu vas bien ?

— Ça va, ma douce.

— Oncle Charlie m'a dit que tu avais vu M. Riggs.

— Oui. Il m'aide beaucoup.

— Je suis contente que tu ne sois pas seule. Tu me manques.

— Toi aussi, tu me manques. Tu ne peux pas savoir combien.

— Quand est-ce qu'on pourra rentrer à la maison ? »

À la maison ? Où était-elle, leur maison, maintenant ? « Bientôt, mon bébé. Maman s'en occupe.

— Je t'aime.

— Moi aussi, je t'aime. Et tu sais, je n'ai pas oublié ma promesse. Quand je rentrerai, je te dirai la vérité. D'accord ?

— D'accord, m'man », répondit Lisa d'une petite voix où perçait de la peur.

Quand Charlie revint au bout du fil, LuAnn lui demanda de l'écouter sans l'interrompre. Elle lui raconta les derniers événements, y compris le plan de Riggs et qui il était.

Charlie avait le plus grand mal à se contenir. « Je vais m'arrêter à une aire de repos dans deux minutes. Rappelle-moi. »

Trois minutes plus tard, elle avait de nouveau Charlie en ligne.

« Tu es devenue folle ? cria-t-il.

— Où est Lisa ?

— Sur l'aire de jeux ; il y a plein de gosses et de familles tout autour. Et je la vois d'où je suis. Maintenant, réponds à ma question.

— Non, je ne suis pas folle.

— Tu laisses Riggs, un ancien du FBI, aller voir

455

ses anciens patrons pour passer un marché avec eux, et tu te prétends saine d'esprit ? Qui te dit qu'il ne va pas se retourner contre toi ? Ou qu'ils ne vont pas le forcer à le faire ?

— J'ai confiance en lui.

— Confiance en lui ? » Charlie manqua s'étouffer. « Mais tu le connais à peine, LuAnn. J'ai bien peur que tu n'aies commis une grosse erreur, ma chérie.

— Je ne le pense pas. Riggs a joué franc jeu. Et j'ai appris deux ou trois choses sur lui durant ces derniers jours.

— Oui, par exemple qu'il a travaillé comme agent d'infiltration, ce qui fait de lui un expert ès mensonges. »

La remarque de Charlie ébranla quelque peu LuAnn. Le doute se fit soudain en elle, parasitant la confiance qu'elle avait placée en Riggs.

« LuAnn, tu es là ? »

Elle serra le combiné dans sa main. « Oui. Tout ce que je peux te dire, c'est que s'il m'a trahie, je ne tarderai pas à le savoir.

— Il faut que tu t'arraches de là. Saute dans ta voiture, et file.

— Charlie, il m'a sauvé la vie, et il a manqué se faire tuer par Jackson en me portant secours. »

Charlie garda le silence une minute. Il était en proie à un grave dilemme, et il n'aimait pas ça du tout. Amoureux de LuAnn, Riggs avait choisi de la défendre. Est-ce que LuAnn l'aimait ? C'était probable. Et lui, dans tout ça ? Il aurait préféré que Riggs n'entre jamais dans leurs vies, mais il aimait LuAnn et il aimait Lisa. Il avait toujours fait passer leur intérêt avant le sien. Cette dernière pensée le rasséréna. « Écoute, LuAnn, fais comme tu le sens. Réflexion faite, on doit pouvoir compter sur Riggs. Ouvre l'œil, quand même, d'accord ?

— Ne t'inquiète pas pour ça. Où êtes-vous ?

— On a fait un grand tour par le Kentucky, un bout

du Tennessee, et on revient maintenant vers la Virginie.

— Il faut que j'y aille. Je t'appellerai plus tard. Et merci.

— De quoi ? Je n'ai rien fait.

— Tu mens.

— Prends soin de toi. »

LuAnn raccrocha et regagna la voiture en repensant à la première réaction de Charlie. Pouvait-elle faire confiance à un ancien agent fédéral ? Elle se glissa derrière le volant. Elle avait laissé le moteur tourner, car elle n'avait pas les compétences de Riggs pour démarrer sans clé. Le doute la taraudait, à présent. Elle resta longtemps la main sur le levier de vitesse, avant d'enclencher la première et de reprendre la route.

51

Riggs descendit d'un pas de badaud la Neuvième Rue. Un vent froid l'accueillit au coin de l'artère, et il s'arrêta, pour dégager avec précaution son bras de son écharpe et le glisser dans la manche de son pardessus qu'il boutonna jusqu'en haut et dont il releva le col. Puis, comme la bourrasque persistait, il se coiffa d'une casquette des Washington Redskins, abaissa la visière sur son front et se remit en marche. Trente mètres plus loin, il entra dans un drugstore.

Les deux équipes d'agents qui l'avaient pris en filature dès la sortie de l'immeuble Hoover, l'une à pied, l'autre dans une Ford grise, se placèrent aussitôt en position. La première couvrit l'entrée, la seconde l'arrière du magasin. Ils savaient que Riggs était un homme d'expérience et ils devaient ouvrir l'œil.

Riggs ressortit avec un journal sous le bras, fit quelques mètres dans la rue et héla un taxi. Les agents s'empressèrent de monter dans la Ford et de suivre le taxi.

Deux minutes après que les deux voitures eurent disparu, le vrai Matt Riggs, coiffé d'un feutre noir, quittait le magasin et prenait la direction opposée. La casquette des Redskins, avec ses couleurs bordeaux et or, avait concentré sur elle l'attention des agents, au point qu'ils n'avaient pas remarqué la subtile différence des pardessus, des pantalons et des chaussures.

La veille, Riggs avait appelé à l'aide un vieil ami,

qui n'en était pas revenu car lui aussi croyait l'ancien agent mort depuis cinq ans. Et le FBI poursuivait maintenant l'ami en question, qui travaillait dans un cabinet d'avocats situé non loin de la Maison-Blanche. L'homme habitait près de l'immeuble Hoover, et sa présence dans le quartier était donc parfaitement légitime. Par ailleurs, le port de la casquette des Redskins était à Washington aussi naturel que le Stetson chez les Texans. Les agents l'interrogeraient brièvement, réaliseraient leur erreur et feraient leur rapport à Masters et au directeur, qui se chargeraient de leur remonter les bretelles.

Riggs prit un taxi. Il était content d'avoir semé les fédéraux. LuAnn et lui étaient loin du but et de la délivrance, mais il venait de remporter la première manche. Comme le taxi s'arrêtait à un feu rouge, il ouvrit le journal qu'il avait acheté au drugstore.

Il y avait deux photos en première page. Il connaissait le visage de l'un, mais l'autre lui était étranger. Il parcourut l'article et étudia de nouveau les photos. Avec un badge de presse pendu autour du cou, un petit bloc-notes et un stylo sortant de la poche de sa chemise, un Thomas Donovan aux yeux las avait l'air de descendre d'un avion après avoir couvert quelque douloureux événement aux antipodes.

La femme dont le portrait flanquait celui du journaliste offrait un contraste saisissant. La robe était élégante, la coiffure impeccable, le décor luxueux, ainsi qu'il seyait à un gala de bienfaisance, le genre de raout où les riches s'offraient une bonne conscience entre une partie de golf et un match de polo. Roberta Reynolds avait été une citoyenne respectée et appréciée, dont la mort brutale privait la communauté de Washington d'une grande bienfaitrice. Une seule ligne de l'article révélait la source de la fortune de Reynolds : un Loto de soixante-cinq millions de dollars empoché dix ans plus tôt. Un gros lot que Roberta avait apparemment fait fructifier, car ses biens étaient évalués au triple de cette somme.

Elle avait été assassinée, et le meurtrier présumé était Thomas Donovan. L'homme avait été vu dans le voisinage de la propriété que possédait Reynolds à McLean, Virginie. Le répondeur de la défunte contenait un message du journaliste sollicitant une interview. Les empreintes de Donovan avaient été relevées sur une carafe d'eau et un verre dans la maison de Roberta, ce qui indiquait qu'ils s'étaient donc rencontrés. Enfin, l'arme du crime, un revolver de petit calibre, avait été découverte par un promeneur dans un petit bois non loin de la propriété de Reynolds, ainsi que sa Mercedes, dont le volant portait les empreintes de Donovan. Roberta Reynolds portait des marques de liens aux poignets et aux chevilles, ce qui indiquait un crime prémédité. Donovan était activement recherché, et les enquêteurs avaient bon espoir de l'appréhender rapidement.

Riggs termina sa lecture et replia le journal. La police se trompait. Ce pauvre Donovan n'avait tué personne. Il devait être mort lui-même, à cette heure. Riggs se demanda comment il allait annoncer cette sale nouvelle à LuAnn.

52

Solide et carré, la cinquantaine, avec un teint pâle et une moustache bien taillée, l'homme jeta un regard appréciateur aux luxueuses demeures de ce quartier de Georgetown. Puis, rentrant dans son pantalon sa chemise qui bouffait sur son ventre, il boutonna son veston, grimpa les marches du perron et pressa la sonnette.

La porte s'ouvrit. Alicia Crane semblait lasse et inquiète.

« Oui ?

— Alicia Crane ?

— Elle-même. »

L'homme lui montra sa plaque de police. « Inspecteur Hank Rollins, brigade criminelle du comté de Fairfax. »

Alicia considéra le badge de cuir avec sa photo plastifiée. « Je ne vois pas ce qui...

— Connaissez-vous un certain Thomas Donovan ? »

Alicia ferma les yeux un bref instant. « Oui », dit-elle enfin.

Rollins se frotta les mains d'un air frileux. « Mademoiselle Crane, j'aurais quelques questions à vous poser. Nous pourrions le faire à la brigade ou vous pourriez m'inviter à entrer, avant que je gèle sur place, c'est à vous de voir. »

Alicia s'effaça aussitôt. « Je vous en prie, entrez. »

Elle le guida jusqu'au salon, lui désigna le canapé et lui demanda s'il désirait du café.

« Ce n'est pas de refus, mademoiselle. »

À peine eut-elle quitté la pièce que Rollins se leva et jeta autour de lui un regard attentif. Un objet retint aussitôt son attention. Une photo dans un cadre en cuir, récente semblait-il, représentant Donovan et Alicia Crane, bras dessus bras dessous, l'air aux anges.

Rollins tenait la photo dans ses mains quand Alicia revint portant un plateau avec deux tasses de café, un petit pot de crème et deux sachets de saccharine.

Elle posa le plateau sur la table. « Impossible de trouver le sucre. Mon intendante est allée faire des courses. Elle sera de retour dans une heure, et je ne sais pas où... » Elle se tut abruptement à la vue du portrait.

« Vous permettez ? » dit-elle sèchement en tendant la main.

Rollins lui donna la photo et se rassit. « J'irai droit au but, mademoiselle Crane. Vous avez lu le journal, je suppose ?

— Vous voulez dire ce tissu de mensonges ? répliqua-t-elle avec flamme.

— Je suis d'accord avec vous pour penser qu'à ce stade de l'enquête, on en est aux présomptions, mais avouons que bien des éléments accusent Thomas Donovan du meurtre de Roberta Reynolds.

— Quoi, ses empreintes et le revolver ?

— Mademoiselle Crane, une enquête criminelle est en cours, aussi suis-je tenu au droit de réserve. Mais je peux dire que les indices ne manquent pas.

— Thomas est incapable de faire du mal. »

Rollins se pencha en avant pour prendre sa tasse de café, y verser un peu de crème et l'un des sachets de saccharine. Il en but une gorgée avant de reprendre la parole. « Mais il a tout de même rendu visite à Roberta Reynolds. »

Alicia croisa les bras en fixant sur lui un regard sans aménité. « Vraiment ?

— Il ne vous a jamais dit qu'il avait rendez-vous avec elle ?

— Il ne m'a rien dit. »

Rollins prit un air songeur. « Il faut que je vous dise, mademoiselle Crane, qu'on a relevé votre nom sur le répondeur téléphonique de M. Donovan. Vous aviez l'air inquiète, vous disiez qu'il travaillait sur quelque chose de trop dangereux. Et son appartement a été cambriolé, ses dossiers, ses papiers, tout a disparu. »

Alicia était prise d'un léger tremblement qu'elle s'efforçait de contrôler en serrant fortement les bras de son fauteuil.

« Mademoiselle Crane, vous devriez prendre un peu de café, vous êtes toute pâle.

— Je vais très bien, je vous remercie. » Mais elle prit toutefois une gorgée de café et, se reprenant rapidement, fit remarquer : « Si, comme vous le dites, l'appartement de M. Donovan a été cambriolé, il y a donc quelqu'un d'autre d'impliqué dans cette affaire. Et c'est sur cette personne que vous devriez porter vos recherches.

— Je suis d'accord avec vous sur ce point mais, en attendant, j'enquête sur un meurtre, pas sur un cambriolage. Je n'ai pas besoin de vous dire que Mlle Reynolds était un membre éminent de la communauté et, en haut lieu, on attend de la police qu'elle retrouve fissa l'assassin. J'ai déjà parlé avec quelqu'un du *Tribune*. J'ai appris que Donovan menait une enquête sur les gagnants du Loto. Or Roberta Reynolds faisait partie de cette bande de chanceux. Je ne suis pas journaliste, mais quand on parle de dizaines de millions de dollars, on réveille des envies qui peuvent aller jusqu'au meurtre. »

Alicia eut un léger sourire.

« Auriez-vous quelque chose à me dire ? » demanda Rollins.

Elle retrouva aussitôt son attitude guindée et dénia d'un signe de tête.

« Mademoiselle Crane, je fais ce métier d'inspecteur depuis la naissance de mon aîné, et le gaillard est aujourd'hui père de famille. Ne le prenez pas mal mais je sens que vous me cachez quelque chose et j'aimerais savoir pourquoi. Un assassinat n'est pas une chose à traiter à la légère. » Il jeta un regard à la pièce luxueusement meublée. « Les assassins et ceux qui les soutiennent ne finissent pas dans des maisons aussi belles que la vôtre. »

Alicia ouvrit de grands yeux. « Qu'entendez-vous par là, monsieur Rollins ?

— Rien du tout, mademoiselle Crane. Je suis venu vous voir parce que j'ai écouté votre message sur le répondeur de M. Donovan, et que ce message m'a appris deux choses : la première, que vous avez peur pour lui ; la seconde, que vous savez exactement pourquoi vous avez peur. »

Alicia, la tête baissée, lissa longuement sa jupe du plat de la main, tandis que Rollins attendait patiemment qu'elle prenne sa décision. Elle leva enfin les yeux vers lui et se mit à parler d'une voix hachée. Rollins s'empressa de sortir son calepin et de prendre des notes.

« Thomas avait commencé d'enquêter sur le Loto, parce qu'il était convaincu que des cabinets de gestion financière et autres officines ayant pignon sur rue finissaient, à la suite d'investissements hasardeux et de commissions excessives, par ruiner les gagnants qui leur avaient confié leurs gains. Thomas en voulait aussi au gouvernement qui fermait les yeux sur ces pratiques. Par ailleurs, ces gens, issus de milieux défavorisés, étaient désarmés face aux complexités fiscales, et le Trésor public se chargeait de leur prendre le peu que leur avaient laissé des conseillers financiers véreux.

— Comment est-il arrivé à cette conclusion ?

— Par les banqueroutes. Ces gens, qui avaient gagné tant d'argent, déclaraient faillite en l'espace de deux à trois ans. »

Rollins se gratta le crâne. « Oui, j'ai lu ça dans le

journal, mais je me suis toujours dit que ces types perdaient la boule devant tant de fric et qu'ils se mettaient à dépenser comme des idiots, oubliaient de payer leurs impôts, et se retrouvaient sans un rond. Mais peut-être connaîtrais-je le même sort, si j'étais à leur place.

— Oui, c'est ce que Thomas pensait aussi, mais il a découvert autre chose. » Elle se tut pour boire une gorgée de café, son visage s'animant au souvenir de la perspicacité de son amant.

« Oui, et c'était quoi ? demanda Rollins.

— Que douze gagnants d'affilée avaient échappé au sort commun de la débâcle.

— Ah oui ?

— Les recherches de Thomas couvraient près de vingt ans de tirages du Loto, et le taux de faillite était constant sur toute cette période. Or, au beau milieu de toutes ces années, il y en avait une dont les douze gagnants avaient non seulement su préserver leur capital mais avaient aussi réalisé des placements mirobolants, à en juger par leurs fortunes actuelles. »

Rollins se frotta le menton, l'air peu convaincu. « Je ne vois pas là de quoi fouetter un chat.

— Thomas lui-même ne savait pas trop ce qu'il devait en penser. Mais il approchait de la vérité. Il m'appelait régulièrement pour me tenir informée de ce qu'il avait découvert. C'est pourquoi je suis tellement inquiète qu'il ne m'ait pas encore donné de ses nouvelles. »

Rollins jeta un coup d'œil à ses notes. « C'est exact. Vous parliez de danger dans votre message.

— Thomas avait retrouvé l'un des douze gagnants. » Alicia se tut, cherchant à se souvenir du nom. « Attendez... LuAnn quelque chose. Tyler ! LuAnn Tyler, ça me revient. Il m'a raconté qu'elle était soupçonnée de meurtre et recherchée par la police quand elle avait gagné le gros lot, et qu'elle avait ensuite disparu. Mais, dernièrement, il avait réussi à la localiser, en se renseignant auprès du fisc. Il lui a rendu visite.

— Où ça ? demanda Rollins, griffonnant dans son calepin.

— À Charlottesville. Une bien belle région. Il y a là les plus belles propriétés du pays. Vous n'y êtes jamais allé ?

— Vous savez, mademoiselle, ce n'est pas avec un salaire d'inspecteur de police que je pourrais faire mon shopping là-bas. Et ensuite ?

— Comme je vous le disais, il a rencontré cette femme.

— Et ?

— Et elle a craqué. Ou presque. Thomas m'a dit qu'il l'avait lu dans ses yeux.

— Mais que soupçonnait donc Donovan, pour que vous craigniez pour sa vie ?

— Ma foi, cette femme était recherchée pour meurtre. Et si elle avait tué, elle pouvait le faire encore.

— Je vois.

— Je n'ai pas l'impression que vous preniez tout cela au sérieux, monsieur Rollins.

— Je prends mon travail très au sérieux, mais je ne vois pas le rapport. Soupçonnez-vous cette LuAnn Tyler d'avoir assassiné Roberta Reynolds ? Pourquoi ferait-elle une chose pareille ? On ne sait même pas si elles se connaissaient. Aurait-elle menacé Donovan ?

— Je ne soupçonne pas cette femme d'avoir tué qui que ce soit. Comment le pourrais-je sans l'ombre d'une preuve ?

— Alors quoi ? demanda Rollins avec impatience.

— Je... je n'en sais rien. »

Rollins se leva, referma son calepin. « Très bien, je me permettrai de vous rappeler, si jamais j'ai besoin de renseignements complémentaires. »

Alicia resta assise ; son visage était pâle, son regard fixe. Rollins était presque arrivé à la porte, quand elle parla. « Le Loto était truqué. »

Rollins se retourna lentement et revint dans le salon. « Truqué ?

— Il m'a appelée il y a deux jours pour me dire ça. Thomas m'a fait jurer de n'en souffler mot à personne. » Elle croisait et décroisait les mains de manière compulsive. « Cette femme, LuAnn Tyler, a pratiquement reconnu que le Loto avait été trafiqué. Thomas en était tout retourné. Il disait que c'était une affaire énorme. Et maintenant, je suis folle d'inquiétude. Il devait me rappeler, mais il ne l'a pas fait. »

Rollins se laissa choir sur le canapé. « Qu'est-ce qu'il vous a dit d'autre ?

— Qu'il avait appelé les onze autres gagnants, mais qu'un seul avait bien voulu lui répondre... Roberta Reynolds.

— Donovan l'a donc rencontrée. »

Le ton de Rollins était accusateur. Alicia écrasa une larme de son index replié. « Cela faisait longtemps qu'il menait cette enquête, mais c'est tout récemment qu'il s'est confié à moi. Il avait peur. Je le sentais à sa voix. Il avait un rendez-vous avec Roberta Reynolds. Hier matin. Il m'avait promis de m'appeler dès qu'il aurait fini, mais il ne l'a pas fait. Je suis sûre qu'il lui est arrivé quelque chose.

— Est-ce qu'il vous a dit qui avait truqué le Loto ?

— Non, mais LuAnn Tyler l'a mis en garde contre quelqu'un. Un homme qui avait l'intention de le tuer et qui le ferait. Un homme très dangereux. Je suis sûre que c'est lui qui a assassiné Roberta. »

Rollins regardait tristement Alicia Crane, mais celle-ci gardait les yeux baissés sur ses mains. « J'ai dit à Thomas d'aller à la police et de tout leur raconter. »

Rollins tressaillit. « Il l'a fait ?

— Non ! Et pourtant je l'ai supplié. Si quelqu'un avait truqué le Loto, il fallait que cela se sache. Tout cet argent détourné ! L'homme qui a fait une chose pareille doit être prêt à tout pour cacher un crime de cette ampleur, ne pensez-vous pas ?

— Je connais des gens qui s'égorgeraient pour deux

dollars », répondit Rollins. Il montra sa tasse de café vide. « Ça ne vous ennuierait pas de me resservir un peu de café ? »

Alicia tressauta. « Quoi ? Oh, mais naturellement. Je viens juste d'en faire une cafetière. »

Elle se leva pour se diriger vers l'office. Rollins sortit de nouveau son calepin. « Très bien, nous allons revoir tout cela en détail, et puis j'appellerai mes supérieurs. Je n'ai pas honte de vous avouer que cela dépasse mes compétences. Et je vous demanderai aussi de vous préparer à venir avec moi jusqu'à la brigade. »

Alicia acquiesça d'un hochement de tête sans enthousiasme et quitta la pièce. Elle revint deux minutes plus tard avec un plateau, les yeux fixés sur les deux tasses pleines, qu'elle craignait de renverser. Elle leva les yeux un bref instant vers l'inspecteur, et sa stupeur fut telle qu'elle lâcha le plateau.

« Peter ! »

Les restes de l'inspecteur Rollins — perruque, moustache, masque et rembourrage — étaient nettement rangés sur le fauteuil voisin. Peter Crane — alias Jackson — considérait sa sœur d'un air songeur.

L'observation que s'était faite Donovan à propos de la ressemblance entre Roberta Reynolds et Alicia Crane était juste ; il ignorait seulement qu'il avait en face de lui le frère d'Alicia, qui partageait avec celle-ci une troublante similitude de traits.

« Bonjour, Alicia. »

Elle regarda les artifices sur le fauteuil. « Mais que fais-tu ? À quoi rime cette mascarade ?

— Assieds-toi. Veux-tu que je nettoie le tapis ?

— Non, laisse, dit-elle en s'appuyant de la main à un guéridon.

— Je ne voulais pas te faire peur, dit Jackson avec une sincérité mêlée de remords. Je suis... je suis plus à l'aise sous un déguisement qu'en étant moi-même. » Il eut un sourire penaud.

« Je n'apprécie pas du tout ce genre de plaisanterie, Peter. Heureusement que j'ai le cœur solide. »

Il se leva soudain et vint à elle pour l'entourer de son bras et la guider jusqu'au canapé. Il lui tapota doucement la main. « Je suis désolé, Alicia, vraiment désolé. »

Alicia désigna les restes du déguisement. « Qu'est-ce que tout cela signifie, Peter ? Pourquoi toutes ces questions ?

— J'avais besoin de savoir ce que Donovan t'avait dit. »

Elle dégagea sa main. « Thomas ? Que sais-tu de Thomas ? Je ne t'ai pas vu ni même parlé depuis trois ans.

— Depuis si longtemps ? Tu n'as besoin de rien, n'est-ce pas ? Tu n'as qu'à demander, tu sais.

— Tes chèques arrivent avec une régularité d'horloge, dit-elle avec une certaine amertume. Je n'ai pas besoin de plus d'argent, j'aurais seulement aimé te voir de temps à autre. Bien sûr, je sais que tu es très occupé, mais tu es mon frère.

— Je t'ai promis de veiller sur toi, et c'est ce que j'ai toujours fait. La famille est chose sacrée.

— À propos de famille, j'ai parlé avec Roger, l'autre jour.

— Et comment se porte mon décadent de jeune frère ?

— Il avait besoin d'argent, comme d'habitude.

— J'espère que tu ne lui en as pas envoyé. Je lui fournis de quoi vivre sans travailler jusqu'à la fin de ses jours, à la condition qu'il modère un peu son train de vie.

— Roger n'a jamais su ce que signifiait la modération, tu le sais. » Elle le regarda d'un air vaguement inquiet. « Je l'ai dépanné. Il risquait de se retrouver à la rue, et je ne pouvais pas le...

— C'est ce qui pourrait lui arriver de mieux.

— Peut-être, mais il ne survivrait pas. Il est faible. Il n'a pas hérité la force de papa. »

Jackson préféra ne pas commenter l'allusion au père. Malgré les années, sa sœur nourrissait toujours la même admiration pour leur illustre géniteur. « Oublions Roger, je n'ai pas envie de perdre mon temps à parler de cet incapable.

— J'aimerais que tu me dises ce qui se passe, Peter.

— Quand as-tu fait la connaissance de Donovan ?

— Pourquoi ?

— S'il te plaît, réponds-moi.

— Il y a presque un an. Thomas avait écrit un très bel article sur papa et sa brillante carrière au Sénat. C'était un merveilleux témoignage. Alors, je l'ai appelé pour le remercier. Nous avons déjeuné ensemble, et puis nous nous sommes revus, et c'était comme un rêve. Thomas est un homme généreux et noble, plein d'idéal.

— Comme papa ? dit Jackson avec mépris.

— Oui, comme notre père, répliqua-t-elle, offensée par le ton de son frère.

— Le monde est petit, décidément, dit-il en secouant la tête de dépit.

— Pourquoi dis-tu cela ? »

Jackson se leva et balaya la pièce d'un geste ample. « Sais-tu exactement d'où vient tout ceci, je parle de ces meubles antiques, ces tableaux, bref toute cette richesse ?

— Mais de la fortune familiale, bien entendu.

— La fortune familiale ? Mais elle a été dilapidée depuis longtemps. Jusqu'au dernier *cent*.

— Enfin, de quoi parles-tu ? Je sais que père a traversé quelques difficultés mais il les a surmontées, comme il l'a toujours fait. »

Jackson la regarda avec condescendance. « Il n'a rien surmonté du tout. Il n'a jamais su gagner un sou de sa vie. Il a hérité une fortune de grand-père et, tout ce qu'il a su faire, c'est la perdre. Il m'a dépossédé de mon héritage, et du tien, pour satisfaire son incurable vanité. C'était un escroc et un bon à rien. »

Elle bondit et le gifla. « Comment oses-tu ! Tout ce que tu as, tu le lui dois ! »

Jackson se frotta la joue. Il avait le teint pâle de nature, et aussi lisse que s'il avait passé sa vie retiré dans un monastère.

« Il y a dix ans, j'ai truqué le Loto national, dit-il d'un ton froid, fixant l'éclat de ses yeux noirs sur sa sœur interloquée. Tout l'argent que je possède, celui que j'ai donné à Roger, celui que je t'envoie, cette maison, tout cela vient de moi. Pas de ce cher vieux papa.

— Que veux-tu dire ? Comment as-tu pu... ? »

Jackson la repoussa rudement sur le canapé. « Taistoi, et écoute. J'ai réuni près d'un milliard de dollars en une année, grâce à mes douze gagnants, ceux-là mêmes dont ce cher M. Donovan a découvert l'existence. J'ai investi leurs gains, tout en leur versant des intérêts substantiels. Tu te souviens du réseau financier de grand-père à Wall Street ? Lui avait bâti une fortune. J'ai toujours entretenu des relations de courtoisie avec ces personnes, avant même de délester l'Américaine des Jeux de plus de neuf cents millions de dollars. Quand je suis arrivé avec cet argent, tous ceux qui pèsent lourd à Wall Street ont pensé que ces fonds provenaient de la famille. Je suis devenu leur client préféré. J'ai pu négocier les meilleures affaires, car je comptais parmi les initiés, ceux qui se bâfrent à chaque OPA. Je pouvais acheter un stock d'actions à un prix modeste en sachant que, deux jours plus tard, je revendrais ces mêmes actions sept fois plus cher. Je gagnais tellement d'argent que j'avais l'impression de posséder une presse à billets. Quand tu te présentes avec un milliard de dollars, tu ne peux pas imaginer l'attention qu'on te porte. Les riches deviennent de plus en plus riches, telle est la loi du marché. »

Alicia tremblait. Ce n'était plus son frère qu'elle avait devant elle mais une espèce de monstre qui semblait s'enivrer de son propre sentiment de puissance.

Elle demanda d'une voix à peine audible : « Où est Thomas ? »

Jackson détourna le regard. « Il ne valait rien pour toi, Alicia. Rien du tout. Un sale petit opportuniste. Et je suis sûr qu'il appréciait beaucoup le confort dans lequel tu vis, tout ce que tu as, tout ce que je t'ai donné.

— Tu en parles au passé. Pourquoi ? » Alicia se leva soudain en croisant les mains devant elle dans un geste de supplication. « Où est-il ? Que lui as-tu fait ? »

Jackson la regarda avec attention, cherchant en elle ce qui pourrait la racheter à ses yeux. Sa sœur était la seule personne de sa famille qu'il ait jamais respectée, en dehors de son grand-père qu'il avait, hélas, trop peu connu. Et voilà qu'elle lui offrait une image d'elle-même qui n'éveillait en lui que mépris. Comment avait-elle pu s'amouracher du médiocre Donovan ?

« Je l'ai tué, Alicia. »

Elle resta figée un instant, roula les yeux et parut perdre connaissance. Il la rattrapa avant qu'elle tombe et l'assit sans ménagement sur le canapé. « Allons, remets-toi. Il y a d'autres hommes. Tu finiras par en trouver un qui ressemble vraiment à père. »

Il prenait plaisir à ses propres sarcasmes mais, toute à son chagrin, elle ne l'écoutait pas. Elle pleurait en silence, les épaules agitées de soubresauts.

« Tu vas devoir quitter le pays, Alicia. J'ai effacé ton message sur le répondeur de Donovan, pour que la police ne puisse remonter jusqu'à toi, du moins dans l'immédiat. Si votre relation date d'un an, elle est certainement connue d'autres personnes. Et les flics débarqueront ici un jour ou l'autre. Je m'occuperai de toutes les démarches. Si je me souviens bien, tu as toujours aimé la Nouvelle-Zélande. À moins que tu ne préfères l'Australie. Nous y avons passé des vacances formidables quand nous étions petits.

« — Tais-toi ! Tais-toi, monstre ! cria-t-elle en se levant soudain.

— Alicia...

— Je n'irai nulle part.

— Tu en sais trop. La police t'interrogera. Tu n'as aucune expérience dans ce domaine. Tu ne sauras jamais leur mentir.

— Tu as raison sur ce point. J'ai l'intention de les appeler immédiatement et de tout leur dire. »

Elle se dirigea vers le téléphone, mais il lui bloqua le chemin. « Alicia, sois raisonnable. »

Elle le frappa de ses poings aussi fort qu'elle le put. Il n'en éprouva pas d'autre douleur que celle du souvenir d'une autre confrontation physique, avec son père, celle-là. Le salaud était bien plus fort que lui, à l'époque, et il avait sévèrement battu Jackson. Celui-ci s'était juré que plus jamais personne ne lèverait la main sur lui sans le regretter amèrement.

Alicia lui hurla au visage : « Je l'aimais ! J'aimais Thomas ! »

Jackson regarda le visage baigné de larmes qu'elle levait vers lui. « Moi aussi, j'ai aimé quelqu'un, dit-il. Quelqu'un qui n'a jamais eu pour moi le respect et l'affection qu'il me devait. » Le temps n'avait jamais effacé la douleur que lui avait infligée son père. C'était la première fois qu'il verbalisait cette souffrance longtemps contenue, et toutes ces émotions refoulées surgissaient maintenant avec une violence inattendue. Il empoigna Alicia par les épaules et la poussa brutalement sur le canapé.

« Peter...

— Tais-toi. » Il s'assit à côté d'elle. « Tu vas partir, et tu n'appelleras pas la police, tu entends ?

— Tu es fou. Tu es un malade. Mon Dieu, je ne peux pas croire ce qui m'arrive...

— Je ne suis pas fou, je suis même le seul membre sain d'esprit de cette famille. » Il planta son regard dans celui d'Alicia. « Tu ne parleras à personne, comprends-tu ? »

Elle le regarda et ne put réprimer un frisson. Pour la première fois depuis la brusque apparition de son frère, elle était saisie de peur. Il y avait longtemps qu'elle n'avait pas vu Peter. Elle ne reconnaissait plus le garçon brillant dont la maturité et l'intelligence l'avaient toujours impressionnée. L'homme devant elle n'était pas son frère. Il était brusquement devenu un étranger hostile, dangereux. Un tueur.

Elle s'efforça de maîtriser le tremblement qui s'était emparé d'elle. « D'accord, Peter, je comprends. Je... je partirai dès ce soir. »

Jackson hocha la tête. La peur qu'il lisait sur le visage de sa sœur l'emplissait de tristesse. Sa main se resserra sur l'un des coussins ornant le canapé.

« Où aimerais-tu aller ? demanda-t-il.

— N'importe où, Peter. Où tu voudras. Tu as parlé de la Nouvelle-Zélande, ce serait parfait, là-bas.

— C'est un beau pays. Il y aussi l'Australie, qu'on a bien aimée quand on était petits, n'est-ce pas ?

— Oui, répondit-elle en voyant avec terreur Jackson dégager le coussin et le poser sur ses genoux.

— Et tu ne diras pas un mot à la police ? Tu me le promets ? »

Il se tourna vers elle. Il tenait maintenant le coussin devant lui.

« Non, Peter. Je t'en prie, non.

— Je m'appelle Jackson, Alicia. Peter Crane est mort depuis longtemps. »

Il sauta soudain sur elle, l'aplatit sur le canapé et lui couvrit le visage du coussin. Elle se débattit, donna des coups de pied, griffa, se contorsionna, mais elle était si petite, si faible, qu'il contenait sans peine la lutte qu'elle livrait pour sa vie. Alors que lui-même avait passé tant d'années à faire de son propre corps un instrument d'endurance et de combat, elle s'était complu à rêver qu'un jour un bel homme ressemblant à son cher papa viendrait lui déclarer sa flamme. On ne gagnait ni muscle ni cervelle à ce genre de rêverie.

474

Ce fut vite fait. Elle cessa lentement de lutter, et puis ne bougea plus. Son bras droit, qui avait la pâleur de l'ivoire, pendait inerte, à l'aplomb du canapé. Il dégagea le coussin et se força à la regarder. Elle méritait bien ça. Elle avait la bouche entrouverte, les yeux écarquillés sur l'effroi et le néant. Il les ferma et lui tapota la main. Et, comme les larmes lui brouillaient la vue, il essaya en vain de se rappeler quand il avait pleuré pour la dernière fois.

Il se pencha vers elle pour lui croiser les mains sur la poitrine puis lui glissa sous la tête le coussin dont il s'était servi pour la tuer. Il arrangea enfin ses cheveux, de façon qu'ils encadrent le visage fin, qui ressemblait tant au sien. Il la trouvait très jolie, en dépit de son immobilité. Elle lui paraissait en paix, et cette expression de sérénité lui semblait adoucir le crime qu'il venait de commettre.

Il hésita un instant avant de lui prendre le pouls. Aurait-il senti la moindre pulsation de vie, qu'il ne l'aurait pas achevée. Il l'aurait abandonnée là, à la grâce de Dieu, et aurait quitté le pays. Mais elle était morte. Il se leva et la regarda une dernière fois.

Il n'aurait jamais pensé que cela finirait ainsi. De toute sa famille, il ne restait que ce jean-foutre de Roger. Il avait envie d'aller le tuer tout de suite. C'était lui qui aurait dû être là, à la place de sa sœur chérie. Mais Roger ne valait pas la peine qu'on cherche à l'éliminer. Il lui vint subitement une idée. Après tout, son jeune frère allait peut-être lui servir à quelque chose. Il l'appellerait et lui ferait une offre que cette poche trouée ne pourrait pas refuser.

Il rassembla les éléments de son déguisement, pour s'en affubler de nouveau avec méthode et précision tout en jetant des regards à la silhouette immobile allongée sur le canapé. Il avait enduit ses mains d'un vernis spécial qui brouillait les empreintes digitales. Il partit par la porte de derrière. L'intendante rentrerait bientôt et découvrirait Alicia. Il y avait fort à parier que la police soupçonnerait Donovan d'avoir poursuivi sa mortelle randonnée en tuant sa propre amie de cœur, Alicia Morgan Crane. Sa mort ferait grand bruit, car le nom de Crane avait jadis compté dans les cercles du pouvoir. Jackson devrait venir à l'enterrement, en Peter Crane de nouveau, car Roger, lui, se débrouillerait pour échapper à ce qu'il considérerait comme une corvée mondaine. *Je suis désolé, Alicia, je ne voulais vraiment pas en arriver là.* Les événements venaient de prendre une tournure tellement inattendue que, pour la première fois de sa vie, Jackson était désarçonné. Il avait toujours tout préparé avec une minutie d'où était exclu l'imprévisible. Il regarda ses mains, instruments de la mort de sa sœur. Non, il n'avait pas voulu cela.

Comme il s'éloignait dans la rue, il retrouva assez d'énergie pour concentrer son attention sur la seule personne qui était responsable de tout cela.

LuAnn Tyler ne perdait rien pour attendre. Il lui ferait payer la douleur qu'elle venait de lui infliger, la lui rendrait au centuple, jusqu'à ce qu'elle le supplie de l'achever, parce que chaque seconde de vie serait un enfer.

Et surtout il n'aurait même pas à se donner la peine d'aller la chercher. Elle viendrait à lui. Elle courrait à lui avec toute la vitesse et la force dont son merveilleux corps était capable. Car il posséderait une chose pour laquelle LuAnn était prête à tout. Même à mourir. Et il ferait en sorte qu'elle meure en sachant que son sacrifice n'avait servi à rien.

53

Riggs scruta une fois de plus la galerie marchande. LuAnn avait trois heures de retard, et il commençait à s'inquiéter. Qu'adviendrait-il de lui si elle ne venait pas ? Jackson courait toujours, et Riggs savait que le couteau ne manquerait pas sa cible une seconde fois. S'il ne livrait pas Jackson au FBI et n'obtenait pas la prolongation de son statut de témoin protégé, le cartel qui avait juré d'avoir sa peau cinq ans auparavant apprendrait vite qu'il était toujours en vie et s'empresserait d'y remédier. En attendant, il ne pouvait même plus retourner chez lui ; il avait cinq dollars en poche et pas de voiture. Aurait-il voulu saborder sa vie, il n'aurait certainement pas pu mieux faire.

Il alla s'asseoir sur un banc et balaya du regard l'esplanade George-Washington. Un vent froid s'engouffrait dans le vaste espace qui s'étendait du mausolée de Lincoln au Capitole. Le ciel était sombre, et il n'allait pas tarder à pleuvoir. Décidément, il avait toutes les chances. Et dire qu'une semaine plus tôt, il pratiquait un métier qu'il aimait, se détendait le soir avec un bon livre au coin du feu, réapprenait à apprécier la vie, après la tragédie qui l'avait frappé cinq ans plus tôt.

Il souffla dans ses mains et les enfonça dans les poches de son pardessus. Son bras blessé était plus douloureux que jamais. Il allait se lever, car le froid devenait insupportable, quand il sentit une main lui effleurer la nuque.

« Je suis désolée. »

Il tourna la tête et fut envahi d'un tel soulagement qu'il en eut le vertige. Il lui sourit. « Désolée de quoi ? »

Il la regarda s'asseoir à côté de lui et glisser son bras sous le sien. Elle ne répondit pas tout de suite, se contentant de se presser contre lui, comme pour s'imprégner de sa présence.

« D'avoir douté.

— De moi ?

— Oui, et je n'aurais pas dû. Après tout ce que tu as fait, c'est impardonnable.

— Mais non, il est plus naturel et plus sain de douter que d'avoir aveuglément confiance. Tu as appris à être prudente, voilà tout. » Il lui caressa la main et la regarda dans les yeux. « Mais tu es là, et c'est l'essentiel. J'en déduis que j'ai réussi l'examen ? »

Elle hocha la tête, incapable de parler.

« Je vote pour un endroit chauffé où nous pourrions faire le point et décider d'un plan d'action. Qu'en penses-tu ?

— Tout ce que tu voudras. » Elle lui serra la main comme si elle ne voulait plus le lâcher. Pour le moment, Riggs n'en demandait pas plus.

Ils abandonnèrent la Honda, qui donnait des signes de fatigue, louèrent une voiture plus puissante et prirent la route en direction de Fairfax.

Pendant le trajet, Riggs raconta à LuAnn sa rencontre avec ses anciens collègues et le marché qu'il avait réussi à passer avec eux. Ils s'arrêtèrent bientôt pour déjeuner dans un restaurant où il n'y avait presque personne. Ils s'installèrent à une table près du bar. Le barman triturait l'antenne intérieure du téléviseur afin d'obtenir une image plus claire d'un épisode de la série *Friends*. Satisfait, il s'accouda nonchalamment au comptoir, une paille à la bouche. LuAnn, qui l'avait observé d'un air absent, soupira d'envie ;

comme elle aurait aimé être pareillement détendue et sans soucis.

Ils passèrent commande, et Riggs lui tendit sans un mot le journal qu'il avait gardé.

« Ô mon Dieu, gémit-elle, découvrant les photos et l'article.

— Donovan aurait dû t'écouter.

— Tu penses que Jackson l'a tué ?

— Oui. Il lui aura tendu un piège. Il a dû forcer Reynolds à donner rendez-vous à Donovan, et en a profité pour les descendre tous les deux, en faisant en sorte que les soupçons se portent sur le journaliste. »

LuAnn était pâle. Elle secoua la tête avec tristesse.

« Ne te reproche rien, dit Riggs. Tu as mis Donovan en garde. Que pouvais-tu faire d'autre ?

— Dire non à Jackson, il y a dix ans, et tout ça ne serait pas arrivé.

— Tu oublies que si tu avais dit non, tu ne serais plus de ce monde. »

Elle essuya ses larmes du revers de la main. « Très bien, dit-elle en grimaçant un sourire. Si j'ai bien compris, tout ce qui nous reste à faire, c'est de capturer le diable en personne. » Elle but une gorgée de café. « J'espère que tu as une idée sur la question. »

Riggs écarta le journal. « Il faut qu'on l'approche, sans qu'il se doute d'un piège, et toute la difficulté est là.

— Il ne me donnera pas un autre rendez-vous.

— Non, il se gardera bien de venir, cette fois. Il enverra quelqu'un à sa place, avec mission de te tuer. » Il s'interrompit à l'arrivée de leur commande. « Si seulement nous savions qui il est, reprit-il, après le départ de la serveuse. Tu ne vois rien qui pourrait nous mettre sur une piste ?

— Il m'est toujours apparu sous un déguisement.

— Et les documents financiers qu'il t'envoyait ?

— Ils provenaient d'un cabinet de gestion en Suisse. Les papiers sont à la maison, et je suppose qu'il vaudrait mieux ne pas y retourner, non ?

— Non, on risquerait de tomber sur les fédéraux et, en dépit de leurs promesses, je me méfie d'eux.

— J'en ai d'autres, déposés dans une banque à New York.

— Trop risqué.

— Je pourrais appeler les Suisses, mais sauraient-ils quelque chose, ils ne me le diraient pas. On ne plaisante pas sur le secret bancaire, là-bas.

— Et Charlie, il n'aurait pas une idée sur Jackson ? »

LuAnn hésita. « On pourrait le lui demander, mais je ne pense pas qu'il sache quoi que ce soit. Il m'a dit qu'il n'avait jamais rencontré Jackson. Il a toujours reçu ses ordres par téléphone. »

Riggs s'essuya la bouche et s'adossa à sa chaise d'un air songeur.

— Alors, il n'y a qu'un seul moyen, dit-il.

— Lequel ?

— Tu as un numéro de téléphone où joindre Jackson, n'est-ce pas ?

— Oui, pourquoi ?

— Pour lui donner rendez-vous.

— Mais on vient juste de dire que...

— Ce n'est pas toi qui le rencontreras, c'est moi. »

LuAnn se redressa sur son siège. « Pas question, Matthew. Jamais je ne te laisserai approcher de lui. Tu oublies ce qu'il t'a fait. La prochaine fois, ce ne sera pas le bras, mais la gorge.

— Mais si tu n'avais pas dévié son lancer, c'est précisément ma gorge qu'il aurait touchée. » Il lui sourit d'un air bravache. « Je l'appellerai, pour lui dire que tu te doutes bien que Donovan est mort et qu'avec lui disparaît le risque que le trucage du Loto soit révélé, que tu en as assez de tous ces problèmes, et que tu quittes le pays à jamais. Je lui dirai alors que, de mon côté, je suis fatigué de construire des maisons et que, moi aussi, je suis prêt à m'éclipser, à la condition de toucher mon dû.

— Non, Matthew, non !

— Jackson me prend pour un criminel repenti, et il ne sera pas surpris que je tente de lui extorquer de l'argent. Je lui dirai que j'ai posé un micro dans ta chambre et que j'ai enregistré votre conversation, la nuit où il est passé te voir.

— Tu es fou ?

— Je lui dirai que je veux un million de dollars contre la bande.

— Il te tuera.

— Il le fera ou essaiera de le faire, quoi que je fasse. Aussi, je ne vais pas attendre, assis sur mon derrière, qu'il me tombe dessus. Je préfère prendre l'offensive. À son tour d'avoir des sueurs. Je ne suis peut-être pas une machine à tuer, comme lui, mais je ne suis pas manchot non plus. J'ai déjà tué, en service commandé, et si tu crois que j'hésiterais une seconde à lui faire sauter la cervelle, alors tu ne me connais pas. »

Riggs se tut et regarda par la fenêtre du restaurant en s'efforçant de calmer l'ardeur belliqueuse qui s'était emparée de lui. Son plan comportait de gros risques, mais l'inaction ne les mettrait pas à l'abri du danger qui les guettait. Il reporta les yeux sur LuAnn et il allait ajouter quelque chose, quand l'expression de la jeune femme pétrifia les mots dans sa bouche.

« LuAnn ?

— Oh, non, gémit-elle d'une voix tremblante.

— Mais qu'est-ce que tu as ? » Riggs lui toucha l'épaule, et la sentit qui tremblait. Elle ne disait rien et semblait fixer quelque chose derrière lui. Il se retourna, s'attendant à voir Jackson bondir sur eux, un couteau dans chaque main, mais il n'y avait personne, hormis le barman qui suivait les informations à la télé.

Le portrait d'une femme envahissait l'écran. Deux heures plus tôt, Alicia Crane, fille de feu le sénateur Crane, avait été découverte morte par son intendante. D'après les premiers éléments relevés par la police, elle aurait été assassinée. Riggs tressaillit en apprenant que Thomas Donovan, suspecté du meurtre de Roberta Reynolds, était un ami intime d'Alicia Crane.

LuAnn ne pouvait détacher les yeux de ce visage. Elle avait déjà vu ces traits. Et ces yeux surtout. Ces yeux noirs. Elles les avait vus là-bas, dans le cottage loué par Donovan. Les yeux de Jackson.

Son vrai visage.

Riggs se retourna vers elle, et elle leva un doigt tremblant vers l'écran. « C'est lui, c'est Jackson, dit-elle d'une voix tremblante. Déguisé en femme. »

Riggs se tourna derechef vers le téléviseur. Non, ce ne pouvait être lui. « Comment le sais-tu ? Tu l'as toujours vu travesti. »

LuAnn ne parvenait toujours pas à s'arracher à l'image. « Dans le cottage, quand nous luttions, je me suis retrouvée avec son masque en plastique dans les mains. Pour la première fois, j'ai vu son véritable visage. Et c'était celui-là. » De nouveau, elle désigna l'écran.

La première hypothèse de Riggs fut la bonne. Un membre de la famille ? Bon Dieu, il tenait peut-être enfin le début d'une piste, car le rapport avec Donovan ne pouvait être une coïncidence. Il courut au téléphone.

« Désolé d'avoir semé tes garçons, George. J'espère que ça ne t'a pas valu une trop mauvaise note.

— Où es-tu ? demanda Masters.

— Écoute-moi, tu veux bien. » Et Riggs l'informa de ce qu'il venait d'apprendre.

« Quoi, tu penses qu'il est apparenté à Alicia Crane ? demanda Masters, oubliant sa colère contre Riggs.

— Je n'en suis pas certain, mais ils sont proches par l'âge, et il se pourrait bien qu'il soit son frère.

— Vive l'héritage génétique !

— Que vas-tu faire ?

— On va vérifier tout de suite l'arbre généalogique des Crane. Ce ne sera pas difficile, car le père a été sénateur et le grand-père était un homme très influent. Si Alicia Crane a des frères ou des cousins, on aura vite fait de les trouver et de les interroger. On y mettra les gants, bien entendu.

— Si elle a un frère qui se fait appeler Jackson, je doute qu'il soit en train d'attendre qu'on frappe à sa porte.

— Peut-être mais, désormais, on saura après qui on court.

— Sois prudent, George, ce n'est pas un client banal.

— Oui, si ce que tu nous as raconté est...

— Vrai ? George, ce type vient de tuer sa propre sœur. Alors, songe à ce qu'il doit être capable de faire à ceux qui ne sont pas de sa famille. »

Sur ce, Riggs raccrocha. Pour la première fois, il avait de l'espoir. Il ne s'attendait pas à ce que Jackson se fasse surprendre par le FBI, mais le salopard se saurait identifié, et cela changerait certainement beaucoup de choses pour lui. Il serait furieux, plein de haine envers LuAnn. Mais Riggs était prêt à mourir, plutôt que de laisser ce monstre approcher de celle qu'il aimait. Et puis ils n'allaient pas rester immobiles. Le temps était venu de passer à l'action.

Dix minutes plus tard, ils reprenaient la route, destination danger.

54

Jackson prit la navette reliant Washington à New York. Il avait besoin de certaines affaires et irait chercher Roger, infichu de voyager tout seul. Ils regagneraient ensemble le Sud. Pendant le vol, Jackson appela l'homme qu'il avait chargé de suivre Charlie et Lisa. Ces derniers s'étaient arrêtés pour déjeuner. Charlie avait téléphoné. À LuAnn, sans doute. Puis ils avaient repris la route, en direction de la Virginie. De ce côté-là, tout se passait comme Jackson l'avait prévu. Une heure plus tard, il prenait un taxi pour se rendre dans son appartement de Park Avenue.

Horace Parker faisait le pied de grue sous la marquise. Cela faisait plus de cinquante ans qu'il était portier dans cet immeuble, où le plus petit appartement comptait cent vingt mètres carrés et coûtait cinq millions de dollars, et le plus grand — le penthouse de M. Crane — avec ses quatre cents mètres carrés, vingt millions, et jamais il n'avait vu chose pareille. Toute une troupe d'agents du FBI venait d'envahir le vaste hall d'entrée. Une partie d'entre eux s'était engouffrée dans l'ascenseur privé menant au penthouse, tandis que l'autre avait pris l'escalier de secours. Armés jusqu'aux dents, ils n'avaient pas du tout l'air de plaisanter.

Dès qu'il vit le taxi s'arrêter devant la porte et M. Crane en descendre, il se précipita vers lui. Le vieux portier avait connu le jeune Peter et son frère Roger, quand ils étaient en culottes courtes et que, jouant les nounous, il les emmenait à Central Park. Il leur avait payé leurs premières bières, alors qu'ils entraient à peine dans l'adolescence. Puis il les avait vus grandir et quitter le giron familial. Les Crane avaient connu des difficultés et ils avaient abandonné New York. Mais, quelques années plus tard, M. Peter était revenu et avait acheté le penthouse. Apparemment, il avait bien réussi dans les affaires.

« Bonsoir, Horace, dit Jackson avec chaleur.

— Bonsoir, monsieur », répondit Parker.

Puis comme Jackson passait devant lui, le vieil homme dit à voix basse : « Monsieur, monsieur ?

— Qu'y a-t-il, Horace ? Je suis pressé. »

Parker leva les yeux vers les étages. « Il y a des hommes qui viennent d'entrer, monsieur. Et ils allaient chez vous. Ils sont nombreux, avec des blousons marqués FBI, et des armes. J'ai jamais vu ça de ma vie, sauf à la télé. Ils sont là-haut, en ce moment. À mon avis, ils attendent votre arrivée, monsieur.

— Merci de l'information, Horace, répondit sans se troubler Jackson. C'est sûrement une erreur. »

Jackson serra la main du vieux gardien et, en quelques enjambées, se retrouva de l'autre côté de la rue. Quand Horace ouvrit sa main, il y avait un joli rouleau de coupures de cent dollars. Il jeta un regard autour de lui, glissa discrètement l'argent dans sa poche et reprit sa garde devant la porte.

Dans l'ombre de la contre-allée, en face de l'immeuble, Jackson éleva son regard jusqu'aux baies vitrées de son penthouse. Son royaume. Il vit distinctement les silhouettes se déplaçant furtivement, et il trembla d'indignation devant cette violation de son territoire. Jamais il n'aurait imaginé que la police remon-

terait jusqu'à lui. Comment cela avait-il été possible ?
Mais ce n'était ni le lieu ni le moment de s'en inquiéter. Il descendit l'avenue et passa un coup de fil d'une
cabine. Vingt minutes plus tard, une limousine venait
le chercher. Il appela son frère depuis la voiture et lui
ordonna de quitter immédiatement son appartement et
de l'attendre devant le théâtre St. James. Il passerait
le prendre dans le quart d'heure. Jackson ignorait comment les fédéraux avaient pu l'identifier, mais il y avait
de fortes chances pour que ces salopards débarquent
chez Roger d'un instant à l'autre. Il fit une halte de
quelques minutes dans un autre appartement qu'il possédait sous un faux nom, pour y rassembler ce dont
il avait besoin. Sous le nom d'une des multiples socié-
tés qu'il contrôlait, il maintenait en attente permanente
un jet privé et un équipage à l'aéroport de La Guardia. Il appela le pilote en service et lui ordonna
d'informer tout de suite la tour de son plan de vol,
de manière à s'éviter une attente fastidieuse sur le tarmac. La limousine les déposerait à La Guardia dans
une demi-heure au plus tard. Ces formalités accom-
plies, il embarqua son frère devant le théâtre.

Roger avait deux ans de moins que Jackson, mais
il partageait avec ce dernier la même silhouette élancée et une étrange ressemblance de traits. Il se montra très curieux du retour impromptu de son aîné. « Je
n'arrivais pas à croire que ce soit toi, au bout du fil.
Que se passe-t-il, Peter ?

— Tais-toi, j'ai besoin de réfléchir. » Il se tourna
vers Roger. « Tu as écouté les infos à la télé ?

— Non, je ne regarde jamais la télé. Pourquoi ? »

Il ne savait donc pas que leur sœur cadette était
morte. Tant mieux, pensa Jackson, ignorant la question de son frère. Une multitude de scénarios se présentaient à lui ; il choisirait celui qui satisferait sa soif
de vengeance sans compromettre sa liberté.

Jackson avait vu juste : le FBI fonça à l'appartement de Roger, mais arriva trop tard. Les agents étaient interloqués par ce qu'ils avaient découvert dans le penthouse de Peter Crane.

Le salon de maquillage et la salle de contrôle informatique laissèrent pantois Masters et Berman.

« Incroyable », murmura ce dernier, à la vue des cintres de vêtements de toutes sortes et de la formidable collection de masques, de perruques et autres postiches.

Masters feuilletait de ses mains gantées de latex l'album qu'il avait découvert dans le bureau, pendant que les techniciens s'affairaient à prendre des photos et à relever indices et empreintes.

« Riggs disait vrai, dit Masters. Un seul homme, apparemment. Nous avons peut-être une chance de nous en tirer.

— Qu'allons-nous faire, maintenant ?

— Concentrer tous nos efforts sur Peter Crane. Verrouiller les aéroports, les gares ferroviaires, routières. Je veux des barrages à toutes les sorties de la ville. Informez tous les hommes que l'individu recherché est extrêmement dangereux et qu'il est un maître du déguisement. Qu'on faxe sa photo dans tous les postes de police du pays. Nous l'avons coupé de sa base, mais il a des moyens matériels considérables. Si jamais nous parvenions à le repérer, je ne veux pas qu'on prenne le moindre risque. Que les hommes soient prêts à l'abattre au premier geste menaçant.

— Et que fait-on de Riggs et de Tyler ? demanda Berman.

— S'ils se tiennent à distance, ils n'auront rien à craindre. Mais s'ils se retrouvent au milieu de la bagarre, je ne peux garantir leur survie. Je ne mettrais pas en danger un seul de mes hommes pour tenter de les sauver. Personnellement, je pense que LuAnn Tyler mérite cent fois la prison. Mais nous avons passé un accord avec Riggs. Tyler sait qu'elle a tout intérêt à la boucler. Et c'est ce qu'elle fera. Maintenant, Lou, allez donc superviser la fouille de l'appartement, pendant que je consulte cet album. »

Un fois Berman parti, Masters s'assit pour lire la fiche qui accompagnait la photo de LuAnn. Il venait juste de terminer sa lecture, quand son second revint.

« Vous pensez que Crane va chercher à tuer Tyler, maintenant ? » demanda Berman.

Masters ne répondit pas. Il regardait le portrait de LuAnn. Il comprenait maintenant pourquoi elle avait été choisie par Crane pour être l'une de ses gagnantes. Il avait le sentiment de savoir enfin qui était LuAnn Tyler et ce qui l'avait poussée à accepter l'offre de ce dément. Elle avait eu une enfance pauvre, avait travaillé dès l'âge de quatorze ans, et n'avait pas vingt ans quand elle avait eu sa petite fille. Elle n'avait pas d'avenir. Aucun des autres gagnants n'en avait ; tous étaient des laissés-pour-compte, et des proies faciles pour Crane. Les traits de Masters trahissaient son émotion. À cet instant même, et pour bien des raisons, George Masters ressentait une douloureuse culpabilité.

Il était près de minuit quand Riggs et LuAnn s'arrêtèrent dans un motel, où ils prirent une chambre. Riggs appela George Masters. Le sous-directeur du FBI venait juste de rentrer de New York et il informa Riggs de ce qui s'était passé depuis leur dernière conversation.

« Alors ? demanda LuAnn d'une voix qui trahissait son inquiétude, sitôt qu'il eut raccroché.

— Évidemment, Jackson n'était plus là, mais ils ont trouvé assez de preuves pour l'enfermer à vie, notamment les fiches des douze gagnants du Loto.

— Il était donc parent avec Alicia Crane ?

— Son frère aîné, Peter. Jackson s'appelle Peter Crane.

— Il a assassiné sa propre sœur ? »

Riggs hocha tristement la tête.

« Parce qu'elle en savait trop ? À cause de Donovan ?

— Oui. Jackson ne pouvait pas courir ce risque. Il est allé la voir, lui a posé des questions, lui a peut-être dit qu'il avait tué Donovan, qui sait ? Donovan et elle avaient une liaison. Elle a peut-être voulu appeler la police, et il l'a tuée.

— Où peut-il être, maintenant ?

— Je me le demande. Les fédéraux ont investi son appartement, mais Jackson a des ressources illimitées. Il est certain qu'il doit avoir une multitude de planques, sans parler de ses déguisements et de ses multiples identités. Ce ne sera pas facile de le coincer.

— Et que devient notre marché avec le FBI ? demanda LuAnn d'un ton légèrement amer.

— On leur a livré la véritable identité de Jackson, ce qui les a conduits directement à ce penthouse, dont il avait fait son quartier général. Masters m'a dit qu'il y avait là-haut une véritable salle de contrôle informatique, d'où il devait mener ses opérations financières. Quand je leur ai dit que je leur livrerais Jackson, je n'ai pas précisé que je le déposerais enrubanné comme un cadeau de Noël sur le pas de la porte de l'immeuble Hoover. En ce qui me concerne, j'estime avoir rempli mon contrat. »

LuAnn poussa un grand soupir. « Alors, tout serait réglé ? Du côté de la Géorgie aussi ?

— Oui, je le pense. Ils ne le savent pas, mais j'ai enregistré notre entretien. Je détiens sur une micro-cassette tout ce que m'ont dit Masters, le directeur du FBI et l'attorney général en personne, représentant le président des États-Unis, rien de moins. Aussi ont-ils intérêt à jouer franc jeu avec nous. Mais je dois te prévenir que le fisc va faire une foutue entaille dans ton compte en banque. Avec dix ans d'impôts impayés, plus les amendes et les intérêts, ça fera une telle somme qu'il ne te restera peut-être plus rien.

— Ça n'a aucune importance. Je veux payer ce que je dois, quitte à me retrouver sur la paille. Après tout, c'est de l'argent volé, et je serai même soulagée d'en être débarrassée. J'aimerais quand même savoir si je vais passer le restant de ma vie avec une épée suspendue au-dessus de ma tête.

— Tu n'iras pas en prison, si c'est ça qui t'inquiète. » Il lui toucha la joue. « Tu n'as pas l'air satisfaite ? »

Elle lui sourit. « Je le suis, mais je...

— Je sais à quoi tu penses.

— Tant qu'ils n'auront pas mis la main sur Jackson, nous serons tous des morts en sursis. Toi, moi, Charlie et... Lisa. » Elle bondit soudain vers le téléphone.

« Que fais-tu ?

— J'ai besoin de voir ma fille. J'ai besoin de savoir si tout va bien.

— Attends un peu, que vas-tu dire à Charlie ?

— Qu'on pourrait se donner rendez-vous quelque part. Je veux que Lisa soit avec moi. Je veux pouvoir la protéger, s'il arrivait quelque chose.

— Écoute, LuAnn...

— Le sujet est clos, Matthew, dit-elle d'un ton féroce.

— D'accord, d'accord. Mais où allons-nous les rencontrer ? »

LuAnn se passa une main sur le front. « Je ne sais pas. Quelle importance ?

— Où sont-ils en ce moment ?

— La dernière fois que j'ai parlé à Charlie, il reprenait la direction de la Virginie.

— Qu'est-ce qu'il a comme voiture ?

— La Range Rover.

— Parfait. On pourra tous monter dedans. On va les retrouver là où ils sont, on abandonnera la voiture de location, et on partira tous ensemble quelque part en attendant la fin du film... une fin heureuse, j'espère.

Appelle Charlie. Moi, je vais chercher de quoi manger au fast-food qu'on a vu en venant.

— D'accord. »

Quand Riggs revint avec un sac de burgers et de frites, LuAnn avait appelé Charlie.

« Alors ? demanda Riggs.

— Ils sont dans un motel près de Danville, en Virginie. Mais je dois le rappeler pour lui dire à quelle heure nous serons là-bas. Il m'a demandé où nous étions, et j'ai été incapable de lui répondre.

— On est à Edgewood, dans le Maryland, au nord de Baltimore. Danville est à moins de deux cents kilomètres de Charlottesville. On est donc à cinq ou six heures de route de Danville.

— Très bien, si on part tout de suite...

— LuAnn, il est minuit passé. Ils doivent dormir, non ?

— Et alors ?

— Alors, nous pourrions en faire autant, nous lever tôt, et les retrouver demain vers midi.

— Je ne veux pas attendre, je veux que Lisa soit avec moi.

— LuAnn, nous sommes épuisés, et ce ne serait pas raisonnable de prendre la route, maintenant. Et puis nous n'arriverions pas là-bas avant cinq ou six heures du matin. Si Lisa apprend que tu arrives, elle ne va pas fermer l'œil de la nuit.

— Le sommeil, ça se rattrape, surtout à son âge.

— LuAnn, il y a une autre raison, et ça concerne justement la sécurité de Lisa.

— Comment cela ? »

Riggs enfonça les mains dans ses poches et s'appuya contre le mur. « Jackson est quelque part dans la nature. La dernière fois que nous l'avons vu, il s'enfuyait en courant dans les bois. Qui nous dit qu'il n'a pas retrouvé notre trace ?

— Mais il ne peut pas nous avoir suivis et, en même temps, avoir tué Bobbie Jo Reynolds, Donovan et Alicia Crane !

— Nous pensons qu'il les a tués, mais il a peut-être engagé un tueur. Il a pu aussi nous faire filer, ce qui est plus vraisemblable. Ce type pourrait se payer une armée d'assassins. »

LuAnn se rappela Anthony Romanello, auquel Jackson avait fait appel pour la tuer. « Si c'est le cas, il sait donc que tu t'es rendu à l'immeuble Hoover. Et un homme est peut-être en train de surveiller notre chambre ?

— Ce n'est pas impossible. Et si nous partions maintenant, il n'aurait qu'à nous suivre, pour savoir où est Lisa. »

LuAnn s'assit lourdement sur le lit et se prit la tête entre les mains. « J'aimerais tellement la voir. Comment faire ? »

Riggs réfléchit un instant, puis s'assit à côté d'elle et lui prit la main. « On va attendre qu'il fasse jour pour partir ; parce que, de nuit, c'est beaucoup plus facile de suivre une voiture sans se faire repérer. Demain, on partira tôt pour Danville. Je prendrai tantôt des petites routes, tantôt l'autoroute ; bref, je le sèmerai. J'étais très bon à ce jeu-là dans le temps, et je ne pense pas avoir perdu la main. Nous retrouverons Charlie et Lisa au motel, et je demanderai à Charlie de conduire Lisa au bureau du FBI à Charlottesville. On les suivra en voiture, mais on n'entrera pas chez les Feds. Je ne tiens pas à ce qu'ils te retiennent. Après tout, puisque nous avons passé un marché avec eux, autant profiter de leurs moyens de protection. Alors, qu'en penses-tu ? »

Elle sourit. « Je verrai donc Lisa, demain ? »

Il lui prit le menton dans sa main. « Demain. »

LuAnn rappela Charlie, fixant leur rendez-vous à une heure de l'après-midi, le lendemain, au motel de Danville. Avec Charlie, Riggs et elle-même pour protéger la fillette, elle se sentait prête à affronter Jackson.

Ils se glissèrent dans le lit, et Riggs attira LuAnn contre lui. Il avait son 9 mm sous l'oreiller, et une chaise était calée contre la porte. Il avait brisé une ampoule, dont il avait parsemé les éclats devant leur porte. Il ne s'attendait pas à une attaque nocturne, mais ce n'était pas le moment de relâcher sa garde.

Il était confiant mais ne pouvait s'empêcher d'être nerveux. LuAnn sentit son trouble. Elle se tourna vers lui et lui caressa le visage.

« À quoi penses-tu ?

— À la suite des événements. Quand j'étais au FBI, je ne tenais jamais en place dans ce genre de situation. J'ai toujours détesté attendre.

— Tu es sûr que tu ne regrettes pas de t'être embarqué dans cette aventure ? »

Il la serra plus fort contre lui. « Non, pourquoi ? Je devrais ?

— Tu ne manquerais pas de raisons. Tu as pris un coup de couteau, qui a manqué te coûter la vie. Tu as un dément à tes trousses. Tu es sorti de la clandestinité, au risque de te faire descendre par ceux qui ont déjà essayé de le faire. Ça fait des jours que tu as abandonné ton entreprise, et, si tu t'en tires vivant, je n'aurai même pas les moyens de te dédommager. Le compte est bon ? »

Riggs lui caressa les cheveux en se disant qu'il ferait mieux de parler maintenant. Qui sait s'il en aurait de nouveau l'occasion ?

« Non, tu as oublié le pire : je suis tombé amoureux de toi. »

Elle le regarda. L'émotion que ces paroles venaient de susciter en elle était telle qu'elle se sentit incapable d'articuler un mot.

Il combla le silence. « Je sais que le moment est mal choisi pour une déclaration d'amour, mais je voulais que tu le saches.

— Oh, Matthew, parvint-elle à dire d'une voix tremblante.

— Ce n'est certainement pas la première fois qu'un homme te dit cela et... »

Elle lui couvrit la bouche de sa main. Il lui embrassa

les doigts. Quand elle parla, ce fut d'une voix sourde, qui semblait venir du plus profond d'elle-même. « Peut-être que d'autres hommes me l'ont dit, mais c'est la première fois que j'écoute. »

Leurs lèvres se cherchèrent dans l'obscurité et se scellèrent doucement, longuement. Ils se déshabillèrent l'un l'autre. Le désir chassa la peur qui, quelques instants plus tôt, les taraudait tous deux. LuAnn s'abandonna, comme elle en avait si souvent rêvé pendant toutes ces années, sous tant de cieux différents, sans jamais y parvenir. Elle étreignait Riggs avec force, consciente qu'il incarnait sa dernière chance. Le plaisir les emporta et, leurs corps toujours emmêlés, ils sombrèrent ensemble dans un sommeil sans rêves.

55

Charlie se frotta les yeux. Cela faisait deux heures que LuAnn l'avait appelé pour l'informer des derniers événements, et il n'avait pas encore trouvé le sommeil. La véritable identité de Jackson était enfin connue. Peter Crane, fils de grande famille ! Cette information n'avait pas lieu de le réjouir personnellement, mais elle aiderait considérablement le FBI dans ses recherches. Toutefois, Charlie savait qu'un fauve acculé était beaucoup plus dangereux, et il ne donnait pas cher de la peau de ceux qui se trouveraient sur le chemin de Jackson.

Comme il se levait du canapé, ses genoux se rappelèrent douloureusement à lui. Tous ces kilomètres en voiture ne lui réussissaient pas. Il lui tardait de revoir LuAnn. Et Riggs aussi. Il ne doutait plus des intentions de l'ex-agent fédéral, après ce que celui-ci avait fait pour LuAnn.

Il entrouvrit sans bruit la porte de la chambre. Lisa dormait profondément. Il s'attarda un instant à contempler le visage de la fillette à la lueur de la veilleuse qu'il avait laissée allumée. Elle ressemblait tellement à sa mère ! Ces dix dernières années étaient passées si vite. Où seraient-ils tous dans une semaine ? Lui surtout. Avec l'entrée en scène de Riggs, il lui semblait que son temps auprès de LuAnn était compté. Oh, il savait que LuAnn ne l'abandonnerait pas, qu'elle veillerait toujours à ce qu'il ne manque de rien, mais ce ne serait plus la même chose. Il n'en éprouvait cependant aucune peine, car les dix années qu'il avait passées avec elle à courir le monde avaient été les meilleures de sa vie.

La sonnerie du téléphone le fit tressaillir. Il regarda l'heure à sa montre. Deux heures du matin. Il décrocha.

« Charlie ? »

Il ne reconnut pas immédiatement la voix. « Qui est à l'appareil ?

— Matt Riggs.

— Riggs ? LuAnn est avec vous ? Elle va bien ?

— Elle va plus que bien. Figurez-vous qu'ils ont arrêté Jackson. Ils l'ont eu, Charlie ! Ils l'ont eu ! » L'homme semblait fou de joie.

« Nom de Dieu ! C'est la meilleure nouvelle que j'aie jamais entendue ! Où est-ce qu'ils l'ont pris ?

— À Charlottesville. Le FBI surveillait l'aéroport, et Jackson et son frère sont tombés dans le filet. Je suppose qu'il venait régler ses comptes avec LuAnn.

— Son frère, vous dites ?

— Oui, Roger Crane. Le FBI ne sait pas quel est son rôle exact dans tout ça, mais ils tiennent Peter, et c'est l'essentiel. LuAnn partira avec les fédéraux à Washington, demain matin, pour y faire une déposition.

— Demain ? Et notre rendez-vous ?

— C'est pour ça que je vous appelle, Charlie. Vous allez partir avec Lisa pour Washington. On se retrouvera là-bas. Au siège du FBI, dans Pennsylvania Avenue. Si vous partez maintenant, nous pourrons prendre le petit déjeuner tous ensemble.

— Attendez, Riggs. LuAnn est toujours sous le coup d'un mandat d'arrêt en Géorgie.

— Plus maintenant, Charlie. Le FBI ne peut pas faire autrement que de tenir ses promesses. LuAnn est libre de toute poursuite.

— Matt, c'est un véritable miracle. Où est LuAnn ?

— Elle est au téléphone, en grande conversation

avec mon ancien directeur. Dites à Lisa que sa mère l'embrasse et qu'il lui tarde de revoir sa petite fille.

— Je n'y manquerai pas. À demain, Matt. » Il raccrocha et se mit aussitôt à empaqueter leurs affaires. Ah ! Il aurait payé cher pour voir la tête de Jackson en train de se faire épingler. Il se dit qu'il chargerait la voiture avant de réveiller Lisa. Il valait mieux la laisser dormir encore un peu. Quand elle apprendrait qu'ils partaient pour Washington où sa mère les attendait, elle ne tiendrait plus en place.

Le cœur léger, les douleurs aux genoux oubliées, Charlie, un sac sous chaque bras, ouvrit la porte.

Il se figea. L'homme qui se tenait devant lui portait une cagoule et pointait un revolver. Avec un cri de rage, Charlie lui arracha l'arme de la main d'un coup de sac. Puis, l'empoignant par le col, il le projeta de toutes ses forces dans la pièce. Déséquilibré, l'homme chuta lourdement. Charlie ne lui laissa pas le temps de se relever ; il lui sauta dessus et le martela de coups de poing, retrouvant son punch d'ancien boxeur comme s'il n'avait jamais quitté le ring.

Trente secondes plus tard, l'homme était K.-O. Charlie haletait, le poing levé, prêt à frapper encore, quand il sentit une présence dans son dos.

« Salut, Charlie », dit Jackson en refermant la porte derrière lui.

À peine eut-il reconnu la voix que Charlie bondit, surprenant Jackson par la rapidité de sa réaction. Les deux dards du pistolet électrique frappèrent Charlie au torse, mais pas avant que son poing massif ne cueille Jackson au menton. Celui-ci n'en continua pas moins de presser la détente, envoyant le puissant courant dans le corps de Charlie.

Charlie tomba à genoux. Il tendit désespérément les mains vers Jackson avec la volonté farouche de saisir ce salaud à la gorge, de le détruire à jamais, mais il n'avait plus le contrôle de ses mouvements. Puis, comme il s'écroulait à plat ventre, il vit Lisa surgir, terrifiée, sur le seuil de la chambre.

Il essaya de lui dire quelque chose, tenta de lui crier de s'enfuir, mais seul un murmure à peine audible s'échappa de ses lèvres.

Il regarda avec terreur Jackson se jeter sur Lisa et lui presser un mouchoir sur le visage. La fillette se débattit vaillamment jusqu'à ce que les vapeurs de chloroforme annihilent toute résistance. Une seconde plus tard, elle s'écroulait sans connaissance à côté de Charlie.

Jackson essuya le sang qui coulait de sa lèvre fendue et releva son complice d'un coup de pied. « Emmène-la dans la voiture, et prends garde à ne pas te faire voir. »

L'homme hocha docilement la tête et emporta dans ses bras la fillette inanimée, tandis que Jackson s'agenouillait auprès de Charlie. « Figurez-vous qu'ils ont arrêté Jackson ! Ils l'ont eu, Charlie ! Ils l'ont eu ! » dit-il soudain, imitant de nouveau la voix de Riggs. Il éclata de rire.

Charlie le regarda. Ne pouvant ni parler ni bouger, il avait la sensation d'être bâillonné et ligoté à l'intérieur de son propre corps.

« Je savais que mon coup de fil vous ferait relâcher votre garde, poursuivit Jackson, de sa voix normale. Ouvrir la porte sans précaution et sans arme ! Quelle erreur fatale ! Vous vous êtes montré plus prudent sur la route, mais cela aussi je l'avais prévu. C'est pourquoi, dès ma première nuit à Charlottesville, j'ai pénétré dans le garage et posé un transmetteur dans le volant de chaque voiture, y compris la Range Rover. Un transmetteur conçu pour un emploi militaire, relayé par satellite. J'aurais pu vous suivre à travers le globe. Un peu cher pour un gadget, mais bien pratique, je dois dire.

« Je savais qu'après ma rencontre avec elle, LuAnn mettrait Lisa à l'abri, et j'avais besoin de savoir où irait ce cher ange, car j'avais besoin d'elle pour le final. J'aime la stratégie, pas vous ? Le dénouement approche, et je tiens Lisa. Tout va pour le mieux dans le meilleur des mondes. »

Charlie vit avec effroi Jackson sortir un couteau de son manteau.

« J'ai une faiblesse pour ces pistolets électriques, reprit Jackson en relevant la manche de chemise de Charlie. C'est l'un des rares instruments qui permettent d'avoir un contrôle absolu sur la victime sans la blesser et en la laissant parfaitement consciente. »

Jackson rangea le revolver dans l'une de ses poches, mais laissa les dards à leur place. Il se fichait de laisser des indices derrière lui, désormais.

« Vous auriez dû rester à mon service, Charlie, dit Jackson. Vous avez choisi un bien mauvais cheval. » Il déchira la manche jusqu'à l'épaule. « Regardez où ça vous a mené, de rester fidèle à LuAnn. » Jackson secoua la tête avec une tristesse que démentait l'éclat féroce de son regard.

Charlie, qui s'efforçait de nouveau de reprendre le contrôle de son corps, retrouva soudain une sensation dans les jambes. Il parvint même, au prix d'un effort douloureux, à remuer un pied, sans que Jackson s'en aperçoive. Ce dernier ignorait que l'un des dards s'était planté dans le crucifix que portait Charlie autour du cou, tandis que l'autre avait d'abord heurté le médaillon avant de pénétrer dans la chair. Cet heureux hasard avait eu pour conséquence de réduire considérablement la décharge électrique.

« La paralysie devrait durer un quart d'heure, reprit Jackson. Malheureusement, l'incision que je vais pratiquer vous saignera à mort en moins de dix minutes. Toutefois, vous ne sentirez rien, physiquement du moins. Mentalement, ce sera plus douloureux, car ce doit être extrêmement pénible de se voir mourir lentement sans pouvoir intervenir. Bien sûr, je pourrais vous trancher la gorge, mais ce serait trop expéditif à mon goût. »

Sur ce, Jackson tailla avec précision dans le bras de Charlie, sectionnant nettement la veine brachiale.

Charlie retint un cri quand la lame pénétra sa chair. Puis, comme le sang commençait à couler, Jackson se leva.

« Adieu, Charlie. Je transmettrai toute votre affection à LuAnn... avant de la tuer », ajouta-t-il d'une voix chargée de haine. Puis il sourit et referma la porte derrière lui.

Au prix d'un effort crucifiant, Charlie parvint à rouler sur le dos. Puis, se mordant la lèvre pour ne pas hurler, tant la douleur était grande, il referma ses doigts sur les dards. Il grimaça un sourire en s'apercevant que l'un d'eux était enfoncé dans le crucifix, et délogea l'autre de sa poitrine. La conscience de pouvoir bouger malgré l'engourdissement de son corps lui donnait des forces. Il réussit à se traîner jusqu'au mur et à s'y adosser. Il avait les cuisses en feu, comme si elles étaient piquées de mille aiguilles brûlantes, et il ruisselait de sang. Il parvint au prix d'un nouvel effort à s'accroupir et, toujours adossé au mur, poussa sur ses jambes jusqu'à ce qu'il soit debout. Curieusement, seuls ses genoux ne lui faisaient pas mal, comme si la décharge électrique avait eu un effet salutaire sur ses rhumatismes. S'appuyant au mur, il se rapprocha lentement du placard et, tendant la main, décrocha l'un des cintres en bois. Il arracha d'un coup la petite barre sur laquelle se plaçait le pantalon et jeta le reste de l'armature. Puis, la tringle en bois serrée entre ses dents, il repartit, toujours adossé au mur, en direction du lit. À l'aide de ses dents et de ses mains, il déchira une longue bande dans un drap. Si ses gestes se faisaient moins lents, à présent que l'effet de paralysie se dissipait, la perte de sang provoquait maintenant une sensation de vertige et de nausée. Il n'avait plus beaucoup de temps devant lui. Il enroula la bande du drap autour de sa blessure et, faisant de la tige un tourniquet, serra lentement jusqu'à ce que le sang cesse de couler. Puis il tendit la main vers le téléphone et appela le 911. Il indiqua le motel et le numéro de la chambre, et raccrocha. Il y avait du sang partout. Il ignorait s'il allait s'en tirer ou pas, mais c'était à Lisa qu'allaient ses pensées. Il ne se faisait aucune illusion sur les chances de survie de la petite. Elle était l'appât, qui ferait sortir la mère de sa tanière. Et quand LuAnn accourrait au secours de son enfant, Jackson les abattrait toutes les deux.

Ce fut sur cette dernière pensée terrifiante qu'il perdit connaissance.

Tandis que la voiture roulait dans la nuit, Jackson se pencha au-dessus de Lisa toujours inconsciente. Il braqua le faisceau d'une petite lampe électrique sur le visage de la fillette. *Le portrait craché de sa mère,* se dit-il. *Et elle a aussi hérité de sa combativité.*

Il caressa la joue de la petite. « Tu n'étais qu'un bébé la dernière fois que je t'ai vue. » Il regarda un instant la nuit avant de reporter les yeux sur l'enfant. « Je suis vraiment désolé que cela se termine ainsi. »

Roberta, Donovan, Alicia, et maintenant cette innocente. Combien de fois devrait-il tuer encore ? Quand tout serait fini, se promit-il, il se retirerait dans le lieu le plus isolé qu'il puisse trouver et ne ferait rien d'autre que méditer pendant cinq années. Puis, quand il aurait recouvré la paix de l'esprit, il retournerait parmi les hommes. Mais d'abord, il devait s'occuper de LuAnn. Cette mort-là serait certainement la seule qui ne parasiterait pas son sommeil.

« J'arrive, LuAnn », murmura-t-il.

LuAnn se redressa en sursaut dans le lit. Elle haletait, et son cœur battait à tout rompre.

« Qu'y a-t-il, ma chérie ? » Riggs passa son bras autour des épaules tremblantes de LuAnn.

« Il est arrivé quelque chose à Lisa.

— Quoi ? LuAnn, tu as fait un mauvais rêve. C'est tout.

— Il l'a prise. Il a pris mon bébé. Mon Dieu, je l'ai vu la toucher. »

Riggs la fit se tourner vers lui. Elle avait les yeux hagards. « LuAnn, il n'est rien arrivé à Lisa. Tu as fait un cauchemar, ce qui n'a rien d'étonnant, vu les circonstances. » Il essayait de paraître le plus calme possible, en dépit de l'inquiétude qu'il ressentait lui-même, tant l'émoi de LuAnn était troublant.

Elle le repoussa, s'assit sur le lit et, décrochant le téléphone, composa un numéro.

« Qui appelles-tu ? »

Elle ne répondit pas. À l'autre bout de la ligne, la sonnerie se répétait, lancinante. « Ils ne répondent pas.

— Et alors ? Charlie a probablement débranché le téléphone. Sais-tu quelle heure il est ?

— Mais c'est sur son portable que je l'appelle, et il ne le débranche jamais.

— La batterie est peut-être déchargée. »

LuAnn rappela, mais sans plus de succès.

« Il est arrivé quelque chose, dit-elle.

— LuAnn, écoute-moi. » Il la secoua autant que le lui permettait son bras blessé. « Tu vas m'écouter ? »

Elle finit par se calmer et le regarda. « Lisa va bien, et Charlie aussi. Ce n'était qu'un mauvais rêve. Nous allons les retrouver dans quelques heures, et nous ne nous quitterons plus. Si nous partons maintenant, nous courons le risque d'être suivis. Ne laissons pas un cauchemar nous précipiter dans les pièges qui nous guettent. »

Elle le regarda, les yeux emplis d'une peur qu'aucun argument ne semblait pouvoir dissiper.

Il continua de lui parler doucement, et ses paroles finirent par la calmer. Elle le laissa éteindre la lumière et s'allongea de nouveau dans le lit, tandis qu'il remontait la couverture sur elle. Il lui prit la main mais, épuisé, ne tarda pas à se rendormir. LuAnn, elle, resta éveillée, les yeux grands ouverts dans l'obscurité. Elle espérait de tout son cœur avoir rêvé, mais elle ne pouvait s'empêcher d'en douter. Elle passa un bras protecteur autour de Riggs, en regrettant de ne pouvoir en faire autant pour sa fille.

56

Les deux agents du FBI sirotaient leur café en
appréciant la beauté du paysage. Il faisait beau, mais
le vent se levait, et la météo avait annoncé des orages
en fin de journée. Stationnés à l'entrée de l'allée
menant à la maison, les deux hommes n'avaient pas
eu grand-chose à faire jusque-là, mais ils restaient
cependant vigilants.

À onze heures, une voiture s'engagea dans l'allée
et s'arrêta devant eux. C'était Sally Beecham, l'intendante. Elle jeta un regard interrogateur aux agents, qui
lui firent signe de passer. Elle était partie deux heures
plus tôt pour faire des courses. Elle s'était alarmée,
la première fois qu'ils l'avaient arrêtée. Ils ne lui
avaient pas donné la raison exacte de leur présence
sur la propriété, lui disant seulement de ne pas
s'inquiéter et de vaquer à ses occupations, comme elle
en avait l'habitude. Ils lui avaient donné un numéro
de téléphone, lui recommandant de les appeler si
jamais elle remarquait quoi que ce soit de suspect.

Le van qui se présenta quelques minutes plus tard
fut l'objet d'une vérification particulière. L'homme qui
était au volant, plus âgé que son compagnon, déclara
qu'ils étaient employés à l'entretien du parc. Ils pré-
sentèrent leurs pièces d'identité, que les agents prirent
soin de vérifier en téléphonant au fichier central. Puis
ils ouvrirent la porte arrière du véhicule, qui contenait en effet des outils de jardinage. Par acquit de

conscience, l'un des agents suivit le van jusqu'à la maison.

La voiture de Sally Beecham était garée devant le perron. Le van s'arrêta un peu plus loin, et l'agent observa les deux hommes décharger quelques outils qu'ils entassèrent dans une brouette et gagner l'arrière de la maison. Rassuré, il regagna son poste à l'entrée de l'allée.

LuAnn et Riggs se tenaient sur le parking du motel, près de Danville. Riggs s'était renseigné auprès du directeur de l'établissement. La police était venue la nuit dernière. Le client de la chambre 112 avait été violemment agressé. Son état avait nécessité son transport par hélicoptère. Le nom sous lequel l'homme avait signé le registre n'était pas celui de Charlie, ce qui ne signifiait rien. Et le directeur ne savait pas si une fillette accompagnait l'occupant de la chambre.

« Tu es sûre qu'ils étaient bien dans la 112 ?

— Bien sûr que oui », répliqua LuAnn avec une rage sourde.

Elle s'arrêta de déambuler et ferma les yeux. Elle avait su ce qui se passait ! Et elle était comme folle à l'idée que c'était à cause d'elle que Jackson avait porté la main sur Lisa.

« Écoute, comment pouvais-je savoir que tu pouvais établir une espèce de télépathie avec Jackson ? dit Riggs.

— Bon sang, pas avec lui ! Avec elle ! Avec ma fille ! »

Riggs détourna le regard d'un air embarrassé, tandis que LuAnn se remettait à marcher en rond, comme un fauve en cage.

« Nous avons besoin de renseignements, Matthew. Pour commencer, retrouver Charlie. »

Riggs tomba d'accord, mais il ne voulait pas

s'adresser à la police locale. Il perdrait un temps précieux à leur expliquer ce qui se passait, et il y avait des chances pour que les flics commencent par emprisonner LuAnn.

« Viens », dit Riggs.

Ils retournèrent à la réception du motel, et Riggs appela Masters d'une cabine téléphonique. Il apprit que le FBI n'avait aucun indice concernant Jackson et Roger Crane. Riggs raconta à Masters ce qui s'était passé au motel.

« Ne quitte pas, je vais me renseigner », dit Masters.

Pendant qu'il attendait, Riggs se tourna vers LuAnn, qui le regardait, le visage pâle, paralysée à l'idée d'apprendre le pire. Il fut tenté de lui sourire d'un air encourageant, mais s'en abstint. À quoi bon essayer de la rassurer, alors qu'il ignorait si Masters n'allait pas l'informer de la mort de Charlie et de Lisa.

Masters paraissait tendu, quand il revint au bout du fil. « Je viens d'appeler la police de Danville. Ton information est exacte, un homme a été poignardé dans ce motel, à la sortie de la ville. La carte d'identité retrouvée sur lui est au nom de Robert Charles Thomas. »

Charlie ? Riggs serra plus fort le combiné. « Sa carte d'identité ? Pourquoi n'a-t-il pas dit son nom à la police ?

— Il était sans connaissance, quand ils l'ont trouvé. Il a perdu énormément de sang. C'est un miracle qu'il en ait réchappé, m'ont-ils dit. La blessure a été infligée de manière qu'il se vide lentement de son sang. Ils ont trouvé les dards d'un pistolet électrique dans la chambre. C'est comme ça que son agresseur l'a neutralisé. Jusqu'à ce matin, le pronostic des médecins était réservé.

— À quoi ressemble R. C. Thomas ? » demanda Riggs. Il était quasiment certain que c'était Charlie, mais il voulait quand même en avoir confirmation.

« Près d'un mètre quatre-vingt-dix, la soixantaine,

solidement bâti, il faut qu'il soit fort comme un taureau pour avoir survécu. »

Riggs avait sa confirmation. C'était bien Charlie. « Où est-il, maintenant ?

— À l'hôpital de Charlottesville, au service de traumatologie. »

Riggs sentit la présence de LuAnn tout près de lui. Il tourna la tête vers elle. Il y avait une telle angoisse dans le regard qu'elle posait sur lui qu'il eut le plus grand mal à demander à Masters : « George, est-ce qu'on sait quelque chose de la fillette qui l'accompagnait ?

— J'ai posé la question. Le rapport mentionne que l'homme est revenu à lui quelques secondes et a crié un nom.

— Lisa ? »

Riggs entendit Masters se racler la gorge. « Oui. » Riggs demeura silencieux. « C'est la fille de Tyler, n'est-ce pas ? demanda Masters. Et ce salopard l'a enlevée ?

— Oui, il semblerait, dit Riggs, la gorge nouée.

— Où êtes-vous, en ce moment ?

— Tu sais bien, George, que je ne peux pas répondre à cette question. »

La voix de Masters se fit plus ferme. « Il a l'enfant, Matt. Et elle et toi, vous êtes ses prochaines cibles. Pensez-y. Venez, nous vous protégerons.

— Je ne sais pas.

— Écoute, vous pouvez retourner à Wicken's Hunt. L'entrée est gardée vingt-quatre heures sur vingt-quatre. Si Tyler accepte d'aller là-bas, je mettrai le nombre d'hommes qu'il faudra pour vous assurer une sécurité totale.

— Attends, je vais lui en parler. » Riggs tint le combiné contre sa poitrine et se tourna vers LuAnn.

« Charlie ? demanda-t-elle.

— Le pronostic est réservé. Ils l'ont transporté par hélicoptère au centre de traumatologie de Charlottesville, qui est très réputé. Il bénéficiera des meilleurs soins. »

Elle le regardait en silence, et il savait très bien pourquoi.

« Jackson a probablement kidnappé Lisa. LuAnn, s'empressa-t-il d'ajouter, le FBI voudrait qu'on se place sous leur protection. Nous pouvons rentrer à Wicken's Hunt, si tu veux. La maison est déjà gardée, et Masters enverra d'autres... »

Elle lui arracha le téléphone des mains. « Je n'ai pas besoin de votre protection, cria-t-elle à l'appareil. Il a ma fille. Et la seule chose que je vais faire, c'est la retrouver. La retrouver et la ramener, vous m'entendez ?

— Vous êtes LuAnn Tyler, je suppose ? dit Masters. Je pense...

— Ne vous mêlez pas de ça, l'interrompit-elle. Il la tuera sans hésiter s'il soupçonne seulement votre présence.

— Mademoiselle Tyler, dit Masters, s'efforçant manifestement de rester calme, qui vous dit qu'il n'a pas déjà fait ce que vous redoutez ? »

La réponse de LuAnn fut surprenante, tant par son contenu que par la conviction qu'exprimait sa voix.

« Je sais qu'il ne lui a rien fait. Pas encore, du moins.

— Cet homme est fou. On ne peut être sûr de rien avec lui.

— Je sais exactement ce qu'il veut. Et ce n'est pas Lisa. Aussi, ne restez pas sur mon chemin, monsieur du FBI. Si ma fille meurt à cause de vous, je vous jure sur sa tête qu'il n'y aura pas un seul endroit au monde où vous pourrez m'échapper. »

Assis dans son bureau, au cœur de la place forte du FBI à Washington, fort de vingt-cinq ans d'enquêtes criminelles au cours desquelles il avait été maintes fois confronté au génie du mal, entouré présentement par une phalange d'hommes capables et endurcis, George Masters frissonna malgré lui en entendant ces paroles.

Un violent crachotement dans l'appareil lui indiqua que LuAnn venait de raccrocher.

LuAnn courait déjà vers la voiture, Riggs dans son sillage.

« LuAnn ! Tu ne peux pas attendre une minute ? » Elle s'arrêta et lui fit face. « Ce que dit Masters n'est pas insensé, tout de même ! »

LuAnn lui jeta un regard impassible et, se détournant, ouvrit la portière de la voiture.

« LuAnn, va te placer sous la protection du FBI, et laisse-moi m'occuper de Jackson.

— Lisa est ma fille. Et c'est à cause de moi qu'elle risque de mourir, et c'est moi qui irai la chercher. Rien que moi. Personne d'autre. Charlie est à moitié mort. Toi, tu as failli y rester. Trois autres personnes ont été assassinées. Je ne veux plus mettre personne en danger parce que j'ai salopé ma vie.

— LuAnn, je ne te laisserai pas y aller seule. Si tu ne veux pas du FBI, très bien, moi non plus. Mais je te le répète, tu n'iras pas seule affronter Jackson. Tu y laisseras ta peau, et celle de Lisa aussi.

— Tu ne m'as donc pas entendue, Matthew ? Ne t'occupe pas de moi. Va retrouver tes copains du FBI et essaie de te refaire une vie loin de toute cette merde. Qu'est-ce que tu cherches, la mort ? Parce que tu mourras si tu viens avec moi. » LuAnn n'était plus qu'une masse de muscles et de nerfs tendus prêts à frapper quiconque se mettrait en travers de son chemin.

« Que je retourne au FBI ou pas, il me cherchera et me tuera un jour ou l'autre, de toute façon, dit Riggs. Et pour tout te dire, je suis trop fatigué de courir et de me cacher pour remettre ça une fois de plus.

Je préfère encore descendre dans la fosse aux serpents et affronter leurs crochets. À nous deux, on a une chance. J'aurai moins peur avec toi qu'avec les meilleurs flics du pays. Nous n'aurons pas le droit à l'erreur, quand nous serons face à Jackson, mais je prendrai ce risque avec toi. » Il marqua une pause, et elle le regarda, le regard farouche, ses longs cheveux fouettés par le vent, les poings serrés. « Tu veux bien me prendre avec toi ? » demanda-t-il.

Ils se tenaient à un mètre l'un de l'autre. Le froid rougissait leurs visages, et ils haletaient comme s'ils avaient couru à perdre haleine. LuAnn brisa enfin le silence.

« D'accord, monte. »

La pièce était plongée dans l'obscurité. Dehors, il pleuvait. Lisa, ligotée sur une chaise, essayait en vain en fronçant le nez dans tous les sens de relever le bandeau qui lui couvrait les yeux. Elle n'avait jamais aimé être dans le noir. Elle avait l'impression que des êtres maléfiques étaient tapis dans l'ombre. En l'occurrence, elle ne se trompait pas.

« Tu as faim ? demanda une voix si près d'elle qu'elle tressaillit de tout son être.

— Qui êtes-vous ? répondit-elle d'une voix tremblante.

— Un vieil ami de ta maman. » Jackson s'agenouilla à côté d'elle. « Je n'ai pas serré tes liens trop fort ?

— Où est oncle Charlie ? Qu'est-ce que vous lui avez fait ? interrogea-t-elle, le courage lui revenant.

— Oncle Charlie ? répéta Jackson en gloussant.

— Où est-il ?

— Question sans importance. Est-ce que tu as faim ?

— Non.

— Soif ? »

Lisa hésita. « Un peu d'eau. »

Elle entendit un tintement de verre, puis une sensation de froid contre ses lèvres la fit tressauter.

« Ce n'est que de l'eau, pas du poison », dit Jackson d'un ton si autoritaire que Lisa ouvrit la bouche et but. Jackson lui tint docilement le verre jusqu'à ce qu'elle le vide.

« Si tu as besoin d'autre chose, d'aller au petit coin, par exemple, tu n'as qu'à le dire. Je serai là.

— Où sommes-nous ? » Et comme Jackson ne répondait pas, elle demanda : « Pourquoi faites-vous ça ? »

Jackson considéra la question avant de répondre : « Ta mère et moi, nous avons quelques comptes à régler. C'est une longue histoire, qui s'est passée il y a longtemps, et je l'aurais oubliée, si ta maman n'avait ravivé certains souvenirs.

— Je suis sûre que ma mère ne vous a rien fait du tout.

— Au contraire, elle m'a fait beaucoup de mal, alors qu'elle me doit tout.

— Je ne vous crois pas, dit Lisa avec force.

— Je n'en suis pas surpris. Tu défends ta mère, et c'est naturel. Les liens de la famille sont sacrés. » Il se croisa les bras, et ses pensées allèrent à Alicia. *Si douce et paisible dans la mort.* Il chassa cette vision douloureuse.

« Ma mère viendra me chercher.

— J'y compte bien. »

Lisa ne mit pas longtemps à comprendre le sens de cette réplique. « Vous voulez lui faire du mal, quand elle viendra, c'est ça ? cria-t-elle.

— Appelle-moi si tu as besoin de quelque chose. Je n'ai pas l'intention de te faire souffrir.

— Je vous en prie, ne faites pas de mal à maman. » Les larmes coulèrent à travers le bandeau.

Jackson fit de son mieux pour ignorer la douleur de la fillette. Finalement, les pleurs se transformèrent en sanglots puis en gémissements. La première fois qu'il avait vu Lisa, elle n'était qu'un bébé de huit mois. Elle était devenue une très jolie fillette. Si LuAnn n'avait pas accepté l'offre qu'il lui avait faite il y a dix ans, la gamine serait aujourd'hui dans un foyer d'accueil ou un orphelinat. Il la regarda ; elle avait la tête penchée en avant sur sa poitrine, petite pietà pétrie de douleur. Une bien dure épreuve pour une enfant de dix ans, pensa-t-il. Il aurait peut-être mieux valu qu'elle aille dans un foyer d'accueil, sans jamais connaître sa mère, que Jackson allait maintenant tuer de ses propres mains. Il ne voulait aucun mal à la gosse, mais la vie était injuste. Il l'avait bien dit à LuAnn, le premier jour de leur rencontre. Quand on voulait quelque chose, il fallait le prendre, avant que quelqu'un d'autre le fasse. La vie était un combat. Ceux qui vivaient d'espoir voyaient leurs rêves s'effriter comme du sable entre leurs doigts.

Il se tenait immobile, s'économisant dans l'attente de la lutte à venir. Le train se rapprochait. Il lui semblait en voir les feux trouant le brouillard.

57

LuAnn n'attendit pas que Riggs ait fini de garer la voiture, pour se précipiter dans le centre de traumatologie de Charlottesville. Charlie occupait une chambre individuelle. Un agent en uniforme de la police municipale en gardait l'accès. LuAnn passa devant lui et elle allait pousser la porte, quand il s'interposa.

« Excusez-moi, madame, mais j'ai ordre de ne laisser entrer personne », dit-il avec un fort accent du Sud. La trentaine, l'homme était grand et solidement bâti.

LuAnn pivota vers lui, et elle l'aurait repoussé violemment, si Riggs, accouru au pas de course, n'était intervenu.

« Ohé, Billy ! s'exclama-t-il en reconnaissant le policier.

— Salut, Matt, comment vas-tu ?

— Pas très bien, comme tu vois, répondit Riggs en levant son bras toujours en écharpe. On ne pourra pas reprendre nos parties de basket avant quelque temps.

— Comment tu t'es fait ça ? demanda l'agent.

— Une longue histoire. Le blessé que nous allons voir est l'oncle de cette dame », dit Riggs en présentant LuAnn.

Billy parut embarrassé. « Je suis désolé, madame. Je ne savais pas. Ils m'ont dit pas de visiteurs, mais si vous êtes de la famille, c'est différent. Entrez, je vous en prie.

— Merci, Billy », dit Riggs.

Suivie de Riggs, LuAnn poussa la porte. Charlie était au lit, la tête relevée par deux coussins. Il ouvrit les yeux et un grand sourire éclaira son visage. Il était pâle mais son regard était vif et alerte.

« Quelle vision de rêve ! » s'exclama-t-il.

LuAnn fut auprès de lui en un instant, prenant sa grande main entre les siennes. « Dieu merci, tu vas bien. »

Charlie allait lui répondre, quand la porte s'ouvrit. Un homme en blouse blanche entra, un bloc-notes à la main. « Docteur Reese, dit-il en saluant d'un signe de tête LuAnn et les deux hommes.

— Matt Riggs. Et voici Catherine, la nièce de Charlie. »

Le docteur serra la main de LuAnn et entreprit d'ausculter Charlie. « Heureusement que votre oncle sait faire un garrot. Ça lui a permis d'arrêter l'hémorragie, avant qu'il ne soit trop tard.

— Il est donc tiré d'affaire ? demanda LuAnn, inquiète.

— Oui, complètement. Nous lui avons fait une transfusion sanguine et suturé la plaie. Il ne lui reste plus qu'à se reposer et à retrouver ses forces. » Reese prit quelques notes sur son bloc.

Charlie se redressa dans le lit. « Je me sens très bien, vous savez, docteur. Quand est-ce que je pourrai sortir ?

— Oh, nous allons encore vous garder un jour ou deux. »

La réponse n'eut pas l'heur de plaire à Charlie.

« Je viendrai vous voir demain matin, dit le praticien. Ne restez pas trop longtemps, ajouta-t-il à l'adresse de LuAnn et de Riggs. Il est solide mais il a besoin de repos. »

À peine Reese était-il parti que Charlie se redressait dans le lit. « Des nouvelles au sujet de Lisa ? »

LuAnn ferma les yeux et baissa la tête. De grosses larmes roulèrent sur ses joues. Charlie porta son regard vers Riggs.

« Nous pensons qu'il la détient, dit Riggs.

— Je sais bien qu'il la détient, comme vous dites, dit Charlie avec humeur. Je l'ai dit aux flics, dès que je suis sorti des vapes.

— Le FBI est après lui, dit Riggs, penaud.

— Ah oui ? Et vous trouvez ça rassurant, vous ? répliqua Charlie en tapant du poing sur le montant du lit. Bon Dieu, vous ne connaissez pas Jackson. Vous croyez qu'il va les attendre ? Il faut faire quelque chose. Il ne vous a pas encore contactés ?

— Non, c'est moi qui vais le faire, dit LuAnn, rouvrant les yeux. Mais je voulais te voir d'abord. Ils m'ont dit que... que tu risquais de ne pas t'en sortir.

— Il faut plus qu'une petite entaille pour m'abattre. » Il marqua une pause, avant de poursuivre d'un air douloureux. « Je suis désolé, LuAnn. C'est ma faute si ce salaud l'a enlevée. Il m'a appelé au milieu de la nuit, en imitant la voix de Riggs. Il m'a dit que le FBI tenait Jackson, et qu'on devait tous se retrouver au Q. G. du FBI, à Washington. J'ai relâché ma garde, et je suis tombé en plein dans son piège. » Il secoua la tête. « Bon sang, j'aurais dû me douter de quelque chose, mais il avait vraiment la voix de Riggs. »

LuAnn se pencha vers lui et le serra contre elle. « Quand je pense que tu as failli mourir pour elle. Et pour moi. »

Charlie passa son bras autour de LuAnn, et ils restèrent un long moment à s'étreindre en se balançant doucement.

« Il n'arrivera rien à Lisa, dit LuAnn avec une assurance qu'elle était loin de ressentir.

— LuAnn, tu connais Jackson. Ce type est capable de tout.

— C'est moi qu'il veut. Toute son entreprise est en train de s'écrouler. Le FBI est après lui, il a tué Donovan, Bobbie Jo Reynolds et peut-être sa propre sœur. Et je sais qu'il me tient pour responsable de tout ça.

— C'est dément.

— Ça ne l'est pas, s'il le croit.

— Tu ne peux tout de même pas te livrer à lui, non ?

— C'est exactement mon avis, intervint Riggs. Tu ne peux pas lui téléphoner et lui dire : "Je serai à tel endroit, et vous pourrez me tuer quand vous voudrez."

— Riggs a raison, LuAnn, dit Charlie en repoussant la couverture pour s'asseoir au bord du lit.

— Mais que fais-tu ? s'écria LuAnn.

— Je vais m'habiller, répondit-il en se levant.

— Tu n'as pas entendu ce qu'a dit le docteur ?

— Non, je deviens un peu sourd d'oreille en vieillissant.

— Charlie... »

Il manqua trébucher en enfilant la jambe de son pantalon, et LuAnn l'aida à contrecœur. « Tu ne crois tout de même pas que je vais rester couché pendant que ce salopard a Lisa. Et si tu ne comprends pas ça, eh bien, c'est dommage pour toi, ajouta-t-il avec colère.

— Tu n'es qu'un vieux mulet, voilà tout.

— Peut-être, mais j'ai encore un bras vaillant, et laisse-moi seulement le passer autour du cou de Jackson. »

Riggs souleva son bras blessé. « À nous deux, ça fait deux bras. Moi aussi, j'ai une revanche à prendre. »

LuAnn secoua la tête. Cette belle démonstration de détermination virile était réconfortante, mais ses deux héros préférés semblaient oublier une chose. « Vous croyez vraiment que le flic qui est derrière la porte va laisser partir Charlie comme ça ?

— Je m'occupe de Billy », dit Riggs.

LuAnn rassembla le reste des affaires de Charlie, y compris son portable. Quand Charlie eut fini de s'habiller, Riggs sortit et demanda à Billy : « Dis donc, ça ne t'ennuierait pas de descendre à la cafétéria en bas et de nous rapporter deux cafés et quelque chose à grignoter. J'irais volontiers mais, avec mon bras, je vais encore tout foutre par terre.

— Je ne suis pas censé quitter mon poste, Matt.

— Ne t'inquiète pas, je monterai la garde à ta place, lui dit Riggs en lui tendant un billet de dix dollars. Et puis, prends-toi quelque chose à manger. Je connais ton appétit ; je t'ai vu avaler une pizza entière, après le match, la dernière fois. Et je ne voudrais pas que tu dépérisses. »

Billy rit et prit l'argent. « Tu as des arguments qui vont droit au ventre, Matt. »

Dès que Billy eut disparu dans l'ascenseur, Charlie, LuAnn et Riggs s'en furent par l'escalier de secours. Un moment plus tard, ils étaient dans la voiture. Il pleuvait à verse et le ciel était si noir en cette fin d'après-midi que Riggs dut allumer les phares.

Sur la route, Charlie leur raconta en détail ce qui s'était passé au motel, et notamment le fait que Jackson avait un complice. « Alors, quel va être notre plan ? demanda-t-il, tandis que LuAnn s'arrêtait dans une station-service.

— Je vais l'appeler, dit-elle.

— Et puis ? demanda Riggs.

— Je verrai bien ce qu'il me proposera.

— Mais tu le sais très bien, dit Charlie. Il te fixera un rendez-vous, rien que toi et lui. Et si tu y vas, il te tuera.

— Et si je n'y vais pas, il tuera Lisa.

— Il la tuera de toute façon », dit Riggs.

LuAnn se tourna vers lui. « Pas si je lui tombe dessus avant. » Elle ne risquait pas d'oublier sa dernière confrontation avec Jackson. Elle savait qu'elle était plus forte que lui. Pas de beaucoup, mais elle avait eu l'avantage. Bien sûr, lui aussi le savait, maintenant. Et il ne s'aventurerait pas dans une lutte à mains nues. Elle devrait s'en souvenir, et s'adapter à la situation... si elle le pouvait.

« LuAnn, j'ai confiance en toi, dit Riggs, mais ce type n'est pas comme les autres.

— Il a raison, dit Charlie.

— Je vous remercie de votre confiance, les gars. »

Elle sortit le téléphone portable de sa poche et composa le numéro de Jackson. « Mais moi, j'ai deux bras valides », ajouta-t-elle, juste avant que la sonnerie ne se déclenche à l'autre bout de la ligne.

Riggs glissa la main sous sa veste, pour toucher son revolver. Il devrait mieux viser cette fois, et il espérait ne pas avoir de nouveau un couteau planté dans le bras.

LuAnn parla soudain dans l'appareil et donna le numéro du portable. Elle interrompit la communication et attendit. Deux minutes plus tard, Jackson rappelait.

Avant même que LuAnn prononce un seul mot, il dit : « Mon téléphone est équipé d'un système de détection capable de m'indiquer si notre conversation est sous écoute ou pas, au cas où vous m'appelleriez d'un poste de police. Je le saurai dans cinq secondes. Si c'est le cas, je raccrocherai immédiatement et trancherai la gorge de votre fille.

— Je ne suis pas chez les flics et mon poste n'est pas sur écoute. »

Jackson garda le silence pendant quelques secondes. Elle l'imaginait les yeux sur son détecteur, espérant peut-être qu'elle lui mentait. « Je vous félicite de ne pas avoir commis l'erreur de sous-estimer mes moyens, dit-il enfin.

— Où et quand ? demanda LuAnn.

— Ni bonjour ni rien ? En voilà des manières ! Qu'est devenue la grande dame que j'ai fait éclore ? Morte comme une fleur sans eau ? Sans soleil ?

— Je veux parler à Lisa. Tout de suite.

— Désolé pour l'oncle Charlie. » Il était assis à même le sol dans l'obscurité. Il tenait le téléphone contre sa bouche et parlait d'une voix douce et tranquille. Il voulait que LuAnn ait peur, qu'elle sache qu'il était le maître absolu de la situation. Quand le temps viendrait, il voulait qu'elle vienne docilement chercher son châtiment. Il désirait la voir s'incliner humblement devant son bourreau.

Elle n'allait pas dire à Jackson que Charlie était à côté d'elle et qu'il ne rêvait que d'une chose : lui tordre le cou. « Je veux parler à Lisa !

— Comment savez-vous que je ne l'ai pas déjà tuée ?

— Quoi ?

— Vous pouvez lui parler, mais qui vous assurera que ce n'est pas moi imitant sa voix ? "Maman, maman, viens me chercher." Je pourrais dire des choses comme ça. Aussi, vous pouvez toujours lui parler, mais ça ne prouvera rien.

— Espèce de salaud !

— Vous avez toujours envie de lui parler ?

— Oui.

— Oui, comment ? »

Elle hésita, prit une profonde inspiration, s'efforçant de garder son calme. « Oui, s'il vous plaît.

— Une minute. Où est-ce que j'ai mis cette gosse, déjà ? »

Exaspérée par Riggs qui essayait d'écouter l'échange, LuAnn sortit de la voiture.

« Maman, maman, c'est toi ?

— Ma chérie, c'est moi. Ô mon Dieu, si tu savais comme je...

— Oh, excusez-moi, LuAnn, c'était encore moi, dit Jackson. "Oh, maman, maman, c'est toi ?"» répéta-t-il de nouveau, imitant à la perfection la voix de Lisa.

LuAnn était trop abasourdie pour répondre.

« Je vais vous laisser lui parler, reprit Jackson d'un ton dur. Mais quand vous l'aurez entendue, je vous dirai exactement ce que vous devrez faire. Et si jamais vous ne respectez pas mes instructions... »

Il n'acheva pas sa phrase. Il n'en avait pas besoin. Il s'ensuivit un silence pendant lequel ils n'entendirent que leurs souffles respectifs. LuAnn avait parfaitement conscience que Jackson essayait de la terroriser.

« Vous comprenez ? reprit Jackson.

— Oui. » À peine eut-elle dit ce mot, qu'elle entendit un bruit qui lui arracha un sourire et une grimace à la fois. Elle consulta sa montre. Il était cinq heures. Elle continua de sourire mais, cette fois, avec une lueur d'espoir dans les yeux.

L'instant d'après, elle parlait à Lisa, lui posant des questions auxquelles seule sa petite fille pouvait répondre, unies toutes deux par le formidable désir de s'atteindre à travers l'obscurité qui les séparait.

Puis Jackson revint et lui donna ses instructions. Elle ne s'étonna pas de ce qu'il lui demandait, concentrant son attention sur les sons qu'elle percevait derrière la voix de Jackson. « À très bientôt, LuAnn », dit-il d'un ton solennel avant de raccrocher.

Elle éteignit le portable et remonta dans la voiture. Et ce fut avec un calme qui étonna les deux hommes qu'elle leur apprit les volontés de Jackson.

« Je dois l'appeler demain matin à dix heures. Il m'indiquera alors le lieu de rendez-vous. Si je viens seule, il relâchera Lisa. S'il soupçonne la présence de quelqu'un d'autre, il la tuera.

— C'est donc toi contre Lisa, dit Riggs.

— Oui, et ça ne sera pas autrement.

— LuAnn...

— Ne dis rien, Matthew.

— Quelle assurance as-tu qu'il la relâchera ? demanda Charlie. Tu sais qu'on ne peut pas lui faire confiance.

— C'est moi, et moi seule qu'il veut.

— Il doit y avoir un autre moyen, dit Riggs.

— Il n'y en a qu'un, Matthew, et tu le sais. » Elle le regarda tristement, avant de démarrer.

Elle avait un atout dans sa manche, dont elle ne dirait rien aux deux hommes. Ils avaient déjà tant fait pour elle. Jackson les avait ratés de peu, et elle n'accepterait jamais qu'ils risquent à nouveau leur vie pour elle. C'était à elle et à elle seule de sauver sa fille. Étrangement, elle n'avait pas peur ; elle se sentait même en confiance. Et puis, elle savait une chose, qui avait son importance.

Elle savait où étaient Jackson et Lisa.

58

Il tombait une pluie fine et glacée. LuAnn avait punaisé une couverture en travers de la fenêtre brisée du cottage. Riggs avait allumé les radiateurs électriques, et une douce chaleur avait rapidement succédé au froid humide. Ils avaient dîné, et Charlie et Riggs avaient descendu les matelas de la chambre située à l'étage pour les disposer dans le salon. Les deux hommes s'étaient efforcés de convaincre LuAnn de renoncer à son projet d'affronter seule Jackson. Finalement, elle avait accepté qu'ils appellent le FBI, juste avant de passer son coup de fil à Jackson, comme convenu. Les fédéraux pourraient peut-être localiser le numéro de Jackson. Cette concession avait apaisé Charlie et Riggs, et ils avaient laissé LuAnn prendre le premier tour de garde. Riggs la relèverait dans deux heures.

Épuisés, les deux hommes s'étaient rapidement endormis. LuAnn, le dos à la fenêtre, les observait. Il était minuit passé. Elle sortit son revolver et s'assura qu'il était chargé. Puis elle s'agenouilla à côté de Charlie et déposa un baiser sur son front. Il ne bougea pas.

Elle s'approcha ensuite de Riggs et le regarda dormir pendant un moment. Elle ne savait pas si elle le reverrait. Elle l'embrassa doucement sur les lèvres et se redressa. Elle resta longtemps adossée au mur, s'efforçant de dissiper sa tension et de faire le vide dans son esprit, avant de passer à l'action.

Enfin, elle sortit de son immobilité. La porte d'entrée grinçait, et elle préféra passer par la fenêtre. Une fois dehors, elle abaissa la capuche de sa parka. Dédaignant la voiture en raison du bruit qui ne manquerait pas de réveiller les deux hommes, elle gagna l'appentis. Joy était toujours là. Prise dans la tourmente des derniers événements, elle avait oublié d'appeler quelqu'un pour s'occuper de la jument. Mais il y avait encore de l'eau et du foin, et l'abri était sec. Elle sella rapidement Joy et, moins d'une minute plus tard, elle s'enfonçait dans les bois.

À l'approche des bâtiments, elle mit pied à terre et conduisit Joy dans son box. En ressortant, elle décrocha la paire de jumelles de la patère et, dissimulée derrière le tronc d'un arbre, elle scruta les abords de la maison.

La lumière des phares l'avertit de l'arrivée d'une voiture. Celle-ci s'arrêta près du garage, et deux hommes en descendirent. LuAnn vit les sigles FBI miroiter un bref instant dans les phares, tandis que les agents faisaient manifestement un tour d'inspection. Une minute plus tard, ils remontaient en voiture et redémarraient.

Elle quitta sa cachette et franchit en courant l'espace découvert qui la séparait de la maison, arrivant à temps pour voir la voiture redescendre lentement en direction de l'entrée, où les hommes reprendraient leur faction. Riggs lui avait dit que le FBI surveillait la propriété. Elle aurait bien aimé faire appel à ces hommes, dont elle distinguait les silhouettes dans ses jumelles, mais elle devait mener seule le combat qui l'attendait.

Elle s'apprêtait à regagner l'arrière de la maison, quand elle remarqua la voiture de Sally Beecham, garée devant le perron. Elle trouva cela bizarre, car Sally se rangeait toujours dans le garage. Sans doute la présence du FBI avait-elle troublé la fidèle gouvernante au point de lui faire rompre ses habitudes.

Le bruit qu'elle avait perçu quand elle avait Jackson au téléphone était celui de la vieille pendule qui lui venait de sa mère et qu'elle avait toujours gardée précieusement avec elle.

C'est ainsi qu'elle avait su où était Jackson. Chez elle, à Wicken's Hunt ! Et elle savait que Lisa aussi était là. Elle reconnaissait que l'homme avait un fameux cran pour être venu ici, sous le nez des fédéraux. Dans quelques minutes, elle serait face à lui.

Elle s'aplatit contre le mur de pierre et risqua un coup d'œil par la vitre de la porte de derrière, d'où elle pouvait voir la veilleuse du système d'alarme. Elle poussa un soupir de soulagement en découvrant que le petit point lumineux était au vert. S'il avait été au rouge, il lui aurait fallu désactiver l'alarme, et celle-ci n'aurait émis qu'un seul bip mais suffisamment puissant pour alerter les agents gardant l'entrée.

Elle posa les jumelles par terre et sortit son revolver. Puis, insérant sa clé dans la serrure, elle ouvrit lentement la porte. Elle s'immobilisa un instant, l'arme pointée devant elle. Un grand silence régnait dans la demeure, ce qui n'était pas étonnant à cette heure de la nuit. Elle avança dans le couloir et se figea soudain en percevant un bruit de voix d'hommes. Ils étaient plusieurs. Puis la musique d'une publicité suivit. LuAnn se détendit. Quelqu'un regardait la télé. Un rai de lumière filtrait de la porte d'une des chambres au bout du couloir. Elle s'avança à pas de loup et écouta pendant un moment, avant de pousser lentement la porte. La pièce était dans l'obscurité, et la seule lumière venait de l'écran. LuAnn retint son souffle en découvrant Sally Beecham. L'intendante lui tournait le dos, assise devant le téléviseur dans une immobilité telle que LuAnn se demanda si Sally n'était pas morte.

Il lui revint soudainement en mémoire l'image de Duane couché sur le canapé dans la caravane, le torse couvert de sang, tournant lentement vers elle un visage livide, et roulant sur le sol, pour ne plus bouger. Puis il y avait eu cette main surgie par-derrière pour se plaquer sur sa bouche. Par-derrière !

Elle pivota sur elle-même, mais il n'y avait personne. Toutefois, son mouvement attira l'attention de Sally Beecham, qui se retourna en sursaut et la regarda avec effroi. Reconnaissant LuAnn, elle parut reprendre son souffle et porta sa main à sa gorge.

LuAnn posa un doigt sur ses lèvres. « Chut, murmura-t-elle. Il y a quelqu'un dans la maison. »

Sally secoua la tête d'un air confus, et c'est alors que LuAnn repensa à la voiture garée devant le perron. Elle scruta le visage que pâlissait la lueur du poste. « Écoutez, Sally, dit-elle tout bas, je veux que vous alliez dans l'office et que vous n'en bougiez plus. Vous serez en sécurité, là-bas. »

LuAnn épiait le moindre mouvement de la femme. Quand elle vit Sally glisser sa main dans son dos, elle bondit. « Debout, sinon je vous colle une balle dans la tête. Et sortez votre arme, par le canon ! »

L'autre obtempéra. LuAnn lui fit signe de poser l'arme par terre, de se lever et de sortir de la pièce. Quand la personne passa devant elle, LuAnn lui arracha sa perruque, révélant les cheveux courts et noirs d'un homme. Il esquissa un geste de défense, mais LuAnn lui pressa le canon de son revolver contre l'oreille.

« Avancez, monsieur Jackson ! Ou devrais-je dire monsieur Crane ? » Elle doutait que la pauvre Sally Beecham soit encore de ce monde.

Quand ils atteignirent la cuisine, LuAnn le poussa dans l'office et referma la porte. Le battant était en chêne et le verrou solide. Il n'en viendrait pas à bout facilement. Elle reviendrait s'occuper de lui, une fois qu'elle aurait retrouvé et mis Lisa en sûreté.

Elle courut à l'étage. Elle ne fit pas de la lumière. Sa vision s'était accoutumée à l'obscurité. Elle alla de chambre en chambre, mais elles étaient toutes vides.

Il ne lui en restait plus qu'une à vérifier : la sienne. Elle en approcha en guettant le moindre bruit susceptible de lui signaler la présence de Lisa. Elle n'osait l'appeler, car c'était trop dangereux. Jackson avait un complice, lui avait dit Charlie. Et l'homme était peut-être avec Lisa.

La main sur la poignée, elle attendit quelques secondes et poussa la porte.

Un éclair zébra la nuit, suivi d'un formidable grondement de tonnerre. Au même instant, un coup de vent arracha la couverture tendue en travers de la fenêtre, et une pluie violente tomba. Le bruit arracha Riggs du sommeil. Il se redressa et promena autour de lui un regard désorienté. Le vent et la pluie entraient par la fenêtre. Sur le matelas voisin, Charlie dormait toujours. C'est alors qu'il réalisa l'absence de LuAnn.

Il se leva. « LuAnn ? LuAnn ? »

Ses appels réveillèrent Charlie. « Que se passe-t-il ? »

Il ne leur fallut pas longtemps pour constater que LuAnn leur avait faussé compagnie. La voiture était toujours devant la porte. Charlie, sorti sur le seuil, appela en vain : « LuAnn ! »

Riggs gagna l'appentis. Joy n'était plus là. À la lueur d'un nouvel éclair, il vit les traces de sabots dans la boue. Elles se dirigeaient vers le bois. Il était facile de deviner la suite.

« Joy était ici, dit-il à Charlie, qui venait de le rejoindre. LuAnn est partie à cheval à Wicken's Hunt.

— Mais pourquoi ?

— Ça ne t'a pas surpris qu'elle soit tombée d'accord pour qu'on appelle le FBI ?

— Oui, bien sûr, mais j'étais trop fatigué et trop soulagé pour y accorder réflexion.

— Et pourquoi est-elle allée là-bas ? Le FBI y a

posté des hommes. Pour quelle raison courrait-elle le risque de se faire arrêter ?

— Nom de Dieu ! grogna Charlie.

— Qu'y a-t-il ? demanda Riggs, alarmé.

— Un jour, LuAnn m'a rapporté l'un des préceptes chers à Jackson : pour se cacher, le mieux est encore d'avancer à découvert. »

Comprenant ce que voulait dire Charlie, Riggs pâlit. « Lisa est là-bas, dans la maison !

— Oui, et Jackson y est aussi. »

Ils coururent à la voiture. Riggs démarra sur les chapeaux de roues. Le chemin de terre n'était qu'une piste boueuse et ils manquèrent plus d'une fois finir contre un arbre. Dès qu'il atteignit la route, Riggs appela sur le portable de Charlie le bureau du FBI à Charlottesville. Il fut surpris de tomber sur Masters.

« Il est ici, George. Crane est à Wicken's Hunt. » Avant de raccrocher, Riggs eut le temps d'entendre Masters beugler un ordre, suivi d'un bruit de pas précipités.

LuAnn entra dans la chambre. Au milieu de la pièce, Lisa était ligotée sur une chaise. La tête basse, elle semblait épuisée. LuAnn perçut le tic-tac sonore de la merveilleuse pendule, qui l'avait conduite jusqu'à son enfant. Elle referma la porte derrière elle et courut auprès de sa fille, pour la serrer dans ses bras.

Elle souriait de bonheur, quand un nœud coulant se resserra autour de son cou avec une telle force, qu'elle eut le souffle coupé et lâcha son arme, qui tomba bruyamment sur le parquet de chêne.

Lisa gémissait sous son bâillon et tentait désespérément de bouger, d'aller vers sa mère, de l'aider avant que cet homme ne la tue.

Jackson se tenait derrière LuAnn. Tapi dans l'ombre, derrière une commode, il avait attendu que

LuAnn accoure vers sa fille et relâche sa vigilance, pour frapper. Munie d'une pièce de bois, la corde faisait garrot, et Jackson serrait de plus en plus fort. Le visage de LuAnn virait insensiblement au bleu et sa vision se troublait, tandis que la corde mordait dans la chair de son cou. Elle essayait bien de le frapper mais, rapide, Jackson esquivait les coups. Abandonnant l'espoir de l'atteindre, elle tenta en vain de desserrer le nœud qui se refermait cruellement.

Il lui murmura à l'oreille. « Tic-tac, LuAnn. Tic-tac, fait la petite pendule. Et, comme un aimant, elle vous a menée vers moi. Je tenais le téléphone tout près d'elle pour que vous puissiez l'entendre. Je vous ai prévenue il y a bien longtemps : j'ai toujours mené une enquête approfondie sur chacun de mes gagnants. J'ai visité votre caravane à Rikersville. J'ai écouté le bruit inimitable de son horlogerie. Et quand je vous ai rendu visite, ici, dernièrement, j'ai vu ce misérable héritage trônant en bonne place sur la cheminée. » Il eut un rire. « J'aurais bien aimé voir votre tête, quand vous avez pensé me tenir, parce que vous aviez découvert où j'étais. Vous deviez être contente de vous, n'est-ce pas ? »

Jackson souriait de plus belle en sentant faiblir LuAnn. « À présent, n'oublions pas votre fille. » D'un geste fluide, il abaissa l'interrupteur, et la pièce fut baignée de lumière. « Elle va vous regarder mourir, LuAnn. Et puis ce sera son tour. Vous êtes responsable de la mort d'un membre de ma famille, quelqu'un que j'aimais. » Il resserra encore le garrot. « Je veux que vous mouriez, LuAnn. Que vous fermiez les yeux et que vous arrêtiez de respirer. Faites-le pour moi. Je sais que vous en avez envie. »

LuAnn avait l'impression de se noyer. Elle aurait tout donné pour une seule goulée d'air. Mais, comme elle entendait les paroles de Jackson, elle se rappela soudain la tombe de son père dans le cimetière de Rikersville, et l'étrange vision qui lui était venue alors.

Fais-le pour papa, LuAnn. C'est si facile. Fais-le, ma chérie.

Elle pouvait à peine distinguer Lisa qui se contorsionnait sur la chaise, essayant de franchir une distance qui, dans quelques secondes, risquait de devenir à jamais infranchissable. Au même moment, elle sentit monter en elle une force dont la violence la stupéfia. Elle s'entendit pousser un long gémissement, suivi d'une véritable explosion d'énergie. Se pliant brusquement en avant, elle souleva Jackson du sol. Dans le même mouvement, elle tendit les bras en arrière et, s'emparant des cuisses de Jackson, les enserra dans une étreinte de fer. Puis, Jackson sur son dos, elle chargea à reculons de toute la puissance de ses jambes, jusqu'à ce qu'elle le plaque violemment contre la commode derrière eux. L'angle aigu du meuble s'enfonça dans le dos de Jackson, lui arrachant un cri de douleur. Malgré cela, il ne relâcha pas le garrot. LuAnn lui enfonça ses ongles dans la main, rouvrant la profonde entaille qu'il s'était faite au cottage. Cette fois, il desserra sa prise. Se penchant de nouveau en avant, elle fit basculer Jackson par-dessus son épaule. Il atterrit contre une grande glace, qui vola en éclats.

LuAnn s'empressa de dégager la corde autour de son cou et aspira éperdument un air vital. Jackson, touché à la colonne vertébrale, se relevait, quand LuAnn sauta sur lui en poussant un cri de rage. Elle le renversa sur le dos et le prit à la gorge, serrant de toutes ses forces. C'était à son tour de suffoquer et de virer au bleu. Il se sentait faiblir et savait qu'il devait faire vite. Il n'avait aucune chance de briser l'étreinte de ces deux mains, et il lui suffisait de lever les yeux vers ce visage congestionné par l'effort qu'elle penchait sur lui, pour y lire sa propre mort. Il tâtonna de la main à côté de lui, et ses doigts se refermèrent sur un long éclat de verre, dont il se servit pour la frapper au bras, lacérant le tissu épais de la parka avant de pénétrer dans la chair. Mais elle ne relâcha pas sa prise. Il frappa encore. En vain. Elle ne sentait plus rien et continuait de serrer avec la farouche détermination de le tuer.

Finalement, avec ce qu'il lui restait de force, Jackson se saisit des coudes de LuAnn et pressa fortement de ses doigts un certain point situé près de l'articulation. Elle lâcha brusquement sa prise, comme si elle avait reçu une décharge de courant électrique. Une seconde plus tard, Jackson la repoussait et se remettait debout.

LuAnn le vit avec horreur tirer Lisa ligotée sur sa chaise en direction de la fenêtre. Elle se releva. Elle avait deviné les intentions de ce monstre. Il soulevait déjà le siège et l'enfant, quand elle se rua et parvint à refermer sa main sur la cheville de sa fille, juste au moment où la chaise brisait la vitre qui surplombait le patio d'une hauteur de dix mètres. LuAnn et Lisa chutèrent à la renverse parmi les éclats de verre.

Jackson en profita pour tenter de ramasser le revolver de LuAnn qui avait glissé sur le plancher, mais elle fut plus rapide que lui : elle le frappa d'un coup de pied dans l'entrecuisse. Puis, comme il se pliait en deux sous la douleur, elle se jeta sur lui et le cueillit d'une droite au menton. Il tomba lourdement.

C'est alors qu'ils perçurent la plainte des sirènes de police. Jurant tout bas, Jackson se releva, et se précipita hors de la pièce.

LuAnn ne chercha pas à lui courir après. Pleurant de soulagement, elle libéra Lisa de son bâillon et de ses liens. La mère et la fille restèrent longtemps étreintes. LuAnn, le visage enfoui dans les cheveux de l'enfant, s'imprégnait de leur délicieux parfum. Enfin, elle s'écarta de Lisa et, gagnant la fenêtre, tira deux coups de feu dans la nuit.

Riggs, Charlie et les agents du FBI s'étaient arrêtés à l'entrée de la route privée pour se concerter avant de passer à l'action, quand ils entendirent les détonations. Riggs démarra aussitôt, suivi des fédéraux.

Dans le couloir, au rez-de-chaussée, Jackson arrêta sa course pour regarder dans la chambre de Sally Beecham. Elle était vide. Apercevant le revolver à terre, il s'en empara et repartit en courant, en direction de la cuisine. Il allait sortir par-derrière, quand il entendit les coups frappés à la porte de l'office. Il tira le verrou. Roger Crane sortit d'un pas vacillant.

« Heureusement, te voilà. Elle est armée, tu sais. Elle m'a enfermé là-dedans. Je... j'ai fait exactement comme tu m'avais dit.

— Merci, Roger. » Il leva le revolver. « Donne mon bonjour à Alicia. » Et il lui logea une balle en plein front. Puis il sortit et partit en courant en direction des bois.

Riggs, qui venait de sauter de la voiture, fut le premier à voir Jackson s'enfuir. Il s'élança aussitôt après lui, suivi de Charlie. Un quart de seconde plus tard, les agents fédéraux arrivaient. Ils se précipitèrent dans la maison.

LuAnn les rencontra dans l'escalier. « Où sont Matthew et Charlie ? »

Les hommes se consultèrent du regard. « J'ai vu quelqu'un courir vers les bois », dit l'un d'eux.

Ils sortirent tous sur la pelouse de devant. Au même moment, le vrombissement d'un hélicoptère domina la pluie et le vent. L'instant d'après, il atterrissait devant la maison. Tous se portèrent vers l'appareil, tandis que d'autres voitures du FBI arrivaient, déversant une véritable armée.

George Masters descendit de l'hélico. « LuAnn Tyler ? » demanda-t-il. Elle acquiesça d'un signe de tête. Masters regarda Lisa. « Votre fille ?

— Oui.

— Dieu merci, elle est en vie. » Il tendit sa main à LuAnn. « George Masters, FBI. Je suis venu à Charlottesville pour interroger Charlie mais il n'était plus à l'hôpital, quand j'y suis allé.

— Il faut rattraper Jackson, je veux dire Peter Crane. Il s'est enfui dans les bois, dit LuAnn. Matthew et Charlie sont après lui. Mais je veux qu'on mette Lisa en sécurité. Je ne peux pas la laisser, tant que ce forcené n'aura pas été arrêté. »

Masters regarda la fillette, qui ressemblait tellement à sa mère. Puis il porta son regard vers l'hélicoptère.

« Nous allons l'emmener au bureau du FBI, à Charlottesville. Et je demanderai à six agents de monter la garde autour d'elle. Cela vous rassure-t-il ? ajouta-t-il avec un mince sourire.

— Oui, et je vous remercie de votre compréhension.

— Moi aussi, j'ai des enfants, LuAnn. »

Et, pendant que Masters donnait des instructions au pilote, LuAnn embrassa une dernière fois Lisa, avant de partir en courant dans la direction prise par Matthew et Charlie.

Riggs avançait dans le sous-bois, se guidant d'après le bruit que faisait Jackson quelque part devant lui. Charlie avait perdu du terrain et haletait bruyamment. Il faisait presque nuit noire et la pluie continuait de tomber. Riggs sortit son arme, défit le cran de sûreté d'un mouvement du pouce et s'arrêta, car il n'entendait plus Jackson. Il cligna des yeux plusieurs fois pour tenter de percer l'obscurité. Il perçut trop tard un mouvement derrière lui ; le coup de pied le cueillit au bas des reins, le projetant durement à plat ventre, et sa main tenant le revolver cogna avec force contre un tronc d'arbre. Il roula sur le dos, vit Jackson bondir sur lui pour lui assener un nouveau coup de pied. Mais Charlie surgit au pas de course et plaqua Jackson au sol.

Une lutte féroce s'ensuivit. Charlie allait avoir le dessus, quand Jackson le frappa au bras, sur sa blessure. Puis, comme Charlie se pliait en deux sous la douleur, Jackson claqua ses deux paumes contre les oreilles de Charlie, provoquant une poussée d'air brutale, qui déchira la fine membrane d'un tympan. À moitié assommé par le choc, Charlie tomba à genoux.

« J'aurais dû te trancher la gorge, dans le motel », gronda Jackson. Il allait délivrer un coup de pied dans la gorge de Charlie, quand il entendit Riggs lui hurler :

« Écarte-toi de lui, sinon je te fais sauter la tête. »

Jackson se tourna vers Riggs, vit l'arme pointée sur lui et fit deux pas de côté.

« Nous voilà enfin face à face, dit-il. Riggs, le criminel sous protection du FBI. Que dirais-tu d'un arrangement financier, qui ferait de toi un homme riche ? » Jackson avait la voix enrouée, souvenir de LuAnn qui avait bien failli l'étrangler. Sa main saignait, et il avait la lèvre fendue et un œil tuméfié.

« Je ne suis pas un criminel, mais un agent du FBI, qui a témoigné contre un cartel. C'est ça, la raison de ma mise sous protection. »

Jackson se rapprocha de Riggs. « Un ex-agent fédéral ? Alors, je sais que tu ne me tireras jamais dessus de sang-froid. » Il pointa un doigt menaçant sur Riggs. « Si je tombe, LuAnn tombe aussi. Je dirai à tes anciens employeurs qu'elle était de mèche avec moi, et je peindrai d'elle un tableau si noir qu'elle sera contente de s'en tirer avec cinquante ans de prison. Mes avocats y veilleront. Mais ne t'inquiète pas, il y a des prisons où on permet des visites conjugales.

— C'est toi qui pourriras en taule.

— J'en doute. Je vois très bien quel genre d'accord je passerai avec le FBI. Ils feront tout pour que le scandale n'éclate pas. Et quand tout sera terminé, je viendrai te rendre visite. »

Le ton méprisant de Jackson faisait bouillonner le sang de Riggs. Le plus rageant était encore de savoir que ce salopard n'avait pas tort. Tout ce qu'il disait pourrait bien se produire. Et ça, Riggs ne le permettrait pas. « C'est là où tu te trompes, Jackson !

— À propos de quoi ?

— De mon incapacité à tuer de sang-froid. » Sur ce, Riggs pressa la détente. Le coup ne partit pas. Riggs se sentit pâlir. Le choc contre l'arbre avait dû enrayer l'arme. Il pressa de nouveau la détente et ne récolta qu'une cruelle confirmation.

Jackson tira aussitôt son revolver. Riggs lâcha le sien et recula, tandis que Jackson avançait vers lui. Il finit par s'arrêter, car son pied rencontra le vide. Il jeta un regard par-dessus son épaule et vit l'eau sombre du torrent qui passait en dessous, près de cinq mètres plus bas. Jackson eut un sourire satisfait et tira.

La balle s'écrasa aux pieds de Riggs, qui manqua perdre l'équilibre et tomber.

« Voyons voir comment tu nages sans bras. » Cette fois, il toucha le bras valide de Riggs, qui grogna de douleur.

« C'est la balle ou le plongeon, au choix. Mais fais vite, parce que je n'ai pas beaucoup de temps. »

Riggs n'avait pas besoin qu'on lui rappelle que ses secondes étaient comptées. Quand la balle l'avait touché au bras, il avait d'abord lâché son arme inutilisable et, pour soulager la douleur, avait glissé sa main droite dans l'écharpe soutenant son bras gauche, un geste parfaitement naturel. Jackson avait sous-estimé les capacités de l'ancien agent fédéral. Jackson n'était pas le seul à s'être tiré de nombreux coups durs en utilisant la ruse. Ce que Riggs s'apprêtait à faire lui avait sauvé la vie au cours d'un deal de drogue entre bandes rivales. Cette fois, cependant, il doutait de s'en sortir vivant, mais son geste épargnerait d'autres vies, à commencer par celle de l'être qui lui était le plus cher au monde : LuAnn.

Il fixait Jackson d'un regard froid. Sa colère était si forte qu'elle annihilait la douleur de ses blessures. Sa main se referma sur la crosse du revolver dissimulé sous l'écharpe, celui qu'il portait d'ordinaire à la cheville. Il se trouvait de biais par rapport à Jackson et tenait l'arme pointée sur celui-ci. Jackson n'était pas à plus de trois ou quatre mètres et, malgré l'obscurité, faisait une cible que Riggs ne pouvait manquer.

« Riggs ! cria Charlie en se relevant péniblement.

— Tu seras le suivant, oncle Charlie ! » répondit Jackson sans quitter Riggs des yeux.

Matt Riggs n'oublierait jamais l'expression de stupeur de Jackson, quand le premier coup de feu partit, l'atteignant en plein visage, arrachant le faux nez de résine et une partie de la fausse moustache. Jackson lâcha son arme et resta debout, tandis que Riggs vidait le chargeur de neuf cartouches, chaque balle continuant de dépouiller Jackson de ses artifices, pour laisser apparaître un visage sanglant. Enfin Jackson ploya les genoux et s'abattit face contre terre, une dernière lueur d'incrédulité dans les yeux.

Au même moment, Riggs bascula dans le vide. Les multiples secousses du revolver dans sa main et surtout l'oubli momentané de sa position périlleuse le déséquilibrèrent, et le sol argileux qui surplombait la rivière fit le reste. Il eut le temps de penser que, s'il avait vaincu Jackson, il n'en ferait pas autant du torrent qui montait vers lui dans un grondement.

Il entendit Charlie l'appeler une fois de plus, avant de s'enfoncer dans les eaux noires et glacées.

Charlie accourut, et il s'apprêtait à sauter, quand une silhouette élancée surgit de la nuit et le devança. LuAnn plongea et reparut à la surface. Elle scruta les eaux noires, tandis que le courant l'entraînait.

Sur la rive, Charlie, progressant à travers l'entrelacs de buissons et de branches, essayait de rester à la hauteur de LuAnn. Il pouvait entendre les appels des agents du FBI, qui arrivaient par le bois, mais il doutait qu'ils puissent arriver à temps pour sauver Riggs et LuAnn de la noyade.

« Matthew ! Matthew ! » hurlait LuAnn. Elle ne cessait de plonger, parcourant méthodiquement les quelques mètres séparant les deux rives encaissées.

« LuAnn ! » appela Charlie, à un moment où elle reparaissait à la surface.

Mais elle l'ignora et s'en fut une fois de plus sous l'eau. Charlie s'arrêta, essayant de deviner l'endroit où elle remonterait. Il n'allait pas les perdre tous les deux !

Quand LuAnn creva l'écume, elle n'était pas seule. Elle tenait fermement Riggs par les épaules, tandis que le courant les entraînait. Riggs était conscient mais il hoquetait, cherchant en vain son souffle. LuAnn tentait désespérément de se rapprocher de la berge, mais le froid commençait de l'engourdir et elle perdait rapidement ses forces.

Soudain, elle aperçut la silhouette sombre d'un arbre dont les branches les plus basses balayaient l'eau à quelques mètres devant elle. Dans un sursaut d'énergie, elle battit de toute la puissance de ses jambes et de son bras libre. Elle vit la branche arriver rapidement. Dans un ultime réflexe, elle tendit la main et ses doigts s'agrippèrent à l'écorce. Elle raffermit sa prise et tira de toutes ses forces. Mais Riggs était lourd, et le courant décuplait la résistance qu'il offrait. Jamais elle ne pourrait le hisser. Ils se regardèrent. Il haletait mais semblait parfaitement conscient. C'est alors qu'elle le vit avec horreur essayer de se défaire de la prise qu'elle maintenait sur lui de son autre bras.

« Nous n'allons pas mourir ensemble, LuAnn », parvint-il à articuler d'une voix que le froid déformait.

À présent, elle devait lutter pour l'empêcher de se libérer. Elle tremblait de rage et de désespoir. Que pouvait-elle faire ? Lâcher la branche et mourir avec lui ? Elle pensa à Lisa. Pour la première fois de sa vie, sa grande force physique était en échec. Elle sentait ses doigts glisser insensiblement sur le bois rugueux.

Soudain, une grande main se referma sur son poignet. Elle leva les yeux, et vit Charlie à cheval sur la grosse branche. Cette vision la galvanisa. Elle resserra sa prise sur Riggs. L'instant d'après, Charlie les halait tous les deux sur l'étroite bande de terre qui bordait la rivière. Tous trois s'écroulèrent dans la boue, serrés les uns contre les autres. Ils revenaient de loin.

59

« Voilà, c'est fini », dit Riggs en raccrochant le téléphone. Charlie, LuAnn, Lisa et lui étaient réunis dans son bureau, chez lui. Dehors, il neigeait. Noël approchait.

« Alors, quel est le résultat des courses ? » demanda LuAnn.

LuAnn et Charlie étaient parfaitement remis de leurs blessures, et Riggs recommençait à retrouver l'usage de ses bras.

« Pas fameux. Le fisc a terminé ses calculs : impôts, amendes et intérêts compris.

— Et alors ?

— Alors, tout ce que tu possédais y est passé : cash, actions, obligations, biens de toutes sortes, y compris Wicken's Hunt. » Il grimaça un sourire. « Il te manquait même soixante-cinq *cents,* que j'ai mis de ma poche. »

Charlie émit un grognement. « Tu parles d'un cadeau de Noël. Et les autres gagnants, eux, ont gardé leur argent. Ce n'est pas juste.

— Ils ont payé leurs impôts, Charlie, dit Riggs.

— Mais LuAnn aussi.

— Oui, mais seulement depuis qu'elle est rentrée aux États-Unis sous le nom de Catherine Savage.

— Elle serait rentrée avant si elle n'avait pas été accusée d'un crime qu'elle n'a pas commis.

— Je ne crois pas que ce soit le meilleur argument.

— Peut-être, mais les autres ont quand même gagné en trichant.

— Oui, mais ça, le gouvernement ne le reconnaîtra jamais. Le Loto rapporte des milliards de dollars à l'État. Alors, il préfère étouffer l'affaire et laisser les heureux tricheurs en paix.

— Et les millions que LuAnn a donnés à des œuvres de bienfaisance, ça compte pour rien ? dit Charlie avec humeur.

— Le Trésor public a apprécié la générosité de LuAnn et il en aurait peut-être tenu compte... si LuAnn avait déclaré ses dons. C'est un cercle vicieux. Et puis on n'a pas fait une mauvaise affaire. Elle aurait pu aller en prison. Le shérif Harvey ne s'est pas laissé fléchir facilement.

— Incroyable ça, tout de même. Après tout ce qu'elle a traversé. Elle a brisé l'entreprise criminelle de Crane, mais c'est le FBI qui en a tiré les marrons. Grâce à elle, l'État a pu mettre la main sur les milliards de dollars que ce salaud avait amassés, et tout ce qu'elle obtient, c'est un compte en banque vidé et une tape dans le dos. Je le répète, ce n'est pas juste ! »

LuAnn posa une main apaisante sur l'épaule de Charlie. « Ce n'est pas si grave. Après tout, c'était de l'argent volé. Et je veux être de nouveau LuAnn Tyler. Je n'ai tué personne, et toutes les charges contre moi ont été abandonnées, exact ? ajouta-t-elle en se tournant ver Riggs.

— Exact, toutes les charges. Tu es libre comme l'air.

— Ouais, et pauvre comme Job, dit Charlie.

— Tu es sûr, Matthew, que je ne doive vraiment plus rien au fisc ? Qu'ils ne risquent pas de me retomber dessus et de me réclamer encore de l'argent ?

— Non, les papiers sont signés, et tout est réglé sur le plan fiscal. Tu ne leur dois plus rien. Tes comptes en banque sont soldés, et je pense même qu'ils ont déjà posé les scellés à Wicken's Hunt. »

Lisa le regarda. « Peut-être qu'on pourra s'installer

ici, chez Matthew, pendant quelque temps, hein, m'man ? » LuAnn sourit à la fillette. Dire la vérité à sa fille avait été le plus dur pour elle. Mais quel soulagement elle avait éprouvé après ! Lisa avait pris la nouvelle de manière admirable. LuAnn était heureuse, car elle allait enfin avoir avec sa fille une relation fondée sur la franchise.

Riggs regarda LuAnn. « À vrai dire, j'y ai déjà pensé, mais il me reste à convaincre ta mère. » Il regarda Lisa puis Charlie. « Pourriez-vous nous excuser tous les deux, un moment ? »

Et, prenant LuAnn par le bras, il l'entraîna hors de la pièce sous les regards ravis de Charlie et de Lisa.

Riggs et LuAnn s'assirent devant la cheminée où ronflait un bon feu. « J'aimerais que vous vous installiez tous ici, dit-il. Ce n'est pas la place qui manque, mais...

— Mais quoi ?
— Je pensais à une installation définitive.
— Je vois.
— Je gagne bien ma vie, et puis, maintenant que tu n'as plus d'argent, je peux sans rougir te demander de rester. Je n'aurais pu le faire quand tu étais riche, j'aurais eu tellement peur que tu ne me soupçonnes d'être intéressé par ton argent. Cela ne veut pas dire que je sois heureux de te savoir ruinée. J'aurais été le premier à me réjouir, si tu avais pu trouver le moyen de sauver au moins une partie de tes biens. Mais, maintenant que tu n'as plus rien, sache que Charlie, Lisa et toi, vous pouvez compter sur moi et que... »

Il se tut, trop ému pour poursuivre.

« Je t'aime, Matthew », dit simplement LuAnn.

Ces paroles emplirent Riggs d'un bonheur qu'il

n'avait pas éprouvé depuis une éternité. « Moi aussi, je t'aime.

— Tu es déjà allé en Suisse ? demanda-t-elle soudain.

— Non, pourquoi ?

— J'ai toujours pensé que c'était le pays idéal pour une lune de miel. C'est beau et romantique à souhait, surtout à Noël. »

Riggs semblait troublé. « Tu sais, je travaille dur, mais un petit entrepreneur en bâtiment ne roule pas sur l'or, et je crains de ne pouvoir t'offrir ce genre de voyage. Je suis désolé. »

Pour toute réponse, LuAnn ouvrit son sac et en sortit une feuille de papier sur laquelle était noté un numéro de compte en banque en Suisse. Le compte se montait à cent millions de dollars, soit ce que lui avait versé Jackson comme il l'avait promis, voilà dix ans. L'argent n'attendait plus que sa propriétaire. Au taux d'intérêt minimal, il rapportait la coquette somme de six millions de dollars par an. LuAnn toucherait son gain malgré tout. Et, cette fois, elle n'en éprouvait aucune culpabilité. Il lui semblait même qu'elle l'avait amplement mérité. Elle avait passé dix ans à essayer d'être quelqu'un qui n'était pas elle. Elle avait mené une existence aussi luxueuse que vide. À présent, elle allait passer le restant de sa vie en étant elle-même. Elle avait une enfant qui était un don du Ciel, et deux hommes qui l'aimaient. Elle ne courrait plus, ne se cacherait plus.

Elle sourit à Matthew. « Tu sais quoi ?

— Non, qu'y a-t-il ? demanda-t-il, intrigué par le sourire qui dansait sur les lèvres de LuAnn.

— Le père Noël sera très généreux pour nous, cette année », répondit-elle avant de l'embrasser.

Piège fatal

Une femme sous contrôle
David Baldacci

Apprenant la mort brutale de son mari Jason, as de l'informatique, dans un accident d'avion, Sidney croit perdre la vie. Mais le jour où les autorités accusent Jason de vol et de terrorisme, elle décide de mener sa propre enquête, foncièrement convaincue de l'innocence de son mari. Dès lors, les mâchoires d'un piège redoutable se referment sur elle...

(Pocket n° 10596)

Traquée

Sous haute protection
David Baldacci

A Washington, les deux plus puissantes institutions des services secrets des États-Unis se livrent une guerre souterraine. Faith Lockart, associée de David Buchanan, lobbyiste reconverti dans l'humanitaire, s'apprête à révéler au FBI les dessous d'une vaste entreprise de corruption politique, dont les principaux intéressés ne sont autres que les membres de la CIA. Faith Lockhart en sait trop. Des tueurs sont engagés pour l'éliminer...

(Pocket n° 11689)

Il y a toujours un Pocket à découvrir

L'homme à abattre

Les pleins pouvoirs
David Baldacci

Une nuit, Luther Withley, cambrioleur, se glisse dans la somptueuse demeure d'un milliardaire, à Washington. La chambre forte où il a pénétré est séparée d'une autre pièce par une glace sans tain : il peut alors voir sans être vu. Sous ses yeux se déroule une scène érotique d'une violence rare entre la maîtresse de maison et... le président des États-Unis. Pour protéger celui-ci, les gardes du corps abattent la femme adultère. Témoin indésirable, Luther devient alors la proie d'une traque impitoyable...

(Pocket n° 12187)

Il y a toujours un Pocket à découvrir

Impression réalisée sur Presse Offset par

C P I
Brodard & Taupin

45515 – La Flèche (Sarthe), le 27-02-2008
Dépôt légal : avril 2000
Suite du premier tirage : mars 2008

POCKET – 12, avenue d'Italie - 75627 Paris cedex 13

Imprimé en France